TORSTEN FINK

Der Prinz der Skorpione

Torsten Fink

DER PRINZ DER SKORPIONE

Roman

Originalausgabe

blanvalet

MIX
Papier aus verantwortungsvollen Quellen
FSC® C014496

Verlagsgruppe Random House FSC® N001967

3. Auflage
Originalausgabe Juli 2013 bei Blanvalet,
einem Unternehmen der Verlagsgruppe Random House GmbH, München

Umschlaggestaltung: Isabelle Hirtz, inkcraft, München
Illustration: © Isabelle Hirtz unter Verwendung einer Fotografie von Olga Kessler
Karte: © Jürgen Speh
Lektorat: Simone Heller
HK · Herstellung: sam
Satz: Buch-Werkstatt GmbH, Bad Aibling
Druck und Einband: GGP Media GmbH, Pößneck
Printed in Germany
ISBN: 978-3-442-26858-0

www.blanvalet.de

Prolog

Ein scharfer Wind trieb Schnee über die Passstraße, brach sich an hohen Festungsmauern und strich um die aufgespießten Köpfe, die in einer langen Reihe über die Zinnen hinwegschauten; weiter unten auf dem schmalen Pass zerrte die Böe an den Mänteln einiger Männer, die ein gutes Stück unterhalb der Festung von ihren Pferden gestiegen waren. Der Schnee wirbelte um ihre pelzverbrämten Umhänge, wurde den Hang hinab zu einem Bach getrieben und sammelte sich auf den erstarrten Gesichtszügen eines toten Soldaten, der sich an der steilen Böschung ins gefrorene Gras krallte. Vier gefiederte Pfeile steckten in seinem Rücken. Es sah aus, als wollte er sich auch im Tod noch den Hang hinaufziehen, vielleicht bis zu jener schmalen Passstraße, die von der Festung nach Süden und aus dem Paramar herausführte.

Padischah Akkabal at Hassat, der Große Skorpion, schlug seinen Umhang zurück, kratzte sich am Bart und beugte sich hinab zu dem Toten. »Sieh genau hin, Alamaq, mein Sohn, siehst du das?«

Der junge Prinz schüttelte den Kopf. »Was meinst du, Vater?«

»Sein Gesicht. Die nackte Angst. Dieser Mann wusste, dass er sterben würde, noch bevor er vom ersten Pfeil getroffen wurde. Er ist weggelaufen, aber du kannst nicht davonlaufen, wenn der Tod dich in sein Buch eingetragen hat. Der da hat seine

Kameraden im Stich gelassen und versucht, sich zu retten. Aber Angst, mein Sohn, macht dumm. Er hatte gewiss nicht viele Möglichkeiten, seinem Schicksal zu entkommen, aber er hat sich für die schlechteste entschieden. Deshalb solltest du dich niemals von Angst beherrschen lassen, Alamaq. Sie ist ein schlechter Ratgeber.«

»Ja, Vater.«

Wieder kratzte sich der Padischah von Oramar am Kinn. »Ein dummer Mann. Ein Feigling noch dazu, aber immerhin kein Verräter.«

Der junge Prinz nickte eifrig, und der Große Skorpion lächelte über seinen Eifer. Er richtete sich auf und blickte hinab in das schmale Bachbett, das sich etliche Klafter unterhalb des Passes dahinzog. Im eisigen Wasser waren Männer dabei, Gefallene auszuplündern.

»Sind das auch sicher alle, Algahil?«, fragte der Padischah.

»Es sind alle, Vater. Meine Leute haben ganze Arbeit geleistet«, antwortete der Prinz, ein Mann jenseits der vierzig. Er war in einen besonders üppig mit Pelz besetzten Umhang gehüllt und schien dennoch zu frieren.

»Es war klug von dir, mein Sohn, dass du einige Männer über die Berge geschickt hast, bevor wir uns der Festung näherten.« Er wandte sich wieder an den Jüngeren: »Umsicht zeichnet den klugen Heerführer aus, Alamaq. Wäre nur einer der Soldaten aus diesen Bergen nach Süden entkommen, nach Atgath oder gar Felisan, hätte das all meine Pläne zunichtegemacht. Aber dein Bruder Algahil hat es verhindert. Und dabei wollte er erst selbst nicht glauben, dass seine Krieger diese schroffen Berge überwinden können.«

»Es sind auch nicht alle hinübergekommen«, merkte Algahil trocken an.

»Nun, ihr Opfer hat sich gelohnt, oder nicht?«, meinte der Padischah. »Wir werden wie dieser eisige Wind aus dem Norden über den Seebund herfallen, und seine Fürsten werden es erst merken, wenn wir schon mitten in Haretien stehen. Sie ahnen es noch nicht einmal, weil sie sich sicher fühlen, denn ihre Festung hier oben, sie ist doch nahezu uneinnehmbar und versperrt den einzigen Pass. Ja, ich behaupte, unsere zehntausend Krieger hätten sie nicht erstürmen können, obwohl nicht viel mehr als hundert Mann ihre Mauern verteidigten.«

»Und ich war es, der sie dir erobert hat, Vater«, warf ein breitschultriger Mann ein, der am Wegesrand stand und voller Verachtung auf die Männer blickte, die unten im Bachbett die Toten plünderten.

»Ich habe es nicht vergessen, Weszen, mein Sohn«, sagte der Padischah. »Und ich werde auch nicht vergessen, dass es uns keinen Tropfen Blut gekostet hat. Für ein paar tausend Stücke Gold hat dieser Kommandant seine Festung, seine Kameraden und letztendlich seine Heimat verkauft. Manchmal ist eben Gold die beste Waffe, Alamaq«, erklärte er dem jüngsten der Erbprinzen.

»Vor allem, wenn man es wiederbekommt, kleiner Bruder«, warf Prinz Weszen grinsend ein.

Der Padischah runzelte missbilligend die Stirn. »Es muss die Ausnahme bleiben, dass man sein Wort nicht hält, Alamaq. Das musst du stets bedenken.«

»Hättest du denn diese Verräter leben lassen, Vater?«, fragte der junge Prinz.

»Ja, denn ich bin der Padischah, und mein Wort ist in Gold nicht aufzuwiegen. Aber ich tadle deinen Bruder Weszen nicht. Es war seine Entscheidung, und er hat mir eine Festung erobert und uns Blut sowie Gold dabei gespart. Es ist ein großer Erfolg, mein Junge.«

»Hast du schon alle Männer über die Klinge springen lassen, geschätzter Bruder?«, fragte Algahil.

»Siehst du es nicht?«, erwiderte Weszen und deutete mit einer lässigen Geste zurück zu der Festung und den aufgespießten Köpfen, über die der Wind den Schnee in beißenden Schauern wehte.

»Ich hoffe, dir gehen die Lanzen nicht aus«, meinte Algahil spottend.

»Es sind ihre eigenen«, gab Weszen zurück. »Ich habe zweihundert Mann als Besatzung zurückgelassen. Ich hoffe, du bist damit einverstanden, Vater?«

Der nickte, klopfte seinem Jüngsten auf die Schulter und streckte sich. »Ah, diese Luft, diese Berge! Bemerkst du es? Diese Kälte klärt den Geist, und dabei hat der Winter noch nicht einmal begonnen. Solche Berge findest du in ganz Oramar nicht, Alamaq. Und bald gehören sie uns, wie das ganze Haretien. Und jetzt gebt das Signal. Wir ziehen weiter. Ich bin sicher, deine Schwester Shahila kann es kaum erwarten, uns wiederzusehen.«

Prinz Weszen stieß zweimal in sein Kriegshorn. Das große Tor der Festung öffnete sich, und ein Strom von Männern quoll hervor. Der Padischah bestieg sein Pferd. »Vorwärts, meine Söhne. Wir marschieren nach Atgath.«

Erster Tag

Jamade kletterte über die weißen Kreidefelsen, die im ewigen Zwielicht über Bariri aufragten. Sie zitterte vor Erregung, weil sie ihren Auftrag nun endlich erfüllt hatte und diese verfluchte Ebene der Toten mit ihren Gefahren beinahe hinter ihr lag. Sie hatte das Wort! Das Wort, das im fernen Atgath eine geheime Kammer öffnen würde. Es steckte in ihrem Kopf. Aussprechen konnte sie es nicht, nicht einmal ansatzweise, aber es war da, sie konnte es spüren. Und Sahif, der es vorher in sich getragen hatte, war ohne Zweifel inzwischen tot.

Jetzt musste sie nur noch irgendwie von dieser Insel herunterkommen und so schnell wie möglich nach Atgath gelangen. Deshalb hatte sie den Weg zur Festung der Schatten eingeschlagen. Es hatten immer einige Boote in einer versteckten Grotte unter der Festung gelegen. Die Schatten hatten die Insel zwar verlassen, aber Jamade setzte darauf, dass sie vielleicht ein Boot zurückgelassen hatten – schließlich war Meister Iwar auch noch da, und sie konnte sich nicht vorstellen, dass er sich von der Gunst und den Schiffen der neuen Inselbewohner abhängig gemacht hatte.

Sie hetzte über die schroffen weißen Grate, und sie fühlte sich gut, beinahe glücklich, dabei gab es eigentlich keinen Grund zur Euphorie, das wusste sie, denn es lag noch ein weiter und gefährlicher Weg vor ihr: Sie musste das Meer überqueren, und der Plan mit dem Boot hatte den Haken, dass sie sich mit Booten nicht besonders gut auskannte. Vielleicht hatte sie Glück und stieß auf einer der nächsten Inseln auf ein Fischerdorf, von wo aus sie jemand nach Malgant bringen könnte. Dort musste sie dann ein Schiff finden, das auf schnellstem Weg nach Felisan fuhr. Es musste *sehr* schnell gehen, denn das Heer des Seebundes, das dort gelandet war, als sie mit der *Sperber* in See gestochen waren, war vielleicht schon nach Atgath marschiert. Sie hatte bislang kaum darüber nachgedacht, weil sie genug andere Probleme gehabt hatte, aber jetzt beunruhigte sie der Gedanke. Heere waren für gewöhnlich träge und wälzten sich nur langsam übers Land, aber was, wenn ausgerechnet dieses schnell zuschlug? Was, wenn der Seebund Atgath schon eingenommen hatte? War all die Mühe am Ende vielleicht vergebens? Waren Shahila, die Auftraggeberin, und Almisan, der Schattenmeister, vielleicht schon tot, wenn sie Atgath erreichte? Was dann?

Dann nutzt du diesen Schlüssel eben selbst, flüsterte ihr eine innere Stimme zu. Ein verlockender Gedanke. Jamade hatte keine Ahnung, welche Geheimnisse die verborgene Kammer barg, aber sie mussten groß und mächtig sein, wenn man den Aufwand bedachte, den die Baronin betrieb, um hineinzugelangen. War nicht sogar der Marghul hellhörig geworden, als er erfahren hatte, worum es ging? Natürlich könnte sie das Wort auch dann selbst benutzen, wenn Shahila und Almisan noch nicht tot waren …

Jamade rannte schneller, als könne sie den Gedanken auf diese Art hinter sich lassen. Sie war ein Schatten, keine ehrlose Diebin, die ihre Auftraggeber hinterging. Außerdem: Sie trug zwar den Schlüssel in sich, aber sie hatte keine Ahnung, wo sich die geheime Kammer befand, die er öffnen sollte. Sie sprang über die weißen Felsen und versuchte, nicht darüber nachzudenken, dass ein findiger Schatten diesen Ort sehr wohl aufspüren könnte.

Sie erreichte eine stehende Felsplatte, die mit zahlreichen roten Handabdrücken verschmiert war. Die meisten waren lange verblasst, kaum zu erkennen, aber wenigstens einer war ganz neu und frisch. »Der Alte Lenn«, murmelte Jamade. Seine magischen Zeichen sorgten dafür, dass es einen halbwegs sicheren Weg nach Aban gab.

Leider kannte sie diesen Pfad nicht, denn die Oberen hatten den Schülern verboten, ihn zu benutzen, und es war ein Verbot jener Art gewesen, über das man sich besser nicht hinwegsetzte. Die jungen Schatten hatten seinerzeit vermutet, dass der Weg irgendein spektakuläres Geheimnis offenbaren würde. Einer von ihnen – Jamade erinnerte sich nicht an seinen Namen, aber es war ein schmaler, verwegener Knabe aus dem fernen Tenegen gewesen –, hatte alle Warnungen in den Wind geschlagen und sich aufgemacht, ihn zu erkunden. Er war nie zurückgekehrt, und die Meister hatten kein Wort über sein Schicksal verloren. Allerdings hatte es nach dieser Geschichte eine Woche lang kein Abendessen gegeben – für keinen der Schüler. Später hatten die Meister sie doch hin und wieder nach Aban geführt, aber nie über Lenns Pfad.

Hinter dem nächsten Grat ragten schon die Zinnen des Turmes auf. Im Grunde genommen war die Festung nichts anderes: ein Turm, errichtet in den glücklicheren Tagen Bariris, um die Insel vor einem Angriff von See zu warnen und zu schützen. Er war später zu einer Burg ausgebaut, aber nicht verteidigt worden, als man um die Stadt gekämpft hatte. Er war wieder besetzt worden, nachdem die Kämpfe mit der langen Belagerung einer toten Stadt ein Ende gefunden hatten. Irgendwann waren die Besatzer abgezogen, und die Schatten hatten die Festung in Besitz genommen.

Jamade fröstelte bei der Erinnerung an die kalten, freudlosen Mauern, die kahlen Kammern, die leeren Höfe, in denen sie ausgebildet und gequält worden waren. Und doch verband sie ein seltsames Heimatgefühl mit diesem Ort, und sie dachte mit einem gewissen Ingrimm daran, dass die Festung erneut kampflos aufgegeben worden war, als der Schrecken der Insel verblasst war und die Westgarther und Scholaren sich in der Hafenstadt Aban breit gemacht hatten.

Sie stieß auf den alten Torweg und folgte ihm, bis sie schließlich die weißen Mauern erreichte, die unter dem lastenden Zwielicht schwach rötlich schimmerten. Das Tor stand offen, und die Zugbrücke, die einen tiefen Spalt im Fels überspannte, war heruntergelassen. Jamade blieb stehen. Dies war eine Heimstatt der Schatten gewesen. Sie mochten fort sein, aber es war einfach nicht ihre Art, diesen Ort ungesichert zurückzulassen. Sie nahm einen schweren Stein und ließ ihn auf die Zugbrücke rollen. Es knackte, die Balken offenbarten eine verborgene Falltür, und Jamade hörte den Stein in der Tiefe der Felsspalte zerbersten, während unsichtbare Scharniere die Falltür wieder schlossen.

»Wirkungsvoll, aber vorhersehbar«, murmelte Jamade. Sie tastete sich vorsichtig über den Rand der Brücke auf die andere Seite. Das Tor stand immer noch einladend offen, aber natürlich würde auch hier eine Falle lauern. Sie zog in Erwägung, das Tor zu umgehen und über die Mauer zu klettern, was ohne Seil nicht ganz einfach war. Und dann? Wie viele Fallen mochten hier noch auf sie warten? Und wo waren sie versteckt?

Sie tastete die Mauerfugen ab, biss die Zähne zusammen und kletterte los. Sie brauchte dieses Boot. Die Mauer war gut gearbeitet und bot ihren Fingern nur an wenigen Stellen Halt. Als sie etwa auf halbem Wege war und wieder eine der seltenen geeigneten Fugen ertastete, spürte sie plötzlich einen stechenden Schmerz. Ihre Hand zuckte zurück, und Jamade verlor fast den Halt. Wie von selbst wanderte ihr Blick nach unten, in den Abgrund, in dem der Stein verschwunden war. Sie fluchte und betrachtete ihre blutenden Finger. Eisendornen! Die Bruderschaft war einfallsreich.

Sie kletterte vorsichtig wieder hinab. Als sie hier Schülerin gewesen war, hatte es auf der Meerseite eine Stelle gegeben, an der man die Festung ungesehen verlassen und betreten konnte. Aber das erforderte einen zeitraubenden Umweg, und es war nicht gesagt, dass dieser Weg offenstand. Jamade fluchte noch einmal und brach mit einem unguten Gefühl dorthin auf.

Sie hatte diesen geheimen Eingang fast erreicht, als eine bekannte Stimme sagte: »Wir nannten sie die Mondscheinpforte.«

Jamade blickte auf.

»Du suchst doch nach dem Eingang über dem Meer, oder nicht? Habt ihr Schüler wirklich geglaubt, wir würden ihn nicht kennen?« Eine schmächtige Gestalt saß auf einem Felsen über ihr und ließ die Beine baumeln.

»Meister Iwar!«

»Ich würde sagen, du kannst dir den Weg sparen, Jamade. Was immer du in der Festung suchst, du wirst es nicht finden. Dagegen könnte es sein, dass du über eine der Überraschungen stolperst, die wir für ungebetene Besucher hinterlassen haben.«

Jamade blieb stehen. Sie musste sich den Hals verrenken, um zu ihrem alten Meister aufzuschauen. Vermutlich hatte er genau deshalb diesen Platz ausgewählt. »Wozu die Mühe? Ich dachte, die Bruderschaft hat diesen Ort aufgegeben.«

»Für den Augenblick, ja, aber man weiß ja nie. Außerdem war es eine gute Übung für die letzten Schüler. Wer Fallen vermeiden will, sollte wissen, wie man sie stellt. Sie haben sich als erstaunlich einfallsreich erwiesen.«

»Ich brauche ein Boot, Meister«, sagte Jamade schlicht.

»Ich weiß, doch wirst du hier keines finden.«

»Und wie kommt Ihr von dieser Insel herunter?«

Meister Iwar beantwortete die Frage nicht. Er schien irgendetwas unten in der Ebene zu beobachten. Dann sagte er: »An deiner Stelle würde ich es in Aban versuchen. Es gibt dort Fischerboote, und die Westgarther haben sogar schnelle Schiffe.«

»Und was soll ich denen erzählen? Wie soll ich erklären, wer ich bin und wie ich auf diese Insel gelangte?«

»Du bist doch sonst nie um eine Lüge verlegen, Jamade. Allerdings solltest du dich beeilen. Sahif ist dir auf den Fersen.«

Jamade öffnete den Mund zu einer Antwort, brachte aber kein Wort heraus. »Unmöglich. Er ist tot«, stieß sie schließlich doch hervor.

»Ganz im Gegenteil. Er hat seine Erinnerung zurück. Es hatte seinen Grund, warum wir ihn Natter nannten, weißt du?«

Jamade verstand kein Wort. Es konnte nicht sein! Sahif hatte in den letzten Zügen gelegen, als sie ihn verlassen hatte.

»Die Skelettnatter ist ein Symbol für Gift, aber auch für Heilung«, erklärte ihr der Meister freundlich, »und sie ist Sahifs Mittler zur Magie. Er hat es auf beiden Gebieten zu einer gewissen Meisterschaft gebracht. Ist es nicht bedauerlich, dass ihr Schüler so wenig übereinander wisst?«

Jamade wäre ihrem Meister gerne an die Kehle gegangen. Es war doch die Absicht der Schatten, ihre Schüler getrennt und in ständiger Konkurrenz zu halten. »Er lebt?«, fragte sie stattdessen.

Meister Iwar lachte. »Es war übrigens klug von dir, ihn nicht zu töten. Die Oberen hätten es dir kaum verziehen, da du deinen Auftrag auch so erfüllen kannst. Er ist der Sohn eines großen Förderers unserer Bruderschaft, weißt du? Dumm, dass er nun versuchen wird, dich umzubringen, denn das ist ja wohl der einzige Weg, dich aufzuhalten – und, wie gesagt, er hat sein Gedächtnis zurück.«

Jamade starrte ins Nichts. Woher wusste Iwar so genau, was hier vorgefallen war? Er musste sie belauscht haben. Natürlich, er war die ganze Zeit in der Nähe gewesen, versteckt unter einem Schatten – und sie hatte ihn nicht bemerkt. Aber nicht nur das. »Ihr habt ihm geholfen!«, rief sie.

»Ein wenig«, gab der Meister freimütig zu. Er schien allerbester Laune zu sein. »Weißt du, ich sehe diese Sache hier als Wettstreit, fast wie früher. Und ich habe mir wie früher erlaubt, die Chancen ein wenig auszugleichen, einfach, um es interessanter zu machen.«

Jamade verfluchte ihn, sie verfluchte Sahif, die Bruderschaft, ihren Auftrag und die ganze Welt. Es war einfach nicht gerecht, dass ihr alter Meister sich einmischte, aber es passte zu ihm. Er war seinerzeit nie müde geworden zu predigen, dass es in der Welt eben nicht gerecht zuging. »Ich werde ihn töten!«, zischte sie.

Meister Iwar wurde plötzlich ernst. »Du solltest lieber daran denken, deinen Auftrag zu erfüllen, junger Schatten. Das wäre auch für unsere Bruderschaft von einem … gewissen Interesse. Denke nicht an Kampf. Ich sagte dir schon, dass Sahifs Erinnerung zurückgekehrt ist, und als Kämpfer ist er dir überlegen. Wenn du meinen Rat willst, so würde ich vorschlagen, dass du dich über Lenns Pfad nach Aban begibst. Aber sei vorsichtig, er ist nicht so sicher, wie er aussieht. Es hatte seinen Grund, warum wir euch seinerzeit verboten haben, ihn zu benutzen. Beeil dich, Sahif nimmt den kürzeren Weg über die Ebene.« Iwar erhob sich, streckte sich – und verschwand.

»Meister Iwar?«

Er blieb verschwunden. Jamade fluchte. Andeutungen, mehr nicht. Wieder einmal. Und sicher würde ihr alter Meister auch jetzt nur gelassen zusehen, wie sie sich im Angesicht tödlicher Gefahr schlug. Lenns Pfad nach Aban also. Und dann? Das musste sie sich unterwegs überlegen. Sie konnte zu den Scholaren von Ghula Mischitu gehen, die schienen halbwegs vertrauenswürdig, aber hatten sie überhaupt ein Schiff? Sie wusste es nicht. Andererseits steckten diese Menschen voller Überraschungen. Sie taten so friedfertig, schienen in ihren weißen Gelehrtengewändern jedem Streit aus dem Weg gehen zu wollen, aber Kapitän Buda hatte ihnen eine beachtliche Menge Waffen geliefert. Sie waren lange nicht so wehrlos, wie sie ihre Feinde glauben machen wollten. Vielleicht hatten sie auch irgendwo ein Schiff oder Boot versteckt.

Die Westgarther, die auf der anderen Seite von Aban hausten, verfügten ganz sicher über schnelle Schiffe, aber sie waren Schmuggler, vermutlich auch Seeräuber, und sie erschienen Jamade zu unzuverlässig. Prinz Askon, der Sohn ihres sogenannten Königs, hatte ihnen in der Ebene der Toten mit ein paar Leuten aufgelauert. Eine ziemlich schlechte Idee, allerdings hatte der Prinz auch nicht wissen können, dass er es mit Schatten zu tun hatte. Er konnte mit dem Schwert umgehen, das war ihr nicht entgangen, und er war aus dem ungleichen Kampf entkommen, als einziger seiner Leute, was in Jamades Augen für ihn sprach: Er war nicht so dumm, einen sinnlosen Tod zu sterben.

Sie leckte sich nachdenklich die Lippen. Also die Westgarther? Sie kannten sie nicht, nicht in ihrer wahren Gestalt, aber Jamade konnte sich nicht vorstellen, dass sie eine Fremde, die aus der Ebene der Toten kam, mit offenen Armen empfangen würden. Sie brauchte eine gute Geschichte, und sie musste schnell sein, denn Sahif war hinter ihr her. Sie verfluchte Meister Iwar noch einmal und machte sich auf den Weg.

***

Ela Grams atmete schwer unter ihrer Last. Die Ebene der Toten war in dieser Gegend alles andere als eben. Es gab Senken und, schlimmer, Anhöhen, die sie überwinden mussten, und Sahif, der sie als Stütze brauchte, schien von Schritt zu Schritt schwerer zu werden. Er war totenbleich. Der Marghul hatte ihn vergiftet, weil er ihm auf der Schwelle des Todes das geheime Wort hatte entreißen wollen, den Schlüssel zu den Geheimnissen von Atgath. Sie hatte ihn aufgehalten, im letzten Augenblick, aber Jamade hatte das Werk fast vollendet. Und nun war diese falsche Schlange auf dem Weg nach Atgath. Es würde das Ende der Welt bedeuten, wenn sie sie nicht aufhalten konnten. Ela fühlte sich plötzlich hoffnungslos, blickte in den düsteren roten Himmel und seufzte.

»Wenn du müde bist, machen wir eine Pause«, sagte Sahif, als ob sie es sei, die sich auf ihn stützen müsste.

Sie wollte ihm widersprechen, aber ihre Lage war auch ohne Streit trostlos genug. Sie setzten sich auf eine Kuppe. In der Ferne war als schwache Linie die hohe Mauer zu erkennen, die die Hafenstadt Aban von der Hochebene trennte.

»Ich dachte, du könntest dich heilen«, sagte Ela vorsichtig. Er hatte ihr die Schulter wieder eingerenkt, die sie sich bei dem Kampf mit Jamade ausgekugelt hatte. Es tat allerdings immer noch weh.

»Ich kann verhindern, dass dieses Gift mich tötet, aber um es ganz los zu werden, brauche ich mehr als Magie«, erwiderte Sahif matt. »Im Augenblick ist es ein Abwehrkampf, und es kostet mich viel Kraft, ihn nicht zu verlieren. Gewinnen kann ich ihn nicht.« Er sprach leise, mit geschlossenen Augen. Sein Gesicht war bleich, und kalter Schweiß lief ihm über die Wangen. »Ich brauche Kräuter, die es hier nicht gibt. Jedenfalls können die Toten sie mir nicht geben.«

»Ich verstehe«, behauptete Ela. Sie senkte ihre Stimme. »Siehst du sie immer noch?«, fragte sie.

Er nickte. »Sie folgen uns, und sie gehen uns voraus. Die Ebene ist voll von ihnen. Aber keine Angst, sie werden uns nichts tun.«

»Aber es sind Geister.«

»Sie sind alt und müde, und sie sehnen sich nach einem Frieden, den sie auf dieser Ebene nicht finden werden.«

»Sie … sie reden mit dir?«

Sahif zögerte mit der Antwort. Wie sollte er das erklären? Es war ein Flüstern und Raunen, wie der Wind, nur dass es auf dieser Ebene niemals Wind gab. Es war schwer zu verstehen, was sie sagten, denn es waren viele Stimmen, ein Chor leisen Wisperns, der auf- und abschwoll und sie begleitete, seit sie aufgebrochen waren. Im Leben mochten diese Männer Feinde gewesen sein, im Tod waren sie einig – sie wollten diese unwirkliche Ebene zwischen den Welten verlassen, und sie hatten Sahif auserkoren, sie in die Freiheit zu führen. Er hatte leider noch keine Ahnung, wie er dieses Wunder bewerkstelligen sollte. Die Ebene war von einer Art magischen Mauer umgeben – wie sollte er die einreißen? Und was würden diese Geister tun, wenn er versagte? Und was, wenn er Erfolg hatte?

»Sie werden uns nichts antun, das sagen sie«, murmelte er jetzt, obwohl die Toten kein Wort über Ela oder ihn verloren hatten. Sie wollten nur fort, die Lebenden schienen sie nicht zu kümmern.

»Die Scholaren«, sagte Ela plötzlich. »Die sind doch gelehrt, die verstehen sich bestimmt auch auf Gifte oder Kräuter.«

»Es ist nur fraglich, ob sie diese Kräuter auch haben. Ein Abbild auf einem Pergament nutzt mir nicht viel.«

»Trotzdem, was kann es schaden, sie zu fragen?«

»Wir haben sie über unsere Absichten und Ziele auf dieser Insel belogen – und auch darüber, wer wir sind.«

»Ich habe den Marghul getötet. Ist das nichts wert?«

Sahif lächelte schwach. »Ich weiß nicht, ob das nicht eher schadet. Nach allem, was ich von meinem … Gespräch mit ihm noch weiß, hatte er ein Übereinkommen mit ihnen. Sie waren doch ganz besessen von den Schätzen, die sie in seiner Bibliothek vermuteten. Er war für sie also gewissermaßen ein Verbündeter.«

»Das kann nicht sein, denn er hat ihre Leute getötet. Ich hab sie gesehen«, entgegnete Ela und berichtete kurz von den Schrecken in den Kellern der Knochenfestung von Du'umu, wo halb verweste Leichen wie abscheuliche Trophäen an die Wände gehängt worden waren. Leiw, der sie im Kampf auf der Brücke mit seinem Leben verteidigt hatte, er war dort gewesen – ein wandelnder Toter und ein Sklave des Marghul. Die Erinnerung versetzte ihr einen Stich.

»Zu den Westgarthern können wir jedenfalls nicht«, stellte sie müde fest.

»Was könnten wir von diesem ehrlosen Pack auch wollen?«, fragte Sahif bitter.

»Nicht alle waren so falsch wie Prinz Askon«, erwiderte Ela, »außerdem haben sie Schiffe – und die Scholaren nicht.«

Sahif sah sie kurz an, dann nickte er. »Vermutlich hast du Recht. Doch weiter jetzt. Ich will diese verfluchte Ebene hinter mir lassen – und ich will diese verfluchte Betrügerin Jamade tot vor mir liegen sehen!«

»Nicht nur du«, murmelte Ela und rieb sich die schmerzende Schulter, »nicht nur du.«

Sahif erhob sich ächzend. »Dann weiter jetzt, wenn du wieder kannst. Der Weg ist noch weit, und wir müssen vorsichtig sein. Wir können uns nicht darauf verlassen, dass die Geister uns rechtzeitig vor den Gefahren warnen, die es hier gibt. Aber ich will dieses Weib erwischen, bevor es die Insel verlässt.«

***

Jamade hetzte über Lenns Pfad nach Norden. Sie wusste, dass er lange vor dem großen Krieg sorgsam angelegt worden war, doch inzwischen war er kaum mehr als ein Trampelpfad, von Dornenbüschen und Stachelgras überwuchert. Er führte die Steilküste entlang, hoch über dem Meer, und von Zeit zu Zeit waren Aussichtsposten angelegt, von denen man weit hinaus auf die See blicken konnte. Sie verschwendete jedoch keinen Blick auf das Goldene Meer, sondern suchte nach den Anzeichen für die Gefahr, vor der Meister Iwar sie gewarnt hatte. Sie konnte nicht unüberwindlich sein, sonst hätte auch der Alte Lenn den Pfad nicht benutzen können, aber sie hatte keine Ahnung, wo sie lauerte. Sie wünschte sich, ihr Lehrer hätte mehr darüber gesagt. Es war keine Falle der Bruderschaft, denn auch Iwar, Meister der Schatten, schien diese Gefahr zu fürchten. Aber was war es dann?

Der Pfad schlängelte sich zwischen weißen Kreidefelsen weiter nordwärts. Gelegentlich hatte jemand einen dürren Busch zwischen die Steine gesteckt, an anderer Stelle waren in Stein geschlagene Symbole mit roter Farbe nachgemalt worden, Zeichen dafür, dass der Alte Lenn hier gewesen war. Diese Orte hielt Jamade für sicher, was, so dachte sie, während sie weiter eilte, vielleicht ein Trugschluss war.

Der Pfad endete plötzlich an einem Abgrund. Nur ein handbreiter Sims führte unterhalb eines weit vorspringenden Felsens weiter. Spuren roter Farbe verrieten Jamade, dass der Alte Lenn diesen Weg benutzt haben musste. Sie zögerte, denn das Gestein war rissig und der Sims an einigen Stellen unterbrochen. Der Alte war wirklich wahnsinnig, wenn er sich auf dieses schmale Felsband hinauswagte. War das der Pfad? Sie spähte hinab in die Tiefe. Das Meer brandete tief unter ihr gegen die Kreidefelsen. Sie konnte gut genug klettern, um diesen Weg zu nehmen, aber es schien ihr ein unnötiger und gefährlicher Umweg zu sein.

Sie reckte sich und kletterte den Felsen hinauf, der den Pfad hinaus über das Meer zwang. Vor ihr lag ein Plateau, spärlich mit grauem Gras bewachsen. Selbst hier, direkt an der Küste, ging kein Windhauch über die Insel der Toten. Sie entdeckte eine kleine Pyramide an der äußersten Spitze des Felsens, aufgeschichtet aus losem Geröll und mit einem Rutenbündel versehen. Stoffbänder hingen schlaff von den Steinen.

Wenn sie es richtig verstand, hinderten die Symbole und Rutenbündel wie die Linien eines Beschwörungskreises das Böse daran, die Ebene zu verlassen. Ihre Lehrer hatten ihr nie verraten, ob es wirklich so war, aber warum sonst hätten sie den Alten, der auch um die Festung der Schatten herumschlich, dulden sollen? Wenn Jamade jetzt daran zurückdachte, erschien es ihr, als seien die Meister immer etwas weniger angespannt gewesen, wenn sie sich außerhalb dieses unsichtbaren Bannkreises bewegten, den der verrückte Alte um die ganze Insel gezogen hatte.

Ihr Problem war, dass es hier kein »Außerhalb« gab, es sei denn, man rechnete den Abgrund jenseits des Felsens dazu. Jamade spähte über das Plateau. Sie suchte nach einem Anzeichen für die Gefahr, dem schwachen Flimmern, das manchmal erschien, wenn einer der unheimlichen Wächter sich näherte, die ruhelos über die Insel zogen, und sie lauschte auf das leise Knistern, das damit einherging. Aber es war nichts zu sehen und zu hören – außer den Wellen, die tief unter ihr an die weißen Felsen brandeten. Die Sache gefiel ihr trotzdem nicht.

Sie riss sich zusammen und sprang auf das Plateau, auch weil sich das Zwielicht, das rot und schwer über der Insel hing, zusehends verfinsterte. Sie wollte dieses unsichere Stück des Weges hinter sich bringen, bevor es dunkel wurde. Auf der Hälfte des Weges ragte eine weitere Pyramide mitten aus dem Plateau hervor. Ein gutes Zeichen.

Instinktiv lenkte Jamade ihre Schritte in diese Richtung. Als sie näherkam, bemerkte sie, dass irgendetwas nicht stimmte. Es war keine Pyramide, es war der Oberkörper eines Menschen, der dort aus dem massiven Fels ragte. Jamade stockte der Atem. Sie schreckte entsetzt zurück und umrundete den Körper in sicherem Abstand. Sie wollte nicht hinsehen, aber sie konnte nicht anders. Täuschte sie die Abenddämmerung? Nein, es war der Junge aus Tenegen, der vor über zehn Jahren aufgebrochen war, um den verbotenen Weg nach Aban zu erkunden. Sein Unterleib steckte im Fels.

»Der Schlund«, flüsterte sie heiser. Sie kannte mehrere Orte, an denen dieser *Massartu,* dieser *Wächter,* Unheil gewirkt hatte. Er verschlang Bäume, Skelette, Kriegsmaschinen, wo immer er sich zeigte. Jamade erinnerte sich an ein Haus in einem der verlassenen Dörfer, dessen eine Hälfte bis zum Dach im Erdreich versunken war, während die andere Hälfte beinahe unberührt in der Ebene stand. Noch nie aber hatte sie gesehen, dass der Schlund einen Menschen verschlungen hatte. Doch so musste es gewesen sein: Der Wächter hatte den jungen Schatten halb in den Fels gezogen und dann zurückgelassen. Jamade konnte sich das Grauen kaum vorstellen, das der Junge empfunden haben musste, als sein Leib bis zur Hüfte mit dem Fels verschmolzen war. Ob er noch lange gelebt hatte?

Sie wandte sich ab. Ihr Blick fiel auf einen menschlichen Arm, der aus dem Stein ragte, und etwas weiter schien ein Kopf im Gestein zu stecken, dessen Züge die Dämmerung gnädig vor ihr verbarg. Keiner dieser Körper war verwest. Jamades Nackenhaare stellten sich auf. Wenn es mehrere Leichen an ein und demselben Ort gab, dann bedeutete das, dass der Schlund sich hier öfter aufgetan hatte – und noch auftat. Sie drehte sich um und rannte. Ein Kribbeln kroch über ihre Haut. Ein leises Knistern wehte durch die Dämmerung. Der Wächter war nah, ganz nah. Jamade rannte, und sie blickte nicht zurück.

***

Das Land vor ihnen sah aus wie mit einem gewaltigen Pflug aufgeworfen, nur, dass es keine Reihen gab, lediglich wirre Linien.

»Der Totengräber. Das ist sein Zeichen.«

»Wer?«

»Einer der Wächter. Er war hier, und zwar oft«, erklärte Sahif.

Ela nickte, sie wirkte nervös. »Es wird dunkel, Sahif.«

»Ich weiß«, presste er hervor. Ela musste ihn immer noch stützen, denn er war schwach, und in seinem Leib, der sich mit aller Kraft gegen das tückische Gift des Marghul wehrte, wütete ein Fieber. Sie hatte es nicht ausgesprochen, aber es war offensichtlich, dass Ela Angst davor hatte, auf der Ebene die Nacht verbringen zu müssen. »Du musst dich nicht fürchten. Die Toten werden über uns wachen«, fügte er hinzu.

»Und wer schützt uns vor ihnen? Ich meine, es wird Nacht, das ist doch die Zeit der Geister«, flüsterte sie.

Das war eine Frage, die Sahif sich selbst stellte, denn jetzt, da sich der immerrote Himmel verdüsterte, schienen ihm die bleichen Schemen deutlicher hervorzutreten. Oder täuschte ihn das Fieber? Bildete er sich diese Geister vielleicht nur ein? Nein, sie waren da, und sie wollten etwas von ihm, verlangten, dass er sie von dieser Ebene führte, und er hatte immer noch keine Ahnung, wie er das anstellen sollte.

»Der Alte Lenn«, murmelte er.

»Was?«

»Der verrückte Alte, den wir auf der Mauer getroffen haben. Vielleicht weiß er, wie wir den Bann aufheben können, der die Toten auf der Insel festhält.«

»Meinst du?«

»Er ist schon ewig hier. Er steckt diese Rutenbündel in die Mauer. Er muss etwas wissen.«

»Du kennst ihn von früher?«

»Und schon damals war er verrückt«, bestätigte Sahif.

»Wie … ich meine, wie war es, als du hier auf der Insel warst?«

»Nicht viel anders als heute«, wich er aus. Er wollte nicht über die Zeit in der Festung sprechen. Die harte Ausbildung, die endlosen Übungen, die Strafen und Prüfungen, der ewige Wettstreit mit den anderen Schülern – das alles wollte er hinter sich lassen. »Es hat sich nicht viel geändert«, behauptete er. »Nur, dass damals weder Scholaren noch Westgarther die Ruhe der Ebene störten. Da waren es nur die Massarti, die Wächter, die Schatten und die Toten, die ich früher nicht bemerkt habe. Und die ich nun befreien will.«

»Wäre das denn wirklich klug?«, fragte Ela flüsternd.

Ein gehauchtes Stöhnen drang an Sahifs Ohr. »Sie können dich hören, Ela Grams, auch wenn du flüsterst.«

Ela schluckte und schwieg.

»Sie wollen nur ihren Frieden, und ich werde dafür sorgen, dass sie ihn bekommen, gleich, was es kostet.«

Ihr müsst weiter, hauchte es aus der Dunkelheit.

Sahif reckte den Kopf. Ein unangenehmes Kribbeln lief über seine Haut. Auch Ela schien etwas zu spüren, denn sie sah sich misstrauisch um.

Der Totengräber kommt.

»Los, hier können wir nicht bleiben«, sagte Sahif und erhob sich, so schnell es sein geschwächter Körper zuließ. »Einer der Wächter ist in der Nähe.«

Ela stellte keine Fragen. Sie half ihm die Kuppe hinab, und sie hasteten weiter, immer in Richtung der hohen Mauer, die in der Ferne auf sie wartete.

✡✡✡

Jamade lief erst wieder langsamer, als sie das unheilvolle Plateau lange hinter sich gelassen hatte. Die Nacht war hereingebrochen, und der Himmel hatte sich zu einem fast schwarzen Rot verfärbt. Kein Mond und kein einziger Stern spendete von dort oben Trost, und Jamade fluchte über die Dunkelheit, die ihr das Vorankommen erschwerte. Der Weg führte weiter an der Steilküste entlang und forderte ihre volle Aufmerksamkeit, was sie daran hinderte nachzudenken.

Sie blieb stehen. Sie durfte nicht planlos voranstürmen, gerade weil Sahif hinter ihr her war. Meister Iwar hatte es gesagt, er war älter und erfahrener als sie, im Kampf überlegen. Sie hatte gesehen, wie schnell er war – und das, obwohl er sein Gedächtnis verloren hatte. Wie würde es jetzt sein, wenn er nicht mehr nur mit seinen Instinkten kämpfte? Nein, Meister Iwar hatte Recht, sie musste ihm aus dem Weg gehen. Es entsprach ohnehin der Lehre der Bruderschaft, Kämpfe mit ungewissem Ausgang zu vermeiden.

Sie lächelte – Meister Iwar wollte einen Wettkampf? Er würde ihn bekommen. Sie war vielleicht nicht so stark und schnell wie Sahif, aber sie hatte ihre eigenen Methoden und Möglichkeiten. Sahif würde versuchen, sie aufzuhalten, aber dazu musste er sie erst einmal erwischen. Sie würde ihm so viele Steine in den Weg legen, wie sie nur konnte.

Sie kletterte über den nächsten Grat und sah endlich den halb eingefallenen Turm, in dem sie übernachtet hatten, bevor sie in die Ebene hinabgestiegen waren. Ein Licht brannte im oberen Stockwerk, vermutlich war also jemand dort oben. Die entscheidende Frage war: Wie würden die Westgarther zu Sahif stehen, nach dem Kampf auf der Brücke, bei dem er vier oder fünf ihrer Krieger getötet hatte? Ihr Führer Garwor würde diesem lächerlichen König Hakor sicher erzählen, dass es Prinz Askon gewesen war, der den Kampf begonnen hatte – gegen das ausdrückliche Verbot seines Vaters. Aber auch Sahif hatte die Westgarther getäuscht, hatte sie belogen über den Grund für seinen Streifzug in die Ebene der Toten. Würden sie ihm dennoch helfen, wenn er sie nach einem Schiff fragte?

Jamade legte ihre Gewänder ab, denn dem, der sie nun werden würde, hätten Ainas Gewänder kaum gepasst. Sie atmete tief durch, rief die Ahnen an und wechselte die Gestalt. Dann lief sie zum Turm. Ein Mann saß vor dem Eingang an einem kleinen Feuer und nagte Fleisch von einem Knochen. Es war derselbe, der dort schon vor zwei Nächten gewacht hatte. Jamade gab sich keine Mühe, leise zu sein.

Der Mann blickte auf. Fett tropfte ihm vom Kinn. Seine Augen weiteten sich vor Überraschung. »Hol mich doch … Ihr seid es, Oramarer?«

»Ich grüße Euch, Dorgal«, antwortete Jamade in Sahifs Gestalt.

»Verdammt will ich sein – wie seid Ihr unbemerkt die Felsen

heraufgekommen? Und wo sind die beiden Frauen, die so leichtsinnig waren, mit Euch in die Ebene zu gehen?«

»Das ist eine lange Geschichte«, antwortete Jamade, »und ich nehme an, sie unterscheidet sich von dem, was Euch Prinz Askon erzählt hat.«

»Und ist sie auch anders als die, die Garwor erzählte?«, fragte der Westgarther, und Feindseligkeit lag in seiner Stimme. Er schielte zur Tür, und Jamade sah, dass sein Schwert dort an der Mauer lehnte.

»Das glaube ich nicht«, meinte Jamade. »Aber sagt, habt Ihr etwas von dem Kaninchen übrig, nach dem es so köstlich riecht? Ich werde Euch gerne berichten, was geschah, doch wird mir das leichter fallen, wenn mein Magen nicht leer ist.« Sie hatte tatsächlich Hunger, aber vor allem fragte sie sich, ob wirklich ein zweiter Mann im Turm war, denn das war für ihren Plan entscheidend.

»Mit wem redest du da, Dorgal?«, rief genau in diesem Augenblick eine Stimme von oben.

»Mit diesem falschen Oramarer, der unsere Leute getötet hat«, antwortete Dorgal.

»Warte, ich komme«, rief der andere zurück, und dann hörte ihn Jamade eilig die Leiter im Inneren des Turmes herabsteigen.

»Ihr habt Mut, Euch hier noch einmal blicken zu lassen, Oramarer«, sagte er, als er aus der Tür trat.

Er war groß, breitschultrig und trug eine beeindruckende Axt am Gürtel. Er war der richtige Gegner.

»Es ist nicht meine Schuld, dass dieser Askon ein verräterischer Hund ist«, entgegnete sie ruhig und nahm am Feuer Platz.

»Seid vorsichtig mit Euren Worten, Sahif«, mahnte Dorgal. Er ließ endlich den abgenagten Knochen fallen und erhob sich.

Jamade nahm sich von dem Kaninchen. »Ich hatte gehofft, dass die Westgarther meinen Begriff von Ehre teilen, oder heißt Ihr Askons Verrat etwa gut?«, fragte sie und biss ein Stück aus dem Schenkel. Das Fleisch war halb verbrannt und kaum gewürzt, aber sie wollte diese Männer in Sicherheit wiegen.

Der Breitschultrige trat einen Schritt vor und baute sich drohend vor ihr auf. »Ihr habt ein ziemlich großes Mundwerk, Oramarer.«

Jamade ließ Sahifs Gesicht breit grinsen. »Was wollt Ihr dagegen tun? Ich habe gegen sechs von Euch gekämpft und sie so leicht besiegt, als seien es alte Weiber.«

»Du Hund!«, schrie der Breitschultrige und riss seine Axt aus dem Gürtel. Er griff an, aber er war viel zu langsam. Jamade rollte sich zur Seite und schleuderte dem Krieger dabei mit der Fußspitze ein brennendes Holzscheit entgegen. Er wich instinktiv zurück. Sie kam auf die Füße und hatte ihren Dolch längst in der Hand. Er holte aus, schlug zu und verfehlte sie meilenweit, denn sie war leicht zur Seite getänzelt und stieß ihm nun den Dolch in den rechten Arm. Der Westgarther heulte auf und ließ die Axt fallen.

Jamade hörte Dorgal, der versuchte, sie von hinten anzugreifen. Sie ließ ihn bis zum letzten Augenblick in dem Glauben, sie überraschen zu können, wich dann aus und stieß ihm ihre Klinge zwischen die Rippen. Warmes Blut quoll ihr über die Hand. Mit einem Ächzen brach er zusammen. Sein Kamerad stand auf der anderen Seite des Feuers, hielt sich den verwundeten Arm und starrte auf seine Axt, die im Boden steckte. Jamade konnte seine Gedanken lesen: Er fragte sich, ob er eine Chance hätte, mit dem linken Arm gegen sie zu bestehen. Er war tapfer genug, es zu versuchen, sprang vor und griff nach dem Stiel der Axt. Jamade war schneller und schnitt mit der Klinge über seinen linken Unterarm. Er heulte auf und taumelte zurück, blickte sie noch einen Augenblick entsetzt an, drehte sich dann um und rannte davon. Sie tat, als verfolge sie ihn, dabei hinkte sie, als sei sie verwundet. Noch zweimal sah sie, wie er sich umdrehte, dann war der Vorsprung so groß geworden, dass die Dunkelheit ihn verschluckte. Jamade blieb stehen. Sie hörte ihn durch die Nacht davonstolpern.

»Hoffentlich ist er nicht so ungeschickt, von der Mauer zu fallen«, murmelte sie und kehrte zum Turm zurück. Sie wechselte die Gestalt und schlenderte zum Feuer. Dorgal war noch nicht tot. Sie vermied es, wenn möglich, unter dem Zauber der Gestaltmagie zu töten, auch wenn diese Form der Magie ihr auch nach einem Mord weiter gehorchte. Meister Iwar meinte, diese Magie sei von ganz anderer Art als die, die von Schatten und Zauberern beschworen wurde. Aber es lief dann ein sehr unangenehmes Gefühl durch den geliehenen Körper, eine Spannung, die sie glauben ließ, ihre Haut würde reißen. Sterben musste der Westgarther allerdings doch.

Dorgal sah sie mit schreckgeweiteten Augen an; er begriff wohl nicht, woher plötzlich dieses nackte Mädchen mit dem blutigen Messer in der Hand kam. Sie lächelte, beugte sich über ihn, strich ihm sanft eine Haarsträhne aus der Stirn und tötete ihn. Lange konnte sie sich hier nicht aufhalten. Sie nahm sich etwas von dem Kaninchen, sammelte Ainas Kleider auf, dann lief sie schnell zu der Stelle, an der sie in die Ebene hinabgestiegen waren. Sie fand das Kletterseil und nahm es an sich, denn sie konnte es sicher noch gebrauchen. Für einen Augenblick starrte sie hinaus in die Ebene, aber es war zu dunkel, um zu sehen, ob Sahif schon in der Nähe war. Sie schloss die Augen, rief die Ahnen und wechselte wieder die Gestalt. Leider waren diese Westgarther keine Gegner für einen Schatten, aber sie würden Sahif beschäftigen, ihn aufhalten – und vor allem würden sie ihm nach diesem kleinen Kampf keines ihrer kostbaren Schiffe zur Verfügung stellen. Nun musste sie nur noch sehen, wie sie selbst an eines kam. Als sie über die Mauer zur Stadt eilte, war ihr, als würde sie in der Ebene jemanden rufen hören. Sie blieb stehen. Ja, ohne Zweifel: Sahif war näher, als es ihr lieb war.

***

»Ich bin ein Narr«, fluchte Sahif.

Sie standen vor der Wand, die sie erst vor einem Tag heruntergeklettert waren, doch das Seil war verschwunden, und niemand reagierte auf ihre Rufe.

Ela rief noch einmal. »Sie müssten uns doch hören, wenn sie im Turm sind. Ich meine, was ist der Sinn dieser Wache, wenn sie nicht merken, dass jemand aus der Ebene zurückkehrt?«

»Ich hätte es bedenken müssen«, meinte Sahif düster. »Entweder sind wir nicht willkommen, oder Jamade war vor uns hier.«

»Du meinst …?«

Er zuckte mit den Schultern. »Wenn ich es mir recht überlege, wäre es das, was ich an ihrer Stelle machen würde.« Er schüttelte den Kopf. »Wäre ich bei Kräften, wäre diese Wand kein Hindernis, aber so …«

»Ich könnte versuchen, dort hinaufzugelangen«, schlug die Köhlertochter vor.

»In der Dunkelheit? Willst du dir das Genick brechen? Nein, wir werden einen anderen Weg finden.«

Er drehte sich um und zuckte zusammen. Die Zahl der Toten, die ihm folgten, war gewaltig gewachsen. Es schienen Tausende zu sein, und er konnte sie nun viel besser sehen als zuvor:

Ihre leeren Augenhöhlen, die maskenhaften Züge der bleichen Gesichter, die Schemen alter Rüstungen, selbst ihre nutzlosen Waffen führten diese Geister mit.

»Kennt Ihr einen anderen Weg hinauf?«, fragte er.

Sahif bekam keine Antwort, aber im Heer der bleichen Schemen öffnete sich eine Gasse, die ihm die Richtung wies.

»Wir müssen dort entlang«, sagte er.

Ela zögerte. Er packte sie am Handgelenk und zog sie hinter sich her durch das dichte Spalier der Toten, die ihm schweigend zusahen. Die Gasse schloss sich hinter ihnen, und Sahif spürte eine Eiseskälte, die von diesen Geistern auszugehen schien. »Nicht stehen bleiben«, mahnte er die zögernde Ela. Das Fieber schwächte ihn. Er musste sich wieder auf das Mädchen stützen. Er konnte ihrer beider Atem als kleine verlorene Wolken unter dem roten Nachthimmel sehen. Was würde geschehen, wenn sich die Geister auf ihn und Ela stürzten – würde der Frost sie töten? Warum schlug ihnen plötzlich diese Feindseligkeit entgegen? Er blieb jetzt selbst stehen. »Ich verspreche Euch, ich werde einen Weg finden, den Bann zu brechen«, rief er mit rauer Stimme.

Schwöre es, hauchte es kalt.

»Ich schwöre es. Ich werde diese Insel nicht verlassen, wenn Ihr sie nicht verlassen könnt.«

»Sahif!«, rief Ela entsetzt.

»Sie haben uns gewarnt, vorhin, als der Massartu kam. Wir sind ihnen das schuldig«, zischte er sie an.

Die Toten wichen ein Stück zurück, und die Gasse, die auf einen Spalt in den Felsen zulief, wurde breiter. Sahif zog Ela hinter sich her. »Hier wird es gehen«, sagte er. Der Fels hatte einen Bruch und mehrere kantige Absätze. Er half Ela auf den ersten Absatz, und mit Hilfe des Seiles von Meister Iwar schaffte er es, ihr nachzuklettern. Die Toten sahen ihnen zu, aber sie folgten ihnen nicht weiter.

Oben fiel Sahif ermattet ins raue Gras.

»Wir haben es geschafft«, murmelte Ela.

»Gar nichts haben wir«, berichtigte er keuchend. »Wir müssen diese falsche Schlange aufhalten, und wir müssen diesen Unglücklichen helfen.«

»Aber zuerst brauchst du diese Kräuter gegen das Gift.«

»Ja, auch die. Ich weiß nicht, wie ich das alles schaffen soll.«

»*Wir*, Sahif. *Wir* werden es schaffen, und zwar so, wie ich es von meinem Vater gelernt habe – einen Schritt nach dem anderen. Und deshalb müssen wir zuallererst zu den Scholaren, wegen des Gegenmittels, denn es wird den Toten nicht helfen, wenn du dich für immer zu ihnen gesellst.«

***

Eine Erschütterung lief durch die Mauern, irgendwo im Hof brüllte jemand Befehle, und dann trampelten schwere Stiefel durch die langen Gänge von Burg Atgath. Shahila lauschte auf den fernen Geschützdonner, der mit einer leichten Verzögerung jedem Einschlag einer Kugel folgte. Sie blickte auf die hohen Fenster des Saals, von denen Regentropfen perlten. Einige der bleigefassten Scheiben hatten schon Risse, und es war wohl nur eine Frage der Zeit, bis sie aus der Fassung springen würden. Shahila sah sich selbst im Schein der Lampen im Glas gespiegelt, verzerrt und bleich. Sie wandte sich ab.

»Sie werden nicht langsamer, und sie werden nicht schneller«, stellte Almisan fest, und auf ihren fragenden Blick hin erklärte er: »Die Geschütze. Das war das große, es schießt einmal in der Stunde und immer vor den anderen.«

Wie zur Bestätigung drang hellerer Donner durch die gesprungene Scheibe. »Aus irgendeinem Grund richten sich all ihre Bombarden nach diesem. Allerdings verstehe ich den Sinn nicht. Die anderen Geschütze müssten sich viel schneller nachladen lassen.«

Shahila gähnte. Sie hatte schlecht geschlafen, weil die Geschütze auch die ganze vergangene Nacht hindurch gefeuert hatten, und so, wie es aussah, würden sie auch in dieser Nacht nicht aufhören. »Das ist doch offensichtlich«, rief sie. »Sie wollen uns zermürben. Jeder in der Stadt weiß, dass nach dem ersten noch genau sechs weitere Schüsse folgen. Ist dir nicht aufgefallen, dass sie alle mit ihrer Arbeit innehalten, ängstlich darauf warten, wo die nächsten Kugeln einschlagen, und erst weiterarbeiten, wenn das siebte und letzte Geschütz gefeuert hat? Diese Schafe!«

Almisan streckte sich. »Trotzdem verschenken sie Zeit damit, und das soll mir recht sein. Wenn sie keinen Glückstreffer landen, können sie noch Tage so weitermachen, ohne eine Bresche in unsere Mauern zu schlagen. Und wer weiß, vielleicht sind die Truppen Eures Vaters schneller hier, als wir alle es erwarten.«

»Von Oramar aus? Ich befürchte, er wird erst erscheinen, wenn die Stadt in Trümmern liegt. Er hat den Krieg, den er wollte, und ich kann mir nicht vorstellen, dass er sich noch viel um dieses armselige Nest oder eine seiner entbehrlichen Töchter kümmert«, entgegnete sie bitter.

»Shahila«, rief eine heisere Stimme von der Tür. Es war ihr Gemahl Beleran, der sich im Nachthemd und kreidebleich am Türstock festkrallte, abgemagert, mit wirrem Haar, mehr Gespenst als Mann.

Shahila wusste natürlich um seinen Zustand, aber dennoch war sie bestürzt, ihn so schwach und bleich zu sehen.

»Sie schießen auf meine Stadt«, keuchte er.

Shahila sprang auf und eilte zur Tür, aber Almisan war schneller. Er fing ihren Mann auf, bevor er zu Boden sank.

»Aber Liebster, du musst dich schonen«, sagte Shahila sanft und strich ihm die strähnigen Haare aus dem bleichen Gesicht.

»Aber sie schießen. Ich muss mit ihnen reden, verhandeln. Warum schießen sie auf meine Stadt?«

»Ein Missverständnis, Liebster, nur ein Missverständnis.« Sie befühlte seine Stirn. »Du hast Fieber. Wir bringen dich wieder ins Bett.« Sie lief in den Flur und winkte einen Bediensteten heran. »Schnell, hole dir noch einen oder zwei Männer und bringe den Herzog zurück in seine Kammer!«

Der Diener lief los. Seit die Stadt belagert wurde, gehorchten ihr die Menschen in der Burg.

Shahila sprach ihrem Mann Mut und Trost zu, bis die Diener kamen und ihn behutsam fortführten.

»Wird er das noch lange durchstehen, Hoheit?«, fragte Almisan.

Shahila hatte sich wieder gefangen. »Ich bin vorsichtig in der Dosierung, Almisan. Keine Sorge, ich lasse ihn nicht sterben, solange ich ihn noch brauche.« Sie gab sich hart, aber sie spürte doch Mitleid mit ihrem Gatten, der nun einmal das Unglück hatte, in ein großes, gefährliches Mühlwerk geraten zu sein. Sie hatte zwei gute Jahre mit ihm gehabt. Er hatte sie respektiert, geachtet und hatte in seiner Einfalt nicht bemerkt, welch gefährliche Pläne sie ausheckte. Er hätte es auch kaum verstanden. Und nun litt er an dem Gift, das sie ihm verabreichte, damit er ihr nicht in die Quere kam. Noch brauchte sie ihn. Ein Heer des Seebundes lag vor den Mauern ihrer Stadt, und vielleicht würde Beleran nur noch als Sündenbock taugen, und nicht als Erbe großer Geheimnisse, wie sie es vorgesehen hatte. Sein Bruder Gajan war angeblich noch am Leben, hatte Hamoch, der Zauberer, behauptet. Und der Schlüssel zu den Geheimnissen unter der Stadt war fort, gestohlen von ihrem Halbbruder Sahif, der sie verraten hatte. Wie nahe sie daran gewesen war, die Kammer zu öffnen! Sie war es immer noch, aber es war, als hätte jemand eine dicke Wand aus Glas zwischen sie und ihr Ziel gezogen. Sie konnte es sehen, aber nicht erreichen. Und so blieb ihr nichts anderes übrig, als zu hoffen, dass Jamade Sahif inzwischen den Schlüssel abgejagt hatte. Es machte sie krank, dass sie nicht wusste, ob ihr Halbbruder noch lebte oder nicht, und es machte sie krank, dass ihr nicht klar war, wo Prinz Gajan steckte, und diese Belagerung machte sie ebenfalls krank. Sie konnte nicht viel tun, nur warten, musste sich gedulden und musste die Stunden zählen, gemessen in den Donnerschlägen der Bombarden, die ihre Stadt beschossen.

***

Als Jamade die Treppen von der Mauer zur Stadt erreichte, spürte sie eine ungewisse Anspannung, die über den weißen Ruinen zu liegen schien. Etwas war im Gange, und es war bestimmt nichts Gutes. Die Frage war, ob es auch sie betraf. Sie eilte die Treppen hinab und weiter Richtung Hafen. Immer noch wusste sie nicht, wie sie die Westgarther dazu bewegen sollte, ihr ein Schiff oder wenigstens ein Fischerboot zur Verfügung zu stellen. Geld hatte sie keins; sie konnte natürlich gewisse Dienste anbieten, aber diese Dienste erforderten Zeit, die sie nicht hatte. Sahif war nicht weit hinter ihr.

Sie war so sehr in Gedanken, dass sie die Westgarther fast übersehen hätte. Sie saßen in einer Ruine, und hätte nicht einer dem anderen etwas zugeraunt, wäre sie wohl in diese Gruppe hineingestolpert. Sie verfluchte ihren Leichtsinn, drückte sich an die Wand und rief die Schatten. Was hatten diese Männer hier zu suchen, weit von dem eigenen Lager entfernt? Wieder raunte einer der Männer etwas, dann erhoben sich die Krieger und huschten einer nach dem anderen lautlos über die Straße. Es waren sieben, zu wenige für einen Angriff, zu viele, um heimlich etwas auszukundschaften. Jamade folgte ihnen kurz entschlossen. Die Männer durchquerten vorsichtig einen ehemaligen Innenhof und verschwanden hinter eingestürzten Mauern. Jamade war dicht hinter ihnen, so dicht, dass sie den letzten fast berühren konnte. Sie wollte hören, was die Männer sprachen, aber sie schwiegen jetzt. Auf jeden Fall, das wurde ihr bald klar, ging es nach Westen, dorthin, wo die Scholaren in ihrer Bibliothek saßen. Dann hielten die Männer wieder an. Jamade zog sich ein Stück zurück. Das Verhalten der Krieger war ihr ein Rätsel. Sie bemerkte, dass sie zwei schwere Schlachthämmer mitführten, für einen heimlichen Überfall denkbar ungeeignet.

Sie wartete eine Weile, aber als sich nichts tat, beschloss sie, sich einen besseren Überblick zu verschaffen. Sie glitt lautlos aus der Ruine heraus und kletterte in der daneben eine Mauer hinauf. Es war nicht leicht, denn sie musste leise sein, und das Licht dieser rötlich eingefärbten Nacht war trügerisch. Sie arbeitete sich langsam nach oben, einmal löste sich ein großes Stück Putz unter ihren Füßen und zersprang drei Stockwerke tiefer mit hellem Klang auf den alten Fliesen. Sie wartete, aber die Westgarther drüben rührten sich nicht. Sie mussten es gehört haben, aber sie schienen dem keine Beachtung zu schenken. Wie dumm sie doch waren. Jamade kletterte weiter. Vom Dach waren nicht mehr als ein paar verkohlte Sparren übrig. Sie zog sich hinauf und sah sich um.

Gar nicht weit entfernt lag die Bibliothek. Jamade konnte die zum großen Teil eingestürzte Kuppel gut erkennen. Es drang Licht aus ihrem Inneren nach draußen, so dass der bizarr gezackte Rand der Öffnung gelb vor dem dunklen Hintergrund leuchtete. Sie erinnerte sich, wie die Scholaren versucht hatten, die Gebäude um die Bibliothek zu einer Art Festung auszubauen, und anscheinend waren die Mauern bewacht. Sie sah Wächter weit oben, gute Ziele im schwachen Licht der kleinen Kohlekessel, an denen sie sich wärmten. Sie schüttelte den Kopf über diesen Leichtsinn. Für einen Schatten wäre es kein Problem gewesen, diese Mauern zu überwinden und diese Leute einen nach dem anderen auszuschalten.

Sie hörte ein Geräusch und sah dann wieder einige Westgarther im Dunkeln über die gepflasterten Straßen huschen: weitere Krieger, die sich nur einen Steinwurf von der »Festung« entfernt in den Ruinen verbargen. Einer ließ einen leisen Pfiff hören, und die Gruppe, die Jamade beobachtet hatte, antwortete ebenso leise. Sie balancierte über die schmale Mauer zu den Kriegern hinüber, vorsichtig, um nicht etwa gelockerte Steine loszutreten. Dann kauerte sie sich zusammen und spähte hinab. Es schienen sechs oder sieben Mann zu sein, und sie hielten Ruhe, was für sie sprach. Jamade kletterte vorsichtig zwei Stockwerke tiefer. Diese Krieger führten einen kurzen, aber dicken Baumstamm mit sich. Eine Ramme? Das Tor war auf der Nordseite, nicht hier im Osten. Immer noch ergab das Verhalten der Männer für sie keinen Sinn. Sie waren viel zu wenige für einen offenen Angriff. Oder lauerten hier noch mehr Westgarther in den Ruinen?

Jamade glitt hinab zur Straße und machte sich auf den Weg zum Tor der Festung. Als sie in den Schatten verborgen durch die Ruinen hastete, bemerkte sie einen weiteren Trupp, der sich in einem halb zerstörten Haus verbarg. Es waren Bogenschützen unter ihnen, und sie hatten Leitern und Seile dabei und machten sich gerade daran, leise in die oberen Stockwerke aufzusteigen.

Sie folgte ihnen, da sie ebenfalls wieder nach oben wollte. Leise huschte sie über die Leiter, die die Männer freundlicherweise für sie aufgestellt hatten. Das Holz knarrte. Einer der Westgarther drehte sich um. Die Schneide der Axt in seiner Faust schimmerte rötlich. Jamade verharrte. Hatte der Mann sie etwa gesehen? Er starrte genau in ihre Richtung, aber dann wandte er sich mit einem Schulterzucken wieder ab.

Sie schlich zur Seite und kletterte über halb eingestürzte Böden und geborstene Mauern weiter nach oben, bis sie wieder einen Platz über dem Geschehen gefunden hatte. Dort, nur einen Steinwurf entfernt, lag die Festung unter dem dunklen Nachthimmel. Die glimmenden Kohlefeuer sandten schwaches rotes Licht aus, das auf seltsame Weise eins mit dem dunkelroten Zwielicht zu werden schien, welches schwer über der ganzen Insel lastete. Jamade starrte hinab in das Gebäude. Diese Bogenschützen schienen auf irgendetwas zu warten. Sie fand ihre Stellung schlecht gewählt: Sie saßen zu tief, und die Ruinen engten ihr Schussfeld zu sehr ein. Aber das war schließlich nicht Jamades Problem. Sie glitt ganz hinauf auf die Reste des Daches, nahm Anlauf und sprang über die schmale Gasse auf das benachbarte Haus. Schutt rieselte in die Tiefe. Sie wartete einen Augenblick, und als sich nichts rührte, glitt sie weiter über die Mauer, bis sie endlich das Tor der Befestigungsanlage einsehen konnte. Sie hörte es knirschen und fühlte, dass die Ziegel unter ihr morsch waren. Ein Blick in den Abgrund von beinahe vier Stockwerken erinnerte sie daran, dass sie vorsichtig sein musste.

Die Scholaren waren fleißig gewesen: Das Tor sah zwar immer noch nicht sehr solide aus, aber es war mit einem hölzernen, überkragenden Wehrgang geschützt, den sie in kaum einem Tag gezimmert haben mussten. Zwei Wächter gingen dort gut sichtbar auf und ab, und Jamade lächelte, denn es kauerten noch ein halbes Dutzend weitere Männer dort, unsichtbar für jeden, der so dumm war, keine Späher hier herauf zu schicken. Unweit des Tores entdeckte sie eine zweite, scheinbar nicht verteidigte Brüstung, hinter der sich weitere Männer verbargen. Es waren keine Krieger, aber Jamade hatte nicht vergessen, dass Kapitän Buda die Scholaren mit Waffen versorgt hatte. Sie überlegte einen Augenblick, ob sie die Seekrieger warnen sollte. Wären sie dankbar genug, ihr ein Schiff zur Verfügung zu stellen? Das war ungewiss, und sie entschloss sich zu bleiben, wo sie war. Das war nicht ihr Kampf, und sie hielt es für unsinnig, sich für eine Seite zu entscheiden, solange der Sieger nicht feststand.

Sie reckte den Hals. Dem Verhalten der Scholaren nach zu urteilen, rechneten diese mit einem Angriff, doch wo steckte der Feind? Erwarteten sie den Angriff möglicherweise von der falschen Seite? Jamade leckte sich über die Lippen und wartete gespannt. Plötzlich ertönte vielstimmiges raues Gebrüll, dann ein dumpfes Stampfen im Takt. Die Westgarther marschierten aus der Finsternis heran. Sie kamen vom Hafen herauf, in einem dichten Pulk, ohne Fackeln. Die ersten drei Reihen schützten sich mit großen, runden Schilden. War das der Hauptangriff? Oder diente er nur zur Ablenkung, und der eigentliche Angriff kam von der Ostseite? Im dunklen Block der Krieger rief ein Mann Anweisungen, dessen Stimme Jamade sofort erkannte: Es war Prinz Askon! Wusste sein Vater nichts von den Ereignissen auf der Ebene? Ihr Führer Garwor musste es doch berichtet haben. Wieso durfte er dennoch diese Krieger kommandieren?

Askon war ein Mann von sehr zweifelhafter Ehre, und er hatte ihnen an der Brücke aufgelauert, um sich skrupellos mit Gewalt zu nehmen, was Ela ihm verweigert hatte. Und auch die schöne Aina hätte nichts Gutes von ihm zu erwarten gehabt. Und dann dachte sie plötzlich, dass Askon vielleicht genau der

Mann war, den sie brauchte. Sie reckte sich und versuchte, ihn in der Dunkelheit zu entdecken. Es wäre fatal, wenn er sich hier umbringen ließ. Sie war drauf und dran, die Westgarther doch noch zu warnen, aber gerade jetzt brüllten die Krieger ihren Schlachtruf und stampften weiter. Es waren vielleicht vierzig Mann, und in den hinteren Reihen führten sie Leitern mit. Jamade schüttelte den Kopf. Warum schickten sie dem Angriff keinen Hagel von Pfeilen voran? Warum waren keine Schützen oder wenigstens Späher auf den Mauern? Es war sicher nicht leicht, hier heraufzukommen, aber doch auch nicht unmöglich. Sollte das da etwa ein Überraschungsangriff werden? Dazu rückten die Krieger viel zu langsam vor. Dieser Marsch im Schildwall war keine schlechte Taktik, wenn man sich vor Bogen- oder Armbrustbeschuss schützen musste, aber Jamade hatte gesehen, was Kapitän Buda den Scholaren mitgebracht hatte. Ihre altmodischen Holzschilde würden den Westgarthern nicht viel nützen.

Eine helle Stimme am Tor erteilte einen Befehl. Einige Köpfe tauchten auf, und im schwachen Schein der Kohlefeuer blinkte Metall. »Wartet noch!«, rief die Stimme von Ghula Mischitu.

Die Westgarther stampften heran, brüllten furchterregend, schlugen mit Schwertern und Äxten auf ihre Schilde und hielten sich dicht aneinandergedrängt. Jetzt hoben sie die Schilde an, um Kopf und Leib zu schützen. Endlich kamen von irgendwo weiter hinten ein paar Pfeile auf die Mauern zugeflogen. Aber die Schützen, die Jamade im Nachbarhaus gesehen hatte, schienen noch warten zu wollen – oder lag das Tor außerhalb ihres engen Schussfeldes? Die Scholaren zogen die Köpfe ein, und es sah nicht aus, als sei einer von ihnen getroffen.

»Jetzt!«, kommandierte die Ghula.

Auf dem Wehrgang glommen Funken auf, und dann zündeten die schweren Büchsen mit lautem Knall. Jamade duckte sich unwillkürlich, obwohl sie weit aus der Schusslinie war.

Die Westgarther hatten dieses Glück nicht. Dicht gedrängt boten sie ein Ziel, das man nicht verfehlen konnte. Die Kugeln durchschlugen ihre Schilde, rissen blutige Bahnen durch menschliches Fleisch und streckten drei oder vier Männer nieder. Der Schildwall wankte wie von einer Keule getroffen, seine Reihen gerieten in Unordnung, Schilde sanken, und dann sirrten Armbrustbolzen und Pfeile in das Knäuel dunkler Leiber, die sich beinahe schutzlos auf der Straße drängten. Helle, durchdringende Jubelschreie ertönten aus den Reihen der Scholaren. Offenbar waren auch Frauen unter den Schützen.

Der Vormarsch der Westgarther stockte. Hinten brüllte Prinz Askon, dass sie weiter angreifen sollten, doch sie gehorchten nicht. Die Vorderen wichen zurück, die hinteren Reihen ließen die Leitern fallen und wandten sich zur Flucht. Die Männer suchten Schutz in den Hausruinen der Straße, doch die Scholaren hatten Fenster und Türen der Gebäude schlicht vernagelt, so dass es zu den Seiten keine Fluchtmöglichkeiten gab.

»Sie verstehen es wirklich, eine Falle zu stellen«, murmelte Jamade mit einer gewissen Anerkennung. Die Büchsen waren wohl noch nicht wieder geladen, doch Armbrüste und Bogen schickten weiter Geschoss auf Geschoss in die Reihen, die sich jetzt schnell auflösten. Es waren Brandpfeile darunter, die die Szenerie in flackerndes Licht tauchten. Die Westgarther rannten, wenn sie noch rennen konnten.

Fasziniert sah Jamade zu, wie einer, von zwei Brandpfeilen getroffen, weiter lief, obwohl sein Wams in Flammen stand. Mehrere Krieger lagen schon regungslos auf dem Pflaster, andere, von Pfeilen gespickt, versuchten, in Deckung zu kriechen, und wieder andere humpelten, so schnell sie es vermochten, in die

Dunkelheit zurück, aus der sie gekommen waren, während die Scholaren gnadenlos weiterhin auf sie schossen.

»Spart Pulver und Kugeln!«, kommandierte die Ghula.

Ein Hornsignal ertönte – es kam von der Ostseite der Festung.

»Die Schützen zur Ostmauer!«, rief die Anführerin der Scholaren.

Jamade hastete über die Mauerkronen der Ruinen dorthin, wohin auch die Verteidiger rannten. Sie achtete nicht mehr darauf, ob sie Lärm machte oder nicht. Unter sich hörte sie Bogensehnen sirren. Dann rief jemand eine Warnung, vermutlich hatte er den Schutt bemerkt, der von oben herabrieselte. Aber Jamade war im Schutz der Schatten, und die Gefahr, sich bei einem Sturz das Genick zu brechen, war viel größer, als hier von einem blind gezielten Pfeil getroffen zu werden. Sie sprang auf das nächste Gebäude und hörte ein dumpfes Krachen, das sich wiederholte – natürlich: die Westgarther versuchten, mit den schweren Schlachthämmern und dem Baumstamm die Mauer zu durchbrechen! Doch dann hörte sie Männer gellend aufschreien, und als sie noch näher kam, drang ihr der Gestank von kochendem Pech in die Nase. Sie erreichte den Kampfplatz gerade noch rechtzeitig, um auch diese Angreifer davonrennen zu sehen. Der Baumstamm hatte Feuer gefangen, und Jamade erspähte einige regungslose Körper in seiner Nähe. Die Mauer schien hingegen unversehrt.

Dann war der Spuk vorüber. Die Scholaren hatten einen leichten Sieg davongetragen, und Jamade glaubte nicht, dass sie überhaupt Verluste erlitten hatten. Den Westgarthern war es anders ergangen. Wenigstens ein Dutzend ihrer Krieger, so schätzte sie, hatten diesen dilettantischen Angriff mit ihrem Leben bezahlt. Sie kauerte sich auf der Mauer zusammen und fragte sich, was sie daraus folgern sollte. Dort lag die Festung der Sieger, doch immer noch waren es die Westgarther, die über die einzigen schnellen Schiffe verfügten. Sollte sie ihnen ihre Hilfe anbieten? Sie hätten sie bitter nötig. Sie könnte die Ghula beseitigen. Vielleicht war ein Handel möglich – ein Schiff für einen Tod? Prinz Askon musste so etwas doch eigentlich gefallen. Die Zeit drängte, aber die Vorstellung, sich mit diesen rauen, überheblichen Kriegern einzulassen, schmeckte Jamade trotzdem nicht besonders. Da sie aber keinen besseren Plan hatte, schlich sie hinunter zum Hafen.

***

Ela Grams lauschte in die Nacht. »Was war das?«, fragte sie noch einmal, da sie beim ersten Mal keine Antwort bekommen hatte.

»Büchsenfeuer. In der Stadt wird gekämpft. Westgarther und Scholaren tragen ihren Kampf schließlich doch mit Waffen aus«, erwiderte Sahif.

»Dann war der Tote am Turm vielleicht ein Opfer dieses Kampfes, oder?«

»Nein, das war Jamades Werk. Sie ist uns voraus. Wir sind zu langsam.«

Er hatte sich auf die Brüstung gestützt, um einen Augenblick zu verschnaufen. Er betrachtete eines der Rutenbündel, die der Alte Lenn dort hingesteckt hatte.

»Da! Brandpfeile! Das ist bei der Bibliothek, oder? Da wird wirklich gekämpft!«

Sahif antwortete nicht, sondern starrte weiter auf das bizarr geschmückte Bündel, das in der Mauer steckte. Plötzlich nahm er es, zerpflückte es und warf die Zweige, die Bänder und die kleinen Tierschädel, die daran hingen, einfach hinab. Die Ebene schien leblos, aber er wusste, dass die Nebelfetzen, die er dort unten sah, kein Nebel waren. Es waren die Geister der Toten, die sich an die Mauer drängten und die alle Hoffnung auf ihn setzten.

»Wird es denn reichen, wenn wir all diese Bündel zerstören?«, fragte Ela.

Er schüttelte den Kopf. »Dieser Bann sitzt tief im Boden, spürst du das nicht? Diese Bündel, die Zeichen und Symbole, das ist nur die Oberfläche. Es ist so, als würde der Alte Lenn eine Mauer von Zeit zu Zeit neu streichen, um sie vor dem Verfall zu bewahren. Würde er es lassen, würde irgendwann, vielleicht in Jahrzehnten, der Bann so schwach werden, dass die Unglücklichen ihn brechen könnten. Aber so lange können wir natürlich nicht warten.«

»Woher weißt du das? Von … früher?«

Bislang hatten sie das Thema vermieden, aber Sahif war klar, wie sehr das Ela beschäftigen musste. Er verspürte jedoch wenig Lust, diese alten Erinnerungen zu wecken, und fand, dass sie darüber auch später noch sprechen konnten. Daher sagte er nur: »Ich sehe, fühle und höre Dinge, die ich zuvor nicht sehen konnte. Vielleicht, weil ich schon auf der Schwelle des Todes war und zurückgekehrt bin. Jedenfalls kann ich spüren, dass dieser Bann, diese magische Mauer, die die Insel umschließt, tief in den Felsen sitzt.«

»Und was willst du nun tun?«

»Vielleicht weiß der Alte mehr, aber ich weiß nicht, wie ich diesen Verrückten überzeugen soll, mir zu helfen.«

»Wie ist Lenn eigentlich auf diese Insel gekommen?«

»Er war schon hier, bevor die Schatten kamen, jedenfalls hat mir das einer der Meister einmal erzählt. Ich denke, dass er vielleicht einer alten magischen Bruderschaft angehörte, die hier früher mit den Soldaten über die Insel wachte. Aber lass uns weitergehen, vielleicht wissen ja auch die Scholaren etwas über diesen Bann. Hoffen wir, dass sie noch nicht besiegt sind.«

»Und diese unsichtbaren Wächter, denen wir in der Ebene begegnet sind?«, fragte Ela, die ihn wieder stützte.

»Auch die Massarti waren schon vor den Schatten hier, und selbst die Oberen meiner Bruderschaft wissen nicht, welche Art Magie hinter ihnen steckt. Mir schienen sie wie lebende Wesen zu sein, die über diese Ebene wandern und wahllos alles töten, was dort noch lebt. Wir jüngeren Schatten stritten früher immer darüber, ob sie nun ein Werk der Nekromanten oder ein Werk der Belagerer waren.« Sahif seufzte. »Ich kann nicht behaupten, dass ich die Antwort weiß, aber mir scheint es, als seien sie geschaffen worden, um Du'umu zu bewachen, niemanden hinein- und vor allem niemanden hinauszulassen. Ich habe jedenfalls nie gehört, dass der Marghul je außerhalb der Stadtmauern gesehen wurde, und sie greifen doch jene an, die die Ebene betreten, versuchen nicht etwa, den Bann zu durchbrechen, der ja auch den Marghul gefangen hält. Aber die Geister, die wollen hinaus.«

»Das ist unheimlich.«

Sahif lachte leise. »Das kannst du laut sagen, Ela Grams. Doch dort ist die Treppe zur Stadt. Wir haben es bald geschafft. Wenn die Scholaren angegriffen werden, dann brauchen sie vielleicht Hilfe, und wenn es so ist, dann sind sie vielleicht bereit, mir ebenfalls zu helfen. Sie müssten wissen, wo wir Lenn finden.«

»Und sie haben vielleicht die Kräuter, die du brauchst.«

»Ja, vielleicht.«

Ela verstand nicht, warum Sahif nicht glauben wollte, dass die Scholaren ihm helfen konnten. Ghula Mischitu war bei weitem nicht so furchterregend, wie ihr Name es andeutete. Eigentlich hatte sie sogar etwas Mütterliches an sich, auf eine allerdings sehr respektgebietende Art. Ela war zuversichtlich, dass sie ihnen helfen würde. Es ging schließlich nicht nur um Sahif, es ging um viel mehr. Das Schicksal der Welt konnte von ihren Taten abhängen, auf jeden Fall aber das Schicksal von Atgath. Bei dem Gedanken an die Stadt wurde Ela schwermütig. *So was,* dachte sie, *jetzt stolpere ich mit einem Schatten über die Insel der Toten, hinter uns ein Heer von Geistern, vor uns ein Krieg um ein paar Ruinen, und ich habe nichts Besseres zu tun, als plötzlich Heimweh nach Atgath zu kriegen.*

»Du! Du!«, schrie plötzlich eine schrille Stimme. Eine Gestalt tauchte aus der Dunkelheit auf und sprang wie wild auf Ela und Sahif los. Sahif stieß Ela zur Seite und zog seinen Dolch. Die Gestalt blieb jedoch stehen. »Du siehst sie, oder? Du siehst sie – und sie, sie folgen dir!«

»Lenn?«

»Ja, sie folgen dir, doch wohin? Hier ist das Ende, hier geht es nicht weiter, kann es nicht, darf es nicht weitergehen.«

»Du hast mich zu Tode erschreckt, Lenn!«, rief Ela Grams.

Sahif fühlte ihre Hand auf seinem Arm. Er hatte immer noch seine Waffe in der Hand, doch jetzt steckte er sie beinahe verlegen weg. »Wenn du sie sehen kannst, Lenn, dann weißt du auch, was sie wollen, oder?«

Der Alte wandte sich ab, starrte über die Ebene und murmelte irgendetwas in seinen verwilderten Bart.

Sahif packte ihn an der Schulter und drehte ihn herum. »Du weißt, dass sie keine Gefahr sind. Sie sind Gefangene, und alles, was sie wollen, ist, von dieser Ebene herunterzukommen, Frieden zu finden!«

»Der Bann hält sie, der Bann hält das Böse. Gefahr, eine Gefahr«, murmelte der Alte. »Die Dunkelheit, das Zwielicht, es will uns verschlingen. Und er, er ist es, der hinaus will, fort von Du'umu, dem verfluchten Ort, er, der Fürst der Dunkelheit.«

»Dunkelheit, genau«, hörte Sahif Ela murmeln. Und noch bevor er etwas sagen konnte, schlug sie Funken mit dem Feuerstein, und dann glomm der Zunder auf.

»Was tust du da?«, herrschte er sie an.

»Wonach sieht es denn aus?«, kam es schnippisch zurück.

»Was tut sie, was tut sie?«, kreischte der Alte Lenn, weil die Köhlertochter, ohne zu zögern, eines seiner Bündel aus einem Mauerspalt zog und als Nahrung für die Flamme verwendete.

»Ich mache Licht, denn ich ertrage diese Finsternis und das Gerede von Geistern, Wächtern und Ghulen nicht länger.«

»Nicht zu hell«, brummte Sahif. »Die da unten dürfen uns nicht sehen.«

»Falls du die Leute in der Stadt meinst, denke ich mal, dass sie zu sehr mit ihrem kleinen Krieg beschäftigt sind, um auf uns und dieses alte Gemäuer zu achten.« Bei diesen Worten nahm sie den Alten bei der Hand und überredete ihn, sich zu setzen.

Sahif kam es so vor, als habe sie einen beruhigenden Einfluss auf ihn, auch wenn sein Blick immer noch irrlichterte und er zusammenhangloses Zeug murmelte. Sahif setzte sich. Das Fieber, mit dem sein Körper das Gift bekämpfte, schickte ihm Schauer über den Rücken, aber er riss sich zusammen und versuchte noch einmal, dem Alten zu erklären, dass die Toten gefangen waren in einer Ebene zwischen Leben und Tod und keinen anderen Wunsch hegten, als endlich die Schwelle zum Reich des Todes zu überqueren.

»Es geht nicht! Der Bann. Stark. Unüberwindlich. Muss sein, muss sein. Aber warum? Warum kannst du sie sehen, mit ihnen sprechen?«

»Ich war Gast in ihrem Land, wenn du so willst, Lenn. Ich

war auf der Schwelle des Todes, denn der Marghul gab mir ein Gift, das mich dorthin brachte.«

»Du bist ihm begegnet? Du bist ihm begegnet? Und lebst noch?«

»Dafür ist dieser widerliche Marghul tot«, warf Ela ein.

Lenn sprang auf. »Tot? Der Marghul? Unmöglich. Der Marghul kann nicht tot sein, aber du, du, du hast sein Gift getrunken, sagst du? Aber du lebst? Was erzählt ihr dem armen Lenn da? Warum belügt ihr mich so? Ihr lügt und täuscht und betrügt. Du musst tot sein, er muss leben. Es ist ganz verkehrt.« Er setzte sich wieder, Wahnsinn im Blick.

Sahif hätte dem Alten am liebsten die Kehle zugedrückt, um diesem wirren Redeschwall ein Ende zu bereiten, aber Ela Grams schien geduldiger zu sein: »Er lebt noch, weil er sich auf Heilung versteht. Vielleicht sollte ich dir das nicht sagen, aber er ist ein Schatten, wenn du weißt, was das ist.«

»Schatten? Schatten? Die sind fort. Alle, bis auf Iwar. Der grausame Iwar, der gnadenlose Iwar, aber Lenn tut er nichts. Du kannst kein Schatten sein!«

»Ich bin es, Lenn. Erinnerst du dich nicht, dass wir uns hier getroffen haben? Das war doch erst vor zwei Nächten.«

»Ja. Nein. Ja. Aber der Marghul?«

»Ich habe ihm den Kopf abgeschlagen«, erklärte Ela.

Eine Weile starrte der Alte sie mit offenem Mund an. Dann sprang er plötzlich auf, rannte ein paar Schritte davon und kehrte zurück. »Den Kopf, den Kopf. Schwörst du, dass er tot ist?«

»Ich schwöre es«, erklärte Ela mit fester Stimme.

»Das Böse ist besiegt, Lenn«, versuchte es Sahif erneut. »Die Toten, sie wollen endlich diese Welt verlassen. Und ich glaube, du kannst ihnen helfen.«

»Vielleicht, aber dann muss der Ring geöffnet werden, die

Mauer, und dann entweicht auch all das Böse. Der Marghul, ihn haben wir eingesperrt. Er darf nicht hinaus, nein, er darf nicht hinaus.«

Sahif lehnte sich an die Mauer und schloss die Augen. Er war erschöpft. Kalter Schweiß lief ihm über das Gesicht, und ein Zittern war dazugekommen. Er hatte gehofft, dass die Wirkung des Giftes mit der Zeit schwächer werden würde, aber das war nicht der Fall. Es schien eher darauf zu warten, dass seine Kräfte nachließen, um ihm dann den Rest zu geben, und das wirre Geschwätz des Alten Lenn machte es nicht besser. Ela Grams hatte wohl gemerkt, was mit ihm los war, und das Reden übernommen. Sie bewies eine bewundernswerte Geduld mit dem Alten, aber immer, wenn es so aussah, als habe Ela ihn davon überzeugt, dass es keinen Grund mehr gab, den Toten das Verlassen der Ebene zu verwehren, sprang er auf und rannte davon, kehrte zurück und behauptete, es sei nicht möglich oder nicht erlaubt, was in Sahif den Verdacht weckte, dass es eben doch möglich war. Irgendwann gab Lenn dann auch zu, dass es vielleicht eine Möglichkeit gebe, es aber nicht in seiner Macht liege, weil er gar nichts von solchen Dingen verstehe. Da konnte Sahif kaum noch folgen. Aber Ela Grams bewies Beharrlichkeit. »Ich weiß, dass du es kannst, Lenn, ich weiß, dass du selbst ein Magier bist. Ich sehe es«, behauptete sie.

Sahif war verblüfft. Wie kam sie nur auf diesen Gedanken?

»Ich? Ein Zauberer? Ich? Ja, vielleicht, früher einmal. Mit meinen Brüdern. Da wachte ich. Da war ich ein Zauberer. Jetzt bin ich ein Maler, der Zeichen auf Felsen malt, ein Gärtner, der Zweige schneidet und schmückt.«

Sahif betrachtete den Alten plötzlich mit ganz anderen Augen. Wie alle jungen Schatten hatte er ihn für einen Verrückten gehalten, der Rutenbündel schnitt und alte Zeichen nachzog,

Handlungen, die vielleicht einen Sinn ergaben – vielleicht aber auch nicht. Am weitesten verbreitet war die Ansicht gewesen, er sei ein Diener, zurückgelassen von den Zauberern, die einst auf dieser Insel gewacht hatten, jemand, der einfach ohne Verstand Dinge wiederholte, die er bei seinen Meistern gesehen hatte. Nie wäre Sahif auf den Gedanken gekommen, dass der Alte selbst ein Magier sein könnte.

»Ich wusste es, Lenn. Du bist ein Magier, mit Macht. Du kannst den Bann aufheben, der um diese Insel liegt, wenn du willst. Vielleicht nur für kurze Zeit. Den Toten würde das genügen«, sagte Ela.

»Aber das geht nicht. Der Marghul, er darf Du'umu nie wieder verlassen. Nie wieder.«

»Er ist tot, Lenn«, wiederholte Ela geduldig.

»Aber die Wächter werden es nicht glauben, die Wächter werden es nicht erlauben, aber was wollen sie? Das ist schwer zu erraten.«

»Die Massarti? Was ist mit ihnen?«

»Es geht nicht ohne sie. Der arme Lenn kann den Bann nicht heben. Nicht ohne seine Brüder.«

Sahif starrte den Alten an. Auch Ela hatte innegehalten. Sie warf ihm einen fragenden Blick zu. Vermutlich dachte sie, ebenso wie er, dass sie sich verhört haben musste.

»Du nennst die Wächter deine *Brüder?*«, fragte Sahif.

»Brüder. Früher. Das waren sie.«

»Wann?«, fragte Ela.

»Vor vielen Jahren, Jahrzehnten. Die Soldaten wollten nicht bleiben, sie verließen die Mauern, verließen Bariri. Aber wir blieben. Zauberer müssen mehr Geduld haben als Soldaten. Wir wachten, denn er war noch da. Der Fürst der Dunkelheit. In Du'umu.«

Der Alte Lenn sprach sehr leise, doch auch klarer als zuvor: »Wir wachten, warteten, dass der Marghul endlich starb, aber die Jahre, Jahrzehnte vergingen, er starb nicht, und meine Brüder verloren die Geduld. Sie wollten hinein, dem Bösen ein Ende bereiten. Ich habe sie angefleht, es nicht zu tun, aber sie hörten nicht auf den armen Lenn, gingen, und ich ging nicht mit, weil ich mich fürchtete.« Der Blick des Alten war völlig leer. »Sie zogen vor die Stadt und forderten das Böse heraus. Der Marghul kam. Ich habe zugesehen, aus der Ferne. Ein Kampf, wie ihn die Welt niemals zuvor erlebt hat. Und niemand sah es, außer dem armen Lenn. Die Erde bebte, der Himmel stöhnte. Meine Brüder, sie waren so stark. Nie wurden mächtigere Zauber gewoben. Doch die Ebene um Du'umu ist verflucht, verseucht, die Magie verdorben und verdreht. Ihre Zauber wurden davon vergiftet, sie missrieten, gingen fehl. Meine Brüder ließen alle Vorsicht fahren, sie öffneten ihren Geist weiter und weiter dem Strom der Magie. Sie durchdrang sie, sie verschmolzen mit ihr zu einer unerhörten Macht, und der Marghul floh vor ihnen, zurück nach Du'umu. Doch die Magie, die Ebene, sie gab sie nie wieder her. Die Magie, die sie aufgesogen hatten, war verdorben durch das Werk der Totenbeschwörer, sie hat ihre Leiber vernichtet und ihren Geist zerstört. Sie waren nicht mehr Zauberer, Geister wurden sie, ohne Verstand. Ich muss den Ring nun gegen sie bewachen, den magischen Käfig, den sie selbst beschworen haben, sie einsperren mit dem Feind. Jetzt wachen sie dort, bis in alle Ewigkeit. Aber wenn der Marghul tot ist …« Sein Blick schweifte wieder ab ins Leere.

»Die Wächter, das sind, das waren … *Menschen?*«, fragte Ela mit großen Augen.

»Sie werden nichts dagegen haben, wenn du die Toten befreist, Lenn«, sagte Sahif. »Vielleicht kannst du sie sogar von ihrem Fluch erlösen. Sie müssen den Marghul doch nicht mehr bewachen.«

»Fluch? Fluch oder Segen? Was wollt ihr hier? Was wollen die anderen hier? Die Insel gehört uns! Den Toten, den Wächtern!« Er stierte sie an, und in seinen Augen glitzerten gefährliche Funken.

Plötzlich sah Sahif ein Flimmern über die Handflächen des Alten laufen, und er spürte unvermittelt eine sehr starke magische Präsenz.

»Wenn der Marghul tot ist, wirklich tot ist, dann, ja, dann …«, murmelte der Alte. Doch dann trübte sich sein Blick, und seine Hände erschlafften. Er sprang jäh auf und rief: »Geht, geht. Geht alle! Geht alle! Ihr habt hier nichts verloren! Geht, oder ich verjage euch! Sie verjagen euch!« Und dann drehte er sich um, rannte die Mauer entlang und wurde schnell von der Dunkelheit verschluckt.

Für eine Weile blickten sie schweigend in die Richtung, in der er in der Dunkelheit verschwunden war.

»Augenblick«, sagte Ela langsam, »habe ich das richtig verstanden? Diese unheimlichen Wächter, das waren einmal Zauberer? Und sie sind verwandelt worden, als sie gegen den Marghul kämpften?«

»Und sie kämpfen heute noch, oder wenigstens hinderten sie ihn all die Jahrzehnte daran, die Stadt zu verlassen. Leider greifen sie auch jeden anderen Lebenden an, den sie auf der Ebene antreffen«, meinte Sahif. »Aber die entscheidende Frage ist doch, ob Lenn nun den Bann aufheben kann oder nicht.« Das war zumindest die Frage, die ihn beschäftigte. Für einen Augenblick war aufgeblitzt, dass Lenn viel mehr war als ein armer Irrer. Er war ein Zauberer, vielleicht sogar ein mächtiger. Gehörte er womöglich zu jenen, die vor langer Zeit den Bann um die Insel gelegt hatten? Dann konnte er ihn doch vielleicht auch aufheben – wenn er wieder zu Verstand kam.

Ela starrte in den rötlichen Nachthimmel. Kein Stern war zu sehen. Sie seufzte. »Woher soll ich wissen, was er kann und was nicht? Zauberer, Schatten, das ist mir alles zu hoch.«

Sahif lächelte, erhob sich und löschte das Feuer. »Komm, Ela Grams. Wir gehen zu den Scholaren. Vielleicht wissen die etwas über diesen Bann und wie wir ihn lösen können.«

»Er war nah daran, uns zu helfen. Vielleicht sollten wir ihm nachgehen und …«

»Nein, ich glaube nicht, dass wir jetzt noch zu ihm durchdringen. Für einen Moment war er beinahe klar, doch am Ende war die Erinnerung wohl zu viel für ihn. Ich werde ihn morgen suchen, falls Ghula Mischitu keinen besseren Rat für uns hat.«

»Aber, dass es Menschen sind …«

»Menschen waren, Ela Grams, jetzt sind es Massarti, Wächter, von der Magie in den Wahnsinn getrieben, Geister, wie Lenn sagte.« Sahif hielt kurz inne, dann fügte er hinzu: »Wirst du mir morgen bei der Suche helfen? Ich glaube, wenn ihn jemand überzeugen kann, dann du.«

In der verlöschenden Glut ihres kleinen Feuers sah er, dass sie erfreut lächelte.

***

Es war nicht schwer für Jamade, die Westgarther zu finden. Sie hatten sich im Schein einiger Fackeln unten am Hafen versammelt und stritten lautstark. Nur wenige Posten waren aufgestellt, als könnten die Scholaren nicht auf die Idee kommen, ihrerseits anzugreifen. Jamade suchte sich ein Trümmerstück der alten Kaianlage und setzte sich, immer noch verborgen in den Schatten, um das Schauspiel zu betrachten.

Es war Prinz Askon, der das Wort führte, ihm stand ein weißbärtiger Krieger gegenüber, der seinen Führungsanspruch offenbar in Frage stellte.

»Sie haben uns erwartet, soviel ist klar«, knurrte der Prinz. »Deshalb konnte der Angriff nicht gelingen.«

»Ich habe dir gesagt, dass wir Späher und auch mehr Bogenschützen brauchen werden, wenn wir Aussicht auf einen Sieg haben wollen.«

»Es ist leicht, das hinterher zu sagen, Alfar, sehr leicht«, höhnte Askon.

»Ich habe es dir vorher gesagt!«, rief der Alte zornig.

»So? Wie kommt es dann, dass ich mich nicht daran erinnere? Und wie kommt es, dass ich kein Blut und keine Wunde an dir sehe? Wo warst du? Meine Leute haben ihr Leben gegeben, während du nicht den Mut und die Kraft hattest, die Mauer an ihrer schwächsten Stelle zu stürmen.«

Der Alte machte einen drohenden Schritt auf Askon zu. Jamade konnte sehen, dass er rot vor Zorn war. Sie sah noch etwas anderes: Der Alte hatte viele der erfahrenen Krieger auf seiner Seite, während die Jüngeren zu Askon zu halten schienen. »Nennst du mich einen Feigling, Askon? Meine Männer liegen tot vor der Mauer, weil sie mit kochendem Pech erwartet wurden. Wahrlich, dieser Überraschungsangriff war keine Meisterleistung, Prinz!«

»Sei vorsichtig mit deinen Worten, Mann!«

»Wo sind denn deine Wunden? Und wo sind eigentlich die Männer, die gestern mit dir in der Ebene der Toten waren? Ich sehe sie nicht. Nein, gib dir keine Mühe, dir eine Ausrede einfallen zu lassen. Garwor hat mir berichtet, was geschehen ist. Gefallen sind sie, weil du das heilige Gastrecht nicht achtest, weil du dir eine Frau mit Gewalt nehmen wolltest, die dich verschmähte. König Hakor wird nicht erfreut sein, er wird gar nicht erfreut sein, wenn ich ihm sage, was du heute …«

»Du hinterlistige Schlange! Willst du dich bei meinem Vater lieb Kind machen, indem du mich verleumdest, meinen Namen in den Dreck ziehst? Hüte dich, alter Mann!« Askon war nah an Alfar herangetreten, so nah, dass sie einander mit der Stirn fast berührten. Jamade betrachtete sie fasziniert. Hier der alte erfahrene Krieger, dessen immer noch stämmiger Körper verriet, dass er zu seinen besten Zeiten vermutlich ein furchterregender Kämpfer gewesen war, dort der aufbrausende, breitschultrige Askon: Sie starrten sich an, als wollten sie einander mit Blicken töten.

»Ich muss deinen Namen nicht beschmutzen, Askon, denn diese Arbeit nimmst du mir schon selbst ab!«, zischte der Alte.

»Ich warne dich ein letztes Mal!«

»Ich lache über deine Warnung.« Der Alte schüttelte den Kopf, trat einen Schritt zurück und lachte plötzlich. Dann wandte er sich den Kriegern zu, breitete die Arme aus und rief: »Soll ich mich wirklich herablassen, weiter mit diesem Knaben zu streiten, Freunde? Nein! Gehen wir zu seinem Vater, er wird ihn bestrafen, wie man es mit einem Kind eben tut, das mit den Schwertern von Männern gespielt und Unglück angerichtet hat.« Ein paar Männer stimmten in sein Lachen ein, aber bei weitem nicht alle.

Askon stieß einen Schrei aus, sprang, packte den Alten an der Schulter und riss ihn herum. Und während Alfar noch um sein Gleichgewicht kämpfte, rammte er ihm schon seinen Dolch in den Unterleib. Der Alte stöhnte und ging in die Knie. Seine Hände pressten sich auf den Leib, als versuche er das Leben festzuhalten, das ihm mit einem Blutschwall entwich.

Totenstille lag über der Versammlung. Nur Askon schrie

noch einmal laut auf. »Ist noch jemand der Meinung, dass ich ein Kind bin?«, rief er.

»Nein, denn kein Kind würde so etwas tun!«, grollte eine Stimme aus dem Hintergrund.

König Hakor war erschienen, von drei alten Männern begleitet. Die Männer machten ihm ehrerbietig Platz. Er ging an seinem Sohn vorüber zu dem sterbenden Alfar, der ihn bleich und verwundert anblickte. Blut sickerte über seine Lippen, als er versuchte, etwas zu sagen.

Der König legte ihm die Hand auf die Schulter. »Es ist schon gut, Freund. Wir treffen uns auf den Schlachtfeldern der nächsten Welt.«

»Vater, ich …«

»Genug!«, schrie Hakor, ohne seinen Sohn eines Blickes zu würdigen. »Schafft ihn mir aus den Augen, schnell, bevor ich ihn eigenhändig erschlage.«

»Was soll mit ihm geschehen, Herr?«, fragte einer der Krieger.

»Sperrt ihn ein. Wir werden heute Nacht über ihn richten. Und nun berichtet mir, was hier vorgefallen ist.«

Jamade sah gespannt zu, wie einige Männer an den Prinzen herantraten, um ihn abzuführen. Würde er sich widersetzen? Nein, Askon leistete keinen Widerstand, schien aber vor Wut zu kochen, und der Blick, mit dem er seinen Vater bedachte, war voller Hass. Sie bemerkte, dass selbst jetzt, nach dieser frevelhaften und ehrlosen Tat, viele der jüngeren Krieger immer noch auf Askons Seite standen. Sie folgte dem Prinzen und seinen Bewachern, denn in ihr reifte ein Plan, wie sie diesen Zwischenfall zu ihrem Vorteil nutzen konnte.

***

Als Sahif mit Ela über die Straße lief, schien der Kampf schon vorüber zu sein. Die bleichen Ruinen der zerstörten Stadt lagen still wie Knochen unter dem rötlichen Nachthimmel, nur vereinzelt drang das Zirpen einer Zikade hinter den Mauern hervor. Einen Augenblick lang hatte er geglaubt, dass am Hafen noch gekämpft wurde, denn bis eben waren von dort laute Stimmen über die tote Stadt geklungen, aber auch die waren verstummt. War der Kampf also entschieden? Wer hatte ihn begonnen? Und vor allem, wer hatte ihn gewonnen?

Plötzlich traten einige Westgarther aus einem vor langer Zeit ausgebrannten Haus. Sie schleppten zwei leblose Körper über die Gasse. Sahif verfluchte seine Unaufmerksamkeit.

Die Männer blieben stehen. »Wer ist das? Ulufa? Bist du das?«, fragte eine misstrauische Stimme. Aber dann erkannte sie einer: »Der Oramarer! Schnappt ihn euch, Männer! Für Dorgal, für all die anderen!«

Die Krieger ließen die Leichen zu Boden sinken und zogen ihre Schwerter und Äxte aus dem Gürtel.

Sahif packte Ela am Arm und zog sie in die nächste Ruine. Kaum hinter der Mauer, rief er die Schatten, hielt dem Mädchen den Mund zu und drückte sich mit ihr in eine dunkle Ecke. Ein Fieberschauer lief ihm über den ganzen Körper. Er bemerkte, dass er zitterte. Ihm wurde schwarz vor Augen. *Nicht jetzt,* dachte er.

Die Männer waren ihnen dicht auf den Fersen, die Schneiden ihrer Waffen blinkten selbst in dieser dunklen Nacht. Sie waren vorsichtig, drangen nur langsam in die Ruine vor.

»Verflucht! Licht!«, befahl der Anführer.

Eine Fackel flammte auf und ließ Schatten über die zerstörten Wände tanzen.

»Bleibt dicht beieinander!«

Die Männer schlichen langsam tiefer in die Ruine hinein. Sahif hörte sie miteinander flüstern. Aber dann, nach einer Weile, fluchte der Anführer wieder. »Er ist längst weg, mit seinem Weib. Ich verfluche ihn noch einmal. Dorgal war ein guter Mann, und dieses Schwein hat ihn getötet.«

»Waren nicht zwei Frauen bei diesem Fremden?«, fragte einer der Krieger halblaut. »Wo war die andere?«

»Wird sich irgendwo versteckt halten, oder der Schrecken von Du'umu hat sie geholt. Und wenn nicht der, dann will sie Prinz Askon für sich, mach dir also keine Hoffnungen, Hagar.«

Jemand lachte heiser.

»Ich glaube nicht, dass Askon im Augenblick noch viele Ansprüche stellt«, gab Hagar zurück.

»Ich würde ihm trotzdem nicht in die Quere kommen, denn er ist nachtragend und wird eines Tages auch dein König sein. Und jetzt lass uns die Gefallenen zum Friedhof bringen.«

Sahif wartete, bis die Krieger verschwunden waren, erst dann ließ er den Schatten fallen.

»War das ein Zauber?«, fragte Ela.

»Der Schatten, der uns vor unseren Feinden verbirgt.«

»Nützlich«, sagte sie leise. »Aber war es nötig, dass du mir den Mund zuhältst?«

»Der Schatten kann Geräusche dämpfen, aber ich war nicht sicher, ob ich ihn lange halten kann.«

»Verstehe«, murmelte Ela Grams. Sie schien verstimmt zu sein.

»Dorgal, war das der Mann am Turm?«, fragte er, um sie abzulenken.

»Er war es. Aber was meinten sie damit, dass du ihn getötet hast?«

»Jamade.«

»Du glaubst, sie hat ihn …?«

»Lass uns hoffen, dass sie nicht auch noch einen Scholaren in meiner Gestalt ermordet hat.«

Sie verließen die Ruine. Sahif fühlte sich schwach und musste sich wieder auf Ela stützen. Es kostete ihn immer mehr Kraft, gegen die Wirkung des Giftes in seinem Körper anzukämpfen, und es hatte ihn fast völlig erschöpft, den Schatten zu beschwören. Der Marghul verstand sich gut auf Gifte, das wurde von Stunde zu Stunde deutlicher, denn trotz seiner magischen Fähigkeiten wurde es nicht besser, sondern schlimmer. Sie schlichen vorsichtig durch die zerstörte Stadt, bis sie die Straße erreichten, die zur Festung der Scholaren führte. Ela stolperte über einen Pfeil, der auf der Straße zurückgeblieben war, dann sahen sie einen Schild auf dem Pflaster liegen, ansonsten war die Straße verlassen. Aber es lag etwas in der Luft, ein Geruch nach verbranntem Fleisch und Blut.

»Hier wurde gekämpft«, stellte Sahif fest.

»Na, ich hoffe, sie verwechseln uns nicht mit Westgarthern«, murmelte Ela. Sie fühlte sich müde und zerschlagen, was kein Wunder war, wenn man bedachte, dass sie fast den ganzen Tag Sahif hatte stützen müssen, auch wenn dieser versuchte, seine Schwäche zu verbergen.

»Wer kommt da?«, rief eine Stimme vom Tor.

»Ela Grams und Sahif aus Oramar«, rief Ela zurück.

»Kommt näher, damit wir euch sehen können!«

»Wir sind nicht eure Feinde«, versicherte Sahif.

»Und was wollt ihr?«

»Ich will ein Bad, frische Kleidung und eine warme Mahlzeit«, rief Ela, deren Geduldsfaden riss. »Aber für den Augenblick wäre ich schon dankbar für einen sicheren Platz für die Nacht. Also lasst uns ein!«

»Öffnet das Tor!«, kommandierte eine Stimme. »Die Ghula will sicher hören, was sie zu berichten haben, und ich will es auch.«

»Wie du meinst, Hawid«, erwiderte die Wache auf der Brustwehr. Dann endlich öffnete sich das Tor.

»Sieh an, ich hätte nicht gedacht, dass ich Euch wiedersehe, Sahif aus Oramar. Doch wie ich sehe, seid Ihr nur zu zweit. Hat sich die Ebene der Toten also ihren Anteil geholt?« Ghula Mischitu saß erhöht im Schein zweier Öllampen auf einer Empore unter der offenen Kuppel der Bibliothek. Von unten betrachtet sah es aus, als säße sie im Nachthimmel, was ihrer Erscheinung etwas Überirdisches gab. Sie war jedoch mit ganz irdischen Dingen beschäftigt, denn sie studierte mit einigen anderen Scholaren Karten der Stadt, vermutlich für den nächsten Kampf. Ela fand sie immer noch einschüchternd.

»Wie ich sehe, ist es Euch gelungen, den ersten Angriff der Westgarther zurückzuschlagen«, erwiderte Sahif kühl und verzichtete damit ebenso auf einen Gruß wie die Ghula.

»Sie mögen der Zahl nach stärker sein, doch wir sind klüger – und besser bewaffnet. Das wird die Sache für uns entscheiden. Doch was wollt Ihr hier? Hilfe? Bereut Ihr es endlich doch, Euch mit diesen verräterischen Hunden eingelassen zu haben?«

Offenbar wusste sie bereits, dass Askon sie in der Ebene angegriffen hatte.

»Sie sind nicht alle so falsch wie dieser elende Prinz!«, platzte es aus Ela heraus. Sie dachte an den armen Leiw, der gefallen war, als er ihr Leben verteidigt hatte.

»Es steht Euch frei, zu ihnen zu gehen, wenn Ihr sie derart ins Herz geschlossen habt«, spottete die Ghula. »Meine Zeit ist jedoch knapp. Ich nehme an, Ihr habt ein Anliegen, doch bin ich fast sicher, dass ich es ablehnen werde.«

»Kräuter!«, rief Ela. »Der Marghul hat Sahif vergiftet, und wir brauchen Kräuter, um das Gift zu besiegen.«

»Ihr seid *Marghul Udaru* begegnet?«

Es war totenstill in der großen Halle geworden.

»So ist es. Und er hat Sahif vergiftet.«

»Ihr wart wirklich innerhalb der Knochenfestung? Wie habt Ihr das überlebt?«, fragte die Ghula lauernd.

»Ich habe ihn getötet«, erklärte Ela schlicht.

»Unmöglich!«, entfuhr es Mischitu. »Eine Lüge!«

Ela zuckte mit den Achseln. »Ich habe ihm ein Messer in den Leib gerammt, was sich eigenartig anfühlte, denn sein Körper war morsch, wie verfaultes Holz. Da ist er auch noch nicht gestorben, obwohl er tot hätte umfallen müssen. Also habe ich ihm den Kopf abgeschnitten, was nicht schwer war, denn sein Hals war auch wie morsches Schilf, nicht wie Fleisch und Blut.«

»Bei allen Himmeln, nicht schwer?«, rief Hawid. »Mädchen, du hast den vielleicht mächtigsten Zauberer der Welt getötet!«

Ela schluckte. Sie hatte bislang nicht viel darüber nachgedacht, auch weil schon der bloße Gedanke an den Marghul und sein Verließ sie mit Schrecken erfüllte.

Die kleinen Augen der Ghula wanderten von Ela zu Sahif und zurück. Sie trommelte mit den Fingern auf der Lehne, schien die gehörten Worte sorgsam zu prüfen, dann fragte sie schließlich: »Habt Ihr den Leichnam verbrannt?«

Ela schüttelte den Kopf.

Ghula Mischitu schnaubte verächtlich. »Nicht verbrannt? Wie bedauerlich. Dann ist er vielleicht nicht so tot, wie Ihr glaubt. Aber nehmen wir für einen Augenblick an, dass er sehr geschwächt ist.« Sie fluchte. »Wenn diese verdammten Westgarther nicht wären, wäre das eine gute Gelegenheit, diese Sache zu einem Ende zu bringen.«

»Diese Sache?«, fragte Sahif.

Mischitu seufzte. »Seit langem versuchen wir, mehr über Marghul Udaru herauszufinden, denn wir wollen ihn vernichten. Als wir hier landeten, nahmen wir an, dass selbst der letzte Zauberer von Du'umu dem Alter erlegen sei. Dieser Krieg liegt schließlich schon hundert Jahre zurück! Doch wir stellten fest, dass das ein Irrtum war, den wir sehr teuer bezahlen mussten. Er verlangte einen schrecklichen Zoll für die Erlaubnis, die alte Bibliothek von Bariri zu betreten. Und wir mussten dorthin, denn nur dort finden wir das Wissen, das wir brauchen, um all den Totenbeschwörern, die immer noch in großer Heimlichkeit durch diese Welt wandern, den Garaus zu machen. Seit Jahren sammeln wir nun unauffällig Informationen über ihn und die verfluchten Nekromanten, immer in der Hoffnung, eines Tages endlich eine verwundbare Stelle zu finden. Wer hätte gedacht, dass eine einfache Dienerin mit einem Messer beinahe das vollbringt, woran vor uns selbst große Zauberer gescheitert sind?«

Ela wurde verlegen, auch wenn sie wegen der »Dienerin« ein bisschen beleidigt war. »Ich hatte viel Glück«, murmelte sie, und sie verschwieg, dass ihr ein magischer Mantel der Mahre geholfen hatte, sich vor den Augen des Marghul zu verbergen.

Die Ghula verschränkte die Arme vor der Brust. »Wird es nicht langsam Zeit, dass Ihr uns sagt, wer Ihr wirklich seid und was Ihr in Du'umu gesucht habt?«

Ela wechselte einen Blick mit Sahif. Er sah müde aus. »Bekommen wir die Kräuter, die Sahif braucht?«, fragte sie.

»Wenn wir sie denn haben – und wenn mich deine Geschichte überzeugt, Mädchen.«

»Also gut«, begann Ela, und dann erzählte sie von Sahif, dem Schatten, der sein Gedächtnis verloren hatte, und von dem anderen Schatten, Jamade, die ihn mit List und Tücke nach Bariri gelockt hatte, weil angeblich eine Festung der Bruderschaft auf dieser Insel lag. »Aber diese Schlange verschwieg uns, dass diese Burg schon lange verlassen ist. Sie führte uns stattdessen in die Stadt, wo wir dem Marghul in die Hände fielen.«

»Und wozu das alles?« Mischitu hatte nicht einmal mit der Wimper gezuckt, als sie erfuhr, welcher Bruderschaft Sahif angehörte. »Was will dieser andere Schatten von Euch?«

»Ich bewahrte ein magisches Geheimnis, das mir der Marghul auf der Schwelle des Todes, dort, wo alle Zauber schwach sind, entreißen sollte. Er starb, doch Jamade ist es leider gelungen, seine Arbeit zu vollenden. Nun ist das Geheimnis in ihrem Besitz, und das kann böse enden. Und deshalb muss ich verhindern, dass sie diese Insel verlässt, koste es, was es wolle.«

Die Ghula saß mit halb geschlossenen Augen scheinbar in sich versunken da, als ginge sie diese Geschichte noch einmal Wort für Wort durch. Dann sagte sie: »Ihr braucht also heilende Kräuter, und Ihr braucht vermutlich ein Boot oder ein Schiff, um diese Insel zu verlassen. Wir sind bereit, Euch beides zu beschaffen, doch erwarten wir eine Gegenleistung.«

»Welcher Art?«, fragte Sahif.

»Ihr werdet jemanden für uns töten, Schatten.«

»Ihr wollt, dass er einen Mord begeht? Das ist abscheulich!«, rief Ela.

»Er ist ein Schatten«, erwiderte die Ghula mit flüchtigem Lächeln, »und diese Tat wird vermutlich viele Leben retten.«

»Wen soll ich töten?«, fragte Sahif ruhig.

»Aber Sahif, du hast doch nicht etwa vor …«

Sein eisiger Blick brachte Ela zum Verstummen.

»Diesen sogenannten König Hakor«, erklärte Mischitu gelassen.

»Der Mann hat mir nichts getan.«

»Ein seltsamer Einwand für einen Schatten, der einen beträchtlichen Lohn erwartet.«

»Mir scheint nicht Hakor, sondern eher sein Sohn Askon das größte Hindernis für Frieden auf dieser Insel zu sein«, entgegnete Sahif.

Die Ghula schüttelte den Kopf. »Das dachte ich lange Zeit auch, doch es war Hakor, der diesen Krieg vom Zaun brach. Ich halte es für möglich, dass er damit von den Untaten seines Sohnes ablenken wollte. Ganz recht, wir wissen von dem Kampf auf der Brücke. Ich nehme sogar an, dass Hakor ihn zum Befehlshaber machte, damit Askon auf diesem Weg seine Scharte auswetzen kann.« Die Ghula lächelte kalt. »Es sieht jedoch so aus, als ob dieser Plan fehlgeschlagen sei. Askon mag ein starker Krieger sein, vielleicht sogar ein brauchbarer Seeräuber und Schmuggler, aber ein umsichtiger Feldherr ist er nicht.«

»Und Ihr glaubt, Ihr könnt mit Askon Frieden schließen, wenn sein Vater tot ist?«, fragte Sahif zweifelnd.

»Wer sagt Euch, dass ich noch Frieden schließen will? Ist Hakor tot, ist auch sein sogenanntes Königreich erledigt, denn nach dem heutigen Tag werden nicht mehr viele Krieger Prinz Askon folgen. Dann werden die meisten Westgarther die Insel verlassen, und mit denen, die hierbleiben, werden wir schon fertig.«

»Aber Hakor ist ein König!«, rief Ela.

Die Ghula lachte. »Die Westgarther haben so viele Könige, wie es Muscheln an ihrer Küste gibt, sie gelten selbst den eigenen Leuten nicht viel.«

»Sie haben aber auch eine Königin«, wandte Ela ein, »und ich glaube, die gilt sehr wohl viel bei ihnen.«

»Ah, die gute Arethea, ein berechtigter Einwand. Nun, sollte sie sich anstelle ihres missratenen Sohnes auf den Thron setzen, so haben wir vielleicht einen zweiten Auftrag für Euch, Schatten.«

Ela nahm Sahif am Arm und flüsterte: »Tu es nicht! Das ist Mord. Daraus kann nichts Gutes werden. Wir finden einen anderen Weg, an ein Schiff zu kommen.«

»Kannst du mit einem Boot umgehen?«

»Ich? Nein, aber …«

»Kein Aber, Ela. Wir brauchen ein Boot, denn wir müssen Jamade aufhalten. Die Westgarther werden uns keines geben, und falls du an eines der Fischerboote denken solltest, die unten im Hafen liegen, so kann ich damit ebenso wenig umgehen wie du. Wir würden nicht einmal die nächste Insel erreichen. Aber wir müssen, Ela. Und ein Leben ist ein kleiner Preis, wenn wir dafür die Welt retten können.«

»Aber, Sahif …«

»Ich kann diesen Krieg mit einem Streich beenden, Ela, und ich werde es tun, denn das ist es, was ich einst auf dieser Insel gelernt habe. Hast du vergessen, was ich bin? Ich bin ein Schatten!«

Er löste Elas Hand von seinem Arm und wandte sich an die Ghula: »Ich töte Hakor. Für die Kräuter, ein Boot und jemanden, der es steuern kann.«

Er sagte es mit fester Stimme, als fiele ihm die Entscheidung leicht, aber das stimmte nicht. Jahrelang hatte er über das Leben seines Vaters gewacht, und er hatte Leute getötet, zum Schutz oder im Auftrag seines Vaters, des Großen Skorpions, ohne je zu zögern oder zu zweifeln. Er hatte sich von diesem Leben verabschiedet – Aina zuliebe. Doch die war tot, und wenn er es richtig verstanden hatte, war sie nur ein Werkzeug seiner Schwester und ihre Liebe eine Lüge gewesen. Er hatte mit ihr fliehen wollen, hatte gehofft, in Atgath die Ringe des Vergessens zu finden, von denen seine Schwester Shahila ihm erzählt hatte. Mit deren Hilfe hatte er aus dem Gedächtnis seines Vaters, seiner gefährlichen Geschwister und auch der Schatten verschwinden wollen. Doch diese Pläne waren zu Staub zerfallen, wie sein ganzes bisheriges Leben. Inzwischen hatte er erfahren müssen, dass es solche Ringe gar nicht gab, und doch – er hatte gehofft, dieses alte Leben hinter sich lassen zu können. Offenbar war das nicht so einfach.

Aber Mord? Er hatte früher getötet, kalten Herzens und ohne so etwas wie ein Gewissen zu spüren. Und auch seit Atgath hatte er Männer töten müssen, doch stets im Kampf. Nein, das stimmte nicht. Den Matrosen, der angeblich versucht hatte, Aina zu vergewaltigen, den hatte er aus Wut umgebracht. Ihm wurde erst jetzt klar, dass der Mann vermutlich unschuldig gewesen war. Jamade hatte den Mann benutzt und seinen Tod in die Wege geleitet, warum auch immer. Er schloss die Augen. Diese Schlange kannte offenbar keine Skrupel, und ihm war klar, dass er noch vor wenigen Wochen nicht besser gewesen war. War er es jetzt? So leicht wurde man seine Vergangenheit wohl nicht los. Er würde also noch einmal morden müssen – ein letztes Mal. Es versetzte ihm einen Stich, Elas Enttäuschung zu sehen.

»Ihr tut es? Gut, sogar sehr gut!«, rief Ghula Mischitu. »Welche Kräuter braucht Ihr, Sahif von den Schatten? Unsere Heiler haben einen großen und vielfältigen Vorrat und ein beträchtliches Wissen über alle Arten von Gift zusammengetragen.«

»Blätter vom Roten Farn, zerstoßenen Schierling, oder, wenn Ihr das nicht habt, dann etwas anderes, das gegen Wolfsrauch helfen kann.«

»Nur Wolfsrauch?«, fragte Hawid zweifelnd. »Das ist als Gift doch eher schwach.«

»Das ist wahr, es waren noch andere Kräuter in diesem

Trank, doch mit Eisendorn und Grauem Mohn werde ich allein fertig.«

»Ah, Ihr versteht Euch offenbar sehr gut auf diese Dinge. Ihr müsst mit Elwid reden. Und vielleicht können auch wir uns bei Gelegenheit ein wenig länger zu diesem Thema austauschen.«

»Hawid, wir haben es eilig«, unterbrach die Ghula. »Diese Nacht dauert nicht ewig, und es wäre besser, Hakor würde den nächsten Sonnenaufgang nicht mehr erleben.«

In diesem Augenblick erschien ein Scholar und flüsterte der Ghula etwas zu. Sahif konnte nicht hören, was es war, aber die Ghula sah zufrieden aus. Sie erhob sich und ging hinaus vor die Bibliothek. Sahif hatte das Gefühl, dass er ihr folgen sollte, aber das Gift wütete immer noch in seinen Adern, und so folgte er Hawid hinauf zu dem Mann, der sich angeblich auf Kräuter verstand.

Ela Grams trottete hinterher. Es war ein Fehler, sich auf diesen Handel einzulassen, erkannte Sahif das denn nicht? Aber sie hatte ihre Meinung gesagt, viel mehr konnte sie nicht tun. Sie lief mit ihm durch die kalten Gänge dieser merkwürdigen Bibliothek. Es gab viele Kammern, und in diesen Kammern sah sie hohe Regale, und all diese Regale quollen über von Schriftrollen oder Folianten. Sie hätte nie gedacht, dass es so viel Wissenswertes auf der Welt gab, und wenn sie es richtig verstanden hatte, dann war die Bibliothek in Du'umu noch viel größer. Sie seufzte. In Atgath gab es so ein Gebäude nicht. Man lernte, was man lernen musste, von seinen Eltern oder von den Handwerksmeistern, bei denen man in die Lehre ging. Und obwohl sie staunend an immer mehr Kammern voller Wissen vorüberlief, schien ihr der bescheidene Atgather Weg nicht der verkehrteste zu sein. Die Scholaren riskierten ihr Leben, um immer mehr dieser Pergamente zu erlangen, und sie fragte sich, ob es das wirklich wert war. Sie seufzte, denn wenn sie an Atgath dachte, machte sie sich sofort Sorgen um ihre beiden jüngeren Brüder, die nun ohne sie zurechtkommen mussten und, ja, sogar um ihren Vater, der sicher wieder irgendetwas Dummes anstellen würde.

***

Heiram Grams hatte sich Flachswerg in die Ohren gestopft, wegen des Kanonendonners. Außerdem war es ein perfektes Mittel, um Befehle, die er nicht hören wollte, nicht zu hören. Alles in allem gesehen, so fand er, hatte er es gar nicht so schlecht getroffen. Besser jedenfalls als die Pikeniere, die selbst jetzt, weit nach Mitternacht, ständig damit beschäftigt waren, mit Schaufel und Hacke die Schanzen und Gräben näher an Atgath heranzutreiben. Er musste lediglich mit einem seiner Kameraden jede Stunde eine Kugel zu ihrem Geschütz tragen. Dann konnte er zusehen, wie sie die Kanone richteten und feuerten, und zwischendurch war genug Zeit, sich den beißenden Pulverdampf mit etwas Branntwein aus der Kehle zu spülen. Doch trotz dieses ruhigen Postens war er zutiefst unglücklich. Denn was ihm schwer auf den Magen schlug, war, dass sie Tag und Nacht auf *seine* Stadt schossen. Was würde seine arme, viel zu früh verstorbene Frau nur dazu sagen? Der Gedanke an sie brachte ihn gewöhnlich dazu, sich zu betrinken, aber im Augenblick wollte ihm nicht einmal der Branntwein richtig schmecken.

Jemand fragte ihn etwas, aber er verstand die Frage nicht. Es war Faran Ured, der ihm jetzt mit Zeichen zu verstehen gab, er möge doch ein Ohr von Werg befreien.

»Es ist nur wegen des Donners, versteht Ihr?«

»Eine gute Idee. Ich hörte, man hat Euch befördert?«

»Erstaunlich, nicht wahr? Ich verstehe immer noch nichts von dieser Höllenmaschine, doch bin ich nun Sergeant in der Artilleriekompanie des Grafen Dreefis.«

»Meinen Glückwunsch.« Meister Ured senkte die Stimme. »Ich finde es viel erstaunlicher, dass Ihr niemandem erzählt habt, was bei … Eurer Befreiung hier vorgefallen ist.«

»Ich dachte mir, wenn General Hasfal Euren Namen nicht verrät, dann will ich es auch nicht tun. Obwohl ich finde, dass Ihr mir eine Erklärung schuldig seid. Vielleicht nicht jetzt, denn meine Dienste werden gebraucht. Entschuldigt mich für einen Augenblick.«

Faran Ured sah zu, wie der ehemals beste Ringer von Atgath mit einem Kameraden zusammen eine schwere Steinkugel zum Geschütz schaffte, während ein anderer Kanonier mit heiligem Ernst im Lampenschein das Pulver für den nächsten Schuss mischte. Er blickte hinauf zur Stadt, die grau und unansehnlich auf dem Hügel zwischen den Bergen thronte. Bislang hatte ihre Mauer nicht viel mehr als ein paar Kratzer abbekommen. Die Belagerer hätten viel öfter feuern können, aber sie schienen es auf einmal nicht mehr sehr eilig zu haben, nachdem sie erst einen Gewaltmarsch unternommen hatten, um die Stadt zu erreichen. Ured wusste, dass Graf Gidus, der notgedrungen den Befehl übernommen hatte, unschlüssig war, was es zu unternehmen galt. Gidus hatte alles versucht, diesen Krieg noch zu verhindern, aber vergeblich. Die anderen Heerführer waren entweder tot oder eingekerkert, Opfer einer hinterhältigen List von Shahila, der Tochter des Großen Skorpions, die die Macht über Atgath an sich gerissen hatte. Auch sie hatte am Ende versucht, den Krieg noch zu verhindern, aber ihr Vater, der Große Skorpion, wollte ihn, und er, Faran Ured, war sein Werkzeug, das dafür gesorgt hatte, dass der verhängnisvolle erste Schuss abgefeuert wurde.

Ured wartete ungeduldig, dass Grams seine Arbeit vollenden würde. Er musste wissen, ob der Köhler auch weiterhin den Mund halten würde. Oder würde er irgendwann verraten, dass er es gewesen war, der den General befreit und ihm die Idee eingeflüstert hatte, mit einem Kanonenschuss diesen Krieg zu beginnen? Er konnte keinen neuen Bann auf Grams legen, denn die Magie verweigerte sich ihm, seit er durch einen Wasserzauber so viele Männer auf einem sehr fernen Schiff getötet hatte. Eigentlich war es unfassbar, dass Grams dichthielt – er hatte keinen Grund außer der Tatsache, dass sie eine Zeit lang zusammen gewandert waren, etwas, an das sich der Köhler aber wegen eines anderen Zaubers nur verschwommen erinnern konnte. Es war nicht vorhersehbar, wie Grams reagierte, wenn dieser Bann schwand. Ured nahm sich vor, in Zukunft behutsamer mit dieser Art von Magie umzugehen, aber er hatte ja auch nicht wissen können, dass seine Auftraggeber ihn zwangen, hier vor Atgath zu bleiben. Er sah zu, wie die beiden Kugelträger umständlich und stöhnend, unter ständigen Anweisungen und Ermahnungen ihres Kommandanten, das schwere Geschoss in die Mündung des dicken Bronzerohrs schoben.

Grams kehrte zurück. Er wischte sich den Schweiß von der Stirn und sagte: »Ein wenig Zeit haben wir noch, denn Meister Holl besteht darauf, dass Meister Braan das Rohr vor jedem Schuss ganz neu richtet, obwohl wir doch auf diese Entfernung eine Streuung haben, gegen die auch der beste Richtschütze nichts machen kann, und obwohl er wegen der Dunkelheit auch kaum etwas sieht.«

»Ich bin Euch sehr dankbar, dass Ihr meinen Namen da herausgehalten habt, Meister Grams. Kann ich mich irgendwie … erkenntlich zeigen?«

Die Augen des Köhlers wurden etwas schmaler. »Ich hoffe,

Ihr haltet mich nicht für einen Mann, dessen Freundschaft man kaufen kann, Meister Ured. Ich habe Euch geholfen, weil wir zusammen einiges erlebt haben. Außerdem seid Ihr ein guter und ehrlicher Mann, und wir guten und ehrlichen Männer müssen doch in so schlimmen Zeiten zusammenhalten.«

Faran Ured war sprachlos. Er war vermutlich der größte Dieb, den das Goldene Meer je gesehen hatte, und in den letzten Wochen hatte er öfter gelogen, getäuscht und gemordet als in den hundert Jahren davor – und dieser Köhler hielt ihn für ehrlich? Er hätte gelacht, wenn die Lage nicht so verzweifelt gewesen wäre. Für einen Augenblick fragte er sich, ob er Grams ins Vertrauen ziehen sollte, ob er ihm von seiner Frau und seinen Töchtern erzählen sollte, die in der Hand des Großen Skorpions waren, und von den finsteren Dingen, die er tun musste, auch wenn er sie nicht tun wollte, einzig und allein, um seine Familie am Leben zu halten. Könnte Grams mehr als ein Werkzeug sein, ein Freund vielleicht? Das Geschütz donnerte und sandte sein Geschoss gegen die Mauern. Ured hatte den Warnruf der Artilleristen nicht gehört und versäumt, sich die Ohren zuzuhalten. Es dröhnte in seinen Ohren. Er schüttelte den Kopf, und mit dem Dröhnen schwanden allmählich auch die seltsamen Gedanken. Ein Mann wie er hatte nun einmal keine Freunde. Also schwieg er und nickte dem Köhler nur aufmunternd zu.

Dann zog er sich in die hinteren Linien zurück, denn jetzt begannen die kleineren Bombarden, ihre Kugeln abzufeuern. Er seufzte. Die Atgather taten ihm leid. Sie waren in die Mühlen der großen Geschichte geraten, dabei war der Streit um ihre Stadt doch nur ein Vorwand für diesen Krieg. Der Große Skorpion hatte sich nach allem, was er wusste, schon lange und gründlich auf diesen Krieg vorbereitet, während der Seebund seine Kräfte erst noch mobilisieren musste. Damit war der

Große Skorpion ganz erheblich im Vorteil. Und dennoch, in einem Krieg konnte vieles passieren, und Ured hatte das Gefühl, oder auch nur die Hoffnung, dass irgendwo, vielleicht weit von Atgath entfernt, Dinge geschahen, die die Pläne des Padischahs durchkreuzen mochten. Ured sprang in einen Graben und landete in einer Pfütze, fluchte und dachte dann, dass es, wenn es so weiterlief wie bisher, durchaus sein konnte, dass diese »Dinge«, auf die er hoffte, dem Großen Skorpion vielleicht auch genau in die Karten spielten.

***

»Ich denke, du bist endgültig zu weit gegangen, Askon«, sagte der Wächter, der im Türrahmen lehnte und Nüsse aß.

Jamade hätte nur die Hand ausstrecken müssen, um ihn zu berühren, oder um ihm die Kehle durchzuschneiden. Sie drückte sich, verborgen in den Schatten, an die Außenwand und lauschte. Sie war ins Lager der Westgarther geschlichen. Sie hatte es bis dahin nicht gekannt, denn als Sahif und Ela Kapitän Buda hierher begleitet hatten, war sie auf der *Sperber* zurückgeblieben, um ihre eigenen Pläne zu verfolgen. Das Lager war viel schlechter geschützt als die Festung der Scholaren, ein offener Platz in den Ruinen, mit armseligen, nicht einmal gemauerten Steinwällen zwischen den Hauswänden und viel zu wenigen Posten. Die Männer saßen an Lagerfeuern um die große, aus verschiedenen Hölzern zusammengestückelte Halle herum, brieten Fleisch und betranken sich. Es gab einige Hütten, aus denen gelegentlich ein Kindergesicht auf die Feuer herausstarrte, aber dann erschien meist schnell eine Frau und zerrte das Kind von der Tür weg. Auch zwischen den Feuern war eine Handvoll Frauen zu sehen, die sich darum kümmerten, dass die Männer zu trinken bekamen. Die Stimmung war gedrückt, und Jamade war nicht entgangen, dass sich die jüngeren Krieger von den älteren ein Stück abgesondert hatten und an eigenen Feuern saßen.

»Der Alte hat es nicht besser verdient«, zischte der Prinz aus dem Verschlag. Er war in einer schmalen, fensterlosen Kammer eingesperrt. Nur in der schweren Tür gab es ein Loch, an das der Prinz sein Gesicht gepresst hatte. Jamade konnte sich ungefähr vorstellen, wie es in dieser Kammer stank. Selbst hier roch es noch nach verfaultem Stroh und Schlimmerem. Es gab noch weitere Kammern dieser Art in diesem Schuppen. Offenbar war es bei den Westgarthern häufiger notwendig, jemanden einzusperren.

»Alfar war einer der ältesten Gefährten deines Vaters, ein Freund, würde ich sagen, und es ist ja nicht so, dass du ihn in einem guten, ehrlichen Kampf besiegt hättest.«

Für eine Weile blieb es still in dem Verschlag. »Er braucht mich. Es ist Krieg!«, rief der Prinz schließlich. Aber er klang verunsichert.

»Damit du unsere Männer noch mal in ein solches Verhängnis führst? Ich bin ziemlich sicher, dass die meisten Krieger froh sein werden, wenn ein anderer die Führung übernimmt.«

»Ich konnte nicht ahnen, dass diese Schweine Büchsen und Schießpulver haben.«

»Und kochendes Pech«, ergänzte der Wärter ungerührt.

»Beim nächsten Mal wird es besser laufen.«

»Wenn es dazu kommt, vielleicht. Dein Vater hat einen Waffenstillstand mit der Anführerin der Leichenfresser vereinbart, um die Toten und Verwundeten zu bergen. Nicht dass sie noch auf dem Speiseplan dieser verfluchten Ratten landen.«

»Er verhandelt?«

»Du hast ihm keine andere Wahl gelassen, Askon.« Der Wärter spuckte eine Nuss aus. »Ich bin froh, dass ich nicht in deiner

Haut stecke. Noch nie, solange ich ihn kenne, habe ich König Hakor so zornig gesehen.«

»Meine Mutter wird ihn schon beruhigen.«

»Ich glaube nicht, dass du dich noch einmal unter ihrem Rock verkriechen kannst. Ich nehme an, dass sie gerade hinter der Halle zusammensitzen und dein Urteil fällen.«

Askon schnaubte verächtlich. »Ich fürchte den Tod nicht.«

»Es gibt Schlimmeres als den Tod. Ich habe ein paar Leute reden hören. Kann sein, dass dein Vater sich nicht dazu durchringen kann, dich der Axt zu übergeben, aber die Ältesten fordern, dass du gebrandmarkt und verbannt wirst.«

Ein ersticktes Stöhnen klang aus dem Verschlag. »Das wird niemals geschehen! Meine Leute werden das verhindern.«

»Es sind auch die Leute des Königs, und ich glaube nicht, dass viele von ihnen einem Geächteten folgen, der das Zeichen des Verrats trägt.«

Jamade hatte genug gehört und zog sich zurück. Es gab da also etwas, das sogar der brutale Askon fürchtete. Das konnte sie nutzen. Doch dazu musste sie wissen, was der König beschließen würde. Sie schlich zwischen den Feuern, an denen die Westgarther über ihre Niederlage brüteten, hinüber in die Halle des Königs. Es war niemand dort, die große Halle mit ihren vielen Tischen und Bänken, an denen sonst wohl das halbe Gefolge des Königs zechte und feierte, lag verlassen. Auch der Thron war verwaist. Aus einem der hinteren Zimmer drangen jedoch wütende Stimmen. Sie glitt lautlos zur niedrigen Tür und spähte hinein. An einer langen, aber ziemlich ramponierten Tafel stritten vier Männer, auf einem Stuhl im Hintergrund saß eine Frau, ohne Zweifel die Königin. Die Ähnlichkeit mit Askon war unübersehbar.

»Er ist und bleibt mein Sohn, mein einziger, seit sein Bruder tot ist«, sagte der Mann am Kopfende düster. »Und ich bin immer noch der König dieser Stadt.«

Ein weißbärtiger Mann nickte bedächtig und erwiderte: »Ich verstehe Eure Gefühle, doch selbst Ihr müsst sehen, Herr, dass der Prinz eine Bedrohung für Eure Herrschaft ist, ja, er wird ihr gefährlicher als selbst die Leichenfresser. Der Mord an Alfar war doch nur das letzte seiner Vergehen in den vergangenen Tagen. Erst bricht er das Gastrecht in der Halle, dann überfällt er Leute, die unter Eurem Schutz stehen, und verliert dabei auch noch fünf Eurer Krieger. Und dann dieser Angriff, den ein Kind besser geführt hätte.«

»Es wird nicht besser, wenn du es noch ein paarmal wiederholst, Wesfol«, sagte der König heiser.

»Aber es bleibt wahr.«

»Der König wird nicht Hand an unseren Sohn legen«, verkündete die Königin mit schneidendem Tonfall.

»Und doch können wir ihn nicht wieder ungeschoren davonkommen lassen, Herrin«, knurrte ein Glatzkopf mit Augenklappe, der zur Rechten des Königs saß.

Wesfol nickte. »Unsere Gesetze sind eindeutig, und ich denke, wir können sie nur wenig zu Askons Gunsten verbiegen – sonst kann es sein, dass die Männer meutern.«

Jamade folgte der Verhandlung mit Interesse. Für ihre Zwecke wäre es besser, das Urteil fiele hart aus, aber das schien noch nicht festzustehen.

»Was schlägst du also vor, alter Freund?«, fragte der König und rieb sich die Schläfen. Er sah aus wie ein geschlagener Mann, und vielleicht war er das auch.

»Verbannung, da die Axt für den Erben Eures Throns nicht in Frage kommt. Für zehn Jahre, auch wenn es eigentlich für immer sein müsste.«

»Zehn Jahre?«, rief die Königin entsetzt.

»Und brandmarken müssen wir ihn, Alfar hat drei Brüder, sie verlangen es«, meinte der Glatzkopf.

Der König schwieg, aber die Königin zischte: »Ihr werdet meinem Sohn kein Haar krümmen, Sagur.«

»Herrin, wir haben Gesetze«, entgegnete der Glatzkopf.

»Ich kenne Euch, Sagur, Euch und Eure Verbitterung. Wir werden ihr nicht nachgeben.«

»Mein Sohn Leiw hat die Fremden in die Ebene geführt, und Euer Sohn hat ihn getötet«, erklärte Sagur schlicht, und Jamade fand, dass er unter diesen Umständen bemerkenswert ruhig war.

»Wir haben dir gutes Wergeld geboten, alter Freund«, beschwichtigte der König.

»Aber noch habe ich es nicht angenommen, Hakor. Sind wir nicht hierhergekommen, weil wir die ewigen Fehden und das Blutvergießen unter unseren Söhnen hinter uns lassen wollten? Aber Askon hat es mit auf diese Insel gebracht. Dafür muss er bezahlen.«

»Viele unserer jüngeren Krieger werden gehen, wenn wir Askon verbannen.«

»Wir verbieten es. Allein muss er gehen, wie es das Gesetz verlangt.«

»Sie werden ihm trotzdem folgen, das weißt du!«

Die Königin erhob sich und trat an die Tafel. »Ich verstehe Euren Schmerz, Sagur, aber versteht auch den meinen.« Ihr stand der Kummer ins Gesicht geschrieben. »Ich habe bereits einen Sohn auf dieser Insel verloren, und es ist noch kein Jahr seither vergangen. Wollt Ihr mir nun auch noch den zweiten rauben? Ich bin alt, Sagur, und wenn Askon für zehn Jahre verbannt wird, werde ich wohl sterben, bevor er zurückkehrt.«

Für einen Augenblick herrschte betretene Stille. Jamade grinste flüchtig. So alt, wie sie tat, war die Königin keineswegs. Sie konnte leicht noch dreißig Jahre leben, aber sie hatte es geschafft, die Männer zu beeindrucken.

»Drei Jahre«, warf plötzlich der Mann ein, der bis dahin gar nichts gesagt hatte. Sein Rücken war vom Alter gebeugt und seine Stimme brüchig. Er schien der älteste der Männer am Tisch zu sein. »Askon ist ein Vetter meiner Enkel, aber er muss hart bestraft werden.«

»Keine Brandmarkung, Urgal!«, rief die Königin ängstlich.

»Ich werde darüber nachdenken«, sagte der Älteste und erhob sich.

Jamade war fasziniert. Dieser Mann, nicht der König, schien hier das letzte Wort zu haben. Er verließ die Kammer, und die beiden anderen Ältesten folgten ihm. Jamade, verborgen in den Schatten, ließ sie vorüberziehen.

»Du kannst das nicht zulassen«, zischte die Königin, als sie sich allein glaubte. »Sei einmal ein Mann!«

»Sei vorsichtig, Weib. Vergiss nicht, dass ich für dich alles aufgegeben habe, was ich besaß!«

»Was hattest du schon? Gold? Nicht dass ich wüsste. Ehre? Du hast mich deinem eigenen Bruder geraubt! Und was hast du mir gegeben? Jahre auf vergessenen Inseln, eine armseliger als die andere, wochen- und monatelanges Warten, ob du mit unseren Söhnen von der nächsten Fahrt zurückkehrst oder nicht. Und nun diese Insel der Toten und ein Königreich aus Ruinen. Unser Sohn Risgi ist tot, zu Tode gestürzt von einer der Mauern dieser verfluchten Stadt. Und jetzt lässt du auch noch Askon im Stich. Soll denn diese Insel auch ihm zum Verhängnis werden? Ist es, weil die Männer ihn mehr lieben als dich? Weil er ein besserer, stärkerer König sein wird, als du es je warst?«

König Hakor antwortete nicht, sein Gesicht war eine düstere

Maske aus Kummer und Wut. Jamade hatte genug gehört. Sie zog sich zurück, schlich aus der Halle und nahm in einer dunklen Ecke die Gestalt der Königin an. Dann ging sie ganz offen an den Lagerfeuern vorüber zu dem Verschlag, in dem der Prinz eingesperrt war. Viele der Männer an den Feuern waren schon eingeschlafen, wer noch wach war, schien in düstere Gedanken versunken. Der Wächter hatte sich inzwischen auf den Boden gesetzt, lehnte am Türstock und döste vor sich hin.

Jamade trat zu ihm. »Ist das deine Art, Wache zu halten?«

»Die Königin«, stammelte der Mann und kam hastig auf die Füße.

»Lass mich einen Augenblick mit meinem Sohn alleine.«

»Aber Herrin, ich habe den Auftrag …«

»Lass uns allein – oder soll ich meinem Gemahl sagen, dass du auf Wache eingeschlafen bist?«

Der Mann trat verlegen von einem Bein aufs andere und zog sich schließlich zurück.

Jamade wartete, bis er draußen war. Es gab hier leider keine Tür, die sie schließen konnte. Sie trat an den Verschlag heran, was gefährlich war, denn Askon würde aus der Nähe diese hastig durchgeführte Täuschung vielleicht durchschauen.

»Mutter!«

»Ich habe schlechte Nachrichten, mein Sohn.«

»Nur zu. Ich fürchte mich nicht.«

»Wie tapfer du bist und wie stark! Das ist es, was die Alten fürchten – und dein Vater ist nicht Manns genug, ihnen entgegenzutreten.«

Askon schnaubte verächtlich.

»Sie werden dich verbannen, Askon. Für zehn Jahre, und sie wollen dich brandmarken.«

Jamade schwitzte. Sie hätte der Königin vielleicht doch etwas länger zuhören sollen, denn nun war sie nicht sicher, ob sie den Ton richtig traf. Wie sprach diese Mutter mit ihrem Sohn?

»Das wagen sie nicht!«, zischte der Prinz.

»Ich werde weiter versuchen, ihnen zuzureden, doch der alte Urgal redet viel von Gesetzen, und Sagur würde dich am liebsten tot sehen.«

Ein Stöhnen aus dem finsteren Verschlag verriet Jamade, dass Askon ihr glaubte. »Aber noch ist Hoffnung, Askon! Glaubst du, dass dir viele der jungen Krieger folgen würden, wenn du fliehst?«

»Ja, sie sind mir treu ergeben. Aber Flucht?«, fragte Askon leise. »Wie soll das gehen, ohne Kampf? Und wer wird mit mir das Schwert ziehen, wenn wir gegen unsere eigenen Brüder kämpfen müssen?«

»Soweit muss es nicht kommen. Ich werde jemanden schicken, eine junge Frau, der du unbedingt vertrauen kannst. Sie wird dich hier herausholen, wenn du sie dafür nach Felisan bringst.«

»Nach Felisan?«

»Es ist von allerhöchster Wichtigkeit, dass sie diesen Hafen so schnell wie möglich erreicht.«

»Aber, eine Frau? Wie sollte die …«

»Du wirst feststellen, dass sie über sehr nützliche Fähigkeiten verfügt. Doch ich muss jetzt gehen. Lebe wohl, mein Sohn. Folge dieser Frau, und wir werden uns schneller wiedersehen, als du dir vorstellen kannst.«

»Mutter, warte …«, rief Askon, aber Jamade verließ die Zelle, ohne länger zu zögern. Sie ging zurück in die immer noch leere Halle, vergewisserte sich, dass König und Königin immer noch stritten, und wechselte die Gestalt. Dann schlich sie im Schutz der Schatten wieder zurück zum Verschlag.

Der Wächter stand in der Tür und kehrte ihr den Rücken

zu. Er schien sich einen Spaß daraus zu machen, den Prinzen zu verspotten. »Wer hätte gedacht, dass Prinz Askon in seinen letzten Stunden aus Angst wieder zum Muttersöhnchen wird.«

»Pass auf, was du sagst, Mann. Noch ist das Urteil nicht gefällt. Und selbst wenn sie mich für hundert Jahre verbannen, werde ich nicht vergessen, was du gerade gesagt hast.«

»Du siehst mich schlottern, Askon, Hakors Sohn, oder sollte ich sagen, Aretheas Säugling? Wirklich, ich frage mich …« Er kam nicht dazu, den Satz zu vollenden, denn Jamade ließ die Schatten fallen, stieß den Mann in den Schuppen und hatte die Klinge an seinem Hals, bevor er begriff, was geschah.

»Sagt, Prinz, liegt Euch viel an diesem Mann?«, fragte sie mit einem kalten Flüstern. Sie konnte die Angst des Mannes spüren.

»Eigentlich nicht«, lautete nach kurzem Zögern die kühle Antwort.

Der Mann wollte aufschreien, konnte es aber nicht, weil ihm Jamade schon die Kehle durchgeschnitten hatte.

»Meine Mutter schickt Euch?«

»So könnte man sagen. Wo sind die Schlüssel für Euer Gefängnis, Prinz?«

»Es gib keine. Die Riegel sind mit einem Splint gesichert, findet Ihr ihn?«

Jamade tastete den Riegel ab, fand einen langen Nagel, zog ihn heraus und öffnete die Tür. Der Geruch nach verfaultem Stroh schlug ihr entgegen. Dann trat Askon aus dem Verschlag und streckte sich. »Meine Mutter hat mir gesagt, dass Ihr nützliche Fähigkeiten habt. Ihr versteht es jedenfalls, mit einem Messer umzugehen.«

»Ich bin ein Schatten, wenn Ihr es genau wissen wollt.«

»Ein Schatten? Aber wie konnte meine Mutter so schnell einen Schatten auftreiben? Hier, auf dieser vergessenen Insel?«

Auf diese Frage war Jamade vorbereitet: »Meister Iwar ist nicht der Schafhirte, für den ihn manche halten. Habt Ihr Euch nie gefragt, warum Euer Vater und die Ghula ihm so viel Respekt entgegenbringen?«

»Iwar? Er ist ein Schatten? Verflucht, ich hätte es wissen müssen. Dieser Mann hat etwas an sich, das selbst mir Achtung einflößt.«

»Wir müssen uns beeilen, Prinz. Irgendwann wird jemand merken, dass der Wächter nicht auf seinem Posten ist. Ihr kennt die Bedingung, unter der ich Euch helfe?«

»Meine Mutter sagte, Ihr bräuchtet ein Schiff.«

»So ist es.«

»Ein Schiff ohne Besatzung nutzt nicht viel. Wie soll ich die benachrichtigen, die mir noch treu sind?«

»Ich habe gesehen, dass sich einige der jüngeren Krieger abgesondert haben. Sie sitzen an den Feuern dort drüben, seht Ihr sie?«

»Und wie sollen wir ungesehen dorthin gelangen?«

»Wir? Gar nicht. Aber ich bin ein Schatten, schon vergessen? Gibt es ein geheimes Wort, mit dem ich sie davon überzeugen kann, dass Ihr mich schickt?«

Askon dachte nur kurz nach. »Sucht einen jungen Krieger mit einem gegabelten Bart und einer tiefen Narbe in der Wange. Das ist Turgal, mein Steuermann. Blut in der Dämmerung, sagt ihm das, dann weiß er, dass der Befehl von mir kommt.«

»Gut. Kennt Ihr einen sicheren Weg zum Hafen? Oder muss ich noch ein paar Wachen für Euch töten?«

»Das wird nicht nötig sein. Doch die Schiffe sind sicher bewacht.«

»Eines nach dem anderen, Prinz. Geht, ich werde Euch mit

den Männern folgen. Wir treffen uns im letzten Haus vor dem Kai, an dem Euer Schiff liegt.«

***

»Ihr habt wirklich Glück, dass Bruder Elwid so versessen auf alles ist, was mit Kräutern zu tun hat«, meinte Hawid und schlug dem genannten Scholaren anerkennend auf die Schulter. Der grinste ziemlich jungenhaft, wie Ela fand, was in eigenartigem Kontrast zu seinem hohen Alter stand, das deutlich an seinem breiten weißen Bart und der Stirnglatze abzulesen war.

»Wirkt es schon?«, fragte sie.

Sahif nickte mit geschlossenen Augen. »Den ganzen Tag schon kämpfe ich mit Magie vergeblich gegen das Gift an, und nun schafft ein heißer Tee, was ich nicht vermochte.«

Elwid kratzte sich am Bart. »Wenn ich mir überlege, was für ein Gebräu man Euch gegeben hat, so ist es ein Wunder, dass Ihr noch lebt. Seid dankbar, dass Ihr über diese Fähigkeiten verfügt, über die Ihr eben beinahe geringschätzig gesprochen habt.«

Sahif erhob sich. »Unglaublich«, murmelte er.

»Du solltest dich ausruhen«, schlug Ela vor, und die beiden Scholaren nickten.

»Nein, es ist schon spät, und du weißt, dass ich noch etwas zu erledigen habe.«

»Du musst das nicht tun.«

»Natürlich muss ich, Ela, es geht hier nicht um das, was ich tun will. Jamade wird ebenso wie wir nach einem Schiff suchen. Und da sie nicht hier ist, ist sie vermutlich bei den Westgarthern. Wenn ich den Auftrag erledigt habe, werde ich nach ihr suchen. Vielleicht brauchen wir dann gar kein Boot mehr.«

»Aber Sahif, der König, es ist Mord.«

»Ich habe nicht gesagt, dass ich es gerne tue, aber ich sehe keine andere Möglichkeit. Versuche nicht, mich umzustimmen. Ich stehe bei der Ghula im Wort.«

»Du stehst aber noch bei anderen Leuten im Wort, oder hast du den Schwur vergessen, den du in der Ebene geleistet hast?«

Sahif nahm sie zur Seite. »Wie könnte ich?«, sagte er leise. »Doch die Toten sind, wo sie sind, und sie werden sich noch einen Tag gedulden müssen. Aber ich bitte dich um einen Gefallen. Ich will, dass du mit Ghula Mischitu sprichst. Erzähle ihr von den Toten und frage sie, ob es eine Möglichkeit gibt, den Bann zu brechen, der die Insel umschließt.«

»Sie wird das kaum wollen.«

»Weißt du, was diese Frau will?«, fragte er leise. »Ich weiß es weniger als je zuvor. Ich dachte, sie sei nur wegen des alten Wissens hier, das auf dieser Insel zu finden ist, und nun stellt sich heraus, dass sie all die Jahre nach einem Weg suchten, Totenbeschwörer zu bekämpfen und den Marghul zu töten. Wer weiß, vielleicht überrascht sie uns noch einmal? Wirst du mit ihr reden?«

Ela nickte seufzend. Sahif schien es viel besser zu gehen. Eben war er noch schwach gewesen, auf ihre Hilfe angewiesen, beinahe wie damals, als sie sich in der kleinen Köhlerhütte bei Atgath das erste Mal begegnet waren. Und nun, kaum vom Gift genesen, war er selbstsicher und abweisend. Sie war sich nicht sicher, ob ihr dieser Sahif immer noch so gut gefiel wie der andere. Aber sie würde tun, was er verlangte, sie würde ihm helfen, wie sie ihm schon die ganze Zeit geholfen hatte, und vielleicht würde er irgendwann ja erkennen, dass sie mehr war als eine bloße Begleiterin. Als sie aufblickte, war Sahif schon verschwunden.

»Ihr wart wohl tief in Gedanken, Jungfer Ela. Habt Ihr denn nicht gehört, dass er sich verabschiedet hat?«, fragte Elwid.

Ela schüttelte den Kopf. Sie hätte ihm gute Wünsche mitgeben müssen. Es brachte Unglück, wenn man ohne solche Wünsche voneinander schied, wusste er das nicht?

***

Jamade wartete, bis Prinz Askon in der Dunkelheit verschwunden war, dann verbarg sie sich in den Schatten und schlich hinüber zu den Lagerfeuern, die ihr Askon gezeigt hatte. Hier schien die Stimmung besonders schlecht zu sein. Die jungen Krieger stierten in die Flammen und waren äußerst einsilbig, aber nur einige wenige hatten sich bereits zum Schlafen hingelegt. Askons Steuermann war leicht an der tiefen Narbe zu erkennen, aber er saß mitten unter seinen Kameraden. Das stellte sie vor ein Problem: Sie konnte nicht einfach mitten unter ihnen aus den Schatten auftauchen, sie konnte aber auch nicht in anderer Gestalt erscheinen, wenn sie nicht enthüllen wollte, dass sie eine Gestaltwandlerin war, und diese Trumpfkarte wollte sie noch nicht ausspielen. Warten konnte sie allerdings auch nicht. Es war schwierig, es an dem dunkelroten Nachthimmel abzulesen, aber Jamade schätzte, dass es schon weit nach Mitternacht war, und irgendwann würde jemand merken, dass der Wächter tot war.

Sie blieb in ihren Schatten verborgen, als sie sich an den Steuermann heranschlich. Sie zog ihr Messer und brachte ihren Mund nah an sein Ohr. »Nicht bewegen, Turgal«, flüsterte sie und setzte ihm gleichzeitig die Klinge zwischen die Schulterblätter. Turgal zuckte zusammen, aber dann rührte er sich nicht mehr. »Sehr gut. Ich bringe Grüße von Prinz Askon. Blut in der Dämmerung, diese Worte soll ich Euch ausrichten. Habt Ihr das verstanden?«

Der Steuermann nickte kaum merklich.

»Gut. Ich bin der Schatten, der von nun an über Askon wacht. Er erwartet Euch mit so vielen Getreuen wie möglich am Hafen. Das letzte Haus vor dem langen Kai. Ihr werdet die Insel heute Nacht verlassen. Habt Ihr auch das verstanden?«

Wieder nickte Turgal.

»Gut, beeilt Euch, aber versucht, Euch möglichst unauffällig aus dem Lager zu entfernen. Je später die anderen etwas merken, desto besser.«

Sie ließ das Messer wieder verschwinden und zog sich einen halben Schritt zurück. Turgal fuhr herum. Sein Auge suchte die Dunkelheit ab. Aber Jamade war gut in den Schatten versteckt.

»Was hast du? Hat dich was gestochen?«, fragte sein Nebenmann müde.

»Das kann man sagen. Weck die anderen. Wir ziehen los.«

»Losziehen? Wohin denn?«

»Das erfahrt ihr noch früh genug. Aber es muss leise geschehen. Wir verschwinden dort drüben, hinter dem Lagerschuppen, wo die Mauer flach ist. Geht in kleinen Gruppen. Wir treffen uns jenseits der Mauer.«

Jamade sah zu, während die Nachricht flüsternd weitergetragen wurde. Ihr gefiel, was sie sah. Turgal blieb am Feuer sitzen, und auf sein Zeichen verschwanden die jungen Krieger in Dreier- und Vierergruppen. Bald waren ihre Feuer verwaist. Turgal erhob sich als Letzter, streckte sich, gähnte und ging ganz gemütlich zu dem bezeichneten Lagerhaus. Bis jetzt hatte noch niemand etwas bemerkt. Das ging besser, als sie gedacht hatte, aber sicher würde sie sich erst fühlen, wenn sie auf dem Meer war. Sie hielt inne. Es lag etwas in der Luft, ein Geruch, der ihr vertraut erschien. Nein, kein Geruch, eher ein Geschmack oder ein Gefühl. Magie! Eine ganz bestimmte, vertraute Art. Meister Iwar? Nein, der verstand es, sich anzuschleichen, ohne dass ihn jemand bemerkte. Es musste ein anderer Schatten sein. Und damit kam eigentlich nur einer in Frage.

***

Sahif hatte sich von Ghula Mischitu auf einer Karte die Schwachstellen des befestigten Lagers der Westgarther zeigen lassen, war durch die Stadt geeilt und hatte die Mauer nahe eines Lagerhauses überquert. Dort war er zu seiner Überraschung auf eine Anzahl Westgarther getroffen, jüngere Männer, die sich in großer Stille versammelten. Sie bemerkten ihn nicht, denn er wandelte im Schutz der Schatten, die er so selbstverständlich beschwor, dass er sich kaum noch vorstellen konnte, dass es ihm einige Wochen lang überhaupt nicht gelungen war. Sein Gedächtnis war zurück, das gab ihm ein Gefühl der Sicherheit, das jedoch durchsetzt war von bösen Erinnerungen. Die jungen Westgarther waren schließlich davongeschlichen, er hatte die Mauer überquert, und nun betrat er das Lager der Westgarther. Er konnte nur hoffen, dass es schnell und lautlos ging.

Jamade sog die Luft ein. Das Gefühl, dass Magie in der Luft lag, wurde stärker. Der Schatten musste nah sein, ganz nah. Sie zog sich in eine Ruine zurück und starrte angestrengt in die Nacht. Sahif war also endlich erschienen, und ganz offensichtlich hatte er sein Gedächtnis wirklich zurück. Es war klar, dass er sie töten würde, wenn er die Gelegenheit bekam. Meister Iwar hatte sie vor ihm gewarnt. Sie zog ihren Dolch. Vielleicht war sie ihm doch gewachsen? Wenn sie ihn überraschen könnte … Sie biss sich auf die Lippen. Das Risiko war zu groß. Er würde sie vielleicht eher entdecken als sie ihn. Ja, vielleicht hatte er ihre Anwesenheit schon ebenso gespürt wie sie seine. Hastig ließ sie die Schatten fallen und drückte sich in eine finstere Hausecke.

Dann flackerte das Licht eines Lagerfeuers beinahe unmerklich, aber Jamade hatte gelernt, auf solche schwachen Zeichen zu achten. Wo wollte Sahif hin? Zur Halle? Nahm er wirklich an, dass sie sich ausgerechnet dort aufhalten würde? Hatte er sie nicht bemerkt?

Oder hatte er ein anderes Ziel? Sie dachte fieberhaft nach, aber sie kam nicht darauf, was er vorhaben könnte. Da, wieder ein schwaches Flackern! Er war ohne Zweifel auf dem Weg zur Halle. Was er dort wollte, war doch nebensächlich, Hauptsache, er war ihr nicht auf den Fersen. Jamade kletterte auf die nächste Mauer. Sie sah sich um. Die jungen Krieger waren schon verschwunden. Sie wusste, dass es das Beste wäre, einfach hinunter zum Hafen zu gehen, ein Schiff zu besteigen und Sahif gewähren zu lassen. Aber sie war neugierig. Sie wollte sehen, was er vorhatte, und herausfinden, wie gut er wirklich war. Plötzlich musste sie lächeln. Sie wusste, was sie zu tun hatte. Sie wechselte die Gestalt, auch wenn das nur nötig war, weil sie gleich eine andere Stimme brauchen würde.

Sahif umging die Feuerstellen und achtete darauf, nicht auf einen der schlafenden Krieger zu treten, die dort an den halb heruntergebrannten Feuern ruhten. Sie hatten sich einfach niedergelegt, wo sie gesessen hatten. Nur noch eine Handvoll war wach und starrte schweigend in die Glut. Sahif näherte sich der hölzernen Halle, in der er den König vermutete. Würde er Hakor im Schlaf töten müssen, oder hielten den König die Ereignisse der zu Ende gehenden Nacht noch wach? Es würde keinen großen Unterschied machen. Sahif schlich weiter und näherte sich vorsichtig dem Eingang. Ein kahlköpfiger Alter mit Augenklappe lehnte in der Pforte und ließ seinen Blick über das traurige Lager schweifen. Er blockierte die halbe Tür. Sahif musste vorsichtig sein, wenn er an ihm vorüber wollte. Seine Nackenhaare stellten sich auf. Etwas stimmte hier nicht. Er fühlte sich beobachtet. Meister Iwar? Er fuhr herum. Es war nichts zu erkennen. Aber dann ertönte eine laute Männerstimme von der Mauer, ungefähr von dort, wo er sie überquert hatte: »Alarm! Feinde! Ein Schatten ist im Lager! Die Halle, er will in die Halle!«

Sahif duckte sich unwillkürlich. Wer hatte ihn entdeckt? Meister Iwar? Nein, das war nicht seine Stimme. Aber welcher Mensch konnte ihn sehen? Was hatte ihn verraten? Das Lager erwachte, die Männer kamen auf die Beine. Der Rufer war irgendwo jenseits der Lagerfeuer in der Dunkelheit verborgen. Noch ein Schatten? Es ergab keinen Sinn. Eine halbe Sekunde lang zog er in Erwägung, den Unbekannten zu suchen, aber dann wurde ihm klar, dass das nahezu aussichtslos war, außerdem hatte er einen Auftrag auszuführen. Die Pforte war nur noch drei Schritte entfernt, aber der Alte hatte den Ruf ebenfalls gehört und schien bereit zu sein, die Schwelle mit dem Schwert in der Hand zu verteidigen. Das ganze Lager war jetzt wach. Die Krieger griffen nach ihren Waffen und stolperten verwirrt hin und her.

»In die Halle! Schützt den König! Schützt den König!«, rief der Alte.

Wieder fluchte Sahif. Er machte auf dem Absatz kehrt und rannte um die Halle herum. Hier musste es doch Fenster oder andere Eingänge geben. Er hatte bei seinem Besuch jedoch keine bemerkt. Männer kamen ihm entgegen, alle schienen sie nun zur Halle zu laufen. Er stieß mit einem Krieger zusammen, der plötzlich die Richtung gewechselt hatte.

»Pass doch auf«, herrschte ihn der Mann an – und begriff: »Hier! Hierher! Der Schatten ist hier, ich habe ihn berührt.«

»Nein, in die Halle! Die Halle!« schrie der Alte wieder.

Sahif wich zurück. In dem Durcheinander konnte ihn leicht ein anderer Krieger anrempeln und enttarnen. Er war also vollauf damit beschäftigt, kopflos herumrennenden oder betrunken umhertaumelnden Männern auszuweichen, an ein Eindringen in die Halle war jetzt nicht zu denken. Er zog sich zurück, und dann wurde er ganz ruhig. Er war ein Schatten, und die Eiseskälte, die ihn in jedem Kampf leitete, breitete sich in ihm aus. Als er sein Gedächtnis verloren hatte, hatte er nicht gewusst, was diese Kälte bedeutete, jetzt wusste er es: Es war eine Leere des Geistes, der sich von allem befreite, was bei einem Kampf oder einem Mord im Weg war, und die ihm erlaubte, auf Instinkte zurückzugreifen, die viel schneller als der Verstand waren. Gefühle wie Furcht, Zorn oder auch Reue oder Mitleid hatten keinen Platz in dieser Eiswüste. Es war eine tiefe innere und sehr kalte Ruhe, in endlosen Stunden auf dieser Insel erworben, und sie sagte ihm, was zu tun war. Er erinnerte sich jetzt wieder, dass er bei seinem letzten Besuch am Dachfirst große Aussparungen für das Licht und die Belüftung der Halle gesehen hatte. Er schlug einen Haken, kletterte auf eine halb eingestürzte Mauer, sprang von dort aus auf das Dach und hoffte, dass das Getrampel der Männer unten seine Landung auf den Holzschindeln übertönte. Er glitt das Dach hinauf bis zum First und blickte hinein. Die Halle war jetzt voller Krieger, und König Hakor war mitten unter ihnen.

»Einen Kreis! Bildet einen Kreis um den König!«, schrie der Alte.

»Das Dach!«, rief eine helle Stimme. Das kam von der Königin. Sahif fuhr zurück. Hatte sie ihn etwa gesehen? Das war unmöglich! Nein, sie war einfach nur klug genug, diese Schwachstelle zu erkennen.

»Schilde, deckt König Hakor mit Schilden!«, befahl der Alte.

Die Männer rissen Schilde von der Wand, und bald umringten sie den König. Hätte Sahif einen Bogen gehabt, er hätte Hakor dennoch erledigen können. Aber er hatte keinen, nur ein Messer, das ihm die Mahre geschenkt hatten. Ein Wurf war schwierig, aber nicht unmöglich, doch wollte er sich nicht von dieser Waffe trennen, auch, weil es seine einzige war. Er brauchte eine andere. Er glitt das Dach hinab. Der König würde ihm nicht entkommen, er saß in einer Falle, und seine Männer würden ihn nicht beschützen können. Die Sparren knarrten unter seinem Gewicht, und jemand rief: »Da oben! Der Schatten ist auf dem Dach!«

Da hatte Sahif das Dach schon fast verlassen, aber nun hielt er inne und duckte sich. Aus der Dunkelheit des Lagers liefen einige weitere Krieger heran, und er wusste plötzlich, dass einer von ihnen ihm die Waffe bringen würde, die er brauchte.

Jamade saß auf der Mauer, wieder in ihren Schatten versteckt. Sie beobachtete und versuchte herauszufinden, wo Sahif war. Sie hätte schon längst weg sein müssen, aber sie wollte sehen, ob man Sahif erwischen würde. Ob er erraten hatte, von wem der warnende Ruf gekommen war? Sie wechselte den Standort, zog ihr Messer und wartete, aber dann hörte sie die Stimmen aus der Halle. War er wirklich auf dem Dach? Zu sehen war nichts. Sie erkannte die Stimme des alten Sagur, der ständig rief, dass die Männer den König schützen sollten. War er vielleicht das Ziel? Das war möglich. Sahif musste sich an die Scholaren gewandt haben, und die verlangten für ihre Hilfe vermutlich eine Gegenleistung. Und was für eine Gegenleistung konnte ein Schatten schon bieten? Nur den Tod. Sie hatte schließlich vorgehabt, den Westgarthern einen ähnlichen Handel anzubieten.

Fast alle Männer waren in die Halle geströmt, nur einige

Krieger waren noch vor dem Eingang und spähten in die Nacht. Und jetzt kam noch eine Handvoll Krieger aus der Dunkelheit gelaufen. Sie brachten Bogen und Armbrüste mit. Jamade seufzte beinahe mitleidig. Diese Westgarther glaubten doch nicht ernsthaft, dass sie damit einen Schatten erledigen konnten?

Wieder rief jemand, der Schatten sei auf dem Dach. Einer der Männer hob seinen Bogen und schoss. Der Pfeil versenkte sich in eine hölzerne Schindel und blieb dort federnd stecken. Ein anderer schoss mit seiner Armbrust auf etwas, was allein er gesehen und gehört hatte. Hastig lud er seine Waffe nach. Jamade kauerte auf der Mauer, unfähig zu verschwinden. Sie war mehr als gespannt, ob Sahif sein Ziel erreichen würde. Oder würden ihr die Westgarther vielleicht sogar den Gefallen tun, Sahif zu erledigen? Sie wagte kaum, darauf zu hoffen. Wenn Sahif so gut war, wie Meister Iwar behauptete, dann stand eigentlich nicht infrage, wie das hier ausgehen würde. Aber sie blieb. Sie wollte sehen, wie gut er war – und vielleicht konnte sie den Westgarthern sogar ein wenig helfen. »Die Feuer! So schürt doch die Feuer!«, ließ sie den Mann rufen, dessen Gestalt sie gewählt hatte.

Sahif hatte den ersten Pfeil meilenweit entfernt ins Holz schlagen sehen, aber der Bolzen war besser gezielt. Vielleicht hatte er auf seinem Weg nach unten irgendeine Bewegung auf den groben Schindeln ausgelöst, und der Schütze hatte das wahrgenommen. Der Mann musste bemerkenswert gute Augen haben. Und jetzt rief diese Stimme aus der Dunkelheit, dass man die Feuer schüren solle, ein Rat, der von zwei Männern sofort befolgt wurde. Sahif wich auf dem Dach zurück und schlich zur Seite, dahin, wo die Feuer kein Licht mehr gaben, denn wenn er hinuntersprang, würde er nicht verhindern können, dass seine Füße

Staub aufwirbelten. Die Halle unter ihm brodelte vor atemloser Spannung. Die Männer riefen sich leise Warnungen zu und warteten.

Sahif fand eine dunkle Stelle und ließ sich lautlos zu Boden fallen. Dann umging er die fünf Schützen, die sich inzwischen aufgefächert hatten, gelegentlich irgendwohin zielten, aber dann doch nicht schossen. Der nächste von ihnen war, wohl ohne es zu bemerken, halb in den Schatten der Halle geraten, er spähte angestrengt zum Dach, die Armbrust gehoben. Sahif gelangte in seinen Rücken. Er konnte nicht angreifen, solange er den magischen Schutz der Schatten genoss, also ließ er sie fallen und tötete den Mann mit einem einzigen, schnellen Stich seines Messers ins Herz. Er hielt die Armbrust schon in den Händen, als der Mann noch zu Boden sank.

»Da!«, schrie eine Stimme.

Sahif rief die Schatten und rollte sich zur Seite ab.

Pfeile und Bolzen zischten ihm um die Ohren. Er kam auf die Füße, zog sich weiter in die Dunkelheit zurück und kehrte zurück zum Dach.

Jamade sah den Mann fallen und dann noch für einen kurzen Augenblick die dunkle Gestalt Sahifs. Die Westgarther waren zu langsam, und verhängnisvoller noch – sie hatten Sahif eine tödliche Waffe in die Hand gegeben. Sie wartete.

»Das Dach, behaltet das Dach im Auge!«, schrie einer der Schützen, der zu seinem toten Kameraden gelaufen war. »Er hat eine Armbrust!«

Jamade wartete angespannt. Sahif hatte nur einen Schuss, denn den Köcher des Toten hatte er nicht mitgenommen. War er wirklich so gut? Da! Für eine Sekunde wurde Sahif auf dem Dach sichtbar. Er schoss, dann verschwand er wieder in den

Schatten. Ein vielfacher Aufschrei verriet Jamade, dass er getroffen hatte. Sie fluchte, dann schwang sie sich von der Mauer und machte sich endlich auf den Weg zum Hafen.

Nach dem Schuss ließ Sahif die Armbrust einfach in die Halle fallen, rief die Schatten und rutschte das Dach hinab. Pfeile und Bolzen kamen geflogen und verfehlten ihn denkbar knapp. Die Schreie in der Halle bestätigten ihm, was er gesehen hatte. Er hatte sein Ziel getroffen. Hakor war von Schildträgern geschützt worden, hatte selbst aber getan, als ginge ihn die Sache nichts an. Er hatte sogar auf einem Stuhl Platz genommen, unter einem Dach aus Schilden, in einer Haltung, die eines Königs würdig war – ein erstaunlicher Unterschied zu dem Säufer, den Sahif bei seinem letzten Besuch in der Halle angetroffen hatte. Er hatte gewartet, bis einer der Schildträger nur einen Augenblick lang den Arm senkte, um das Gewicht zu verlagern. Der Armbrustbolzen war über den Schildrand geflogen, knapp über dem Schlüsselbein tief in den ungeschützten Leib des Königs eingedrungen, und es gab keine Zweifel, dass Hakor das nicht überleben würde.

»Der König ist getroffen!«, rief es von drinnen.

»Der König! Der König!«

»Der Schatten! Er ist auf dem Dach!«

»Tötet den Schatten!«

»Der Heiler! Wo ist der Heiler?«

»Jagt den Schatten, ihr Krieger!«

»Der König – er stirbt!«

Sahif sprang zu Boden und rannte. Er hatte getan, was man von ihm verlangt hatte, mit kühlem Kopf und ruhiger Hand. Jetzt wich die Kälte, die ihn erfüllt hatte. Er biss die Zähne zusammen. Hatte er nicht schon weit bessere Männer als Hakor getötet? Hatte er nicht gerade einen Krieg beendet, den dieser König begonnen hatte, und dadurch viele Leben gerettet? Er konnte jede dieser Fragen mit einem Ja beantworten.

Und dennoch, es fühlte sich falsch an.

***

»Was ist das für ein Lärm, der aus unserem Lager kommt?«, fragte Prinz Askon, als Jamade ihn am vereinbarten Ort traf.

»Man hat entdeckt, dass Ihr entkommen seid, Prinz«, behauptete Jamade, »und nun ist die Aufregung groß. Man beschuldigt Eure Mutter, Euch freigelassen zu haben, aber sie hat zum Glück gute Zeugen, die das Gegenteil beweisen.«

»Verfolgt man uns?«

»Eigenartigerweise noch nicht. Einige Getreue Eurer Mutter behaupten, Ihr wärt ins Innere der Insel geflohen.«

»Auf die Ebene der Toten? Was sollte ich dort wollen?«

Jamade lächelte. »Darüber wird noch gestritten. Und wir sollten uns beeilen, bevor man doch auf die Idee kommt, am Hafen nachzusehen.«

In der anbrechenden Morgendämmerung konnte Jamade an Askons Gesicht ablesen, dass er beeindruckt war.

Er nickte aber bloß und sagte: »Wir müssen nur sehen, wie wir mit den Wachen fertigwerden.«

Jamade spähte hinüber zum Hafen. Auf dem langen Kai war eine provisorische Palisade aus Kisten und Fässern errichtet, wohl um einen möglichen Angriff der Scholaren auf die Schiffe abzuwehren. Dahinter wachte eine Handvoll Krieger. Auch auf den drei Langschiffen, die jenseits der Palisade vertäut waren, entdeckte Jamade einige Krieger, und sie schienen darüber zu streiten, was der Lärm aus dem Lager zu bedeuten hatte.

»Ich will nicht, dass hier Blut vergossen wird – wenn es sich vermeiden lässt«, meinte Askon.

»Das wird schwierig, Kapitän«, erwiderte Turgal mit einem Achselzucken. »Wenn sie Euch sehen, werden sie wissen, was los ist.«

»Dann sollten sie ihn eben nicht sehen«, warf Jamade ein. »Geht mit fünf Mann hinüber und sorgt dafür, dass sie die Palisade ein wenig öffnen, Turgal. Kündigt einen der Schiffsführer an. Dann kommen wir. Sie werden Prinz Askon erst erkennen, wenn es zu spät ist.«

Turgal warf dem Prinzen einen fragenden Blick zu.

Askon grinste breit. »Folge den Anweisungen dieser Schattenfrau, Turgal. Ihre Pläne waren bisher gut, und auch dieser erscheint mir vielversprechend.«

Der Steuermann nickte wortlos, gab vieren seiner Männer einen Wink und führte sie hinaus auf die lange Mauer.

Jamade sah gespannt zu. Sie fragte sich, ob Askons Anerkennung echt war oder ob er ihr nur schmeicheln wollte.

Turgal erreichte die Palisade. Sie waren zu weit entfernt, um etwas hören zu können, aber anscheinend wirkte der Steuermann überzeugend. Die Wachen begannen, einen Teil der Palisade abzuräumen. »Eure Männer sollten uns in die Mitte nehmen, Prinz. Nehmt die Kapuze dieses Mannes, so werden sie Euch nicht erkennen.«

Wortlos tauschte der Prinz sein Obergewand mit dem eines seiner Männer. Dann brachen sie auf. Sie marschierten schnell, doch Jamade ermahnte die Krieger, die Nerven zu bewahren. »Wenn sie zu früh merken, dass etwas nicht stimmt, wird es blutig – für die und für uns«, mahnte sie.

Trotz dieser Mahnung wurden die Schritte der Männer immer schneller. Jamade hörte Wortfetzen vom Kai. Offensichtlich waren die Wachen auf den Schiffen misstrauisch geworden.

»Sie ahnen es schon«, stieß Askon hervor.

Jamade nickte mit zusammengebissenen Zähnen. Eine der Wachen stritt jetzt mit Turgal und gab Zeichen, die Palisade wieder zu schließen.

»Rennt!«, rief Jamade, ließ sich selbst aber zurückfallen. Sie verspürte wenig Lust, in ein Handgemenge zu geraten. Die Krieger zogen ihre Schwerter und Äxte und stürmten brüllend los. Die Männer auf den Schiffen griffen ebenfalls zu den Waffen. Turgal und seine Leute rangen Leib an Leib mit den Wachen auf dem Kai, und dann war Askon bei ihnen. Jamade beobachtete ihn, wie er den Anführer der kleinen Wacheinheit mit der Schulter über den Haufen rannte und einen anderen mit einem kräftigen Tritt ins Hafenbecken beförderte. Schon waren die Wachen überwältigt, aber die Männer von den Schiffen eilten ihnen zu Hilfe.

Askon reckte das Schwert in die Luft und donnerte ein lautes »Halt!«, was ihn nicht daran hinderte, einen Wächter zu packen und ihm sein Schwert an die Kehle zu halten. »Hier muss niemand sterben!«, rief er.

»Askon! Läufst du vor deiner gerechten Strafe davon?«, antwortete jemand von den Schiffen.

»Hilgur? Bist du das? Zeige dich, wenn du etwas zu sagen hast!«

Der Genannte sprang auf die Kaimauer. Er war beinahe so groß wie Askon, und das Lederhemd, das er trug, spannte sich unter seinen breiten Schultern. In den Händen hielt er eine riesige, zweischneidige Kriegsaxt.

»Du hast meinen Vetter Alfar getötet, und Verbannung ist das wenigste, was du dir verdient hast!«

Askon lachte und spuckte ins Wasser. »Wie du siehst, bin ich gerade dabei, diese Insel zu verlassen, Hilgur. Ich nehme den Ältesten also die Entscheidung ab. Komm mit mir, wir werden reiche Beute machen. Oder willst du auf diesem öden Eiland versauern?«

»Schon um meines Vetters willen werde ich nicht zulassen, dass du gehst«, erklärte Hilgur finster, setzte die Kriegsaxt auf den Kai und stand nun breitbeinig dort, wie eine mächtige Säule aus Fleisch und Stahl.

»Dann fahr zur Hölle!«, rief Askon.

Hilgur reagierte blitzschnell. Er sprang einen Schritt zurück und holte mit seiner mächtigen Axt aus. Jamade hörte die Schneide durch die Luft sausen. Aber mitten in der Bewegung stockte er, denn auch Askon war schnell, noch schneller als sein Gegner. Fast bis zum Griff trieb er Hilgur seine Klinge in die Brust. Der sah ihn aus weit aufgerissenen Augen an, die mächtige Axt immer noch halb in der Luft.

»Narr. Ein Schwert ist doch immer schneller als so ein Schlachtbeil.«

Hilgur öffnete den Mund. Er stammelte etwas, spuckte Blut und sank zu Boden. Askon zog sein Schwert aus dem Körper und schwenkte es hoch in der Luft. Hilgurs Blut tropfte ihm auf den Arm. »Will mich noch jemand aufhalten?«

Niemand wollte.

Askons Männer entwaffneten die anderen Westgarther und schickten sie unter Hohn und Spott ins Lager zurück. Dann bestiegen sie Askons Schiff.

»Wir sollten die anderen Schiffe verbrennen, falls sie uns verfolgen wollen«, schlug Jamade vor.

Askon lächelte. »Ich achte sonst deinen Rat, Schatten, doch kann ich nicht die Schiffe meiner Waffenbrüder verbrennen. Sie wären verloren ohne sie.« Dann trat er an die Reling: »Ihr da! Werft die Ruderblätter der anderen Schiffe über Bord, und die Riemen bringt hier herüber. Und eilt euch. Sie werden bald hier sein.«

Die Männer arbeiteten mit einer bemerkenswerten Geschwindigkeit. Jamade sah ihnen zu, als sie die langen Riemen der anderen Schiffe an Bord brachten und die schweren Blätter, mit denen die Schiffe gesteuert wurden, ins Hafenbecken warfen. Askon gab das Zeichen zum Ablegen. Nach ihrem leichten Sieg waren die Männer euphorisiert, und doch raunten sie einander die Frage zu, wo denn ihre Verfolger blieben, als sie in der Morgendämmerung die Leinen lösten und endlich in See stachen.

Zweiter Tag

Sahif blieb im Schutz der Schatten, auch noch, als er wieder die Festung der Scholaren erreichte. Er kletterte ungesehen über die Mauer, schlich in die große Halle der Bibliothek, verbarg sich hinter einer der hohen Säulen und beobachtete. Es waren einige Scholaren dort. Sie studierten alte Pergamentrollen und Bücher oder besprachen sich leise über Fragen der Verteidigung.

Auch die Ghula war dort, sie scheuchte einige jüngere Scholaren herum, die in den oberen Sälen bestimmte Schriften besorgen sollten. Ela war bei ihr. Sie sah nicht sehr glücklich aus.

Sahif ließ die Schatten fallen und trat wie aus dem Nichts hinter der Säule hervor. »Es ist erledigt«, verkündete er ruhig. Mischitus Leute schraken zusammen, als er so plötzlich in ihrer Mitte auftauchte. Einer ließ sogar seine Pergamentrollen fallen, die über den Boden davonkullerten. Entschuldigungen murmelnd sammelte er sie rasch wieder auf. Auch die Ghula war zusammengezuckt, versuchte aber, sich nichts anmerken zu lassen. Sahif nahm an, dass sie begriffen hatte, was er mit seinem Auftritt sagen wollte: *Ich bin ein Schatten, spielt keine Spiele mit mir, denn sonst bin ich ebenso gefährlich für Euch wie für Eure Feinde.*

»Erledigt? Ihr habt Hakor erwischt?«, fragte die Ghula.

»Hört Ihr das Geschrei nicht?«, fragte er zurück.

»Ich gebe zu, ich bin beeindruckt. Ihr habt Euch Euer Schiff verdient, Sahif von den Schatten.«

»Und habt Ihr auch eines für mich?«

»Wir erwarten Kapitän Buda mit der *Sperber* bald zurück. Er wird Euch bringen, wohin Ihr wollt, wenn ich ihn dafür bezahle.«

»Und wann erwartet Ihr ihn?«

»Bald. Sollte er sich verspäten, so sind da noch die Schiffe der Westgarther, die bald schon uns gehören werden.«

Sahif begriff, dass die Ghula ihm nicht alles über ihre Pläne erzählt hatte. »Ich dachte, Ihr setzt darauf, dass sie nun in Scharen die Insel verlassen?«

»Am Ende werden sie das tun, aber es sind Westgarther. Sie werden schnell erraten, wer den Schatten geschickt hat – und dann werden sie nach Rache schreien und angreifen.«

Sahif sah den empörten Blick, den Ela der Ghula zuwarf, aber er verstand ihre Vorgehensweise sogar. Sie war die Anführerin ihrer Leute und musste jeden Vorteil nutzen, der sich anbot. »Und geht Ihr davon aus, dass ich Euch in diesem Kampf unterstütze?«, fragte er.

»Ich gebe zu, der Gedanke ist mir gekommen«, erwiderte sie und versuchte, ihre Anspannung unter einem Lächeln zu verbergen.

»Gebt mir einen Grund«, entgegnete Sahif kühl.

»Eure Freundin hier stellte mir viele Fragen über den Alten Lenn und den Bann. Ich glaube, ich kann Euch da helfen – bis zu einem gewissen Punkt.«

»Und der wäre?«

»Ich werde Euch alle Schriften geben, die wir darüber gefunden haben, doch erwartet nicht, dass wir Euch helfen werden, diese magische Mauer zu öffnen. Nicht, solange nicht sicher ist, dass der Marghul wirklich tot ist.«

»Und was verlangt Ihr als Gegenleistung?«

»Eure Erfahrung im Kampf, Sahif von den Schatten, und vielleicht Hilfe dabei, die Befehlshaber der Westgarther auszuschalten, wenn sie uns angreifen.«

In diesem Augenblick kam ein junger Scholar in die Halle gestürmt. Er lief zu Ghula Mischitu und flüsterte ihr etwas ins Ohr. Sie hörte aufmerksam zu. Dann stand sie auf und rieb sich die Hände. »Gute Nachrichten, wenn auch eher für uns als für Euch, Sahif. Prinz Askon ist auf seinem Schiff geflohen, und etwa zwanzig Krieger begleiten ihn. Außerdem ist eine Frau an seiner Seite gesehen worden. Eine hagere junge Fremde.«

»Jamade!«, rief Ela. »Diese Schlange!«

»Wunderbare Neuigkeiten, nicht wahr, meine Kinder«, rief die Ghula in die Runde. »Die Westgarther haben also noch einmal zwanzig Männer verloren. Jetzt sind wir ihnen nach der Zahl fast ebenbürtig. Wir werden sie schlagen!«

Die Scholaren jubelten ihr zu, aber Sahif war nicht nach Jubeln zumute. Jamade hatte ein Schiff, und jede Stunde, die er hier festsaß, vergrößerte ihren Vorsprung. Er musste ihr hinterher, er hatte keine Zeit für diesen seltsamen Krieg. Aber er hatte noch eine andere Verpflichtung. »Gebt mir diese Schriften, Mischitu. Ich werde Euch helfen, wenn die Westgarther kommen.«

»Kannst du das lesen?«, fragte Ela neugierig. Sie hatten sich in einen Raum im ersten Stock etwas abseits der Halle zurückgezogen und studierten die Rollen und Pergamente, die die Scholaren heranschleppten.

Sahif schüttelte den Kopf. »Hawid?«, fragte er.

»Es ist eine Auflistung einiger berühmter Zauberschulen und der Zauber, die sie anwenden«, erklärte der Stellvertreter der Ghula. Er hatte sich bereit erklärt, ihnen zu helfen.

»Wird hier auch die Schule genannt, die für die Bewachung von Du'umu zuständig war?«, fragte Sahif.

»Augenblick. Nein, hier steht, wo diese Schulen ihren Sitz hatten, aber nicht, wo sie ihre Leute hinsandten. Tut mir leid.«

Ela warf eine andere Rolle missmutig zurück auf den Tisch. »Wieso glauben wir eigentlich, dass wir in diesen alten Pergamenten etwas finden können? Sie sind älter als der Bann – oder nicht? Dann können sie uns doch auch nicht verraten, was wir wissen müssen.«

Sahif warf Hawid einen Blick zu, aber in dessen Gesicht war nichts außer freundlicher Hilfsbereitschaft abzulesen.

»Du hast Recht, Ela. Bislang war alles, was wir gelesen haben, vollkommen nutzlos. Wir brauchen Schriften, die nach Beginn der Belagerung angefertigt wurden.«

Hawid kratzte sich am Kopf. »Leider sind die Schriften nicht nach ihrem Alter sortiert, sondern nach ihren Autoren, manche nach der Art des Wissens, mit dem sie sich beschäftigen.«

»Aber, Hawid«, rief Ela, »ich kann mir nicht vorstellen, dass nach diesem fürchterlichen Krieg und der Zerstörung der Stadt noch viel geschrieben wurde. Das muss doch einen besonderen Platz haben!«

Jetzt wurde der Scholar verlegen. »Nun, vielleicht. Es gibt da eine Aufzeichnung der Befehlshaber der Belagerer, eine Abschrift nur, denn das Original haben sie natürlich …«

»Holt sie!«, rief Sahif.

»Unfassbar«, murmelte er, als der Scholar davongeeilt war. »Sie halten uns hin.«

Ela seufzte. »Sie wollen nicht, dass wir den Bann lösen. Ich glaube, wir werden hier nichts finden, das uns hilft, deinen Schwur zu erfüllen.«

Sahif nickte. »Dann bleibt lediglich der Alte Lenn. Ich kann

nur hoffen, dass diese Scholaren wissen, wo er sich versteckt.«
Ja, Lenn war der Schlüssel, das wurde ihm immer klarer, je länger die Scholaren ihn mit nutzlosen Informationen abspeisten. Der Alte war einmal ein Zauberer gewesen, und die alte Macht schlummerte noch in ihm – doch wie konnte er diese Macht wecken? Wussten die Scholaren überhaupt, wo Lenn hauste?

»Ja, hoffentlich verraten sie uns wenigstens das«, murmelte Ela.

Sahif lächelte innerlich. Immer sprach sie von »wir« und »uns«, dabei war er es doch, der den Schwur geleistet hatte, die Toten zu befreien. Ihm fiel auf, dass er ihr noch gar nicht angemessen gedankt hatte für all das, was sie für ihn getan hatte. Er wusste allerdings auch gar nicht, wie er das in Worte fassen sollte. Und da er annahm, dass sie ohnehin wusste, dass er ihr sehr dankbar war, verschob er es auf unbestimmte Zeit. Er legte eine alte Karte zur Seite und rieb sich die Augen. Es war längst Morgen geworden, das sah er durch die schmalen Fenster, doch richtig hell wurde es auf dieser Insel anscheinend nie.

Von ferne klangen plötzlich Trommeln über die Stadt.

»Was ist das?«, fragte Ela.

»Die Westgarther. Dieses Mal greifen sie nicht heimlich an.«

Die Köhlertochter seufzte. »Noch mehr Kämpfe, was für ein Unglück. Wirst du der Ghula helfen?«

»Ich sehe keine andere Möglichkeit. Jetzt, da sie uns in ihren Streit hineingezogen hat, wäre es wohl besser, wir sorgen dafür, dass sie ihn auch gewinnt.«

Sie warf ihm einen *Ich-hab's-dir-ja-gesagt*-Blick zu. »Das hat sie sich schön ausgedacht. Sie sind wirklich nicht so harmlos, wie sie tun, diese Scholaren.«

»Was ist mit uns?«, fragte Hawid, der ohne die versprochenen Dokumente zurückgekehrt war.

»Nichts«, erwiderte Ela.

»Die Ghula schickt nach Euch. Es wird wohl ernst.«

Sie gingen hinab in die große Halle. Über dem Loch in der Kuppel zeigte sich ein blutroter Himmel. »Ein schlechtes Omen«, murmelte Ela.

»Fragt sich nur, für wen«, entgegnete Sahif.

Die Ghula stand in der Mitte der Halle und erteilte ihren Leuten Befehle.

»Ah, der Schatten. Sehr gut, kommt und sagt mir, was Ihr davon haltet.« Sie zog Sahif mit sich aus der Halle. Auf der Treppe, die zum Vorplatz hinunterführte, hielt sie an. »Die Leute mit den Handbüchsen werde ich dort oben in den alten Türmen postieren. Hier warten die Bogenschützen mit den Brandpfeilen, dort drüben die Armbrustschützen. Elwid hat uns ein Gift gemischt, das den Getroffenen schnell lähmt.«

Sahif runzelte die Stirn. »Wer verteidigt das Tor?«

Die Ghula gab einigen ihrer Leute einen Wink, und die schoben eine leichte Palisade über den Hof. »Niemand«, erklärte sie grinsend. »Allerdings ist die Brustwehr über dem Tor mit Öl getränkt. Und seht Ihr die leichten Holzplatten hinter dem Tor? Sie verdecken einen flachen Graben, den wir heute Nacht mit Öl gefüllt haben. Wir lassen sie über das Tor, das ein paar von uns nur zum Schein verteidigen werden. Die Westgarther gelangen hinein, aber wenn sie dann vor der zweiten Palisade stehen, werden wir sie verbrennen.«

»Teuflisch«, murmelte Sahif.

»Nicht wahr?«, freute sich Mischitu. »Es ist eine Kriegslist, die bei der Belagerung von Elagdad angewandt wurde, vor fast dreihundert Jahren.«

»Und wenn sie über die Flanken oder von hinten kommen?«

»Wir haben die Mauern verstärkt. Falls sie sich einfallen lassen sollten, ihre Kriegshämmer einzusetzen, werden sie erkennen, dass es vergebliche Mühe ist. Zumal wir sie von oben mit Steinen, Bolzen und Pfeilen eindecken werden.«

»Und kochendem Pech«, murmelte Sahif.

»Davon ist kaum noch etwas da, aber das werden wir unseren Feinden natürlich nicht auf die Nase binden.«

»Öl, Pech – wo hattet Ihr das eigentlich her?«, fragte Ela, die ihnen einfach gefolgt war.

»Kapitän Buda und seine *Sperber* haben uns in den letzten Wochen mit allem versorgt, was wir benötigten.«

»Habt Ihr diesen Krieg geplant?«, fragte Sahif.

»Wir haben uns lediglich auf das vorbereitet, was absehbar wurde. Doch sagt mir Eure Meinung, Schatten.«

Sahif überdachte, was er gehört hatte. »Ihr scheint gut vorbereitet und habt den Vorteil der Mauern auf Eurer Seite. Doch würde ich an Eurer Stelle damit rechnen, dass der Feind ebenfalls die eine oder andere Überraschung für Euch hat.«

»Ich wüsste nicht, wie die aussehen sollte«, meinte die Ghula und lächelte siegessicher.

»Ich kann es Euch auch nicht sagen, doch rate ich Euch, einfach einige Eurer Leute in Reserve zu halten.«

»Dafür sind wir zu wenige. Nein, wir werden sie wieder vernichtend schlagen, so wie gestern. Und dann werden sie aufgeben. Ihr werdet sehen.«

»Glaubst du, sie hat etwas übersehen?«, fragte Ela, als die Ghula wieder in der Halle verschwunden war. Das Trommeln war viel näher gerückt. Es schien von mehreren Seiten gleichzeitig zu kommen.

Sahif zuckte mit den Schultern. »Ich bin kein Feldherr, aber ich weiß, dass eine Schlacht niemals so läuft, wie sie geplant wird.«

»Ich wünschte, dieser Kampf ließe sich verhindern«, seufzte Ela.

»Ich auch, denn er kostet nur Zeit, und Jamades Vorsprung wächst weiter.«

»Nicht nur deshalb«, versuchte Ela zu erklären, »dieses Blutvergießen um die Herrschaft über eine völlig zerstörte Stadt, das ist so sinnlos. Noch dazu, wo doch beide Seiten sich eigentlich gar nicht in die Quere kommen müssten.«

»Wie meinst du das?«

Ela war überrascht, dass Sahif ihre Meinung anscheinend wirklich interessierte. Sie fuhr fort: »Die Westgarther holen sich ein paar Waffen von der Ebene, treiben Schmuggel, und ja, vielleicht auch ein wenig Seeräuberei; die Scholaren forschen in den Bibliotheken dieser Insel nach altem Wissen. Warum lassen sie sich nicht einfach gegenseitig in Ruhe?«

»Das ist eine gute Frage«, meinte Sahif.

Am Tor rief jemand etwas. Offenbar schickten die Westgarther einen Unterhändler. Mischitu eilte über den Hof und kletterte auf die hölzerne Brustwehr. Sahif und Ela begaben sich mit anderen Scholaren zum Tor, um zuzuhören.

»Was gibt es, Sagur?«, rief Mischitu. »Seid Ihr gekommen, um uns mitzuteilen, dass Ihr unsere Insel endlich verlassen wollt, wie es Prinz Askon schon getan hat?«

»Ich bin hier, um Euch zur Aufgabe aufzufordern, Scholaren. Ergebt Euch, und Ihr dürft leben. Wir fordern lediglich die Köpfe von Euch, Ghula, und von dem Schatten, den Ihr geschickt habt, um den König zu ermorden, während doch Waffenstillstand war.«

Sahifs Miene verdüsterte sich. Er hatte während eines Waffenstillstands getötet? Diese Ghula war hinterlistiger und falscher als ein Skorpion!

»Macht Euch nicht lächerlich, Sagur. Wenn Ihr meinen Kopf wollt, dann müsst Ihr ihn Euch schon holen. Ich erwarte Euch hier!«

»Dann ist alles gesagt!«, rief Sagur.

Die Ghula kletterte die Holzleiter hinab und erteilte Anweisungen: »Es sind Männer in den Ruinen. Habt Acht auf ihre Bogen. Ich will so wenig Leute wie möglich verlieren!« Dann kam sie zu Sahif. »Nun, Schatten. Dieser Sagur, wäre der ein Ziel nach Eurem Geschmack?«

»Wann? Vielleicht jetzt, wo er noch den Schutz des Unterhändlers genießt?«

Mischitu grinste flüchtig. »So empfindlich, Schatten? Der Waffenstillstand galt nur für die Zeit, die sie brauchten, ihre Verwundeten und Toten zu bergen. Es war nie die Rede davon, dass er die ganze Nacht währen sollte.«

Sie gab sich offensichtlich Mühe, ihn zu überzeugen, aber Sahif glaubte ihr trotzdem nicht.

Ein Pfeil schlug in das Holz der Brustwehr ein, dann noch einer. Es roch verbrannt.

»Brandpfeile, sie verwenden Brandpfeile!«, rief die Ghula. Dann wandte sie sich an die erschrocken dreinblickende Ela. »Keine Sorge, wir haben das Holz nur auf der Innenseite mit Öl getränkt.«

Doch dann ertönte ein schriller Schrei vom Dach der Bibliothek: »Die Kuppel! Sie schießen auf die Kuppel!«

Sahif blickte auf. Tatsächlich, da zischten Pfeile im hohen Bogen in den roten Himmel, senkten sich über der Kuppel und verschwanden im Inneren, eine dünne Rauchfahne hinter sich herziehend.

Die Ghula verfärbte sich. »Unsere Manuskripte!«

»Feuer! Feuer!«, schrie jemand. Sahif sah, dass zwei der Bogenschützen ihre Waffen fallen ließen, um in die Halle zu rennen. Andere folgten ihrem Beispiel.

»Bleibt auf Euren Posten!«, brüllte er.

Niemand hörte auf ihn. Selbst die Ghula vergaß alle Ordnung und eilte in die Halle, um ihre kostbaren Schriften zu retten.

Jetzt schlugen auch Brandpfeile im Hof ein, und plötzlich stand die Brustwehr über dem Tor in hellen Flammen, und die weiße Robe des Scholars, der dort noch seinen Posten gehalten hatte, brannte wie Zunder. Er schrie auf, taumelte von der Brustwehr, fiel zu Boden und steckte die Holzplatten in Brand. Das Öl darunter entzündete sich mit einem dumpfen Knall. Eine helle Stichflamme schoss in die Höhe. Sahif riss Ela zurück von der zweiten Palisade, denn es war nur eine Frage von Sekunden, bis auch sie Feuer fangen würde. Die Westgarther brüllten ihren Schlachtruf, und dann hörte Sahif ihre schweren Stiefel über das Pflaster heranpoltern. Der Boden schien zu beben.

»So schießt doch endlich!«, rief er den Schützen auf dem Dach zu.

Die Schüsse donnerten, aber was waren sechs Büchsen gegen sechzig oder siebzig Krieger? Äxte hämmerten auf das brennende Tor ein.

Sahif wartete nicht ab, bis sie es aufgebrochen hatten. Er zog Ela zur Seite, weg vom Tor und weg von der Bibliothek, aus deren Dach schon Funken in den Himmel stiegen. Drinnen schrien die Scholaren, die in kopfloser Panik versuchten, ihre Pergamente und Bücher zu retten. Wieder schien der Boden zu beben, aber kam das von den Stiefeln der Krieger? Sahif zog Ela in die nächste Hütte. Niemand war dort, und er gab ihr ein Zeichen, Ruhe zu halten. Aus irgendeinem Grunde zögerte er, die Schatten zu beschwören. Sie konnten ungesehen hinauskommen, aber nicht, solange da draußen das Chaos herrschte.

Die Westgarther hatten das Tor zertrümmert, und einer der Flügel fiel in die Flammen, die aus dem Graben schlugen. Johlend sprangen die Krieger darüber hinweg. Pfeile sirrten von den anderen Mauern, auch Bolzen kamen geflogen, und dann krachten wieder Schüsse vom Dach. Männer wurden getroffen und stürzten, aber die anderen stürmten voran. Sie waren in der Festung, und bei einem Kampf Mann gegen Mann hatten die Scholaren keine Chance.

Sahif fluchte. Er wusste nicht, wie er helfen sollte. Die Schlacht schien schon entschieden.

Die ersten Krieger stürmten die Treppen zur Bibliothek hinauf. An der Pforte stellten sich ihnen einige Scholaren entgegen, doch schnell färbten sich die weißen Roben rot mit dem Blut ihrer Träger. Auch auf dem Platz wurde gekämpft, und meist waren es kurze, einseitige Duelle. Ein paar Frauen rannten schreiend genau auf die Hütte zu, in der sich Sahif und Ela versteckt hatten. Drei Krieger verfolgten sie. Die Frauen rannten hinein, entdeckten Ela, die ihnen verzweifelt Zeichen gab, nichts zu verraten. Dann stürmten die Westgarther durch die Tür, lachend, siegestrunken. Sahif drückte sich an die Wand, ließ sie vorüber und erledigte den letzten mit einem Schnitt durch die Kehle. Die beiden anderen fuhren herum, hoben ihre langen Schwerter, aber dann stürzten sich die Frauen von hinten auf sie, zogen sie an den Haaren, zerkratzten ihnen die Gesichter, und Sahif erledigte den Rest.

Ela wandte sich mit Grauen ab. Sie fröstelte plötzlich. Überall war Feuer, aber in die kleine Hütte schien eine seltsame Kälte eingedrungen zu sein. Sie konnte ihren Atem in der Luft sehen. Draußen wurde immer noch gekämpft. Viele Scholaren lagen tot auf dem Pflaster, während die Westgarther die Frauen eher als Beute anzusehen schienen, die es lebend zu fangen galt. Sie lachten, trieben sie hin und her und verspotteten sie. Aus der Bibliothek drang noch Kampfeslärm, Schreie wurden laut, und Waffen klirrten. Das Feuer am Tor war heruntergebrannt, von der nutzlosen Falle, auf die die Ghula vertraut hatte, waren nur noch rauchende Trümmer übrig. Ein schriller Schrei übertönte den Lärm der Schlacht. Es war der Entsetzensschrei einer Frau.

Ela lief es kalt den Rücken hinunter. Sie blickte hinaus.

Da – auf der anderen Seite des Platzes stand eine dunkle Gestalt und hielt eine junge Scholarin gepackt. Die Gestalt war in eine alte Robe gekleidet, die Kapuze beschattete das Gesicht, aber Ela erkannte sie trotzdem wieder.

»Marghul Udaru«, wisperte sie.

Der Marghul, dem sie den Kopf abgeschlagen hatte: Er war es, es war kein Zweifel möglich. Er stand dort, den Kopf fest auf der Schulter, und schlug seine Zähne in den Nacken der jungen Frau.

»Unmöglich«, flüsterte Sahif heiser.

Aber seine Miene verriet, dass auch er den Mann erkannte.

Zwei Männer, ein Scholar und ein Westgarther, tauchten auf und stürzten sich in merkwürdiger Eintracht laut brüllend vor Wut oder Angst von zwei Seiten auf den Marghul. Der streckte die Hand aus, und einen Augenblick später waren beide zu Asche verbrannt.

Ela hatte nicht einmal gesehen, dass sie Feuer gefangen hätten, nein, sie zerfielen einfach zu Asche.

»Er tötet *mit Magie«,* flüsterte Sahif tonlos.

Die Erde bebte. Ela spürte es deutlich unter den Füßen. Plötzlich tauchte ein Mann inmitten der schwelenden Feuer auf, ein Mann mit einem wirren Bart. Er streckte die Hand aus und zeigte direkt auf Ela, die sich in der Hütte sicher gefühlt hatte.

»Du hast gesagt, dass er tot ist! Du hast gesagt, dass es vorbei ist! Doch da steht er! Der Fürst der Finsternis! Belogen hast du mich, Mädchen, belogen! Und jetzt ist es zu spät. Der Bann ist gebrochen, die Mauer gefallen. Und er will entkommen! Aber das wird er nicht! Ich bin Lennaris von der Ewigen Wacht! Meine Brüder sind hier!« Seine Stimme war laut und klar, aber er tanzte einen verrückten Tanz, als er das rief.

Lauter Donner rollte über die Stadt.

Sahif starrte wie gebannt auf den verrückten Alten, der über den Toten tanzte, und auf den Marghul, der den erschlafften Leib der jungen Scholarin zu Boden sinken ließ und seltsam unentschlossen wirkte.

»Ich kann deinen Atem sehen«, flüsterte Ela.

»Was?«

»Die Kälte. Der Bann ist gebrochen. Wie in der Ebene, als wir unter den Toten waren.«

»Bei allen Himmeln, er hat es wirklich getan!«, entfuhr es Sahif endlich.

»Aber der Marghul – er lebt noch! Wie kann das sein, Sahif? Wie kann der Mann, dem ich den Kopf abgeschnitten habe, dort stehen und Menschen töten?«

Inzwischen begriffen auch die Westgarther, dass etwas nicht stimmte. Es wurde seltsam still zwischen den schwelenden Trümmern.

»Du wirst nicht entkommen, Udaru! Meine Brüder sind hier!«

»Meint er …?«, begann Ela.

»Die Massarti. Die Wächter verlassen die Ebene«, presste Sahif hervor und war leichenblass geworden.

Der Boden bebte wieder.

»Der Totengräber«, rief einer der Scholaren angstvoll und deutete hinaus auf den Hof. Das Pflaster sprang auf, wie von einem gewaltigen Pflug zur Seite geworfen, Leichen und Verwundete, die dort lagen, wurden in zwei Teile gerissen, Waffen zerbrachen oder flogen davon.

»Sie kommen! Sie kommen!«, schrie der Alte Lenn und tanzte in der Glut.

»Wir müssen hier weg«, flüsterte Sahif.

»Aber der Marghul, wir können doch nicht ...«

Sahif packte sie einfach am Arm und zog sie aus der Hütte. »Zum Hafen, schnell!«

Und schon liefen sie, während neben ihnen eine Hütte und zwei plündernde Westgarther buchstäblich vom Erdboden verschluckt wurden. Die Erde bebte. Der Marghul ließ sein lebloses Opfer fallen – und rannte.

Entsetzt erkannte Ela, dass er ebenfalls Richtung Hafen lief.

* * *

Askons Männer stemmten sich in die Riemen und sorgten dafür, dass das Langschiff schnell Fahrt aufnahm. Turgal hatte das Ruder übernommen, der Prinz ging unruhig auf und ab und trieb seine Leute mit Verwünschungen und Flüchen zur Eile. Immer wieder ging sein Blick zurück zur Zwielichtinsel, die nur langsam kleiner wurde. Über ihnen hellte sich der Himmel auf. Es sah aus, als würde bald die Sonne durch den Dunst stechen.

Als das Segel gesetzt war und die Riemen in gleichbleibendem Takt in die grünen Wellen griffen, kam Askon zu Jamade in den Bug. »Zwei Dutzend Männer, nicht genug, die Riemen der *Rahane* Tag und Nacht besetzt zu halten«, meinte er.

Jamade nickte, obwohl sie von diesen Dingen nichts verstand.

»Ich muss Euch danken, Schatten – und ich muss Euch etwas fragen. Dieses Gewand, das Ihr tragt – ich sah es vor zwei Tagen an einem anderen Leib.«

Jamade unterdrückte einen Fluch und zwang sich zu einem Lächeln. »Vielleicht werde ich Euch später in den Grund dafür einweihen.«

»Habt Ihr die Besitzerin dieser Kleider getötet?«, fragte der Prinz schlicht.

Sie sah ihn mit schmalen Augen an. Hatte er nicht gehört, was sie gesagt hatte? Sie zuckte mit den Achseln. »Das habe ich«, gab sie schließlich zu, da sie keinen Grund sah, ihn anzulügen. Er musste allerdings nicht wissen, dass er nicht Aina, sondern nur ihre schöne Gestalt gesehen hatte, während diese Frau selbst schon längst vor Felisan auf dem Meeresgrund geruht hatte.

Der Prinz grinste. »Ich bedaure den Tod eines so hübschen Weibes, doch nehme ich an, dass Ihr einen Grund für Eure Tat hattet, Schatten.«

Wieder antwortete Jamade mit einem knappen Nicken. Sie wusste noch nicht, wie viel sie Askon erzählen sollte, hatte allerdings gelernt, dass es meist besser war, auch Verbündete über ihre Pläne und Fähigkeiten im Unklaren zu lassen.

»Dann seid Ihr nicht auf unsere Insel gekommen, weil meine Mutter Eure Dienste brauchte, habe ich Recht?«

»Ich werde Euch nichts über meine Angelegenheiten sagen, Prinz, denn sie betreffen Euch nicht. Ich hoffe, Ihr haltet Euch trotzdem an unsere Vereinbarung?«

»Eine schnelle Fahrt nach Felisan, natürlich, Schatten. Doch nennt mich nicht Prinz. Hier an Bord bin ich der Kapitän meiner Leute, ein ehrenvollerer Titel, denn er ist hart verdient und nicht ererbt wie der andere. Und wie soll ich Euch nennen?«

»Nennt mich Jamade. Das ist besser, als Eure Leute ständig daran zu erinnern, dass ein Schatten mit an Bord ist.«

Askon lachte und schüttelte den Kopf. Die Sache schien ihm Spaß zu machen. »Im Augenblick beunruhigt sie vielleicht mehr, dass eine Frau an Bord ist. Sie sind tapfer, aber auch ein abergläubisches Pack.« Er drehte sich um. »Rudert, ihr Hunde! Noch kann ich die Hügel von Bariri sehen, und das muss sich ändern!«

Seine Leute ächzten, aber sie verdoppelten ihre Anstrengungen. Eine kurze Weile genoss Jamade den Anblick des schlanken Bugs, der die Wellen durchschnitt. Sie hatte einen Vorsprung, aber sie bezweifelte, dass er groß war. Askon hatte es gesagt: Es waren zu wenige Männer, um die Riemen ununterbrochen besetzt zu halten, und Sahif würde alle Himmel und Höllen in Bewegung setzen, um sie einzuholen. Ein schriller Pfiff riss sie aus den Gedanken. Er kam von Turgal, dem Steuermann, der vorauswies.

Sie reckte sich und sah ein Segel am Horizont. Es schien auf sie zuzuhalten. Askon kam nach vorn, kletterte ein Stück den gekrümmten Vordersteven hinauf und beschattete die Augen.

»Es ist die *Sperber!*«, rief er schließlich.

»Ausweichen, Kapitän?«, fragte Turgal.

Askon stieg vom Steven herunter. »Lust auf einen Kampf, Schatten?«, fragte er.

Jamade runzelte die Stirn. Ein Enterkampf auf See war Zeitverschwendung und ein mehr als unnötiges Risiko. »Mein Auftrag duldet keine Verzögerung, Kapitän«, erwiderte sie.

Der Prinz lächelte. »Dann solltet Ihr Euch freuen, dass Ihr bald auf einem noch schnelleren Schiff reisen könnt.« Er wandte sich an den Steuermann. »Turgal, Kurs auf die *Sperber.* Dieser verräterische Kapitän Buda hat unsere Feinde mit den Büchsen versorgt, die so viele unserer Freunde getötet haben. Wir werden sie entern, unsere Brüder rächen und nebenbei noch das schnellste Schiff des Goldenen Meeres gewinnen! Macht euch bereit, Männer! Es wird ein leichter Sieg. denn wir haben einen Schatten auf unserer Seite!«

***

Ela rannte, und es war ein Rennen durch einen Albtraum. Der Marghul war nicht weit, und die Wächter waren in die Stadt gekommen, um ihn zu jagen, und sie töteten, zerfetzten und zermalmten jeden Menschen, der ihren Weg kreuzte, gleich, ob er nun Scholar oder Krieger war. Der Alte Lenn war bei ihnen, sie hörte ihn lachen und schreien. Die Toten waren also befreit worden, doch der Preis dafür war fürchterlich. Sahif war bei ihr, hielt ihre Hand und riss sie zur Seite, als der Mann, der vor ihr über das zerstörte Pflaster stolperte, plötzlich in der Mitte wie von einem riesigen Messer einfach zerteilt wurde. Im Pflaster taten sich Spalten auf, Häuser stürzten ein oder sackten mit einem jähen Seufzer einfach in die Erde. Steine und Ziegel prasselten auf sie ein. Sahif zog Ela an sich und deckte sie mit einem Schild, den er irgendwo aufgehoben hatte.

Ela blickte angstvoll zurück. Die Bibliothek stand in Flammen, und die Straße war voller fliehender Menschen – und voller Leichen. Sie sah, wie dicht hinter ihr zwei Krieger und eine Scholarin von einer unsichtbaren Kraft zermalmt wurden, und wandte sich entsetzt ab.

Sahif zerrte sie in eine Ruine. »Runter von der Straße«, brüllte er den Fliehenden zu. Sie klammerte sich an seine Hand und rannte mit ihm weiter, er hielt an, weil die Wand vor ihnen plötzlich zerbarst, und sie wich mit ihm zurück, als es Ziegel regnete.

Sie schlugen Haken, wichen aus, und Sahif schien die Gefahr immer einen Augenblick früher zu erkennen als andere, hetzte sie weiter durch ausgebrannte Ruinen. Durch die leeren Fensterhöhlen sah Ela, wie Menschen auf der Straße zerrissen oder aus dem Nichts enthauptet wurden, und sie sah eine schattenhafte Gestalt auf der anderen Seite, die ebenfalls durch die Ruinen hastete, Richtung Hafen – der Marghul.

»Weiter, weiter!«, presste Sahif hervor, riss sie nach rechts, weiter von der Gasse weg. Andere Fliehende überholten sie.

»Folgt dem Schatten!«, schrie die Ghula, die ein Stück hinter ihnen auftauchte.

Sahif half Ela durch ein Fenster, sie hasteten über eine schmale Gasse in die nächste Tür. Ela bemerkte, dass ihnen inzwischen viele folgten. Sie schlugen einen Haken, überquerten einen kleinen Platz. Zwei abgerissene Arme und eine Blutlache verrieten, dass die Wächter jene getötet hatten, von denen sie eben überholt worden waren.

Und da war der Alte Lenn, schrie, weinte und lachte inmitten einer Gruppe von Menschen, die in ihrer Flucht angehalten hatten. Sie standen um den Alten, als würden sie ihn mit offenem Mund bestaunen.

»Der Lähmer, zurück!«, zischte Sahif und riss Ela hart am Arm in die entgegengesetzte Richtung.

Jetzt sah Ela das Flirren in der Luft auch. Sie stolperte hinter Sahif her, der über die nächste eingestürzte Hausmauer sprang, sie rücksichtslos weiterzerrte. Um sie herum waren andere, aber Ela achtete nicht auf sie. Sie rannte ums nackte Überleben. *Ich darf seine Hand nicht loslassen*, dachte sie, *ich darf seine Hand nicht loslassen!*

»Der Hafen!«, schrie jemand, überholte sie, als Sahif hinter einer zerstörten Mauer zögerte.

»Nicht!«, hielt ihn Sahif auf, aber es war zu spät: Eine Furche grub das Pflaster um, riss den Mann in zwei Teile und wandte sich plötzlich zur Seite, als habe ihr Verursacher ein anderes, lohnenderes Ziel erspäht.

»Da hinüber«, schrie Sahif und rannte in einen bis auf die Grundmauern niedergebrannten Palast, schnell hindurch und in einen verwilderten Garten. Ela spürte Zweige, die ihr ins Gesicht schlugen. Eine Mauer versperrte ihnen den Weg, und Ela konnte hinterher selbst nicht genau sagen, wie sie hinüber gekommen war. Sahif hatte ihr geholfen, das musste es sein. Sie fühlte seine Hand nicht mehr in ihrer. Für einen Augenblick setzte ihr Herzschlag aus. Er war fort! Dann war er wieder bei ihr, packte sie am Arm, so hart, dass es schmerzte, und zog sie weiter. Ela begriff, dass er einem verwundeten Krieger über die Mauer geholfen hatte. Ein paar Schritte weiter stolperten Männer und Frauen aus einer alten Pforte hervor, die Ela gar nicht gesehen hatte. Da war das Wasser, der Hafen.

»Zu den Schiffen!«, rief Sahif.

Die Männer und Frauen rannten, und Ela rannte keuchend mit ihnen, fühlte Sahifs festen Griff an ihrem Arm. Mit einem hässlichen Sausen wurde der Mann direkt neben ihr von irgendetwas getroffen. Er blieb stehen, und als Ela sich weiterstolpernd umwandte, sah sie, dass er verwundert seinen eigenen Arm vom Pflaster aufhob. Sahif riss sie grob nach vorn. Da war der Kai, und dort draußen warteten die rettenden Schiffe. Sie hetzten weiter. Ein markerschütternder, unirdischer Schrei ertönte. Ela wäre fast gestürzt. Eine flirrende Säule, durchmischt mit Staub und Wasserdampf – ein Wächter –, hatte sich am Ufer aufgetürmt, dicht am Kai, als versuche er, hinaus aufs Meer zu kommen und scheue doch vor dem Wasser zurück. Ela wäre stehen geblieben wie all die anderen um sie herum auch, denn dieser

Massartu konnte ihnen leicht den Weg abschneiden. Aber Sahif riss Ela unerbittlich weiter. »Nicht umdrehen«, zischte er.

Ela blickte über die Schulter. Da! Der, den sie den Totengräber nannten, pflügte sich durch den alten Palast, den sie gerade durchquert hatten. Er verfolgte sie! Ela sah voller Grauen Steine und Holz zur Seite fliegen. Sie spürte Holz unter den Füßen, bemerkte erst jetzt, dass sie längst auf dem Kai waren. Hinter ihr pflügte der Wächter knirschend durch Balken und Gestein. Plötzlich sprang sie und erkannte erst, als sie wieder aufkam, dass der Boden unter ihr schwankte. Das Schiff, sie waren auf dem Schiff!

»Die Leinen!«, schrie jemand, und irgendwie geriet das Schiff in Bewegung, löste sich von der Kaimauer und trieb quälend langsam auf das Wasser hinaus.

»Die Riemen! Wo sind die Riemen?«, schrie eine Frau.

Auf dem Kai waren noch Menschen, sie rannten um ihr Leben, aber der Pflug war schneller. Ela konnte sich nicht abwenden. Sie sah die unsichtbare Macht in einer Wolke aus Holz, Steinen und zerfetzten Leibern auf sich zurasen. Nur noch wenige Schritte war sie entfernt, dann hielt sie jäh an und ließ einen nervenzerreißenden Schrei hören, verharrte und wandte sich plötzlich um. Sie kehrte zum Ufer zurück. Da! Da hetzte eine dunkle Gestalt am Ufer entlang, der Marghul, verfolgt von einer Wolke aus Staub und Schutt. Er hielt auf einige Fischerboote zu, die am Ufer lagen, aber plötzlich öffnete sich vor ihm zischend der Boden. Er schlug einen Haken, verschwand in den Ruinen, und die Wächter jagten ihm nach.

Lenn war irgendwo hinter ihnen und schrie und lachte so schrill, dass es Ela durch Mark und Bein ging. Sie blickte mit offenem Mund ans Ufer. Ein Langschiff trieb dort, mit schwerer Schlagseite und zerborstenen Planken. Es sank.

Staubwolken verbargen das Ufer, aber das Geräusch berstender Mauern schien leiser zu werden. Es schien, als würden die Massarti ins Landesinnere ziehen. Jagten sie immer noch den Marghul? Und wenn sie ihn hatten – was dann? Würden sie ihn töten? Und wenn sie ihn getötet hatten, was würden sie dann tun? Umkehren und den anderen Menschen auf »ihrer« Insel den Rest geben? Sie sah Köpfe im Wasser, Menschen, die um ihr Leben schwammen.

Sie mussten hier weg – doch warum ruderte niemand, und warum trieben sie im Kreis?

»Die Steuerruder, sie sind ebenfalls fort«, fluchte ein Krieger.

»So setzt doch Segel!«, rief einer der Scholaren.

»Nicht ohne Ruder, wir kentern sonst«, entgegnete der Westgarther finster. Und so trieben sie nur langsam durch das Hafenbecken auf das Ufer zu. Ela fühlte sich unendlich hilflos. Würden die Wächter sie am Ende doch noch erwischen?

»Ich sehe die Steuerruder!«, rief eine junge Scholarin und deutete auf zwei große, im Wasser treibende Holzblätter.

»Verflucht soll Prinz Askon sein«, murmelte ein einäugiger Glatzkopf.

»Ich kann sie holen«, erklärte Sahif.

»Der Oramarer!«, rief einer der Krieger und griff an die Hüfte, wo eine leere Schwertscheide verriet, dass er seine Waffe irgendwo verloren hatte. Verwirrt hielt er inne, aber dann zog er einen Dolch aus dem Stiefel.

»Merkst du erst jetzt, dass er bei uns ist, du Narr? Wenn er uns das Ruder holt, ist er mir willkommen. Wir würden alle nicht mehr leben, wenn er uns nicht den Weg gewiesen hätte.«

»Aber er hat den König ermordet!«

»Und ich werde dich ermorden, wenn du deine Klappe nicht hältst, Mann«, knurrte der Glatzkopf. »Siehst du nicht, dass die Strömung uns Richtung Ufer treibt? Wir brauchen dieses Ruder. Und wenn der Oramarer es holt, steht er unter meinem Schutz – verstanden?«

»Ich habe dich gehört«, antwortete der Krieger mit düsterer Miene. Dann steckte er seine Waffe wieder weg.

»Gut gesprochen, Sagur«, rief Ghula Mischitu. »Ich würde dir vorschlagen, dass wir einen Waffenstillstand halten, solange wir an Bord dieses Schiffes sind. Denn um die Herrschaft über die Insel müssen wir uns wohl nun nicht mehr streiten.«

Ein lautes Klatschen beendete den Satz. Sahif war ins Wasser gesprungen und schwamm zu dem Ruder, das nutzlos durch das Becken trieb.

»Gut, Waffenstillstand – vorerst!«, entgegnete Sagur düster.

Ela klammerte sich an die Bordwand. Nicht viele hatten es an Bord geschafft, vielleicht dreißig, mehr Krieger als Scholaren. Einige schwammen noch auf das Schiff zu. Ela kam es vor, als seien es weniger als eben noch. Dann fiel ihr ein, dass die Westgarther doch auch Familien hierhergebracht hatten – wo waren die geblieben?

»Da, da vorn!«, rief jemand und zeigte ans Ufer. Eines der Fischerboote wurde ins Wasser geschoben, dann noch eines. Es waren die Frauen und Kinder der Westgarther. Sie ließen die Boote hastig ablegen, und wenn Ela es richtig sah, war es die Königin, die sie befehligte. Beide Kähne waren überladen, aber einer der Männer auf ihrem Schiff rief laut hinüber, und bald darauf winkten alle an Bord, selbst die Scholaren, dass die Frauen herübersteuern sollten, und sie fluchten, weil sie selbst hilflos durch das Hafenbecken trieben und den Leuten in den kleinen Nachen nicht helfen konnten.

Plötzlich fegte ein eisiger Wind über das Wasser. Ela bekam eine Gänsehaut. Weiße dünne Nebelschleier jagten über die

Wellen, verblassten, lösten sich auf und verschwanden. Ela sah ihren eigenen Atem in der Luft stehen, als wolle er den Toten hinterher. Es war eiskalt. Die Toten, sie waren davongezogen, und Ela fragte sich, ob sie wirklich in jene nächste Welt gingen oder ob ihnen der Zugang weiterhin verwehrt bleiben würde. Was dann? Würden sie als ruhelose Geister über die Meere ziehen? Sie schüttelte sich und blickte zurück zum Ufer.

Am Fuße des nun völlig zerstörten Kais tanzte immer noch der Alte Lenn, umgeben von einem Flirren, das von den Wächtern stammen musste. Dann sah sie noch etwas, ein drittes Fischerboot, das vom Ufer losmachte. Es saß ein Mann darin, umgeben von einer Frau und einer ganzen Anzahl Kinder. Er machte keine Anstalten, den anderen Booten zu Hilfe zu kommen, nein, er hielt Kurs auf das offene Meer. Sie war sich nicht sicher, aber aus der Entfernung sah der Mann aus wie Meister Iwar.

***

Auf der *Sperber* schienen sie die Gefahr, die auf sie zukam, doch noch zu erahnen, denn sie wendeten. Askon fluchte, aber dann bemerkte Jamade etwas Eigenartiges: Ein eiskalter Wind zog über ihr Schiff hinweg und jagte ihr eine Gänsehaut über den Rücken. Und eben dieser Wind erwischte die *Sperber* mitten in ihrem Wendemanöver. Ihre Segel flatterten, und sie verlor Fahrt.

»Legt euch in die Riemen, Brüder! Wir haben sie gleich!«, schrie Askon, und Turgal brüllte ihnen den Takt vor, in dem sie zu rudern hatten.

Als Antwort kam ein Pfeil geflogen, dann noch einer. Jamade entdeckte Kapitän Buda auf dem Achterdeck des Seglers. Er hantierte mit einer fest installierten schweren Armbrust. Der Bolzen flog, aber eine Welle hob die *Rabane* im letzten Augenblick an, und so bohrte sich der Bolzen nur tief in den Bug. Jamade griff nach einem Bogen.

Die *Sperber* nahm wieder Fahrt auf, doch Turgal ließ die *Rahane* jetzt achtern kreuzen und nahm ihr so für ein paar Augenblicke den Wind aus den Segeln. Sie waren rasch an ihrer Seite. Askon ließ den Enterhaken über dem Kopf kreisen und schleuderte ihn mit einem kraftvollen Wurf hinüber. Er verhakte sich im Achterdeck. Ein Mann tauchte an der Reling auf. Er versuchte, das Seil mit seinem Messer zu kappen, aber Jamade erledigte ihn mit einem Bogenschuss. Askon warf den zweiten Enterhaken. Turgal brüllte ein Kommando, und die Westgarther zogen behände die Riemen ein und machten sich kampfbereit. Jamade legte den Bogen weg, rief die Schatten und kletterte geschickt auf den Vordersteven. Weitere Enterhaken flogen, und die Westgarther drängten sich im Bug, zogen ihr Schiff näher an den Feind heran. Auf der *Sperber* duckten sie sich hinter der Reling, die Armbrüste im Anschlag. Jetzt kam die *Rahane* längsseits, die ersten Männer sprangen hinüber. Bolzen und Pfeile flogen, ein Westgarther wurde getroffen und stürzte ins Meer, aber seine Gefährten landeten drüben, und das Chaos brach los. Die Männer rangen auf dem engen Achterdeck, Messer und Äxte blitzten, es war kaum Platz für einen richtigen Kampf.

Jamade wartete noch einen Augenblick. Sie verspürte wenig Neigung, sich in dieses Getümmel zu stürzen, in dem eine verirrte Klinge auch den besten Schatten treffen konnte. Aber sie hatte drei Männer entdeckt, darunter den Koch, die sich an der Back postiert hatten und nun die Angreifer mit Pfeilen beschossen – wenn sie denn ein Ziel fanden. Jamade sprang, landete hart, rollte sich auf dem Deck ab und tauchte hinter den dreien auf. Sie ließ die Schatten fallen und erledigte den ersten von hinten. Der Koch sah sie, bückte sich und schleuderte seine schwere

Pfanne nach ihr. Jamade wich aus und fluchte, als ihr heißes Öl den linken Arm verbrannte. Sie zischte, rief die Schatten und schlich sich an den Koch heran. Der starrte mit offenem Mund dahin, wo sie eben noch gestanden hatte. Und auch der andere Matrose stand mit großen Augen da, einen Pfeil auf der Sehne, und suchte das Ziel.

Jamade tauchte an seiner Seite wieder aus den Schatten auf, zog ihm die Klinge über die Kehle und sprang zur Seite, als der Koch mit einer Axt nach ihr hieb. Er war schnell, aber er verfehlte Jamade und traf stattdessen den eigenen Kameraden. Erschrocken ließ er die Axt fallen. Jamade ging mit einem Scheinangriff auf ihn los. Sie hoffte, dass er nach seinem Messer greifen würde, denn es war keine Herausforderung, einen unbewaffneten Mann zu töten. Der Koch wich ängstlich vor ihr zurück, er schien nicht an sein Messer im Gürtel zu denken, sondern streckte nur in abwehrender Geste die Hände aus, stolperte an die Reling, kämpfte noch einen Augenblick mit dem Gleichgewicht und fiel dann mit einem spitzen Schrei über Bord.

Jamade nahm es mit einem Achselzucken hin und wandte sich dem Ringen auf dem Achterdeck zu. Es lagen schon einige Männer tot oder verwundet auf den Planken, doch der Kampf war noch nicht vorüber. Sie hörte einen wütenden Schrei und sah Askon, der mit Kapitän Buda focht. Sie rannte los, denn dem Prinzen durfte nichts geschehen, aber sie war zu langsam, um einzugreifen. Askon verschaffte sich Platz, indem er einen seiner Waffenbrüder in das Getümmel stieß, und es schien ihn nicht zu kümmern, dass der Mann geradewegs in die Klinge eines Feindes stolperte. Buda geriet aus dem Gleichgewicht, sein Hieb war schwach, und der Prinz konnte ihn abfangen, schlug seinerseits zu, und plötzlich hatten beide den Waffenarm ihres Gegners gepackt und rangen miteinander. Für einen Augenblick stand es auf des Messers Schneide, dann rammte Askon dem Kapitän ein Knie in den Unterleib, und als Buda zusammenzuckte, war Askon stark genug, sich aus dem Klammergriff zu befreien und Buda seine Klinge in die Brust zu stoßen. Wieder brüllte Askon, doch dieses Mal war es ein Triumphschrei.

»Euer Kapitän ist tot! Streckt die Waffen!«, rief Turgal. Sein Gesicht war blutverschmiert. Noch kurz leisteten die Matrosen der *Sperber* Widerstand, doch dann rief einer von ihnen – Jamade sah, dass es Hanas Aggi war: »Wir ergeben uns!«

***

Es waren die Frauen und Kinder in einem der beiden Fischerboote, die Sahif halfen, das schwere Blatt des Steuerruders zum Langschiff zu bringen, das immer noch in der Dunung des Hafens trieb, während sich an Land ein groteskes Fest der Zerstörung fortsetzte. Der Alte Lenn lief mit irrem Lachen die ohnehin schon zerstörten Hafenanlagen auf und ab, während die Wächter um ihn herum in einer Wolke von Staub und Steinen Ruinen zum Einsturz brachten oder verschlangen. Dazu ertönte immer wieder ein unirdisches Brüllen, das durch Mark und Bein ging, und aus dem Landesinneren antwortete ebensolches Gebrüll.

Plötzlich aber wurde es still, die Wächter schienen für einen Augenblick innezuhalten. Dann schrie der Alte Lenn etwas, das Ela nicht verstand, und die Spur der Verwüstung zog mit neuer Wucht den Hügel wieder hinauf, ungefähr dorthin, wo die Westgarther ihr Lager aufgeschlagen hatten. Dann verlor Ela sie aus den Augen, denn sie half den Frauen und Kindern aus dem Fischerboot ins Schiff und sah zu, wie die Männer gemeinsam mit Sahif, der im Wasser blieb, das schwere Ruder an seinen Platz brachten.

»Es wird Zeit, dass wir hier wegkommen«, knurrte Sagur.

Ela half Sahif ins Schiff, weil niemand sonst dazu bereit zu sein schien. Die Westgarther setzten das gelbe Segel, wendeten und steuerten das Schiff in langsamer Fahrt aus dem Hafen.

Sahif hustete Wasser, und Ela reichte ihm ihren Mantel, damit er sich abtrocknen konnte. Plötzlich fiel ein Schatten auf sie. Ela blinzelte und blickte in die Sonne, die sich durch das ewige Zwielicht gekämpft hatte. Königin Arethea stand dort und sah mit bleicher Miene auf Sahif herab. »Ich weiß, dass Ihr meinen Mann Hakor getötet habt, Schatten. Ich verfluche Euch dafür, doch hat Sagur mir gesagt, dass Ihr viele von meinen Leuten gerettet habt und dass er mit der Ghula einen Waffenstillstand vereinbart hat. Beides schützt Euch für den Moment. Aber sobald Ihr im nächsten Hafen einen Fuß an Land setzt, nicht mehr.«

Sahif nickte bloß, er sah nicht sehr überrascht aus. Die Königin wandte sich ab und ging zurück zu ihren Leuten, die sich im Heck versammelten. Die Scholaren kamen dagegen im Bug zusammen.

Zufälligerweise fanden sich Ela und Sahif genau in der Mitte wieder. Ein unirdischer Schrei ließ Ela zusammenfahren. Sie blickte zu den weißen Hügeln über der Stadt. Eine kleine, dunkle Gestalt floh die Felsen hinauf, und hinter ihr tobte ein Inferno aus Staub. Es sah aus, als würden die Hügel in ihren Grundfesten erschüttert. Tatsächlich sah Ela große Felsen aus dem Hang brechen und in einer Lawine niedergehen. Doch der Marghul schien zu entkommen. Für einen Augenblick war seine Gestalt noch zu sehen, dann verschwand sie hinter dem nächsten Kamm.

»Was für eine Geschichte«, murmelte Ela und versuchte, das Grauen abzuschütteln. »Scheint, als säßen wir schön zwischen allen Stühlen. Ich kann ja verstehen, dass die Westgarther dich hassen, aber diese Scholaren sollten dir dankbar sein.«

»Sollten wir das?«, fragte Ghula Mischitu, die plötzlich neben ihnen stand. Sie blickte hinaus auf die grünen Wellen, dann zurück auf die vielfach zerstörte Stadt Aban.

»Er hat getan, was Ihr verlangt habt, Ghula«, sagte Ela wütend.

»Er hat leider viel mehr getan. Er hat den Alten Lenn auf die Idee gebracht, den Zauber aufzuheben, der Aban viele Jahrzehnte geschützt hat. Das haben viele Männer und Frauen mit dem Leben bezahlt. Und der Marghul, den du angeblich getötet hast, Kind? Er wirkte sehr lebendig auf mich.«

»So ist also auch das Eure Schuld, Oramarer?«, fragte Königin Arethea, die ebenfalls wieder hinzugetreten war.

»Vielleicht ist es ja auch die Schuld von Kriegern und Scholaren, die sich ohne Not abgeschlachtet haben!«, rief Ela wütend. »Und vielleicht haben Menschen auf dieser Insel auch einfach nichts zu suchen!«

»Du redest von Dingen, von denen du nichts verstehst, Kind«, sagte die Königin. »Aber mir ist jetzt immerhin klar, wie die Massarti in die Stadt gelangt sind – und was sie wollten. Es war unser Glück, dass sie den Marghul und nicht uns jagten, denn so konnten wir mit knapper Not entkommen. Gerade, als ich das Schiff erreichte, sah ich unsere Halle fallen. Sie war der ganze Stolz meines Gemahls, und nun hat sie ihn unter sich begraben, bevor wir es tun konnten. Hakors Reich, es mag für Fremde unbedeutend erschienen sein, aber es war alles, was wir hatten. Und nun ist es mit seinem König untergegangen.«

»Es ist geschehen und kann nicht mehr geändert werden«, meinte die Ghula achselzuckend. »Viele gute Menschen sind heute gestorben, und viele Jahre Arbeit wurden zunichtegemacht. Ich glaube nicht, dass sich so bald wieder jemand auf diese Insel wagen wird, nicht, wenn bekannt wird, dass der magische Ring zerstört und der Marghul befreit ist. Aber das Schlimmste ist, dass auch dem Marghul und allem Bösen, das sich mit ihm in Du'umu versteckt, jetzt die Pforte zur Welt offensteht.«

»Seid froh, dass Ihr mit dem Leben davongekommen seid!«, rief Ela ungehalten. »Und der Marghul – er ist doch vor den Wächtern geflohen. Also kann er so stark gar nicht sein!«

Einen Moment schien die Ghula darüber nachzudenken, dann erwiderte sie: »Jetzt jagen sie ihn, doch der Bann ist gebrochen, und der Dunkle Fürst wird nicht lange so schwach bleiben, wie er es jetzt ist, so kurz nach seiner Rückkehr von den Toten. Eines Tages wird er von dieser Insel entkommen, und dann müssen die Völker am Goldenen Meer wieder vor seiner Bosheit und seiner dunklen Kunst zittern.«

»Seltsam, das von Euch zu hören – habt Ihr ihn nicht immer unterstützt?«, fragte die Königin kühl.

»Die Westgarther mögen das geglaubt haben, doch haben wir in Wahrheit nach einem Weg gesucht, ihn zu vernichten. Wir sind von der Bruderschaft der Weißen Schriften, und seit vielen Jahren schon jagen und bekämpfen wir Totenbeschwörer, wo immer wir sie finden.«

»Ihr seid Magier?«, fragte Ela verblüfft.

»Nein, keine Zauberer, sondern Wissende! Denn nicht die Magie, sondern das Wissen ist die Sonne, die die Menschen erleuchten und die dunklen Kulte und Künste am Ende vom Erdkreis vertreiben wird.«

»Hast du schon einmal von dieser Bruderschaft gehört?«, fragte Ela leise, als die beiden Herrscherinnen der zusammengeschmolzenen Gemeinschaften sich nach einigen weiteren grimmigen Bemerkungen wieder zu ihren Leuten begeben hatten.

»Ja, sie ist berühmt, oder ich sollte wohl eher sagen, berüchtigt. Angeblich stammt sie von irgendwo aus den nordöstlichen Ländern jenseits von Tenegen, findet aber auch rund um das Goldene Meer Anhänger. Sie hat sich die Vernichtung der Totenbeschwörer auf die Fahne geschrieben, doch heißt es, dass auch schon andere Magier ihrem Eifer zum Opfer gefallen sind. Ich erinnere mich, dass eine Abordnung dieser Bruderschaft vor einigen Jahren sogar bei meinem Vater vorsprach. Sie bat ihn um Unterstützung in ihrem Kampf gegen die Nekromanten, aber der Große Skorpion zeigte ihnen sehr deutlich, dass er von ihrer Gemeinschaft nichts wissen will.«

Ela runzelte die Stirn. »Sehr deutlich?«

»Er ließ die drei Anführer der Abordnung köpfen und gab den anderen die Nachricht mit, dass er zukünftig mit allen Jüngern der Weißen Schriften so verfahren werde, die es wagen sollten, das Reich von Oramar zu betreten.«

»Wie schrecklich!«

Sahif zuckte mit den Achseln. »Mein Vater hat große Achtung vor der Magie, und er bedient sich ihrer auf jede nur erdenkliche Weise.«

»Aber er hat nicht *dir* den Befehl gegeben, diese Scholaren zu köpfen, oder?«

Sahif lächelte. »Ich war sein Leibwächter, nicht sein Henker, Ela Grams.«

»Und … verzeih, wenn ich das frage, aber wie war das, der Leibwächter eines solch grausamen Mannes zu sein?«

Sahif zuckte mit den Achseln, und für einen Moment dachte Ela, die lange auf eine Gelegenheit gewartet hatte, nach diesem Teil von Sahifs Leben zu fragen, sie wäre zu weit gegangen, aber dann antwortete er: »Ich kannte es nicht anders. Die Jahre auf dieser Insel, die Ausbildung in der Bruderschaft der Schatten, dort haben sie gelehrt, dass Grausamkeit nützlich ist, wenn man bestimmte Ziele erreichen will. Und im Palast von Elagir? Mein Vater wird gefürchtet, doch ist er kaum grausamer als seine Vorgänger. Ich weiß nicht, ob du je vom Gesetz der Skorpione gehört hast?«

Ela schüttelte den Kopf.

»Es ist alt, und es verlangt, dass jeder Herrscher von Oramar seine Brüder töten muss, sobald er den Pfauenthron besteigt.«

»Seine *eigenen Brüder?*«

»Es klingt furchtbar, doch ich denke, dieses Gesetz hat schon viele Bruderkriege verhindert. Du begreifst vielleicht, wie hart mein Vater sein musste, um seinen Thron zu erlangen. Er hatte viele Brüder.«

»Und – wenn du eines Tages Padischah wirst?«

Sahif starrte sie an, dann lachte er laut auf und schüttelte den Kopf. »Aber Ela, ich bin nur der Sohn einer unbedeutenden Nebenfrau. Ich bin keiner der Erbprinzen, und selbst nach denen stehen noch ein Dutzend Brüder zwischen mir und dem Thron. Ich werde niemals Herrscher werden.«

»Aber dann würde der neue Padischah ja dich …« Ela konnte es nicht aussprechen.

»Ich glaube, bis dahin bin ich bereits tot, denn ich habe meinen Vater verraten, und das wird er mir niemals verzeihen.« Sahif stand auf und ging auf die andere Seite des Schiffes, wo er lange Zeit unverwandt in die Wellen starrte.

Das Meer war ein unruhiges Auf und Ab, und es bot Sahif nichts, woran seine Augen sich hätten festhalten können. Ela hatte die Dämonen seiner Vergangenheit geweckt. Er hatte bislang kaum Zeit gehabt, wirklich über seine Lage nachzudenken. Anscheinend hatte sie das aber getan und ihn jetzt mit ihren Fragen daran erinnert, wie verzweifelt seine Situation war.

Die Häscher seines Vaters würden ihn vermutlich bereits jagen, aber darauf konnte er keine Rücksicht nehmen, denn er musste einen Schatten verfolgen, um zu verhindern, dass seine Halbschwester das Ende der Welt heraufbeschwor. Nicht zu vergessen, dass Shahila und ihr Schattenmeister Almisan ebenfalls seinen Tod verlangten. Und ohne Zweifel hatte auch die Bruderschaft der Schatten ihre Pläne mit ihm, warum hätte Meister Iwar ihn sonst retten sollen? Und es kümmerte die Schatten sicher nicht, dass er nicht mehr töten wollte. Alle hatten sie ihre Pläne für ihn, niemand scherte sich darum, was er wollte, niemand außer Ela. Sie hatte ihn davor gewarnt, Hakor zu ermorden, und Recht behalten: Es war nichts Gutes aus dieser Tat erwachsen. Das würde ihm eine Lehre sein. Aber wie sollte er Jamade aufhalten, wenn nicht mit einer Klinge? Gab es eine andere Möglichkeit, ein anderes Mittel als Jamades Tod, um das Ende der Welt zu verhindern? Sie hatte das Wort und durfte es nicht nach Atgath bringen. Also würde er sie töten. Sie hatte es zweifellos verdient.

* * *

»Ich lasse euch die Wahl«, rief Prinz Askon. »Ihr habt tapfer gekämpft, und ich würde euch in meine Mannschaft aufnehmen, denn ich kann jeden Mann gebrauchen. Ihr könnt aber auch denen da folgen«, rief er und wies auf die Backbordseite, wo seine Krieger gerade die gefallenen Matrosen über Bord warfen. Ein oder zwei von ihnen waren noch nicht ganz tot, aber die Sieger hatten keine Lust zu warten, bis die Sache entschieden war, und halfen dem Tod auf diese Art nur ein wenig nach.

Jamade saß auf der Reling und sah zu. Das Angebot Askons überraschte sie, aber er hatte wirklich zu wenige Männer. Vier seiner Krieger waren gefallen, drei andere schwer oder ernstlich verwundet. Doch wie zuverlässig konnten die so zur Mannschaft gepressten Leute sein?

Hanas Aggi war ihr Sprecher. Er sah von einem zum anderen, dann sagte er: »Ich denke, wir sind bereit, Euch zu dienen, wenn dieser Dienst im nächsten Hafen endet.«

»Das werdet nicht Ihr entscheiden, Haretier«, fuhr ihn Steuermann Turgal an.

»Lass nur, Turgal. Wir segeln nach Felisan, und wenn wir dort ankommen, verstehen wir genug von diesem Schiff, um diese Leute nicht mehr zu brauchen.«

»Dann dienen wir Euch bis Felisan«, erklärte Hanas Aggi nach erneuter geflüsterter Beratung.

»Gut. Wer darüber hinaus bei uns bleiben will, soll uns willkommen sein. Doch seid gewarnt, wenn auch nur einer von euch es wagen sollte, sich aufzulehnen, werden es alle büßen, verstanden?«

»So sei es, Kapitän«, erwiderte Aggi, für Jamades Ohr eine Spur zu feierlich. Sie hatte das Gefühl, dass er etwas vorhatte. Sie schlenderte hinüber zu Askon. »Glaubt Ihr, dass Ihr Euch auf diese Männer verlassen könnt?«, fragte sie leise.

Der Prinz lachte. »Natürlich nicht. Wir werden sie bewachen müssen, doch brauchen wir sie einstweilen noch. Es ist üblich bei uns Westgarthern, nach solchen Kämpfen brauchbare Männer in unsere Reihen aufzunehmen. Würden wir das nicht tun, gäbe es wohl nur noch Frauen in der Heimat. Nein, wer sich uns anschließt und sich bewährt, kann es weit bringen. Sieh genauer hin, drei meiner Leute stammen aus Haretien, zwei andere von einem Schiff aus Cifat, das das Pech hatte, unseren Weg zu kreuzen. Heute sind es Westgarther, und niemand würde wagen, das Gegenteil zu behaupten.«

Jamade hörte kaum zu, weil sie eigentlich etwas anderes beschäftigte. Die *Sperber* war von Felisan aufgebrochen. Man kannte Kapitän Buda dort. Askon würde sich und seine Leute in tödliche Gefahr bringen, wenn er dorthin segelte. War es das, worauf Hanas Aggi spekulierte? Sie musste Askon warnen, aber dann zögerte sie. Felisan war ihr Ziel, und die *Sperber* war nun einmal die schnellste Möglichkeit. Es würde auch nicht ihr Problem sein, wenn im Hafen jemand Fragen stellte, wie dieses Schiff zu seiner neuen Mannschaft gekommen war.

Die Krieger hatten unterdessen das Schiff durchsucht, und unter dem Achterdeck weitere Waffen, eingewickelt in Stoffballen und Tuchrollen, gefunden. »Ich habe mir gleich gedacht, dass Kapitän Buda nicht nur wegen ein paar Stoffen den Weg nach Aban auf sich genommen hat«, meinte Askon, der mit Kennermiene die Schwerter prüfte. Büchsen waren auch wieder dabei, aber von denen hielt er nicht allzu viel. »Langsam und laut. Ohne Zweifel tödlich, wie wir erfahren mussten, doch schon, wenn das Pulver feucht wird, völlig nutzlos.«

Die Westgarther verluden die wenigen Habseligkeiten, die sie bei ihrer Flucht mitgenommen hatten, von der *Rahane* auf ihr neues Schiff.

»Und was machen wir mit ihr, Kapitän?«, fragte Turgal.

»Wir übergeben sie den Wellen und dem Wind. Diese beiden mögen ihr Schicksal fortan bestimmen.«

»Sie war ein gutes Schiff.«

»Das war sie, doch ist sie alt geworden, und dieses Schiff ist größer und schneller – wir werden damit reichlich Beute machen und viel Ruhm erwerben unter den Seeleuten Westgarths, mein Freund.«

»Aye, Käpt'n.«

Sie lösten die Entertaue, die die beiden Schiffe verbanden, und schon bald wurde die *Rahane* vom Wind in eine andere Richtung getrieben als die *Sperber*, die von ihren neuen Herren auf einen Kurs Richtung Norden gezwungen wurde.

***

»Wir haben beschlossen, zunächst den Hafen von Malgant anzusteuern«, verkündete Ghula Mischitu.

Sahif versuchte ruhig zu bleiben. »Ihr habt mir ein Schiff nach Felisan versprochen.«

»Erkauft mit dem Blut des Königs«, warf Sagur bitter ein. Sein verbliebenes Auge blickte finster auf Sahif.

»Habt Ihr vor, unseren Vertrag nicht zu erfüllen, Ghula?«, fragte Sahif betont höflich.

»Ich würde es tun, doch kam ich mit der Königin überein, dass es besser ist, diese gemeinsame Reise so kurz wie möglich zu halten. Es steht viel Blut zwischen uns, und je länger der Waffenstillstand besteht, desto leichter wird er brechen.«

»Zumal es die Leichenfresser mit solchen Fragen nicht so genau nehmen.«

Ghula Mischitu widersprach dem Steuermann scharf und beharrte darauf, dass die Waffenruhe der vergangenen Nacht nur für die Bergung der Toten und Verwundeten vereinbart gewesen war. »Es war nie die Rede davon, dass sie bis Sonnenaufgang halten solle.«

»Die Nacht, sie sollte die ganze Nacht halten!«

»Die endet im Morgengrauen!«

»Genug!«, fuhr Sahif dazwischen. »Ich verstehe, dass die Lage auf diesem Schiff gefährlich angespannt ist. Und doch muss ich auf der Erfüllung unseres Vertrages bestehen, Mischitu.«

Sagur lachte. »Es ist nicht ihr Schiff, Schatten, sondern das der Königin. Du wirst in Malgant von Bord gehen, mit den

Scholaren. Dort soll sie sehen, wie sie dir ein Boot besorgt. Schafft sie das nicht, so habe ich auch nichts dagegen, wenn du sie für ihren Wortbruch tötest.«

»Schlechte Nachrichten?«, fragte Ela, die sich eine Weile zu den Scholaren gesetzt hatte.

»Die Ghula kann ihr Wort nicht halten. Wir werden ein anderes Schiff brauchen.«

»Aber dann wird der Vorsprung dieser Schlange Jamade ja immer größer!«

»So ist es. Und ich kann es nicht ändern.«

Ela entging der finstere Blick nicht, mit dem er die Ghula beobachtete. »Bitte, Sahif, tue nichts Unüberlegtes.«

»Wir werden sehen«, lautete die knappe Antwort. Aber dann seufzte er und sagte: »Ich werde gar nichts tun, Ela, denn durch mein Zutun sind seit gestern viele Menschen gestorben. Mein Bedarf an Blut ist für das Erste gedeckt.«

»Aber die Wächter – das konntest du doch nicht wissen!«

»Und trotzdem war ich es, der den Alten überredet hat, den Bann zu brechen.«

Ela räusperte sich. »Streng genommen war ich es, Sahif, denn du hast nur dagesessen, vom Fieber geschüttelt, und hast nicht viel zu unserer Beratung beigetragen. Schau nicht so erstaunt drein. Ja, ich mache mir Vorwürfe, doch andererseits waren diese Menschen ohnehin gerade dabei, sich gegenseitig umzubringen. Ich glaube nicht, dass noch einer von den Scholaren leben würde, wenn die Wächter nicht erschienen wären. Wer weiß, vielleicht haben wir sogar ein paar Westgarthern das Leben gerettet?«

»Und doch sehe ich die Männer noch vor mir, die von den Wächtern zerrissen und zerfetzt wurden, Ela. Aber ich danke dir für den Versuch, die Schuld auf dich zu nehmen.«

Eine Weile später rief der Ausguck, der in den Mast geklettert war, dass er ein Segel sehe. »Ich glaube, es ist Askons Schiff. Die Farbe des Segels stimmt!«, rief der Mann.

»Die *Rahane*? Welchen Kurs hält sie?«, rief Sagur hinauf.

Der Mann spähte lange hinüber, dann rief er: »Gar keinen. Sie treibt vor dem Wind! Und sie liegt tief!«

Sagur änderte den Kurs. Die Westgarther waren beunruhigt, denn ein treibendes Schiff war ein schlechtes Zeichen. Vor allem die Königin war blass und schaffte es nicht, ihre Sorgen zu verbergen.

»Siehst du die Besatzung?«

»Ein Mann, ich sehe nur einen Mann!«, lautete die Antwort des Ausgucks.

Jetzt wurde die Unruhe an Bord noch größer, und dann, als sie schon fast längsseits kamen, erkannte Ela den Mann, der am Achtersteven stand und winkte. »Sieh doch, Sahif, das ist Orem Gaad, der Koch der *Sperber*!«

Enterhaken flogen, und die Westgarther holten die *Rahane* längsseits. Sie hatte schon reichlich Wasser genommen, weil sie quer zu den Wellen trieb, und es war abzusehen, dass das Meer sie bald verschlingen würde.

Es war schwierig, aus dem verstörten Koch, als er endlich an Bord war, etwas Brauchbares herauszubringen, vor allem, als er erkannte, dass die Menschen, die ihn retteten, ebenso aus Aban kamen wie die Krieger, die seine Kameraden getötet hatten. Aber mit ein wenig Geduld gelang es doch, das Wichtigste in Erfahrung zu bringen: Orem Gaad war während des Kampfes über Bord gegangen, hatte sich zunächst an das Ruderblatt der *Sperber* geklammert und konnte so erzählen, was die neuen Herren des Schiffes vorhatten. »Ich weiß, ich bin kein Held, doch hätte ich meinen Kameraden auch nicht mehr helfen können.

Ich bin zu dem anderen Schiff geschwommen, als sie Kurs setzten, und ich hätte nicht damit gerechnet, so schnell oder überhaupt gerettet zu werden.«

»Mein Sohn will also nach Felisan«, murmelte Königin Arethea, und sie sah sehr besorgt aus.

Sagur, der umsichtig dafür gesorgt hatte, dass man die Riemen der *Rahane* an Bord brachte, meinte: »Bevor Ihr daran denkt, ihm zu folgen, solltet Ihr Euch erinnern, dass er verbannt ist, Hoheit.«

Die Königin bedachte ihn mit einem vernichtenden Blick. »Von den vier Männern, die das beschlossen, sind drei gestorben, noch bevor das Urteil verkündet wurde. Möchte der eine, der noch lebt, auf der Vollstreckung bestehen? Bedenkt, dass mein Sohn und seine Männer nun fast die Hälfte unserer Sippe darstellen. Und denkt daran, dass er der Erste war, der erkannte, dass dieser Oramarer und seine Frauen ein falsches Spiel mit uns spielten.«

»Dem Bericht dieses Kochs zufolge ist nun aber ein weiteres Mitglied der verfluchten Bruderschaft der Schatten an seiner Seite, Hoheit. Und ich frage mich, ob es dieses Schattenweib war, das Askon befreite.«

Sahif mischte sich ein: »Wer sonst? Meine Schattenschwester wollte ein Schiff, und das hat sie nun bekommen. Sie hat etwas gestohlen, einen Schlüssel, der die Tür zum Verhängnis für die ganze Welt öffnen kann. Und deshalb segelt sie nun mit Askon nach Felisan.«

»Was für ein Schlüssel sollte so viel Macht haben, Schatten?«, fragte Sagur und klang ausgesprochen feindselig.

»Einer, der alt ist – und der von Erdgeistern geschmiedet wurde«, rief Ela dazwischen.

Sagur lachte laut auf. »Erdgeister? Was kommt als nächstes? Riesen? Einhörner? Jedes Wort von Euch ist eine Lüge.«

»Dennoch segelt mein Sohn nach Felisan«, stellte die Königin fest.

»Aber Ihr denkt doch nicht daran, ihn zu verfolgen, Hoheit?«

Wieder war es Ela, die sich ungefragt einmischte: »Ihr solltet wissen, dass man die *Sperber* und ihre Besatzung in Felisan sehr gut kennt. Euer Sohn wird viele Fragen beantworten müssen, wenn er mit Kapitän Budas Schiff in den Hafen einläuft. Und bei den Himmeln, ich hoffe, sie hängen ihn für das, was er getan hat!« Sie war krank vor Sorge um Hanas Aggi und die anderen Matrosen, seit der Koch berichtet hatte, dass die meisten tot waren und nur wenige den Kampf überlebt hatten.

Die Königin tat, als hätte sie das überhört. Sie starrte lange auf das in den Wellen treibende Schiff ihres Sohnes, dann straffte sie sich und befahl Sagur, Kurs nach Felisan zu setzen.

»Die Bemerkung mit dem Hängen hättest du dir sparen sollen. Du hast dir ohne Not eine Feindin gemacht«, zürnte Sahif, als sie wieder unter sich waren.

»Ich würde eher sagen, ich habe sie davon überzeugt, dass wir diesen elenden Verräter unbedingt einholen müssen, aber du kannst mir später dafür danken.« Es klang ein wenig bitterer, als sie es beabsichtigt hatte. Sie seufzte. »Ich weiß, dass ich mir wünschen sollte, dass wir sie vorher einholen, aber ich fürchte, da wären wir stark in der Unterzahl und könnten nichts gegen Askon, all die Westgarther und Jamade unternehmen. Von daher hätte ich auch nichts dagegen, wenn er uns vorerst entwischte und sie diesen sogenannten Prinzen für uns in Felisan am nächsten Lastkran aufknüpften.«

Sahif schien kaum zugehört zu haben und seinen eigenen düsteren Gedanken nachzuhängen. Ela traute sich aber nicht, ihn danach zu fragen. Er hatte sich verändert. Ihr fiel erst jetzt auf, dass der Zorn, der bei ihren gemeinsamen Erlebnissen immer wieder jäh ausgebrochen war, verschwunden schien. Er war ruhiger, aber auch noch abweisender als früher. *Als läge ein schwerer Schatten auf ihm,* dachte sie, und dann hätte sie fast gelacht, weil er doch selbst ein Schatten war.

Sagur hatte im Heck noch eine Weile mit seiner Königin diskutiert, dann folgte er ihrem Wunsch: Er ließ die Riemen, die sie erbeutet hatten, ausfahren und teilte Westgarther und Scholaren zum Rudern ein. »Wenn wir die *Sperber* schon jagen, dann wollen wir es richtig tun. Sie kann schneller segeln als wir, doch Askon weiß nicht, dass wir ihn verfolgen, und das Schiff ist ihm fremd, von daher wird er nicht alles aus ihr herausholen können. Ich gedenke jedoch, alles aus euch herauszuholen, ihr faulen Kröten. Mögt ihr nun Westgarther, Scholaren oder Schatten sein – ihr werdet rudern! An die Arbeit!«

Schon bald griffen die Riemen in die grüne See, selbst die Frauen und damit auch Ela wurden zum Dienst eingeteilt. Eine Stunde musste sie rudern, dann wurde sie abgelöst und bekam zwei Stunden Ruhe, bevor sie wieder an der Reihe war. Die Scholaren stöhnten über die ungewohnte Arbeit, auch Ela, aber der Wind war ihnen gewogen, sie kamen gut voran, und als der Abend dämmerte, glaubten viele, dass sie schon am nächsten Morgen Askon eingeholt haben könnten.

***

Die *Sperber* machte gute Fahrt, und Jamade stand im Bug und sah den Tümmlern zu, die durch das Wasser glitten. Im Westen versank die Sonne hinter tief stehenden Wolken. Jamade runzelte die Stirn. Das waren gar keine Wolken, da musste eine langgezogene Insel liegen. Als sie jedoch von Felisan nach Bariri gesegelt waren, waren sie an keiner Insel vorübergekommen. Sie verließ den Bug, um der Sache auf den Grund zu gehen.

»Habt Ihr einen neuen Kurs befohlen, Prinz?«, fragte sie ohne Umschweife.

»Nennt mich Kapitän, Jamade von den Schatten«, gab Askon zurück. »Und, nein, warum fragt Ihr?«

»Die Insel dort, wir müssen nahe des westlichen Arms sein, und dies scheint mir nicht der kürzeste Weg zu unserem Ziel zu sein.«

»Ihr habt scharfe Augen. Das ist die kleine Insel Bogea, und dahinter liegt Akkar. Sie sehen aus der Entfernung nur aus wie eine Insel. Das ist nicht der kürzeste Weg, jedoch der schnellste.«

Jamade blieb misstrauisch. »Erklärt mir das, Kapitän.«

Sie hörte den Steuermann verächtlich schnauben, aber Askon lächelte nur und sagte: »Es gibt unter diesen Wellen eine große Strömung, die im Kreis das Goldene Meer durchfließt. Im Osten fließt sie nach Süden, hier jedoch nach Norden, und aus irgendeinem Grund ist sie dicht unter den Inseln stärker als weiter draußen. So ist unser Weg zwar weiter, aber wir kommen schneller voran. Schon morgen, gegen Ende der Nacht, sind wir in Felisan, wenn der Wind uns gewogen bleibt, vielleicht sogar noch früher.«

Jamade gab sich mit der Antwort zufrieden, sie erinnerte sich dunkel, dass Kapitän Buda auf der Fahrt nach Bariri etwas Ähnliches gesagt hatte. »Was werdet Ihr dann mit den Gefangenen machen?«, fragte sie unvermittelt.

»Wenn sie tun, was verlangt wird, gar nichts. Einige von denen sind gute Seeleute, und ich kann sie auf diesem Schiff, das sich so ganz anders segelt als unsere Langboote, gut gebrauchen. Doch erlaubt auch mir eine Frage, Jamade. Wie seid Ihr eigentlich nach Bariri gelangt? Ich kann mich nicht erinnern, dass in letzter Zeit ein anderes Schiff als dieses unseren Hafen angesteuert hätte. Wenigstens haben unsere Posten nichts gemeldet.«

»Vielleicht haben sie einfach nicht richtig aufgepasst«, gab Jamade zurück.

»Und dieses Gewand? Es scheint Euch doch eher etwas zu weit zu sein. Warum habt Ihr der bedauernswerten Oramari dieses Kleid geraubt?«

»Weil mein eigenes zu sehr gelitten hatte, Prinz«, sagte sie schroff, nickte Askon und dem Steuermann zu und kehrte zum Bug zurück.

Ihr war klar gewesen, dass diese Fragen irgendwann kommen mussten, aber wie sollte sie der Neugierde des Prinzen begegnen? Sie wollte ihn nicht vor den Kopf stoßen, nicht, solange sie ihn noch brauchte. Und schon morgen Nacht würde sich das Problem ohnehin erledigen.

Etwas später kam Askon in den Bug und hängte eine Laterne an den Vordersteven. Sie fragte nicht, aber er wies auf das Meer. An Backbord blinkten in einiger Entfernung Lichter. »Wir sind dicht unter Land, und es kann sein, dass wir den Kurs von Fischern oder auch Händlern kreuzen. Und da die nicht alle so umsichtig sind, Laternen zu setzen, ist es sicherer, wenn wir dafür sorgen, dass sie uns sehen können.«

»Verstehe«, murmelte Jamade einsilbig, um den Störenfried zu vertreiben.

Aber Askon ging nicht. »Ihr seid eine bemerkenswerte Frau, Jamade von den Schatten«, sagte er nach einer Weile des Schweigens.

Statt zu antworten starrte Jamade in den Himmel. Er zeigte sich wolkenlos und voller Sterne.

Askon war ihrem Blick gefolgt. »Seht Ihr dort oben die drei Sterne in einer Linie? Das ist der Gürtel des Seefahrers, das Leitgestirn der Westgarther zu dieser Jahreszeit.«

Wieder blieb Jamade stumm. Was wollte der Mann hier? Schwätzchen halten? Hatte er nichts Besseres zu tun?

»Ihr habt nicht viel übrig für Sterne, oder?«

»Sie sind weit weg, und einem Schatten nutzen sie nicht viel.«

»Ich nehme an, dass Ihr noch nie Euren Weg auf dem weiten Meer suchen musstet.«

»Ich bin kein Seemann.«

Askon lachte. »Das nicht, und doch seid Ihr eine Kriegerin, die jeder Kapitän gerne in seiner Mannschaft haben würde.«

»Ich dachte, Eure Männer mögen es nicht, wenn Frauen an Bord sind.«

»Ich sprach nicht von Männern, sondern von Kapitänen.«

»Worauf wollt Ihr eigentlich hinaus, Prinz?«

»Ich habe Euch beobachtet, beim Kampf. Drei Männer habt Ihr besiegt.«

»Ich bin ein Schatten«, erwiderte Jamade achselzuckend.

»Mir hat gefallen, was ich gesehen habe. Und es gefällt mir noch.«

»Ich hatte den Eindruck, dass Euer Auge mehr Gefallen an dieser blonden Kuh aus Haretien oder der hübschen Oramari gefunden hatte.«

»Ihr kanntet sie? Sie hatten beide Reize, die den meisten Männern wohl gefallen würden, doch noch einmal, ich bin kein gewöhnlicher Mann. Müsste ich mich entscheiden, welche Frau ich gerne an meiner Seite wüsste, die Haretierin, die Oramari oder Euch – meine Wahl würde auf Euch fallen, Jamade von den Schatten.«

Jamade begriff erst jetzt, worauf das hinauslief. Ziemlich verblüfft erwiderte sie: »Ich verstehe schon, Ihr sucht eine Frau für das Schlachtfeld, und meine Narben verraten Euch, dass ich dafür geeignet bin.«

»Ich habe sie gesehen. Sie schmücken Euch mehr, als es das schönste goldene Geschmeide könnte.«

»Das sagt Ihr jetzt, wo die Dunkelheit sie verbirgt«, entgegnete sie gallig.

Askon legte den Kopf in den Nacken und lachte die Sterne an. Er lachte viel, seit sie auf See waren. »Ach, verdammt«, sagte er kopfschüttelnd, zog Jamade an sich und küsste sie.

Mitten in der Nacht wurde Jamade wach. Sie lauschte. Ja, Askon war noch da. Sie lagen zwischen den Waffen, die Kapitän Buda den Scholaren hatte liefern wollen, und Jamade erinnerte sich daran, dass sie sich irgendwann während ihres rauen Liebesspiels an einer der Klingen geschnitten hatte. *Eine Narbe mehr,* dachte sie, *aber es scheint wirklich, als würden sie Askon nicht stören.* Sie legte eine Hand auf seine breite Brust. Verfolgte er einen Plan, oder fand er sie wirklich begehrenswert? Es war dunkel unter dem Achterdeck, dabei hätte sie gerne sein Gesicht studiert, jetzt, wo er schlief. Vielleicht hätte ihr das etwas über seine Absichten verraten. Sie legte sich auf den Rücken und starrte an die Decke.

Das Meer rauschte draußen, und oben hörte sie den Steuermann auf und ab gehen. Askon war beim Liebesspiel von raubtierhafter Leidenschaft und stürmisch, aber nachdem es vorbei gewesen war, hatte er sie noch lange schweigend festgehalten. Sie konnte nicht anders, sie verglich es mit dem, was sie mit Sahif geteilt hatte. Die Wildheit war ähnlich, doch bei Sahif waren auch Verzweiflung und Sehnsucht spürbar gewesen. Askon dagegen verströmte völlige Selbstsicherheit. Und sie selbst? Sie seufzte. Ja, das war es, was den Unterschied machte: Sie war sie selbst gewesen, hatte nicht in einer fremden Haut gesteckt, hatte nicht tun müssen, als sei sie jemand anderes. Sie schloss die Augen und versuchte zu schlafen, denn sie wollte nicht länger darüber nachdenken, was die seltsamen Gefühle in ihr zu bedeuten hatten. Auf der Schule der Schatten hatte sie darüber nicht viel gelernt.

Dritter Tag

Sie sprachen am Morgen nicht darüber, was in der Nacht geschehen war, aber wann immer sich ihr Weg kreuzte, waren ihre Blicke beredt. Jamade war meistens im Bug und sah den Tümmlern zu, Askon kümmerte sich um das Schiff und seine Besatzung. Gegen Mittag, noch vor dem Essen, begegneten sie sich wie durch Zufall vor dem Achterdeck. Er zog sie wortlos in den Verschlag, und sie liebten sich wieder, leise, beinahe lautlos, und weniger wild. Dann lagen sie nebeneinander und lauschten den Geräuschen auf Deck. Jamade schwieg, weil sie Angst hatte, dass ein einziges falsches Wort – und davon schien es in ihrem Kopf zu wimmeln – diesen Augenblick zerstören konnte, und auch Askon sagte nichts. Gerne hätte sie ihn gefragt, was er gerade dachte, aber auch das war eine Frage, vor deren Beantwortung sie sich fürchtete. Die Männer draußen dagegen redeten. Jamade hörte halblautes Lachen und fragte sich, ob die Krieger über sie lachen mochten. War sie nur eine Eroberung unter vielen? Würde Askon sie ebenso schnell fallen lassen, wie er es vielleicht schon mit vielen Frauen getan hatte? Fand er sie nur begehrenswert, weil überhaupt keine andere Frau an Bord war? Aber auch diese Fragen behielt sie für sich.

Plötzlich sprang Askon auf und stürmte halb angekleidet aus dem Verschlag. »Du!«, brüllte er. »Harulf, Wesfols Sohn!«

Ein Mann schrie erschrocken auf. Jamade zog das Tuch, auf das sie sich gebettet hatten, an sich und huschte an Deck.

»Aber, Kapitän«, stammelte der Mann, den Askon gepackt und gegen den Mast gedrückt hatte.

»Wiederholst du, was du gesagt hast?«

Der Mann schüttelte den Kopf.

»Wiederhole es, oder, bei allen Höllen, ich werfe dich über Bord!«

»Ich sagte nur … nur, dass sie dünn ist, für eine Frau.«

»Hast du sie nicht dürr genannt, eine halbverhungerte Stute?«

»Ihr … Ihr habt Euch verhört, Kapitän«, quiekte der Krieger.

»Du, Olov, hat er es gesagt, oder nicht?«

»Er sagte es, Kapitän«, bestätigte der Krieger, obwohl ihm der am Mast zappelnde Harulf flehende Blicke zusandte.

Jamade sah staunend zu. Sie selbst hatte gar nicht auf das Gerede der Männer geachtet, weil sie ihren eigenen Gedanken nachgegangen war. Askon schien ein ausgezeichnetes Gehör zu haben.

»Soll ich ihn für dich töten, Jamade?«, fragte er, und seine Faust schloss sich noch etwas enger um den Hals des anderen.

Alle Köpfe wandten sich Jamade zu. Sie beschloss, keine Verlegenheit zu zeigen, straffte sich und tat, als sei sie nicht nackt unter dem Tuch. »Nein, auch wenn er lernen sollte, seine Zunge zu hüten. Du hast nicht viele Männer und wirst selbst den da vielleicht noch brauchen.«

Sie fing einen dankbaren Blick des Kriegers auf, und Askons Griff schien sich ein wenig zu lockern. Dann schüttelte er den Kopf. »Haltet ihn fest!«, befahl er, und als seine Männer Harulf gepackt hatten, gab er Turgal einen Wink. »Sorge dafür, dass er sein Maul offen hält.«

Der Steuermann packte den Mann am Kinn und zwang ihn,

den Mund zu öffnen. Harulf stieß spitze Schreie aus, flehte auch noch lallend um Gnade, als Askon schon in seinen Mund fasste. Die Klinge des Prinzen blitzte auf, ein letzter, schriller Schrei ertönte, und ein kleines rosafarbenes Stück Zunge flog über Bord.

»Kümmert euch um ihn und achtet darauf, dass er nicht an seinem eigenen Blut erstickt. Und dann sag mir, Turgal, wie weit wir vorangekommen sind.« Askon nickte Jamade zu, schloss sein Hemd und tat, als sei nichts geschehen. Jamade zog sich unter Deck zurück und kleidete sich mit fahrigen Fingern an. Noch nie hatte ein anderer als sie selbst ihre Ehre verteidigt.

* * *

Gegen Mittag verfügte Sagur eine Pause für alle Ruderer, was dringend nötig war, denn sie waren die Nacht hindurch gerudert, und vor allem die Scholaren waren erschöpft. Ela spürte ihren Rücken nicht mehr, und sie war hungrig. Es gab jedoch nichts anderes als kalten, gewürzten Stockfisch, denn nur davon war ein Vorrat auf dem Schiff gelagert gewesen.

»Besten Dank«, murmelte Ela und betrachtete das kleine Stück Fisch in ihren Händen skeptisch.

»Wenn Ihr es nicht wollt, esse ich es, Jungfer Ela«, scherzte Hawid.

»Der Hunger wird es hineintreiben«, lehnte Ela lachend ab. Sie probierte, spuckte eine Gräte aus und fand den Fisch dann doch durchaus genießbar, auch wenn sie ein schönes, gebratenes Kaninchen jederzeit vorgezogen hätte. Am Ende war sie sogar enttäuscht, denn Sagur wollte nicht mehr herausrücken: »Wir haben noch eine lange Fahrt vor uns, und was Ihr jetzt esst, fehlt Euch am Abend und in der Nacht.«

Plötzlich ertönte ein heller Schrei, dann ein Fluch, und am

Mast stand Sahif und hielt einen Knaben am ausgestreckten Arm von sich. Der Junge, vielleicht elf Jahre alt, zappelte. Ihm zu Füßen lag ein kurzes Messer.

»Was hat das zu bedeuten?«, herrschte die Königin Sahif an.

»Dieser tapfere Krieger wollte mich hinterrücks erstechen!«

»Er hat den König umgebracht! Er hat den König umgebracht!«, rief der Knabe.

»Ulwi, ist das wahr? Du wolltest den Mann töten?«, fragte Sagur scharf.

»Aber er hat König Hakor ermordet.«

»Wir haben einen Waffenstillstand, Ulwi«, erklärte die Königin. »Selbst diesem feigen Mörder dürfen wir kein Haar krümmen, solange wir an Bord dieses Schiffes sind.«

»Als wenn der Knabe das nicht wüsste«, brummte Sagur. »Übergebt ihn mir, Oramarer. Ich werde für eine angemessene Strafe sorgen.«

Sahif hielt den Knaben noch einen Augenblick am ausgestreckten Arm. »Das wird nicht nötig sein, Sagur. Niemand ist verletzt worden. Ich sah ihn rechtzeitig, und das war Glück – für ihn, nicht für mich.« Dann setzte er den Knaben ab und richtete ihm mit einer beinahe väterlichen Geste den Kragen seines Hemdes. »Du bist tapfer, junger Krieger, aber du hast die Königin gehört. Auch bist du etwas zu jung, um dich mit einem Schatten zu messen. Komm wieder, wenn du größer bist.« Er kehrte dem Knaben den Rücken zu, setzte sich und aß den Rest von seinem Stockfisch.

Der Knabe starrte erst Sahif an, dann sein Messer, das auf dem Boden lag. Blitzschnell bückte er sich, holte aus – Sahif rührte sich nicht. Ela schrie erschrocken auf – aber da hatte Sagur Ulwi schon am Arm gepackt. Der Knabe kreischte wütend, aber Sagur fasste ihn grob am Hemd und blickte ihn mit seinem einen Auge so durchdringend an, dass er schließlich verstummte. Dann schleifte er ihn zum Heck, wo er lange und eindringlich auf ihn einredete.

»Er hätte dich um ein Haar getötet, Sahif! Wie kannst du nur so ruhig sein?«

»Ich habe es kommen sehen, Ela, ja, ich wusste schon, was er vorhatte, bevor er es selbst wusste. Doch musste ich warten, bis er es wirklich tut, denn viele der Westgarther hegen Mordgedanken gegen mich.«

»Und was hättest du gemacht, wenn er in der Nacht zu dir gekommen wäre mit seinem Messer? Während du schläfst?«, fragte Ela, aufgebracht über seine Ruhe.

»Wer sagt, dass ich schlafe, Ela Grams?«

»Du hast vergangene Nacht nicht …?«

»Wir Schatten lernen früh, einige Tage ohne Schlaf auszukommen.«

»Ich kann für dich wachen.«

»Du brauchst deine Kräfte, Ela, und wir sind ja schon bald in Felisan.«

Ela seufzte, offenbar war Sahif wild entschlossen, sich nicht helfen zu lassen. »Und sobald du vom Schiff herunter bist, fallen sie über dich her, und über mich wahrscheinlich auch.«

Und auch darauf antwortete er nur mit einem gleichgültigen Schulterzucken.

Kurz darauf rief Sagur sie wieder an die Riemen, und sie ruderten in Schichten bis zum Abend. Gelegentlich erspähte der Ausguck ein Segel am Horizont. Doch nie war es die *Sperber*, obwohl Sagur immer noch behauptete, dass sie sie rechtzeitig einholen würden.

»Dann bin ich gespannt, ob wir sie in finsterer Nacht überhaupt zu Gesicht bekommen«, meinte Hawid, der auf der

Ruderbank vor Ela saß. »Wenn ich das richtig sehe, dann sind wir vielleicht vor, spätestens aber mit dem Morgen vor der Küste Haretiens.«

»Woher wollt Ihr das so genau wissen?«, fragte Ela erstaunt.

Der Scholar wies zum Himmel. »Die ersten Sterne zeigen sich, und sie sind zuverlässige Wegweiser, wenn man sich nur lange genug mit ihnen beschäftigt. Natürlich kann ich ohne Winkelmesser nur grob schätzen, aber ich bleibe dabei: Spätestens morgen früh sind wir in Felisan.«

***

Prinz Gajan von Atgath stand am Fenster und blickte in den Innenhof des Palastes von Felisan, wo sein Sohn Hadogan an einem Brunnen saß, in dem kein Wasser floss, und mit Herbstlaub spielte. Nebel war aufgekommen und verwischte die Konturen, so dass die Szene beinahe unwirklich wirkte.

»Der Protektor ist nun bereit, Euch zu empfangen, Hoheit«, meldete ein Diener.

»Ich komme«, erwiderte Gajan, aber es fiel ihm schwer, sich von diesem friedlichen Bild zu lösen. Dann riss er sich los und machte sich auf den Weg. Die Zeit der friedlichen Bilder war vermutlich fürs Erste vorüber: Oramar hatte dem Seebund den Krieg erklärt.

Wie gewöhnlich empfing Protektor Pelwa seinen Gast in der Küche. »Nun, habt Ihr Euch gestärkt, Prinz?«, begann Pelwa griesgrämig. »Ich sehe, meine Diener haben unter meinen Sachen auch passende Kleidung für Euch gefunden.«

»Ich bin Euch zu Dank verpflichtet, ehrwürdiger Protektor«, erwiderte Gajan höflich. Die Kleider, die man ihnen gegeben hatte, rochen muffig, und dem altmodischen Schnitt nach mussten sie viele Jahre in irgendeiner Truhe gelegen haben.

»Vortrefflich«, meinte Pelwa, Protektor der Stadt Felisan und Großvogt von Oberharetien. Wie eigentlich immer saß er an einem Tisch, der zur einen Hälfte mit Papieren, zur anderen mit Tellern voller Köstlichkeiten bedeckt war, die der Protektor jedoch niemals anrührte. Gajan entdeckte einen gebratenen Kapaun. Noch vor vier Tagen war er ein Schiffbrüchiger auf einem Felsen im Meer gewesen und hätte sich so eine Köstlichkeit nicht einmal mehr vorstellen können.

»Und die Eskorte? Wann können die Männer bereit zum Aufbruch sein?«, fragte er jetzt. »Um Atgath wird bereits gekämpft, wie Ihr wisst.«

»Natürlich weiß ich das, auch wenn diese Stadt leider nicht mehr den Herren von Felisan gehört, wie es früher, in besseren Zeiten, der Fall war. Und was Eure Eskorte betrifft – ich muss Euch leider vertrösten. Es ist Krieg, wie Ihr so treffend bemerkt habt, Prinz, da kann ich keinen Mann entbehren. Seht, ich gehe gerade die Konskriptionslisten durch, denn ich fürchte, ich muss bald die Milizen der Stadt einberufen.« Seine dürre Hand wies auf eine lange Papierrolle, und sein uraltes, faltiges Gesicht drückte schweren Kummer aus.

»Bald? Ihr habt es noch nicht getan?«, fragte Gajan ungläubig. Er war seit zwei Tagen in der Stadt. Man hätte ihn fast nicht eingelassen, weil man nicht hatte glauben wollen, dass die beiden abgerissenen Gestalten vor dem Tor der so verzweifelt gesuchte Prinz Gajan von Atgath und sein Sohn waren. Saubere Kleidung, ein Dach über dem Kopf, eine Mahlzeit, die nicht nur aus ungewürzten Krebsen oder kleinen Fischen bestand – es war unfassbar, wie sehr er diese einfachen Dinge genoss. Doch nun war die Zeit des Genießens wohl schon wieder vorbei, es mussten Entscheidungen getroffen werden, auch wenn dieser sture Geizkragen von einem Protektor es nicht einsehen wollte.

»Wenn ich die Männer einberiefe, Gajan, lägen Handel und Handwerk brach, wenigstens für einen halben Tag, dann müsste ich sie rüsten, was wieder einen halben Tag kostete. Außerdem machen solche Geschichten die Leute nervös und treiben die Preise nach oben. Und jedes Mal, wenn sie ihre eigenen Waffen sehen, bekommen meine braven Bürger nur noch mehr Angst vor diesem Krieg, der doch vielleicht niemals nach Felisan kommen wird.«

»Atgath ist nicht sehr weit entfernt, Protektor.«

Der Alte zuckte mit den Schultern. »Weit genug, und diese selbsternannte Herzogin hat alle Hände voll zu tun, die Stadt zu halten, die ihr gar nicht gehört. Sie kann nicht einmal an einen Angriff denken! Und Oramar? Das liegt weit im Osten, Prinz, das wisst Ihr besser als ich. Glaubt Ihr, dass dieses Reich eine Flotte hat, die stark genug ist, sich die Fahrt durch die Straße von Cifat oder die Tore der Welt zu erzwingen? Nein? Seht Ihr! Der Krieg ist weit weg, Gajan, und dafür sollten wir dankbar sein.«

»Der Krieg ist in Atgath, Pelwa, und das ist zwei Tagesreisen entfernt. Euch mag die Stadt nichts bedeuten, aber es ist *meine* Stadt, und ich muss dorthin, so schnell wie möglich. Wenn sich der rechtmäßige Herzog zeigt, werden die Verteidiger die Waffen strecken. Dann ist der Spuk vorüber. Und deshalb verlange ich die Eskorte, die mir zusteht und die mich und meinen Sohn schützt, falls die Straßen nicht so sicher sind, wie sie es sein sollten. Ich hörte jedenfalls, dass feindliche Späher, Damater, an der Straße gesehen wurden.«

»Gerüchte, Gajan, nichts als Gerüchte. Aber auch wenn es wahr wäre – was tut ein Späher? Er beobachtet aus dem Verborgenen. Warum also sollte er Euch angreifen? Braucht Ihr da wirklich eine Eskorte? Und Pferde? Euer Freund Gidus hat meine Ställe schon für seine Reiterei und den Tross geplündert.

Ich glaube nicht, dass es auch nur noch ein brauchbares Pferd in meinen Ställen gibt.«

Gajan versuchte ruhig zu bleiben. Er hatte in den letzten Wochen viel durchgemacht, zu viel, um sich auf die Spielchen dieses verdrehten Geizhalses einzulassen. Pelwa saß den ganzen Tag in der Küche, aß nichts anderes als Suppe und folterte alle Besucher mit dem Duft der Köstlichkeiten, die er sich unentwegt zubereiten ließ. Aber diese Verschwendung war wohl das Einzige, an dem er nicht sparte. Der Geruch von Bratäpfeln stieg Gajan in die Nase – er versuchte, das zu ignorieren. »Ich hörte, Ihr habt eine schöne Summe für die Tiere bekommen«, entgegnete er mit gezwungener Ruhe.

»Schön? Wenn Ware so massenhaft verkauft wird, leidet immer der Preis, immer! Es war gerade so viel, dass ich nicht von einem glatten Diebstahl sprechen möchte!«

»Wollt Ihr also vorschlagen, dass der rechtmäßige Herzog von Atgath zu Fuß in seine Stadt zurückkehrt, Protektor?«

Pelwa kratzte sich am schlecht rasierten Kinn. »Ich habe natürlich noch einige ältere Tiere, die das Heer verschmäht hat. Gute Reitpferde könnte ich für Euch erwerben, doch ich bezweifle, dass Ihr sie Euch leisten könnt.«

»Macht Euch nicht lächerlich, Pelwa! Ich bin Gajan, rechtmäßiger Herzog von Atgath und außerdem Erster Gesandter des Seebundes! Vergesst nicht, wer die Küsten und Gewässer rund um Eure Stadt beschützt, Protektor. Der Seerat wird sehr erstaunt sein, wenn er erfährt, wie ein Fürst des Bundes in Not von Euch behandelt wird!«

Pelwa brummte missmutig in seine weißen Bartstoppeln. »Nun gut, ich werde sehen, was ich tun kann, Prinz. Meinetwegen Pferde, eine kleine Eskorte vielleicht. Ich werde einen meiner Hauptmänner bitten, zwei Pferde und ein paar Männer für

Euch aufzutreiben, auch wenn mich wohl niemand für meine Mühen entschädigen wird.«

Gajan war froh, als er der Küche entronnen war. Er brauchte dringend frische Luft. Er kannte Pelwa schon lange, aber der Protektor schien von Jahr zu Jahr verschrobener zu werden.

Er beauftragte einen Diener, Hadogan zu unterrichten, dass er den Palast für ein oder zwei Stunden verlassen würde. Dabei gestand er sich ein, dass er seinem Sohn aus dem Wege ging. Seit sie in der Stadt waren, herrschte verlegenes Schweigen zwischen ihnen. Gajan hatte seinem Sohn auf Ehre und Gewissen beteuert, dass Kumar, der Rudersklave, der sie gerettet hatte, bald zu ihnen stoßen würde, aber natürlich würde er das nicht, es sei denn, er stand von den Toten auf. Während Gajan durch die Gänge lief, zuckte er regelrecht zusammen, weil ihn plötzlich die Erinnerung daran durchfuhr, wie er Kumar getötet hatte. Ganz deutlich stand ihm das Bild vor Augen – Kumar, der ihm die Hand reichte, als wolle er ihm helfen, was doch ganz gewiss eine Finte war, Gajans Schlag mit der Axt, womit er dem Sklaven nur hatte zuvorkommen wollen. Oder? Gajan schloss die Augen. Er hatte den toten Kumar in das Boot gesetzt, in das sie noch zusammen ein Loch geschlagen hatten, um es versinken zu lassen. Es hatte ja noch einen weiteren Toten mit sich geführt, einen anderen Retter, den er hatte töten müssen. Hadogan verstand es nicht, er verstand nicht, dass es zu gefährlich gewesen wäre, diesen alten Fischer leben zu lassen. Auch Kumar hatte so getan, als würde er es nicht verstehen, dabei hatte er doch selbst ohne Zögern gemordet, um zu überleben.

Gajan riss sich zusammen – was brachte es, diesen düsteren Gedanken nachzuhängen? Was geschehen war, war geschehen. Er grüßte die Wache an der Pforte und trat hinaus auf den Marktplatz. Es war inzwischen dunkel, und der Herbstnebel war noch dichter geworden. Die Laternenanzünder gingen bereits ihrer Arbeit nach, aber auf dem Markt war noch viel los. Gajan nahm sich vor, das Gedränge zu genießen. Das musste doch leicht sein nach den Wochen zermürbender Einsamkeit. Aber es war nicht leicht, ganz im Gegenteil. In jedem Blick las er eine Anklage, eine unberechtigte, heuchlerische Anklage dessen, was er getan hatte, hatte tun müssen. Sahen sie das nicht? Was wussten sie schon, in ihrer kleinen Stadt, mit ihren sicheren Mauern? Er hatte Kumar töten müssen, denn er war eine Gefahr gewesen, hatte versucht, ihm die Liebe seines Sohnes zu stehlen, des einzigen, der ihm geblieben war. Inzwischen war er sich fast sicher, dass der Sklave vorgehabt hatte, Hadogan zum Herzog ausrufen zu lassen – seinen Sohn, nicht ihn. Sahen diese dummen Menschen nicht, dass er also nicht anders hatte handeln können?

Jemand rempelte ihn an, und Gajan griff sofort nach dem Messer in seinem Gürtel. Im letzten Augenblick fasste er sich wieder, auch, weil der Mann eine Entschuldigung murmelte, bevor er in der Menge verschwand. Er musste aus dem Gedränge fliehen, irgendwohin, wo es ruhiger war. Wie von selbst führte ihn sein Weg Richtung Hafen. Er dachte an das Boot, in das er Kumar gesetzt hatte. Es war sicher schnell untergegangen – obwohl, gesehen hatte er es nicht. Er biss sich auf die Lippen, weil ihn plötzlich die Vision plagte, das Boot könne von einem böswilligen Wind in den Hafen von Felisan getrieben worden sein. Er schüttelte den Kopf und stapfte weiter. Wie dicht der Nebel geworden war! Er hörte ein Horn vom Hafen herauftönen. Die Westgarther verwendeten solche Hörner. Vermutlich nutzte man es, um die Schiffer vor dem Nebel zu warnen.

Gajan blieb stehen. Da war ein zweites Horn, weiter entfernt, dann ein drittes. Er ging etwas schneller. Vielleicht war es nichts, aber es war besser, dieser Sache nachzugehen, als weiter fruchtlosen Gedanken nachzuhängen. Im Hafen war der Nebel zu einer regelrechten Suppe geronnen. Gajan konnte gerade noch das schwache Glimmen des hohen Spiegelturms erkennen. Aber wieder tönte ein Horn durch den Nebel.

»Was ist das, Freund?«, fragte ihn ein Mann, der neben ihm stehen geblieben war.

Gajan wusste keine Antwort.

»Vielleicht ein Schiff in Not?«, meinte ein anderer.

Mehrere andere Menschen, die am Hafen noch ihren Geschäften nachgegangen waren, blieben ebenfalls stehen. »Es kommt von Westen, oder?«

»Nein, von Osten.«

»Auf jeden Fall von draußen, vom Meer.«

»Ein Schiff in Not, ganz gewiss. Man kann ja selbst von hier das Leuchtfeuer im Turm kaum sehen.«

Gajan glaubte jedoch, dass wenigstens zwei Hörner durch den Nebel klangen, und sie kamen vom offenen Meer, soviel war klar. Für einen Moment sah er das Gesicht Kumars vor sich, der vielleicht gerade in ein Muschelhorn blies, während er in dem Boot auf den Hafen zutrieb. Er wollte kehrt machen, zurück in die Stadt, dann riss er sich jedoch zusammen. Ein Schiff in Not, das war die wahrscheinlichste Erklärung, aber er würde erst Ruhe finden, wenn er sicher wusste, dass es ein Schiff war, kein treibendes Boot. Er ging die Kaimauer entlang Richtung Westen, denn es wurde immer offensichtlicher, dass das Horn – oder die Hörner – von dort durch den Nebel schallten. *Und was, wenn es ein Schiff ist, das Kumar aus dem Meer gefischt hat, zusammen mit dem Alten – und das nun mit diesen Signalen ankündigt, dass es einen traurigen Fund in die Stadt bringt?* Gajan fing an zu laufen, fast zu rennen. Er *musste* es wissen.

***

Jamade hatte sich mit Askon unter das Achterdeck zurückgezogen, wo sie gemeinsam aßen. Sie sprachen nicht viel dabei, aber selbst dieses Schweigen gefiel ihr, denn es war nicht verlegen, es war, als wäre einfach alles Notwendige gesagt, und überhaupt, als bedürfe es zwischen ihnen keiner Worte, während sie da im Kerzenlicht saßen und kalten Stockfisch verschlangen, ohne einander aus den Augen zu lassen.

»Kapitän, es kommt Nebel auf«, meldete einer der Krieger von draußen. Offenbar wagte er es nicht, ihr kleines Reich zu betreten.

»Nebel? Unmöglich«, rief Askon und stand auf.

Jamade fragte sich, was an etwas Nebel so ungewöhnlich sein sollte, und folgte dem Prinzen, als er an Deck ging. Es war dunkel geworden, und es schien wirklich, als würden sie geradewegs auf eine weiße Nebelbank zuhalten.

»Was hältst du davon, Turgal?«, fragte Askon.

Der Steuermann spuckte ins Wasser. »Es gefällt mir nicht. Der Nebel dürfte dort nicht sein, das Wetter passt nicht. Vor allem scheint er uns entgegenzuziehen. Es ist fast, als würde er sich gegen den Wind ausbreiten.«

»Ist es noch weit bis Felisan?«, fragte Jamade.

»Nein, die Sterne sagen, dass wir fast dort sein müssten. Aber jetzt ist uns diese weiße Suppe im Weg, und das auf eine Art, die mir gar nicht behagt. Wir sollten die Segel reffen, denn das dort ist zu dicht, um die Fahrt beizubehalten.«

»Nicht doch«, erwiderte Askon, »wir nutzen den Wind, solange er weht. Er wird uns früh genug verlassen, denn diese Nebelbank *kann* sich nicht gegen den Wind entwickeln.«

»Vielleicht sollten wir gar nicht nach Felisan segeln«, warf Jamade plötzlich ein.

»Ich dachte, dein Auftrag erfordert es?«

Jamade zögerte nur kurz, dann kam sie zu dem Schluss, dass Askon es wirklich nicht verdient hatte, in eine tödliche Falle hineinzulaufen. »Ihr könnt mich auch außerhalb Felisans an Land setzen. Die *Sperber* ist dort zu gut bekannt. Es könnte gefährlich für dich und deine Männer werden.«

Askon lachte. »Natürlich könnte es das, Jamade. Ich unterhalte jedoch beste Beziehungen zum Oberhaupt der Handelsgilde, und der ist ein Schwager des Hafenmeisters. Die beiden werden mir glauben, dass mir Kapitän Buda sein Schiff verkauft hat. Von wem sollten sie sonst in Zukunft die kostbaren Pelze bekommen, mit denen sie so viel verdienen, weil sie begehrt, aber schwer zu kriegen sind?«

Der Nebel rückte unterdessen immer näher an das Schiff heran, bald tauchten sie in diese weiße Wand ein. Sie war so dicht, dass Jamade keine zwanzig Schritte weit sehen konnte – es schien ihr, als würden sie in eine Wolke hineinfahren, die dicht über den Wellen hing.

»Das geht nicht mit rechten Dingen zu«, murmelte Turgal. »Wir haben immer noch Wind im Segel.«

Tatsächlich bauschte sich das Tuch, und der Wind trug sie in den Nebel hinein. Die Krieger standen an der Reling und beäugten misstrauisch den zähen Dunst, der sie umgab. Auch die gefangenen Matrosen wirkten sehr beunruhigt. Alle sprachen nur flüsternd miteinander.

»He, du da, ist das ein Wetter, das ihr in diesen Breiten öfters erlebt?«, fragte Askon Hanas Aggi.

»Nebel, ja. Aber nicht dieser Art, Kapitän.«

»Vielleicht – Zauberei«, meinte Jamade schließlich, die schon die ganze Zeit ein merkwürdiges Gefühl bei diesem Nebel gehabt hatte.

»Sprich leiser, um der Himmel willen«, raunte Askon.

Aber es war zu spät. Das Wort von gefährlicher Zauberei ging schon von Mann zu Mann. Und Jamade hörte die Krieger, die angestrengt über die Bordwand ins graue Nichts spähten, flüstern, dass vielleicht sie, der Schatten, diesen Nebel erschaffen habe.

»Ist das ein Zauber, den die Mitglieder deiner Bruderschaft beherrschen?«, fragte Askon leise.

»Nein, was ich bedaure, denn er wäre sicher oft von Nutzen. Aber doch, ich ahne, dass Magie im Spiel ist, starke Magie. Es muss ein sehr mächtiger Zauberer hinter diesem Nebel stecken.«

»Doch wozu?«, fragte Turgal ungehalten. »Was kann ein Zauberer von uns wollen, dass er diese verfluchte Suppe über uns ausgießt?«

»Vielleicht geht es gar nicht um uns«, meinte sie unsicher. »Vielleicht gilt dieser Nebel einem ganz anderen Schiff.«

»Kapitän – ich höre Hörner!«, rief ein Krieger vom Vordersteven.

»Hörner?«

Auch Jamade hörte es jetzt, leise, schwach, wohl noch sehr weit weg.

»Ich glaube, da sind Westgarther vor uns, Kapitän«, rief der Ausguck leise. »Sie suchen wohl ebenso wie wir einen Weg durch den Nebel.«

»Gebt dem Ausguck unser Horn. Wir wollen keine unangenehmen Überraschungen erleben.«

Kurz darauf ließ der Mann am Vordersteven einen heiseren Ton erklingen. Sie lauschten. Ein Horn antwortete, es klang viel näher als die, die sie zuvor gehört hatten. Es klang geradezu überraschend nah.

»Noch einmal!«, rief Askon.

Wieder erfolgte eine schnelle Antwort. Aber aus welcher

Richtung war das gekommen? Turgal und Askon berieten sich flüsternd.

»Backbord!«, kommandierte Askon schließlich und wies schräg voraus.

Die *Sperber* änderte den Kurs, und zum dritten Mal ließ der Mann im Bug das Horn erschallen.

Jetzt kam die Antwort schon ganz aus der Nähe.

»Langsam müssten wir sie doch sehen«, murmelte Turgal in die gespannte Stille. Ihr Schiff glitt durch die Nebelbank, die immer noch dichter zu werden schien. Die Taue der *Sperber* knarrten, die Wellen plätscherten unter ihrem Bug, während sie langsam dahinglitt, aber sonst war es gespenstisch still. Die Männer wagten nicht einmal mehr, noch zu flüstern. Dann endlich zeigte sich ein dunklerer Fleck im endlosen Grau, und er verdichtete sich bald zu einem schlanken, dunklen Umriss über den Wellen – ein anderes Schiff, direkt voraus.

»Steuerbord, Turgal«, kommandierte Askon, um auszuweichen, aber der Steuermann hatte schon reagiert.

»Wer kommt?«, rief eine raue Stimme herüber.

Askon formte die Hände zu einem Trichter. »Askon, König Hakors Sohn. Wer fährt dort ohne Laterne?«

»Jeril, auf König Folas Schiff. Kommt längsseits, Westgarther!«

»Vielleicht keine gute Idee, Kapitän«, brummte Turgal.

»Geh längsseits, aber achte auf Abstand. Und ihr, bringt die Riemen ins Wasser!«

Die Krieger gehorchten.

»Wer ist König Fola?«, fragte Jamade leise.

»Keine Ahnung«, antwortete Askon, »aber wir werden es wohl gleich erfahren. Ich hoffe, mein Vater hat keine alte Fehde mit ihm.«

»Da ist noch ein Langschiff, Kapitän, nein, zwei!« rief der Ausguck leise. Er starrte wieder voraus, wandte sich um und flüsterte: »Bei allen Höllen, es sind wenigstens fünf!«

Jamade blickte nach vorn, und jetzt sah sie ebenfalls mehrere schwarze Masten gespenstisch in den weißlichen Nebel ragen. Da schien eine ganze Flotte auf sie zu warten.

***

Gajan drängte sich durch die Hafenanlagen, weil er wissen musste, was die seltsamen Signale, die vom Meer herüberschallten, zu bedeuten hatten, aber jetzt ertönte ein Horn ganz in der Nähe. Es kam von einem Langschiff, das im Hafen lag.

»Heda, was hat dieses Signal zu bedeuten?«, fragte er ins Ungewisse, denn er konnte nicht viel mehr als den Umriss des Schiffes erkennen.

»Das sind die Hörner von Westgarth. Ich glaube, Seeleute suchen die Hafeneinfahrt«, antwortete ein dunkler Schemen.

»Wie viele Schiffe?«

»Wenigstens drei«, lautete die Antwort.

Gajan lief weiter. Er wollte zur langen Mole, die zum Leuchtturm hinausführte. Inzwischen strömten immer mehr Menschen in dieselbe Richtung, eine Ansammlung von dunklen Leibern, die sich durch den immer dichter werdenden Nebel drängten.

»So eine Suppe habe ich wirklich noch nie erlebt«, meinte einer. »Kein Wunder, dass sie die Einfahrt nicht finden.«

Gajan drängelte und wurde gedrängt, bis er plötzlich an einer niedrigen Mauer stand. Hier war ein Stück der Brustwehr eingestürzt und nie repariert worden. Unter ihm schwappte das dunkle Meer gegen die Klippen. Da! Kam da nicht ein Schiff durch den Nebel?

»Bei allen Himmeln! Sie werden auf die Felsen laufen!«, rief einer.

»Kehrt um!«, schrie ein anderer aufs Meer hinaus.

»Aber sie werden das Ufer doch gleich sehen, oder?«, fragte Gajan.

»Dann ist es zu spät. Selbst bei Flut steht das Wasser dort niedrig über den Klippen – und es ist Ebbe!«

Jetzt schrie die ganze Menge durcheinander, und Gajan dachte, dass die Seeleute auf keinen Fall verstehen konnten, ob die Menschen sie warnten oder versuchten, sie in ihre Richtung zu lenken. Da! Knirschte da nicht Holz auf Stein?

Ein paar Leute brüllten »Ruhe!«, doch es dauerte, bis es ruhiger wurde. Wieder! Das unangenehme Scheuern von schwerem Holz über massivem Fels. Und noch einmal! Dann klatschte etwas ins Wasser, oder war das nur die Brandung, die gegen die Mauer schlug? Die Menge wurde unruhig. »Da, sie waten an Land!«, schrie jemand.

»Hierher!«, rief ein anderer, und der Ruf wurde aufgegriffen. Gajan kniff die Augen zusammen, konnte aber immer noch nicht viel erkennen. Plötzlich erscholl ein spitzer Schrei aus Richtung des Turmes. Er war so schrill, dass alle anderen Rufe sofort verstummten. Es war mit einem Mal beinahe still, nur das Meer rauschte ungerührt gegen die Mauer.

»Das kam vom Spiegelturm«, murmelte einer.

»Da, hört ihr das?«

Ein fernes, aber lautes Klirren erklang.

»Ist das die Sperrkette?«, fragte jemand.

Gajan starrte wieder dorthin, wo vielleicht die Schiffe auf Grund gelaufen waren. Da war etwas im Wasser – dunkle Punkte. Und hinter diesen Punkten stiegen kleine Funken in die Luft. Er bestaunte sie mit offenem Mund. Sie stiegen auf, gelbrote

Punkte im Nebel. Es sah beinahe schön aus. Aber dann begriff er, was er sah! Die Funken flogen heran, senkten sich über der Menge, die endlich die Gefahr erkannte, aber zu dicht gedrängt stand, um irgendwie auszuweichen.

»Brandpfeile!«, schrie jemand viel zu spät.

Hörner ertönten – vom offenen Meer, aus der Hafeneinfahrt, aus dem flachen Wasser dicht unter der Mauer. Die dunklen Umrisse nahmen Gestalt an: Es waren Männer, Krieger, die an Land wateten! Gajan war nicht der Einzige, der das erkannte. Auf der Mole brach das Chaos los. Der dichte Knäuel von Menschen versuchte, sich aufzulösen, zu fliehen, machte es aber nur noch schlimmer. Menschen stürzten, ohne dass sich irgendjemand darum kümmerte, nein, man trampelte über die Gestürzten hinweg. Gajan sah einen Mann auf dem Boden liegen. Ein schwaches Feuer glomm auf dem Pfeil, der seine Brust durchbohrt hatte. Er widerstand seinem Instinkt, der ihn fliehen lassen wollte, warf sich zu Boden und presste sich gegen die Mauer.

Endlich wurde vom Spiegelturm Alarm geschlagen, helle Hörner erklangen, und auf den Schiffen im Hafen riefen Offiziere ihre Männer zu den Waffen.

Die Flotte! dachte Gajan. *Dem Himmel sei Dank, dass unsere Flotte noch im Hafen liegt.*

Die *Granamar* war das größte Schiff des Seebundes, und sie hatte sogar Bombarden an Bord. Wer immer diese Angreifer waren, sie würden sich eine blutige Nase holen. Ganz in der Nähe brüllten Männer ihre Schlachtrufe. Gajan hielt den Kopf unten und stellte sich tot, als sie über die Mauer sprangen. Er sah sie, Dutzende Krieger in Kettenhemden, mit Äxten und Schwertern bewaffnet. Auch von der Hafeneinfahrt kam das Gebrüll angreifender Krieger. Dann zuckten schwache Blitze durch den Nebel, und kurz darauf rollte Donner über das Wasser. Die Geschütze der kleinen Festung an der Einfahrt hatten das Feuer eröffnet. *Westgarther, tatsächlich Westgarther,* dachte Gajan ungläubig, *aber welcher Wahnsinn treibt sie zu einem Angriff auf Felisan?*

Hadogan!, durchzuckte es ihn. Er konnte hier nicht bleiben, er musste zurück und seinen Jungen schützen. Er wartete ungeduldig, bis die erste Welle der Krieger über ihn hinweggestürmt war, dann sprang er auf und stolperte den eindringenden Kriegern hinterher. Von irgendwoher sirrten Pfeile durch die Nacht. Männer wurden getroffen und stürzten. Die anderen stürmten laut brüllend voran, und es klang, als seien sie froh, dass sich ihnen endlich ein Feind entgegenstellte. Gajan folgte ihnen, nahm einem der Gefallenen Helm und Schild ab und rannte weiter. Dabei brüllte er, als sei er ein Westgarther, gekommen, um Felisan zu erstürmen.

Der ganze Hafen war voll von Geschrei, dem Klirren der Schwerter und dem Sirren der Bogen und Armbrüste. Brandpfeile hatten Schiffe und Dächer entzündet, es roch nach Rauch und Blut. Männer brüllten Kommandos, aber Gajan bezweifelte, dass irgendjemand auf sie hörte. Er lief durch den Hafen, geriet in eine andere Gruppe Krieger, griff brüllend mit ihnen einen Feind an, der zum Glück Reißaus nahm, und floh selbst, bevor die Westgarther merkten, dass er keiner der Ihren war. Bombarden donnerten, und fahle Blitze durchzuckten den Nebel. Er hörte Stein zersplittern, Verwundete schreien und rannte weiter. Schild und Helm hatte er verloren, vielleicht auch weggeworfen. Er rannte an einem brennenden Haus vorbei in eine schmale Gasse. Er musste zum Palast des Protektors, er musste seinen Sohn retten vor diesen Barbaren, die in Felisan einfielen. Es mussten Dutzende Schiffe und Hunderte Männer sein, die dort unten am Hafen wüteten. Und während er rannte, fragte er sich, wie das möglich war. Kein König in Westgarth herrschte über so viele Männer, und ihre kleinen Reiche waren einander doch spinnefeind.

Gajan verlor die Orientierung. Er gelangte in eine seltsam ruhige Nebenstraße, in der Menschen beieinanderstanden und auf den Lärm lauschten, als ginge er sie nichts an.

»Der Feind«, rief ihnen Gajan ganz außer Atem zu, um sie zu warnen. »Der Feind ist in der Stadt!«

Einige wollten ihm erst nicht glauben, andere fragten ihn, den edlen Herrn, was sie nun tun sollten.

»Verschanzt euch, wehrt euch!«, rief Gajan und stolperte weiter. Er geriet in einen Zug von Menschen, die zum Palast strömten.

»Jemand sagte, wir sollten uns am Magazin Waffen holen, das liegt aber am Hafen, und da sind schon die Westgarther!«, rief ein Soldat, der neben Gajan herlief.

»Der Protektor wird Waffen haben!«, stieß ein anderer keuchend hervor.

Gajan schloss sich den Männern an, denn er wollte doch selbst zum Palast, wo sein Sohn sicher schon voller Sorge auf ihn wartete.

Am Markt herrschte jedoch Chaos, und die Soldaten des Protektors schienen vollauf damit beschäftigt, die wütende Menge, die nach Waffen brüllte, vom Palast fernzuhalten. Gajan kämpfte sich durch die dichtgedrängten Reihen nach vorn. Er hatte Glück, einer der Soldaten erkannte ihn und ließ ihn durch. Ein Hauptmann, der nervös auf der Treppe stand und offensichtlich versuchte herauszufinden, was denn eigentlich vorging, rief: »Herzog Gajan, wisst Ihr, was da los ist? Es heißt, die Oramarer seien in der Stadt. Aber wie kann das sein?«

»Nicht die Oramarer, aber die Westgarther! Hunderte, sie sind schon im Hafen. Sammelt Eure Truppen!«

»Was denn für Truppen?«, rief der Hauptmann verzweifelt.

»Dann bewaffnet Eure Bürger! Sie könnten sonst den Palast stürmen, um sich zu holen, was sie brauchen.«

»Waffen? Hier sind keine Waffen! Die sind doch im Magazin!«

Gajan eilte weiter in den Palast durch die Flure zu seinem Quartier. »Hadogan!«, brüllte er.

»Ah, Gajan! Bereit für den Kampf?«, rief eine vertraute Stimme.

Da stand der greise Protektor in einer altmodischen Plattenrüstung, und einer seiner Diener schloss gerade den Schwertgurt.

»Was habt Ihr denn vor, Pelwa?«, fragte Gajan, einigermaßen verblüfft.

»Ich werde diesen Seeräubern ihre Beute nicht kampflos überlassen! Ich werde selbst meine Leute anführen, wenn wir diese freche Bande zurück ins Meer werfen.«

»Aber Pelwa, das sind keine plündernden Piraten, das ist eine Streitmacht von vielen hundert Männern, und sie kommen nicht, um zu plündern, sondern um zu erobern!«

»Unsinn! Wie könnt Ihr so was sagen?«

»Ich war dort!«

»Ihr übertreibt! Der Nebel, er hat Euch getäuscht. Wie sollte so schnell ein Heer nach Felisan kommen? Die Kriegserklärung dieses verfluchten Padischahs ist doch noch keine vier Tage alt.«

»Meinetwegen, dann kämpft, ich wünsche Euch Glück. Doch gebt mir ein Pferd, ich muss fort, nach Atgath, das Heer alarmieren!« Vor allem wollte er Hadogan retten, doch das sagte er nicht.

Der Protektor sah ihn misstrauisch an. »Immer nur verlangt

Ihr und verlangt. Wo, zum Henker, ist meine Garde?«, fuhr er einen Diener an.

»Sie wartet vor dem Eingang, Herr, und versucht, die wütende Menge zu beruhigen.«

»Was denn für eine wütende Menge?«

»Eure Bürger, Herr. Sie wollen Waffen, um sich verteidigen zu können. Das Magazin scheint aber schon verloren zu sein.«

»Zum Teufel, dann sollen sie sich eben nehmen, was sie finden. Wir müssen diese Piraten ins Meer werfen! Die Diener, sie sollen sich auch bewaffnen und am Untermarkt zu uns stoßen. Begleitet Ihr mich, Gajan?«

»Ich werde meinen Sohn holen und dann aufbrechen.«

»Euer Sohn? Aber er ist draußen bei den Wachen. Er hat drauf bestanden mitzukämpfen.«

Gajan fluchte und stürzte zurück zum Eingang, ohne erst auf den Protektor zu warten.

Draußen verlangte die Menge immer noch nach Waffen, und sie wollten den Protektor sehen. Die Soldaten dort bildeten eine lebende Mauer, und der Hauptmann versuchte vergeblich, die Leute zu beruhigen. Über den Lärm klang gelegentlich der Donner eines Geschützes, und dann hielten die Bürger für einen Augenblick den Atem an, lauschten, um dann nur umso lauter nach Waffen, Soldaten und dem Protektor zu verlangen.

»Mein Sohn, habt Ihr meinen Sohn gesehen?«, fragte Gajan den Hauptmann.

»Ah, Hadogan, nicht wahr? Ein tapferer Kerl. Er ist mit der ersten Schar hinunter zum Hafen gezogen.«

»Mann, seid Ihr des Wahnsinns? Er ist noch keine zwölf Jahre alt!«

»Er hat darauf bestanden, Herr. Und ich habe andere Dinge zu tun, als dem Mut dieses Knaben im Wege zu stehen.«

»Welche Straße? Auf welcher Straße sind sie zum Hafen gezogen?«

»Die Goldgasse. Keine Sorge, Herr, der Hauptmann hat den Befehl, sich zurückzuziehen, wenn er auf einen überlegenen Gegner stößt.«

Gajan hörte den letzten Satz kaum noch. Hatten diese Helden immer noch nicht begriffen, dass da keine Plünderer am Werk waren, die nur auf ein wenig Beute aus waren? Er rannte über den Markt, seinem Sohn hinterher, der geradewegs auf den Donner der Kanonen zumarschierte.

***

Die *Sperber* glitt beinahe lautlos durch den Nebel. Der Wind war fast eingeschlafen, es reichte gerade noch, um gelegentlich das Segeltuch gegen die Masten klatschen zu lassen, und die Krieger standen an den langen Riemen und ruderten. Aber die *Sperber* war schwerer als die Langschiffe der Westgarther, und so verloren sie die dunklen Schemen der anderen Schiffe einen nach dem anderen im Nebel aus den Augen.

Jamade hatte sich auf das Achterdeck zurückgezogen. Ihr gefiel das alles nicht. Ein ganzes Dutzend Westgarther Schiffe hatte da im Nebel auf ein Signal gewartet. Und offensichtlich versteckten sich in dieser Suppe noch viel mehr. Und nun schlossen sie sich der großen Flotte an, die zusammengekommen war, um über Felisan herzufallen.

»Geschieht es oft, dass sich Krieger Eures Volkes in so großer Zahl zusammenfinden, um eine Stadt anzugreifen?«, fragte sie Turgal.

»Niemals«, erwiderte der Steuermann einsilbig. Er starrte angestrengt voraus, um die dunklen Schatten vor ihnen nicht aus dem Auge zu verlieren.

»Dieser Jeril – er sprach von einem Bund der Könige.«

»Auch von so etwas habe ich noch nie gehört«, brummte der Steuermann.

Es donnerte in der Ferne.

»Bombarden«, stellte Askon nüchtern fest. »Wir sind näher an der Stadt, als ich dachte. Hisst unser Banner. Ich will nicht, dass unsere eigenen Leute uns angreifen.«

»Man wird es im Nebel kaum sehen, Kapitän«, brummte Turgal.

»Warum so verdrießlich, Turgal? Ich wittere Kampf und fette Beute.«

»Und ich wittere Rauch«, warf Jamade ein. »Irgendetwas brennt da. Vielleicht ein Schiff.« Sie starrte in den weißen Nebel, und es machte sie nervös, dass sie fast nichts erkennen konnte.

Eine Schlacht konnte sie nun gar nicht gebrauchen. Selbst ein unsichtbarer Schatten war vor einem verirrten Geschoss nicht sicher, und in großen Schlachten gab es viele solcher Geschosse. Aber Askon war fest entschlossen, sich diesen Kampf nicht entgehen zu lassen.

Sie ging zu ihm und sagte leise: »Es wäre für meinen Auftrag weitaus günstiger, wenn wir uns nicht in diese Sache einmischten. Es kostet Zeit und birgt nur Gefahr, keinen Gewinn.«

Askon lachte. »Vielleicht keinen Gewinn für einen Schatten, Jamade, aber für einen Westgarther ist es ein großer Tag. Wenn Jeril Recht hat, haben wir fast hundert Schiffe hier versammelt. So etwas gab es noch nie.«

»Aber …«

»Meine Entscheidung ist gefallen«, unterbrach er sie barsch, »und das Wort eines Kapitäns ist unumstößlich. Es ist besser, du bereitest dich auf den Kampf vor.« Er packte sie am Kinn und sah ihr fest in die Augen. »Und ich hoffe sehr, dass du an meiner Seite bleibst, bis diese Schlacht geschlagen ist.«

Sie nickte. Es war dumm. Sie hatte für diesen Krieg keine Zeit. Aber sie nickte, Askon zuliebe.

***

»Was ist das für ein Geräusch?«, fragte Ela Grams.

Sahif lauschte. Er stand am hohen Vordersteven des Schiffes und starrte in den dichten Nebel, in den sie vor einiger Zeit hineingeraten waren. Auch ihm war, als hätte er es in der Ferne donnern gehört, doch er war unsicher, ob es nicht nur die Brandung war, die über irgendeine Klippe rollte.

»Wenn sich dieser Nebel nicht bald auflöst, besteht die Gefahr, dass wir die Hafeneinfahrt verfehlen«, meinte Hawid, der in den Ruderpausen gerne ihre Gesellschaft suchte.

»Wir könnten noch viel leichter die *Sperber* verfehlen«, meinte Ela seufzend. »Wenn sie nur hundert Schritte neben uns her segelte, wir würden sie nicht sehen!«

»Da wird gekämpft«, stellte Sahif plötzlich fest.

Der Ausguck der Westgarther, der den Vordersteven hinaufgeklettert war, war zu dem gleichen Schluss gekommen. »Steuermann – Kanonendonner! Backbord voraus!«

Steuermann Sagur scheuchte die Scholaren zur Seite und kam selbst in den Bug. »Eine Seeschlacht vielleicht, aber sie findet verflucht dicht unter Land statt, wenn mich die Sterne vor dem Nebel nicht völlig über unsere Position getäuscht haben.«

»Keine Seeschlacht«, meinte Sahif.

»Woher wollt Ihr das wissen?«

»Wie viele Schiffe gibt es, die so schwere Bombarden mit sich führen?«

»Das ist wahr. Das müssen die Geschütze sein, die Felisan

verteidigen. Doch wer sollte diese Stadt angreifen? Oder habt Ihr uns etwas über die Verhältnisse in Haretien verschwiegen, Oramarer?«

»Eine gute Frage«, mischte sich auch Ghula Mischitu ein.

»Als wir aufbrachen, herrschte Friede«, meinte Sahif. »Aber es sieht aus, als hätte sich das geändert.«

Ela warf ihm einen skeptischen Blick zu. Sie hatte das Gefühl, dass er etwas verschwieg. Das war eigentlich nichts Neues, gestand sie sich ein, denn Sahif war ein Meister darin, Dinge für sich zu behalten, doch dieses Mal war irgendetwas anders. Sie zupfte an seinem Hemd und gab ihm einen Wink, ihr zu folgen. Da sich die Besatzung im Bug drängte, fanden sie hinter dem Mast einen Platz, den Ela für geeignet hielt, um zu reden.

»Hier ist doch etwas faul, Sahif«, begann sie leise.

»Ich weiß nicht, was du meinst.«

»Aber ich weiß, dass du etwas weißt.«

Sahif seufzte. Ela war nicht dumm. Zögernd gab er zu: »Ich kann mir das eine oder andere vielleicht zusammenreimen, Ela. Ja, wenn ich nicht die ganze Zeit nur darüber nachgedacht hätte, wie ich Jamade einholen kann, wäre ich früher darauf gekommen.«

»Aber worauf denn, Sahif?«

»Mein Vater, er hat schon seit Jahren Pläne geschmiedet, für Felisan, für ganz Haretien.«

»Der Padischah?«

»Ich war sein Leibwächter, wie du weißt, und auch wenn ich bei Beratungen meist vor der Tür wachte, so habe ich doch das eine oder andere gehört und erraten. Ich habe die Karten gesehen, und ich denke jetzt, dass er damals schon Pläne für einen Krieg gegen den Seebund schmiedete.«

»Und du meinst, dieser Krieg hat nun angefangen?«, fragte

Ela, und er sah ihr den Schrecken an, der ihr in die Glieder gefahren war.

»Ich befürchte es. Mein Vater hat seit Jahren ein Netz von Botschaftern und Agenten geknüpft, die die Völker rund um das Goldene Meer für ein Bündnis werben sollten. Ja, er hat sogar mit unseren Todfeinden, den Damatern, verhandelt. Ich habe das damals nicht verstanden, doch nun sehe ich, dass er dort Ruhe haben wollte, um gegen den Seebund loszuschlagen.«

»Und deine Schwester – handelt sie in seinem Auftrag? Kam sie deswegen nach Atgath, um einen Krieg vom Zaun zu brechen?«

Sahif starrte in den Nebel, der träge um das Schiff herumwaberte. »Das kann ich mir nicht vorstellen, denn Shahila hasst meinen Vater, mit einiger Berechtigung, wie ich inzwischen weiß. Nein, sie hat ihre eigenen Pläne, jedenfalls glaubt sie das.« Er schmeckte dem Satz nach, dann sagte er: »Mein Vater ist mehr als gerissen, es kann durchaus sein, dass er sie heimlich irgendwie genau dorthin gelenkt hat, wo er sie haben wollte. Dann gehört das, was Shahila in Atgath getan hat, vielleicht zu seinem Plan, auch wenn sie das nicht weiß.«

»Du meinst, der Padischah will die Geheimnisse, die die Mahre hüten?«

»Nicht so laut, Ela. Niemand sollte von diesen Dingen erfahren. Und es wäre auch nicht gut, wenn diese Leute wüssten, wessen Sohn ich bin, verstehst du?«

Das Mädchen nickte, auch wenn es nicht ganz überzeugt aussah. »Ich kann meinen Mund halten«, erklärte es schließlich. »Aber sag, ganz gleich, was da vor uns für ein Kampf tobt – wäre es nicht besser für uns, dem auszuweichen?«

Die Königin stand plötzlich hinter ihr, wie aus dem Nebel gewachsen. »Der Donner der Geschütze wird meinen Sohn magisch anziehen, denn er ist noch nie einem Kampf aus dem Weg gegangen. Und solange ich den Kurs dieses Schiffes bestimme, werden wir Askon folgen.«

Sahif nahm das mit einem flüchtigen Nicken hin, was sollte er auch tun? Er fragte sich, wie viel von dem, was er gesagt hatte, Königin Arethea wohl noch gehört haben mochte. Der Nebel war noch dichter geworden, aber der Donner der Geschütze wurde lauter. Sie segelten direkt darauf zu.

* * *

Gajan rannte durch eine Gasse und stieß endlich auf einen Trupp Soldaten, der versuchte, für Ordnung zu sorgen. Hadogan war jedoch nicht bei diesen Männern. Rauchschwaden hatten sich mit dem Nebel verwoben, und der Kampfeslärm klang gefährlich nah.

»Den Jungen, ja, ich sah ihn. Er trug die Fahne. Ich glaube, sie sind in diese Richtung vorgerückt, Herr«, erklärte der Sergeant, der den Trupp führte, und wies vage in den Nebel. Gajan lief in die nächste Gasse, doch von dort kamen ihm bald fliehende Männer, Frauen und Kinder entgegen. »Sie sind überall, überall!«, stotterte ein alter Mann, den er am Kragen gepackt und nach Hadogan gefragt hatte, und riss sich hastig los.

Gajan bog um die nächste Ecke und traf auf eine kleine Schar Soldaten, die sich hinter einem umgestürzten Karren verschanzt hatte. Von irgendwo aus dem Nebel kamen Pfeile geflogen, und die Soldaten schossen mit Armbrüsten zurück, ohne dass Gajan einen Feind sehen konnte. »Ihr solltet eure Geschosse aufheben, bis ihr ein Ziel habt«, keuchte er.

»Dann ist es vielleicht zu spät«, meinte der alte Kämpe, der die Männer anführte.

»Da kommen sie!«, rief plötzlich einer.

Gajan spähte über die Deichsel. Da kam wirklich etwas aus dem undurchsichtigen Grau heranmarschiert.

»Gebt es ihnen!«, schrie der Anführer. Die Sehnen sirrten, die Bolzen flogen, und spitze Schreie verrieten, dass sie etwas getroffen hatten.

»Um der Himmel willen!«, schrie eine Frauenstimme. »So hört doch auf zu schießen!«

Die Soldaten senkten entsetzt ihre Waffen, als die Flüchtlinge, die sie irrtümlich beschossen hatten, aus dem Nebel taumelten. Aber Gajan hörte hinter ihnen schwere Stiefel durch die Gasse stampfen.

»Nachladen!«, rief er, weil die Soldaten einfach nur dastanden und die Verwundeten und Flüchtenden anstarrten. Schon erschütterte der Schlachtruf der Westgarther die Gasse.

»Lauft!«, schrie der Sergeant, blieb aber selbst mit seinem Schwert in der Hand stehen. Die Flüchtlinge liefen schreiend davon, einige Soldaten ließen ihre Waffen fallen und folgten ihnen. Auch Gajan rannte plötzlich. Er wandte sich noch einmal um und sah den alten Kämpfer, aus mehreren Wunden blutend, zu Boden taumeln. Ein Westgarther hob die Schlachtaxt für den letzten Schlag. Gajan wandte sich ab. Sie rannten kopflos weiter, aber das war die falsche Richtung für ihn. Er bog ab. Ging es durch diese Gasse zum Hafen? Hadogan musste irgendwo da unten sein. Gajan rang um Atem. Plötzlich hörte er ein Geräusch im Nebel, eisig klar unter dem Lärm der nahen Schlacht. Es war das Klirren von Fußketten. Ihm stockte der Atem. Ein einzelner Mann, die Größe stimmte. Kumar war von den Toten auferstanden! Die Gestalt kam näher, und dann war er nah genug, dass Gajan seinen Irrtum erkannte: Es war nur ein alter Mann, der seltsam bedächtig durch die leere Gasse schritt und einen Sack, vielleicht mit seinem Silbergeschirr, hinter sich her zog. Oder waren es doch die Ketten von Kumar, der hinter dem alten Mann war und gleich aus dem Nebel treten würde?

Gajan floh vor diesem Gedanken und fand sich plötzlich am Hafen wieder. Es roch verbrannt, und grelle Feuer flackerten durch den Nebel. Was brannte da? Schiffe? Häuser? Geschütze donnerten, und irgendetwas sauste dicht an ihm vorüber und zerbarst an einer steinernen Säule in tausend Fetzen. Splitter regneten auf ihn herab. Männer brüllten, und das Klirren von Schwertern drang durch Nebel und Rauch. Gajan stolperte in diese Richtung. Vielleicht war Hadogan dort. Ein brennendes Haus zu seiner Rechten tauchte den Nebel in fahles Gelb.

Plötzlich ertönte ein Horn mit tiefem, unirdischem Klang, und dann hörte er eine laute Stimme, die Worte in einer fremden Sprache rief. Gajan blieb stehen, denn er hatte das Gefühl, dass diese Worte ihm galten. Er zögerte, lauschte, folgte ihnen. Der Nebel schien sich zu lichten. Gajan schüttelte sich, um den Kopf frei zu bekommen. Nein, diese Worte galten nicht ihm, sie beschworen etwas. Er duckte sich hinter ein paar aufgeplatzte Getreidesäcke. Da stand ein Mann, umgeben von einem Dutzend Kriegern, keine Westgarther, nein, Oramarer, die über ihn zu wachen schienen. Der Mann war halbnackt, und im Schein der Fackeln konnte Gajan erkennen, dass seine Haut über und über mit blauen Linien bedeckt war. Ein Zauberer! Und wenn diese Linien magisch waren, verrieten sie, dass er ungeheuer stark sein musste.

Der Zauberer breitete die Arme weit aus, stieß unverständliche Worte aus, und plötzlich fegte eine steife Brise durch den Hafen und vertrieb den eben noch so zäh wabernden Nebel. Die Schleier lösten sich auf, wehten davon und enthüllten ein Bild des Grauens: Überall lagen Tote, nicht nur Männer, auch Frauen, selbst Kinder. Brennende Schiffe trieben im Hafenbecken, und mittendrin ragte schwarz die *Granamar* aus dem Wasser, von den schlanken Schiffen der Westgarther umzingelt wie ein von Hunden in die Enge getriebener Eber. Männer versuchten, ihre hohe Bordwand zu erklimmen, und wurden abgewehrt. Soldaten standen hoch in den Wanten und schossen mit Bogen oder Armbrust auf die Angreifer und wurden selbst beschossen. Einer der Masten rauchte, als habe er eben noch gebrannt, während rund um das riesige Schiff Trümmer und treibende Leichen zeigten, dass sich seine Matrosen ihrer Haut zu wehren wussten. Die Westgarther sandten Brandpfeile und andere Geschosse aus, aber die dicken Planken der *Granamar* waren wohl nicht so leicht in Brand zu setzen. Gajan klammerte sich an den Gedanken, dass es noch Hoffnung gab, solange diese mächtige hölzerne Festung schwamm. Doch immer noch strömten weitere Langschiffe in das Hafenbecken, und auf den Kais wimmelte es von Kriegern. Wo waren die Soldaten des Protektors? Wo die Männer, die diesen Feind bekämpften? Sie schienen schon in die Gassen zurückgedrängt worden zu sein. Hadogan war irgendwo bei ihnen. Gajan sprang auf und stolperte davon, ihn zu suchen.

* * *

Da war ein riesiges Schiff mitten im Hafen, das die Wellen wie eine uneinnehmbare Burg überragte, und um es herum waren Schiffe gesunken oder brannten und erhellten die Nacht mit schaurigem Licht. Es sah aus, als würde das große Schiff durch die Hölle treiben. Die da oben hatten Ballisten, die armdicke Pfeile abschossen, und einer hatte gerade eben zwei Krieger vom Deck der *Sperber* gewischt.

»Das ist die *Granamar,* das größte Schiff des Seebundes«, flüsterte Hanas Aggi, der sich immer wieder nervös duckte. Ihm hatten die Westgarther keine Waffe gegeben, was Jamade verstehen konnte, aber sie konnte sich vorstellen, dass es kein gutes Gefühl war, ohne Waffe in so eine Schlacht zu geraten.

»Halte uns von diesem verfluchten Pott fern, Turgal!«, rief Askon. »Da vorn, der Frachter liegt tief – lohnende Beute.«

»Aye, Käpt'n.«

Jamade duckte sich hinter die Reling, in der schon einige Pfeile steckten. Direkt neben ihr stöhnte ein Westgarther auf und ging keuchend in die Knie. Ein Pfeil hatte seine Schulter durchbohrt. Nahkampf, das war jetzt das kleinere Übel.

Askon kam zu ihr herüber, aufreizend lässig. Er schlenderte geradezu, duckte sich nicht, versteckte sich auch nicht hinter einem Schild. Er ließ sein dunkelblondes Haar in der frischen Brise wehen, die den Nebel vertrieben hatte, und lachte. »Nun, bist du bei mir, Schatten?«, fragte er.

»Bis zum Ende der Schlacht«, versprach sie. *Dummheit,* schalt sie sich selbst. Sie sollte bei erster Gelegenheit an Land gehen und verschwinden. In zwei Tagen konnte sie in Atgath sein – wenn sie irgendwie ein Pferd auftreiben konnte, sogar früher. Wenn sie aber von einem Pfeil oder Bolzen erwischt wurde, gar nicht. Aber sie spürte doch die fiebrige Erregung, die jedem Kampf voranging.

Turgal brachte sie irgendwie an den anderen Langschiffen vorbei. Das Handelsschiff, das Askon ausgesucht hatte, lag mitten im Hafenbecken und schien bisher von den Kämpfen verschont geblieben zu sein. Es lag wirklich tief im Wasser.

»Auf geht's, ihr Hunde!«, rief Askon. »Ich wittere fette Beute!«

Jamade roch dagegen nur Brand und Blut und erkannte die seltsame Schwermut, die sie immer an Orten verspürte, an denen Menschen gestorben waren. Auf dem Kai wurde nur noch vereinzelt gekämpft, aber aus den Straßen drang Kampflärm herüber, und aus etlichen Häusern schlugen hohe Flammen in den Nachthimmel. Ihr Blick fiel auf einen Mann, der inmitten einer Gruppe von Kriegern eine Beschwörung durchzuführen schien. Er war zu weit weg, um Genaueres zu erkennen, aber sie war sich beinahe sicher, dass das der Magier war, der sich auf dem oramarischen Schiff versteckt hatte. Hatte er den Nebel gerufen? Aber warum sollte ein Oramarer den Westgarthern helfen?

Holz scheuerte an Holz.

»Entern!«, brüllte Askon und riss Jamade aus ihren Gedanken. Sie rief die Schatten und kletterte schnell wie eine Katze an Bord des feindlichen Schiffes. Askon und seine Krieger waren vor ihr. Die Seeleute erwarteten sie mit den Waffen in der Hand, doch war ihre Zahl gering, und sie wurden schnell auf die andere Seite des Schiffes zurückgedrängt. Einige hatten Bogen, doch nur wenige Pfeile in den Köchern. Jamade erspähte den Anführer, glitt hinüber, tauchte vor ihm aus den Schatten auf und tötete ihn, noch bevor er wusste, wie ihm geschah. Die Seeleute schrien entsetzt auf, und Jamade verschwand wieder vor ihren Augen. Es war fast zu einfach. Die Westgarther stürmten brüllend über das Schiff und trieben die Matrosen vor sich her.

Jamade suchte sich ein nächstes Opfer aus: einen breitschultrigen Matrosen, der etwas abseits der anderen ein mächtiges Schwert schwang. Es sah aus, als verstünde er, damit umzugehen, und er rief den anderen Kommandos zu. Jamade balancierte über die Reling, bis sie in seinem Rücken war, und sprang lautlos an Deck. Er fuhr herum. Hatte er sie trotz der Schatten bemerkt? Er hieb mit dem Schwert ins Leere, sie tauchte unter der Klinge hindurch und wartete geduldig, bis der Mann ihr wieder den Rücken zukehren würde, während um sie herum die Schlacht tobte. Plötzlich hob sich der Boden unter ihr. Irgendetwas traf das Schiff, ein Geschoss, das mit ohrenbetäubendem Krach durch Bordwand und Deck schlug, Holz zerfetzte und Jamade und ihren Gegner nach oben schleuderte. Für einen Augenblick war Jamade in der Luft. Späne und Splitter flogen ihr um die Ohren, und irgendetwas Scharfes streifte ihr Gesicht. Sie fiel. Die Planken, auf denen sie eben noch gestanden hatte, waren zerborsten, sie stürzte mit ihrem Gegner hinab, schlug hart auf und hörte den Seemann stöhnen. Auf was war sie gelandet? Es gab träge unter ihr nach wie Treibsand, sie rutschte, fand keinen Halt. Es war zu dunkel unter Deck, um viel zu erkennen. Der andere hatte sie irgendwie zu fassen bekommen, sie spürte seine Hand an ihrem Kragen. Er stöhnte und lallte unartikulierte Laute. Vielleicht war er schon verwundet. Das Entermesser, sie hielt es immer noch in der Hand. Mit einer raschen Bewegung stieß sie es dem Matrosen erst in den Leib, dann, als er sie mit einem Ächzen losließ, durchtrennte sie ihm mit einem raschen Schnitt die Kehle. Sie fühlte sein Blut warm über ihre Hand laufen.

Jamade holte tief Luft und schüttelte sich, um das Dröhnen in ihrem Kopf loszuwerden. Über sich sah sie die geborstenen Decksplanken herabhängen. Darüber wölbte sich ein sternklarer Himmel, eingetrübt durch den Rauch der vielen Feuer, die da draußen brannten. Sie wischte das Messer an dem Toten ab. Das war knapp gewesen. Sie betastete den Boden: Getreide. Sie war nicht in Treibsand gefangen, sondern in einen Laderaum voller Weizen gestürzt. Oben wurde noch gekämpft. Jamade suchte einen Weg hinaus, plötzlich erstarrte sie – sie hatte die Schatten nicht gesenkt! Sie hatte getötet, während sie noch unter dem Schutz der Magie gestanden hatte – und damit hatte sie diesen Schutz verwirkt. Sie sank ächzend in die Knie. Das war ihr noch nie widerfahren. Meister Iwar hatte ihr erklärt, dass es Tage dauern konnte, bis die Magie einem Schatten wieder gehorchte. Sie starrte in den rot glühenden Nachthimmel und verfluchte diese Schlacht, die sie beinahe umgebracht und des Schutzes der Schatten beraubt hatte. Aber es half nichts. Dann musste es eben irgendwie ohne gehen. Sie kletterte nach oben.

Der Kampf war beinahe vorüber. Nur noch eine Handvoll der Matrosen leistete Widerstand. Dann rief plötzlich jemand: »Wir ergeben uns!« und warf seine Waffe zu Boden. Die anderen folgten seinem Beispiel. Nur der Mann, der mit Askon rang, zögerte einen Augenblick. Vielleicht ließ Askon aber auch nicht zu, dass er sich ergab. Er presste den Matrosen gegen die Bordwand und rammte ihm das Entermesser tief in die Gedärme. Damit war es vorüber, und die Krieger brüllten ihren Jubel heraus. »Sieg! Sieg für Westgarth! Sieg für Prinz Askon.«

Jamade erkletterte das Deck. Ihr war so gar nicht nach Jubeln zumute. »Ich hoffe, du bist zufrieden«, rief sie Askon zu, der über seinem gefallenen Gegner stand und diesen Anblick zu genießen schien.

Er blickte auf und lachte breit. »Nun, es war ein bisschen einfach – aber die Schlacht ist ja noch nicht zu Ende.«

»Kapitän, seht nur!«, rief einer der Männer und wies auf die Hafeneinfahrt.

Dort schob sich gerade ein großes Schiff mit dreieckigen Segeln in den Hafen. Es war kein Langschiff, sondern ein Schiff von der Art, wie sie in Oramar gebaut wurden.

»Kennt einer das Banner?«, fragte Askon.

Niemand kannte es. Es war prachtvoll, und auf der Fahne, die im Wind flatterte, glaubte Jamade das Zeichen eines Skorpions zu erkennen. Dann zuckte sie zusammen, denn mit einem lauten Knall wurde von diesem Schiff etwas in die Luft geschleudert. Es schien ein großes Fass zu sein. Es flog in hohem Bogen durch die Nacht, und Jamade verlor es trotz der brennenden Schiffe, die den Himmel erleuchteten, aus den Augen. Dann tauchte es wieder auf, schlug auf dem Deck der *Granamar* auf und zerbarst mit einer grünlichen Stichflamme.

»Bei allen Höllen!«, rief Turgal, »was für Dämonen sind da am Werk?«

Tatsächlich schien sich das grünliche Feuer in rasender Geschwindigkeit auszubreiten. Männer wurden von den Flammen erfasst und sprangen brennend und schreiend über Bord. Bald stand das ganze Vorderdeck der *Granamar* in Flammen. Von den Schiffen, die die Riesin eingekreist hatten, erklang der laute Jubel der Westgarther.

***

Der Nebel war fort, aber der beißende Rauch brennender Häuser und Schiffe zog durch die Gassen, und in diesen Gassen hatte Gajan sich verirrt. Hier und dort sah er zerschmetterte Türen in den Angeln hängen, Fenster waren eingeschlagen, und tote Bürger kündeten davon, dass mancher Felisaner versucht hatte, sein Heim gegen die plündernden Krieger zu verteidigen. Gajan hörte das raue Lachen der Westgarther, die Schreie von Frauen und Kindern, und stolperte weiter über Leichen und Verwundete, die hilfesuchend die Hände nach ihm ausstreckten, hielt nur so lange inne, bis er sah, dass Hadogan nicht unter ihnen war.

Er hörte Büchsenschüsse ganz in der Nähe und folgte dem Kampfeslärm. Ein starker Trupp Soldaten verteidigte im Schein eines brennenden Hauses eine Kreuzung gegen die Eindringlinge. Die Männer hatten hinter Kisten und Tuchballen Deckung gesucht und wehrten einen wütenden Angriff der Westgarther mit Armbrüsten, Büchsen, langen Piken und schweren Hellebarden ab. Tote und sterbende Krieger bedeckten die Straße vor ihnen. Und inmitten des Kampfgetümmels stand ein Junge auf einer Kiste und schwenkte eine durchlöcherte Fahne mit dem Wappen von Felisan.

»Hadogan!«

Gajan rannte los, ohne nachzudenken, genau in das Getümmel auf der Kreuzung. Er drängte sich durch die Krieger, die wohl einfach zu verblüfft waren, um ihn anzugreifen, riss einen Westgarther an der Schulter zurück, weil der ihm den Weg versperrt hatte, wich instinktiv einem Axthieb aus und sprang schließlich über die niedrige Palisade der Verteidiger. »Hadogan!«

»Wir schlagen sie, Vater! Wir schlagen sie!«

Tatsächlich brüllte irgendwo in der Nähe jemand einen Befehl, und die Angreifer zogen sich rasch zurück.

Gajan packte Hadogan und drückte ihn an sich, obwohl das dem Jungen unangenehm zu sein schien.

»Einen tapferen Sohn habt Ihr, das muss ich sagen«, meinte der Hauptmann, der die Schar befehligte. Gajan nickte bloß, unfähig, seinen Gefühlen Ausdruck zu verleihen.

Der Hauptmann zog ihn zur Seite. Er trug einen Verband am Arm, durch den Blut sickerte. »Wisst Ihr, wie die Sache steht, Herr?«, wollte er leise wissen.

Gajan fragte sich, ob er ebenso rußverschmiert war wie dieser Mann, und wischte sich unwillkürlich mit der Hand übers Gesicht. Sie war danach ganz schwarz, wie die Haut von Kumar. »Die *Granamar* kämpft tapfer und hat viele Schiffe versenkt, aber das Hafenviertel scheint in der Hand des Feindes zu sein«, berichtete er.

»Und der Protektor? Die Miliz?«

Gajan zuckte mit den Achseln. »Er sammelte seine Garde am Palast, und die Leute wollen Waffen, aber das Magazin ist ja unten am Hafen. Ich kann nicht sagen, was von dieser Seite zu erwarten ist.«

Der Hauptmann nickte düster. »Und ich weiß nicht, wie lange wir die da noch aufhalten können. Hört Ihr das?«

Gajan lauschte. Vom Hafen drang der Lärm der Geschütze, und die Luft war von Geschrei und Gebrüll erfüllt. Er wusste nicht, was der Mann meinte.

»Sie haben etwas vor. Hört Ihr das schwere Rollen der Räder nicht? Irgendeine Teufelei kommt die Straße herauf.«

Tatsächlich hörte Gajan jetzt ein Rumpeln. Weiter unten bewegte sich ein dichter Pulk von Kriegern, die irgendetwas über das Pflaster schoben. Ein Geschütz? Diese Barbaren konnten doch wohl kaum mit Bombarden umgehen.

»Gebt's ihnen!«, rief der Hauptmann.

Büchsen knallten, und die Armbrüste sandten ihre Bolzen aus. Weiter unten fielen Krieger, aber sie schoben das Ding, das sie mit ihren Schilden schützten, immer weiter. Plötzlich stoben sie auseinander.

»Balliste!«, schrie einer der Soldaten. Da erklang schon das schwere Sausen, und ein armdickes Geschoss durchschlug eine Kiste und durchbohrte den Soldaten, der dahinter Deckung gesucht hatte.

»Köpfe runter, ihr Pikeniere!«, brüllte der Hauptmann. »So schießt doch, ihr Schützen!«

Sie schossen, aber wenn sie einen Westgarther trafen, sprang ein anderer an seine Stelle. Ein zweites Geschoss riss eine Bresche in ihre armselige Palisade und schleuderte einen Pikenier gegen die Hauswand. Sein eiserner Brustpanzer war durchbohrt, als sei er aus Papier. Der Mann blieb noch ein paar Sekunden stehen, bevor er mit bleichem Gesicht und offenem Mund zusammenbrach.

»Ihr müsst hier weg!«, rief Gajan dem Hauptmann leise zu.

»Müssten wir, aber wir können nicht. Wir werden sie aufhalten, solange es geht. Eilt zum Palast und sorgt für Verstärkung. Und nehmt Euren Sohn mit!«

»Hadogan, komm!«

Aber der Junge wollte nicht. Wieder zerfetzte ein Geschoss einen Teil der Palisade. Holzsplitter flogen umher.

»Geh, mein Junge, und hole Hilfe! Das ist ein Befehl!«, rief der Hauptmann. Aber Hadogan schüttelte trotzig den Kopf.

Gajan hatte genug, er packte ihn am Arm und zog ihn davon.

»Aber das ist feige!«, zeterte Hadogan.

Gajan beugte sich zu ihm hinab und sah ihm in die Augen, in denen Tränen der Wut standen. »Das ist es nicht! Dein Hauptmann hat dir einen Befehl gegeben – und dem musst du gehorchen. Damit hilfst du deinen Kameraden mehr, als wenn du ein zerfetztes Stück Stoff in den Wind hältst. Und jetzt komm!«

Er zerrte den widerstrebenden Knaben hinter sich her die Gasse hinauf zum Marktplatz, aber der lag verlassen. Wo war der Protektor mit seiner Garde, wo die Miliz, die sich hier sammeln sollte? Und wo waren all die Menschen? Sie rannten an umgestürzten Marktständen vorüber und die Treppe zum Palast hinauf. Da stand ein Mann in der Pforte, bleich und offensichtlich völlig verängstigt.

»Wo ist Pelwa?«, herrschte ihn Gajan an.

»Der Protektor hat sich vorübergehend zurückgezogen, um seine Kräfte zu ordnen und sich dem Feind an einem anderen Ort zu stellen.«

»An einem anderen Ort? Er hat seine Stadt verlassen?«

Der Mann nickte unglücklich. »Er sah die verzweifelte und wütende Menge, und er … er floh durch den Hinterausgang, Herr.«

»Und Ihr? Ich kenne Euch, Ihr seid der Haushofmeister, oder?«

»Der bin ich. Ich habe den Auftrag, die Kapitulation der Stadt zu verkünden, wenn der Feind den Palast erreichen sollte.«

»Und die Soldaten, die Miliz? Wo sind die?«

»Bei Pelwa, sofern sie Waffen haben. Der Protektor ist der Meinung, dass es besser ist, nicht zu viel Widerstand zu leisten, um die Stadt vor weiterer Verwüstung zu bewahren.«

Gajan stöhnte. Seine Knie zitterten, er merkte erst jetzt, wie erschöpft er war. Pelwa hatte seine Stadt und ihre Bürger im Stich gelassen? Dann war alles verloren.

»Aber der Hauptmann, meine Kameraden! Ich muss sie warnen!«, schrie Hadogan und war schon halb die Treppe hinunter.

»Hadogan, nein!«, rief Gajan verzweifelt. Aber sein Sohn rannte schon über den Platz Richtung Hafen. Keuchend stolperte er hinter ihm her.

***

»Verflucht seien die Geschütze des Seebundes.« Steuermann Turgal kam die Leiter aus der Ladeluke herauf, und er sah wütend aus.

»Haben sie die Ladung beschädigt?«, rief Askon. »Was haben wir erbeutet?«

»Bloß Weizen. Nichts anderes als Getreide steckt im Bauch dieses elenden Schiffes, Kapitän. Getreide, aber inzwischen leider auch Wasser. Diese verdammten Schweine haben den Rumpf durchlöchert, und nur deshalb liegt dieser Kahn so tief im Wasser. Er sinkt!«

»Verdammt!«, fluchte Askon.

»Was hast du jetzt vor?«, fragte Jamade. Sie war davon ausgegangen, dass der Kampf für Askon und damit auch für sie vorbei wäre. Sie hätte sich eigentlich schon verabschieden können, aber sie hatte ein Problem. Sie konnte sich nicht in den Schatten verstecken. Sie hatte es versucht. Die Magie verweigerte sich ihrem Ansinnen.

»Wir müssen Beute machen, bevor das hier vorbei ist, soviel steht fest. Zurück auf die *Sperber,* Männer«, rief der Prinz.

»Und was machen wir mit dem Schiff und der Besatzung?«, fragte einer der Krieger.

»Lasst sie zur Hölle fahren, wenn sie nicht schwimmen können. Auf geht's, diese Stadt hat mehr zu bieten als verfaulten Weizen.«

Als sie die *Sperber* an treibenden Wracks vorbei zum Kai manövrierten, fragte Jamade leise: »Hast du einen Plan, Askon?«

»Es gibt einen Pelzhändler, nicht weit vom Hafen. Ich kenne ihn und sein Lager, denn ich habe ihn mehrfach mit Ware beliefert. Wir werden uns da schadlos halten und dann sehen, was die Stadt noch so hergibt.«

»Da wird noch gekämpft.«

Askon lachte, die Situation schien ihm zu gefallen. »Ich hoffe, du bleibst an meiner Seite, bis das hier vorüber ist.«

»Ich halte immer weniger von dieser Schlacht, aber ich stehe zu dem, was ich gesagt habe.«

»Ich bin sicher, wir werden auch ein paar schöne Pelze oder Schmuckstücke für dich erbeuten, Jamade von den Schatten.«

Von den Schatten? Es war beinahe, als wolle er sie verhöhnen, aber, nein, er wusste nicht, welches Unglück ihr widerfahren war. »Ich habe für beides wenig Verwendung auf meinem Weg, Askon«, gab sie sich desinteressiert. Aber innerlich lächelte sie, weil er an sie gedacht hatte.

Die Bordwand der *Sperber* scheuerte gegen die Kaimauer. »Turgal, du bleibst mit ein paar Männern an Bord. Ich will nicht, dass irgendjemand glaubt, mein Schiff sei Beute. Der Rest, mir nach, wir werden reich sein, wenn wir zurückkehren.« Dann sprang er ans Ufer, und seine Männer stürmten ihm brüllend hinterher.

Jamade war nicht für den brüllenden Angriff. Sie nahm ihre Tasche, denn sie rechnete nicht damit, noch einmal auf das Schiff zurückzukehren.

Plötzlich stand Turgal neben ihr. »Ich kann nicht behaupten, dass ich eine hohe Meinung von deinesgleichen habe, Schatten, und ich weiß, dass du andere Ziele verfolgst als Askon. Aber ich bitte dich dennoch, auf ihn zu achten, solange es dir möglich ist.«

Jamade runzelte die Stirn. Der Mann brachte es fertig, sie um etwas zu bitten und sie gleichzeitig zu beleidigen. Sie setzte zu einer scharfen Antwort an, entschied dann, dass es sich nicht lohnte, und nickte bloß. Und dann sprang sie von Bord und folgte der brüllenden Meute, die Askon zum Plündern in die Stadt führte.

***

Die Stadt brannte. Schon von weitem konnte Sahif den Lichtschein sehen, den die brennenden Gebäude an den Nachthimmel warfen. Es roch nach Rauch, selbst hier auf dem offenen Meer, und immer noch rollte der Donner der Bombarden über die Wellen.

»Das ist, als würden wir geradenwegs in das Maul einer reißenden Bestie segeln«, erklärte er, nicht zum ersten Mal.

»Sieh an, der Schatten zeigt Zeichen von Furcht«, höhnte Königin Arethea.

»Ich gebe dem Schatten Recht«, meinte Ghula Mischitu.

»Das ist nicht überraschend«, sagte die Königin. »Doch ist

dies immer noch mein Schiff. Ihr könnt es jederzeit verlassen, wenn es Euch nicht gefällt.« Dabei wies sie mit einladender Geste auf das offene Meer hinaus.

»Wir wissen noch nicht einmal, wer dort kämpft«, schimpfte die Ghula. »Und der Nebel? Erst verschluckt er alles, dann verschwindet er von einem Augenblick auf den nächsten! Da ist üble Zauberkraft am Werk, merkt Ihr das nicht, Arethea?«

»Und Ihr, hört Ihr die Hörner nicht? Es sind Westgarther. Also werden wir auf Verbündete treffen.«

»Sagur, Ihr seid ein kluger Mann. Seht wenigstens Ihr die Gefahr?«, versuchte es Mischitu weiter.

Doch der schwieg und hielt das Schiff auf Kurs.

»Sie ist fest entschlossen, oder?«, fragte Ela besorgt, als Sahif sich wieder zu ihr gesellte. Sie ruderten, wenn auch nur mit halber Kraft. Denn allzu eilig hatte es die Königin wohl doch nicht.

Sahif zuckte mit den Achseln. »Wenn hier nicht Frauen und Kinder an Bord wären, wäre ich auf ihrer Seite.«

»Sahif!«

»Sie hat vermutlich Recht. Ihr Sohn könnte dort sein, und das heißt, dass auch Jamade dort ist. Vielleicht kann ich sie in dem Getümmel überraschen. Wenn sie merkt, dass ich da bin, wird sie in den Schatten verschwinden.«

Ela musste zugeben, dass das gute Argumente waren, aber dennoch war es doch auch Wahnsinn, mitten in eine Schlacht hineinzurudern. Aber so war es nun einmal beschlossen, also ruderten sie weiter Lärm und Rauch entgegen. Langschiffe kreuzten vor der Einfahrt.

»Tut einfach so, als würden wir dazugehören!«, rief die Königin. »Hisst Hakors Fahne!«

»Frauen und Kinder sollen sich ducken!«, rief Sagur zurück.

Die befestigte Mole des Hafens zeichnete sich vor der brennenden Stadt ab, und irgendwo dort drinnen musste ein sehr großes Schiff brennen, denn ein Mast, höher als alle anderen, stand über der Mauer hell in Flammen wie ein warnendes Zeichen am Nachthimmel. Ein Langschiff war in der Einfahrt gesunken, nur der Vordersteven und der Mast ragten noch aus dem Wasser. Da war der Spiegelturm, doch das Feuer darin war erloschen, und auf der gegenüberliegenden Seite standen die qualmenden Überreste einer Befestigungsanlage.

Langsam brachte Sagur sie in den Hafen. Ela reckte den Hals. Überall waren Schiffe, manche brannten, auf anderen wurde noch gekämpft, und in der Mitte des Hafens trieb das hochragende Wrack des riesigen Schiffes, das sie erst vor wenigen Tagen so bewundert hatte. Es brannte lichterloh und war von vielen Langschiffen umringt. Einige davon standen ebenfalls in Flammen, andere waren schwer beschädigt, aber Ela sah Männer, klein wie Ameisen, die die mächtige Bordwand emporkletterten, um auf diesem sterbenden Schiff zu kämpfen. Davor kreuzte ein anderer Segler, an dessen Hauptmast eine prächtige Fahne wehte. Sie war rot, und Ela erkannte einen schwarzen Skorpion darauf. Sie gab Sahif, der auf der Ruderbank hinter ihr saß, einen Wink.

Er nickte grimmig.

»Ein Oramarer, oder?«, fragte sie leise, obwohl Flüstern nicht nötig war. Das ganze Schiff war in Aufregung, und jeder rief den anderen zu, was er sah und entdeckte. Sie hatten, ohne dass es einen Befehl gab, das Rudern eingestellt.

»Das ist nicht nur irgendein Oramarer, Ela. Es ist ein Erbprinz des Reiches dort an Bord«, erwiderte Sahif ruhig.

Ela brauchte einen Augenblick. »Einer deiner *Brüder*?«

»Mein Halbbruder Benet. Siehst du den Turm unter dem Skorpion? Das ist sein persönliches Wappen.«

»Und was sollen wir jetzt machen?«

»Nichts, und darauf hoffen, dass sie uns in dem Chaos nicht bemerken.«

Sagur gab Befehl, wieder zu rudern, aber Sahif ignorierte ihn. Er bewegte sich unauffällig ins Heck, denn er wollte wissen, was die Königin und ihr Steuermann planten. Das Schiff glitt langsam durch den Hafen, vorbei an hölzernen Trümmern und treibenden Leichen. Der Kampf war noch nicht vorbei, immer noch krachten Büchsen- und Kanonenschüsse von irgendwoher über das Hafenbecken. Es flogen Pfeile kreuz und quer, und aus der Stadt drang lauter Lärm. Aber war das noch der Lärm der Schlacht – oder schon der Plünderung? Auf einem großen Stück eines Schiffshecks trieben einige Männer durch das Hafenbecken. Sahif sah, dass sich darauf sowohl Westgarther wie auch Matrosen des Seebundes ängstlich aneinanderklammerten. Sie riefen um Hilfe und winkten, aber die Königin befahl Sagur, sie nicht zu beachten. »Es mögen sich andere darum kümmern, wir haben Wichtigeres zu tun. Haltet Ausschau nach der *Sperber*. Sie muss doch auffallen.«

»Und was tun wir, wenn wir Prinz Askon gefunden haben, Herrin?«, fragte Sagur leise. »Viele von uns haben nicht vergessen, was er getan hat, und er ist vor dem Urteil der Ältesten geflohen.«

»Aus einem Königreich, das es nicht mehr gibt. Aber es kann neu erstehen, mit Askon als König.«

Dann rief einer der Scholaren, dass er das gesuchte Schiff sehen könne. Tatsächlich entdeckte Sahif die *Sperber* am Kai, beinahe da, von wo sie vor einigen Tagen aufgebrochen waren.

»Ich hoffe, dass Hanas noch lebt«, meinte Ela, die zu ihm gekommen war.

»Hanas Aggi?«

»Der Koch sagte, er hätte ihn noch kämpfen sehen, als er über Bord ging.«

Sahif zuckte mit den Achseln. »Es ist möglich, doch Askon ist kein Mann, der viel Milde walten lässt, wie mir scheint. Ich würde nicht damit rechnen.«

»Sahif! Sag nicht so etwas Schreckliches!«

Er setzte zu einer Antwort an, wollte ihr erklären, dass er es nicht böse meinte, es aber doch einfach unwahrscheinlich war, dass ausgerechnet Hanas Aggi noch leben sollte, dann sah er jedoch ihrem verstörten Gesichtsausdruck an, dass es die falschen Worte gewesen wären. Und da er die richtigen nicht fand, schwieg er. Sie würden es ohnehin gleich erfahren. Alle an Bord waren in heller Aufregung, niemand beachtete ihn. Er nickte Ela zu, dann rief er die Schatten. Er hatte vielleicht nur diese eine Chance, Jamade zu erwischen – falls sie noch an Bord der *Sperber* war.

***

Jamade saß auf einer Regentonne auf einem kleinen Platz im Westen der Stadt, nicht weit vom Hafen entfernt. Ein toter Esel lag auf dem Pflaster, und sie fragte sich, wie er da hingekommen war. Es lagen auch tote Männer dort und eine Frau, aber Leichen hatte sie auf dem ganzen Weg durch die Stadt mehr als genug gesehen, das war jedoch der erste tote Esel, und es war etwas, worüber sie sich wunderte. Es war kein Karren in der Nähe, er trug auch kein Halfter oder Geschirr. Er schien davongelaufen zu sein, geradewegs in den Tod. Eine tiefe Wunde klaffte in seinem Hals. Doch wer hielt sich damit auf, einen Lastesel zu töten? Es erschien ihr noch sinnloser als dieses ganze Gemetzel, bei dem Männer ihr Leben voller Kampfeslust aufs Spiel setzten.

Ihr selbst war die Lust am Kämpfen fürs Erste vergangen,

noch immer haderte sie mit dem Unglück, das ihr beim letzten Kampf widerfahren war. Sie befühlte die Wange, die von irgendetwas aufgerissen worden war. Es würde wohl eine Narbe zurückbleiben, aber Askon hatte sie angesehen, mit dem Daumen die noch blutende Schramme befühlt und sie dann an sich gezogen und geküsst, mitten in der brennenden Stadt. Er war wunderbar unberechenbar, sie wusste nie, was er als Nächstes tun würde. Solchen Menschen begegnete sie nur selten.

Jamade sprang von der Regentonne und spähte die Straßen hinab. Die Schlacht war zu einer Plünderung verkommen und auch weitergezogen, aber sie mochte zurückkehren, wenn irgendjemand auf die Idee kam, es gäbe hier etwas zu holen.

Askons Männer waren auf der anderen Seite des Platzes damit beschäftigt, das Lager des Pelzhändlers zu plündern, von dem Askon gesprochen hatte. Der Besitzer lag tot vor dem Tor. Er hatte den Fehler gemacht, sich ihnen in den Weg zu stellen, und wohl darauf vertraut, dass die guten Geschäfte, die er in den letzten Jahren mit Prinz Askon gemacht hatte, ihn schützen würden. Der Prinz hatte das anders gesehen und seinen Standpunkt mit dem Entermesser klargemacht. Jamade fand, dass er einen guten Schatten abgegeben hätte. Und nun warfen seine Männer kostbare Pelze, die sie aus dem Lager schleppten, auf den Platz. Sie mussten sich beeilen, denn das Dach des schmucklosen Gebäudes brannte.

Jamade sah zu. In Felisan gab es für sie nichts mehr zu tun, aber sie wollte sich noch nicht von Askon trennen. Sie versuchte zu ergründen, was sie an diesem Mann so faszinierte. War es nur seine Unberechenbarkeit? Vielleicht war es auch, weil sie sich in seiner Nähe seltsamerweise sicher fühlte, selbst hier, inmitten einer umkämpften Stadt. Sie hätte ihn gerne weiter an ihrer Seite behalten, gerade jetzt, wo ihr die Schatten nicht gehorchten.

Sie hatte das Thema vorsichtig angeschnitten, doch er hatte ihr erklärt, er wolle so schnell wie möglich zurück auf sein Schiff.

Dann hatte er sie gefragt, ob sie nicht mitkommen wolle, und sie auf eine Art angesehen, die sie nicht recht deuten konnte. Er hatte auch davon gesprochen, dass das Meer sein Leben und das Land sein Tod sei. Er wollte sie also nicht weiter begleiten, und sie konnte sich nicht mehr lange hier aufhalten. Sie musste damit rechnen, dass ihr Sahif auf den Fersen war. Meister Iwar hatte gesagt, dass er sein Gedächtnis und seine Fähigkeiten zurückgewonnen hatte. Dann würde er sich nicht von den paar armseligen Steinen aufhalten lassen, die sie ihm in den Weg gelegt hatte. Sie hätte ihn eben doch töten sollen, gleich, was die Oberen des Ordens dazu gesagt hätten. Und auch wegen Sahif hätte sie Askon gern an ihrer Seite behalten. Und am besten gleich auch noch ein paar seiner Männer. Aber wie sollte sie ihn überreden?

Vielleicht würde er auf jemand anderen hören, vielleicht … seine Mutter. Es war eine plötzliche Eingebung, die sie durchzuckte: Sie konnte in einem der Häuser verschwinden, durch ein paar Hinterhöfe schleichen und dann die Gestalt wandeln. Die Schatten verweigerten sich, aber das Erbe ihres Volkes war von anderer Natur. Mit einer gewissen Befriedigung dachte sie daran, dass selbst Meister Iwar ihr damals nicht hatte erklären können, warum das so war. Sie dachte daran, als einer der Männer hier aufzutauchen, die auf der *Sperber* geblieben waren, mit irgendeiner dringenden Nachricht, die Askon aus der Stadt vertrieb. Vielleicht die Ankunft von Verfolgern? Vielleicht Sagur, dessen Sohn Leiw Askon getötet hatte? Sie leckte sich die Lippen, nein, Askon würde dem Mann entgegentreten. In Aban war er geflohen, weil es keine andere Möglichkeit gegeben hatte – aber hier würde er sich wehren. Sie starrte düster auf den toten Esel. So würde es nicht gehen, es gab zu viele Löcher in ihrem Plan, auch wenn er verlockend war. Vielleicht sollte sie ihn doch einfach ganz offen und ehrlich fragen? Aber würde er ihr zuliebe mitgehen? Nein, das war zu unsicher. Aber eine Belohnung? Das war es! Sie musste nur reich genug erscheinen.

Kurz entschlossen sprang sie von ihrem Fass und lief über den kleinen Platz.

»Wo ist Askon?«, rief sie der Wache zu.

Askon trat aus der Halle, ein Bündel Nerzfelle im Arm, die er achtlos auf den beachtlichen Haufen warf.

»Jamade, hast du dich doch entschlossen, eines dieser prachtvollen Felle anzunehmen?«

»Ich habe mit dir etwas zu bereden, Askon. Unter vier Augen«, fügte sie hinzu, weil er nicht reagierte.

»Also, Schatten, was gibt es?«, fragte er und strich ihr mit der Hand durchs Haar. Sie standen vor einem Wohnhaus mit eingeschlagenen Scheiben. Es gehörte dem Besitzer des Lagers, der jetzt tot vor seinen Schätzen lag.

Jamade suchte die richtigen Worte, denn sie war es nicht gewohnt, um etwas zu bitten. Natürlich hatte sie als Aina oder auch in anderen Gestalten schon oft um irgendetwas gebeten, aber das war etwas anderes, wie sie gerade feststellte. »In Atgath wartet eine reiche Belohnung auf mich«, begann sie und dachte, schon als sie es aussprach, dass das der ganz falsche Anfang war. Askons Hand strich ihr immer noch durchs Haar, das irritierte sie. Nahm er sie etwa nicht ernst? »Ich wäre bereit, diese Belohnung mit dir zu teilen.«

»Du möchtest, dass ich dich begleite?«, fragte er. Seine Hand hielt endlich still.

Ja, das wünschte sie sich. Warum hatte sie nicht so begonnen? »Es würde sich für dich lohnen«, sagte sie. »Für dich, und vielleicht auch für deine Männer. Wenigstens ein paar von ihnen«, schränkte sie ungeschickt ein.

»Du redest von Silber und Gold?«

»Und Edelsteinen.«

»Verlockend«, gab er zu. Er zog seine Hand zurück. »Und verrätst du mir auch, wofür du … oder wofür wir diese Belohnung bekommen?«

Sie war nicht sicher, ob es klug war, ihn einzuweihen, aber irgendetwas musste sie ihm sagen. »Es geht um einen Schlüssel«, begann sie vorsichtig. »Es war mein Auftrag, ihn auf Bariri zu finden und nach Atgath zu schaffen.«

»Ein Schlüssel?«, fragte er. Er klang nicht überzeugt.

»Er öffnet den Zugang zu großen, wertvollen Geheimnissen.«

»Und warum wünschst du dir bei dieser Sache meine Hilfe? Ich nahm an, Schatten würden lieber allein wandern.«

»Es ist Krieg, das Land ist unsicher, und ich kann nicht zwei Tage durchweg im Schutz der Schatten bleiben«, behauptete sie, weil sie nicht zugeben wollte, dass sie die Schatten im Moment gar nicht beschwören konnte. »Es wäre also nicht schlecht, ein paar handfeste Männer dabei zu haben. Es könnte Kämpfe geben.«

Er sah sie nachdenklich an und wirkte irgendwie enttäuscht.

Sie wich seinem Blick aus. »Was ist nun? Machst du mit? Es wird sich für dich lohnen!«

»Wie du weißt, habe ich in Aban ein paar Schwierigkeiten«, antwortete er. »Vor allem der alte Sagur fordert meinen Kopf, weil ich seinen Sohn töten musste.«

Sie nickte.

»Würdest du mir nach dieser Geschichte beistehen, wenn ich nach Aban zurückkehre, um die Sache aus der Welt zu schaffen?«

»Du meinst – du willst Sagur aus der Welt schaffen?«

Er lächelte.

Weiter an seiner Seite sein? Was für ein wundervoller Vorschlag! Aber sie sagte: »Ist das der Preis für deine Hilfe?«

»Nein. Da genügen mir Gold und Edelsteine. Es ist eine Bitte – aber halt, ich vergaß, dass Schatten für Bitten keine Ohren haben. Du kannst es als Auftrag ansehen. Bei der Belohnung werden wir uns sicher einig.« Und jetzt spielte seine Hand wieder mit ihrem Haar.

Sie wünschte sich wirklich, er würde das lassen. »Abgemacht«, stieß sie hervor. »Aber wir müssen sofort aufbrechen. Ohne Umweg über den Hafen!«

Er dachte nur kurz nach, dann stimmte er zu. »Gut, lass mich hier nur schnell ein paar Dinge klären. Denn selbst wenn man uns in Atgath mit Gold überhäuft, so sind diese Pelze hier auch nicht zu verachten.« Askon kehrte zurück zum Lagerhaus. Er schickte einige Männer los, einen Karren zu besorgen, erzählte den anderen kurz von seinem Vorhaben, nach Atgath zu gehen, und vergaß nicht, die reichhaltige Belohnung zu erwähnen. Er wählte vierzehn Männer aus, die ihn begleiten sollten, und schickte die anderen mit den Pelzen zurück zum Schiff. »Das ist nicht gerecht, Käpt'n«, sagte einer der Männer, die in Felisan bleiben sollten. »Ich würde Euch lieber begleiten. Schließlich gilt es doch, Beute zu machen.«

Askon packte ihn hart am Kragen. »Stellst du meine Entscheidung in Frage, Brelon?«

Der Krieger war blass geworden und schüttelte den Kopf.

»Das ist auch besser so. Ich lasse dich deinen Anteil an den Pelzen fressen, wenn ich noch ein Wort von dir höre! Jetzt pack dich! Und sage Turgal, dass ich mich darauf verlasse, dass die *Sperber* noch da ist, wenn ich zurückkehre.«

Brelon stolperte mit den anderen davon, und Askon gab ihrer Schar das Zeichen zum Aufbruch.

Jamade hätte zufrieden sein müssen, schließlich hatte sie die Krieger, die sie wollte, aber sie war es nicht. Irgendetwas auf diesem Platz war schiefgelaufen, aber sie wusste nicht, was. Vielleicht rührte ihre Missstimmung auch nur daher, dass die Schatten ihr nicht gehorchten und dass sie noch nicht wusste, wie sie heil aus dieser umkämpften Stadt herauskommen sollten.

***

Sahif ließ seinen Blick über die brennenden Häuser schweifen. Das Plündern und Morden war vom Hafen weiter in die Stadt gewandert und hatte auf der Kaimauer nur die Verlierer dieser Schlacht zurückgelassen. Das Schiff seines Halbbruders hatte gar nicht weit entfernt am Kai festgemacht und spuckte Krieger aus, die am Ufer ausschwärmten. Die Geschütze der Hafenfestungen waren verstummt, und Sahif sah Gefangene, die von den Westgarthern über die Mole getrieben wurden. Die Schlacht im Hafenbecken schien auch geschlagen, nur noch auf dem großen Schiff des Seebundes wurde Widerstand geleistet, obwohl inzwischen an vielen Stellen Feuer aus seinen Decks schlugen.

Das alles kümmerte ihn jedoch kaum. Jamade war nicht mehr an Bord der *Sperber* gewesen, das war das Entscheidende. Dafür hatte Ela Hanas Aggi gefunden, und das schien sie überglücklich zu machen. Die beiden saßen auf dem Achterdeck und redeten miteinander, so unbefangen, als würde hier nicht eine Stadt in Flammen stehen. Sie wirkten sehr vertraut miteinander, und Sahif fragte sich, warum ihm dieser Anblick missfiel. Es wurde für seinen Geschmack überhaupt zu viel geredet auf dem Schiff, denn die Westgarther hatten einander viel zu erzählen, und Askons Männer waren tief betroffen, als sie erfuhren, dass der König tot und die Insel verloren war.

»Er ist also nicht hier!«, stellte Sagur fest.

»Wie ich es sagte, er ist in der Stadt, um uns Beute zu sichern«, wiederholte Turgal.

»Wir warten«, erklärte die Königin ruhig.

Sagur kratzte sich am Kopf. »Das ist vielleicht nicht ratsam, Hoheit. Denn früher oder später werden die Männer, die diese vielen Krieger befehligen, merken, dass wir nicht dazugehören.«

»Es sind Westgarther.«

»Ich habe die Banner von Königen gesehen, die Feinde Eures Mannes waren.«

»Wir werden die Stadt nicht ohne Askon verlassen, Sagur.«

Einen Augenblick sah es so aus, als würde der Älteste noch einmal widersprechen wollen, doch dann sagte er: »Wie Ihr wünscht, Herrin.«

»Ich glaube, es ist Zeit für einen Abschied«, sagte Ghula Mischitu. Die Scholaren hatten sich im Bug des Langschiffs versammelt. Nur die Ghula war an Bord der *Sperber* gekommen. »Ich hoffe, unser Waffenstillstand endet nicht, wenn wir diese Kaimauer betreten.«

Die Königin lächelte. »Findet es heraus.«

Sahif trat näher an die beiden Frauen heran. »Er endet nicht. Jeder, der ihn verletzt, bekommt es mit mir zu tun.«

»Ihr solltet Euch um Eure eigene Sicherheit kümmern, Schatten, denn auch für Euch und Eure Begleiterin endet die Waffenruhe, sobald Ihr dieses Schiff verlasst«, zischte Sagur.

»Habt Ihr schon einmal versucht, einen Schatten zu fangen, Sagur?«, fragte Sahif.

»Es wird das erste Mal sein, Oramarer.«

Sahif lächelte und gab sich unbeeindruckt, aber er machte

sich Sorgen: Ihn würden diese Krieger niemals erwischen, aber Ela und ihren Freund Aggi? Er konnte sie nicht beide unter seinem Schatten verstecken. »Ihr solltet gehen, Ghula, denn wenn ich erst einmal fort bin, kann ich für Eure Sicherheit nicht mehr garantieren«, sagte er.

Sie nickte und rief ihre Leute. »Ich danke Euch, Schatten, für das, was Ihr heute getan habt, es macht einen Teil der Schuld wett, die Ihr auf Euch geladen habt. Doch ich werde nicht vergessen, wie viele von uns Euretwegen auf Bariri gestorben sind.«

Dann sprang sie von Bord, und ihre Leute folgten ihr. Rasch waren sie in einer schmalen Gasse zwischen rauchenden Ruinen verschwunden. Noch einen Augenblick leuchteten die weißen Gewänder der Scholaren aus der Dunkelheit, dann waren sie fort. Sahif hatte keine Zweifel, dass die Ghula ihre Leute irgendwie heil durch das Chaos bringen würde. Er war sich aber nicht klar darüber, ob das eine gute Sache war.

»Selbst Eure Freunde verfluchen Euch, Oramarer«, sagte Sagur finster, und er gab seinen Kriegern einen Wink. Schwerter wurden gezogen. »Es wird hier enden. Für Euch und alle, die Euch begleiten.«

Sahif rief die Schatten, verschwand vor den Augen der verblüfften Westgarther und tauchte im Rücken der Königin wieder auf. Sie schrie leise auf, als sie sein Messer an der Kehle spürte.

»Ela Grams! Du und Hanas Aggi, macht, dass ihr verschwindet!«, rief er.

»Sahif!«, antwortete Ela mit einem Blick voller Entsetzen. Sie schien erst jetzt zu bemerken, was um sie herum geschah.

»Ela Grams. Einmal solltest du auf mich hören!«, herrschte er sie an, und Hanas packte sie am Arm und zog sie zur Laufplanke.

»Lauft und haltet nicht an, bevor ihr die Stadt verlassen habt!«

»Aber wo sollen wir uns wieder treffen, Sahif?«, rief sie.

»Dort, wo wir uns vor der Stadt getrennt haben«, sagte er, weil ihm nichts Besseres einfiel.

»Ich warte auf dich, Sahif.«

»Verschwindet endlich!«

Ela ließ sich widerstrebend von Hanas Aggi an Land zerren. »Meine Sachen«, murmelte sie.

»Vergiss sie! Es geht hier um unser Leben, Ela Grams, also lauf!«

Sie rannten über den Kai in die nächste Gasse. Noch einmal blieb Ela stehen und blickte zurück. Sahif stand an Bord der *Sperber* und hatte die Königin in seiner Gewalt, aber er war umringt von Kriegern. Wäre Hanas Aggi nicht gewesen, sie wäre stehen geblieben. Aber er zog sie weiter und mahnte: »Je länger er dort steht, desto gefährlicher wird es für ihn, und er muss dort stehen bleiben, bis wir in Sicherheit sind. Also komm endlich!«

Ela stolperte hinter Hanas her, aber sie war voller Sorge um Sahif.

***

Hadogan war plötzlich stehen geblieben, mitten auf der Straße, und er starrte auf die Stelle, an der Gajan ihn vorhin erst gefunden hatte und die Soldaten die Kreuzung verteidigt hatten. Aber dort war niemand mehr außer einigen leblosen Körpern, die eine zerstörte Palisade aus Kisten, Säcken und Fässern deckten.

Gajan packte Hadogan. »Nein, mein Sohn, sieh dir das nicht an!«

»Aber der Hauptmann …«

Gajan sah seinen Helm zwischen den Leichen. »Komm, hier ist es nicht sicher«, drängte er.

»Ich habe sie im Stich gelassen.«

»Du hast alles versucht. Jetzt komm, bevor der Feind uns erwischt.«

Hadogan rührte sich jedoch nicht, er starrte die Straße hinab. Ein Trupp Krieger kam die Gasse vom Hafen herauf, aber sie stürmten nicht vorwärts wie die Westgarther, sondern marschierten in guter Ordnung, so dass Gajan für einen Augenblick hoffte, es seien Truppen des Seebundes, und die Sache habe sich zum Guten gewendet. Dann sah er das Banner, das blutrot im Schein eines brennenden Hauses leuchtete. Es sah beinahe so aus, als würde sich der schwarze Skorpion darauf bewegen.

Gajan packte den schmächtigen Hadogan und warf ihn sich über die Schulter, dann drehte er sich um und rannte davon.

»Wer war das?«, fragte Hadogan, der irgendwie die Bedrohung zu begreifen schien, die von diesem Wappen ausging.

»Unser schlimmster Feind«, keuchte Gajan und hielt an. Er irrte seit Stunden durch die Stadt, und nun konnte er die Erschöpfung nicht länger leugnen. Er setzte Hadogan ab. »Wir müssen aus der Stadt fliehen, mein Sohn.«

»Das waren Oramarer, nicht wahr?«

Gajan nickte, packte seinen Sohn am Arm und lief weiter.

»Ich habe die Fahne schon oft gesehen, Vater, als wir in Elagir waren. Ist das der Große Skorpion?«

»Nein, nicht er selbst, aber einer seiner Söhne.« Noch einmal hielt Gajan keuchend an. »Hör zu, falls wir getrennt werden oder mir etwas zustößt, musst du nach Atgath, verstehst du? Du musst dem Heer sagen, dass der Große Skorpion die Westgarther zu einem Angriff angestachelt hat. Das ist wichtig, verstehst du? Und sag ihnen, dass einer seiner Söhne sie anführt.«

Der Knabe sah ihn ernst an. »Warum kämpfen wir nicht gegen ihn?«

»Allein? Du bist tapfer, Hadogan, und das macht mich stolz, doch ich fürchte, du bist der letzte tapfere Mann in dieser Stadt. Alle anderen sind schon geflohen – oder tot.«

»Kumar war noch tapferer.«

Gajan wich dem Blick seines Sohnes aus. »Das war er.«

»Warum kommt er nicht?«

»Ich weiß es nicht. Vielleicht kam er nicht an unseren Feinden vorbei. Aber er weiß, wo unser Ziel liegt. Er wird nach Atgath kommen, wenn er uns in Felisan nicht findet. Wir treffen ihn in Atgath.«

»Du lügst.«

Es war ein Reflex: Gajan holte aus, um zum ersten Mal seinen Sohn zu schlagen. Erst im letzten Moment hielt er inne. Dann flogen ihnen plötzlich Pfeile um die Ohren, Büchsenknall drang aus einem der Häuser hinter ihnen, und eine Schar Westgarther kam aus einer Seitengasse gestürmt.

Gajan packte Hadogan, warf ihn sich wieder über die Schulter und rannte. Der Knabe wehrte sich nicht einmal. Sie mussten aus dieser Stadt hinaus, bevor sie zur Falle wurde, sie mussten nach Atgath, das Heer vor der Gefahr warnen, die an der Küste angelandet war. Gajan war schon fast am Nordtor, als er bemerkte, dass sein Hemd an der Schulter, über der er Hadogan trug, feucht wurde. Er wurde langsamer, blieb stehen und nahm den wachsbleichen Knaben vorsichtig herunter. Da war ein dunkler Fleck über der Hüfte, Blut.

»Warum hast du nichts gesagt?«, fragte Gajan, unfähig, die Wunde zu untersuchen. Der Knabe sah ihn nur starr an. Endlich überwand Gajan seine Lähmung. Er riss seinem Sohn das Hemd auf. Das sah böse aus, eine tiefe Wunde, die stark blutete. Nicht von einem Pfeil, vielleicht von einer verirrten Kugel. Hilfesuchend blickte er sich um. Aber er sah nur Menschen, die voller Angst aus der Stadt flohen. Niemand achtete auf einen Vater mit einem verwundeten Kind, und niemand wollte ihm helfen.

***

»Sind alle Schatten so ehrlos, sich hinter einer Frau zu verstecken?«, zischte die Königin.

»Die meisten«, entgegnete Sahif ruhig.

»Töte mich, Oramarer, und meine Leute werden dich in Stücke hacken.«

»Nicht heute, Hoheit«, meinte Sahif. Dann gab er der Königin einen kräftigen Stoß, so dass sie vornüber taumelte und beinahe über Bord gegangen wäre. Sagur und ein anderer Krieger sprangen ihr zu Hilfe. Sahif rief die Schatten und hatte den Kreis der Westgarther durchbrochen, bevor sie überhaupt merkten, was geschah. Dann sprang er auf das Langschiff hinab und mit einem weiteren Satz hinein ins Hafenbecken. Hinter sich hörte er, wie sich eine Wurfaxt ins Holz bohrte. Er ließ die Schatten fallen, die im Wasser ohnehin nutzlos waren, tauchte unter dem Schiffsrumpf durch und schwamm in der Deckung der Kaimauer weiter, auf der Suche nach einer der Treppen, die er in dieser Mauer gesehen hatte.

Er hörte die Männer auf dem Schiff fluchen, und Sagur brüllte: »Wir finden dich, Schatten! Und wir werden dich töten! Wo immer du dich verkriechst! Dich und alle, die mit dir sind!« Dann erteilte er Befehl, nach der geflohenen Frau und dem Matrosen zu suchen, und Sahif hörte einige Männer davonrennen. Aber offenbar kam noch niemand da oben auf die Idee, den Kai abzusuchen. Er ließ dennoch die erste Treppe links liegen und schwamm weiter, obwohl er es eilig hatte, denn Ela und ihr Begleiter wurden verfolgt. Er musste tauchen, denn ein von der schwachen Strömung zusammengetriebenes Bündel aus Leichen und Trümmern versperrte ihm den Weg. Als er wieder auftauchte, fiel ihm auf, wie ruhig es im Hafen inzwischen geworden war. Nur das Brausen des großen Feuers, das das Schiff des Seebundes verschlang, kündete weiter von der Schlacht. Auch in der Stadt schienen die Kämpfe abzuflauen, obwohl Sahif immer noch die dünnen Schreie von Menschen durch die Nacht hallen hörte.

Ein gesunkenes Schiff versperrte ihm den Weg, aber Sahif fand eine Treppe in der Mauer und kletterte sie rasch empor. Kaum oben angekommen, zuckte er zurück, doch es war zu spät.

»Ich grüße dich, Schatten«, sagte eine dunkle Stimme.

Sahif versuchte gar nicht erst, sich in den Schatten zu verstecken, denn vor diesem Mann wäre das sinnlos gewesen. Der Zauberer hatte ihn entdeckt, obwohl er ihm den Rücken zukehrte. Er saß im Schein zweier Laternen in einem Bannkreis. Sein nackter Oberkörper war von blauen Linien bedeckt. Außerhalb dieses Kreises standen einige Oramarer, die Sahif feindselig musterten.

»Ich grüße Euch, Meister Albar.«

»Kommt ruhig näher, Prinz Sahif«, sagte der Zauberer freundlich. »Setzt Euch zu mir. Keine Sorge, der Bannkreis ist nicht für Euch gezeichnet.«

»Der Nebel«, stellte Sahif fest und setzte sich dem Mann gegenüber. Er versuchte, gelassen zu wirken, obwohl er wusste, dass sein Leben am seidenen Faden hing. »Ich dachte, die große Übereinkunft verbiete es Zauberern, sich mit Magie an einer Schlacht zu beteiligen.«

»Die Schlacht? Damit habe ich nichts zu tun. Ich habe nur

etwas Nebel herbeigezaubert«, erwiderte der Zauberer selbstzufrieden.

Aus den Augenwinkeln sah Sahif die *Sperber*. Die Westgarther waren offenbar immer noch unschlüssig, was zu tun war. Die Königin sprach mit einigen Kriegern, die einen hoch beladenen Karren zum Schiff gebracht hatten. Er fragte sich, was es damit auf sich hatte, wusste aber, dass er in ganz eigenen Schwierigkeiten steckte.

»Ich bin wirklich überrascht, Euch hier zu sehen, Prinz Sahif, nicht erfreut, aber überrascht«, fuhr der Zauberer fort.

Sahif zuckte mit den Achseln. »Auch ich habe Euch hier nicht erwartet, Meister Albar. Hat mein Vater keinen Bedarf mehr an Euren Künsten?«

»Ganz im Gegenteil, doch bedurfte er meiner Künste hier in dieser Hafenstadt. Wie sollte denn ein Wassermagier dem erhabenen Padischah im Paramar von Nutzen sein?«

»Mein Vater ist in den Bergen?«

»Ach, wusstet Ihr das nicht? Er hat sie inzwischen wohl schon hinter sich gelassen und ist nicht einmal mehr weit weg von hier. Ihr könntet ihn in drei oder vier Tagen erreichen. Ich kann ihm eine Nachricht zukommen lassen, wenn Ihr wollt. In einer halben Stunde schon kann er erfahren, dass sein verlorener Sohn gefunden wurde. Allerdings würde auch er wohl eher überrascht als erfreut sein, von Euch zu hören, Prinz.«

Der Magier sprach im Plauderton, und er gab sich wenig Mühe, den Stolz auf seine Fähigkeiten zu verbergen. Sahif kannte Meister Albar gut aus Elagir, denn er war einer der engsten Berater seines Vaters gewesen. Albar konnte den Padischah anscheinend mittels irgendeiner Zauberei davon unterrichten, was hier vorging. Das war übel. Sahif überlegte fieberhaft, wie er der Schlinge, die sich um seinen Hals gelegt hatte, entkommen konnte. »Woher wusstet Ihr, dass ich es bin?«, fragte er, um Zeit zu gewinnen.

»Einer der Oramarer meldete mir, dass auf jenem Schiff dort drüben vielleicht ein Schatten sei, denn er hörte die Westgarther Euch verwünschen. Wäret Ihr aber nicht ins Wasser gesprungen, so wäre mir Eure Anwesenheit in dem ganzen Tumult hier vielleicht entgangen. Ihr wisst doch wohl, dass Wasser und Nebel meine Heimat sind. Ihr könnt es eine glückliche Fügung nennen, dass Ihr mir in die Arme geschwommen seid, allerdings hätte ich Euch auch gefunden, wenn Ihr geradewegs aufs offene Meer hinausgeschwommen wärt.«

Der Mann war Sahif immer schon eitel und selbstgefällig erschienen, allerdings konnte der mächtige Albar sich diese Schwächen auch leisten. Doch selbst einen so großen Zauberer wie ihn musste ein Zauberspruch, der einen alles verschlingenden Nebel auf die Stadt herabbeschworen hatte, doch schwächen. Nur, was hieß schon schwach bei Meister Albar?

Sahif musste es einfach darauf ankommen lassen. »Ich verfluche Euch!«, brüllte er, so laut er konnte.

Der Wassermagier zuckte kurz zusammen, dann schüttelte er den Kopf. »Aber Prinz, glaubt Ihr, Ihr könntet Eurer gerechten Strafe durch einen Fluch entgehen? Selbst wenn Ihr die Mauern dieser Stadt mit Eurer Stimme zum Einsturz bringen würdet – Ihr könntet dem Zorn des Großen Skorpions nicht entkommen. Ihr wisst doch wohl, dass er vieles verzeiht, nicht jedoch Verrat.«

»Ich erinnere mich ziemlich gut, dass mein Vater vielmehr gar nichts verzeiht«, erwiderte Sahif trocken und erhob sich.

»Ich habe Euch nicht die Erlaubnis erteilt, Euch zu entfernen«, zischte Meister Albar.

»Wer sagt, dass ich mich entfernen will?«, entgegnete Sahif

ruhig. Er blieb stehen, bis er sicher war, dass die Westgarther ihn entdeckt hatten, dann setzte er sich wieder.

»Ihr solltet Eurem Ende mit mehr Würde entgegengehen, Prinz. Ich weiß, dass Schatten einen sehr eigenen Begriff von Ehre haben, doch Ihr seid auch ein Sohn des Großen Skorpions.«

»Vielleicht bin ich doch eher ein Schatten, Meister Albar«, erwiderte Sahif mit einem Lächeln.

»Meister Albar!«, rief eine der Wachen. »Es gibt Ärger.«

Der Zauberer runzelte die Stirn. »Ist es nichts, womit ihr selbst fertigwerden könnt?«, herrschte er den Mann an. Aber dann sah auch er die zwei Dutzend Westgarther, die mit schnellen Schritten genau auf sie zuhielten. »Fragt diese Barbaren, was sie hier zu suchen haben. Ich wünsche, nicht gestört zu werden.«

»Ja, Meister«, erwiderte der Oramarer. Er ging den Westgarthern mit ausgebreiteten Armen entgegen, aber Sagur, der sie anführte, schob ihn einfach zur Seite. »Dieser Mann gehört uns! Gebt ihn heraus!«, rief er.

Die Wachen des Magiers griffen zu ihren Waffen, und auch Meister Albar erhob sich rasch. »Wisst Ihr nicht, mit wem Ihr es zu tun habt?«, rief er und sorgte dafür, dass seine üppige magische Tätowierung im Licht der Laternen gut zu sehen war.

»Meinetwegen könntet Ihr der Große Skorpion selbst sein. Dieser Mann hat unseren König ermordet und wird dafür bezahlen. Geht uns aus dem Weg!«, rief Sagur.

Der Zauberer murmelte einige wenige Worte, und plötzlich fasste sich der Westgarther an den Hals, Wasser sprudelte aus seinem Mund. Er hustete und taumelte zurück.

Turgal fing ihn auf. »Beendet diesen Zauber, oder Ihr werdet es bereuen!«, schrie er, und die Krieger griffen nach ihren Waffen.

Meister Albar lachte höhnisch, murmelte wieder dieselben kurzen Worte, und nun war es Turgal, der vergeblich nach Luft rang und Wasser spuckte, dann ein zweiter, ein dritter Krieger.

Sahif rief die Schatten und rannte. Er hatte nur einige wenige Sekunden, und die musste er nutzen. Er war ein Dutzend Schritte gelaufen, als er den Magier wütend zischen hörte. Und plötzlich war es sein eigener Mund, der sich mit Wasser füllte. Er rannte weiter, obwohl er keine Luft mehr bekam.

Als er sich umdrehte, sah er, dass sich die Westgarther auf den Magier stürzten. Das war unendlich dumm, aber es rettete Sahif. Selbst Albar konnte nicht so viele Zauber auf einmal lenken, und er durfte nicht mit Magie töten, denn das würde selbst ihn vorübergehend seiner Kräfte berauben. Die Westgarther brachen zusammen, doch Sahif bekam wieder Luft. Er spie Wasser und rannte weiter. Als er an der nächsten Hausecke noch einmal zurückblickte, sah er, dass die Wachen des Magiers die hilflosen Krieger in Stücke hackten. Er ballte die Fäuste und wäre am liebsten umgekehrt, denn es war seine Schuld, dass diese Männer starben, aber er wusste, dass er gegen den Zauberer nicht die Spur einer Chance hatte. War es denn nötig, diese Männer zu töten, die schon besiegt waren? Aber so gingen die Diener des Großen Skorpions eben mit Feinden um. Er war froh, dass Ela Grams das nicht mit ansehen musste.

Er rannte weiter. An der nächsten Ecke stieß er auf einige Westgarther, die offenbar dabei waren, eine Silberschmiede zu plündern. Sie standen auf der Straße und machten sich einen Spaß daraus, sich eine große silberne Vase zuzuwerfen, und aus irgendeinem Grund stolperte ein schmächtiger alter Mann, vielleicht der Schmied, zwischen ihnen hin und her und versuchte, das kostbare Stück zu fangen. Hatten sie ihm versprochen, dass er sie dann behalten dürfe? Sahif ließ die Schatten fallen und rief: »Ihr sollt kämpfen, nicht plündern wie die Strauchdiebe, ihr Männer.«

Die Krieger hielten mit ihrem grausamen Spiel inne.

»Du nimmst das Maul ziemlich voll, Oramarer«, rief einer der Westgarther zurück.

»Kämpft, sonst wird es euch wie euren Brüdern ergehen!«

Jetzt stutzten die Männer.

Der Schmied erwischte die Vase auf ihrem Flug, fing sie, presste sie an die schmale Brust und rannte zurück in seine Schmiede.

»Geht hinunter und seht, was Meister Albar mit denen macht, die nicht gehorchen«, rief Sahif und bog rasch in die nächste Gasse ein.

Er konnte nicht mehr tun, als seinem Halbbruder und dessen Schergen ein paar Knüppel zwischen die Beine zu werfen, auch wenn er sich darüber klar war, das das eher ein dürrer Zweig als ein Knüppel war. *Und eigentlich geht dich die Sache nichts an,* dachte er. Aber etwas in ihm widersprach: Es war seine Familie, die diese Stadt und das ganze Land mit Krieg überzog, es ging ihn sehr wohl etwas an, ob er wollte oder nicht. Er rief die Schatten und kehrte zur Straßenecke zurück. Die Krieger stampften hinunter zum Hafen. Vielleicht würde Meister Albar doch ernste Schwierigkeiten bekommen.

Aber der Krieg war das eine, die Pläne seiner Schwester Shahila das andere. Wenn sie den Schlüssel in die Finger bekam, würde das Ende der Welt bringen. Er musste Jamade aufhalten. Aber wie sollte er sie finden? Sie war ein Schatten und eine Gestaltwandlerin. Er konnte an ihr vorüberlaufen, ohne es zu bemerken. Dann fiel es ihm wie Schuppen von den Augen: Er kannte doch ihr Ziel – Atgath. Dort konnte er sie abfangen, und wenn nicht sie, dann vielleicht seine Schwester. Er blieb stehen.

Dieser Gedanke war neu, und er gefiel ihm nicht, vielleicht gerade, weil er so einleuchtend war: Er konnte Shahila töten.

Er hastete weiter. Er war mit Ela Grams verabredet und wollte sie nicht im Stich lassen, auch wenn er eigentlich keine Zeit hatte, sich mit dem Köhlermädchen aufzuhalten. Vielleicht konnte er sie in der Obhut von Hanas Aggi lassen. Aber als er weiter durch die brennende Stadt rannte, wurde ihm klar, dass ihm auch dieser Gedanke nicht gefiel.

***

Die Stadtmauer ragte hoch vor ihnen in den Nachthimmel. Jamade musste plötzlich grinsen. Die Felisaner hatten sich da eine sehr schöne, starke Mauer gebaut, aber genutzt hatte sie ihnen nichts. Sie lauschte auf den Lärm aus der Stadt. Die Kämpfe hatten sich in die oberen Viertel verlagert. »Am Nordtor wird auf jeden Fall noch gekämpft«, stellte sie fest.

»Dann gehen wir über die Mauer?«, fragte Askon.

In den Wachtürmen brannte Licht, doch die Mauern wirkten verlassen.

»Wir brauchen ein Seil«, meinte Jamade.

»He, Erigar, geht und fragt die freundlichen Bürger dieser Straße, ob sie ein Seil für uns haben.«

Erigar grinste breit. »Fragen, Kapitän?«

»Nun macht schon, wir sind in Eile!«

»Aye, Käpt'n.«

Der Westgarther teilte ihren kleinen Trupp in zwei Gruppen auf, und dann »fragten« sie. Jamade hörte das Holz splittern, als sie die ersten Türen einschlugen.

»Wie weit ist es nach Atgath?«, fragte Askon.

»Nicht weit. In zwei Tagen können wir da sein – wenn die Straße frei ist.«

»Wir werden sie schon für dich frei räumen, Jamade.«

Jamade hätte gerne gesagt, wie froh sie war, dass Askon sie begleitete, schwieg aber lieber, bevor sie wieder etwas Falsches sagte. Wäre sie Aina, hätte sie sich jetzt wohl an ihn geschmiegt, ihn geküsst, vielleicht sogar geliebt, während aus den Häusern das Gebrüll der Männer und das Gejammer der Bürger drang. Aber sie war nicht Aina. Also hockte sie nur schweigend da und wartete.

Erigar kehrte bald mit einem Seil zurück. Da sie nicht wussten, wie stark die Türme besetzt waren, schlichen sie leise hinüber. Sie fanden die Pforte verschlossen. Jamade verhinderte, dass einer der Männer die Tür mit seiner Axt einschlug. Sie war ein Schatten, und das Öffnen von Schlössern war – auch ohne magische Hilfe – kein Problem für sie. Von oben klangen die Stimmen von Männern herab, die sich aufgeregt stritten. Jamade hörte heraus, dass sie uneins waren, ob sie ihren Posten halten oder verlassen sollten, und im letzteren Fall, ob sie ihn verlassen sollten, um zu kämpfen – oder zu fliehen.

Drei oder vier Männer, mehr konnten es nicht sein. Sie schlich den Kriegern voran die Treppe hinauf. Wenn sie die Schatten hätte rufen können, hätte sie die vier lautlos erledigt. Aber auch so musste es irgendwie schnell und geräuschlos abgehen.

Plötzlich rief Askon: »Auf sie, Männer!« Dann stürmte er an ihr vorbei.

Sie fluchte und folgte ihm, die anderen polterten hinter ihr die steinerne Treppe hinauf. Dann klirrten Schwerter, Männer schrien, stöhnten, flehten vergeblich um Gnade. Nach wenigen Augenblicken war es vorbei. Die drei Wächter waren tot, und die Armbrüste, die an der Mauer lehnten, bestätigten Jamade, dass es richtig gewesen war, sie auszuschalten. Da sich am Himmel das erste Morgenrot abzeichnete, wären ein paar Westgarther, die über die Wiesen vor der Mauer rannten, ein leichtes Ziel gewesen.

»Gute Arbeit«, meinte Askon zufrieden und wischte Blut von seinem Schwert.

»Zuviel Lärm«, meinte Jamade trocken und wies die Mauer hinunter, wo der nächste Turm zu sehen war.

»Ich glaube, diese Helden da drüben haben andere Sorgen. Ich frage mich, warum sie sich in ihren Türmen verkriechen, statt sich in die Schlacht zu stürzen, diese Feiglinge.«

»Aber diese Feiglinge haben auch Bogen und Armbrüste. Lass uns eilen, bevor es noch heller wird.«

»Erigar, geht hinunter und befestigt das Seil«, befahl Askon und hielt Jamade fest, als die anderen die Treppen hinuntereilten.

»Jamade, ich weiß deine Hilfe zu schätzen, aber stelle nie wieder meine Entscheidungen in Frage, nicht vor meinen Leuten.«

Jamade zuckte mit den Achseln. »Meinetwegen, aber es war dumm. Wir hätten sie lautlos erledigen können.«

Askon lachte breit. »Und wo bleibt da der Spaß? Jetzt zieh nicht so ein Gesicht. Komm, lass uns aufbrechen. Ich bin neugierig, was dieser Schlüssel in Atgath so Lohnendes aufschließt – und ich will sehen, wer es wagt, sich uns in den Weg zu stellen.«

***

Die Sterne am Himmel verblassten bereits, und der Weg über die Hügel wurde wieder steiler. Gajan hielt an und setzte den zweirädrigen Karren ab, auf dem Hadogan auf ein paar Decken lag und schlief.

»Soll ich Euch ablösen?«, fragte Hilboog, der dicke Tuchhändler, dem der Wagen gehörte.

»Geht schon«, murmelte Gajan.

»Gut«, sagte Hilboog und wischte sich den Schweiß von der Stirn, »denn ich muss leider gestehen, dass ich an mir selbst genug zu schleppen habe.«

Gajan nickte und lehnte sich an den Wagen. Wie friedlich Hadogan dort lag und schlief, zugedeckt mit kostbaren Tüchern, eines Prinzen würdig. Allerdings hatte Hilboog keine Ahnung, wem er half, denn Gajan hatte wenig Lust, etwas von sich preiszugeben, und der Händler war zu kurzatmig, um viele Fragen zu stellen. Er hatte ihnen geholfen, als Gajan mit dem verwundeten Hadogan im Arm aus der Stadt gestolpert war. Hatte eines seiner weniger kostbaren Tücher geopfert, um den Knaben zu verbinden.

»Es sind weniger Menschen auf der Flucht, als ich gedacht hätte«, meinte Gajan. Tatsächlich schlurften noch andere Gestalten müde durch die Nacht, und sie waren auch an Gruppen vorübergekommen, die erschöpft am Straßenrand gelagert hatten, aber im Augenblick war die alte Straße nach Atgath beinahe frei.

»Viele sind die Küste entlang geflohen. Andere dachten wohl, sie könnten mehr retten, wenn sie in der Stadt bleiben. Und ich würde das auch denken, wenn mein Laden nicht so nah am Hafen läge. Er brannte schon, als ich aufbrach, und diese paar Tuche, in denen Euer Sohn schläft, sind wohl alles, was mir bleibt, um ein neues Leben anzufangen.«

»Das tut mir leid«, murmelte Gajan.

»Und sagt Ihr mir jetzt, warum Ihr so dringend nach Atgath müsst? Führt Ihr da einen Laden?«

»So könnte man sagen«, wich Gajan aus, »allerdings war es bisher das Geschäft meines ältesten Bruders, ihn zu führen. Er ist leider vor kurzem gestorben, und nun muss ich sehen, dass ich rette, was noch zu retten ist.«

»Fürwahr, es sind schlimme Zeiten«, seufzte der Händler.

»Das kommt darauf an, wie man es betrachtet«, rief eine laute Stimme aus einem Dickicht an der Straße.

»Wer spricht da?«, fragte Hilboog und hob seine kleine Laterne, um zu sehen, wer da kam.

»Gute Männer«, lautete die Antwort, »ebenso unverschuldet in Not wie Ihr.«

»Dann zeigt Euch doch!«, forderte der Händler.

Die Männer, die aus dem Unterholz traten, sahen jedoch alles andere als vertrauenswürdig aus. Sie waren bewaffnet, vielleicht Soldaten, ein gutes Dutzend, aber ihre Blicke gefielen Gajan gar nicht.

»Gesellschaft, wie schön«, sagte Hilboog, aber seine Stimme zitterte.

»Wir werden Euch vor den Gefahren der Straße beschützen, Ihr Herren, gegen ein gewisses Entgelt, versteht sich.«

»Entgelt? Aber wir haben nicht mehr als das, was wir auf dem Leibe tragen«, rief der dicke Händler.

Die Männer hatten sie inzwischen eingekreist, und einer befühlte die Tuche, die auf dem Wagen lagen. Gajan legte die Hand auf den Dolch an seinem Gürtel.

Der Wortführer, ein Mann mit schnarrender Stimme, rief: »Ich bin sicher, dass uns hier reichlich Silber in die Hände fällt, wenn wir Euch nur ordentlich schütteln, Mann.«

Der Händler wurde blass. Er drehte sich um und versuchte davonzurennen, was aber eher ein Watscheln wurde. Die Marodeure fingen ihn lachend ein und begannen ihn herumzuschubsen. Hadogan erwachte. Gajan gab ihm ein Zeichen, ruhig zu bleiben, aber der Knabe übersah es. Er griff nach seinem Messer.

Plötzlich hob einer der Männer die Hand. »Ruhe doch, Leute!«

Das Lachen verebbte.

»Was ist denn, Korporal?«, fragte einer.

»Hört ihr das nicht?«

»Da sind sie! Holt sie euch, Männer!«, befahl eine Stimme aus dem Buschwerk.

Armbrustsehnen sirrten, und einer der Marodeure wurde von mehreren Bolzen durchbohrt.

»Weg hier!«, brüllte der Korporal und rannte schon.

Aus der Dämmerung kamen einige Soldaten gelaufen, die den Flüchtenden nachsetzten, und Gajan hörte Flüche und Verwünschungen, als sich die Straßenräuber rasch in alle Winde zerstreuten.

Der Anführer der Soldaten, der Hauptmann, den Gajan am Abend vor dem Palast getroffen hatte, blieb überrascht stehen. »Prinz Gajan! Ihr? Damit habe ich nun wirklich nicht gerechnet.«

»Ich muss Euch danken, Hauptmann, Ihr habt uns aus schlimmer Gefahr gerettet.«

»Leider sind uns die meisten wohl entwischt. Es sind Deserteure, Abschaum, dem man besser nie eine Waffe in die Hand gegeben hätte. Sie haben weiter oben einige Leute überfallen und zwei Männer getötet. Aber lassen wir das, der Protektor wird froh sein, Euch zu sehen, Gajan. Wir sind auf dem Weg nach Atgath und rasten gar nicht weit von hier in einem Weiler abseits der Straße. Dort gibt es Schutz und etwas zu essen für Euch, Gajan.« Dann wandte er sich mit einem Grinsen an den Händler: »Und für Euch gibt es ein Feuer, an dem Ihr Eure nassen Hosen trocknen könnt.«

Vierter Tag

»Es gärt in der Stadt, Hoheit«, verkündete Almisan.

Shahila starrte auf die Fenster des Empfangssaals. Der Sprung, den sie schon vor einigen Tagen bemerkt hatte, zog sich inzwischen über alle bleigefassten Scheiben. Ganz oben war sogar eine Scheibe herausgefallen. Es zog erbärmlich, weshalb sie nach dem Glasmeister geschickt hatte. Aber der war bislang nicht erschienen.

»Wird deshalb mein Fenster nicht repariert?«, fragte sie trocken.

»Meister Dorn, der Glasmeister, könnte tatsächlich einer der Anführer jener kleinen Verschwörung sein, die die biederen Handwerker dieser Stadt betreiben.«

»Eine Verschwörung?«, fragte Shahila und gab sich belustigt.

Almisan zuckte mit den Achseln. »Ich habe das letzte Treffen der Zunftmeister belauscht, Hoheit. Sie sind sehr unglücklich mit dieser Belagerung, mit der ganzen Lage. Das ist nur zu verständlich, schließlich fühlen sie sich seit Generationen dem Seebund verpflichtet, und nun führt dieser Bund plötzlich Krieg gegen ihre Stadt, genauer, gegen die Herrin dieser Stadt.«

»Diese ehrbaren Meister sollten sich besser aus Dingen heraushalten, von denen sie nichts verstehen«, sagte Shahila. Immer noch starrte sie auf die zerbrochene Scheibe. Der Morgen war angebrochen, aber der enge Innenhof der Burg ließ nicht viel Licht in den Saal herein.

»Es wabern allerlei Gerüchte durch die Stadt, Hoheit. So heißt es, Ihr hättet vor, diese Stadt an Oramar zu übergeben.«

»Lächerlich«, schnaubte Shahila.

»Gewiss, aber schwer zu entkräften. Und da ist noch etwas, Hoheit. Ihr erinnert Euch vielleicht, dass der Feind gestern einige Langbogenschützen vorgeschickt hat, die Pfeile mit Nachrichten über die Mauern schossen.«

»Ich hörte davon, aber ich hörte auch, dass niemand in der Stadt je eine solche Nachricht zu Gesicht bekommen habe.«

»Das liegt daran, Hoheit, dass ich den Damatern Befehl gegeben habe, sie umgehend einzusammeln und zu verbrennen. Natürlich erst, nachdem ich sie gelesen habe. Auf diesen Zetteln wird verkündet, dass Prinz Gajan noch lebt und dass er bereits in Felisan und auf dem Weg nach Atgath ist.«

Shahila rieb sich müde die Schläfen. Sie hatte nicht viel geschlafen. »Warum erfahre ich das erst jetzt?«

»Ich dachte, ich hätte diese Nachricht unterdrücken können, und wollte Euch nicht beunruhigen, aber wie es scheint, macht wenigstens einer dieser Zettel die Runde in der Stadt. Und auch darüber reden die Meister der Zünfte.«

»Gajan ist also in Felisan?«

»Vielleicht, Hoheit. Es mag auch eine Lüge sein, die sich dieser Fuchs Gidus ausgedacht hat, um die Atgather gegen uns aufzuwiegeln.«

»Es ist sehr schade, dass deine Schattenschwester ihn hat entkommen lassen. Und es ist ebenso bedauerlich, dass wir nichts von ihr hören.«

»Das ist wahr, Hoheit.«

Eine Erschütterung lief durch die Mauern. Wieder hatte eine

Kugel aus dem großen Geschütz der Belagerer die Burg getroffen. Shahila wartete, bis auch der Donner zu hören war, dann noch ein wenig länger, bis auch die kleineren Bombarden gefeuert hatten. Sie schüttelte den Kopf. Jetzt verhielt sie sich schon wie die Bürger dieser Stadt, die auch immer ängstlich auf den nächsten Schuss warteten. Dann sagte sie: »Ob Gajan auf dem Weg ist oder nicht, spielt keine Rolle, Almisan, wenn die Atgather dieser Nachricht Glauben schenken. Und bei den Meistern fängt es an. Dagegen sollten wir etwas unternehmen.«

»Ich könnte Meister Dorn einen Besuch abstatten, doch das würde Fragen aufwerfen, Hoheit.«

»Nein, mit dem Messer kommen wir hier nicht weiter, Almisan, aber vielleicht mit Gold.«

»Ihr wollt ihn bestechen?«

»Um ihn endgültig ins Lager unserer Feinde zu treiben? Ich bin ihm nicht oft begegnet, aber er scheint zur seltenen Gattung der grundehrlichen Männer zu gehören. Daher dachte ich an den Zunftmeister. Ich glaube, Meister Haaf steht zu Recht in dem Ruf, stets sehr auf seinen Vorteil bedacht zu sein.«

»Ihr denkt an Hamochs Mondgold?«

»Es ist zwar falsch, doch wird Haaf das erst merken, wenn diese Belagerung lange vorüber ist. Geh und frag unsern Zauberer, ob er genug davon hat oder machen kann. Die Dinge spitzen sich zu, Almisan, und ich denke, wir brauchen mit unseren Mitteln nicht länger hauszuhalten, sonst können wir sie vielleicht gar nicht mehr einsetzen.«

***

Am Morgen hatte sich Faran Ured einen Platz ein gutes Stück abseits des Belagerungsringes gesucht. Es gab dort einen kleinen Bach, der nicht durch den Unrat verschmutzt war, den so ein Heerlager nun einmal absonderte. Er hielt den Blechteller hinein und beschwor die Magie, ihm endlich zu zeigen, was er so verzweifelt suchte. Erst geschah nichts, aber dann, endlich, kräuselte sich das Wasser im Teller. Ah, die Magie erhörte ihn wieder! Er fühlte sich, als sei er von Blindheit geheilt. Vier Tage lang hatte er nicht mehr über die Welt gewusst als jeder andere Mann im Lager, doch jetzt flog sein Blick pfeilschnell den Bach hinunter zur Küste.

Er fragte sich, ob der Magier, den er angegriffen hatte, noch in Felisan war. Aber was war das? Da stand Rauch über der Stadt. Der Bach verschwand unter der Erde. Er trat im Meer wieder aus, und obwohl Faran Ured unbedingt nach seiner Frau und seinen Töchtern suchen wollte, zwang er sich dazu, den Blick erst in den Hafen zu lenken: ein Trümmerfeld, gesunkene Schiffe, am Kai brennende Häuser und betrunkene Krieger, und dort, ein Schiff aus Oramar. Es war leicht an den großen dreieckigen Segeln zu erkennen. Aber vor allem die prächtige Fahne zog Ureds Blick an: schwarzer Skorpion auf rotem Grund, darunter ein Turm. Es war nicht das Banner des Padischahs, aber einer seiner Söhne war in Felisan. Es war jedoch das einzige oramarische Schiff im Hafen, dafür wimmelte es von Langbooten. Also war dieser Prinz nicht mit einer Flotte aus Oramar, sondern mit einer Horde Westgarther über die Stadt hergefallen.

Ured versuchte gar nicht erst, die Langschiffe zu zählen, die im Hafen lagen. Es war vermutlich die größte Flotte, die jemals aus Westgarth aufgebrochen war. Es musste den Großen Skorpion viel Überzeugungskraft und noch mehr Gold gekostet haben, sie zusammenzubringen. Ured verlor die Konzentration, das Bild schwand, und er fand sich an einem kalten Bach in den Bergen Haretiens wieder.

Er schüttelte sich. Das war ein schwerer Schlag, den der Padischah da ausgeführt hatte, aber auch hoch riskant. Es war eine Sache, über eine Stadt herzufallen, aber eine andere, sie zu halten. Und selbst mit den Schiffen der Westgarther war Oramar auf See immer noch zu schwach, um es mit der Seebund-Flotte, der mächtigsten der Welt, aufzunehmen. Oder war das nur einer von vielen Schlägen, die der Padischah austeilte? Und wie hatte er es geschafft, den Angriff zeitlich so genau auf die Ereignisse in Atgath abzustimmen? Es konnte doch kein Zufall sein, dass die Westgarther angriffen, kaum dass das Heer, das jetzt Atgath belagerte, Felisan so überhastet verlassen hatte. Wären die Westgarther vier Tage früher gekommen, wären sie zurückgeschlagen worden.

Er schob diese Gedanken beiseite und beschwor zum zweiten Mal die Magie des Wassers, und dann flog sein Blick über Meere und Küsten. Doch obwohl er lange suchte, konnte er wieder keine Spur seiner Familie finden. Sie waren irgendwo, wo sie keinerlei Verbindung zum Meer oder zu einem Fluss hatten.

Ured kehrte tief in Gedanken ins Lager zurück und bemerkte erst, als er schon fast an seinem Zelt war, dass die Soldaten in heller Aufregung waren. Er hielt einen Pikenier an. »Was ist denn los, Mann?«

»Wisst Ihr es nicht? Es kommt ein feindliches Heer aus den Bergen!«

Ured legte die Stirn in Falten. Noch eine Streitmacht? Er eilte zum Zelt des Generalstabes. Der Gesandte Gidus, nominell der Befehlshaber der dreitausend Mann, die die Stadt belagerten, saß zusammengesunken in seinem Sessel, während die Obristen, denen es gefiel, Gidus auf der Nase herumzutanzen, um den Kartentisch herumstanden und diskutierten.

»Ich hörte, es ist eine feindliche Streitmacht im Anmarsch?«, fragte Ured den Gesandten, da die Obristen ihm keine Beachtung schenkten.

Der Gesandte blickte betreten auf seine gefalteten Hände. »Ein Bauer brachte heute Morgen die Nachricht. Es sind wohl Hochlandkrieger aus Helmont, die irgendwie an unserer Festung im Pass vorübergekommen sind.«

»Das wird keine große Sache«, meinte Oberst Cawas, der offizielle Stellvertreter von Gidus. »Diese Helmonter verstehen nicht viel von moderner Kriegsführung, auch haben sie keine Kavallerie, keine Bombarden, überhaupt keine guten Waffen. Wir werden sie hinwegfegen und wieder in die Hochebene jagen, aus der sie gekommen sind.«

»Weiß man denn schon, wie viele es sind?«, fragte Ured freundlich.

Der Oberst runzelte die Stirn. Er zögerte mit einer Antwort, und Ured erkannte plötzlich, dass der Mann ihm misstraute.

»Sagt es ihm schon, Cawas«, meldete sich Graf Gidus zu Wort.

Der Oberst zuckte mit den Achseln, als sei er zu dem Schluss gekommen, dass es keinen Unterschied machte, ob er Ured einweihte oder nicht. »Ich habe eine Schar Reiter ausgesandt und erwarte bald genaue Meldung. Dieser Bauer hat etwas davon gefaselt, dass es Tausende seien, doch kann man auf das Geschwätz so eines Einfaltspinsels nicht viel geben. Es können eigentlich nur ein paar Plünderer sein, die irgendwie abseits des Passes über die Berge gekommen sind.«

»Und falls diese besagte Festung im Pass gefallen sein sollte?«, fragte Ured noch eine Spur freundlicher.

Der Oberst warf ihm einen mitleidigen Blick zu. »Ich kenne die Verteidigungswerke dort. Die Mahre selbst hätten sie nicht stärker bauen können. Sogar ein Heer mit bestem Belagerungsgerät würde Wochen, wenn nicht Monate brauchen, um diese Burg zu nehmen. Und dann hätten wir doch wohl etwas davon gehört, oder?«

Ured nickte höflich, obwohl er annahm, dass der Padischah, der eine Flotte der sonst so zerstrittenen Westgarther zusammenbrachte, auch eine entlegene Festung in den Bergen überwinden konnte. Vermutlich war der Bauer mit seiner Schätzung der Wahrheit näher als dieser überhebliche Oberst, der nur nicht glauben wollte, was ihm nicht gefiel. Nein, der Große Skorpion hatte einen zweiten Schlag ausgeführt, fast zeitgleich zum ersten. Einer seiner Söhne war in Felisan, vielleicht kam ein anderer von Norden herab, und seine Tochter hielt Atgath in der Mitte. Damit gehörte ihm eigentlich schon ganz Oberharetien, auch wenn diese Obristen es noch nicht wussten.

Ein Soldat trat in das Zelt und meldete Aktivität auf dem Köhlerhof, wo noch immer der Gesandte aus Oramar sein Zelt aufgeschlagen hatte.

»Er packt? Endlich!«, rief der Oberst. »Ich habe gute Lust, einen Trupp Pikeniere zu schicken, damit sie ihm auf den Weg helfen.«

»Der Gesandte Lanat steht nach wie vor unter dem Schutz der Unterhändler, Cawas«, warf Gidus ein.

»Feiner Schutz für einen, der uns ungeniert ausspioniert. Ich weiß ja, dass Ihr jeden Abend mit ihm redet, aber seid Ihr auch nur einen Fingerbreit weitergekommen in Euren Verhandlungen? Nein. Der Padischah will Krieg, und wir werden auf dem Schlachtfeld dafür sorgen, dass er es bereut.«

Gidus winkte Ured heran. »Geht zu Lanat und fragt ihn, was das zu bedeuten hat.«

»Ich?«

»Mir scheint, er ist offener zu Euch als zu mir – geschweige denn zu einem dieser Schwachköpfe«, flüsterte Gidus.

»Und was soll ich ihm sagen?«

»Sagt ihm, dass es nach wie vor nicht zu spät ist, diesen Krieg zu beenden, bevor er blutiger Ernst wird. Es *muss* doch etwas geben, was der Padischah mit diesem Unsinn erreichen will.«

Ured nickte. Er verstand die Gedanken des Grafen: Die letzten Kriege waren weit entfernt geschlagen worden, und meist ging es nur um einen Landstrich, eine Stadt oder irgendwelche Handelsrechte. Es gab Scharmützel, gelegentlich eine Schlacht oder eine Belagerung, und bevor es zu verlustreich und zu teuer wurde, stellte man die Kampfhandlungen wieder ein. Doch dieses Mal lag die Sache anders. Es ging nicht darum, dass der Padischah nur die Belagerung von Atgath durch den Seebund brechen wollte. Er kämpfte auch ganz gewiss nicht für seine Tochter Shahila, nein, der Große Skorpion hatte offensichtlich zu einem vernichtenden Schlag gegen den Seebund ausgeholt. Felisan war bereits in seiner Hand, und Atgath würde die nächste Stadt sein. Und wenn der Padischah die Geheimnisse der Mahre in die Finger bekommen sollte, dann war er nicht mehr aufzuhalten. Einen Augenblick dachte Ured darüber nach, Gidus von Felisan zu erzählen und ihm zu sagen, dass dieser Krieg längst viel ernster geworden war, als er ahnte. Aber er ließ es, denn wie sollte er erklären, woher er davon wusste?

Er ging durch die Gräben, die die Belagerer ausgehoben hatten, hinüber zum Köhlerhof. Die Soldaten standen vor ihren Posten und diskutierten. Auch sie schienen die Gefahr aus dem Norden nicht sehr ernst zu nehmen. Die Stimmung war gut, was daran lag, dass die Belagerung bisher so reibungslos verlief. Die Bombarden schossen Löcher in die Mauern der Stadt, und einoder zweimal am Tag schossen die kleinen Geschütze zurück, die die Belagerten hatten, ohne bislang viel Schaden anzurichten. »Jetzt gibt es endlich etwas Abwechslung«, rief ein übermütiger Fähnrich. »Ich dachte schon, ich würde mich vor dieser Stadt zu Tode langweilen.«

Ured ging weiter. Das Buschland unterhalb der Stadt hatte sich verändert. Die Sträucher und Gehölze hatten binnen weniger Tage ihre letzten Blätter verloren, es war fast, als sei der Schrecken des Krieges in sie gefahren und hätte sie entlaubt. Als Ured den Hof erreichte, sah er tatsächlich, dass das große Zelt schon abgebaut war.

»Ihr wollt uns verlassen, Lanat?«, fragte er ohne Umschweife.

»Es ist wohl die Zeit gekommen, in der ich nicht länger auf den Schutz des Unterhändlers bauen kann.«

»Es ist wegen des Heeres, das aus dem Norden kommt, oder?«

»Man weiß also schon davon?«

Natürlich weiß man, dachte Ured, *und natürlich weißt du, dass wir es wissen.* Aber er sagte: »Es gibt gewisse Gerüchte. Helmonter also? Wie habt Ihr diese Hochländer dazu überredet, sich in diesen Streit einzumischen?«

»Sie sind recht arm, und wir versprachen ihnen reiche Beute.«

»So wie den Westgarthern?«

Jetzt stutzte Orus Lanat. »Auch das hat man schon erfahren?«

»*Ich* habe es erfahren, Lanat. Das Heer des Seebundes wird aber wohl frühestens morgen, vielleicht durch reitende Boten oder Flüchtlinge, erfahren, was im Süden vorgeht.« Er fragte sich seinerseits, wie Lanat schon von den Kämpfen in Felisan wissen konnte.

»Es war klug, Eure Freunde im Unklaren zu lassen, Meister Ured.«

»Wären es meine Freunde, hätte ich sie eingeweiht.«

»Ah, ich verstehe. Es ist gut, dass Ihr wisst, an wen Ihr Euch halten müsst.«

Ured verneigte sich und hätte dem Gesandten doch gerne die Kehle durchgeschnitten. Hatte der Mann etwa vergessen, dass er ihnen nicht aus freien Stücken half?

»Es ist auch gut, Meister Ured, dass Ihr selbst hierherkommt, ich hätte sonst nach Euch schicken müssen.«

»Was wollt Ihr noch, Lanat? Soll ich noch einen Krieg für Euch beginnen?«

Lanat lachte fröhlich, schüttelte den Kopf und sagte: »Nein, aber der erhabene Padischah wünscht, dass Ihr das Heer dazu bringt, ihm entgegenzuziehen. Er will nicht, dass sie sich irgendwo hier in den Bergen verschanzen.«

Ured runzelte die Stirn. »Und wie soll ich das anstellen? Ich bin nicht der Befehlshaber dieser Männer.«

»Lasst Euch etwas einfallen. Ihr wart doch bislang recht findig. Und ich nehme an, Ihr habt nicht vergessen, dass das Wohlergehen Eurer Familie davon abhängt.«

»Ich habe ein gutes Gedächtnis, Lanat.«

Der Gesandte hörte den drohenden Unterton wohl heraus. Sein verbindliches Lächeln erlosch.

»Seht Ihr die Kuppe dort oben? Es gibt da ein verlassenes Bergwerk. Wir werden jetzt zum Schein nach Norden ziehen, aber ich werde später mit einigen meiner Männer heimlich zurückkehren. Erwartet mich dort nach Einbruch der Dunkelheit.«

Ured blickte hinauf. Ein Bergwerk? Alles Land unter der Erde gehörte den Mahren, und er würde nur sehr ungern in ihr Reich eindringen. Er hatte ihnen vor dreihundert Jahren geschworen, niemals wieder hierherzukommen, und er bezweifelte nach wie vor, dass diese Berggeister seine Lage verstehen würden.

* * *

Bahut Hamoch war unglücklich. Zwei Dutzend neue Homunkuli hatte er erschaffen, aber die Gänge unter der Stadt standen immer noch unter Wasser, und so konnten sie nicht hinaus, standen untätig im Laboratorium herum und warteten auf Befehle, die er ihnen nicht geben konnte, denn es gab einfach nichts zu tun. Er hatte vier abgestellt, die in einer der Kammern Schießpulver mischten. Er hätte sie alle einsetzen können, aber er hatte weder genug Apparaturen noch Zutaten, um schneller zu produzieren. Schießpulver! Es schien ihm eine Ewigkeit her zu sein, dass er stolz darauf gewesen war, dieses schwarze Pulver herstellen zu können. Die Geschütze vor der Stadt bewiesen ihm, dass das längst keine Zauberei mehr war. Gut, er hatte die Rezeptur verfeinert, aber viel besser konnte man etwas wie dieses Pulver nicht machen. Es war rohe Kraft, plump und zerstörerisch. Er hatte andere Dinge vollbracht, große, erhabene Dinge, Dinge, die gleichwohl verboten waren. Er betrachtete die Homunkuli. Selbst die strenge Kisbara hatte zugegeben, dass er bei ihrer Schöpfung Großes geleistet hatte. Aber niemand durfte je davon erfahren.

»Ich hoffe, Ihr sinnt über Möglichkeiten nach, wie wir dieses lästige Heer da draußen loswerden.«

Hamoch schreckte zusammen. Rahis Almisan war aus dem Nichts mitten im Laboratorium aufgetaucht, und er hasste es, wenn der Schattenmeister das tat.

»Mit Zauberei zu töten ist fast unmöglich, das wisst Ihr besser als ich, Almisan.«

»Nicht unmöglich, nur teuer für den Zauberer, Hamoch.«

Bahut Hamoch wies auf das Schwarze Buch, das aufgeschlagen auf einem der blankpolierten Tische lag. Almisan blickte stirnrunzelnd auf die Seiten, und Hamoch lächelte still in sich hinein. Niemand außer einem Totenbeschwörer konnte dieses Buch lesen. Selbst dem Meister der Schatten mussten die Seiten schwarz und leer erscheinen. »Ich vergaß, verzeiht«, sagte er leicht gönnerhaft. »Dort finden sich tatsächlich gefährliche und tödliche Zauber, in ihrer Wirkung vielleicht vergleichbar mit der Pest.«

»Ich hätte nichts dagegen einzuwenden, wenn die Pest die da draußen hinrafft, Hamoch.«

Der Nekromant rümpfte die Nase. »Leider würde es die Menschen innerhalb dieser Mauern ebenso befallen wie die davor. Selbst Ihr und ich wären nicht gefeit. Es ist das letzte Mittel, die letzte selbstmörderische Waffe, wenn jede Hoffnung schon verloren ist. Ich hörte, dass man sie auf der Insel der Toten angewandt hat. Ihr kennt das Ergebnis, nehme ich an.«

Almisan nickte. »Dann verstehe ich den Sinn dieser Waffe nicht.«

»Eine Verzweiflungstat, um die Feinde unseres Ordens zu schwächen. Aber ich fürchte, sie hat mehr Feinde geschaffen als vernichtet.«

»Jedenfalls taugt diese Waffe nichts für unsere Zwecke, wenn Ihr keinen Weg findet, ihr die Zweischneidigkeit zu nehmen. Überlegt Euch also etwas anderes. Aber ich bin nicht deswegen hier. Das Mondgold – wir werden es brauchen.«

Hamoch nickte zerstreut. Er fragte sich, ob es wirklich möglich war, diese tödliche Spore, die sich wie Frühjahrsblüten in alle Winde zerstreute, für die Menschen in der Stadt ungefährlich zu machen. »Wozu braucht Ihr es?«, fragte er.

»Das müsst Ihr nicht wissen, Hamoch, gebt es mir einfach. Und schnell, ich bin in Eile«, lautete die barsche Antwort.

Hamoch brummte missvergnügt und gab einem Homunkuli in der Nähe einen Wink, das Verlangte zu holen.

»Ihr solltet mehr von den hässlichen kleinen Kerlen machen. Wir könnten noch Soldaten gebrauchen.«

»Und Ihr glaubt, die braven Atgather würden Seite an Seite mit ihnen kämpfen?«, fragte Hamoch gallig.

Almisan grinste. »Wohl kaum, aber vielleicht kommt die Zeit, wo sie uns ohnehin nicht mehr folgen werden. Es heißt, Gajan sei in Felisan.«

»Prinz Gajan? Das ist eine schlechte Nachricht. Er war sehr beliebt in dieser Stadt.«

»Und es kann gut sein, dass er hier auftaucht, um sein Recht einzufordern. Ihr solltet also vielleicht wirklich anfangen, an verzweifelte Maßnahmen zu denken. Ihr wisst, was man mit Totenbeschwörern zu tun pflegt, wenn man sie fängt?«

»Gajan lebt also wirklich noch?«

Almisan nickte, dann sagte er, wie einer plötzlichen Eingebung folgend: »Sagt, Ihr habt doch gelernt, mit den Toten zu sprechen, oder?«

»Wie? Natürlich«, murmelte Hamoch verwirrt.

Der Homunkulus hatte das Mondgold gebracht. Es wog schwer in der Hand. Es wäre genug, um irgendwo ein neues Leben anzufangen, nur war es nicht echt. In zwei oder drei Wochen würde es wieder zu dem grauen Blei werden, das es gewesen war, bevor Kisbara es verzaubert hatte. Er reichte es an Almisan weiter. Vielleicht sollte er neues machen, nur für sich.

»Hört, Zauberer, wir brauchen Nachricht von der Schattenschwester, die den Dieb des Schlüssels jagt, oder von dem Dieb selbst. Könnt Ihr herausfinden, ob sie das Reich der Toten betreten haben?«

»Das erfordert etwas Zeit, aber, ja, es ist möglich. Doch werde ich nur erfahren, ob sie tot sind oder eben nicht, nicht mehr.«

Almisan schien das zu überdenken. »Ich verstehe nicht viel von diesen Dingen, aber ich erinnere mich, dass Ihr von den anderen Brüdern des Herzogs erfahren habt, wie sie zu Tode gekommen sind.«

Hamoch nickte.

»So könnt Ihr vielleicht auch erfahren, ob dort drüben jemand ist, der von Sahif oder von Jamade, meiner Schattenschwester, getötet wurde.«

»Wozu sollte das gut sein?«

»Mann, seid Ihr wirklich so schwer von Begriff? Wir müssen wissen, wo sie sind. Und nach allem, was ich über Jamades Plan weiß, wird es nicht ohne Tote abgehen. Sucht ihre Opfer. Dann erfahrt Ihr, wo sie zuletzt war.«

»Ein interessanter Gedanke«, sagte Hamoch langsam.

»Aber?«

»Wie soll ich jemanden beschwören, den ich nicht beim Namen rufen kann?«

»Das ist Euer Problem, Hamoch. Strengt Euch an. Oder wollt Ihr die Herzogin wieder einmal enttäuschen?« Er nahm dem Zauberer das Gold aus den Händen. »Wird das hier sicher jeder Überprüfung standhalten?«

»Noch wenigstens für zwei Wochen«, antwortete Hamoch zerstreut.

»Ich glaube nicht, dass es länger halten muss. Es geht dem Ende entgegen, Hamoch. Zum guten oder zum bösen. Also strengt Euch an!«

Hamoch starrte noch eine Weile die Tür an, durch die der Meister der Schatten grußlos verschwunden war. Verachtung, das war es, was dieser Mann für ihn empfand. Almisan hielt ihn für einen Feigling, das hatte er mehr als einmal deutlich gemacht. Hamoch fielen ein paar kräftige Worte ein, die er dem Rahis hätte ins Gesicht schleudern können. Doch nun war es zu spät. Er sammelte sich. Gab es einen Weg, ein noch namenloses Opfer zu beschwören? Er kannte keinen, aber es gab jemanden, der das vielleicht wusste. Er seufzte und suchte nach dem Schlüssel. Dann öffnete er die Pforte, die mit magischen Zeichen bemalt war, und trat in die niedrige Kammer, die nur von einer sehr schwachen Lampe erhellt war. In der Ecke kauerte etwas, ein Bündel aus Haut und Knochen mit dünnen, langen weißen Haaren, Fingern, die eher dürren Krallen glichen, und vor Hass glühenden Augen. Eine eiserne Fessel umschloss den faltigen Hals, kurze, mit magischen Symbolen versehene Ketten verhinderten, dass die Gestalt sich hinlegen oder mit den Händen jenen dicken weißen Knochenstock bewegen konnte, der ihre Brust durchbohrt hatte.

»Kommt Ihr, um mich endlich von meinem Leid zu erlösen?«, krächzte Kisbaras heisere Stimme.

»Ich denke nicht, ehrwürdige Kisbara«, spottete Hamoch. »Ich habe vielmehr eine Frage, den möglichen Aufenthaltsort von Personen betreffend, die vielleicht unter den Toten, vielleicht aber auch noch unter den Lebenden wandeln …«

***

Als Jamade mit den Westgarthern Felisan hinter sich gelassen hatte, führte sie sie von der Straße fort, denn dort waren viele Flüchtlinge, aber auch etliche Soldaten unterwegs. Also waren sie in die Berge ausgewichen, ein Umweg, den sie, das wusste Jamade, nicht hätte nehmen müssen, wenn sie in anderer Gestalt allein gegangen wäre. Nun würde es bald Abend werden, und vor ihnen war ein weiteres Hindernis aufgetaucht. Es war aber weniger der Bauernhof, den sie aus ihrer Deckung heraus beobachteten, der Jamade Sorge bereitete, es war die Kampfeslust der Männer.

»Wir verlieren nur Zeit, wenn wir diesen Weiler überfallen«, zischte sie.

»Die Männer sind hungrig, und hungrige Männer marschieren schlecht«, lautete Askons Antwort. »Dort sehe ich Vieh, Vorräte, es ist alles da – also warum sollen wir darben?«

»Dann macht wenigstens schnell. Nehmt euch, was ihr braucht, und lasst die Leute in Ruhe.«

»Wenn die da drüben vernünftig sind …« Askon gab seinen Leuten ein Zeichen. Ein paar Männer huschten zu den Seiten davon, um eventuelle Flüchtlinge abzufangen, mit den anderen marschierte Askon geradewegs auf den Hof zu. Jamade blieb zurück und verfluchte sich dafür, dass sie diese Männer mitgenommen hatte. Sie hätte allein gehen sollen oder eben nur mit Askon, aber der wäre ohne seine Leute niemals mitgekommen. Warum ließ sie diese Krieger nicht einfach zurück? Sie konnte in der Dämmerung verschwinden, während die Krieger ihre Beute machten. Bevor sie etwas merken würden, könnte sie schon weit voraus sein.

Der Bauer des Hofes kam aus dem Stall, als er die Westgarther herantrampeln hörte. Aus dem Haupthaus traten mehrere Frauen und Männer, vielleicht Söhne oder Knechte des Hofes. Es waren ziemlich viele, fand Jamade. Ob es möglicherweise Flüchtlinge waren, die dem Kampf um Felisan entronnen waren, nur um hier wieder davon eingeholt zu werden?

Die Westgarther betraten den Hof, als ob er schon ihnen gehörte. Zwei Krieger verschwanden im Stall. Der spitze Schrei einer Frau verriet Jamade, dass sie nicht nur Vieh darin vorfanden. Es wurde laut, der Bauer stellte sich schützend vor die Seinen, einer der jüngeren Männer zog eine schwere Axt aus einem Hackklotz. Askon fackelte nicht lange. Er zog sein Messer und rammte es dem Bauern in die Brust. Die Frauen schrien entsetzt auf, die Männer griffen zu ihren Waffen oder Werkzeugen.

Jamade starrte hinüber. Es war ein ungleicher und brutaler

Kampf, bis zu ihrem Versteck hörte sie die Knochen unter den Äxten der Westgarther brechen. Und er war schnell vorüber – für die Männer, nicht jedoch für die Frauen.

Sie wandte sich angewidert ab. Warum war sie noch hier, warum verschwand sie nicht einfach? Sie hörte Askon lachen, noch über dem Geschrei und Gejammer der Frauen. Nein, sie würde sich noch nicht von ihm trennen.

***

»Wenn wir es abseits der Straße versuchen, geht es vielleicht schneller«, meinte Sahif missmutig.

»Unwahrscheinlich«, erwiderte Hanas Aggi. »Ich kenne diese Hügel und Berge ganz gut. Da oben gibt es nur ein paar abgelegene Weiler mit Bauern, die sich nicht über Besucher freuen. Außerdem kaum Wege, denen wir bei Nacht noch folgen könnten. Nein, hier auf der Straße kommen wir schneller voran, gerade jetzt, wo es bald dunkel wird.«

»Na, schnell würde ich das nicht nennen«, meine Ela seufzend.

Sahif nickte grimmig. Vor ihnen hatte sich eine Menschentraube auf der Straße versammelt. Als sie näher kamen, erkannte er, dass am Fuß des vor ihnen liegenden Hügels ein umgestürzter Wagen die Straße versperrte. Ein Mann hielt ein aufgeregtes Pferd am Zügel, sein Geschirr schien gerissen zu sein. Offenbar debattierte man noch über den Unfall und beschäftigte sich weniger mit der Frage, wie man den Wagen aus dem Weg schaffen könnte. Und das war schlecht, weil der Karren die Straße an einer ihrer engsten Stellen versperrte.

Sahif drängte sich durch die Menge und zog Ela hinter sich her. Es war ihm ziemlich gleichgültig, ob Hanas Aggi ihnen folgen konnte oder nicht.

»Heda, nicht drängeln!«, rief eine empörte Frau.

Sahif murmelte eine Entschuldigung und schob sich weiter voran.

»Unverschämtheit!«, hört er es noch zischen.

»Statt zu drängeln, solltest du lieber mit anpacken, Freund«, grollte ein hünenhafter Felisaner, der wie ein Berg die Menge überragte.

»Bin in Eile«, gab Sahif knapp zurück.

»Das sind wir alle, und es geht für alle am schnellsten, wenn wir gemeinsam zupacken«, meinte der Riese.

»Sagt, Ihr seid kein Haretier, oder?«, fragte plötzlich einer.

»Sicher nicht«, meinte ein anderer. »Er sieht südländisch aus.«

»Sehr südländisch«, pflichtete einer bei.

Niemand sprach es aus, aber Sahif konnte das unausgesprochene Wort fast hören: Oramarer!

»Das ist, weil er aus Anuwa stammt!«, mischte sich Ela ein, die auf die Deichsel des umgestürzten Wagens geklettert war. »Das ist eine sehr schöne Stadt, in der übrigens mehr gehandelt als geredet wird. Da wäre der Karren längst wieder auf den Rädern. Also, was ist jetzt? Packt ihr mit an, oder muss ich das allein machen?«

Ein paar Leute lachten, und der Südländer war erst einmal vergessen. Tatsächlich half sogar Sahif mit, als sie mit vereinten Kräften den Karren aufrichteten.

»Das war ein gutes Wort zur rechten Zeit«, meinte Hanas Aggi, als es getan war, und tätschelte dabei anerkennend Elas Schulter.

»Wir Haretier sind eben manchmal nur etwas langsam, wenn es gilt, die Dinge anzufangen«, meinte Ela grinsend, »vor allem die Männer. Aber das trifft, so glaube ich inzwischen, nicht nur auf die Haretier zu.«

Sahif nickte abwesend. Es ging endlich weiter, und nur darauf kam es ihm an.

Hanas Aggi schüttelte den Kopf. »Ich kann es nicht glauben. Eigentlich habe ich mir vorgenommen, Atgath erst wieder zu besuchen, wenn ich mich zur Ruhe setze, und nun kehre ich mit Ela Grams an meiner Seite schon morgen zurück.«

»Wenn wir nicht noch öfter aufgehalten werden«, murmelte Sahif schlecht gelaunt.

***

Die Abenddämmerung war bereits weit fortgeschritten, als sich im *Efeukrug* einige Handwerksmeister versammelten. Sie hatten die Gaststube für sich allein, und der Wirt hatte seine Bediensteten nach Hause geschickt, ein Schild an die Pforte gehängt, dass geschlossen war, und dann die Pforte verriegelt. Nun saß er mit den anderen im gedämpften Licht einiger Kerzen um einen Tisch.

»Ich hoffe, es ist wichtig«, meinte Jomenal Haaf griesgrämig.

»Es ist wichtig«, erwiderte Wulger Dorn, der Glasmeister. »Ist die Tür geschlossen? Die Läden auch? Gut, dann kommt heraus, Teis Aggi.«

Teis Aggi hatte in der Nebenstube gewartet und die Szene durch einen Türspalt beobachtet. Nun trat er hervor.

»Hauptmann Aggi?«, rief einer der Meister. »Ich hörte, Ihr wäret tot!«

»Und ich hörte, Ihr wäret von der Fahne gegangen«, meinte Meister Haaf.

»Das Zweite ist nicht ganz falsch, Ersteres schon«, antwortete Teis Aggi trocken.

»Und warum sitzen wir hier mit einem Fahnenflüchtigen?«, fragte Haaf mürrisch und schickte sich an aufzustehen.

»Bleibt, er hat etwas zu sagen«, bat Dorn und legte dem Zunftmeister die Hand auf die Schulter.

Teis Aggi sah erwartungsvolle, aber auch misstrauische Blicke. Er räusperte sich und hatte plötzlich Zweifel, ob die Idee wirklich so gut war, wie sie sich unter der Erde, als er sie mit den Mahren besprochen hatte, noch angehört hatte. Er beschloss, mit der Tür ins Haus zu fallen: »Ihr Herren, ich habe Meister Dorn gebeten, Euch zusammenzurufen, weil ich vorhabe, einen Aufstand gegen die unrechtmäßige Herzogin zu beginnen.«

Einen Augenblick herrschte atemlose Stille, dann platzte einer der Meister heraus: »Seid Ihr toll? Ein Aufstand? Gegen den Herzog? Gegen die Bergkrieger und Wachen?«

»Beleran ist nicht der rechtmäßige Herzog, und eigentlich ist doch seine Frau die treibende Kraft hinter allem, was hier geschehen ist. Ich hoffe übrigens, die Wachen auf unsere Seite zu ziehen. Auch habe ich nicht die Absicht, diesen Kampf allein zu führen. Nein, es wird genügen, wenn wir das Stadttor öffnen und so lange offen halten können, bis die Soldaten des Seebundes uns zu Hilfe kommen. Und ich zähle dabei nicht nur auf die Hilfe dieses Heeres.«

Ein Blick in die Gesichter verriet ihm, dass er weit davon entfernt war, irgendjemanden für seine Idee zu begeistern.

Allen voran gab Jomenal Haaf sich feindselig: »Das ist Verrat, Aggi. Schämt Euch.«

»Beleran sitzt zu Unrecht auf dem Thron«, warf Dorn ein.

»Und was habt Ihr damit gemeint, dass wir nicht nur auf die Männer des Seebundes hoffen sollen?«, fragte Meister Duhm, ein reicher Gerber aus der Neustadt, freundlich.

»Ich habe Freunde in der Stadt, oder vielmehr unter der Stadt.«

»Erklärt das«, bat Duhm.

Also begann Teis Aggi zu erzählen: Wie er von den unterirdischen Gängen erfahren hatte, in denen sich die Gesetzlosen versteckten, die die Wachen deshalb früher nie hatten erwischen können.

»Ausreden«, murmelte Haaf, der mehrfach bestohlen worden war.

»Ich kann Euch trösten, Meister Haaf. Die allermeisten dieser Unglücklichen sind tot, getötet von kleinen, widernatürlichen Wesen, die Meister Hamoch in seinen Katakomben erschaffen hat.«

»Künstliche Wesen? Meister Hamoch? Was redet Ihr da?«, riefen die Handwerker durcheinander.

»So hört ihm doch zu«, bat Meister Dorn, und Aggi fuhr fort, schilderte seine eigenen blutigen Begegnungen mit diesen Ungeheuern, zeigte zum Beweis seine Wunden. »Doch ich hatte Glück, denn ich traf unerwartet auf Freunde.«

»Unter der Erde? Weitere Gesetzlose, möchte ich wetten«, warf Haaf ein.

»Ihr seid weit von der Wahrheit entfernt.«

»Kaum weiter als Ihr mit Euren Märchen«, brummte der Zunftmeister.

Aggi überhörte das. »Ich hätte es selbst nicht geglaubt, aber es scheint, dass an den alten Atgather Legenden mehr dran ist, als wir alle dachten.«

»Von welchen Legenden sprecht Ihr?«, fragte Meister Duhm. Er saß mit verschränkten Armen da und schien sehr skeptisch.

Aggi holte tief Luft. Jetzt kam der heikle Teil. »Ihr kennt doch die Geschichten darüber, wer unsere Stadt einst gegründet haben soll.«

Für einen Augenblick war es still, während die Männer darüber nachdachten, was ihnen einst ihre Großmütter erzählt haben mochten.

Jomenal Haaf schüttelte den Kopf. »Erklärt Euch endlich, Hauptmann. Ich habe Geschäfte, die wichtiger sind als Märchenstunden.«

»Die Mahre! Es gibt sie wirklich. Und sie leben immer noch im Berg unter uns. Sie sind bereit, uns im Kampf gegen die Herzogin zu helfen.«

»Mahre? Wollt Ihr uns auf den Arm nehmen, Teis Aggi?«, fragte einer der Meister.

»Keineswegs. Ich habe auch schon von ihnen gehört«, warf Wulger Dorn ein.

»Berggeister? Lächerlich«, schnaubte Haaf.

»Und wer, glaubt Ihr, hat die Stadt überflutet? Oder glaubt Ihr, das Wasser sei von selbst in Eure Keller gelangt?«

»Lächerlich!«, wiederholte Haaf.

»Was wisst Ihr eigentlich über diese Sache, Dorn?«, fragte Duhm. »Ihr sagtet, Ihr hättet von den Erdgeistern gehört.«

»Asgo Grams, er hat mir anvertraut, dass die Mahre ihn besucht haben, als er sich draußen um die Meiler kümmerte.«

»Grams? Der Köhlersohn?«

»Es scheint, dass die Mahre schon länger mit dieser Familie in Verbindung stehen, Meister Duhm«, erwiderte Dorn.

Zunftmeister Haaf erhob sich. »Die Familie eines Trinkers und ein fahnenflüchtiger Hauptmann? Sind das Eure Zeugen? Und wegen dieser Geschichten sollen wir einen Aufstand anzetteln gegen die rechtmäßigen Herren dieser Stadt?«

»Es heißt auch, dass Prinz Gajan noch lebt«, warf Dorn ein.

»Woher wollt Ihr das wissen?«

»Ich selbst habe einen der Zettel gesehen, die sie über die Stadtmauer geschossen haben, Haaf«, warf der Gerber ein.

»So glaubt Ihr den Lügen der Feinde, die auf unsere Stadt schießen? Besten Dank, Duhm, besten Dank. Nein, Märchen und Lügen, das ist alles, was hier zur Sprache kommt! Und ich bin nicht bereit, dafür meinen guten Ruf aufs Spiel zu setzen. Öffnet die Pforte, ich muss an die frische Luft. Aber ich werde Euch zuliebe versuchen zu vergessen, was ich hier gehört habe.«

Der Wirt ließ ihn hinaus, und Teis sah enttäuscht, dass fast alle anderen Meister ihm folgten. Es war ein schwacher Trost, dass ihm der eine oder andere beim Abschied aufmunternd auf die Schulter klopfte und zu verstehen gab, dass er ihm wenigstens einen Teil seiner Geschichte glaubte.

»Ich war wohl nicht sehr überzeugend«, sagte er, als der Wirt die Tür wieder schloss.

Meister Duhm war geblieben. Er saß immer noch mit verschränkten Armen da und betrachtete Aggi eingehend. Dann sagte er: »Nein, Ihr seht einfach nicht aus wie ein Lügner oder Märchenerzähler, Aggi.«

»Ihr steht mit Eurer Meinung ziemlich allein da, Meister Duhm«, gab Aggi niedergeschlagen zurück.

»Ihr dürft es den anderen nicht übel nehmen. Die meisten von ihnen schulden Haaf Geld, sie dürfen es sich nicht mit ihm verderben.«

»Aber Haaf darf ich es übel nehmen, oder?«, fragte Wulger Dorn düster.

Duhm wog bedächtig den Kopf hin und her. »In der Tat, ich habe den Verdacht, dass seine Haltung zu Eurem Vorschlag schon feststand, bevor Ihr überhaupt angefangen habt zu sprechen, Hauptmann.«

»Was wollt Ihr damit andeuten?«

»Nichts, nur dass ich Euch empfehlen würde, dieses Gasthaus bald zu verlassen. Haaf hat Freunde in der Burg. Und er könnte vielleicht auf die Idee kommen, sein Wissen zu versilbern.«

Aggi und Dorn tauschten einen Blick, dann schüttelte Dorn den Kopf. »Nein, Duhm, Haaf ist gierig, aber so weit würde er nicht gehen. Lasst uns noch eine Weile gemeinsam überlegen, wie wir die anderen Meister vielleicht doch noch davon überzeugen können, an unserer Seite zu stehen.«

***

Almisan hastete im Schutz beschworener Schatten durch die Stadt. Er hatte eigene geheime Geschäfte erledigt, von denen nicht einmal die Damater erfahren durften. Aber jetzt war er spät dran. Jomenal Haaf hatte ihm von einer geheimen Versammlung der Zunftoberen erzählt und erwartete ihn nun hoffentlich unweit der Brücke über den Kristallbach, der bis vor kurzem noch mit tosendem Wasser die Altstadt von der Neustadt getrennt hatte. Almisan dachte daran, wie hier alles angefangen hatte: Er hatte den korrupten Verwalter der Stadt auf dieser Brücke getötet und in den Bach geworfen. Heute wäre das nicht mehr möglich gewesen, denn der Bach verschwand jetzt oberhalb der Stadt in der Erde und flutete die alten unterirdischen Gänge. Der Rahis sah den Zunftmeister in einer dunklen Ecke stehen, tauchte aus den Schatten auf und zeigte sich.

»Ah, endlich«, brummte der Mann.

»Was habt Ihr zu berichten, Haaf?«

»Das kommt darauf an, Rahis.«

»Worauf?«

»Ob es sich lohnt.«

»Ist Euch unsere Freundschaft nicht Lohn genug, Haaf?«, fragte Almisan. Er legte einen leicht drohenden Unterton in diese Frage, aber Haaf schien das zu überhören.

»Die meisten Menschen, die mir Geld schulden, reden von Freundschaft, vor allem, wenn sie Schwierigkeiten haben, die Schuld zu begleichen. Und nein, sie ist mir nicht Lohn genug. Bedenkt, dass ich dabei bin, einige meiner Freunde zu verraten.«

»Ihr meint – Schuldner?«

»Also?«

»Wir erwarten stündlich einen Boten, der uns Gold aus Oramar bringt«, behauptete Almisan.

»Durch die Belagerung? Wie soll das gehen?«

»Lasst Euch überraschen.«

Haaf schüttelte den Kopf. »Gold in fremden Beuteln nutzt mir nichts. Ich kenne jedoch ein oder zwei Güter vor der Stadt, an deren Besitz ich interessiert wäre.«

»Güter des Herzogs?«, fragte Almisan. Die Gier dieses dürren Handwerkers schien unersättlich.

»Noch nicht. Eure Herrin müsste sie beschlagnahmen.«

»Ihr verlangt viel. Könnt Ihr denn etwas liefern, was diese üppige Bezahlung rechtfertigt, Haaf?«

»Das denke ich doch«, sagte der Handwerksmeister, und dann berichtete er von Teis Aggi, seinen Plänen und von den Mahren. »Ich glaube zwar nicht, dass es diese Erdgeister wirklich gibt, aber andere sind leichtgläubiger als ich. Allein der Glaube an sie könnte Euch gefährlich werden, Rahis.«

»Teis Aggi soll also Erdgeistern begegnet sein«, murmelte Almisan, der nur zu gut wusste, dass es diese Geister wirklich gab.

»Nun, wenn Ihr Aggi dazu befragen wollt, so kann ich Euch vielleicht sagen, wo Ihr ihn findet, wenn ich endlich gewisse Zusicherungen erhalte.«

»Die Güter also. Gut. Ihr werdet schon bald ein sehr reicher Mann sein, Haaf.«

Der Zunftmeister lächelte, eigentlich zum ersten Mal, seit Almisan ihn kannte. »Es ist immer eine Freude, mit Euch Geschäfte zu machen, Rahis. Also hört, Ihr findet Aggi mit den Meistern Dorn und Duhm im *Efeukrug*. Lasst mich Euch den Weg beschreiben …«

***

Teis Aggi verließ mit Meister Dorn endlich den *Efeukrug*. Duhm hatte viele Fragen gestellt, aber nicht auf alle hatte Aggi eine Antwort, und doch, es schien, als hätten sie den Gerber für ihre Sache gewonnen. Dennoch, er hatte ein ungutes Gefühl, vor allem wegen Jomenal Haaf. Sie hasteten durch die dunklen Gassen, als ihnen plötzlich ein Trupp Soldaten entgegenkam. Schnell zog Wulger Dorn Aggi in eine dunkle Nische.

»Der Himmel segne die Laternenanzünder, die ihre Arbeit so schlecht verrichten, seit die da draußen auf uns schießen«, murmelte Dorn, als die Soldaten vorbeimarschiert waren, ohne sie zu entdecken.

»Nur ein Wachwechsel, nehme ich an«, meinte Aggi, der vor wenigen Tagen noch der Hauptmann dieser Männer gewesen war.

»Was ist? Habt Ihr Heimweh nach Eurem alten Posten?«, fragte Dorn und klopfte ihm aufmunternd auf die Schulter.

»Nein, aber ich frage mich, wer diese Männer nun führt, in dieser schweren Zeit. Fals?«

»Der Oberst? Sicher nicht, obwohl es heißt, er sei in den letzten Tagen von Zeit zu Zeit beinahe nüchtern gewesen. Nein, es ist dieser Fremde, Rahis Almisan, der die Soldaten zusammen mit Verwalter Ordeg befehligt.«

»Ordeg?«

»Ja, man hat den armen Kerl zum Hauptmann gemacht, und

das ist gut, denn er sorgt für Ordnung, obwohl ich bezweifle, dass er bei einem Kampf viel taugt. Doch kommt weiter, der Wirt hat vielleicht doch Recht, wenn er Haaf zutraut, unsere kleine Verschwörung zu verraten.«

Sie eilten weiter durch die dunklen Gassen, und Aggi blickte immer wieder zurück über die Schulter, weil er das Gefühl hatte, verfolgt zu werden.

Schließlich erreichten sie eine kleine Kreuzung, an der sich ihre Wege trennen mussten. »Wie geht es nun weiter, Meister Dorn?«, fragte Aggi.

»Ich weiß nicht, ich denke, ein paar von den Meistern werden erkennen, dass Ihr Recht habt, Teis, und vielleicht vergessen sie ihre Schulden bei Haaf, wenigstens für kurze Zeit. Duhm haben wir jedenfalls gewonnen, und das ist viel wert. Seid zuversichtlich, spätestens, wenn Prinz Gajan vor dem Tor steht, werden sie bereit sein zu kämpfen.«

Teis seufzte. »Es ist möglich, dass der Prinz es nicht bis hierherschafft, Meister Dorn. Die Mahre haben mir gesagt, dass viele Männer von Norden herabkommen. Ein ganzes Heer, wenn ich sie richtig verstanden habe.«

Dorn schwieg einen Augenblick, bevor er fragte: »Und dieses kleine Detail habt Ihr vorhin vergessen zu erwähnen?«

»Die Männer waren so schon ängstlich genug, außerdem weiß ich nichts Genaues über dieses Heer, das über den Pass kommt.«

»Vielleicht hattet Ihr damit Recht, vielleicht auch nicht, denn es scheint doch Eile geboten. Ein Heer aus dem Norden kann nicht vom Seebund kommen. Also sind es Feinde. Wenn dieses Heer erst hier ist, dann ist es für unseren Aufstand zu spät. Aber ich verstehe nicht, wie es über das Paramar kommen kann. Der Pass ist doch durch eine Festung gesperrt.«

Teis Aggi zuckte mit den Achseln. »Einzelheiten kann ich

nicht berichten, Meister Dorn. denn die Mahre sind nicht sehr genau in ihren Aussagen.« Er versuchte, sich die Worte der Mahre ins Gedächtnis zu rufen. »Sie sagten, dass aus den Bergen der Lärm vieler Männer komme, die über ihr altes Land marschieren. Aber fragt sie nur nicht nach Zahlen, denn da bekommt Ihr nie eine klare Antwort. Ihr solltet jetzt jedoch gehen, ich habe ein ungutes Gefühl, hier draußen in dieser Nacht voller Schatten.«

Sie reichten einander die Hand, und Teis Aggi bog bald darauf in die dunkle Gasse ein, in der sein Ziel lag. Er machte sich Gedanken, ob es richtig war, diese braven Handwerker zu einem Aufstand anzustacheln. Gegen die harten Bergkrieger der Herzogin hatten sie bei einem Kampf wenig Aussicht auf Erfolg. Aber sie mussten auch nicht gewinnen, es reichte, wenn sie Prinz Gajan und dem Heer des Seebundes das Stadttor öffneten.

Er beugte sich zur Erde und klopfte auf das Pflaster. Die Steine verschwanden, und ein grünlicher Lichtschein blendete ihn.

»Mach die Laterne aus, Marberic, man könnte uns entdecken«, sagte Aggi, während er die schmalen eisernen Sprossen hinabkletterte.

»Unsinn«, murmelte der Mahr von irgendwo jenseits des Lichts.

Dann hörte Aggi ihn weitere Worte murmeln. Er blickte auf. Der Sternenhimmel verdunkelte sich und war plötzlich ganz fort.

»Steinzauber«, sagte Marberic und grinste zufrieden. »Wie ist es gegangen?«

»Nicht gut, Marberic. Sie haben Angst, und einige sind auf Seiten der Herzogin.«

Marberic kratzte sich am Bart. »Dumm und nicht dumm.«

»Was soll nun das wieder heißen?«

Der Mahr schien darüber nachdenken zu müssen, wie er das erklären sollte. Schließlich sagte er: »Dumm, zur Herzogin zu halten, denn sie hält zu niemandem außer sich selbst. Nicht dumm, Angst zu haben, denn ein Heer kommt aus dem Norden. Viele Stiefel.«

»Wie viele?«

»Mehr als die, die sich vor der Stadt in die Erde gegraben haben. Viel mehr.« Der Mahr hob warnend die Hand.

Aggi lauschte. Ein leises Kratzen kam von oben. Jemand machte sich an dem Zugang zu diesem Stollen zu schaffen!

Marberic lauschte einen Augenblick, dann grinste er wieder. »Nein, es ist nicht der Zauberer aus der Burg, und der da oben wird es nicht öffnen können.« Dann drehte er sich um und lief den Stollen hinab.

Aggi folgte ihm seufzend. Er fand den Mahr zu sorglos. Jemand hatte den Zugang gefunden, und ob er ihn nun öffnen konnte oder nicht, diesen Weg konnte Aggi in Zukunft nicht mehr nehmen, wenn er noch einmal in die Stadt wollte.

Almisan starrte auf die Steine. *Schon wieder,* dachte er. *Schon wieder stehe ich vor einem geheimen Zugang in die Unterwelt, doch dieses Mal kann ich ihn nicht öffnen.* Er war zur Schänke gehetzt, hatte Teis Aggi aber verpasst, nur mit viel Glück wiedergefunden und ihn gerade noch in diese Gasse einbiegen sehen. Eigentlich sollte der Mann jetzt tot zu seinen Füßen liegen, aber der Hauptmann war nun in der Erde verschwunden, und er stand vor einer steinernen Falltür, die er nicht öffnen konnte.

Sollte er Hamoch um Hilfe bitten? Der Gedanke gefiel ihm nicht. Noch weniger gefiel ihm aber der Gedanke, dass es geheime Wege in die Stadt gab. Die Berggeister hatten die Gänge doch unter Wasser gesetzt, wieso war dieser Zugang nicht überschwemmt? Er würde drei oder vier Damater in diese Gasse beordern müssen, falls Aggi so dumm sein sollte, es noch einmal auf diesem Weg zu versuchen. Er fluchte und machte sich auf den Weg in den Palast. Shahila würde nicht gefallen, was er zu berichten hatte. Andererseits ließ sich das vielleicht zum Guten wenden, denn der Ärger würde ihre Aufmerksamkeit von anderen Geschehnissen ablenken, von denen sie nichts erfahren durfte.

Auf dem Weg zur Burg bemerkte Almisan, dass etwas im Gange war, denn ohne dass er die Ursache gleich erfassen konnte, spürte er doch, dass sich eine gewisse Unruhe der Stadt bemächtigte, die irgendwie, beinahe magisch, von Gasse zu Gasse und Haus zu Haus zu springen schien. Für einen Augenblick glaubte er schon, der Aufstand, von dem Haaf geschwafelt hatte, sei gekommen, aber dann traf er auf einen Trupp Bergkrieger, die von der Mauer zur Burg trabten, und die verrieten ihm, was dort im Tal vor sich ging.

Es geht schneller, als ich dachte, zu schnell, befand er, als er die Treppen des Bergfrieds emporeilte. Man hatte ihm gesagt, die Herzogin sei dort oben, um selbst zu sehen, ob die Meldung stimme, die unglaubliche Meldung: dass das Heer des Seebundes seine Stellungen verließ.

Shahila stand an der Brüstung und starrte gebannt hinab. Die Stadtmauern verhinderten, dass sie viel von dem sehen konnte, was unterhalb von Atgath vorging, aber ja, unzweifelhaft, das Lager ihrer Feinde war in Bewegung geraten.

»Hoheit, Ihr solltet einen Mantel anziehen«, riet eine vertraute Stimme, »es liegt Frost in der Luft.«

»Ziehen sie wirklich ab, Almisan? Ist es wahr?«

»Ja und nein, Hoheit. Das Heer setzt sich in Bewegung, aber

Läufer von der Mauer meldeten soeben, dass sie nach Norden ziehen.«

»Norden? Aber dort ist nichts! Nur ein paar armselige Dörfer. Nein, es muss ein Täuschungsmanöver sein. Sie ziehen sich zurück.«

»Und warum sollten sie das tun, Hoheit?«, fragte ihr Vertrauter beinahe sanft.

Shahila wirbelte herum, um ihn wütend anzufahren, aber dann schwieg sie doch. Sie hatte die Fackeln verlöschen lassen, denn sie hatten sie geblendet, und so stand sie nun mit Almisan im Sternenlicht und konnte seine Gesichtszüge nicht erkennen. *Nicht dass jemals viel aus ihnen abzulesen wäre,* dachte sie. Sie hatte den lästigen Jähzorn, der alle Kinder ihres Vaters plagte, schon wieder überwunden und fragte ruhig: »Ja, warum sollten sie das tun? Es muss etwas geschehen sein, und offensichtlich geschah es im Norden, nicht im Süden. Aber was, Almisan?«

»Ich weiß es nicht, Hoheit.«

Shahila starrte auf die sich bewegenden Lichtpunkte im Tal. »Schicke ein paar Bergkrieger über die Mauer, am besten sofort. Sie sollen herausfinden, was da vor sich geht.«

»Das habe ich bereits veranlasst, Hoheit.«

»Natürlich, natürlich hast du das, Almisan. Ich habe nicht an deiner Umsicht gezweifelt«, sagte sie leise.

Die Kälte der sternklaren Nacht, die sie in ihrer lächerlichen Aufregung ignoriert hatte, ließ sie zittern. Plötzlich spürte sie, wie ihr Almisan seinen Umhang über die Schultern legte. »Es ist wirklich kalt, Hoheit.«

»Was würde ich nur ohne dich machen«, erwiderte sie. Es war seltsam: Seit sie denken konnte, war Almisan immer in ihrer Nähe gewesen, aber so nah wie in diesem Augenblick hatte sie sich ihm noch nie gefühlt. Wurde sie etwa sentimental? Sie riss sich zusammen und entfernte sich einen halben Schritt von ihrem Beschützer. »Was hast du in der Stadt erfahren, Almisan?«

»Hauptmann Aggi ist aufgetaucht. Offenbar hat er Verbindung zu den Berggeistern, die unter der Stadt leben.« Dann berichtete er, was Haaf ihm von der Versammlung der Handwerksmeister erzählt hatte und wie ihm Aggi in einem Loch in der Erde entwischt war. »Was bedeutet«, so schloss er seinen Bericht, »dass nicht alle Gänge unter Atgath geflutet wurden.«

»Eine Verschwörung also? Von Maurern und Bäckern? Es wäre amüsant, wenn es nicht so traurig wäre.«

»Wir sollten das nicht unterschätzen, Hoheit.«

»Nein, natürlich nicht. Du sagtest, dieser Glasmeister, Dorn, er gehört zu den Wortführern?«

Almisan schwieg einige Sekunden, dann sagte er ruhig: »Ich kann ihn mit meiner Klinge bekannt machen.«

Shahila lächelte. »Ein reizvoller Gedanke, aber nein, das würde die Stadt nur gegen uns aufbringen. Dorn ist sehr angesehen. Wir müssen dafür sorgen, dass er seinen Ruf und sein Ansehen verliert. Ich denke an ein Verbrechen, das er begehen wird. Ja, ein unerhörtes Verbrechen.« Sie hielt kurz inne und betrachtete ihren Plan von allen Seiten. Er sah gut aus, beinahe zu gut, aber sie fand keinen Fehler. Also fuhr sie fort: »Ich denke, der Glasmeister wird jemanden ermorden, vielleicht sogar mit einer Glasscherbe. Sein Opfer sollte jemand sein, der wenig Freunde, aber viele Schuldner hat, jemand, der so unverschämt ist, immer neues Gold von mir zu fordern.«

Almisan schwieg wieder einige Augenblicke, dann erwiderte er: »Ich bin nicht sicher, ob Meister Haaf uns lebend nicht mehr nützt, Hoheit. Er ist zwar gierig, hält aber die Handwerker an der kurzen Leine und hat verhindert, dass sie sich auf diese Verschwörung einlassen.«

Shahila schüttelte unwillig den Kopf: »Das mag heute so sein, aber Haaf wird immer dort sein, wo der meiste Gewinn zu holen ist. Spätestens, wenn Gajan wirklich vor den Toren steht, wird er uns verraten, Almisan.«

»Ihr habt Recht, Hoheit«, gab Almisan ruhig zu, und wieder einmal kam er nicht umhin, ihren scharfen Verstand zu bewundern. »Diesen Punkt hatte ich nicht bedacht.«

»Gut, dann handle schnell, denn Gajan kann schon morgen hier erscheinen.«

Shahila stand mit dem Rücken zu ihm an der Brüstung, eingewickelt in seinen viel zu großen Umhang. Wie sehr sie ihm vertraute! Almisan entfernte sich mit einer Verbeugung, die Shahila gar nicht sehen konnte, und eilte die Treppe hinab. Auf halber Strecke blieb er stehen. *Der Zauberer!* Er hatte Hamoch beauftragt, die Toten nach dem Verbleib von Jamade zu befragen. Vielleicht hatte der Mann ja inzwischen etwas Brauchbares herausgefunden. Wenn seine Schattenschwester *vor* dem Großen Skorpion hier eintraf, dann ließe sich die Geschichte vielleicht doch noch zum Guten wenden. Almisan fluchte. Er fragte sich nicht zum ersten Mal, warum er sich auf Jamades Vorschlag eingelassen hatte, Sahif nach Du'umu zu locken. Jetzt hing alles von den Fähigkeiten einer jungen Frau ab, die leider schon bei der Ermordung der Prinzen von Atgath versagt hatte.

Bahut Hamoch schwitzte. Er führte mit fahriger Geste erneut die Bewegungen aus, die das Schwarze Buch vorschrieb, wenn man einen Toten beschwören wollte. Er fühlte sich schwach und verunsichert, was auch daran lag, dass er Kisbe Kisbara in ihrem Verschlag lachen hörte. Sie lachte über ihn, weil er sich so abplagte, ohne viel zu erfahren. Aber wie sollte er einen Geist beschwören, dessen Namen er nicht kannte? Er wusste ja nicht einmal, ob diese Jamade überhaupt jemanden getötet hatte. Sie selbst war nicht tot, das war das Erste, was er erfahren hatte. Als er dann nach Prinz Sahif gefragt hatte, war etwas höchst Unerwartetes geschehen, etwas, das ihn zutiefst erschreckt hatte. Er hatte das Ritual unterbrochen und ebenso ratlos wie widerwillig Kisbe befragt, aber die hatte ihn nur um Blut angebettelt. Er hatte ihr einige Tropfen gegeben, aber nichts erfahren. Und nun fühlte sie sich stark genug, ihn auszulachen.

Also nahm er das Ritual wieder auf und fragte weiter, vermied alles, was mit Sahif zu tun hatte, wie es der Tote, ein Mann, der schon vor Jahrzehnten auf Bariri gestorben war, ihm geraten, nein, befohlen hatte, und versuchte, Jamade zu finden. Aber er stieß nur auf Prinz Olan, der vor Wochen mit dem Schiff untergegangen war, das Jamade versenkt hatte. Er fragte ihn vergeblich nach dem Verbleib seiner Mörderin, auch den Aufenthaltsort seines Bruders wollte Olan nicht preisgeben. Hamoch war schon geneigt, Zwang anzuwenden, obwohl er sich so schwach fühlte, aber da nannte ihm der tote Prinz einen anderen Namen: Kumar.

Hamoch hatte also zuletzt diesen Geist beschworen, aber der war voller Zorn, zerrte an den Zaubern, die ihn banden, und Hamoch musste viel Kraft aufwenden, um ihn zu halten. Er sammelte sich, versuchte, seine Erschöpfung zu überwinden, und rief wieder, nun schon zum dritten Mal: »Kumar, bei deinen Knochen, ich befehle dir, mir zu sagen, wo Gajan ist!«

»Auf der Straße«, hauchte es.

»Welche Straße?«

Er musste die Frage zweimal wiederholen, bevor der Geist antwortete: *»In die Berge. Werde ich meine Kinder wiedersehen?«*

Hamoch ignorierte die Frage: »Berge? Ist er etwa schon nach Atgath unterwegs?«

»Meine Kinder«, flüsterte der Geist.

Die Kerzen flackerten. Jemand hatte die Kammer betreten, und Kumars Geist brüllte lautlos vor Zorn. Hamoch gab auf. *»Schistak!* Ich entlasse dich!«, rief er resigniert.

»Wie ich sehe, versucht Ihr Euch nützlich zu machen, Hamoch«, erklang es von der Treppe.

Hamoch rieb sich die müden Augen. »Es wäre einfacher, wenn ich nicht gestört würde, Rahis Almisan.« Er versuchte, zornig zu klingen, aber er fühlte sich zu ausgelaugt. Wie lange hatte er im Bannkreis gestanden? Stunden? Tage?

»Hattet Ihr Erfolg?«

»Ja und nein, Meister Almisan. Ich habe gute und schlechte Nachrichten für Euch. Ich kann Euch sagen, dass Eure Schattenschwester noch lebt. Ich kann weiter sagen, dass sie mit Prinz Sahif auf der Insel der Toten war. Auch der Prinz ist noch am Leben, falls Euch das interessiert, allerdings ...« Er suchte nach den richtigen Worten, um zu beschreiben, was er erfahren hatte: »Es scheint, er hatte Umgang mit den Toten. Ich halte es also für denkbar, dass er die Schwelle des Todes erreicht hat, wie Ihr es wolltet. Er kehrte jedoch zurück ins Reich der Lebenden, was, wenn ich Euch richtig verstanden habe, nicht unbedingt erwünscht war.«

»Jamade hat ihn nicht umgebracht?«

»Nein. Und irgendwie, ich weiß nicht, wie, hat der Prinz es vermocht, sich Freunde im Reich der Toten zu machen.«

»Unter den Geistern?«

»Die Toten wurden sehr unfreundlich, als ich nach ihm fragte. Sie rieten mir sogar, nichts zu unternehmen, was Sahif schaden könnte, denn sie bezeichnen ihn als den Befreier.«

»Befreier?«

»Auch das kann ich nicht erklären, doch wie es aussieht, wird sein Name in der nächsten Welt mit Respekt geflüstert.«

»Seltsam. Haben die Toten denn irgendeine Macht, die uns schaden könnte, Hamoch?«

Hamoch zuckte mit den Schultern. »Manche schon. Außerdem ist ein Nekromant auf ihren guten Willen angewiesen, wenn er sie befragen will. Sie zu etwas zu zwingen ist gefährlich.«

Der Rahis sah nicht zufrieden aus. »Ist das alles? Mehr habt Ihr nicht herausgefunden? Was habt Ihr den ganzen Tag gemacht?«

Hamoch wurde wütend. »Ich habe schon noch etwas in Erfahrung gebracht, Meister Almisan, aber ich weiß nicht, ob Ihr es verdient habt, es zu erfahren!«

Almisan stand plötzlich unmittelbar vor ihm, dabei hatte er einen Wimpernschlag zuvor auf der Treppe gestanden. »Spielt keine Spielchen mit mir, Zauberer. Ihr seid nicht Kisbara. Ich fürchte Eure armseligen Beschwörerkünste nicht, verstanden?«

Hamoch war vor Schreck zurückgeprallt. »Versteht Ihr denn keinen Spaß, Rahis?«, fragte er und wusste doch, dass der Versuch, alles ins Scherzhafte zu ziehen, kläglich scheitern musste.

»Also?«, fragte Almisan.

»Prinz Gajan, er ist in Haretien, vermutlich in Felisan, nach allem, was ich erfahren habe. Und denkt Euch, ich erfuhr es von einem Mann, den er ermordet hat.«

Almisan sah ihn unbewegt an. Hamoch konnte in seiner versteinerten Miene nicht einmal ansatzweise erkennen, was der Hüne dachte.

»Sprecht weiter«, forderte er schließlich.

»Wenn ich es richtig verstanden habe, so waren die beiden nach dem Schiffbruch Gefährten auf einer Insel, und Kumar, so hieß der Mann, hat Gajan und seinem Sohn Hadogan wohl das Leben gerettet.«

»Hadogan lebt also auch noch?«

»So sieht es aus.«

»Und wo sind die guten Nachrichten, die Ihr angeblich hattet, Hamoch?«

»Ist das keine gute Nachricht? Der Prinz ist ein Mörder! Er ermordete den Mann, der ihm das Leben rettete. Was werden die Leute von Atgath wohl sagen, wenn sie davon erfahren?«

Almisan schüttelte den Kopf. »Und Ihr wollt es ihnen erzählen? Werdet Ihr ihnen auch berichten, wie Ihr davon erfahren habt? Sie werden sicher erfreut sein, dass Ihr Euch der Schwarzen Kunst zugewandt habt«, rief er. Dann fragte er: »Der Knabe – weiß er, was sein Vater getan hat?«

»Ich glaube nicht. Der Geist beschuldigte ihn jedenfalls nicht, beteiligt gewesen zu sein.«

»Nun, das wird uns dennoch nicht viel nützen, fürchte ich. Wie Ihr vielleicht wisst, beschäftigen sich die guten Menschen der Stadt derzeit mit dringenderen Problemen. Es stehen Feinde vor den Toren, und es wäre besser, Ihr würdet Euch darum kümmern.«

Hamoch nickte. »Ich suche doch schon nach Möglichkeiten …«, begann er, aber der Satz versandete unter Almisans durchdringendem Blick.

»Sucht schneller!«

»Und Eure Schattenschwester? Wenn sie so wichtig ist, kann ich weiter …«

»Nein, das muss aufgeschoben werden. Findet einen Weg, uns unsere Feinde vom Hals zu schaffen, und zwar schnell. Die Dinge spitzen sich zu. Bereits morgen kann es unerheblich sein, ob Jamade den Schlüssel hierherbringt oder nicht.«

***

Es roch nach gebratenem Fleisch. Die Westgarther hatten die Kuh des Bauern geschlachtet und brieten nun einen der Schenkel über offenem Feuer. Jamade hatte sich allerdings abgesondert. Es war eine kalte Nacht geworden, die Wolken hatten sich verzogen, und die Sterne standen hell und klar über den Bergen. Die Männer lachten, aber ihr war nicht nach Lachen zumute. Es war ein Fehler gewesen, diese Krieger mitzunehmen, ein Fehler, ein Fehler! Eigentlich hatte sie es gleich gewusst, aber sie hatte nicht auf die warnende Stimme in ihrem Hinterkopf hören wollen.

Und nun waren zwei tote Westgarther am Feuer aufgebahrt, erstochen von den Frauen, die sie hatten vergewaltigen wollen, und daneben lagen diese beiden Frauen, der Bauer, seine Söhne und die Knechte erschlagen im Schlamm. Aus der Scheune drang das Wimmern der Frauen, Mädchen und Mägde dieser Familie. Jamade war sich nicht sicher, ob alle von ihnen die rohen Schändungen durch die Krieger überlebt hatten.

»Meine Männer haben harte Zeiten hinter sich und noch härtere vor sich«, hatte Askon mit einem Achselzucken erklärt, als sie ihn zur Rede stellte. Sie machte ihm Vorwürfe, aber nicht wegen der Frauen, denn sie wollte nicht weich erscheinen, sondern wegen des unnötigen Kampfes, des Lärms und der Feuer, die weithin sichtbar waren. Und nun wollten diese Narren auch noch ihre gefallenen Brüder den Flammen übergeben. »Wir verbrennen unsere Toten, wenn wir sie nicht in der See bestatten können«, hatte Askon erklärt. »So ist es Brauch, und so wird es auch heute geschehen.«

Jamade hatte es hingenommen, obwohl auch das ein Fehler war. Sie sollte diese Männer einfach sich selbst überlassen. Was kümmerte es sie, wenn ihre dummen Feuer entdeckt wurden, wenn vielleicht Soldaten oder andere Bauern über die Kuppe kamen, um nach dem Rechten zu sehen? Askon stand plötzlich neben ihr. »Ich kann das Sternbild des Seefahrers nicht sehen«, sagte er nachdenklich.

Sie schluckte ihren Ärger hinunter. »Es wird hinter den Bergen dort versunken sein.«

»Vermutlich. Es ist merkwürdig, so weit weg vom Meer zu sein«, meinte der Prinz.

»Willst du umkehren?«

Askon lachte leise. »Bist du verärgert, weil wir dich aufhalten, Schatten?«

Sie zuckte mit den Schultern.

»Nun, du wolltest uns dabei haben, und hier sind wir nun. Und wir werden nicht ohne reiche Beute auf unser Schiff zurückkehren – oder reiche Belohnung. Und es gibt doch eine reiche Belohnung für diesen Schlüssel, nicht wahr?«

Jamade nickte.

Askon lachte, aber erstmals fand sie sein Lachen nicht befreiend. Er sagte: »Warum wartest du denn auf uns? Kannst du dich nicht jederzeit unsichtbar machen und in der Dunkelheit verschwinden? Ich könnte dich nicht aufhalten.«

»Könntest du nicht?«, fragte sie mit einem Kloß im Hals.

»Nein, denn du bist ein Schatten. Bedauern würde ich es schon, wenn du gingest, sehr bedauern, Jamade. Nicht nur wegen der Belohnung.«

Seine Hand strich über ihren Nacken und löste einen wohligen Schauer aus. Er küsste sie, als sei es das letzte Mal, und Jamade vergaß die verräterischen Feuer, die Toten und die geschändeten Frauen. Mochten Askons Männer sie auch aufhalten. Auf eine Stunde mehr oder weniger würde es schon nicht ankommen.

Später in der Nacht wachte sie auf. Sie war in seinen Armen eingeschlafen, aber jetzt erwacht, weil sie seine vorsichtigen Berührungen fühlte. Aber war das ein sanftes Streicheln? Jamade tat, als würde sie noch schlafen. Nein, es fühlte sich an, als ob er sie abtastete, als ob er an ihrem Leib nach etwas suchte – vielleicht nach einem Schlüssel?

***

»Ihr wollt schon wieder rasten?«, fragte Sahif ungehalten.

Ela rieb sich die schmerzenden Füße. »Wir müssen, Sahif, denn ich bin nicht aus Stein wie du!«, gab sie zurück.

»Und ich bin es nicht gewohnt, so weite Strecken auf meinen eigenen Füßen zurückzulegen«, meinte Hanas Aggi und ließ sich ins Gras fallen.

»Hier?«, fragte Sahif ungläubig und wies auf die Straße.

Sie waren nicht allein. Eine große Gruppe von Flüchtlingen hatte sich am Wegesrand niedergelassen, und im schwachen Licht ihrer kleinen Feuer bemerkte Sahif sehr wohl, wie misstrauisch sie ihn, den Südländer, anstarrten. Es waren Frauen, Kinder, Alte, aber auch junge Männer. Sahif bemerkte ein paar blutverschmierte Verbände, also hatten diese Leute gekämpft. Waffen sah er nur wenige, auch wirkten die Leute nicht so, als suchten sie Streit, aber dennoch glaubte er nicht, dass er an diesem Ort viel Schlaf bekommen würde.

Eine weitere Gruppe von Flüchtlingen kam heran. Sie machten aber keine Anstalten anzuhalten, auch beachteten sie die Menschen am Wegesrand gar nicht. Dann sprach Ela Grams sie an. »Entschuldigt, Großvater, wo zieht Ihr hin?«

Der alte Mann, dem ein Arm fehlte, vermutlich eine alte Verletzung, blieb stehen und rieb sich mit einem Tuch Staub und Schweiß aus dem Gesicht, bevor er antwortete: »In die Berge, Frau Nachbarin. Wir haben Verwandte in einem der Weiler dort oben.«

»Glaubt Ihr denn, dass Ihr dort sicher seid, Vater?«, fragte Ela.

Der Alte seufzte. »Es sind doch Seeräuber, mein Kind. Beten wir also, dass sie an der Küste bleiben, und beten wir für jene, die das Unglück haben, dort zu wohnen. Und hoffen wir, dass der Protektor bald mit einem Heer zurückkehrt und diese Barbaren wieder ins Meer wirft.«

»Ja, hoffen wir das«, murmelte Ela.

»Der Protektor!«, schnaubte Hanas Aggi wütend, als die Leute weitergezogen waren. »Der Mann hat Reißaus genommen und seine Stadt im Stich gelassen. Er hätte nur die Magazine öffnen müssen, und dann hätten die Haretier den Westgarthern schon gezeigt, dass sie auch zu kämpfen verstehen.«

»Vielleicht war es klug, genau das nicht zu tun«, meinte Sahif nachdenklich.

»Ach? Und hättet Ihr die Güte, mir zu erklären, was daran klug sein soll? Diese Seeräuber nisten sich jetzt ein. Und die Stadtmauern schützen jetzt sie, nicht mehr die armen Leute, die dort mit ihnen zusammengesperrt sind!«

»Nun, sie leben. Hätten sie zu den Waffen gegriffen, wären die meisten Felisaner wohl tot, und die Stadt wäre trotzdem verloren. Ich kann verstehen, dass der Protektor sich zurückgezogen hat.«

Hanas Aggi schüttelte den Kopf: »Ist das etwas, was die Schatten klug nennen? Ich nenne es feige. Wenn Pelwa Angst um seine Stadt hatte – warum hat er sich dann nicht ergeben und die Schlacht verkürzt? Und wenn er seine Bürger retten wollte, warum bleibt er nicht mit seinen Soldaten in der Stadt und ermöglicht ihnen die Flucht?«

»Sprecht leise, ich bitte Euch«, mahnte Sahif.

»Ach, fahrt zur Hölle!«, rief Hanas Aggi, stand auf und ging hinüber zu den Flüchtlingen.

»Es ist doch nicht seine Stadt«, brummte Sahif.

»Du verstehst es wohl wirklich nicht, oder?«, fragte Ela. »Wir sind zwar aus einer anderen Stadt, aber auch Haretier. Diese Menschen sind unsere Nachbarn. Außerdem wird doch auch um Atgath gekämpft, nach allem, was wir hier hören. Hanas macht sich Sorgen um seine Mutter und seinen Bruder – so wie ich mich auch um meine Brüder sorge. Begreifst du das wirklich nicht?«

»Familie«, murmelte Sahif verdrossen, dann stand er auf und wich vor den finsteren Blicken, die ihm von den anderen Feuern folgten, in die Dunkelheit abseits der Straße aus. In den Bergen, gar nicht weit entfernt, musste etwas Großes brennen, denn der Nachthimmel war erleuchtet. Ob der Krieg schon bis dorthin gekommen war? Nun, es ging ihn nichts an, und, nein, er verstand wirklich nicht, was Ela von ihm wollte.

Er hatte natürlich auch eine Familie, aber die glich, ganz ihrem Namen gemäß, einem Nest von Skorpionen, und es gab dort niemanden, um den er sich sorgen würde. Seine Mutter war tot, seine vielen Geschwister kannte er kaum, denn seine Kindheit und Jugend hatte er in der Schule der Schatten verbracht, und als er zurückgekehrt war, war er ein Außenseiter gewesen, und sie waren ihm fremd geblieben. Nur Shahila war ihm nähergekommen, aber die war ebenso falsch wie heimtückisch und hatte ihn nur benutzt. Die Magier, die den Stern ihrer Geburt bestimmt hatten, hatten Hellsichtigkeit bewiesen, denn Shahila, das war der alte Name für den Stachel im Sternbild des Skorpions. Sie war vielleicht die gefährlichste von all seinen Geschwistern, aber leider nicht die Einzige, die ihn tot sehen wollte.

Ein paar Männer kamen auf der Straße aus Norden näher,

was ihn ablenkte. Wieso kamen sie die Straße herunter, wo doch alles in die andere Richtung floh? Dann erkannte er, dass sie bewaffnet waren. Eine Miliz? Sie traten an die Feuer und verlangten lautstark nach Nahrung. Ihr Anführer, ein grobschlächtiger Mann mit schnarrender Stimme, rief: »Wir sind die, die Euch vor den Westgarthern verteidigen. Also gebt uns Euer Essen, denn wie sollen wir kämpfen, wenn wir hungrig sind?«

»Es reicht kaum für uns, oder glaubt Ihr, wir haben in aller Ruhe unsere Vorräte zusammengesucht, als die Barbaren schon an unsere Türen klopften?«, gab eine Frau giftig zurück.

Sahif rief die Schatten.

»Das ist mir gleich! Durchsucht ihre Habe, Männer!«, schnarrte der Anführer. »Und wer sich wehrt, wehrt sich gegen die Männer des Protektors. Dann ist er ein Hochverräter und wird so behandelt, klar?«

Seine Leute, neun an der Zahl, kamen dieser Aufforderung sofort nach. Ein weißbärtiger Alter, der sich ihnen in den Weg stellte, wurde von zwei Männern gepackt und zusammengeschlagen, eine Frau – vielleicht die Tochter des Alten, denn sie sprang ihm zu Hilfe – daraufhin von den beiden an den Haaren in die Büsche gezerrt.

Ela Grams sprang auf und zog ihr Messer, und auch Hanas Aggi zog eine Klinge, die er in der Stadt an sich genommen hatte. »Kommt mir nicht zu nahe!«, schrie Ela und blickte sich um, als suche sie Sahif. Doch der war längst unsichtbar auf der anderen Seite der Straße. Er beobachtete die beiden Kerle, die höhnisch lachend auf Ela zugingen, ihre Schwerter in der Hand.

»Die Blonde gehört mir!«, schnarrte der Anführer.

»Ich glaube nicht«, flüsterte ihm Sahif ins Ohr, tauchte aus den Schatten auf und zog dem Mann seine Klinge über den Handrücken.

Mit einem Schrei ließ dieser seine Waffe fallen und sprang zurück. Doch Sahif packte ihn und setzte ihm das Messer an den Hals. »Ruf deine Leute zurück«, zischte er.

Der Mann hielt sich die blutende Hand und stierte Sahif blöde an. Der setzte die Klinge etwas fester auf den Hals. »Lasst die Waffen fallen und verschwindet, Gesindel«, rief er laut.

Die Männer bemerkten erst jetzt, dass etwas nicht stimmte. Einer kehrte aus dem Graben zurück und zog sich die Hosen hoch. Sahif sah dort das Gesicht einer verängstigten Frau, die nun eilig davonkroch.

»Was soll das werden, Kleiner?«, fragte einer der Männer, legte sich sein Breitschwert lässig auf die Schulter und schlenderte aufreizend langsam auf Sahif zu. »Einer gegen ein Dutzend?«

»Ihr seid nur neun – und euer Hauptmann ist schon so gut wie tot!«

»Der ist nicht mal Sergeant, nur Korporal, und ich kann die Männer ebenso gut führen wie dieser Dummkopf, der sich von dir übertölpeln ließ«, sagte der andere lachend. Er stand breitbeinig auf der Straße, keine vier Schritte entfernt. Seine Leute sammelten sich hinter ihm. Dann begannen sie langsam, Sahif einzukreisen. Sahif erkannte, dass er die Situation falsch eingeschätzt hatte. Er hatte gehofft, die Flüchtlinge würden sich ihm anschließen, dann hätten sie dieses Pack schnell davongejagt. Nun sah er, dass Hanas Aggi und Ela ihm beistehen würden, aber von dem Rest der Leute bei einem Kampf keine Hilfe zu erwarten war. Er brauchte sie auch nicht. Zumal seine Gegner nicht einmal wussten, mit wem sie es zu tun hatten.

Er drückte dem angeblichen Anführer noch einmal sein Messer etwas fester an den Hals, was diesem ein leises Wimmern entlockte, dann ließ er ihn los. Die eiskalte Ruhe, die er sich in jahrelangen Übungen in der Festung der Schatten angeeignet hatte, überkam ihn. Er glitt blitzschnell hinüber zu dem Mann mit dem Schwert auf der Schulter, jagte ihm, bevor er auch nur zucken konnte, sein Messer in die Brust und hielt dem Korporal die Klinge wieder an die Kehle, ehe die anderen überhaupt bemerkt hatten, was geschehen war. Selbst der Mann mit dem Breitschwert schien nicht zu begreifen, was vor sich ging. Er öffnete den Mund, grinste unsicher und hustete Blut. Dann glitt das Schwert von seiner Schulter, er stammelte ein paar Worte und sank langsam, sehr langsam zu Boden.

»Noch jemand?«, fragte Sahif kalt.

Die Männer sahen einander an.

»Lasst die Waffen fallen und verschwindet. Ich sage es nicht noch einmal«, zischte Sahif in die Totenstille hinein. Dann deutete er mit der Klinge auf einen pockennarbigen Jüngling. »Du bist der nächste«, verkündete er.

Das genügte. Der Jüngling schrie auf, ließ seine Axt fallen und rannte davon. Die anderen folgten ihm eilig, aber die meisten waren so schlau, ihre Waffen zu behalten.

Sahif dachte jedoch nicht daran, sie zu verfolgen, denn im Grunde genommen, fand er, ging ihn diese Sache nichts an.

»Kann, kann … ich auch gehen, Herr?«, quiekte der Korporal.

Sahif roch, dass sich der Mann in die Hosen gemacht hatte.

»Verschwinde«, knurrte er.

»Danke, Herr, danke!«, stammelte der Mann und taumelte davon.

Plötzlich kam die Frau, die in den Graben gezerrt worden war, aus der Dunkelheit heran. Sie hatte einen starken Ast aufgehoben, schrie und stürzte sich auf den Korporal. Der wimmerte und hob die Arme zum Schutz, während sie schreiend auf ihn einprügelte. Und plötzlich waren auch die anderen über ihm, schlugen mit Knüppeln und Steinen auf den Mann ein, der in höchsten Tönen um sein Leben kreischte.

»Kannst du sie nicht aufhalten, Sahif?«, flüsterte Ela, die mit schreckgeweiteten Augen neben ihm stand.

»Zu spät«, meinte Sahif mit einem Achselzucken. »Und verdient hat er es doch, oder?«

»Aber das ist furchtbar«, sagte Ela leise.

»Dann sieh nicht hin!«, erwiderte Sahif wütend. Er wusste selbst nicht, warum er so aufgebracht war. Hatte er als Schatten nicht gelernt, den verfluchten Jähzorn seiner Familie zu beherrschen? Warum war er ausgerechnet Ela gegenüber ausgebrochen? War es vielleicht, weil nicht einmal sie ihm dankte?

Als die braven Leute von Felisan von dem blutigen Klumpen Fleisch abließen, der einmal ein Mensch gewesen war, hörte er kein Wort des Dankes, und die Blicke, die sie ihm, dem Oramarer, zuwarfen, waren eher noch misstrauischer geworden. Und jetzt packten sie ihre Sachen und machten sich davon. Er konnte sie verstehen. Sie hatten einen Mann erschlagen, und sie wollten nicht vor Augen haben, was sie getan hatten. Aber sie würden es nicht loswerden, egal wie weit sie zogen, das hätte er ihnen sagen können. Er hatte den Mann nicht getötet, weil er sein Leben als Schatten hinter sich lassen wollte, und weil Ela gesagt hatte, dass nichts Gutes aus einem Mord erwachsen könne. Sie hatte Recht, diese Leute würden das noch merken. War das vielleicht seine Aufgabe? Anderen das Morden abzunehmen, damit sie davon nicht so vergiftet wurden, wie er es war?

»Was ist denn los mit dir?«, fragte Ela.

Er wies mit einem Nicken auf die Flüchtlinge, die in der Dunkelheit verschwanden, einzeln, jeder schien in eine andere Richtung gehen zu wollen, und niemand sah noch nach der

Leiche, die auf der Straße lag. »Sieh sie dir an, Ela, und sieh dir an, wie sie mich ansehen!«

»Wundert dich das? Ich nehme an, sie fragen sich, wie es möglich war, dass du plötzlich aus dem Nichts hinter diesem Kerl aufgetaucht bist«, meinte die Köhlertochter.

»Ich glaube nicht, dass einer von denen das gesehen hat – oder begreift.«

»Möglich«, meinte Ela, »und vielleicht ist es das, was sie beunruhigt. Es ist ja schon schlimm genug, dass du ein Oramarer bist. Wir haben Krieg mit denen, wie du vielleicht weißt, also solltest du dich an ein paar feindseligen Blicken nicht stören.«

»Ich habe ihnen geholfen! Aber es sieht aus, als würden sie mir sogar das übel nehmen.«

Ela seufzte. »Du hast sie beschämt. Du hast dich allein gegen die Übermacht gestellt, während sie selbst schlotternd am Wegesrand saßen und sich nicht zu wehren wagten.«

Sahif schwieg nachdenklich. Ela stand dicht bei ihm. Sie roch nach Äpfeln. Er hätte nur die Hand ausstrecken müssen, um sie zu berühren. Ihre Augen glänzten im Schein der Lagerfeuer, als sie ihn ansah. Wie nah sie ihm gekommen war. Sie war eine ganz andere Frau als die sanfte Aina, die ihm niemals widersprochen oder ihre Meinung gesagt hatte. Ela Grams nahm kein Blatt vor den Mund, nicht seit der Insel der Toten. Aber warum folgte sie ihm überhaupt durch all diese tödlichen Gefahren? Die Frage hatte er sich schon auf Bariri gestellt und keine Antwort gefunden. Er sah sie an, sah ihren Blick, ihre leicht geöffneten Lippen und begriff, dass in diesem besonderen Moment alles möglich war. Aber er unternahm nichts, und so ging der Augenblick vorüber, und nichts geschah.

Sahif räusperte sich. »Vielleicht wäre es besser, wenn wir uns trennen, Ela Grams.«

»Trennen?«

»Die Leute halten dich für die Freundin eines Oramarers, das kann gefährlich für dich werden.« Es war mehr als gefährlich für sie, das wurde ihm erst jetzt schmerzlich bewusst. Wenn sie an seiner Seite nach Atgath ging, wo man ihn für den Mörder des alten Herzogs hielt, war es beinahe Selbstmord. Sie sagte nichts, und ihm fehlten die Worte, ihr zu erklären, was er dachte. Er kannte sie, sie würde nicht auf ihn hören. Also setzte er hinzu: »Außerdem haltet ihr mich auf.«

Ela öffnete den Mund, schloss ihn wieder, setzte zum zweiten Mal zu einer Antwort an, schüttelte den Kopf, trat ganz nah an ihn heran und stemmte die Hände in die Hüften. »Dann geh doch, Sahif von den Schatten, und lass uns im Stich, hier, inmitten der Gefahr!«

Dann drehte sie sich um und stapfte zurück zu Hanas Aggi ans Feuer. Der Maat sah sie erstaunt an und schien sie zu fragen, was vorgefallen sei. Sie schüttelte nur den Kopf, denn sie wollte nicht darüber reden.

Aggi legte ihr sanft eine Hand auf den Arm. Sie schob sie weg.

»Was ist denn?«, fragte der Maat leise.

»Er denkt daran, sich von uns zu trennen.«

»Klingt vernünftig für mich«, meinte Aggi.

»Aber nicht für mich!«, zischte sie ihn an und wandte sich ab. Warum wollte Sahif nicht, dass sie ihm half? Wollte er denn die ganze Welt auf seinen Schultern tragen? Sah er denn nicht, wie gefährlich dieser Weg für ihn war? Sie sah ihm an, wie sehr er mit sich kämpfte, dass er versuchte, die Schatten seines alten Lebens zurückzulassen, und wie schwer das war. Wenn sie nicht bei ihm war, dann würden die Schatten vielleicht doch noch gewinnen. Und das musste sie verhindern.

Sahif sah hinüber zu den beiden, die miteinander flüsterten. Seine Bemerkung hatte gewirkt, vielleicht, weil es die Wahrheit war. Die beiden hielten ihn wirklich auf, auch wenn er sich das nur zögernd eingestand. Wenn Jamade das Wort an der Geheimen Kammer aussprach, würde es das Ende der Welt bedeuten. Er musste vor ihr in Atgath sein, und allein war er einfach schneller, auch wenn Ela das nicht begreifen wollte. Und dennoch sperrte sich etwas in ihm dagegen, sie bei Hanas Aggi zurückzulassen, hier, in diesem umkämpften Land. Diese Räuberbande – sie hätten vielleicht auch Ela Grams vergewaltigt, wenn er nicht gewesen wäre. Wie konnte er sie da allein lassen? Musste er sie nicht wenigstens sicher bis Atgath bringen? Er blickte auf zu den Sternen, die kalt und fern vom Firmament blinkten. Die schienen aber auch keinen Rat zu wissen, und falls doch, behielten sie ihn für sich.

***

»Eine wundervolle Nacht, nicht wahr, Meister Ured?«, fragte Orus Lanat.

»Es gibt Frost«, gab Faran Ured zurück. Unter ihnen zog ein Strom von Lichtpunkten nach Norden, dem Feind entgegen.

Sie standen auf einer Kuppe hoch über dem Tal, auch hoch über Atgath. Der Gesandte war mit zwei Dienern und dem seltsamen Jungen erschienen, der Ured schon in Felisan aufgefallen war, weil sein Blick so völlig leer war. Immer noch wusste er nicht, warum Lanat ihn ständig an seiner Seite haben wollte. Der Jüngling hatte keine magischen Fähigkeiten, die hätte er bemerkt, doch was war es dann? Jetzt saß der Junge mit den Dienern in der stillgelegten Mine an einem wärmenden Feuer, während Ured in dieser kalten Nacht auf einer Bergkuppe stand, nervös auf die Stadt hinabblickte und sich dabei fragte, ob die Mahre wussten, dass er sich so nah an einem Eingang zu ihrem Reich aufhielt.

»Die Helmonter sind diese Kälte gewohnt, nach allem, was ich über ihr wildes Land weiß«, meinte der Gesandte gut gelaunt.

»Sagt mir, wie hat es der Große Skorpion geschafft, sie gerade zur richtigen Zeit über die Berge marschieren zu lassen? Der Krieg ist doch noch keine Woche alt. Und wie kommt es, dass ebenfalls zum gerade rechten Zeitpunkt die Westgarther über Felisan herfallen? Verratet Ihr mir das, Lanat?«

Orus Lanat grinste so breit, dass es selbst im schwachen Sternenlicht gut zu sehen war. »Nein«, erklärte er vergnügt. »Aber ich kann Euch verraten, dass Euer Gönner und Freund, der erhabene Padischah Akkabal at Hassat, höchstselbst mit den Helmontern über die Berge gekommen ist.«

»Augenblick – der Große Skorpion ist hier? In Haretien?«

»Offenbar misst er dieser kleinen Stadt eine Bedeutung zu, die ich nicht verstehe. Aber vielleicht wisst Ihr da mehr als ich?«

Ured schüttelte den Kopf, obwohl er nur zu genau wusste, was den Padischah anzog. Unter Atgath ruhte das größte Geheimnis der Welt. Es war nicht auszudenken, was geschehen würde, wenn die Macht der Alten Magie dem Großen Skorpion in die Hände fiele.

»Schade. Aber ich gebe zu, Ihr habt mich beeindruckt«, meinte Lanat dann in versöhnlichem Ton.

»Womit?«, fragte Ured.

»Ihr habt es geschafft, dieses Heer nach Norden marschieren zu lassen.«

»Danke, aber das ist nicht mein Verdienst, Lanat. Gidus war zwar der Meinung, es sei besser, sich hier vor der Stadt zu verschanzen, aber er stand mit dieser Meinung ziemlich allein.«

»Er hat immerhin den Oberbefehl. Wie habt Ihr dafür gesorgt, dass er es sich anders überlegt?«

»Er war standhaft, auch als die Obersten alle anderer Meinung waren. Ich bin nicht stolz darauf, aber es war dann wirklich mein Vorschlag, den berühmten General Hasfal nach seiner Ansicht zu fragen. Obwohl er wegen Mordes an seinem Bruder und wegen der Sache mit dem Kanonenschuss eingesperrt ist, hat er noch genug Ansehen, dass sogar Graf Gidus auf ihn hört. Er war für den Zug nach Norden, und da gab sich Gidus geschlagen.«

»Es ist also doch Euer Verdienst!«, rief Lanat begeistert. »Ich gebe zu, ich habe Euch anfänglich unterschätzt, Meister Ured. Aber woher wusstet Ihr, dass der General für den Marsch plädieren würde? Man hätte den Feind doch auch bei der Stadt in vorbereiteten Stellungen erwarten können.«

»Mag sein, aber die Obersten – und der General – wollen verhindern, dass der Feind in Sichtweite der Stadt gerät, weil sie dann einen Ausfall der Atgather Garnison befürchten. Sie haben noch nicht begriffen, wie groß die Gefahr ist, in der sie schweben. Ihre Kundschafter haben den Feind zwar gesehen, aber sie schätzen die Zahl auf zwei- bis dreitausend Mann, noch dazu dürftig bewaffnet. Außerdem behaupten die Obersten der Reiterei, dass sie im Buschland unterhalb der Stadt nicht gut kämpfen könnten, also ziehen sie hinauf, wo sie freies Schussfeld und freie Bahn für die Panzerreiter erwarten. Und sie lassen etwa dreihundert Leute zurück, um die Gräben zu sichern.«

»Sehr gut.« Lanat rieb sich die Hände.

»Ich nehme an, der Padischah hat noch eine unangenehme Überraschung für den Seebund?«

»Gut möglich«, meinte Lanat, »vor allem aber hat er mehr als zehntausend Krieger unter seinem Befehl. Einzelheiten kann ich Euch nicht verraten – einfach, weil ich sie nicht kenne. Der Große Skorpion befiehlt, seine Diener gehorchen und stellen keine Fragen. So ist es nun einmal.«

Ured fragte sich, ob er die Männer, die da unten nach Norden marschierten, in den sicheren Tod geschickt hatte, und es war ihm kein Trost, dass die Befehlshaber dieses Heeres ohnehin versessen auf eine richtige Schlacht waren. Sie würden sie bekommen, aber es war die falsche, sie hätten nach Felisan marschieren müssen. Sie wussten jedoch nicht, was an der Küste, in ihrem Rücken, geschah, und sie wussten nicht, dass sie in eine Falle marschierten. Aber er würde sie nicht warnen, nicht, solange seine Familie irgendwo im Reich des Padischahs gefangen gehalten wurde.

Lanat war kurz in der Höhle verschwunden, um mit dem Jungen zu reden, das hieß, eigentlich sprach nur der Botschafter. Ured war draußen geblieben und betrachtete die Sterne. Er fragte sich, ob sie günstig für ihn standen.

Unten im Tal leuchteten die Wachfeuer der Seebund-Soldaten, die den Feind erwarteten. Ihre Stellung schien Ured ziemlich günstig zu sein, und Hasfal war nach allem, was er gehört hatte, kein schlechter General. Vor allem verstand er es, die Leute zu begeistern. Er fragte sich, ob der Padischah seine Gegner nicht doch unterschätzte.

Orus Lanat stand plötzlich neben ihm. »Sagt, Meister Ured, was ist eigentlich aus dem General geworden? Er ist doch wieder in Haft, oder?«

Ured runzelte die Stirn. »Wie kommt Ihr darauf? Gidus fragte ihn, ob er bereit sei, einen Teil seiner Verfehlungen wiedergutzumachen, und Hasfal willigte ein.«

»Er kommandiert dieses Heer? Und Ihr habt das nicht verhindert?«

»Wie sollte ich? Ich hatte doch nicht einmal einen Auftrag dazu. Aber warum fragt Ihr?«

»Prinz Weszen fragte, entschuldigt mich.« Lanat hastete zurück zu dem Jungen und sprach wieder mit ihm. Wieder schien der Junge nur völlig unbeteiligt zuzuhören, aber dann sah Ured, dass seine Lippen sich bewegten.

Kurz darauf kehrte Lanat leichenblass zu ihm zurück. »Prinz Weszen ist sehr ungehalten. Der Padischah verlangt, dass wir den General ausschalten.«

»Wir?«

»Nun, Ihr. Weszen machte deutlich, dass der Padischah unsere Köpfe fordern wird, wenn dieses Heer da unten von Hasfal befehligt wird. Dieser General ist in der Schlacht leider mehr wert als zehn Regimenter Pikeniere. Er könnte alle Pläne des Erhabenen über den Haufen werfen.«

»Dieser Junge da in der Höhle, der hat also Verbindung zu Prinz Weszen?«

Lanat lächelte gequält. »Es wäre wohl sinnlos, es länger zu leugnen. Aber die Zeit drängt. Ihr müsst, um unser beider Leben willen, Hasfal irgendwie … ausschalten.«

»Ich bin kein Schatten, Lanat«, gab Ured kühl zurück. Er machte sich weit weniger Sorgen um sein Leben als der Gesandte, denn er hatte den Ring der Mahre, der ihm ewiges Leben schenkte.

»Ihr sollt, nein, Ihr dürft ihn auch nicht töten – seine Männer würden sich für einen toten Hasfal vielleicht noch mehr zerreißen als für einen lebenden. Schaltet ihn aus! So lautet der Befehl. Und beeilt Euch. Denkt an Eure Familie, Meister Ured, ich bitte Euch!«

»Verratet mir erst, was es mit diesem Jungen auf sich hat.«

»Was? Wisst Ihr nicht, was auf dem Spiel steht? Der Tag

bricht bald an, und da, über den Bergen im Norden – seht Ihr den Lichtschimmer? Der steigt über dem Lager des Padischahs auf. Das ist nicht sehr weit weg!«

»Der Junge, Lanat«, forderte Ured unnachgiebig. Er genoss das Gefühl, endlich einmal am längeren Hebel zu sitzen, selbst wenn es kindisch war.

»Wir nennen sie Mittler«, stieß Lanat hervor, »sie erlauben uns, über Länder und Meere mit dem Erhabenen in Verbindung zu bleiben.«

»Ich habe noch nie von einem derartigen Zauber gehört«, gab Ured zurück.

»Ich bin kein Magier, Ured, und kann es nicht richtig erklären. Ich weiß nur, dass eine der vielen Schulen, die von der Gnade des Padischahs zehren, diese Mittler geschaffen hat. Sie mussten dazu jedoch irgendwie den Geist aus den Knaben vertreiben, was ihre Nützlichkeit einschränkt. Sie können weder allein essen noch trinken, sich nicht ankleiden, nicht gehen oder reiten. Sie geben nur weiter, was man ihnen sagt, sie haben keine eigenen Gedanken, stellen keine Fragen. Seht nicht so entsetzt drein, Ured, gebt zu, dass es ungeheuer nützlich ist.«

»Ungeheuer, in der Tat«, murmelte Ured.

»Also, nun wisst Ihr, was Ihr wissen wolltet. Jetzt geht, ich bitte Euch! Ich weiß ja, dass Euch nicht viel an mir liegt, aber denkt an das Leben Eurer Frau und Eurer Kinder, Ured. Wenn diese Schlacht nicht so verläuft, wie es der Padischah wünscht, wird es uns allen schlecht ergehen.«

Ured würdigte den Gesandten keiner Antwort. Er drehte sich um und stieg den Berg hinab. Die Sterne verblassten schon. Er hatte nicht viel Zeit, Hasfal aus dem Weg zu räumen, noch dazu, ohne ihn umzubringen, und noch wusste er nicht, wie er dieses Kunststück bewerkstelligen sollte.

Fünfter Tag

Im Morgengrauen weckte ein kalter Schauer die Männer, die unter dem Bronzerohr der Langen Got versucht hatten, ein wenig Schlaf nachzuholen. Missmutig kroch Heiram Grams unter dem Geschütz hervor. »Nasse Füße«, brummte er, dann stapfte er durch den Regen und suchte den Branntweinkrug.

»Wie ich sehe, hast du an das Wichtigste gedacht«, meinte Lemic Kerel, der stets gut gelaunte Feuerwerker ihrer kleinen Einheit, als er sah, wie Grams einen langen Zug nahm.

»Das Einzige, was bei diesem Wetter hilft«, meinte Grams. Er wischte sich den Regen aus dem Gesicht. Waschen musste er sich heute wohl nicht.

»Habt ihr hier oft so ein Wetter?«, fragte Kerel.

»Ständig.«

»Sorgt mir dafür, dass das Pulver trocken bleibt«, mahnte Enog Holl, ihr Büchsenmeister.

»Das passende Wetter für einen letzten Tag auf Erden«, knurrte Arat Braan, der Richtschütze, und schüttete Wasser aus den Stiefeln, die er leichtsinnigerweise ausgezogen hatte, als er sich zum Schlafen niedergelegt hatte.

Grams sah sich um. Der Befehl hatte gelautet, nur das Notwendigste mitzunehmen, und so waren Pikeniere, Schützen und Bombardiere dem Wetter beinahe schutzlos ausgeliefert. Grams fragte sich, ob die Panzerreiter in ihren Rüstungen eigentlich trocken blieben – oder würde der Regen durch die Scharniere dringen, die prachtvollen Harnische vielleicht sogar rosten lassen? Er seufzte und beschloss, den Krug wieder wegzustellen. Es konnte noch ein langer Tag werden.

Das Heer hatte in einem Tal nördlich von Atgath Stellung bezogen. Ein Wanderer konnte es von der Stadt leicht in etwas mehr als einer Stunde erreichen, aber mit der Langen Got hatten sie die ganze Nacht gebraucht.

»Eine gute Stellung, das muss ich sagen. Findet Ihr nicht auch, Sergeant Grams?«

Die höfliche Frage seines Offiziers brachte den Köhler, der nun Kugelträger, Richthelfer und Sergeant geworden war, einigermaßen in Verlegenheit. »Verstehe nicht viel davon«, erwiderte er mit einem Achselzucken.

»Ah, das könnt Ihr mir nicht weismachen, Grams. Seht, da drüben, auf der Westseite, wo die Riesenbuchen einen kleinen Wald bilden, da stehen unsere Büchsenschützen. Der Wald schützt ihr Pulver vor dem Regen und die Männer vor feindlichen Reitern, obwohl ich nicht weiß, ob der Feind überhaupt Reiterei mitbringt. Dann seht Ihr die Gevierte unserer Pikeniere und Armbrustschützen, dazwischen die kleinen Scharen unserer leichten Reiter. Seht Ihr, wie geschickt unsere Männer die kleine Anhöhe nutzen, die sich hier quer durch das Tal zieht? Und schließlich da drüben auf der Ostseite bis hinüber zu den steilen Hängen stehen unsere Panzerreiter, bereit, den Feind unter den Hufen ihrer Rösser zu zermalmen.«

»Aber geraten uns diese Männer beim Schießen nicht in den Weg?«, fragte Grams und kratzte sich am Hinterkopf.

»Unsinn, Grams. Wir stehen hier am beinahe höchsten Punkt dieser Talseite. Wenn der Feind am anderen Ende des Tales auftaucht, werden wir ihm mit der Langen Got einen Gruß senden, vielleicht einen zweiten, wenn sie auf halbem Wege sind. Aber schon vorher werden auch die kleineren Bombarden, die sie weiter vorn aufgestellt haben, in den Gesang der Got einfallen. Sie wollen sie für den zweiten Schuss mit gehacktem Blei laden, was dem Feind furchtbar schaden wird. Seid unbesorgt, unsere Kugeln fliegen über die Köpfe unserer Männer hinweg und können trotzdem da drüben noch blutige Furchen durch die Reihen des Feindes ziehen.«

»Beruhigend«, murmelte Grams.

»Außerdem«, warf Feuerwerker Kerel ein, »hat unsere zurückgezogene Stellung den Vorteil, dass wir schön weit ab vom Schuss sind, wie man so sagt.«

»Das war noch nie gut«, warf Braan düster ein. »Die Orte, die in einer Schlacht am sichersten erscheinen, sind oft die gefährlichsten. Seht nur, unsere Feldherren sind ganz in der Nähe, das lockt die tapfersten Krieger an, die, die Ehre erwerben wollen, und wenn sie unseren Obersten an den Kragen wollen, müssen sie uns erst aus dem Weg räumen.« Er wies auf eine Anhöhe, die sich aus dem östlichen Berghang in die Ebene schob. Sie endete nur einen Steinwurf von ihnen entfernt, und tatsächlich sah Grams dort die Fahnen und Wimpel der Obersten im frischen Wind flattern. Er meinte sogar, den fetten Leib des Gesandten Gidus ausmachen zu können, der dort auf einem Sessel im Regen saß. Selbst die Befehlshaber hatten also auf den Luxus eines Zeltes verzichtet, nur, um dem Feind schneller entgegenziehen zu können.

Grams hielt nach Meister Ured Ausschau, denn er fühlte sich dem Mann verbunden, auch wenn er nicht genau wusste, warum das so war, und war um seine Sicherheit besorgt. Er konnte ihn jedoch nicht finden. Dafür sah er einen anderen Mann, der mit Gidus sprach.

»Ist das nicht General Hasfal?«, sprach Kerel die Frage aus, die Grams auf der Zunge lag.

»Noch ein böses Omen«, murmelte Braan. »Sie treten alles mit Füßen, was einem Soldaten heilig sein sollte – Disziplin und Ordnung! Der Mann ist schließlich des Verrats und des zweifachen Mordes schuldig. Wie soll da diese Schlacht ein gutes Ende nehmen?«

»Ihr seid ein Schwarzseher, Meister Braan«, tadelte Holl. »Hasfal ist der beste und berühmteste General des Seebundes. Er hat noch keine Schlacht verloren.«

»Er hat ja auch noch nicht so viele geschlagen«, meinte Kerel fröhlich.

»Genug davon!«, rief Holl. »Lasst uns lieber die Got ausrichten und das Pulver prüfen. Seht nur, es hört auf zu regnen. Noch ein gutes Zeichen. Seid guten Mutes, Männer, heute werden wir uns beweisen können!« Dann ging der Büchsenmeister, um das Schlachtfeld näher in Augenschein zu nehmen.

»Wir werden höchstens beweisen, dass wir sterben können«, brummte Braan, als ihn Holl nicht mehr hören konnte.

Als das Geschütz ausgerichtet war, schlug Kerel vor, Karten zu spielen, aber es war so nasskalt, dass die Karten aneinander klebten, und so gaben sie es wieder auf. Bald darauf kamen die berittenen Späher, die man ausgesandt hatte, im Galopp von den Hügeln herunter, und die Männer, die auf die Bergrücken geklettert waren, gaben mit ihren Flaggen aufgeregt Signale.

»Weiß jemand, was das bedeutet?«, fragte Grams.

»Ich glaube, jedes Winken steht für eintausend Mann, die der Späher zählt«, meinte Kerel mit Kennermiene.

Grams kniff die Augen zusammen. »Aber er winkt zehnmal!«

»Vielleicht steht es auch nur für hundert«, berichtigte sich der junge Feuerwerker und wurde blass.

»Oder zwei- oder dreitausend?«, schlug Braan düster vor.

»Macht euch bereit, Männer, der Feind kommt«, rief Holl, der vom Feldherrenhügel zurückgelaufen kam.

Faran Ured hastete durch die Reihen der Soldaten. Sie standen in guter Ordnung, die Offiziere sprachen ihnen Mut zu, aber er konnte ihnen die Angst ansehen. Er entdeckte Meister Grams an seinem Geschütz und dahinter die Anhöhe mit den Generalen. Er spähte das Tal hinauf. Aber noch war dort niemand zu sehen. Die Helmonter zeigten sich noch nicht, nur ihre Kriegstrommeln konnte man schon hören.

»Ah, Ured, ich habe mich schon gefragt, wo Ihr steckt!«, rief Graf Gidus.

»Ich habe mich umgesehen, Graf, doch habe ich den Feind noch nicht zu Gesicht bekommen«, rief Ured und hastete weiter. Da war Hasfal. Er sprach mit den Obersten, die aber gerade salutierten, ihre Pferde bestiegen und dann zu ihren Regimentern und Kompanien ritten. Auch auf Hasfal wartete ein Pferd, ein prachtvoller Schimmel.

»Was habt Ihr vor, General?«, fragte Ured keuchend.

»Der Augenblick der Schlacht naht, Ured«, erwiderte Hasfal ernst. »Ich werde den Männern noch einmal Mut zusprechen.«

Ured brauchte nur einen Blick, um den Schatten des Todes auf Hasfals Gesicht zu entdecken. Der Mann hatte nicht vor, diese Schlacht zu überleben. Ured schluckte einen Fluch hinunter. »Auf ein Wort noch, General«, bat er leise. Das fehlte ihm noch, dass der General hier vor aller Augen den Heldentod starb.

»Hört Ihr nicht die Trommeln? Sie rufen zur Schlacht«, meinte Hasfal ruhig, aber seine Hände zuckten.

Das Amulett!, durchfuhr es Ured. *Er trägt sein Amulett nicht!* Man hatte es ihm wohl schon bei seiner ersten Verhaftung abgenommen, jedenfalls hatte er keines getragen, als Ured ihn befreit hatte. Offenbar hatte niemand daran gedacht, es ihm zurückzugeben. Ured öffnete seinen Trinkbeutel und ließ sich etwas Wasser über die Hände laufen, als ob er sich den Staub von den Fingern waschen wollte. Er summte leise, und das Stirnrunzeln Hasfals glättete sich binnen weniger Augenblicke.

»Kommt ein Stück zur Seite, General, ich habe Euch etwas Wichtiges zu sagen.«

Der General folgte ihm und führte auch sein Pferd hinter eine schüttere Hecke. Aus dem Augenwinkel sah Ured, dass Oberst Cawas ihn misstrauisch beobachtete.

»Ich schlage vor, dass Ihr auf Euer Pferd steigt, General.«

»Das hatte ich ohnehin vor«, murmelte Hasfal und stieg auf.

»Hört zu, Hasfal. Es ist wichtig, dass Ihr zurück zu Euren Stellungen bei Atgath reitet.«

»Atgath? Aber die Schlacht ist hier.«

Ured streichelte den Schimmel. »Das hier ist nur ein winziges Gefecht, Hasfal, ohne Bedeutung. Die Entscheidung wird in Atgath fallen.« Ured legte alle Überzeugungskraft, die er aufbringen konnte, in diesen Satz. Es war doch auch wirklich so – die Entscheidung würde nicht hier fallen, sondern in oder vielmehr unter Atgath, wenn die Baronin die Kammer öffnete.

»Atgath«, murmelte Hasfal. Aber noch war der Mann, der so leicht seine Meinung zu ändern pflegte, nicht bereit, das Schlachtfeld zu verlassen. Ured spürte überraschend starken Widerstand, aber er musste ihn überwinden.

Heiram Grams fragte sich, was das für eine Unruhe war, die ihn überfallen hatte. Überall sah er Leute, die sich für den Kampf bereit machten. Fühlten sie das Gleiche? Die Pikeniere ordneten ihre Reihen, die Schützen prüften Armbrüste und Büchsen, und die Reiter bestiegen ihre Pferde. Inzwischen war die Sonne über die Berge geklettert und spiegelte sich auf den nassen Rüstungen. Ein beinahe überirdischer Glanz schien von den Helmen und Harnischen auszugehen, und Grams musste für einen Augenblick geblendet die Augen schließen. *Trotzdem,* dachte er, *wir sind keine dreitausend, und wenn stimmt, was Kerel gesagt hat, dann kommen da vielleicht zehntausend auf uns zu. Aber es ist wohl zu spät, um noch davonzulaufen.* Er seufzte, dann streckte er sich, um zu prüfen, ob Knochen und Muskeln bereit waren für das, was da kommen mochte. Seine Kehle war trocken, und er war froh, dass der Branntweinkrug noch nicht geleert war. Irgendetwas sagte ihm, dass es vielleicht keine gute Idee war, betrunken in eine Schlacht zu ziehen. Aber er ignorierte diese Warnung und genehmigte sich einen weiteren großen Schluck.

Die Kriegstrommeln wurden lauter, und nun fielen auch misstönende Hörner ein. Dann glaubte Grams zu spüren, dass die Erde unter ihm vom Marschtritt des Feindes erzitterte. Oder waren das seine weichen Knie? Er nahm noch einen Schluck und starrte in das Tal hinab, aber noch immer war kein Feind zu sehen. Dann erscholl vom Feldherrenhügel ein einsames Horn, und plötzlich schien Leben in die Glieder des Heeres zu fahren, Offiziere brüllten Befehle, Sergeanten ordneten die Linien noch einmal mit ihren Spießen, und Fahnen wurden entrollt. Grams nahm noch einen letzten Schluck. Dann erschien ein heller Punkt oben am Ende des Tals. Ein Späher vielleicht, der einige Schritte ins Tal hineinlief, kehrtmachte und wieder verschwand. Die Trommeln verstummten, die Erde erzitterte nicht mehr, aber immer noch war kein Feind zu sehen. Gespannte Ruhe senkte sich über das Tal.

»Was ist das für ein Horn?«, fragte Hasfal verwundert.

»Ein Jagdhorn, General, nichts weiter«, meinte Ured. Er schwitzte. Der General war stärker, als er gedacht hatte, aber er hatte ihn fast soweit.

»Was zum Henker geht hier vor?«, fragte eine raue Stimme.

»Ah, Cawas«, meinte der General verträumt. »Habt Ihr das Horn gehört?«

»General, was soll der Unsinn? Ich habe das Signal zur Bereitschaft geben lassen, weil Ihr unseren Männern Mut zusprechen wolltet! Was schwätzt Ihr da mit diesem Zivilisten?« Cawas nahm Ured die Zügel des Schimmels aus der Hand.

»Kampf?«, fragte Hasfal nachdenklich.

»Seid Ihr toll? Ihr könnt …« Cawas brach mit einem Keuchen ab. Er drehte sich um und starrte Ured ins Gesicht. »Verräter«, flüsterte er taumelnd. Ured fing ihn auf und verhinderte, dass er zu Boden fiel. Es sah beinahe aus, als würden sie einander umarmen, aber Ureds Messer steckte Cawas zwischen den Schulterblättern. Hasfal betrachtete die Szene mit einem entrückten Lächeln.

»Nun beeilt Euch, General. Reitet nach Atgath, bevor es zu spät ist!«, rief Ured und gab dem Schimmel einen Klaps. Endlich sprengte er mit seinem Reiter davon.

Ured ließ den sterbenden Cawas zu Boden gleiten. Ihm war bewusst, was die Soldaten denken mussten, wenn sie ihren General davonreiten sahen. Er war also gerade dabei, dem Padischah zum Sieg zu verhelfen – und konnte nur hoffen, dass dieser sich endlich erkenntlich zeigen würde.

Heiram Grams spürte die Erschütterung des Bodens, und dann, endlich, erschien das Heer der Helmonter. Es waren Tausende, viele Tausende. Sie kamen zu Fuß, alle, Grams entdeckte nicht einmal einen berittenen General oder Offizier. Er sah dreieckige Fahnen und bunte Kleidung, die in der Morgensonne leuchtete. Sie war so farbenfroh, dass sie seltsam deplatziert auf diesem Schlachtfeld wirkte. Die bunte Masse wälzte sich ins Tal und begann, zu den Seiten hin auszuschwärmen, sich aufzuteilen in große, wilde Haufen. Dann sah Grams noch etwas, dunkle, schwere Gegenstände wurden nach vorn geschoben, vier an der Zahl.

»Sagtet Ihr nicht, dass der Feind keine Bombarden habe, Meister Holl?«, fragte er.

»Starrt Euch nicht die Augen aus dem Kopf, Grams. Macht Euch bereit zum Schuss!«, bekam er als Antwort vom Büchsenmeister, der blass geworden war.

Grams schielte zum Feldherrenhügel, aber da war niemand zu sehen. Doch, da: Ein Schimmel trug General Hasfal über den Hügel. Die Soldaten jubelten, doch der Jubel verstummte, denn der General lenkte sein Pferd nicht nach vorn.

Faran Ured rannte. Er sah Rauch auf der anderen Seite des Tales aufsteigen. Bombarden? Er hätte nicht gedacht, dass der Feind Geschütze über den Pass bringen könnte. Aber dann wurde ihm klar, dass sie vermutlich aus der Festung stammten, die der Padischah irgendwie eingenommen haben musste. Ein Sausen und Schreien war plötzlich um ihn herum, Körper und Körperteile flogen durch die Luft, irgendeine unsichtbare Gewalt hatte eine blutige Schneise durch ein Geviert von Pikenieren gezogen. Die Schlacht hatte begonnen. Ured fluchte. Er war vielleicht unsterblich, aber er war nicht unverwundbar. Er hatte keine Ahnung, was geschehen würde, wenn ihm ein Geschoss Arm oder Bein vom Leib riss. Wunden heilten schnell bei ihm – aber abgerissene Glieder?

Er hastete weiter und hörte hinter sich plötzlich Graf Gidus nach Hasfal brüllen. Aber dieser lenkte seinen Schimmel im Galopp durch die Reihen, er floh, das war offensichtlich. Ured sah die blassen Gesichter der Soldaten und hörte Offiziere rufen, der General wolle nur die Reserve nach vorn holen. Dann erklang ein Horn auf dem Hügel. Irgendjemand hatte wohl die Geistesgegenwart gehabt, den Befehl zu geben. Ured bemerkte, dass er dabei war, direkt vor das Mündungsrohr des großen Geschützes zu rennen. Er sah Grams, der sich die Ohren zuhielt, und warf sich zu Boden. Dann donnerte es, ein Feuerblitz zuckte über ihn hinweg, und eine Wolke aus Pulverdampf und Schwefel verschluckte ihn.

Als er keuchend wieder auf die Knie kam, dröhnte ihm der Kopf, und ihm war schwindlig. Grams rief ihm etwas zu, aber er hörte nichts. Er war taub, aber er sah Tote und Verwundete auf der Erde liegen und Männer, die versuchten, die Gevierte zusammenzuhalten. Ured sah sie brüllen, aber er hörte nichts außer dem Pulsen des eigenen Blutes. Er blinzelte, spuckte Dreck aus. Da oben, am anderen Ende des Tals, war Bewegung, es strömten immer mehr Krieger ins Tal. Dazwischen blitzte Bronze – die Hörner! Er erinnerte sich an die Hörner der Helmonter.

Jemand zog ihn zur Seite und rief ihm etwas zu. Es war Grams, aber Ured verstand immer noch kein Wort. Er schüttelte den Kopf, um die Taubheit loszuwerden. Plötzlich verzog Grams das Gesicht und hielt sich die Ohren zu. Überall hielten sich Männer die Hände an die Ohren. Dann taumelte Grams davon, er schleppte mit schmerzverzerrtem Gesicht eine mächtige Steinkugel zum Mündungsrohr der Bombarde. Ureds Taubheit wich langsam. Das Gebrüll der Offiziere drang wieder zu ihm durch. Und darüber hörte Ured den Klang, den er nur einmal in seinem Leben gehört hatte, vor über hundert Jahren, als er durch das wilde Hochland der Helmonter gewandert war. Es waren die Hörner ihrer Schamanen. Der Klang kam aus weiter Ferne und war leise, kaum zu hören über dem Geschrei, aber er bohrte sich tief in den Geist hinein. Ured schüttelte sich, um den Schauder loszuwerden, und kam wieder auf die Füße. Der Klang war fürchterlich, aber er brachte niemanden um. Es war sicher eine wirksame Waffe, um die Nerven des Feindes zu schwächen, tödlich war dieses misstönende Durcheinander jedoch nicht.

Dann bemerkte er das Pferd, das seinem Reiter, einem Hauptmann, nicht mehr gehorchen wollte. Es scheute und trug ihn in wilden Bocksprüngen mitten hinein in eine Einheit Pikeniere. Ein anderer Reiter brach aus dem Wald der Riesenbuchen hervor, wieder ein Offizier, dessen Tier bockte. Und dann scheuten die Tiere der leichten Reiterei, die in kleinen Gruppen zwischen den Infanteristen verteilt waren.

»Sie müssen absteigen, um der Himmel willen«, rief Ured, aber niemand hörte ihn. Die Panik schien sich immer schneller unter den Pferden zu verbreiten. Plötzlich tauchte ein mächtiger Falbe in wilder Flucht vor ihm auf. Ured wich den Hufen aus und sah den Reiter aus dem Sattel stürzen. Überall begannen die Pferde zu scheuen. Die schwere Reiterei geriet in Unordnung. Ured sah Gepanzerte, die abgeworfen wurden, er sah andere, die im Steigbügel hingen und von ihrem Pferd über den Boden geschleift wurden, und wieder andere Tiere, die herrenlos zwischen den Reihen umherirrten, bockten oder wie toll mitten durch die Männer hindurchpreschten. Der ganze rechte Flügel des Heeres begann sich aufzulösen, die Pferde stürmten wahnsinnig kreuz und quer durch die Reihen, warfen ihre hilflosen Reiter ab oder trugen sie davon, als sie versuchten, den schrecklichen Hörnern der Schamanen talabwärts davonzugaloppieren. Und dann griffen die Helmonter auf breiter Front und mit markerschütternden Schreien an.

Ured wich einem bockenden Rotschimmel aus und stolperte weiter. Um ihn herum herrschte das Chaos, Pferde waren in die Reihen gerannt, abgeworfene Reiter hinkten ihren Tieren hinterher, Schützenreihen lösten sich auf und wohlgeordnete Gevierte brachen auseinander. Die Männer flohen. Er sah Offiziere, die mit dem Säbel versuchten, ihre Leute aufzuhalten, und er sah andere, die ihr Schwert fortwarfen und selbst rannten. Er lief mit ihnen, wurde umgerannt, kam wieder auf die Füße. Neben ihm floh einer, dem ein Pfeil im Rücken steckte, und der Mann schien es gar nicht zu bemerken. Hinter sich hörte Ured die Helmonter brüllen. Und dann tauchte plötzlich eine blitzende Reihe aus Stahl vor ihm auf. Pikeniere in schimmernder Rüstung, dicht an dicht, und sie sahen nicht so aus, als wollten sie davonlaufen.

Es donnerte wieder, als die kleineren Bombarden des Seebundes feuerten. Er sah etwas zwischen den Bäumen aufblitzen, und dann hörte er das Knattern der Büchsen. Plötzlich war er zwischen Pikenieren eingeklemmt, duckte sich instinktiv, als Pfeile über ihn hinwegzischten, drehte sich um und sah die wutverzerrten Gesichter der Helmonter, die sich brüllend in das Dickicht der langen Piken stürzten. Er hörte Männer stöhnen, schreien und brüllen, hörte das Klirren der Waffen und das Wiehern der durchgehenden Pferde. Er drängte sich durch die gepanzerten Reihen, taumelte weiter, weg, nur weg aus diesem Schlachthaus, das da hinter ihm errichtet wurde.

Heiram Grams wankte und stemmte sich mit letzter Kraft gegen das Verhängnis. Er war von einem Pferd über den Haufen gerannt worden, und rund um ihn herum waren Männer gestorben. Ein riesiger Krieger mit einer ebenso riesigen Axt hatte ihn angegriffen. Er hatte den Stiel der Waffe gepackt und versuchte, wieder auf die Beine zu kommen. Er stieß den Gegner mit einem angestrengten Schrei zurück, riss ihm dabei die Axt aus den Händen und rang den Mann nieder, weil er nicht auf die Idee kam, seinen Dolch zu benutzen. Seine Hände verkrallten sich in den Hals des anderen, dieser wehrte sich mit weit aufgerissenen Augen, aber dann lief er blau an und rührte sich nicht mehr. Grams ließ von dem Mann ab. Er war sich nicht mal sicher, ob der Helmonter tot war. Er kam auf die Beine, stolperte über die Leiber seiner gefallenen Kameraden, rutschte aus und stand wieder auf.

Er war halb taub vom zweiten Schuss der Langen Got, dem letzten, den sie in dieser Schlacht abgefeuert hatte. Er blutete, ohne zu wissen, was ihn dort am Arm getroffen hatte, und stolperte weiter. An einem der schweren Räder lag der immer fröhliche Kerel, von einem halben Dutzend Pfeile durchbohrt, und der düstere Braan lag leblos auf ihm, als wolle er ihn beschützen. Sein Wams war blutgetränkt, und sein Blick ging starr in den Himmel, der sich hoch und blau über dem Pulverdampf erhob. Grams brannten die Augen, und er hätte den Helmonter beinahe nicht gesehen, der sich brüllend auf ihn stürzte. Er wich im letzten Augenblick aus, verpasste ihm einen Faustschlag und dann noch einen, was den Mann niederstreckte. Da saß Büchsenmeister Holl, an die niedrige Pyramide ihrer jetzt nutzlosen Kugeln gelehnt, die glimmende Zündschnur noch in der rechten Hand. Der andere Arm fehlte, aber Holl lebte noch und sah aus, als wolle er etwas sagen. In seinem Blick lag Missbilligung, und Grams, der das Gefühl hatte, dieser Blick gelte ihm, kniete neben dem Büchsenmeister nieder.

»Ich hole den Feldscher«, stieß er hervor.

Holl schüttelte den Kopf. »Es ist nicht richtig. So ohne Ordnung«, sagte er und legte die Stirn in bekümmerte Falten.

»Holl, ich bitte Euch, haltet durch! Ich könnte Euch zu einem Arzt tragen, wenn ich wüsste, wo ich einen finde.« Er sah das Blut in zuckenden Stößen aus dem Armstumpf laufen. Grams hätte dem Mann so gerne geholfen, aber er wusste nicht, was er machen sollte. Holl ließ die Zündschnur sinken und winkte ihn näher heran. »Das Pulver«, flüsterte er Grams ins Ohr. »Zündet es unter der Got. Unsere Schöne darf dem Feind nicht … Ihr versteht?«

Der Köhler nickte.

Holl sah ihn plötzlich prüfend an und fragte sehr leise und mit nur mildem Tadel, aber doch so ernst, als sei es das Wichtigste auf der Welt: »Grams, habt Ihr etwa getrunken?« Dann sackte ihm der Kopf auf die Brust.

Grams stierte ihn noch einige Augenblicke entsetzt an, aber dann packte er die Zündschnur und kam auf die Beine. Um ihn herum wogte der Kampf. Pulverdampf aus Bombarden und Büchsen waberte über das Schlachtfeld, und immer noch knatterten die Arkebusen aus dem Wald der Riesenbuchen. Die Helmonter hatten die vorderen Reihen im ersten Ansturm ohne Rücksicht auf Verluste durchbrochen. Das war keine Schlacht der Kompanien und Regimenter mehr, es war eine große, blutige Schlägerei geworden. Grams verstand wenig vom Krieg, aber genug von Raufereien, um zu wissen, wie das ausgehen würde.

Er sah einen brüllenden Trupp aus dem Pulverdampf auftauchen. Helmonter, und sie schienen genau auf ihn zuzuhalten. Grams bückte sich, hob eine der Kugeln auf, die für die lange Got bestimmt waren, stemmte sie hoch und schleuderte sie dem Feind entgegen. Sie fiel viel zu kurz, und die Männer lachten rau über seine vergebliche Anstrengung. Aber er hatte ja noch die Zündschnur! Er stolperte los, rutschte auf einem abgetrennten Arm aus, spürte, dass ihn ein Pfeil streifte, und fand sich auf allen vieren wieder, direkt hinter ihrem Geschütz. Er warf die glimmende Schnur unter die Got, wo sie das Pulver aufgestellt hatten, um es trocken zu halten. Er glaubte nicht, dass das noch viel an der unvermeidlichen Niederlage ändern würde, die ihnen bevorstand, aber er hatte es Holl versprochen. Die Helmonter schrien, rannten weg, nur einer von ihnen sprang vor und versuchte, die Zündschnur zu erreichen. Der Mann war schnell, aber doch zu langsam. Die Lunte zündete das Pulver.

***

Der dumpfe Schlag war viel lauter als all die fernen Kanonenschüsse zuvor und ließ die Scheiben der Werkstatt erzittern. Die Soldaten hielten inne und tauschten mit den Gesellen der Glaserwerkstatt bange Blicke.

»Sucht weiter«, knurrte Almisan, aber auch er fragte sich, was dieser ferne Donner über den Ausgang der Schlacht sagen mochte.

Die Soldaten gehorchten, doch gingen sie ihrer Arbeit eher lustlos nach, und Almisan ärgerte sich, dass er keine Bergkrieger mitgenommen hatte. Aber es sollte eben seine Ordnung haben, wenn Wulger Dorn verhaftet wurde, er sollte nicht von den Damatern, sondern von Leuten aus Atgath, seinen Nachbarn, in den Kerker geschleppt werden. Sogar Richter Hert war mitgekommen, damit es nur nicht so aussah, als sei hier Willkür am Werke.

»Was wird mir vorgeworfen?«, hatte der Glasmeister ganz ruhig gefragt, als sie seine Werkstatt betreten hatten.

»Ich muss Euch wegen Mordes an Jomenal Haaf verhaften,

Dorn«, hatte der Richter erklärt und dann die Mütze Dorns, die man neben der Leiche gefunden hatte, als Beweis vorgezeigt. Almisan nahm an, dass das keineswegs üblich war, Beweise zu einer Verhaftung mitzunehmen, es kam ihm vor, als müsse sich Richter Hert immer wieder selbst davon überzeugen, dass er das Richtige tat. Und er tat das Richtige, jedenfalls aus Sicht Almisans, der die Mütze neben dem sterbenden Haaf platziert hatte.

Der Zunftmeister war eher unwillig als überrascht gewesen, als Almisan wie aus dem Nichts in seiner Kammer erschienen war. Vermutlich, weil er gerade das Mondgold zählte, das sie ihm überlassen hatten. Almisan hatte es an sich genommen und in Dorns Werkstatt gut versteckt, aber nicht so gut, dass es nicht gefunden werden konnte.

»Ihr macht einen Fehler, Hert«, erklärte Dorn bemerkenswert ruhig. »Die Wachen mögen meine Werkstatt ruhig durchsuchen, sie werden nichts finden.«

Hert wurde verlegen und murmelte etwas davon, dass sich die Wahrheit schon im Gerichtssaal finden werde.

Almisan hielt es für unwahrscheinlich, dass es überhaupt so weit kommen würde. Der Lärm der Schlacht, die unweit der Stadt ausgefochten wurde, wehte über die Berge, und er hatte wenig Zweifel, dass der Große Skorpion sie gewinnen würde. Danach würde er die Stadt im Sturm nehmen und auf wenig Widerstand stoßen, denn Almisan hatte vor, die Damater in die Burg zurückzuziehen. Spätestens, wenn die Helmonter die Stadt plünderten, hätten die Atgather ganz andere Sorgen.

Er stand mit verschränkten Armen an der Tür und sah zu, wie die Soldaten vorsichtig die Werkstatt durchsuchten. Offensichtlich hatten sie Angst, etwas von dem Glas zu zerbrechen. *In Oramar wären sie nicht so zimperlich,* dachte Almisan und fragte sich, ob er das Gold vielleicht nicht doch zu gut versteckt hatte.

Einer der Soldaten war bereits ganz in der Nähe gewesen, dann aber vor den großen Glaskrügen zurückgewichen, hinter denen er es deponiert hatte.

Dorn sah seelenruhig zu. Nahm er die Gefahr nicht ernst? Ihm musste doch spätestens beim Anblick seiner Mütze klar geworden sein, dass man ihm den Mord an Jomenal Haaf anhängen wollte. Almisan dachte an die letzten Worte des Zunftmeisters, der, schon tödlich verwundet, noch einmal nach dem falschen Gold gegriffen hatte. Seine Finger hatten sich regelrecht hineingekrallt, so, als hätte er es mitnehmen wollen. »Nichts ist umsonst«, hatte Haaf noch herausgepresst und war dann über dem Tisch zusammengebrochen. Almisan hatte ihm die Münzen gelassen, die er in den Fingern hielt, sie waren ein perfekter Hinweis auf das Motiv für die Tat. Und mit dem Blut, das man auf den Münzen in Dorns Werkstatt fand – wenn man sie dann endlich fand –, war die Beweislast erdrückend.

Almisan übte sich in Geduld. Es war schon richtig, dass Shahila durch diese Geschichte gleich zwei Männer aus dem Weg räumte, die ihr gefährlich werden konnten, aber er fragte sich, ob sie mit dem Mord und der Verhaftung nicht doch zu viel Unruhe schürten und ob es überhaupt noch der Mühe wert war. Schon morgen würde vielleicht alles vorbei sein, und ob in Atgath ein Aufstand geplant war oder nicht, spielte eigentlich schon keine Rolle mehr. Aber Shahila wollte beide Männer loswerden, und er tat immer, was sie verlangte.

»Seid gründlich, Männer«, mahnte Richter Hert, der verlegen inmitten der Werkstatt stand. Aber die Männer waren nicht gründlich.

»Sagt, Meister Dorn, was sind das eigentlich für Glaskrüge, die dort drüben stehen?«, fragte Almisan, um die Aufmerksamkeit der Soldaten endlich in die richtige Richtung zu lenken.

»Fragt Euren Freund Bahut Hamoch, was er mit ihnen macht. Aber vermutlich wisst Ihr es schon, Hauptmann Almisan.«

Almisan begriff, dass er einen Fehler gemacht hatte, und schwieg.

»Ich weiß es jedoch nicht!«, rief Hert streng.

»Er betreibt schwarze Magie, Hert, sagt nicht, dass Ihr die Gerüchte nicht gehört habt.«

»Verleumdungen trifft es eher«, meinte Almisan und gab sich ruhiger, als er war.

»Gerüchte, Verleumdungen«, murmelte Hert nervös.

Dorns Frau trat zu ihrem Mann und schien ihn etwas zu fragen, und er nickte nach kurzem Zögern.

»Ist es üblich, dass man Verdächtigen so viele Freiheiten gewährt?«, ging Almisan dazwischen.

»In Atgath entscheidet das der Richter, Rahis Almisan«, erklärte Hert griesgrämig.

Die Frau verschwand. Almisan war drauf und dran, ihr nachzugehen, aber das war natürlich unmöglich. Und immer noch suchten die Soldaten am völlig falschen Ende der Werkstatt. Es lief nicht wie geplant.

Hert kam zu ihm. »Ich gebe nicht viel auf Gerüchte, Rahis, aber sagt, habt Ihr auch diese Geschichten aus dem Turm gehört?«, fragte er leise.

»Was für Geschichten?«

»Von der weißen Gestalt, die dort und auch auf den Mauern des Nachts beobachtet wurde. Eine Schwägerin meines Neffen will sie mit eigenen Augen gesehen haben.«

»Ich weiß von keiner Gestalt«, sagte Almisan, der tatsächlich keine Ahnung hatte, von was Hert redete.

»Sie soll Meister Quent ähneln, heißt es.«

»Quent ist tot«, erwiderte Almisan unbewegt, obwohl er

wusste, dass das nicht ganz stimmte. Sie hatten den Bann, mit dem sie seinen Geist gefangen hatten, aufheben müssen, um die Hexe Kisbara zu besiegen. Er hatte in den vergangenen Tagen nicht viel Zeit gehabt, darüber nachzudenken, was daraus folgen mochte. »Ich nehme an, man hat eine Wache oder eine Bedienstete dort gesehen, nichts weiter. Die einfachen Leute von Atgath sind sehr abergläubisch, wie Ihr sicher besser wisst als ich, Hert.«

»Ja, Aberglaube«, murmelte Hert, der sicher nicht zu den »einfachen Leuten« der Stadt gehören wollte.

Almisan hörte schnelle Schritte draußen. Er blickte durch die hohen Butzenscheiben hinaus. Da rannten ein paar Jungen und junge Männer aus dem Hof. Sie hatten es sehr eilig.

»Sind das Eure Söhne, Dorn?«, fragte Almisan.

»Meine Söhne und Gesellen«, sagte Dorn ruhig.

»Was habt Ihr ihnen aufgetragen?«

»Ich? Nichts. Ich habe kein Wort mit ihnen gewechselt, wie Ihr wisst, Hauptmann.«

»Und Eure Frau? Was hat Eure Frau Euch vorhin gefragt?«

»Nichts, was Euch etwas anginge, Hauptmann.«

Almisan machte ein paar schnelle Schritte durch die Werkstatt und packte Dorn am Kragen. »Redet, Mann, oder ich frage sie selbst.«

Dorn schluckte und schwieg.

»Rahis Almisan, ich bitte Euch!«, rief Richter Hert. »Es ist in Atgath nicht üblich, die Frauen von vielleicht zu Unrecht Beschuldigten ins Verhör zu nehmen.«

Almisan traute seinen Ohren nicht. Er hatte ganz andere Geschichten über Hert gehört. Er galt als gerecht, aber streng, und er zeigte niemals Mitleid mit Angeklagten. Der Folterkeller im Gericht war schon oft benutzt worden, das wusste er. Warum war das hier anders? »Zu Unrecht beschuldigt? Habt Ihr die Mütze vergessen, die bei der Leiche gefunden wurde?«

»Nun, sie mag auf tausend Wegen dorthin gelangt sein. Ich kenne Wulger Dorn seit Jahren, und ich vermag keinen Grund zu erkennen, warum er Haaf töten sollte. Und dass er dann auch noch seine Mütze dort liegen lässt …«

»Und das Gold, von dem noch einige Münzen in Haafs blutigen Fingern steckten? Ist das kein Grund?«

»Hier scheint davon jedoch nichts zu sein, Hauptmann.«

Almisan versuchte, ruhig zu bleiben. Er erkannte, dass er die Wirkung des guten Rufes des Glasmeisters unterschätzt hatte. Außerdem kannte man sich in dieser kleinen Stadt, wahrscheinlich hatten der Handwerker und der Richter schon den einen oder anderen Krug gemeinsam geleert. Atgath machte ihn krank.

Er atmete einmal tief durch und ließ Dorn los. »Ja, vielleicht habt Ihr Recht, Hert, und der Wind hat die Mütze in Haafs Stube geweht, auch wenn die gar keine Fenster hat«, sagte er gallig. »Ich denke, wir werden hier nichts finden, es sei denn, wir sehen vielleicht doch noch einmal hinter diesen großen Glaskrügen nach, zu denen der Blick von Meister Dorn so auffällig oft schweift.«

»Meinetwegen«, meinte Hert und rief den Soldaten einen Befehl zu. »Aber wenn dort nichts ist, werden wir abziehen.«

»Selbstverständlich«, sagte Almisan.

Die Soldaten rückten vorsichtig die Glaskrüge zur Seite, offenbar von panischer Angst erfüllt, sie zu zerbrechen. »Ein Beutel!«, rief einer.

»Öffnen!«, befahl Hert.

»Bei allen Himmeln! Er ist voller Gold!«

Dorn schüttelte den Kopf. »Ich muss zugeben, Hauptmann, Ihr habt Euch viel Mühe gegeben.«

»Ist Blut an dem Gold?«, wollte Hert wissen, der die Bemerkung wohl nicht gehört hatte.

Der Soldat brachte den offenen Beutel. Almisan sah ihm an, dass er nur zu gern ein paar Goldstücke abgezweigt hätte. Vielleicht hatte er es sogar schon getan, aber dann würde er sich in ein paar Wochen ganz schön wundern – falls er dann noch lebte.

Hert griff in den Beutel und zog drei Münzen hervor. Er betrachtete sie im Licht. »Blut, tatsächlich«, murmelte er. »Ich hätte es nicht für möglich gehalten, Wulger.«

»Dann haltet es nicht für möglich, Hert!«, rief Dorn. »Seht Ihr nicht, dass das ein abgekartetes Spiel ist? Aber sei's drum. Tut Eure Pflicht.«

Der Glasmeister schien diese Entwicklung sehr gefasst hinzunehmen. *Zu gefasst,* dachte Almisan. Übersah er etwas?

»Nehmt ihn fest«, befahl der Richter und wirkte auf einmal sehr niedergeschlagen.

Als sie die große Werkstatt verließen, stand die Frau mit ihren Töchtern im Hof. Ein paar von den Mädchen weinten, als sie ihren Vater in eisernen Handfesseln sahen, und die Frau war bleich, aber sie wirkte eher wütend als erschrocken. Sie traten vor das Tor, und Almisan bemerkte mit Unbehagen, dass die Gasse voller Menschen war. Das war eigentlich nicht verwunderlich. Vermutlich lauschten sie auf den Lärm der Schlacht, die unweit der Stadt geschlagen wurde. Vielleicht redeten sie auch über den Mord an Haaf, aber alle Gespräche verstummten, als sie die kleine Gruppe der Wachen mit Dorn in der Mitte sahen.

»Dicht zusammen bleiben«, mahnte Almisan. Er hatte nur zehn Männer mitgenommen, und er ahnte, dass das vielleicht zu wenige sein könnten. »Vorwärts«, kommandierte er.

Die Menge machte Platz. Als sie in die nächste Gasse einbogen, wurden die Menschen nicht weniger. Männer und Frauen standen da, diskutierten, manche hatten ihre Kinder ängstlich an sich gedrückt. Sie wichen erschrocken vor Almisan und seinen Männern zurück, aber dann schlossen sich einige von ihnen dem Zug an.

»Ins Gericht!«, kommandierte Hert an der nächsten Kreuzung.

Das war Almisan nun gar nicht recht, denn eigentlich hatte er vor, Dorn in den Katakomben der Burg verschwinden zu lassen. Aber dann dachte er, dass es auch keinen großen Unterschied mehr machte. In wenigen Stunden würde der Große Skorpion mit seinem Heer vor der Stadt stehen. Niemand würde sich noch um einen Glasmeister kümmern, ganz gleich, in welchem Kerker er verrottete.

Also marschierten sie zum Gerichtsgebäude, das am Markt lag. Die Leute gafften sie erst staunend, dann feindselig an, und, schlimmer noch, eine wachsende Anzahl folgte ihnen.

»Ruhe bewahren«, rief er den Soldaten zu. Er sah ihnen an, dass sie sich von Schritt zu Schritt unwohler in ihrer Haut fühlten. Er hätte eben doch die Bergkrieger mitnehmen sollen. Sie erreichten den Marktplatz, auf dem erstaunlich viele Menschen zusammengeströmt waren. Die Menge wich, um den Zug hindurchzulassen, doch plötzlich versperrte ihnen eine Gruppe von Männern den Weg und machte keinerlei Anstalten, ihn freizugeben.

Almisan blieb stehen, und Richter Hert drängte sich an ihm vorbei. »Was hat das zu bedeuten, Meister Duhm?«, schnauzte er den Anführer dieser Männer an.

»Hier stehen die Gerber der Neustadt, und sie verlangen, dass Meister Dorn freigelassen wird. Eher solltet Ihr diese falsche Herzogin verhaften, Hert. Denn sie steckt doch hinter allem Unglück, das über unsere Stadt gekommen ist!«

»Das ist Aufruhr, Duhm! Das kann ich nicht dulden! Ich lasse Euch in den Kerker werfen.«

»Dann mich gleich dazu!«, rief ein Mann, der sich mit einigen kräftigen Burschen durch die Menge drängte.

»Meister Grohm! Seid Ihr von Sinnen?«

»Die Schmiede von Atgath werden nicht zulassen, dass ein guter Mann in den Kerker geworfen wird, nur weil diese Oramari es will! Wisst Ihr nicht, dass Prinz Gajan, der rechtmäßige Herzog, noch lebt? Habt Ihr nicht bemerkt, dass wir von unseren einstigen Verbündeten, unseren Beschützern belagert werden? Was glaubt Ihr, gegen wen sie da draußen kämpfen? Ich sage Euch, Hert, diese Schlange ist dabei, uns an die Oramarer zu verraten!«

»Verrat? Ihr seid es, der hier Verrat begeht, Grohm!«, kreischte der Richter.

»Dann bin ich auch schuldig«, rief ein anderer Mann, der ebenfalls Führer einer Gruppe von Männern war. »Ich und alle anderen Weber der Stadt!«

Almisan zog sein Schwert. »Jeder, der sich gegen den Willen des Herzogs von Atgath auflehnt, muss sich vor meiner Klinge verantworten.«

»Der Herzog ist krank, und seine Frau ist es, die ihn krank macht!«, rief eine Frau.

»Sie vergiftet ihn!«

»Sie verrät die Stadt an den Großen Skorpion!«, rief eine andere Frau.

»Ruhe!«, brüllte Almisan. »Macht uns Platz, oder Ihr werdet es bereuen.« Er zielte mit seiner Schwertspitze auf den Gerbermeister, der blass wurde und zurückwich. Almisan wusste, dass er eine Furcht erregende Erscheinung war. Er überragte die meisten Atgather um Haupteslänge, und er konnte eine Aura des Todes und der Schrecken um sich verbreiten, wenn er es wollte. Er war ein Schatten, ein Meister der gefürchtetsten Bruderschaft des Goldenen Meeres, und nun ließ er diese Leute seine Gefährlichkeit erahnen. Es war ganz still geworden. Die Gerber wichen zögernd zurück. Almisan konnte das Gerichtsgebäude sehen. Es lag auf der anderen Seite des Platzes, nur noch ein paar Dutzend Schritte entfernt. Waren sie erst einmal dort, hätten sie es geschafft.

Dann warf jemand etwas. Es war eine Frau, Almisan konnte sie sehen. Sie warf einen Kohlkopf nach einem der Soldaten, der erschrocken aufschrie. Dann, plötzlich, kamen von überall her Gemüse und Obst und Steine geflogen. Die Soldaten duckten sich, und dann schnappte sich Schmiedemeister Grohm einen Soldaten am Kragen, schüttelte ihn und brüllte ihn an, ob er denn überhaupt wisse, was er da tue.

Almisan fluchte. Mit ein paar zu allem entschlossenen Bergkriegern hätte er das hier überstehen können, aber er hatte Soldaten aus Atgath, Männer, die Familie hatten, die vielleicht sogar hier auf dem Markt Onkel oder Tanten hatten. »Bleibt zusammen!«, brüllte er, und er versuchte, die Rangelei zu beenden. Aber Grohm war nicht mehr der Einzige, der sich einen Soldaten geschnappt hatte. Die Bürger zerrten an den Soldaten, stießen und schlugen sie. Wer in der Menge weiter hinten war, drängte nach vorn, und einige, die vorn standen, zerrten an Meister Dorn, um ihn zu befreien, und die Soldaten zogen an ihm, weil sie ihn nicht loslassen wollten. Frauen schrien, Männer brüllten, Soldaten jammerten, es war ein heilloses Durcheinander.

Almisan verlangte mit donnernder Stimme nach Ruhe, doch es war zu spät. Er wurde zur Seite geschoben, und dann schlug die Menge wie eine wütende Welle auch über ihm zusammen.

Almisan wehrte sich, aber er ließ seine Klinge stecken, denn ein oder zwei Tote würden alles nur noch schlimmer machen. Es ging hier nicht mehr um Meister Dorn, es ging darum, ob aus dieser Rangelei ein Aufstand wurde oder nicht. Er schlug einen Mann durch einen Hieb mit der Rechten nieder, zwei andere drängte er mit der linken Faust zurück. Das verschaffte ihm Luft. Noch wollte er niemanden töten. Ein halbverfaulter Kohlkopf traf ihn im Nacken. Er fuhr herum, packte einen Jüngling, der sich in seine Nähe verirrt hatte, hob ihn hoch und schleuderte ihn in die Menge, immer noch in der Hoffnung, die Sache könne ohne Blutvergießen abgehen.

Dann sah er einen Mann auf dem Marktbrunnen, einen Offizier. Es war Oberst Fals, der wohl ausnahmsweise einmal nicht betrunken in irgendeiner Schänke lag. Vielleicht kam er auch gerade aus einem der Wirtshäuser am Markt, aber Almisan wusste, dass sich die Dinge nun nur noch zum Schlechten entwickeln konnten.

Fals brüllte nach Ruhe, aber niemand hörte auf ihn.

Almisan stieß noch einen Angreifer zurück und hoffte nur, dass die Wachsoldaten nicht auf Fals hören würden, gleich, was er befehlen mochte. Dann hörte er den Oberst kreischen: »Auf sie, Männer! Hackt sie in Stücke!«

Das änderte alles. Menschen schrien plötzlich in höchster Angst auf. Almisan sah die Fellkappen von Bergkriegern aus der Menge ragen. Er verwünschte sie. Eben noch hätte er sie sich an die Seite gewünscht, aber nun machten sie alles nur noch schlimmer, denn sie folgten Fals' Befehl. Panik brach rund um den Marktbrunnen aus, und sie pflanzte sich fort, schwappte wie eine Welle durch die Menge. Bald rannten die meisten Menschen um ihr Leben.

Aber es gab Inseln des Widerstandes. Die Handwerksmeister scharten ihre Leute um sich. »Bleibt stehen, Männer! Für

Atgath!«, brüllte Grohm, der Schmied. Almisan schlug einen Mann nieder, der versuchte, ihn mit einem Brett anzugreifen. Dann geriet er in eine Gruppe, die kopflos davonrannte und ihn mitriss. Er fluchte, denn bei dem Gedränge konnte er die Schatten nicht rufen. Er stolperte über einen leblosen Körper, rutschte aus und stürzte. Menschen trampelten über ihn hinweg. Er kämpfte sich wieder hoch, hatte jetzt doch seine Klinge in der Hand, stach einen Mann nieder, der ihm nicht schnell genug auswich, schleuderte einen anderen mit einem kräftigen Hieb in die Menge. Jetzt liefen die Leute auch vor ihm davon.

Das Bild hatte sich geändert. Eine breite Kluft lag zwischen den Handwerkern und dem Marktbrunnen, an dem sich die Bergkrieger gesammelt hatten. Es waren nicht mehr als ein Dutzend, und das zeigte Almisan, dass er mit ein paar mehr von ihnen dieses ganze Unglück hätte vermeiden können. Doch jetzt war es zu spät. Die Krieger schienen abzuwarten. Fals stand zwischen ihnen und zitterte am ganzen Leib.

Auf dem Platz krochen Verwundete – Männer, aber auch Frauen – über das Pflaster. Andere bewegten sich gar nicht mehr. Eine Frau irrte schreiend und weinend umher, und niemand kam ihr zu Hilfe. Jenseits der Handwerker flüchteten die meisten Menschen immer noch, aber einige hielten auch an, kehrten um, zogen ihre Messer oder brachen Steine aus dem Pflaster. Wieder andere kehrten mit Stuhlbeinen, Heugabeln und Werkzeugen aus den Häusern zurück, in die sie sich geflüchtet hatten. Almisan zögerte für einen Moment. Wenn die Männer von den Stadtmauern und aus der Burg rechtzeitig zu Hilfe kommen würden, dann könnte man diesen Aufstand auf der Stelle in Blut ersticken. Aber noch war keine Verstärkung in Sicht. Er entdeckte Dorn auf der anderen Seite des Platzes, der sich um einen verwundeten Soldaten kümmerte. Er hätte ihn vielleicht doch gleich töten sollen, ihn, nicht Haaf, aber jetzt war es zu spät.

Dann bemerkte er den Mann mit dem Schwert, der bei den Gerbern auftauchte. Er trug das Wams der Wache: Hauptmann Aggi. Der rief den Leuten zu, sich zusammenzuschließen, und hielt sie davon ab, auf gut Glück anzugreifen. Almisans Messerhand zuckte. Aber Aggi war mitten im Getümmel. Er konnte ihn nicht unter dem Schutz der Schatten erreichen. Mit einer Armbrust konnte er ihn erledigen. Er sah sich um. Die Wachen vor dem Gericht hatten sich zurückgezogen, die Bergkrieger waren am Brunnen. Er konnte hinüberlaufen und …

Hauptmann Aggi hob sein Schwert: »Zum Angriff!«, brüllte er, und dann stürmten die Weber, die Schmiede, die Gerber mit Gebrüll auf den Feind los, auf den gleichzeitig ein Hagel von Pflastersteinen niederging.

Almisan rief die Schatten und verschwand. Es war abzusehen, wie diese Sache ausging, und er verspürte keine Neigung, sich an diesem Gemetzel zu beteiligen. Aber eigentlich war es auch ohne Belang. Er hatte Wichtigeres zu tun.

***

Teis Aggi war mitten unter der vorstürmenden Menge. Ihnen standen Bergkrieger aus Damatien gegenüber, harte Kämpfer, aber nur eine Handvoll, und sie waren über hundert. Die Krieger ergaben sich nicht, sie waren bereit, tapfer zu sterben, anders als Fals und die paar Stadtwachen, die sich am Brunnen gesammelt hatten. Die Soldaten warfen ihre Waffen weg und flohen.

»Nur die Damater!«, brüllte Aggi. »Tut den Wachen nichts!« Ihm war klar, dass er damit auch Fals schützte, aber das konnte er nicht ändern.

Der Kampf war kurz, aber heftig. Dann lagen ein paar tote

Krieger auf dem Boden, und einige Handwerker hatten Wunden davongetragen.

»Hängt das Schwein auf!«, brüllte jemand. Er meinte Oberst Fals, der an der Mittelsäule des Brunnens stand, das Schwert in der zitternden Hand. Seine Hosen waren nass, und Aggi glaubte nicht, dass es nur Wasser war.

»Tut ihm nichts!«, brüllte er wieder.

»Ihr vergiftet sonst den Brunnen«, rief ein Scherzbold. Und das war es vielleicht, was Fals rettete. Ein paar Handwerker kletterten hinauf und zerrten ihn unter allgemeinem Gelächter und Spott aus dem Brunnen. Er wimmerte erbärmlich, und die Leute ließen ihre Wut an ihm aus, spuckten ihn an und schlugen ihn mit Fäusten, aber auch mit Knüppeln.

Aggi ging schließlich dazwischen. »Hört auf! Es ist genug. Ich will, dass die Wachen sich uns anschließen, und das heißt, dass wir keinen von ihnen töten dürfen.«

»Ein bisschen spät«, meinte Duhm, der Gerbermeister, trocken und wies mit einem Nicken auf die toten Soldaten, die auf dem Markt lagen.

»Es wäre besser nicht so weit gekommen«, sagte Aggi und atmete tief durch. Er hatte diese Männer gut gekannt. »Also – niemand, der sich ergibt, wird getötet. Ist das klar?«

»Und was machen wir mit diesem Häufchen Elend namens Fals?«

»Schafft ihn ins Gericht und sperrt ihn in den Kerker. Wo ist Richter Hert?«

»Er hat sich mit ein paar Leuten verschanzt, Hauptmann. Sollen wir das Gericht stürmen?«, fragte Duhm.

Aggi schüttelte den Kopf. »Wir stürmen erst das Stadttor. Meister Dorn, Ihr bleibt hier und redet mit Hert. Auf Euch wird er hören. Macht ihm klar, dass die Baronin eine Betrügerin ist. Er soll sich uns anschließen. Aber lasst Euch nicht hinhalten!«

»Zu Befehl, Hauptmann«, sagte Dorn grinsend.

Aggi hatte das Gefühl, dass ihm die Zeit davonlief, aber dennoch bat er ein paar Frauen, sich um die Versorgung der Verwundeten zu kümmern.

Dann rief er die Handwerksmeister zusammen. »Ich muss euch danken, dass ihr meinem Ruf doch noch gefolgt seid.«

»Eigentlich war es eher der Ruf von Meister Dorn«, meinte Meister Pugger, der Weber.

»Und Haafs Ermordung natürlich«, warf Grohm, der Schmied, ein. »Es war doch klar, dass das niemals Dorn gewesen sein kann!«

»Ich glaube, sich ermorden zu lassen war das Beste, was Haaf je für diese Stadt getan hat«, meinte Pugger grinsend.

»Ja, meinetwegen«, unterbrach ihn Aggi. »Doch ruft Eure Männer zusammen. Ich will das Stadttor stürmen.«

»Das Tor? Dort sind viele Bergkrieger«, gab Meister Duhm zu bedenken.

»Und es werden noch mehr, wenn sie begreifen, was unser Ziel ist. Wir brauchen mehr Soldaten, Verbündete, wenn wir die Stadt halten wollen, und dazu müssen wir das Stadttor dem Seebund öffnen.«

»Die meisten von denen sind aber in die Schlacht nach Norden gezogen, Aggi«, wandte Duhm ein.

»Wir nehmen, was wir kriegen können. Bedenkt, dass die Burg voller Damater ist. Hört Ihr die Signale nicht? Wenn wir Glück haben, rufen sie die Krieger zurück in die Burg.«

»Und wenn wir kein Glück haben?«

»Dann verteidigen sie das Tor mit aller Macht, und dann, Meister Duhm, wird es ein sehr blutiger Tag werden. Also los!«

Sie marschierten schnell durch die Gassen zum Stadttor, und Teis Aggi sah mit gemischten Gefühlen, dass sich immer mehr Leute ihrem Zug anschlossen.

»Da ist das Tor, sollen wir stürmen, Hauptmann?«, fragte ein junger Heißsporn.

»Nein, wartet, ich will ihnen anbieten, sich zu ergeben.«

Ein Pfeil kam vom Wehrgang über dem Turm geflogen und durchbohrte den Oberschenkel einer Frau dicht neben Aggi.

»Da habt Ihr Eure Antwort, Aggi«, knurrte Grohm. »Auf geht's, Männer.« Und dann schwang er seinen Schmiedehammer und rannte los.

Aggi hatte gar keine andere Möglichkeit, als zu folgen. Neben ihm fiel ein Mann, der ebenfalls von einem Pfeil getroffen worden war. Aggi hatte keine Ahnung, wie viele Damater und Atgather am Tor waren, aber er hoffte immer noch, dass wenigstens letztere kampflos die Waffen strecken würden. Neben ihm riss ein Wurfspeer eine alte Frau von den Beinen, die sich mit einer Sichel in der Faust ihrem Trupp angeschlossen hatte. Aggi rannte weiter, er hätte ohnehin nicht die Möglichkeit gehabt stehen zu bleiben. Vorn hämmerten die Schmiede gegen die Pforten der beiden Türme, die das Tor flankierten. Holz splitterte, und dann stürmte die Menge schon die Treppen hinauf.

»Unsere Wachen sollen sich ergeben!«, brüllte Aggi, aber er bezweifelte, dass ihn irgendwer hörte. Er kämpfte sich durch das Gedränge nach oben. Blut floss über die steinernen Stufen, und dann stolperte er über einen Leichnam, der einmal ein Damater gewesen war. Er erreichte den Wehrgang. Dort sah er, dass die Leute einen Soldaten gepackt hatten. Er hielt eine Hellebarde in der Hand. Vielleicht kam er einfach nicht auf die Idee, sich zu ergeben. Er schrie in höchster Angst, aber die Bürger hoben ihn hoch und warfen ihn über die Zinnen hinaus. Aggi sah einen anderen Soldaten mit zerschmettertem Schädel daliegen, und dann flog ein schreiender Bergkrieger über die Zinnen, und dann noch einer. Aggi versuchte, dem Einhalt zu gebieten, aber immer kam er zu spät, um das Schlimmste zu verhindern.

Dann war es vorbei. Aggi lehnte sich erschöpft an die Mauer. Er hatte gar nicht gefochten, nur mit der Menge gekämpft, die von einem plötzlichen Blutdurst gepackt war. Doch jetzt waren die Damater entweder tot oder geflohen, und ein gutes Dutzend der Wachen in einem der Türme hatte es doch geschafft, sich rechtzeitig zu ergeben, und saß zitternd und übel zerzaust auf dem Wehrgang.

Grohm kam zu ihm und schlug ihm auf die Schulter. »Das Tor ist unser, Hauptmann!«, meldete er stolz.

Aggi sah Blut und Haare an dem schweren Schmiedehammer kleben. Er nickte.

»Und was nun?«, fragte der Schmied.

»Sammelt und zählt Eure Leute. Und dann schickt einen Mann hinunter ins Lager des Seebundes. Sagt denen da unten, dass wir die Stadt übernommen haben und die Tore offen stehen.«

Grohm kratzte sich am Kinn. »Es ist wirklich kaum noch jemand da unten, wie mir scheint.«

Aggi nickte. »Es ist, wie Duhm sagte, das Heer ist nach Norden gezogen. Selbst in Eurer Schmiede müsst Ihr den Lärm der Schlacht doch gehört haben, Meister Grohm.«

»Dann hoffen wir, dass der Seebund gewonnen hat.«

Aggi nickte, aber er wusste es besser. Die Mahre hatten ihm gesagt, dass sehr viele Feinde aus den Bergen herabgekommen waren. Und als er aus den unterirdischen Gängen nach oben gestiegen war, hatte ihm Amuric verraten, dass die Schlacht wohl schon verloren war. Aggi trat an die Mauer und lauschte. Es war beunruhigend still da draußen. Kein Kanonendonner, kein Büchsenknall kam noch aus dem Norden. Und auch über der Stadt lag eine gespenstische Stille. Er war weit entfernt davon, das für ein gutes Zeichen zu halten.

***

Prinz Gajan hielt seinen Gaul auf der Anhöhe an. Unter ihm breitete sich das Tal von Atgath aus, aber es hatte sich sehr verändert, seit er es zum letzten Mal gesehen hatte. Die Stadt stand immer noch hoch auf dem Hügel über dem Umland und doch eingeengt zwischen den Bergen, was sie stets noch kleiner wirken ließ, als sie war. Davor jedoch hatten sich lange, schmutzige Gräben in das Buschland und in die Felder gefressen, und Hunderte Zelte waren aus dem Boden gewachsen. Es standen Rauchwolken über der Stadt, aber es schien ruhig dort oben zu sein. Dann entdeckte Gajan einige Pferde, die durch das Buschwerk des Tales irrten. Was hatte das zu bedeuten?

»Ist das Atgath?«, fragte Hadogan, der seinen Klepper neben ihm anhielt. Er hatte sich erstaunlich schnell von seiner Verwundung erholt und trug den Verband, den ihm ein Heiler um den Leib gewickelt hatte, sogar mit einem gewissen Stolz.

»Die Stadt unserer Väter, ja, mein Sohn. Eines Tages wirst du dort Herzog sein.« *Und du wirst ein besserer Herzog sein als ich,* setzte er in Gedanken hinzu. Er sah einen Mann von der Stadt herunterlaufen und glaubte für einen Moment, es sei Kumar, der dort lief, auf dem Weg nach Hause zu seinen Kindern. Schaudernd wandte er sich ab.

»Verdammt, wo steckt dieses vermaledeite Heer?«, rief Protektor Pelwa. Der greise Herr von Felisan saß auf einem stattlichen Schimmel, und in seiner altmodischen Rüstung wirkte er beinahe wie ein Held aus lang vergangenen Tagen. »Haben sie die Stadt genommen? Ich sehe keine Bresche in der Mauer, keine Leitern oder Rammböcke. Ich sehe auch keine Geschütze und niemanden auf den Stadtmauern. Und auch die Gräben und Schanzen scheinen verlassen.«

Gajan kniff die Augen zusammen. Der Protektor hatte einen erstaunlich scharfen Blick. Zwar waren zwischen den Zelten hier und da Männer zu sehen, aber es waren viel zu wenige für eine Belagerung. Der Läufer aus der Stadt hatte die Gräben erreicht. Was hatte das alles zu bedeuten?

»Lembeg! Reitet voraus und erkundigt Euch, was da los ist!«, befahl der Protektor dem Anführer seiner Garde.

Der Mann salutierte und galoppierte ins Tal. Auch er verfügte wie der Protektor über ein halbwegs brauchbares Tier, während der Rest ihrer kleinen Truppe auf dem saß, was sie auf ihrer Flucht beschlagnahmt hatte. Sie hatte in einem der Dörfer den verängstigten Bauern alle verfügbaren Ackergäule, Schindmähren und sogar zwei Maultiere und einen Esel abgepresst. Dort war Gajan auf sie getroffen, und dort lebte auch der Heiler, der Hadogans Wunde gesäubert und den Vater beruhigt hatte, dass die Verletzung nicht so schwer war, wie sie aussah, schon gar nicht bei einem jungen und kraftstrotzenden Knaben. *Er hat mehr Kraft als ich,* dachte Gajan, *und mehr Verstand als der Protektor.*

Gerade einmal zweihundert Soldaten hatte Pelwa aus der Stadt retten können. Und dann hatte er alle, für die sich kein Pferd fand, auf der Straße zurückgelassen und ihnen befohlen, den Feind aufzuhalten.

Ebenso gut, dachte Gajan, *hätte er ihnen befehlen können, sich ins Schwert zu stürzen.* Er hätte beinahe gelacht, als er sich umdrehte und ihre Schar in Augenschein nahm. Das war also das Gefolge der beiden mächtigsten Fürsten von Oberharetien? Zwei Dutzend erschöpfte Krieger auf altersschwachen Tieren?

»Ich möchte wissen, was Euch lächeln lässt, Gajan«, brummte der Protektor. »Die ganze Sache hier ist gewiss kein Spaß. Dieses verfluchte Heer hätte in Felisan bleiben sollen, dann hätten wir den Angriff zurückgeschlagen. Und jetzt ist es nicht vor der Stadt, die es eigentlich belagern sollte. Verflucht sei Graf Gidus, der nichts als Unglück über mich gebracht hat. Und jetzt kommt, reiten wir hinab. Ich will wissen, was hier vor sich geht.«

Sie folgten dem Hauptmann der Garde langsam hinunter ins Lager. Dort herrschte große Aufregung, weil der Läufer, den Gajan auf der Straße gesehen hatte, gemeldet hatte, dass es in der Stadt einen Aufstand gegeben habe und dass das Tor nun offen stehe.

»Doch ich kann das Lager nicht ohne Befehl verlassen«, sagte der alte Hauptmann, der das Kommando führte, »und die, die es befehlen könnten, sind im Norden und kämpfen.«

Gajan erfuhr zu seinem Erstaunen, dass fast das gesamte Heer einem Feind entgegengezogen war, der aus den Bergen herabkam. Man hatte nur dreihundert Mann in den Gräben zurückgelassen, was ihm äußerst leichtsinnig erschien.

»Ein Heer, das über das Paramar gekommen sein soll? Unmöglich!«, rief Pelwa. »Niemand kann die Festung im Pass überwinden. Nicht so schnell, nicht, ohne dass ich es erfahre.«

»Und gibt es denn keine Nachricht, wie die Schlacht verläuft?«, fragte Gajan den Hauptmann.

»Wir hörten nur den Donner der Geschütze und das Knallen der Büchsen, und vor einer Weile kamen ein paar herrenlose Pferde von dort, wahnsinnig vor Angst. Aber mehr haben wir nicht erfahren.«

»So schickt doch einen Reiter!«, rief Gajan ungehalten.

»Leider haben wir hier keine Pferde, und diese Tiere, die

durch das Tal irren, lassen sich nur schwer einfangen und gar nicht reiten, Herr, wir haben es versucht.«

»Sieh doch, Vater, da kommen Berittene!«

Hadogan hatte Recht: Es kamen drei Männer auf ihren Pferden ins Tal galoppiert. Aber sie kamen einzeln, nicht etwa in guter Ordnung, um einen Sieg zu melden – das war wilde Flucht.

»Ruft Eure Leute zusammen, Mann. Es kann sein, dass Ihr einen Rückzug decken müsst«, rief Gajan.

»Einen Rückzug? Aber wohin, Herr?«

»In die Stadt!«

Der Offizier nickte, offensichtlich war er froh, dass ihm jemand das Kommando abnahm.

»Nach Atgath? Dort werden wir nicht sicher sein, Gajan«, meinte der Protektor düster.

»Und wohin sonst, Pelwa? Nach Süden? Habt Ihr vergessen, dass in Felisan die Westgarther sitzen? Ich nehme an, dass ihre Horden längst über das Land schwärmen und plündern. Und die Helden, die Ihr an der Straße zurückgelassen habt, werden sie kaum aufhalten können.«

Pelwa bedachte ihn mit einem sehr finsteren Blick, erwiderte aber nichts.

Also erteilte Gajan dem Hauptmann Befehl, seine Leute zu sammeln und die Straße hinauf zur Stadt zu sichern.

»Verloren!«, schrie der erste Kavallerist schon von weitem. »Es ist alles verloren!« Sein Tier war völlig erschöpft, wollte dem Zügel aber dennoch kaum gehorchen. Es drehte wilde Kreise, als der Reiter versuchte, Bericht zu erstatten. Sein Gesicht war zerschrammt, und er hatte seinen Helm verloren. »Erst schossen sie mit Bombarden auf uns, obwohl die Obersten gesagt hatten, dass sie über so etwas gar nicht verfügen. Und dann waren da schreckliche Kriegshörner, und die Pferde gingen durch, alle, und das brachte unsere Reihen ins Wanken. Alle Ordnung war schon zum Teufel, als die Helmonter auf uns einstürmten. Wir haben zwar viele getötet, doch sie waren nicht aufzuhalten. Ich hatte Glück, denn dieses Tier rannte nicht kopflos in die Schlacht, sondern davon, und ich konnte mich im Sattel halten, anders als die meisten meiner Kameraden.«

»Ihr seid geflohen!«, polterte der Protektor.

»Nicht ich, mein Pferd, Herr. Ihr könnt viele Tiere finden, die dort zwischen den Berghängen umherirren. Es ist, als hätten sie den Verstand verloren, und wir Reiter konnten sie nicht bändigen.«

»Aber dann wisst Ihr nicht, wie die Schlacht endete«, meinte Gajan und versuchte Optimismus zu verbreiten.

»Ich kann reiten und es herausfinden, Vater.«

»Du bleibst an meiner Seite, Hadogan!«

»Seht, noch mehr Pferde!«, rief einer der Soldaten.

»Und da – ein paar Männer!«, rief ein anderer.

Dort kamen sie, herrenlose Pferde und Männer ohne Waffen in wilder Flucht.

»Nach Atgath!«, rief Gajan. »Die Stadt ist unsere letzte Hoffnung!«

Die Männer, die in den Stellungen zurückgelassen worden waren, hatten sich inzwischen um ihre Gruppe versammelt, und Gajan erkannte, dass die Befehlshaber des Seebundes nur die Jungen und Unerfahrenen zurückgelassen hatten. Sie hatten nicht gekämpft, sie waren nicht geschlagen worden, und doch hatte ihr Hauptmann alle Mühe, sie an der Straße zur Stadt in Stellung zu bringen, die sie jetzt verteidigen sollten, bis ihre flüchtenden Kameraden in Atgath waren.

Gajan schickte einige von Pelwas Männern aus, so viele von den Flüchtenden wie möglich einzusammeln und in die Stadt zu schicken. Der Protektor sah aus, als würde ihm das nicht passen, aber er hielt den Mund und gab seinem Pferd die Sporen. Offenbar wollte er vor dem Prinzen in Atgath sein. Gajan fluchte. Der Alte war verschroben genug, noch Unheil anzurichten. Also gab er seinem unwilligen Gaul die Sporen und jagte dem Protektor hinterher.

»Wer hat hier das Kommando?«, rief Gajan, als er seinen erschöpften Gaul endlich durch das Stadttor lenkte. Es waren Hunderte Menschen dort versammelt.

»Der Großvogt von Oberharetien natürlich!«, rief Pelwa, der lange vor ihm angekommen war. Er überragte auf seinem Schimmel die Leute, die sich an ihn drängten. Er sah wirklich wie ein Held aus einer lang vergessenen Schlacht aus.

»Und wer sonst?«, fragte Gajan.

»Prinz Gajan? Hauptmann Aggi, zu Euren Diensten, Hoheit.«

»Gajan? Prinz Gajan? Er ist hier!« Die Meldung verbreitete sich wie ein Lauffeuer. »Gajan, der Prinz ist endlich hier!«

Pelwas Schimmel scheute, als sich die Menge plötzlich um Gajan drängte, und der Protektor von Felisan und Großvogt von Oberharetien wäre beinahe abgeworfen worden. Gajan musste viele Hände schütteln, und so dauerte es eine Weile, bis er vom Pferd steigen und den Hauptmann zur Seite nehmen konnte. Er fragte ihn, wie es um seine Stadt stand, und erhielt einen knappen Bericht.

»Gut, Hauptmann«, sagte er dann. »Stellt Schützen auf die Mauer, vielleicht müssen wir unseren Leuten Deckung geben.«

»So ist die Schlacht verloren, Hoheit?«, fragte der Hauptmann, der ein paar Bürger mit Armbrüsten und Bogen losschickte.

»Ohne jeden Zweifel, Hauptmann«, sagte Gajan.

Er blickte durch das Tor hinab ins Buschland vor der Stadt, wo sich immer mehr Männer in kopfloser Flucht durch das Unterholz kämpften. Einer der Panzerreiter erreichte das Tor, sein Harnisch war auf dem Rücken mit Pfeilen gespickt, aber er schien nicht zu bemerken, dass sie das Eisen durchdrungen hatten. Noch war vom Feind nichts zu sehen. Der Panzerreiter erklärte es Gajan mit leerem Blick: »Das haben wir den Pikenieren aus Frialis zu verdanken, Herr. Sie hielten die Ordnung, obwohl rund um sie herum alles rannte und selbst General Hasfal auf seinem Schimmel aus der Schlacht getragen wurde. Als sich schon alles in Auflösung befand, da pflanzten diese tapferen Männer ihre Piken dort in die Erde und hielten die Helmonter auf. Sie schienen versessen darauf, bis zum bitteren Ende auszuhalten, obwohl sie wussten, dass es ihren Tod bedeutete. Zu gewinnen war ohnehin nichts mehr.«

»Ihr seid verwundet, Mann«, sagte Gajan, aber der Reiter hörte ihn nicht mehr. Er sackte zusammen und sank aus dem Sattel. Zwei Atgather fingen ihn auf, aber Gajan konnte sich nicht vorstellen, dass der Mann seine Wunden überleben würde.

»So macht doch Platz für die Männer des Seebundes!«, kommandierte Teis Aggi und schickte einige Frauen los, Verbandszeug zu organisieren. »Die Burg ist, wie gesagt, leider noch nicht in unserer Hand, Hoheit, und ich weiß nicht, ob wir stark genug sind, sie zu nehmen.«

Gajan nickte zerstreut.

»Das kann ein Problem werden, wenn der Feind vor den Mauern steht«, erklärte Aggi.

Jetzt begriff Gajan: Es war sinnlos, die Stadtmauern zu verteidigen, der Feind konnte über die Burg in die Stadt gelangen. Ein Oberst erreichte das Tor. Seine Uniform war zerrissen, und er blutete aus einer Wunde am Arm, aber er wollte sich nicht verbinden lassen, sondern lenkte sein Pferd zum Protektor, der immer noch auf seinem Schimmel thronte und grimmig darauf zu warten schien, dass man ihm endlich Beachtung schenkte. Er bekam große Augen, als der Oberst ihm etwas zuflüsterte, schien aber selbst nicht viel von Zurückhaltung zu halten: »Habt Ihr gehört, Gajan? Diese Truppen marschieren unter dem Banner des Großen Skorpions. Der Padischah selbst gibt Atgath die Ehre!«

Die entsetzten Blicke der Menschen um ihn herum schien er nicht wahrzunehmen. Er fuhr fort: »Das ist unser Ende, das ist Euch doch wohl klar, oder?«

Gajan verfluchte den alten Schwarzseher innerlich, dann aber rief er: »Vielleicht hat das auch etwas Gutes, Pelwa.«

»Was soll daran gut sein?«

»Meine Schwägerin Shahila fürchtet ihn doch weit mehr als uns, wenn auch nur die Hälfte von dem stimmt, was mein Bruder Beleran mir früher erzählt hat. Sie wird ihn niemals freiwillig in die Burg lassen. Also, Kopf hoch, ihr Männer und Frauen. Noch ist nichts entschieden!« Er rief es laut, aber er bezweifelte, dass er irgendjemanden überzeugte. Er gab sich keinen Illusionen hin: Sie hatten Atgath genommen, aber sie saßen in der Falle.

»Seht nur!«, rief plötzlich einer der Soldaten: »Da kommt General Hasfal!«

»Er lebt! Er ist unverletzt!«, riefen die Soldaten.

Gajan hatte von Tarim ob Hasfal schon viel gehört. Er galt als vielversprechender junger Feldherr, in dem manche schon den mythischen Glanz der alten Helden des Seebundes wiedererstanden sahen. Jetzt wirkte Hasfal müde und verwirrt, aber weder er noch sein Schimmel hatten einen einzigen Kratzer abbekommen. War es ein Wunder, wie die Soldaten riefen? Oder war es nur ein Beweis von Feigheit? Die Männer jubelten ihm zu. *Dieser General scheint überaus beliebt bei seinen Leuten zu sein,* dachte Gajan. *Vielleicht gibt er ihnen die Hoffnung, die sie brauchen.*

Er stieg vom Pferd, und der Mann, der ihm die Zügel abnahm, war offensichtlich kein Atgather. Er hatte dunkle Hände, und da der Hals des Pferdes sein Gesicht verdeckte, durchfuhr Gajan wie ein Blitzschlag der Gedanke, es könne Kumar sein. Aber dann kam der Mann auf die andere Seite und erkundigte sich besorgt, ob alles in Ordnung sei, und es war ein Soldat von den südlichen Inseln, nicht der Freund, den er hatte ermorden müssen.

Er nickte. »Alles in bester Ordnung, Kumar.«

Der Mann sah ihn befremdet an, und Gajan erschrak über seinen Fehler. Er biss sich auf die Lippen. Er durfte nicht die Nerven verlieren, nicht jetzt, es stand zu viel auf dem Spiel.

***

Shahila at Hassat, Baronin von Taddora und Herzogin von Atgath, saß in ihrem Gemach und kämmte sich in ruhigen Bewegungen das lange schwarze Haar. Das sollte ihr beim Nachdenken helfen, doch es fiel ihr schwer, sich zu konzentrieren. »Wie viele haben wir verloren, Almisan?«, fragte sie.

»Etwa zwei oder drei Dutzend Bergkrieger, Hoheit, noch mehr Soldaten, aber die haben sich meist ergeben oder, schlimmer noch, dem Pöbel angeschlossen.«

Sie nickte und strich weiter mit der Bürste durch ihr Haar. »Und wie ist die Stimmung in der Burg?«

»Die Bergkrieger sind zu allem entschlossen, Hoheit, und sie fürchten den Tod nicht. Die Atgather Soldaten sind allerdings weit weniger erpicht auf den Heldentod. Wir können ihnen nicht trauen.«

»Und die Dienerschaft?«

»Verängstigt, Hoheit. Es heißt, Quents Geist habe Herr und Herrin der Burg verflucht.«

»Quents Geist?«

»Er wurde gesehen, als weiße nebelhafte Erscheinung auf den Mauern, Hoheit.«

Shahila nickte wieder und ließ die Finger durch ihre glatten Haare streichen. »Lass sie gehen, Almisan.«

»Die Dienerschaft?«

»Auch die Wachen. Frage sie, ob sie bleiben oder gehen wollen. Ich denke, ein unzuverlässiger Verbündeter wäre jetzt gefährlicher als ein erklärter Feind.«

»Natürlich, Hoheit.«

»Danach geh hinunter zu Meister Hamoch. Ich hoffe, er hat irgendetwas gefunden, mit dem wir uns unsere Feinde vom Leib halten können.« Sie legte die Bürste zur Seite und öffnete eine kleine Schatulle, in der verschiedene sorgsam verschlossene Fläschchen und Döschen lagen.

Almisan räusperte sich. »Ich habe noch weitere schlechte Neuigkeiten, Herrin. Es heißt, Gajan sei unter den Männern, die sich nach Atgath zurückgezogen haben.«

»Geflüchtet trifft es wohl eher«, murmelte Shahila.

»Natürlich, der Seebund wurde geschlagen. Aber das heißt auch, dass bald ein Heer Eures Vaters vor diesen Mauern stehen wird, Hoheit.«

»Das ist mir bewusst.«

»Wie sollen wir uns verhalten, Hoheit? Sie sind die Feinde unserer Feinde, ja, sie nennen sich unsere Verbündeten, aber wir können ihnen nicht vertrauen, Hoheit.«

Shahila betrachtete die verschiedenen Fläschchen in der Schatulle. Sie hatte sie von Kisbara, der Nekromantin, bekommen.

»Sie werden uns ohne Zweifel Hilfe und Schutz anbieten. Ich weiß nur noch nicht, ob es gefährlicher ist, dieses Angebot abzulehnen oder es anzunehmen.«

»Und was werden wir tun, Hoheit?«

Sie steckte ihr Haar mit den langen Elfenbeinnadeln zu dem kunstvollen Knoten auf, in dem sie es für gewöhnlich trug. Mit einer dieser Nadeln hatte sie Herzog Hado getötet, und es durchlief sie ein Schauer, als sie sie berührte. Sie lächelte. »Wir werden weiter hoffen, dass deine Schattenschwester doch noch rechtzeitig hier eintrifft, Almisan. Immerhin wissen wir, dass sie das Wort an sich gebracht hat, oder?«

Almisans Gesicht blieb unbewegt, als er widersprach: »Hamoch sagte lediglich, dass Euer Bruder an der Schwelle des Todes war. Viel mehr hat er nicht herausgefunden.«

Shahila straffte sich. Es sah aus, als würden die Wogen des Schicksals schwer und dunkel über ihr zusammenschlagen, aber noch war sie nicht bereit aufzugeben, sie war Shahila at Hassat, eine Tochter des Großen Skorpions. Ihre Feinde würden noch erfahren, was das bedeutete. »Gut, Almisan. Geh hinunter zu unserem Zauberer und sorge dafür, dass er sich etwas einfallen lässt. Er muss uns Zeit verschaffen, je mehr, desto besser. Und dann gib unseren Dienern, die du entlässt, eine Botschaft mit.«

»Eine Botschaft, Herrin?«

»Kumar, war das nicht der Name des Mannes, den der ach so beliebte Prinz Gajan ermordet hat?«

»Hamoch behauptet es.«

»Gut, dann sag unseren Dienern, sie sollen Gajan nach Kumar fragen. Sag ihnen, du hättest den Namen von Quent.«

Über das Gesicht des Hünen glitt ein sehr flüchtiges Lächeln. »Eine ausgezeichnete Idee, Hoheit. Sollen sie nur nach Kumar fragen?«

»Streue ein paar Details ein. Es ging um ein Boot, nicht wahr?«

»In etwa, Hoheit.«

»Ich verlasse mich auf dich, Almisan«, sagte sie mit einem Lächeln.

Der Rahis verbeugte sich ehrerbietig und ging.

Shahila sah ihm nach. Er schien ihr noch ernster als sonst zu sein, auch wenn das aus seiner Miene schwer abzulesen war. Irgendetwas schien ihm zuzusetzen, und sie glaubte nicht, dass es die Belagerung oder der Aufstand war. Er war ein Schattenmeister und schien keine Furcht zu kennen.

Sie seufzte und wandte sich wieder der Schatulle zu. Sie wog zwei Fläschchen in der Hand. Das eine enthielt Wolfsrauch und ein paar andere Kräuter, die Beleran dahinsiechen ließen, ohne ihn umzubringen. Das andere enthielt ein stärkeres Gift. Sie hielt es gegen das Licht. Kisbara hatte gesagt, man bräuchte nur wenige Tropfen davon, um Belerans Leiden schnell zu beenden. Sie schüttelte das Fläschchen vorsichtig. *Dann reicht es auch noch für mich,* dachte sie, aber dann legte sie es doch wieder zurück. Noch war sie nicht bereit aufzugeben.

Sie tropfte etwas von dem Wolfsrauch in ein Glas, das sie mit Wasser auffüllte. Dann ging sie hinüber ins Schlafgemach, wo sich ihr Mann Atemzug für Atemzug einem langsamen Tod entgegenquälte. »Ich bringe dir etwas zu trinken, Liebster«, sagte sie.

»Der Lärm in der Stadt, was hat das zu bedeuten, Shahila?«, fragte er matt. Er war entsetzlich abgemagert, sein Gesicht war blass und spitz, der Tod schien schon hindurchzuscheinen.

»Es ist nichts, Liebling. Werde du mir erst einmal wieder gesund. Die Leute in der Stadt sind alle sehr besorgt um dich, weißt du?«

»Meine Stadt«, murmelte Beleran.

»Ja, sie lieben dich«, sagte Shahila und stützte seinen Kopf beim Trinken. Beleran war kein schlechter Mann gewesen, nur immer schon zu schwach für das, was es zu tun galt. Jetzt war er nur noch ein Schatten seiner selbst.

Er sank kraftlos in seine Kissen zurück. »Ich habe ihn gesehen«, flüsterte er.

»Wen?«

»Quent. Er war hier. Ich hatte das Gefühl, er wollte mir etwas sagen, aber ich habe ihn nicht verstanden.«

»Das ist das Fieber, Liebster«, sagte Shahila.

Sie wollte gehen, denn sie musste nun doch selbst mit Hamoch sprechen. Quents Geist war zwar nur eines ihrer geringeren Probleme, aber dennoch wollte sie die Angelegenheit nicht auf sich beruhen lassen.

Doch Beleran bat sie flehentlich, noch bei ihm zu bleiben. Sie zögerte. Sie hatte ihn gebraucht, weil er das geheime Wort erben sollte, den Schlüssel zur Alten Magie, doch Sahif hatte das Wort gestohlen. Und solange Gajan noch lebte, wäre das Wort ohnehin nicht zu Beleran gekommen. Sie strich ihm eine Strähne aus dem Gesicht. Eigentlich war er nun vollends nutzlos, da Prinz Gajan in Atgath war und sicher Anspruch auf den Herzogsthron erheben würde. Dass er einen Mann ermordet hatte, würde das kaum ändern.

Dennoch blieb sie an Belerans Bett sitzen, hielt seine kraftlose Hand, tupfte seine schweißnasse Stirn mit einem Tuch ab und sprach mit ihm über die Zeit in Taddora, wo sie so gute, nur viel zu kurze Jahre erlebt hatten. Shahila lächelte bei dem Gedanken an die armselige Baronie, die die Mitgift ihres Mannes gewesen war. Vielleicht waren sie dort wirklich glücklich gewesen, aber sie wusste, Glück war etwas, was selten lange währte, wenn es von der Gnade anderer abhängig war. Ihre Mutter hatte es erlebt, war aus der strahlenden Gunst des Padischahs in einen lichtlosen Kerker hinabgestürzt, weil eine Andere, Jüngere und Schönere aufgetaucht war. Dies würde ihr nicht passieren.

***

»Bei allen Himmeln, Hamoch, was stinkt hier so erbärmlich?«

Bahut Hamoch drehte sich um. Im beißenden Rauch, der durch sein Laboratorium zog, konnte er den Rahis kaum erkennen.

»Kommt herunter, Almisan, kommt herunter. Das wird Euch gefallen«, rief er. Er leckte sich die Lippen. Der Rahis hatte sich eine Waffe gewünscht, nun sollte er sie bekommen.

»Mann, wie haltet Ihr das nur aus?«, rief der Hüne und hielt sich seinen Umhang vor Mund und Nase.

Hamoch wies mit dem Kinn nach vorn, wo ein schwarz verkohltes Etwas auf der Erde lag und brannte. »Löscht es, Rahis«, forderte er den Besucher auf. »Aber achtet darauf, dass Ihr die Flammen nicht berührt!«

Almisan sah ihn zweifelnd an, nahm eine Decke von einem der Tische und warf sie über die Flammen. »Ein Feuer, na und?«

»Ist es aus?«

»Natürlich.«

»Dann nehmt die Decke weg.«

Der Hüne folgte der Aufforderung. Sofort schlugen wieder Flammen aus dem verkohlten Ding, und die Unterseite der Decke fing plötzlich zu brennen an.

»Bei allen Höllen!«, rief Rahis Almisan und ließ sie fallen.

Hamoch sprang hinzu und erstickte den Brand erneut mit der brennenden Decke.

»Was ist das?«, fragte der Rahis, und Hamoch bildete sich

ein, Bewunderung oder wenigstens Interesse in seiner ausdruckslosen Miene zu erkennen.

»Ich nenne es das Schwarze Feuer. Es kann nicht gelöscht werden, auch nicht durch Ersticken. Es verbrennt alles, was weicher ist als Stein. Die Rezeptur ist allerdings noch nicht ganz fertig. Wie Ihr wisst, habe ich mich vor meiner Aufnahme in den Orden des Zwiefachen Lichts der Alchemie gewidmet. Und ich kann sagen, dass sich das sehr gewinnbringend verbinden ließ.«

»*Ihr* wollt das erfunden haben, Hamoch?«

»So ist es«, verkündete der Zauberer stolz, obwohl das nicht ganz stimmte. Ein dünnes Lachen drang aus der Kammer, in der er Kisbara angekettet hatte. »Halt den Mund, alte Hexe«, schrie Hamoch.

»Ich verstehe«, sagte der Rahis.

»Nichts versteht Ihr! Das ist die Waffe, nach der Ihr gefragt hattet. Die alte Hexe hat mich zwar auf einen Zauber aus dem Schwarzen Buch hingewiesen, aber *ich* habe ihn entscheidend verbessert! Ich will nicht, dass die Menschen langsam an der Fleischfäule dahinsiechen wie vor Du'umu, ich will, dass sich der Schrecken schnell und deutlich sichtbar verbreitet.«

»Wollt Ihr die ganze Stadt niederbrennen und die Burg gleich mit?«

»Das wäre nicht schwer, doch ich denke, ich habe eine bessere Verwendung. Habt Ihr nicht bemerkt, was da unter der Decke brannte?«

»Es stank erbärmlich.«

»Es war ein Homunkulus, Almisan.«

»Ihr habt eines Eurer *eigenen* Geschöpfe verbrannt?« Jetzt sah der Rahis wirklich überrascht aus, oder gar bestürzt? Nein, er war ein Schatten, so etwas konnte ihn sicher nicht schockieren.

»Er war alt und wäre in ein oder zwei Tagen ohnehin gestorben«, rechtfertigte sich Hamoch gereizt. Das hatte er auch Esara gesagt, aber sie hatte trotzdem heftig widersprochen. Sie weigerte sich sogar, ihm bei seinen Versuchen zu helfen. »Seit ich sie in größerer Zahl fertige, sterben sie leider schneller als jene, die ich einzeln zog. Aber ich glaube kaum, dass Euch das interessiert, Rahis. Jedenfalls habe ich ihn die Flüssigkeit trinken lassen.«

»Ihr habt *was?*«

»Sie riecht wie Wasser, schmeckt wie Wasser, ist nicht einmal besonders giftig, allerdings greift sie die Organe an, die bei diesen Wesen ohnehin sehr schwach sind. Und ganz, wie ich es berechnet habe, fraß sich die Flüssigkeit durch seinen Magen, und als sie die Haut durchdrang, begann sie zu brennen. Sie verbindet sich mit menschlichem Fleisch und brennt, sobald sie mit Luft in Berührung kommt, wisst Ihr. Dann geht es sehr schnell, und schließlich brennt der ganze Leib lichterloh.«

»Ihr seid ein seltsamer Mann, Bahut Hamoch, ein sehr seltsamer Mann. Doch erklärt mir noch, was uns das nützen soll.«

»Ich habe einige Beutel vorbereitet, um die Brunnen der Stadt damit zu vergiften. Es wird weder im Wasser noch an der Luft Feuer fangen, erst, wenn es mit einem Menschen in Verbindung gerät, wenn es getrunken wird.«

»Das ist dämonisch, Hamoch!« Der Hüne war einen Schritt zurückgetreten. »Aber wie gedenkt Ihr, die Brunnen zu erreichen? Ihr wisst doch, dass die Stadt in der Hand des Pöbels ist.«

»Ich werde die Homunkuli verkleiden. Wir stecken sie in Kapuzenmäntel. Man wird sie mit Kindern verwechseln.«

»Wenn man nicht genau hinsieht, vielleicht, aber sobald man einen fängt, wird man erkennen, dass sie keine Kinder sind. Man wird untersuchen, was sie dabei haben, Verdacht schöpfen und damit Euren Plan durchkreuzen.«

»Man wird keinen einzigen Homunkulus fangen, Rahis«, erklärte Hamoch ruhig, »keinen, der noch lange lebt. Und auch diejenigen, die das Pech haben, einen von ihnen zu berühren, werden das nicht lange überleben, jedenfalls, wenn die Rezeptur ganz fertig ist.«

Hamoch gab sich souverän, aber so fühlte er sich ganz und gar nicht. Er zitterte innerlich vor Angst und Anspannung, nur hatte er inzwischen gelernt, es zu verbergen. Die Homunkuli waren *seine* Geschöpfe und bis vor kurzem sein ganzer Stolz gewesen. Aber was nützte ihm der Stolz, wenn er tot war? Die Burg war von Feinden umstellt, und er wusste, was man mit Zauberern seiner Art machte, wenn man sie fing. Er würde die Homunkuli also schweren Herzens opfern, aber bestimmt nicht, um der Herzogin die gewünschte Zeit zu verschaffen. Er würde ihren Verlust betrauern, doch sollte ihr Tod nicht sinnlos sein. Sie würden ihm einen letzten Dienst erweisen, Angst und Schrecken in der Stadt verbreiten und ihm damit die Gelegenheit verschaffen, im allgemeinen Chaos zu entfliehen, bevor es zu spät war. Dieser Schatten mochte fest entschlossen sein, mit der Herzogin unterzugehen, Bahut Hamoch hatte andere Pläne.

Der Rahis sah ihn nachdenklich an. »Vielleicht habe ich Euch wirklich unterschätzt, Zauberer. Ich vermag mir kaum vorzustellen, wie viel Entsetzen Ihr damit unter den braven Bürgern von Atgath verbreiten werdet.«

»War es nicht das, was Ihr wolltet, Rahis?«

Der Hüne zuckte mit den Schultern. »Wir wollten Zeit, und ich denke, damit werden wir sie bekommen. Es mag also sein, was wir uns gewünscht haben, doch erscheint es mir recht … drastisch.«

»Ihr kennt das Schwarze Buch nicht, Almisan. Es stehen Schrecken darin, die Ihr Euch nicht einmal vorstellen könnt. Wenn ich wollte, könnte ich ganz Haretien entvölkern, denn auch die Geheimnisse der Pest und schlimmerer Krankheiten finden sich in diesen Seiten.«

»Die Pest?«

»Ja, doch denkt nicht, dass es wir Totenbeschwörer waren, die sie über die Länder am Goldenen Meer brachten, wie stets behauptet wird, ganz im Gegenteil! Es war unser Orden, der sie bekämpft hat. Doch kann man nur bekämpfen, was man versteht, und deshalb haben wir sie gründlich erforscht. Jetzt verstehen wir sie so gut, dass wir ähnlich tödliche Krankheiten über die Welt bringen könnten – wenn wir denn wollten.«

»Das wird vorerst nicht nötig sein, Hamoch. Bereitet Euer Schwarzes Feuer einstweilen vor. Wir werden bald wissen, ob wir es brauchen.«

Almisan verließ die Katakomben mit einem Gefühl der Erleichterung. Dieser Zauberer war verrückt, aber seine Erfindung war vielleicht wirklich nützlich. Natürlich würde dadurch offenbar werden, dass in der Burg schwarze Magie betrieben wurde, und damit fiel auch die Herrin der Burg unter Bann und Acht. Aber so, wie er die Sache sah, war Shahila ohnehin so gut wie verloren. Sie wusste es wohl selbst. Ihm war nicht entgangen, wie sie Kisbaras Giftschatulle angestarrt hatte. Shahila würde sich niemals gefangen nehmen lassen. Sie hatte ihrem Vater Rache geschworen und würde sich gewiss nicht seiner Gnade ausliefern.

***

Alles war pechschwarz, als Heiram Grams die Augen aufschlug. Er bekam keine Luft. War er begraben worden? Er blinzelte. Nein, Erde war das nicht, was auf ihm lastete. Außerdem zerrte etwas an seinem rechten Fuß. Er blinzelte noch einmal, dann begriff er, dass irgendetwas auf ihm lag. Er sammelte all seine Kraft, hob das Etwas an und warf es zur Seite. Gleichzeitig setzte er sich auf und starrte in das Gesicht eines Bauern, der im Schein einer Fackel offensichtlich dabei war, ihm die Stiefel zu stehlen. Einen Augenblick starrten sie einander an.

»Ihr seid gar nicht tot«, stellte der Mann dann fest.

»Ganz recht«, sagte Grams.

Der Bauer ließ den Stiefel los. »Ich habe wirklich geglaubt, Ihr wärt tot, Herr Soldat.«

Unter dem nächtlichen Sternenhimmel lagen eine Menge lebloser Körper. Menschen mit Fackeln wanderten zwischen ihnen umher.

»Ihr plündert die Toten, wie?«

»Nur das, was die Helmonter übrig gelassen haben, Herr. Es sind schlimme Zeiten.« Der Bauer senkte die Stimme zu einem Flüstern: »Sie haben die Dörfer niedergebrannt. Wir haben nichts zu essen.«

»Stiefel kann man nicht essen«, brummte Grams.

Der Mann sah ihn mit einem Blick voller Hass und Verzweiflung an, zog seine Fackel aus der Erde und huschte eilig davon.

Grams schüttelte sich, dann tastete er sich prüfend nach Wunden ab, konnte jedoch keine finden. »So was«, murmelte er. Die Explosion! Das Letzte, an das er sich erinnerte, war die grelle Explosion, die ihn durch die Luft schleuderte, und diese Hochländer, die dabei von den Beinen gerissen wurden. Sie hatten ihn töten wollen, das nahm er jedenfalls an, aber sie waren zwischen ihn und die Lange Got geraten, als das Pulver hochgegangen war.

»Dann habt Ihr mir wohl das Leben gerettet, wie?«, sagte er zu der Leiche, die auf ihm gelegen hatte. Es war zu dunkel, um viel zu erkennen, und dafür war er ausgesprochen dankbar, denn schon das wenige, was er sah, drehte ihm den Magen um.

Er kam auf die Knie, die noch ganz weich waren. Da lag das Geschütz. Die massive Lafette war auseinandergerissen, das schwere Bronzerohr aus den Lagerungen gebrochen. *So, wie Holl es sich gewünscht hätte,* dachte er. Er wankte dorthin, wo er den Leichnam seines Büchsenmeisters vermutete, fand ihn aber nicht. Auch Kerel, den finsteren Braan oder irgendeinen anderen seiner Kameraden konnte er nicht finden. *Sei's drum,* dachte Grams, *ihr seid jetzt vermutlich an einem besseren Ort.*

Auch für sich selbst sah er keinen Grund mehr, länger auf dem Schlachtfeld zu bleiben. Ein gutes Stück entfernt waren Wachfeuer, an denen bunt gekleidete Helmonter saßen und vermutlich ihren Sieg feierten. Es waren nur eine Handvoll Krieger, und Grams fragte sich, wo der Rest abgeblieben war. Er wollte nach Atgath, wohin auch sonst, aber dazu hätte er an diesen Wachfeuern vorbeigemusst. Dorthin konnte er nicht, also drehte er sich um und marschierte auf den Berg zu, der schwarz vor ihm aufragte. Er meinte, irgendetwas dort gesehen zu haben, was ihn anzog, obwohl er nicht sagen konnte, was es war. Brummend stapfte er zwischen den erkalteten Körpern davon.

Hatte gleich ein schlechtes Gefühl bei der Sache, dachte er, obwohl er sich eingestand, dass er sich nicht viele Gedanken gemacht hatte. *Wenn ich mir welche mache, dann kommt meistens sowieso nichts Gutes dabei heraus.*

Er stapfte an toten Pferden und Menschen vorüber und schließlich den Hang hinauf. Noch einmal blickte er zurück. Das Schlachtfeld wirkte irgendwie kleiner, als es ihm am Morgen vorgekommen war. Aber die Leichen lagen dicht an dicht, und der frische Herbstwind ließ die Lichter dort unten wild flackern, so dass er für einen Moment glaubte, einige der reglosen Körper würden sich noch bewegen. Er schüttelte den Kopf und machte sich an den Aufstieg.

Ein gutes Stück über ihm blinkte etwas. Er runzelte die Stirn und machte sich daran, das blinkende Licht zu umgehen. Aber es blinkte wieder, fast, als gelte es ihm. Er versuchte es zu ignorieren, aber dann fiel ihm auf, dass es einen grünlichen Schimmer hatte. Sollte es möglich sein? Er marschierte darauf zu. Vielleicht täuschte er sich auch, und es wartete einer dieser Helmonter auf ihn, dann würde er diesen Tag vielleicht doch nicht überleben. Er blieb stehen, weil er plötzlich den fröhlichen Kerel vor Augen hatte. Der hatte ihm vor zwei Tagen Wasser in den Branntwein getan und sich ausgeschüttet vor Lachen, als er es erschrocken ausgespuckt hatte. Kerel war tot. Sie alle waren tot. All diese Männer, die er nur wenige Tage gekannt hatte, die ihm aber doch vertraut geworden waren. Er schluckte und spürte, dass ihm Tränen in die Augen stiegen. Dann biss er die Zähne zusammen und ging weiter auf das grünlich blinkende Licht zu. Da war ein Loch in der Erde, in dem eine kleine Gestalt mit grimmigem Gesicht auf ihn wartete.

»Du bist spät, Heiram Grams.«

»Ich wurde aufgehalten, Marberic.«

»Dummheit, das«, sagte der Mahr und wies auf das Schlachtfeld.

»Ganz deiner Meinung. Verschwinden wir, ich habe genug vom Kämpfen.«

»Es ist aber noch nicht vorbei, Grams«, sagte der Mahr. Dann führte er den Köhler unter die Erde, murmelte ein paar Worte und verschloss den Eingang mit festem Stein.

»Und wohin jetzt? Nach Atgath?«

»Nein, Amuric sagt, wir sollen dich nach unten bringen.«

»Ach so«, sagte Grams, der keine Ahnung hatte, was *nach unten bringen* bedeutete, noch, wer dieser Amuric war. Aber er stellte keine Fragen, denn seiner Meinung nach brachte das nicht viel, schon gar nicht bei Mahren.

***

Faran Ured stieg mit Orus Lanat im Schein der Fackeln bergab, was nur langsam ging, weil der seltsame Jüngling, der Mittler, geführt werden musste. Sie waren auf dem Weg nach Atgath, der Stadt, vor der nun das Heer das Padischahs die Zelte aufschlug oder einfach die in Beschlag nahm, die der Seebund zurückgelassen hatte. Das Heer der alten Belagerer war in alle Winde zerstreut, nun bezogen die Helmonter ihre Stellungen. Offensichtlich wurden sie von der Stadt, die sie »befreit« hatten, jedoch nicht mit offenen Armen empfangen.

Gleich würde Ured also dem Padischah begegnen. Er hatte seinen Teil zu dieser Schlacht beigetragen – würde er nun seine Familie wiedersehen dürfen? Er hatte Hoffnung, aber noch mehr Zweifel. Solange diese Sache nicht entschieden war, würde man ihn vermutlich benutzen, würde weiter seine Familie als Pfand behalten, um ihn gefügig zu machen. Wie konnte er sich diesem eisernen Griff entwinden?

Das Tal hatte sich verändert, seit er es verlassen hatte. Ured sah, dass die Helmonter den kleinen Wald um den Köhlerhof abhackten, um die vielen Feuer zu unterhalten, an denen sie saßen und Lieder sangen. Auf ihrem Weg kamen sie an einem bewachten Einschnitt im Fels vorbei. Dort drängten sich die Gefangenen im Dunkeln, offenbar gönnten ihnen die Sieger nicht einmal ein wärmendes Feuer. Ured konnte ihre Zahl nur grob schätzen, aber es waren vielleicht vier- oder fünfhundert. Nicht sehr viele, wenn man bedachte, dass fast dreitausend in die Schlacht gezogen waren. Sie gingen weiter, am Köhlerhof vorbei, wo die Hochländer inzwischen schon dabei waren, die gefällten Bäume zu entasten. Es standen auch viele Wachen dort. Als sie am Stall vorüberkamen, hörte Ured jemanden seinen Namen rufen. Er blieb stehen.

»Meister Ured? Seid Ihr es wirklich?«

»Graf Gidus! Ihr lebt?«

»Gerade noch so, Meister Ured, gerade noch so. Doch wie seid Ihr dem Blutbad entronnen – und warum seid Ihr nicht gefangen?«

Ured trat näher an die Scheune heran. Drinnen saßen im Schein einer trüben Laterne einige Oberste und Hauptleute, die man nicht mit den einfachen Soldaten eingesperrt hatte. Die meisten von ihnen waren verwundet. Selbst Gidus trug einen Verband um die Stirn. »Sind das alle?«, fragte Ured.

Gidus seufzte. »Ich fürchte, die anderen sind gefallen, obwohl ich General Hasfal sah, der von seinem Pferd davongetragen wurde, und ich glaube, dass der Unstern, der diesen Mann leitet, ihn vielleicht beschützt hat. Aber Oberst Cawas ist gefallen und viele andere gute Männer mit ihm. Und so habe ich doch Recht behalten, weil ich davor warnte, dem Feind entgegenzuziehen. Ich wollte, ich hätte mich geirrt. Aber sagt, wieso seid Ihr kein Gefangener, Meister Ured?«

»Habt Ihr es immer noch nicht begriffen, Gidus?«, rief Orus Lanat lachend. Er kam näher und legte Ured die Hand freundschaftlich auf die Schulter. »Dieser Mann ist ein Diener des erhabenen Padischahs, und all seine klugen Ratschläge haben Euch stets näher an Euren Untergang herangeführt.«

»Ihr seid …«, begann Gidus und brach ab.

»Verräter!«, rief einer der Obersten.

Ured zuckte mit den Achseln. Wie hätte er es auch erklären sollen?

»Ich hoffe, es trübt Eure Freude über unseren großen Sieg

nicht, dass man Euren Namen bald in allen Städten des Seebundes verfluchen wird, Meister Ured«, rief Lanat gut gelaunt, als sie den Hof hinter sich ließen.

Ured schwieg. Er würde den Namen eben wechseln, wie er es schon oft getan hatte, und dann irgendwo, weit weg vom Goldenen Meer, ein neues Leben beginnen – wenn man ihn denn ließ.

Die Helmonter feierten: Ihre Schamanen sangen oder erzählten Geschichten, Männer schlugen die Trommel oder tanzten um die Feuer.

Ured hatte genug von der Schlacht gesehen, um zu wissen, dass auch diese Hochländer viele Krieger verloren hatten, aber offensichtlich war das mit einem Sieg leichter zu ertragen. Er betrachtete die Krieger in ihren bunten, langen Gewändern, die glücklich waren wie die Kinder, und er fragte sich wieder einmal, wie der Große Skorpion sie dazu gebracht hatte, ihre Heimat zu verlassen und in einen Krieg zu ziehen, der sie doch gar nichts anging. Orus Lanat lotste ihn durch das Lager, dorthin, wo die hohen Wimpel und Fahnen flatterten, die die Anwesenheit des Heerführers anzeigten. Die meisten dieser Banner trugen einen schwarzen Skorpion im Wappen, oft ergänzt durch ein anderes Symbol, was Ured verriet, das auch zwei oder drei seiner Söhne an der Seite des Padischahs in die Schlacht gezogen waren. Das Zelt des Großen Skorpions war noch gar nicht fertig aufgebaut, aber in einem weiten Kreis war eine dunkelrote mannshohe Stoffbahn um das Zelt gezogen, ein Sichtschutz oder auch ein Zaun, der verhinderte, dass sich irgendjemand unaufgefordert dem Zelt näherte. Auch Orus Lanat wurde von einigen Wachen, Oramarern mit mächtigen Säbeln, aufgehalten und ziemlich barsch nach seinem Begehr gefragt.

Der Gesandte schien sich aber gut im Griff zu haben, verneigte sich und sagte betont höflich: »Orus Lanat, bescheidener

Diener des Erhabenen, mit Faran Ured, einem anderen Diener, bittet um die Gunst, das Zelt des Padischahs betreten zu dürfen.«

Der Wächter betrachtete ihn geringschätzig. Etwas an der Haltung dieses Mannes kam Ured vertraut vor, aber er kam nicht gleich darauf, was es war. »Das Zelt steht noch gar nicht, Gesandter Lanat«, lautete die Antwort, »aber ich werde jemanden schicken, der fragt, ob sie noch Hilfe brauchen.«

Orus Lanat schnappte nach Luft, ein paar der Wächter lachten, und einer machte sich schließlich auf, den Gesandten nebst Gefolge zu melden. Diese unfassbare Selbstsicherheit – jetzt wusste Ured, an wen ihn der Mann erinnerte: an Almisan, den Beschützer der Baronin von Taddora, und er begriff, dass auch dieser Mann ein Schatten war.

Man ließ sie eine Weile warten, und Ured fiel es immer schwerer, seine steigende Unruhe unter der üblichen Maske der freundlichen Gelassenheit zu verbergen. War er nicht über dreihundert Jahre alt? Hatte er nicht all jene, die versucht hatten, ihn für ihre Zwecke zu benutzen, überlebt? Einige von ihnen hatte er sogar selbst getötet, gerade jene, die dachten, sie könnten ihn dadurch loswerden, dass sie ihn umbrachten. Nervös befühlte er die rechte Hand, an der unter der Haut und unsichtbar der Ring der Mahre steckte. Nein, den Tod musste er nicht fürchten, doch der Skorpion hatte ihm etwas genommen, was ihm mehr bedeutete als das eigene Leben, und nun hatte er Angst, Todesangst um seine Familie. Aber noch etwas anderes beunruhigte ihn: Er war immer noch in Atgath, obwohl er den Mahren versprochen hatte, nie wieder hierherzukommen. Zweimal hatte er sein Versprechen nun schon gebrochen, und er fragte sich jetzt wieder, ob sie das wirklich einfach so hinnahmen oder ob sie nur auf den richtigen Augenblick warteten, um ihn für diesen Eidbruch zu bestrafen. Er fing an, auf und ab zu gehen, bis er bemerkte, wie verwundert Lanat ihn anstarrte. Er blieb stehen. Alles hing davon ab, ob der Padischah ihn gehen ließ.

Endlich kam jemand – und Ureds Hoffnung sank. Es war Prinz Weszen, der schon die ganze Zeit als Mittler zwischen ihm und dem Padischah gewirkt hatte. Das war kein gutes Zeichen.

»Ah, Meister Ured, endlich sehen wir uns wieder«, dröhnte der bullige Mann.

»Ich grüße Euch, Hoheit«, rief Lanat mit demütiger Verneigung.

Der stiernackige Prinz verzog die Mundwinkel. »Lanat? Was wollt Ihr denn hier? Haben wir Euch rufen lassen? Nein? Also verschwindet und wartet in Eurem Zelt, bis man nach Euch schickt.«

Der Gesandte hatte sicher etwas anderes erwartet, aber er wagte keinen Widerspruch und zog sich unter tiefen Verbeugungen zurück.

Ured fühlte die fleischige Hand des Prinzen plötzlich auf der Schulter. »Kommt, Ured, wir gehen ein Stück.«

Weszen ließ die Hand auf Ureds Schulter, als seien sie alte Freunde, und Ured kämpfte mit der Versuchung, seinen Dolch zu ziehen, um sie abzuschneiden.

Der Prinz schwieg, bis sie das letzte Wachfeuer erreichten. Er scheuchte die Wachen fort und wartete, bis sie ungestört waren. »Mein Vater ist recht zufrieden mit Euch, Ured. Auch wenn ihm nicht entgangen ist, dass Ihr Euch die eine oder andere Eigenmächtigkeit erlaubt habt. Das ist auch der Grund, warum Eure Familie nun nicht mehr auf das endlose Meer, sondern auf die nicht minder endlosen Dünen von Massat blickt.«

Massat? Ured kannte dieses Land, das jenseits der Stadt Aramas begann. Es war riesig, der Hinweis also vage, aber immerhin war es ein Hinweis. Immer noch lag diese Hand auf seiner Schulter, schwer, lastend. Ureds Blick fiel auf den leichten Harnisch, den der Prinz trug und auf dem deutlich sichtbar ein großes Schutzamulett prangte. Mit Magie war da wenig zu machen. »Ich habe getan, was Ihr verlangt habt, Hoheit.«

Weszen lachte dröhnend, dann legte er ihm auch noch die zweite Hand auf die andere Schulter. »Mehr oder weniger, Ured, mehr oder weniger. Ich habe Eure Eigenmächtigkeiten mit gewisser Besorgnis verfolgt. Wie Ihr wisst, ist mein Vater zwar gerecht, aber auch sehr streng. Es wäre übel ausgegangen für Euer Weib und Eure Kinder, wenn ich nicht ein gutes Wort für Euch eingelegt hätte.«

Ured sah den Prinzen an. Es gelang ihm gerade noch, seinen Unglauben zu verbergen. Der brutale Weszen, die Faust des Skorpions, wollte sich für ihn eingesetzt haben? »Ihr seid zu gütig, Hoheit. Darf ich denn nun annehmen, dass meine Dienste nicht länger gebraucht werden?«

»Das dürft Ihr nicht, Ured! Atgath ist noch nicht in unserer Hand, auch wenn es nur eine Frage von Stunden ist. Seht, ich habe meinem Vater einen leichten Sieg versprochen, habe ihm zugesichert, dass wir die Mauern ohne schwere Verluste stürmen werden. Nicht dass mich diese verlausten Halbwilden, die für uns kämpfen, viel kümmern, aber wir brauchen sie noch, denn der Krieg hat doch gerade erst begonnen, und Atgath ist erst der Anfang. Mein Bruder Baran ist in den Osten Haretiens einmarschiert, über die Pässe, die uns die Damater jahrzehntelang versperrt hatten. Mein Bruder Benet hat inzwischen Felisan genommen, damit gehört uns auch der Westen, jedenfalls beinahe. Mein geschätzter Bruder Benet hatte ein paar Schwierigkeiten und musste seinen Magier opfern, weil dieser die Westgarther gegen sich aufgebracht hatte, aber die Stadt ist in seiner Hand. Er wird es allerdings schwer haben, unserem Vater den Verlust von Meister Albar zu erklären.«

Der Prinz lächelte, offenbar war er nicht unglücklich darüber, dass sein Bruder mit Widrigkeiten zu kämpfen hatte. Ured begriff plötzlich, dass dieser Krieg für die Prinzen ein Wettkampf auf Leben und Tod war, denn schließlich konnte nur einer der Erbprinzen dem Padischah nachfolgen, die anderen würden sterben. Endlich nahm Weszen die Hände von Ureds Schultern. »Dennoch, wenn alles gut geht, wird uns schon bald das ganze Land gehören, und damit die Kornkammer des Goldenen Meeres. Damit ist der Seebund erledigt, denn was nützen ihm seine stolzen Flotten, seine uneinnehmbaren Städte, wenn ihm seine Bürger an Hunger krepieren?«

»Ich gratuliere Euch zu diesem Sieg, Prinz«, sagte Faran Ured und konnte nicht verhindern, dass es spöttisch klang.

»Noch ist nichts gewonnen, jedenfalls nicht für mich. Meine Brüder haben viel Ruhm erworben, und das ist nicht unbedingt in meinem Sinne, wie Ihr Euch vielleicht denken könnt. Der Große Skorpion prüft seine Söhne, er will sehen, wer als Nachfolger taugt. Ich brauche einen Sieg, und Ihr werdet mir dabei helfen, ihn zu erringen! Wir wollen Atgath, und wir wollen die Geheimnisse, die es beherbergt.«

»Sie sind gut geschützt, Hoheit«, gab Ured freundlich zu bedenken und fragte sich, wie viel Weszen über die Mahre und die Alte Magie wusste.

»Die größten Magier unseres Reiches werden diesen Schutz schon durchbrechen – wenn meine Schwester den Schlüssel nicht doch noch in die Finger bekommt. Doch das lasst unsere Sorge sein. Eure Aufgabe ist es, uns – in meinem Namen – durch die Stadtmauer zu bringen.«

»Durch die Mauer?«

»Ich weiß, dass Mauern für Euch kein Hindernis sind, Ured. Wie wärt Ihr sonst der größte Dieb am Goldenen Meer geworden? Also?«

Ured verneigte sich leicht. »Euer Vertrauen ehrt mich, doch ist eine Stadtmauer etwas ganz anderes als die Pforte einer Schatzkammer, Hoheit. Und ich soll ja nicht nur mich, sondern ein ganzes Heer hineinschaffen.«

Die Miene des Prinzen verfinsterte sich. »Es wäre nicht gut für Eure Kinder, wenn Ihr mich enttäuscht, Ured.«

»Es wird ein wenig Vorbereitung brauchen, Hoheit. Die Mahre, die Berggeister, die diese Stadt gegründet haben, sie beschützen sie auch.«

»Sucht Ihr nach Ausreden? Dann sucht bessere!«

»Ich sage nicht, dass es nicht möglich ist, Hoheit, ich brauche nur etwas Zeit.«

»Morgen früh!«

Ured kam ins Schwitzen. Die Aufgabe war wirklich nicht leicht. Die Mauern waren bewacht, er konnte nicht einfach an sie herantreten und mit ein wenig Wasser die Steine aus den Fugen lösen, wie er es in der Burg gemacht hatte. Außerdem würden die Mahre garantiert bemerken, wenn er Magie gegen die Stadt einsetzte, die sie gebaut hatten. Aber er war ein Meister des Wassers, und er fand immer einen Weg. Er sagte: »Ich sehe eine Möglichkeit, Hoheit. Wie Ihr vielleicht schon wisst, wurde der Bach, der durch die Stadt fließt, umgeleitet. Er hat die Gänge unter der Stadt geflutet, und dieses Wasser kann ich vielleicht nutzen, um die Mauern zu unterspülen und zum Einsturz zu bringen.«

»Wann?«

»Gegen Mittag, Hoheit. Es ist keine leichte Arbeit.«

Der Prinz nickte. »Gut, die Männer sind ohnehin müde und werden froh über ein paar Stunden mehr Ruhe sein. Doch darf es nicht später sein. Mein Bruder Algahil hat einen Mann in der Burg, der uns morgen Abend einen Weg in die Stadt öffnen soll. Ich will schneller sein, verstanden?«

»Natürlich, Hoheit«, murmelte Ured.

»Dann an die Arbeit, und zum Wohle Eurer Familie rate ich Euch, mich nicht zu enttäuschen.«

Als der Prinz gegangen war, blieb Ured am Feuer zurück. Er hielt die Hände an die Flammen, um sie aufzuwärmen. Er konnte die Mauern einstürzen lassen, schon weit vor dem Mittag, aber es war ihm lieber, Weszen hielt das für langwierige Schwerstarbeit. *Je mehr ich von dem offenbare, was ich kann, desto länger werden sie mich in ihrem Dienst behalten wollen,* dachte er.

Die Wachen, drei Helmonter, kehrten zögernd ans Feuer zurück. Sie hielten Abstand zu ihm, als fürchteten sie ihn, der mit einem der Skorpione unter vier Augen gesprochen hatte. Ured kam das gelegen, denn er hatte keine Lust auf eine Unterhaltung. Weszen versuchte also, mit seiner Hilfe einen seiner Brüder auszustechen, der »einen Mann in der Burg« hatte. Wer mochte das sein? Dieser Wettkampf um die Gunst des Vaters erklärte ihm auch, warum der Prinz ihn nicht zum Großen Skorpion vorgelassen hatte. Er wollte selbst die Lorbeeren einheimsen. Ured hatte das Gefühl, dass vielleicht noch mehr dahinter steckte, kam mit diesem Gedanken aber nicht weiter.

Das Feuer wärmte ihn nicht. Also stand er auf und ging ein paar Schritte in die Dunkelheit hinaus. Er musste in Ruhe nachdenken über das, was Weszen von ihm verlangte. Was sprach eigentlich dagegen, es zu tun? Atgath war verloren; auf dem einen oder dem anderen Weg würden die Oramarer und Helmonter in die Stadt eindringen. Die Krieger des Großen Skorpions waren den Verteidigern zahlenmäßig weit überlegen. Was war also dabei, wenn er es war, der diese Schlacht beendete? Vielleicht konnte er sogar ein paar Leben retten? Er fluchte, denn er wusste, dass es dem Padischah nicht um diese kleine Stadt, sondern um das mächtige Geheimnis darunter ging. Das Ende der Welt – würde er, Faran Ured, der seit dreihundert Jahren über diese Welt wanderte, dem Padischah helfen, es herbeizuführen? Er schob diese Gedanken seufzend zur Seite. *Eins nach dem anderen,* mahnte er sich. Er würde tun, was er tun musste – und dann weitersehen. Er entdeckte ein paar Menschen, die sich von Süden her dem Lager näherten. Sie hielten auf dem Weg an und schienen zu beratschlagen, ob sie das Lager betreten sollten oder nicht. Faran Ured hielt sie für Westgarther, und er fragte sich, was sie so weit entfernt vom Meer zu suchen hatten.

***

»Nun, Jamade, wir sind am Ziel«, sagte Askon.

»Beinahe, Askon. Es liegt nur noch dieses kleine Heer zwischen uns und der Stadt.«

Sie hatte ihm immer noch nicht gesagt, dass die Schatten ihr nicht mehr gehorchten, seit sie im Hafen von Felisan diesen Matrosen getötet hatte, eine sinnlose Tat in einer sinnlosen Schlacht. Da lag nun Atgath endlich vor ihr, und sie konnte nicht in den Schatten verschwinden und einfach über die Mauer klettern. Sie musste sich etwas anderes einfallen lassen, und sie musste es so hindrehen, dass er von ihrer Schwäche nichts bemerkte.

Askon lachte. »Das sollte doch für einen Schatten kein Hindernis sein, oder? Vor allem, weil sich bewahrheitet, was all die Flüchtlinge sagen – es sind Krieger des Padischahs, Verbündete, Jamade!«

»Verbündet mit wem? Die Herzogin sagte nichts davon, dass sie mit Oramar verbündet sei, Askon. Auch will sie gewiss nicht, dass denen der Schlüssel in die Hände fällt. Sie dürfen von seiner Existenz nicht einmal erfahren. Siehst du die großen Fahnen in der Mitte? Sie zeigen Skorpione, also ist ein Prinz dieses Hauses hier, und der hat vermutlich ein paar Magier an seiner Seite. Sie könnten mich bemerken, wenn ich durch die Reihen schleiche.«

»Dann schleichen wir eben nicht. Ich bin Prinz Askon, König Hakors Sohn, ein Verbündeter Oramars. Wir gehen hinunter und bieten ihnen unsere Hilfe an.«

Jamade starrte in das Tal, wo Hunderte Wachfeuer brannten. »Ich glaube nicht, dass sie auf die Dienste einer Handvoll Westgarther angewiesen sind«, sagte sie skeptisch.

»Aber sie werden uns auch nicht fortschicken. Lass uns hinuntergehen und sehen, was geschieht. Ich denke, je näher wir an der Stadt sind, desto besser. Die Nacht ist noch lang, und in ihr verborgen liegen viele Möglichkeiten.«

»Wir werden sehen«, sagte Jamade missmutig, aber sie stand auf und folgte den Männern ins Tal hinab.

Ihre schlechte Laune hatte einen Grund: Sie konnte nicht vergessen, dass Askon sie in der Nacht auf dem Weiler abgetastet hatte, offensichtlich auf der Suche nach diesem Schlüssel, über dessen Charakter sie ihn im Unklaren gelassen hatte. Sie hatte so getan, als hätte sie es nicht bemerkt. Askon wusste, dass dieser Schlüssel wertvoll war. Zweifel nagten an ihr. Würde er nun auf die Idee kommen, sein Wissen zu versilbern? Es gab sicher Männer unter dem Banner der Skorpione, die viel für diesen Schlüssel zahlen würden. *Nein, so weit würde er nicht gehen,* dachte Jamade. *Nicht nach dem, was wir zusammen erlebt haben, nicht nach diesen gemeinsamen Nächten.* Aber das Misstrauen blieb und stand nun klein und hässlich zwischen ihnen.

Die Wachposten des Lagers waren unfreundlich, offenbar wussten die Helmonter gar nicht, dass sie mit den Westgarthern verbündet waren, ja, einer der Wächter meinte, er habe weder von einem Land noch von einem Volk dieses Namens je gehört. Erst ein Rahis der Oramarer, den sie herbeiriefen, wusste Bescheid: »Ich hätte allerdings nicht erwartet, die Krieger der Meere so weit im Landesinneren anzutreffen.«

»Felisan ist gefallen, dort gab es für uns nicht mehr viel zu tun.«

»Ich verstehe«, meinte der Rahis mit einem dünnen Lächeln. »Ihr seid zu spät gekommen und habt keine Beute gemacht.«

Askon trat dicht an ihn heran, bis er Auge in Auge mit dem Oramarer stand. »Ich bin Prinz Askon, König Hakors Sohn, und ich erwarte Respekt von einem einfachen Hauptmann wie Euch!«

Der Oramarer hielt dem drohenden Blick stand, hob nur eine Augenbraue und trat mit einem Lächeln einen halben Schritt zurück. »Nun, ich kenne den König nicht, von dem Ihr sprecht, Prinz, aber ich denke, ich kann Euch in unserem Lager willkommen heißen.« Er rief einen Helmonter herbei und beauftragte ihn, ein Zelt für die Westgarther zu finden. »Vielleicht kommt später einer unserer Oberen zu Euch, um zu erfahren, wie der Kampf in Felisan gelaufen ist. Wir wissen zwar schon das eine oder andere, doch wäre es etwas anderes, es aus dem Munde eines Kriegers zu hören, der einen anderen Sinn für das Getöse der Schlacht hat als dieser Zauberer, der doch nur meldete, wie die Sache ausgegangen ist.«

Der Helmonter führte sie im südlichen Teil des Lagers in ein Zelt, das keiner der Krieger hatte haben wollen, wahrscheinlich, weil es stark nach Branntwein roch. Den Westgarthern war das gleich. Sie durchstöberten das Zelt, fanden etwas Feuerholz, und bald briet eine Lende von dem Rind, das sie in dem Weiler geschlachtet hatten, über dem Feuer.

Zu Jamades Überraschung erhielten sie kurz darauf wirklich hochstehenden Besuch. Der Mann, ein Oramarer, stellte sich nicht vor, aber der reiche Schmuck seiner Rüstung und die beiden Leibwächter, die ihn begleiteten, legten nahe, dass er sehr wichtig sein musste. Jamade hielt sich im Hintergrund. Einer der beiden Leibwächter des Mannes gefiel ihr nicht, er hatte etwas an sich, was ungute Erinnerungen weckte. An dem Oramarer selbst kam ihr ebenfalls irgendetwas bekannt vor. Sie wusste nicht, was es war.

Der Fremde, seine Stimme hatte einen unangenehmen Klang, erkundigte sich bei Askon nach den Ereignissen in Felisan, und Askon schilderte, was er wusste, beschrieb den Kampf um die *Granamar* und die Kämpfe in der Stadt. Er gab offen zu, sich der Flotte erst auf See angeschlossen zu haben. »Als ich davon erfuhr, was das Ziel war, musste ich einfach dabei sein. So viele Westgarther sind seit den Tagen der Alten nicht mehr zusammen gesegelt. Das versprach Ruhm, Ehre, Beute – ich konnte nicht widerstehen.«

Der Oramarer nickte. »Wie, sagtet Ihr, war Euer Name?«, fragte er.

»Ich bin Prinz Askon, König Hakors Sohn.«

»Und wo herrscht dieser König Hakor, dessen ruhmreicher Name sicher nur durch einen unglücklichen Zufall noch nicht an mein Ohr gedrungen ist, Westgarther?«

Askons Miene verfinsterte sich. Der Spott war schwer zu überhören. »Ich habe Euch meinen Namen gesagt, nun wäre es auch an Euch, sich vorzustellen.«

Der Oramarer lächelte. »Verzeiht, das war unhöflich von mir. Ich bin Prinz Algahil at Hassat. Und es macht mir nichts aus, Euch zu verraten, wo *mein* Vater herrscht.«

Askon lachte breit. »Nicht nötig, Prinz, der Ruf Eurer Familie ist größer als der vieler Könige aus Westgarth, das gebe ich gerne zu.«

Jetzt wusste Jamade, an wen sie der Mann erinnerte: Er hatte die gleichen Augen wie Sahif, jedoch lag in seinem Gesicht auch etwas Verschlagenes, was sie bei Sahif nie gesehen hatte. Als sie hörte, mit wem Askon da sprach, wusste sie auch, was sie von diesem Leibwächter zu halten hatte: Es war ein Schatten. Für einen Augenblick kreuzten sich ihre Blicke. Falls der Mann spürte, dass sie ebenfalls der Bruderschaft angehörte, ließ er es sich nicht anmerken. Sie hoffte, dass der Besuch bald verschwinden würde, doch Prinz Algahil schien an der Gesellschaft der Westgarther Gefallen zu finden. Er setzte sich zu ihnen ans Feuer und nahm sogar von dem Fleisch, das man ihm anbot. Jamade lauschte. Der Prinz suchte einige zuverlässige Männer, die nur ihm, keinem anderen verpflichtet waren. Sie sollten für ihn eine gewisse magische Kammer in der Burg finden – und er versprach eine großzügige Belohnung.

»Sollen wir sie auch für Euch plündern, Algahil?«

»Ihr werdet sie kaum öffnen können, denn dafür bedarf es eines besonderen Schlüssels. Nein, findet sie nur und sorgt dafür, dass niemand sie öffnet, solange ich nicht zugegen bin.«

Jamade lauschte gebannt. Wenn Askon jetzt erwähnte, dass sie den Schlüssel hatte … Askon antwortete nicht gleich. Ihre Blicke kreuzten sich, dann nickte er bloß und begann, Fragen über die Kammer, ihre Lage, ihre Größe, den Zugang zu stellen.

Algahil schüttelte jedoch den Kopf, griff in die Tasche seines Gewandes und zog einen Lederbeutel hervor, den er Askon zuwarf. »Es ist eine Kammer, mehr müsst Ihr nicht wissen, Prinz«, sagte er.

Askon öffnete den Beutel, blickte kurz hinein und lächelte. »Ich verstehe«, erwiderte er und wirkte außerordentlich zufrieden.

Jamade schlang die Arme um ihre Knie und verbarg ihre Erleichterung. Askon hatte sie nicht verraten, obwohl Algahil reiche Belohnung versprach. Mochte er sie so sehr? Oder hatte er etwa vor, den Schlüssel für sich selbst zu verwenden? Je länger sie darüber nachdachte, desto unsicherer wurde sie. Sie vermied weiteren Blickkontakt mit ihm und hing ihren Gedanken nach. Die Westgarther Könige waren ein Witz, Herrscher über Dörfer und winzige Inseln, Algahil hingegen war der mögliche Erbe eines riesigen Reiches. Die Kammer musste enorm wichtig sein, viel wichtiger, als sie gedacht hatte, sonst hätte sich dieser oramarische Prinz niemals dazu herabgelassen, mit den Westgarthern zu speisen. Jetzt flüsterten die beiden ungleichen Prinzen miteinander, und Jamade konnte nicht hören, was die beiden besprachen. Ging es um sie? Oder um die Kammer? Oder hatte Algahil nur andere geheime Aufträge für Askon?

***

»Atgath, endlich«, seufzte Ela.

»Ich hatte die Stadt irgendwie größer in Erinnerung«, meinte Hanas Aggi.

»Ich hatte sie in Erinnerung, als sie noch nicht von einem Heer von Feinden umstellt war«, warf Sahif ein.

Sie kauerten hinter einem Berggrat südlich der Stadt und konnten das Lager und die Stadt gut überblicken.

»Aber du bist ein Schatten, du kannst doch leicht hineingelangen, oder?«, fragte Ela.

»Nicht ganz so einfach, Ela Grams. Siehst du die Banner? Mein Vater ist hier, und das heißt, er ist von Schatten und anderen Magiern umgeben. Es wird nicht leicht sein, dieses Feldlager unbemerkt zu durchqueren, auch nicht für einen Schatten, der allein geht.«

»Dann gehst du eben nicht allein!«, rief Ela aufgebracht.

Hanas Aggi lachte leise. »Ich glaube, er wollte dir damit sagen, dass es für ihn allein schwer, mit uns an seiner Seite jedoch unmöglich ist.«

»Aber da drinnen wirst du unsere Hilfe brauchen, Sahif. Ich glaube nicht, dass die Bürger vergessen haben, was man dir vorwirft.«

Sahif schwieg und hörte nur mit halbem Ohr zu, wie Ela Hanas Aggi auseinandersetzte, dass man Sahif zu Unrecht des Mordes an Herzog Hado verdächtigte. Das war eines seiner geringeren Probleme. Sein größtes war, dass er keine Ahnung hatte, was er jetzt tun sollte. Jamade konnte ihm jederzeit leicht entwischen, denn sie war eben nicht nur ein Schatten, den er vielleicht noch aufspüren konnte, sie war auch eine Gestaltwandlerin. Er konnte an ihr vorübergehen, ohne sie zu erkennen. Ihm war inzwischen klar, dass er, wenn er die Überbringerin des Schlüssels nicht aufhalten konnte, die Empfängerin umbringen musste, aber auch das war leichter gesagt als getan. Das Gemach von Herzog Hado stand unter dem Schutz der Mahre: Irgendein alter Zauber verhinderte, dass man dort jemanden töten konnte. Und es gab das Amulett des Herzogs, das seinen Träger gegen beinahe alle Waffen feite. Natürlich würde seine Halbschwester es tragen, es wäre dumm, es nicht zu tun, und dumm war Shahila ganz gewiss nicht. Außerdem war da noch Almisan, ein Meister seiner Bruderschaft. Auch an ihm musste er vorbei.

Sahif erhob sich. Er wusste jetzt, wie er in die Stadt gelangen würde, und er konnte Ela und Hanas Aggi sogar mitnehmen.

»Wir gehen weiter«, sagte er und wandte sich nach links den Bergen zu.

»Wo willst du hin?«, fragte Ela.

»In die Stadt.«

»Aber die Stadt liegt da unten, nicht dort oben.«

Sahif lächelte. »Hast du keine Lust, ein paar alte Freunde wiederzutreffen, Ela Grams?«

Endlich verstand sie. Ein Lächeln huschte über ihr Gesicht.

Sie kletterten über den Hang nach Westen, zu jener Mine, in der Sahif zum ersten Mal von den Mahren gerettet worden war. Hanas Aggi wollte natürlich wissen, von was für Freunden da die Rede war, erhielt aber von Ela Grams keine ernsthafte Auskunft. »Ich kann dir nur sagen, dass du ein paar von den Dingen, die du dir bisher bei meiner Geschichte nicht zusammenreimen konntest, bald verstehen wirst.«

Sie brauchten fast eine Stunde, um die alte Mine zu erreichen. Sahif führte sie hinein, er fand sogar die Stelle wieder, an der er verwundet darauf gewartet hatte, dass die Bergkrieger es zu Ende bringen würden. Er klopfte gegen den Fels, dreimal, mit dem Griff des Dolches, den ihm Marberic bei ihrem Aufbruch geschenkt hatte.

»Und jetzt?«, fragte Aggi, der sich offensichtlich darüber ärgerte, dass ihm Ela nicht mehr erzählen wollte.

»Jetzt warten wir«, sagte Sahif.

***

»Was wollte der Prinz von dir?«, fragte Jamade, als Algahil endlich gegangen war.

»Was denn? Kannst du nicht glauben, dass wir uns nur unterhalten haben, von Fürst zu Fürst?«, fragte Askon lachend.

»Nein, kann ich nicht«, gab Jamade schlecht gelaunt zurück.

Er grinste breit. »Ich auch nicht. Nein, er will natürlich etwas von uns. Er sagte etwas von einem Angriff, den er morgen Nacht anführen will. Offenbar gibt es jemanden, der ihm den Weg in die Burg ebnet.«

»So ist die Stadt also wirklich in der Hand von Aufständischen?«

»Nicht mehr lange«, meinte Askon achselzuckend. »Algahil will die Stadt von der Burg aus, also gewissermaßen von hinten, erobern, bevor sein Vater oder einer seiner Brüder den Ruhm ernten kann.«

»Und warum greift er dann erst morgen an?«

Askon lachte sein herrliches Lachen, dann sagte er: »Nicht alle Krieger sind so hartgesotten wie die Schatten, Jamade. Diese Helmonter haben heute eine schwere Schlacht geschlagen. Sie brauchen Zeit, ihre Wunden zu lecken und den Rausch ihrer Siegesfeier auszuschlafen. Morgen Nacht, das ist die Zeit der Entscheidung. Und wir werden ganz vorn mit dabei sein.«

»Schön«, sagte Jamade. »Dann ruh dich aus, Askon. Ich werde mich noch ein wenig umsehen.«

Er sah ihr plötzlich sehr ernst in die Augen. »Ist das der Moment, in dem wir uns trennen?«

Für einen Augenblick verschlug es ihr die Sprache. »Nein, Askon. Ich will mich wirklich nur umsehen. Es kann doch nicht schaden, heute schon herauszufinden, wie Algahil morgen in die Burg gelangen will, oder?« Sie zwang sich zu einem Lächeln und hätte ihm fast verraten, dass gar keine Gefahr bestand, dass sie plötzlich verschwand – denn immer noch konnte sie die Schatten nicht beschwören.

Sie verließ das Lagerfeuer der Westgarther und wandte sich nach Westen, wo der steile Hang aufragte, an den Stadt und Burg sich beinahe lehnten. Das war ohnehin der Schwachpunkt der Verteidigung, das erkannte sie, auch wenn sie von Belagerungen nicht allzu viel verstand. Früher, als es nur Bogen und Armbrüste gegeben hatte, war es vielleicht noch nicht so verhängnisvoll gewesen, wenn sich einige kühne Männer nach dort oben aufmachten, aber seit das Pulver in immer mehr und immer weiterreichenden Büchsen Verwendung fand, konnte man von dem Berg aus die halbe Stadt bestreichen.

Sie stolperte über den Bachlauf, der sich unterhalb Atgaths in den See schlängelte, doch der Bach war verschwunden. Sie befühlte den Boden. Er war feucht vom Regen, aber Quellwasser war hier schon lange nicht mehr geflossen. Sie fragte sich, was das zu bedeuten hatte, und ärgerte sich, weil sie es nicht herausfand. Sie folgte dem Bach ein kurzes Stück, dann lief sie über den freien Hang, an dem die Atgather ihr berühmtes und seltsames Baumstammrennen abzuhalten pflegten. Hier war das Gras wiederum ungewöhnlich nass, und Wasser sickerte unter dem einen oder anderen Busch hervor.

Jamade untersuchte den Boden, ohne des Rätsels Lösung auch nur ein Stück näher zu kommen, als sie plötzlich noch einen Mann auf dem Hang entdeckte. Sie duckte sich ins Gras. Er lief ein gutes Stück von ihr entfernt über die Wiese und schien ebenfalls der Rückseite der Burg zuzustreben. Es war zu dunkel, um viel zu erkennen, aber auf den ersten Blick hätte Jamade ihn für einen Bauern gehalten. Jedoch kam er aus der Richtung des Lagers, nicht vom See, wo es ein paar Fischerhütten gab, und er duckte sich hin und wieder, als habe er Angst, von der Stadtmauer aus gesehen zu werden.

Sie folgte ihm, ohne zu zögern. Das versprach interessant zu werden. Der Mann umrundete die Stadt in gehörigem Abstand, kletterte vorsichtig über den Hang des Atgather Berges und suchte sich dann einen versteckten Platz hinter einigen großen Felsen. Er schien auf etwas zu warten, und Jamade wartete mit ihm.

***

»Du hast dir das Wort stehlen lassen«, stellte Amuric nüchtern fest. Er hatte sie gerade durch den Berg gezogen, und Hanas Aggi stand an der Wand und schnappte kreideweiß nach Luft.

»Ich werde verhindern, dass Jamade es überbringt«, versicherte Sahif. Er fragte sich, wie der Mahr zu seiner eisernen Hand gekommen war.

Dieser sah ihn aus seinen tiefen Augen ernst an. »Sie ist schwer zu finden«, sagte er schließlich.

»Hört ihr sie nicht? Ihr hört doch sonst alles?«, mischte sich Ela ein.

»Zu viele Menschen. In der Stadt, vor der Stadt. Magier, Zauberer, alle sind sie hier, um uns das Geheimnis der Alten Magie zu entreißen. Einige auch, die sind wie du, Schatten.«

»Wie viele?«, fragte Sahif.

Zur Antwort zuckte Amuric nur mit den Schultern und meinte dann: »Und der, den du töten solltest, ist ebenfalls wieder hier. Er bricht seinen Schwur. Zum zweiten Mal.«

»Du sagtest, es reicht, wenn ich ihm den magischen Ring nehme.«

»Hast du denn den Ring?«, fragte Amuric finster.

»Nein«, gab Sahif zu.

»Eben. Und er ist wieder hier. Besser, du hättest ihn getötet.«

Sahif seufzte. »Es tut mir leid, Amuric, aber wir haben für Entschuldigungen jetzt kaum Zeit. Ich muss auf schnellstem Weg in die Stadt, um das Schlimmste zu verhindern.«

»Du hast versagt. Mehrfach«, betonte der Mahr.

»Soll er jetzt die Welt retten oder nicht?«, fragte Ela Grams spitz.

»Wenn er nicht wieder versagt«, meinte Amuric, aber dann hob er seine grünlich schimmernde Laterne und lief den langen Gang hinab.

»Ein Geist der Berge, ich kann es nicht glauben«, murmelte Hanas Aggi, der seinen Leib abtastete, als fürchtete er, es sei etwas von ihm in dem Gestein steckengeblieben, durch das der Mahr sie eben hindurchgezogen hatte.

»Staunen kannst du später, Hanas, komm jetzt!«, drängte Ela und eilte dem schnell kleiner werdenden Licht nach.

Sahif lief vorneweg. Er musste sich beeilen, das war ihm klar, aber immer noch wusste er nicht, wie er Jamade finden und aufhalten oder seine Schwester töten sollte – und ob er das überhaupt über sich brachte. Und er hatte Zweifel, dass die Mahre, die so wenig von den Menschen und ihren Taten verstanden, ihm bei diesen Fragen wirklich helfen konnten.

***

Jamade fasste sich in Geduld und beobachtete. Es war weit nach Mitternacht, und in Burg und Stadt war es überraschend ruhig. Es waren auch nicht sehr viele Wachen aufgezogen, wenn sie die Fackeln richtig beurteilte. Es gab sogar einen ziemlich breiten, dunklen Fleck, etwas nördlich der eigentlichen Burg, wo eine hohe Mauer zu einem einzeln stehenden Turm führte. Jamade erinnerte sich dunkel, dass ihr jemand gesagt hatte, dass auf diesem Turm früher der alte Zauberer der Burg, ein Meister namens Quent, die Sterne beobachtet habe. Er hatte ihn eigens ausgewählt, weil er abgelegen war und er dort nicht gestört wurde. Es brannte Licht dort oben, aber die lange Mauer, der Gang zwischen Turm und Burg, lag im Dunkeln, was sie ziemlich merkwürdig fand. Mit einem Seil hätte sie auch ohne die Hilfe der Schatten dort leicht eindringen können. Sie überlegte schon, ob sie ins Lager zurückkehren sollte, um Askon und seine Männer hierherzubringen, aber dann war ihr, als würde sie dort eine Bewegung sehen, ungewiss im Sternenlicht. Ja, Lichtschein verriet, dass sich eine Pforte geöffnet hatte, und jemand trat heraus. Die Pforte schloss sich jedoch wieder, und der Lichtschein verschwand, bevor sie mehr erkennen konnte.

Jamade wartete mit dem starken Gefühl, dass gleich etwas Wichtiges geschehen würde. Die Gestalt auf der Mauer war im Sternenlicht gerade noch zu erahnen – und löste sich plötzlich in Nichts auf. Jamade hielt den Atem an. Jetzt ahnte sie, *wen* sie da gerade gesehen hatte. Aber was konnte Meister Almisan auf dieser Mauer wollen – und warum rief er die Schatten? Hatte das gar etwas mit dem Mann zu tun, den sie verfolgt hatte? Sie duckte sich hinter die Steine, die sie als Deckung gewählt hatte, und wartete ab. Da, unweit des verkleideten Bauern tauchte plötzlich eine große, hünenhafte Gestalt aus dem Nichts auf. Jamade war erschüttert: Es war tatsächlich Almisan, der Vertraute Shahilas, und wenn er sich hier mit jemandem aus dem Lager des Padischahs traf, konnte es doch nur bedeuten, dass er gerade dabei war, seine Herrin zu verraten!

Sie schüttelte den Kopf. Nein, das war undenkbar, er war ein Schatten, loyal bis in den Tod. Vielleicht war der andere der Verräter, und Almisan horchte ihn aus. Das musste es sein. Jamade schloss die Augen und versuchte es – sie rief die Schatten. Ein leichtes Kribbeln durchlief ihren Körper. Es funktionierte! Die Magie hatte ihr verziehen, endlich!

Sie sah nun zwei Möglichkeiten: Sie konnte die Gelegenheit nutzen und über das Seil, das Almisan verwendet haben musste, um von der Mauer herabzuklettern, in die Burg gelangen. Oder sie konnte hinunterschleichen und versuchen herauszufinden, was dort vorging. Sie leckte sich nervös über die Lippen. Es war extrem gefährlich, sich an einen Meister der Schatten anzuschleichen. Es war ihr klar, dass sie es besser nicht tun sollte, aber sie konnte nicht anders, die Neugierde war einfach zu stark. Lautlos glitt sie über den Hang, dorthin, wo Almisan mit dem falschen Bauern sprach.

»Ihr seid leichtsinnig, Mann«, sagte Almisan düster. »Die Wache hätte Euch sehen können. Diese Wachen haben scharfe Augen.«

»Eben, es stehen Wachen dort, was nicht sein dürfte, Rahis!«

»Nun, lassen wir das. Wir sind beide hier, das ist es wohl, was zählt.«

Der Andere, ein Gefolgsmann des Gesandten Orus Lanat, den er schon einige Male hier getroffen hatte, dessen Namen er aber dennoch nicht wusste, nickte flüchtig. »Kommen wir also zum Geschäft. Wie stehen denn die Dinge in Atgath nun? Wird die Tochter den Vater vielleicht doch noch willkommen heißen?«

»Nein, Ihr habt das aber auch nicht angenommen, oder?«

»Natürlich nicht. Es war wohl leider nicht zu erwarten, auch wenn der Erhabene es bis zuletzt gehofft hat. Er hat dabei vor allem darauf gesetzt, dass Ihr der Prinzessin gut zureden würdet. So wird die Sache nur unnötig kompliziert. Werdet Ihr also dafür sorgen, dass unsere Leute in der nächsten Nacht ohne viel Aufsehen und vor allem ohne Widerstand in die Burg eindringen können?«

Almisan schaute auf zu den Sternen. Das war ein Augenblick, vor dem er sich immer gefürchtet hatte, der Augenblick, wenn er seinem Herrn, dem Großen Skorpion, einen Dienst erweisen musste, der sich offen gegen Shahila richtete.

Plötzlich hatte er das Gefühl, beobachtet zu werden. Er lauschte, ja, da war diese kleine Veränderung in der Luft, wie immer, wenn eine bestimmte Art der Magie beschworen wurde. Ohne Zweifel, jemand von seiner Bruderschaft war hier. Seine Hand wanderte zum Dolch, aber dann ließ er ihn doch stecken. Es war nicht verwunderlich, dass der Padischah diesem Boten einen Aufpasser mitgegeben hatte. Sie trauten ihm nicht, was er ihnen nicht einmal übel nehmen konnte. Er tat also so, als würde er den anderen Schatten nicht bemerken. »Ihr verlangt viel, Mann«, sagte er schließlich.

Der Bote lachte leise. »Seid Ihr denn nicht darauf vorbereitet, dass Euer Schützling endlich erfährt, was Ihr seid – ein Verräter?«

Almisans Hand schoss vor und packte den anderen an der Kehle. »Seid vorsichtig mit dem, was Ihr sagt, Mann!«, stieß er hervor. Ein kleiner Druck nur, und er würde dem Kerl das Genick brechen. Aber er tat es nicht, sondern ließ den Boten los. »Verschwindet«, knurrte er, »und haltet Euch von den Türmen fern. Diese Krieger würden Euch auch in der Nacht treffen, wenn Ihr ihnen zu nahe kommt.«

Der andere stolperte hastig davon. Almisan blieb sitzen, denn er musste nachdenken. Verräter? Er hatte Shahila immer treu gedient, soweit es ihm eben möglich war. Aber es gab einen älteren Eid, einen Eid, den er dem Mann geleistet hatte, der ihn einst eigenhändig aus einem zerstörten Haus gezogen hatte. Akkabal at Hassat hatte ihn gerettet, als er noch ein Knabe und der Padischah ein Prinz gewesen war, er hatte ihn in die Schule der Schatten geschickt, und alles, was Almisan war, verdankte er ihm, dem Großen Skorpion. Der Padischah hatte ihn niemals aus seinem Eid entlassen, auch nicht, als er ihn zu Shahilas Beschützer gemacht hatte, doch hatte er es ihm bisher erspart, sich offen gegen Shahila stellen zu müssen.

Nun allerdings forderte er genau das, und Almisan wusste, dass er seinen Schwur nicht brechen würde. Er holte tief Luft und lauschte dann in die Nacht. Der andere Schatten war verschwunden. Es war also so, wie er es sich gedacht hatte: Der Padischah hatte dem Boten einen Aufpasser mitgegeben, von dem dieser vielleicht nicht einmal etwas gewusst hatte. Almisan erhob sich, rief die Schatten und machte sich auf den Weg zurück zur Burg.

Jamade glitt so lautlos wie möglich zur Burg hinüber. Sie konnte es immer noch nicht glauben: Almisan, ein Meister der Schatten, ein Verräter? Wie hatte man ihn dazu gebracht, die Frau zu verraten, der er Treue geschworen und doch offenbar schon über ein Jahrzehnt gehalten hatte? Aber das würde sie später klären. Schlimmer war, dass sie ihm nicht mehr trauen konnte. War er nun ein Feind oder noch ein Verbündeter? Sie konnte nicht mehr offen zur Herzogin gehen, um ihren Erfolg zu melden. Es konnte ja sein, dass Almisan auch den Auftrag hatte, genau das zu verhindern, und sie unterwegs abfing.

Da war die Mauer. Wenn sie schnell genug war, dann würde sie gleich in der Burg sein. Almisan hatte bestimmt ein Seil verwendet, um herunter- und wieder zurückzukommen. Es war eine unfassbare Chance, und sie gedachte, sie zu nutzen. Oder sollte sie vielleicht doch umkehren, zu Askon? Nein, das wäre lächerlich. Sie war ein Schatten. Und der Auftrag, den sie nun erfüllen konnte, stand über allem. Er würde das verstehen. Und wenn nicht? Sie biss sich auf die Lippen. Dann konnte sie es eben nicht ändern.

Da war das Seil! Sie kletterte rasch hinauf und hoffte, dass Askon es doch verstehen würde. Sie hätte ihn sogar jetzt gerne dabei gehabt, was seltsam war, denn noch nie hatte sie sich gewünscht, dass sie jemand bei ihrer heimlichen Arbeit begleitete, ganz im Gegenteil. Oben angelangt, spähte sie über die Zinnen – keine Wachen. Das ging beinahe zu leicht. Misstrauisch kletterte sie auf den Wehrgang. Alles blieb ruhig. Sie lief rasch über die lange Mauer zur Burg hinüber. Da war die Pforte. Wenn sie da hindurch war, hatte sie es geschafft. Sie berührte den Knauf und zog vorsichtig. Ein lautloser Fluch entfuhr ihr. Die Pforte war verriegelt, und auf der anderen Seite war jemand, das konnte sie hören. Eigentlich wäre eine Wache *vor* dem Eingang sinnvoller gewesen, aber natürlich konnte Almisan hier draußen keine Beobachter gebrauchen. Jamade fluchte noch einmal. Die Schatten konnten ihr nicht helfen, denn wenn sie die Riegel mit Magie öffnete, war da immer noch der Wächter. Einen Kampf durfte sie nicht riskieren, sie konnte sich aber auch nicht offenbaren, denn wenn Almisan sie hier antraf, würde er schnell erraten, dass sie von seinem Verrat wusste. Und da konnte sie genauso gut ihr Todesurteil unterschreiben. Sie sah sich um. Die Mauer war Teil eines engen Innenhofs. Dem Geruch nach wurde er als Abfallgrube genutzt. Kein Weg, den sie gerne nehmen würde. Aber bleiben konnte sie auch nicht. Dann wusste sie es. Sie zog Ainas Kleider aus und warf sie in den Innenhof. Sie war sogar froh, dass sie sie endlich los war. Dann beschwor sie die Ahnen, wechselte die Gestalt, ließ die Schatten fallen und klopfte an die Pforte.

»Wer da?«, fragte es dumpf von drinnen.

»Wer schon, Dummkopf? Rahis Almisan! Öffne, oder willst du den Rest der Nacht in der Abfallgrube Dienst tun?«

Die Pforte wurde hastig entriegelt. Ein junger, schmächtiger

Damater blickte sie geradezu ängstlich an. Sie stieß sich den Kopf an der Pforte, als sie über die Schwelle trat. Noch nie hatte sie eine so große Gestalt angenommen, der Hauptgrund, warum sie sich von Ainas Kleid hatte trennen müssen. »Folge mir, Mann«, befahl sie mit Almisans Stimme.

»Und die Pforte, Rahis?«

»Lass sie nur offen. Ich habe gleich noch einen Auftrag für dich. Weißt du eine leer stehende Kammer hier in der Nähe?«

»Einige, Rahis. Hier will niemand wohnen, wegen des Gestanks.«

»Natürlich«, murmelte Jamade. Sie öffnete eine Pforte, fand einen Raum voller Gerümpel und ging weiter. Die nächste Kammer war bis auf ein paar zerbrochene Stühle vollkommen leer. »Hier wird es gehen«, sagte sie und schickte den Krieger hinein.

»Was ist das hier, Rahis?«, fragte der junge Damater.

»Nur eine leere Kammer. Gib mir deinen Umhang und dein ledernes Wams, zieh es aus.«

»Herr?«

»Du wirst es gleich verstehen.«

Der Krieger gehorchte zögernd.

Als er das Wams über den Kopf zog, wechselte Jamade wieder die Gestalt. Der Mann starrte sie mit großen Augen an, und er war so überrascht, dass er nur leicht zuckte, als Jamade ihm ihr Messer ins Herz stieß. Dann zog sie ihn aus und legte seine Kleider an. Sie fand es immer noch angenehmer, Kleidung nicht vortäuschen zu müssen. Das Untergewand ließ sie ihm, denn es war blutbefleckt. Aber das Wams hatte die Sache ohne Schaden überstanden. Sie rief wieder die Ahnen, nahm die Gestalt des Damaters an und schlüpfte aus der Kammer. Sie war in der Burg, jetzt musste sie nur noch die Herzogin finden.

***

Teis Aggi rieb sich die müden Augen. Es ging schon auf den Morgen zu, und immer noch waren sie zu keiner Einigung gekommen.

»Ich sage noch einmal, wir setzen alles auf eine Karte!«, rief General Hasfal.

»Und auf welche?«, fragte Protektor Pelwa gereizt. »Greifen wir mit aller Kraft die Burg an, sind die Stadtmauern zu schwach besetzt, um sie zu verteidigen. Verteidigen wir mit allen Mann die Mauern, kann das Unheil aus der Burg über uns kommen!«

»Mit den paar Damatern werden wir schon fertig«, meinte der General mit erstaunlicher Selbstsicherheit.

»Den paar hundert, meint Ihr«, warf Prinz Gajan halblaut ein.

Aggi streckte sich und gab dem Prinzen innerlich recht. *Eigentlich müsste es Herzog heißen,* dachte er, aber Gajan wollte den Titel noch nicht führen. Sein Sohn Hadogan hatte sich auf eine Bank gelegt und war schon vor Stunden eingeschlafen. Aggi beneidete ihn.

Sie saßen in einer Schänke in der Altstadt und berieten schon die ganze Nacht. Meist ging es um Kompetenzen. Pelwa sah sich als Großvogt von Oberharetien als natürlichen Oberbefehlshaber. Prinz Gajan wollte das für die Männer von Atgath nicht gelten lassen, und General Hasfal lehnte es ab, seine Männer, Soldaten des Seebundes, der Autorität eines »Provinzfürsten« zu unterstellen.

Pelwa erinnerte ihn dann mit offensichtlichem Vergnügen daran, dass der General wegen Hochverrats und Mordes eigentlich in einen Kerker gehöre. Was die beiden Obersten, die als einzige aus dem Heer dem Gemetzel der Schlacht entronnen waren, aber nicht zugeben wollten. Und selbst Gajan hielt die Kompetenz und Erfahrung des Generals für unverzichtbar, was Aggi ziemlich eigenartig fand. Erfahrung hin oder her, der Mann war ein Mörder und gehörte eingesperrt. Außerdem hatte er bisher nur bewiesen, dass er Schlachten verlieren konnte. Deshalb gab Aggi, als er danach gefragt wurde, an, dass seine Leute nicht unter dem Kommando Hasfals, sondern nur unter dem des rechtmäßigen Herzogs kämpfen würden. Es war Gajan, der über seinen Schatten sprang und sich zu Aggis Erleichterung schließlich bereit erklärte, den Oberbefehl Hasfals anzuerkennen. Das jedoch brachte wiederum Pelwa auf, der zeterte, dass er dann wohl gar nichts mehr zu sagen habe. Eine Bemerkung, die sich als unklug erwies, weil Hasfal ihn wenig taktvoll darauf hinwies, dass er ja auch keine Truppen aufbieten könne.

Es war dann wieder Gajan, der die Wogen glättete, indem er erklärte, dass man auf den weisen Rat des erfahrenen Protektors nicht verzichten könne.

Aggi unterdrückte ein Gähnen. Die Befehlsstruktur war immer noch reichlich diffus, und eine Einigung über das weitere Vorgehen schien in ziemlicher Ferne zu liegen. Er beneidete den schlafenden Hadogan wirklich.

Die Sitzung wurde plötzlich unterbrochen, weil unter halblautem Getuschel ein Korporal der Wache eintrat, der angab, etwas Wichtiges melden zu müssen.

»Ich hoffe für Euch, dass das stimmt, denn wenn Ihr uns wegen Nichtigkeiten stört, wird es Euch übel ergehen«, rief Pelwa.

»Es ist wichtig, denn die Herzogin hat die Tore der Burg öffnen und alle gehen lassen, die ihr nicht mehr dienen wollen.«

»Baronin, sie ist nur Baronin!«, giftete Pelwa.

»Was meint Ihr damit, sie hätte alle gehen lassen?«, fragte Gajan.

»Nun, die Dienerschaft, Herr, und die Atgather Soldaten auch. Bis auf vier oder fünf sind auch alle gegangen.«

»Seid Ihr sicher?«, fragte Pelwa.

»Ich bin es, Herr, denn ich war selbst eben noch in der Burg. Aber ich will nicht gegen meine Nachbarn und Freunde kämpfen, und dann hörte ich, dass Prinz Gajan noch leben soll, und so sind wir gegangen.«

»Gute Nachrichten, fürwahr!«, rief einer der Obersten.

Teis Aggi hatte jedoch das Gefühl, dass hier irgendetwas nicht stimmte. »Die Herzogin hat Euch gehen lassen? Einfach so?«

Der Korporal nickte verlegen. »Wir mussten unsere Waffen abgeben, und die Damater verspotteten uns als Feiglinge. Sie schworen auch, uns bei der nächsten Gelegenheit zu töten, aber sie ließen uns ziehen, Hauptmann. Die Herzogin selbst verabschiedete uns, und sie bat uns, ihrem Schwager Gajan etwas auszurichten.«

»Mir? Was will die Baronin?«

»Das weiß ich nicht, Herr, aber ich soll Euch Grüße übermitteln von einem Mann namens Kumar.«

Teis Aggi sah, dass Prinz Gajan leichenblass wurde. Sein Sohn war auf der Bank offenbar erwacht. Jetzt setzte er sich auf und fragte: »Was wisst Ihr von Kumar?«

Der Korporal kratzte sich am Kopf. »Wenig, junger Herr, nur dass er tot ist. Die Herzogin, oder vielmehr die Baronin, sagte, ich solle den Prinzen nach einem Boot und einer Axt fragen und, und … warum Ihr ihn erschlagen habt, Herr.«

Für einen Augenblick herrschte beklommene Stille in der Schänke. Dann sprang Hadogan mit einem Schrei auf und stolperte hinaus.

»Lügen, sie verbreitet Lügen«, stammelte Prinz Gajan und lief seinem Sohn hinterher.

»Gajan, was hat das zu bedeuten?«, rief ihm Pelwa mit gehässigem Ton nach, erhielt aber keine Antwort.

Teis Aggi nickte grimmig. »Dies ist wohl der letzte Beweis«, sagte er.

»Wofür?«, fragte einer der Obersten.

»Dass es wenigstens einen Totenbeschwörer in dieser Burg gibt, vielleicht sogar zwei. Woher sollte die Baronin sonst von diesen Ereignissen wissen?«

Der Korporal räusperte sich. »Verzeiht, Herr Hauptmann, aber sie sagte, dass sie diese Dinge von Quents Geist erfahren habe.«

»Lächerlich«, meinte Pelwa, und ausnahmsweise war Teis Aggi mit ihm einer Meinung. Aber dann sagte Pelwa, dass dies natürlich viele Dinge ändere: »Schließlich ist es undenkbar, dass ein Mörder den Thron besteigt.«

»Er wäre nicht erste«, meinte General Hasfal düster.

Darüber gerieten die beiden Männer in Streit.

Teis Aggi stand auf und ging hinaus, um ein paar Dinge zu erledigen, die liegen geblieben waren, weil man immer noch über Zuständigkeiten stritt. Also nahm er die Sache einfach selbst in die Hand. Er sorgte für eine pünktliche Wachablösung der Posten, teilte die plötzlich so kampfesmutigen Handwerker mit den Überläufern aus der Burg zu gemeinsamen Truppen ein und sorgte dafür, dass das böse Blut, das wegen »der Sache auf dem Markt« zwischen Bürgern und Atgather Soldaten bestand, nicht überkochte.

Sechster Tag

Es dämmerte bereits, als Gajan zurückkehrte. Er sah blass aus, und sein Sohn war nicht bei ihm.

»Nun, Gajan, könnt Ihr uns erklären, was es mit dieser Geschichte auf sich hat?«, fragte Pelwa spitz.

»Verleumdung«, stieß der Prinz einsilbig hervor und verfiel dann in düsteres Schweigen.

»Wir sollten weitermachen«, bat Aggi, »denn immer noch ist viel zu tun und erst wenig entschieden.«

Zu seinem Leidwesen sollte sich das vorerst auch nicht ändern, denn jede Einigung, die sie erreichten, wurde fast sofort wieder in Frage gestellt, meist von Pelwa, während Gajan zunächst gar nichts sagte und erst nach langer Zeit wieder aus der Düsternis seiner eigenen Gedanken zurückkehrte.

»Vielleicht«, so warf Aggi jetzt ein, »sollten wir uns nicht nur Gedanken darüber machen, was wir tun werden, sondern auch, was der Feind tun wird, wenn wir seinen Forderungen nicht nachkommen.«

»Redet Ihr von dem Ultimatum, das uns der Padischah gestellt hat?«, fragte Hasfal, um gleich hinzuzusetzen: »Nur über meine Leiche werden wir ihm die Tore öffnen. Er droht zwar, uns sonst alle zu töten, doch er ist der Große Skorpion – selbst wenn wir uns ergeben, können wir nicht auf seine Gnade rechnen.«

Aber Gajan meinte: »Der Hauptmann hat Recht. So wie es

im Augenblick aussieht, wird der Padischah bald mit aller Macht angreifen. Und er hat genug Krieger, um auf allen Seiten zugleich anzugreifen.«

»Wir haben genug Männer, um einen Angriff abzuwehren«, meinte Hasfal.

»Einen vielleicht, aber bestimmt keinen zweiten«, gab Aggi zu bedenken.

»Und wenn ihn seine Tochter doch noch über die Burg hereinlässt?«, meinte der Protektor düster.

»Dann sind wir verloren«, murmelte der General.

»Wenn sie es gestern nicht getan hat, wird sie es heute auch nicht tun«, wiederholte Aggi das, was er schon mehrfach gesagt hatte.

»Das stimmt, dann können wir ihn abwehren, tagelang«, meinte Hasfal in plötzlicher Zuversicht.

Aggi fand seine Wankelmütigkeit schwer zu ertragen. »Ich fürchte nur, dass dieser Feind über Mittel und Wege verfügt, auch die starken Mauern unserer Stadt zu überwinden.«

»Ihr denkt, er wird Magie einsetzen, Aggi?«, fragte Gajan.

»Es ist seit der Großen Übereinkunft verboten, Magie in einer Schlacht einzusetzen«, hielt der Protektor dagegen.

»Fragt unsere Reiterei, was der Padischah davon hält«, murmelte Hasfal.

»Für mich«, sagte Aggi zögernd, »ist es eigentlich nicht die Frage, *ob* der Große Skorpion in die Stadt eindringen kann, sondern nur, *wann*. Ganz Oberharetien ist doch in seiner Hand, und wir können nicht auf Entsatz hoffen. Er kann uns aushungern, wenn er will. Aber wenn er sich erst hier hereingekämpft hat, wird es schlimm für die Menschen.«

»Ihr denkt hoffentlich nicht daran, ihm die Stadt kampflos zu übergeben, Hauptmann«, knurrte Pelwa.

Aggi schüttelte den Kopf. »Ich habe mit einigen Bauern gesprochen, die, während die Schlacht tobte, über die Berge nach Atgath kamen. Sie mussten fliehen, weil die Helmonter im Norden keinen Stein auf dem anderen gelassen haben. Sie haben Männer getötet, Frauen geschändet und Häuser niedergebrannt, obwohl niemand dort auch nur an Widerstand gedacht hat. Ich denke, der Große Skorpion will den Kampfgeist des Seebundes brechen. Er wird Atgath dem Erdboden gleichmachen, um andere Städte zu warnen. Eine bedingungslose Übergabe kommt also nicht in Frage.«

»Und ich habe immer noch nicht begriffen, was der Große Skorpion hier will«, polterte Pelwa. »Ich habe ja verstanden, dass er an mehreren Orten zugleich zuschlägt, und ich befürchte, dass er nicht nur Truppen in Felisan und vor Atgath hat – was ich aber nicht verstehe, ist, was ihn an dieser schäbigen kleinen Stadt anzieht. Wegen des berühmten Silbers, das es hier *nicht* gibt, wird er ja wohl nicht hier sein, und ganz gewiss führt ihn auch nicht die Liebe zu seiner Tochter hierher!«

»Vielleicht kann ich das erklären«, sagte eine Stimme vom Eingang der Schänke.

Im fahlen Licht des neuen Tages erkannte Teis Aggi drei Gestalten, die in der Tür der Schänke standen. Er blinzelte, denn er glaubte nicht, was er sah. Dann griff er nach seinem Schwert. »Der Schatten! Der verfluchte Mörder des Herzogs!«, zischte er, sprang auf und zog blank.

Niemand sonst rührte sich, alle starrten verblüfft auf den Mann an der Tür oder den Hauptmann.

»Ihr solltet Eure Waffe wegstecken, Aggi, bevor Ihr Euch noch verletzt«, erwiderte der Beschuldigte ruhig.

Aggi machte einen Schritt auf ihn zu. »Und wenn es das Letzte ist, was ich tue, Ihr werdet für Eure Verbrechen bezahlen, Schatten!«

Sie waren nur noch eine Schwertlänge voneinander entfernt. Aggi hielt sein Schwert drohend in der Hand, er bebte vor Wut, aber der andere zuckte nicht einmal.

Plötzlich drängte sich eine junge Frau an ihm vorbei und rief: »Teis Aggi, jetzt habe ich aber wirklich genug! Sahif hat den Herzog nicht ermordet! Er hat versucht, ihn zu retten!«

»Ela? Ela Grams?«, fragte Teis Aggi völlig verblüfft.

»Allerdings! Und mich hat er übrigens auch gerettet aus der Gefahr, in die du mich gebracht hast! Ich wäre in Hamochs Kerker gestorben, wenn er nicht gewesen wäre. Es war seine Schwester, die hinter allem steckte.«

»Schwester?«

»Ich bin Sahif at Hassat, war Schwert und Schild des Großen Skorpions, sein Leibwächter und Sohn, Leutnant Aggi. Ein Schatten, wie Ihr ganz richtig sagtet, ein Sohn des Padischahs, wie Ihr nun wisst. Doch habe ich mit meinem Vater gebrochen, weshalb er mich nun als Verräter betrachtet.«

»Na, bitte!«, rief der Protektor. »Ein Sohn des Padischahs! Endlich haben wir ein Unterpfand, mit dem wir verhandeln können. Wir liefern den da aus und können so gute Bedingungen für unsere Kapitulation …«

Pelwa kam nicht dazu, den Satz zu beenden, denn Sahif at Hassat war plötzlich vor Aggis Augen verschwunden und tauchte jetzt, nur einen Wimpernschlag später, wie aus dem Nichts direkt vor dem Protektor auf.

»Versucht nur, mich festzunehmen, alter Mann«, sagte er leise, aber laut genug, dass es die plötzliche Totenstille im Raum mit eisiger Klarheit durchdrang. Eine Dolchspitze berührte Pelwas faltigen Hals. Der Protektor war wie erstarrt.

Gajan räusperte sich. »Wie es aussieht, kommt die von Euch vorgeschlagene Option nicht in Betracht, Pelwa.«

Der Protektor schluckte schwer und nickte vorsichtig.

»Gut, dann wäre das geklärt. Ihr sagtet, Ihr wisst, was der Padischah hier will, Prinz Sahif?«, fragte Gajan.

»Ich weiß es, aber ich fürchte, Ihr könnt ihm auch das nicht geben, denn es befindet sich in der Burg. In einer ganz bestimmten Kammer, wie Ihr vermutlich wisst, Prinz Gajan.«

»Ich verstehe«, sagte Gajan gedehnt. »Aber darüber sollten wir hier vielleicht nicht reden.«

»Natürlich reden wir hier darüber! Ich verlange es!«, rief der Protektor.

Aber Gajan erhob sich und sagte: »Dieses Geheimnis ist alt, Pelwa, älter als Ihr und sogar älter als die Stadt selbst, und nur Eingeweihte sollten darüber reden. Entschuldigt uns, Ihr Herren.«

Sie traten vor die Tür, und Gajan blickte lang und nachdenklich in den kalten Morgenhimmel.

»Ist Euch nicht wohl, Hoheit?«, fragte Teis Aggi, der einfach mitgekommen war, besorgt.

»Nein, alles bestens«, sagte der Prinz, wich seinem Blick jedoch aus. Es war überhaupt nichts gut. Kam es von Bahut Hamoch, oder war es doch der Geist des alten Quent, der gesehen hatte, was er in jener kleinen Bucht getan hatte? Aber warum sollte Quent es der falschen Herzogin erzählen? Es fiel ihm schwer, sich zusammenzureißen, aber er fragte: »Ihr wisst also auch von dem alten Geheimnis, Hauptmann?«

»Ich erwähnte vielleicht, dass ich Hilfe von den Mahren hatte, auch wenn Pelwa das als lächerlich abtut.«

»Ja, das sagtet Ihr, aber irgendwie fällt es selbst mir schwer, an ihr Erscheinen zu glauben. Es gibt sie also wirklich noch? Warum zeigen sie sich nicht?«

»Sie meiden die Menschen nach Möglichkeit, Hoheit.«

»Nur den Vertrauenswürdigen zeigen sie sich«, warf Ela Grams fröhlich ein.

»Und Ihr seid?«, fragte Gajan irritiert.

»Ela Grams, die Tochter von Heiram Grams, den Ihr vielleicht kennt. Ihm gehört der Köhlerhof draußen vor der Stadt.«

»Ach, ja«, murmelte Gajan, der nicht die leiseste Ahnung hatte, wer das sein mochte. »Aber Ihr wolltet etwas vorschlagen, Schatten?«

Die Miene des Oramarers verdüsterte sich. »Es wäre besser, wenn Ihr mich nicht so nennen würdet, Prinz. Die Leute sollten es nicht wissen, und ich will selbst lieber vergessen, was ich bin. Nennt mich einfach Sahif, das ist mein Name, und ein Prinz bin ich auch nicht mehr, denn ich habe mit meiner Familie gebrochen. Aber ja, ich denke, mein Vater weiß von der Kammer, er weiß vermutlich auch, dass sie ein mächtiges Geheimnis birgt, doch bezweifle ich, dass er Näheres weiß. Shahila war sehr vorsichtig und hat auch mir nicht gesagt, was es mit jener besonderen Kammer auf sich hat. Sie hat mich sogar belogen, hat mir magische Ringe versprochen, die dort zu finden sein sollten. Ich glaube daher, dass mein Vater dort ebenfalls mächtige magische Gegenstände vermutet. Er wird sie in die Hand bekommen wollen, um jeden Preis. Ob bei der Erstürmung der Stadt ein paar hundert Helmonter mehr oder weniger sterben, wird ihm gleich sein. Es wäre ihm natürlich lieber, Ihr würdet ihm die Stadt einfach übergeben, vielleicht würde er sogar die Bürger dieser Stadt schonen, wenn Ihr ihm die Tore öffnet, aber natürlich dürft Ihr das auf keinen Fall tun, Gajan.«

»So? Ihr redet über viele Menschen, die weder mit diesem Krieg noch mit den Geheimnissen von Atgath viel zu tun haben, Sahif.«

Sahif schüttelte den Kopf. Er war übermüdet und hatte das

Gefühl, nicht die richtigen Worte zu finden. Er sagte: »Ist Euch nicht bewusst, dass der Padischah das kleinere unserer Probleme ist? Wisst Ihr nicht, wie gefährlich die Geheimnisse dieser Kammer sind? Meine Schwester Shahila könnte die Welt zerstören, wenn sie sie öffnet! Sie wartet nur auf den Schlüssel.«

»Den Schlüssel?«

»Habt Ihr Euch nie gefragt, warum das magische Wort nicht zu Euch gekommen ist, Gajan, obwohl Ihr der Thronerbe seid?«

Gajan runzelte die Stirn. »Ihr habt Recht, es hätte nach Hados Tod eigentlich … Aber es ist so viel geschehen, ich wusste ja bis vor wenigen Tagen gar nicht … Aber wo ist es jetzt? Nicht bei Beleran?«

»Nein, es wurde geraubt, und jetzt ist es auf dem Weg in die Stadt. Und da ich den Schatten, der dieses Wort bringt, nicht finden kann, muss ich wohl meine Schwester töten, um das Schlimmste zu verhindern. Ich muss also versuchen, in die Burg zu gelangen, was nicht einfach ist, da die meisten Gänge unter der Stadt überschwemmt sind und ein mächtiger Meister der Schatten über die Burg wacht.«

»Ihr wollt Eure eigene Schwester töten?«

»Ich muss sie aufhalten, Prinz, und ich weiß nicht, wie ich das sonst tun soll«, sagte Sahif finster. Die ganze Zeit auf dem Weg in die Stadt hatte er sich das Hirn zermartert, aber keine andere Lösung gefunden. Es sah so aus, als würde er noch einen Tag länger ein Mörder sein.

»Aber, Sahif …« begann Ela.

»Hast du einen besseren Vorschlag? Nein? Wie bedauerlich!«, fuhr er sie an.

Sie wandte sich schnell ab, vielleicht, damit er nicht sah, dass ihr die Tränen in die Augen stiegen. Er biss sich auf die Lippen. Warum hatte er sie so angefahren, sie meinte es doch nur gut? Aber sie verstand eben nicht, dass er nicht anders konnte. Er war letzlich immer noch ein Schatten. Und Mord war die einzige Lösung, die er für dieses Problem fand.

Teis Aggi räusperte sich. »Die Herzogin, verzeiht, die falsche Herzogin, hat viele gute Männer auf dem Gewissen und sich den Tod redlich verdient. Leider würde das Atgath nicht helfen, ganz im Gegenteil. Wenn wir sie umbringen, ist das der perfekte Vorwand für den Padischah, hier ein Blutbad anzurichten.«

»Noch einmal: Wenn Shahila die Kammer öffnet, ist es das Ende der Welt!«, rief Sahif wütend.

»Nur zu«, sagte Teis Aggi. »dann geht doch, Schatten, und bringt sie um, Eure Schwester. Ihr seid ja geübt darin. Überlasst es uns zu versuchen, die Stadt noch irgendwie zu retten.«

Ela Grams hatte genug von diesem seltsamen Schauspiel. Sie warf Teis Aggi einen warnenden Blich zu und zog Sahif zur Seite. »Bist du dir sicher?«, fragte sie leise.

»Womit?«, fragte Sahif finster.

»Na, mit allem. Dass du deine Schwester umbringen willst, zum Beispiel.«

»Wenn ich Jamade nicht vorher erwische, wird mir nichts anderes übrig bleiben. Und je länger ich hier herumstehe, desto wahrscheinlicher ist es, dass mir diese kleine Schlange entwischt.«

»Ich meine nur, sei bitte vorsichtig, Sahif. Jamade ist schließlich auch ein Schatten, und da ist dieser Zauberer, Hamoch, mit seinen widerlichen kleinen Geschöpfen. Und die Bergkrieger, was, wenn sie auch einen Zauberer haben? Erinnere dich an den, den wir an der Straße getötet haben!«

Er strich ihr plötzlich in einer sanften Geste über das blonde Haar. »Ich würde dich mitnehmen, wenn ich könnte, Ela Grams. Aber du wirst verstehen, dass das nicht geht.«

Sie nickte und hielt den Atem an. »Aber ich würde es nicht ertragen ... ich meine, pass auf dich auf!«

»Versprich mir lieber, dass du auf dich aufpasst, Ela Grams. Es ist hier draußen in der Stadt kaum sicherer als drinnen in der Burg.«

Sie nickte, aber es klang ihr zu sehr nach einem Abschied für immer. »Versprich mir, dass du zurückkehrst, Sahif«, sagte sie leise.

Er nahm ihr Gesicht in beide Hände, kam ganz nah heran, aber als sie schon die Lippen spitzte, ließ er sie plötzlich wieder los. »Es gibt nichts, was ich lieber täte, Ela Grams, nichts, was ich lieber täte.« Und dann drehte er sich um und machte sich auf den Weg und ließ eine Ela zurück, die mit immer noch leicht gespitzten Lippen dastand und sich gleichzeitig unendlich dumm und unendlich verlassen fühlte.

Sie spürte einen aufmunternden Klaps auf dem Rücken. »Ich weiß immer noch nicht, was du an dem Kerl findest, Ela Grams«, meinte Hanas Aggi grinsend. Er war aus der Schänke getreten und hielt einen Krug Bier in der Hand.

»Das geht dich nichts an, Hanas«, gab Ela zurück.

»*Hanas?* Bist du das?«

»Da bin ich ja froh, dass mein kleiner Bruder mich doch noch erkennt. Eben, in der Schänke, da bist du einfach an mir vorbeigelaufen. Warst wohl zu sehr damit beschäftigt, dich mit Sahif anzulegen.«

»Hanas, ich hätte nicht gedacht, dass du dich nochmal nach Atgath traust.«

»Hätte ich gewusst, wie herzlich ich von dir empfangen werde, ich wäre viel früher gekommen, Teis«, gab Hanas giftig zurück.

»Bei allen Himmeln! Vertragt euch!«, rief Ela. »Es gibt schon so genug Ärger in Atgath!«

Teis seufzte. »Gut, du musst dich vor mir nicht rechtfertigen, Hanas. Aber unsere Mutter wird dir sicher ein paar Worte dazu sagen, dass du jahrelang nichts hast von dir hören lassen. Aber Ela hat Recht, lassen wir das. Es gibt Wichtigeres zu tun.«

»So ist es. Wir sollten den Kriegsrat fortsetzen«, meinte Prinz Gajan.

»Verzeiht, Hoheit, aber ich habe nicht viel Vertrauen in diesen Rat, der doch die ganze Nacht meist darüber gestritten hat, wer hier in Atgath das Sagen hat. Wenn Ihr erlaubt, werde ich mich lieber an die Mahre wenden, denn ich glaube, dass sie die Einzigen sind, die uns noch retten können.« Dann hatte er eine Eingebung: »Kommst du mit, Ela Grams? Du kannst sehr überzeugend sein, wenn du etwas willst, vielleicht kannst du Amuric dazu bringen, über seinen Schatten zu springen.«

Ela nickte, weil sie nicht nutzlos herumsitzen wollte. Zu ihrer Überraschung und zu Teis' unverhohlenem Ärger entschloss sich Hanas, ebenfalls mitzukommen. Ela spürte die sofort wieder aufflammende Missstimmung, hakte einfach rechts und links einen der Brüder ein und rief: »Streitet euch nicht, es könnte doch sein, dass dieser Tag der letzte für uns alle ist. Und dann hätten wir doch wirklich Besseres zu tun.«

»Das sind ja aufmunternde Gedanken«, meinte Hanas grinsend. Teis löste seinen Arm aus dem Elas und nickte. »Aber wieder hat sie Recht. Wir können uns morgen weiter streiten, Hanas – und jetzt kommt endlich. Die Sonne ist aufgegangen, und ich fürchte, der Feind wird sich bald mit Macht gegen unsere Mauern werfen.«

Wenig später saßen sie im Schein einer grünlich leuchtenden Laterne in einem Stollen, und Teis erläuterte Amuric und einem Mahr namens Lorin ihre Bitte, ihnen mit ihrer magischen Macht zu helfen.

Amuric hörte zu, dann knirschte er eine lange Antwort in der Mahr-Sprache, die Lorin schließlich mit dem Wort »niemals« übersetzte.

Hannas Aggi lachte leise.

»Was soll denn das nun wieder heißen?«, rief Ela ungeduldig. Sie betrachtete den zweiten Mahr mit großer Neugier. Teis hatte ihn als »Heiler« vorgestellt.

Lorin schien einen Augenblick nach den richtigen Worten zu suchen, dann sagte er: »Es stehen andere Dinge auf dem Spiel. Das Ende der Welt. Darum müssen wir uns kümmern. Nicht um die Menschen dort oben.«

»Aber das ist *Eure* Stadt«, rief Ela ungehalten. »Und die Menschen haben nicht zu sterben verdient!«

»Mahre auch nicht«, lautete die grimmige Antwort Amurics. »Wir haben Euch schon geholfen. Mit dem Wasser in den Tunneln. Das war schon zu viel. Denn so erfuhren viele, dass wir mehr sind als Legenden. Wir werden Euch nicht noch einmal helfen.«

Ela wusste gar nicht, was Amuric meinte, und Teis erzählte ihr in raschen Worten, wie die Mahre die Tunnel mit Wasser aus dem Kristallbach geflutet hatten, um die Nekromantin mit ihren Homunkuli aufzuhalten.

»Wenn Euch das unangenehm ist, Marberic, dann lasst das Wasser doch wieder ab!«, rief Ela, die nicht alles verstanden hatte.

Amuric knirschte etwas, das ziemlich unfreundlich klang.

»Augenblick«, sagte Teis Aggi. »Das ist es! Ela Grams, du bist eine erstaunlich kluge Frau! Das Wasser! Sag, Lorin – könnt ihr es auch wieder aus diesen Gängen ablassen?«

Der Mahr sah ihn nachdenklich an und schwieg. Es war Amuric, der nickte und sagte: »Wir können es.«

»Dann tut es! Wenigstens die oberste Ebene. Ich rede mit Prinz Gajan.« Der Hauptmann sprang auf, aber Lorin fasste ihn am Arm. »Ah, Gajan. Der Erbe. Sei vorsichtig, Teis Aggi. Er trägt eine böse Last. Traue seinen Entscheidungen nicht.«

***

Prinz Gajan versuchte, nicht nachzudenken. Sein Sohn Hadogan war in der Schänke gewesen, aber als er mit ihm hatte reden wollen, war er wieder aufgesprungen und davongerannt. Er war ihm nachgelaufen, hatte ihn aber auf der Straße sofort aus den Augen verloren. Es waren eine Menge Leute vor der Schänke. Soldaten, Bürger, die ihn alle mit Blicken betrachteten, die vielleicht nur neugierig waren, ihm aber anklagend erschienen. Er hatte sich abgewandt und war ziellos durch die Gassen geirrt, in denen er seine Kindheit verbracht hatte. Jetzt hielt er inne und sah sich um. Damals waren ihm die Häuser irgendwie größer erschienen, und schöner auch. Der Schatten seiner Tat hatte ihn also selbst in Atgath ereilt. Gajan stöhnte und blickte zu den Wolken auf, die schnell und hoch über den stahlblauen Herbsthimmel zogen. Irgendwie erschien ihm das alles vollkommen unwirklich. Er war in Atgath, Herzog, wenigstens von Rechts wegen, doch noch saß sein Bruder Beleran auf dem Thron, ein Mann, der sich doch zeitlebens mehr für Wolken als für Politik interessiert hatte. Gajan schüttelte den Kopf. *Beleran, worauf hast du dich da nur eingelassen?*, dachte er.

Gleichzeitig machte er sich Vorwürfe, denn er war es gewesen, der die Ehe mit Shahila eingefädelt hatte. Der alte Quent hatte ihn gewarnt, hatte ihm gesagt, dass es nicht klug sei, ein so kleines Haus wie das von Atgath mit dem mächtigen Haus der Skorpione zu verbinden. Gajan hatte nicht auf ihn gehört, verblendet vom Ehrgeiz.

Er lächelte schwach, als er an seine Karrierepläne dachte. Erster Botschafter des Seerats war er geworden, und er hatte einflussreiche Freunde in Frialis, die meinten, er könne es sogar zum Vorsitzenden des Rates bringen, eines Tages. Da hatte er geglaubt, Atgath läge für immer hinter ihm. Er hatte sich mit seinem Bruder Olan auf der Fahrt nach Felisan beraten, hatte ihn zum Regenten der Stadt machen wollen, um weiter an seinem Aufstieg zu arbeiten. Das war alles recht vage geblieben, denn Hado, ihr ältester Bruder, war noch jung und sollte noch viele Jahre leben. Doch nun war Hado ebenso ermordet worden wie Olan, und Beleran hatte sich auf den Thron gesetzt, in der Annahme, er sei der letzte der Brüder.

Irrtum, dachte Gajan grimmig. Er hatte unvorstellbare Entbehrungen überstanden, Dinge getan, die er lieber vergessen hätte, aber er hatte überlebt. *Ausgerechnet Beleran,* dachte er. Nach allem, was er wusste, schien die schöne Shahila die treibende Kraft hinter all diesen finsteren Machenschaften gewesen zu sein, aber Beleran war an ihrer Seite geblieben. *Mitgegangen, mitgefangen,* dachte Gajan, aber er wusste, dass sie noch weit davon entfernt waren, die falsche Herzogin und seinen Bruder gefangen zu nehmen. Er seufzte und kehrte zurück zur Schänke.

***

Shahila hatte mit Meister Hamoch gesprochen, und der hatte ihr erklärt, wie er mit den Homunkuli Angst und Schrecken in der Stadt verbreiten wollte. Er hatte sofort losschlagen wollen, aber sie hatte gesagt: »Wartet, bis mein Vater in der Stadt ist. Wenn auf den Straßen gekämpft wird, dann schickt sie hinaus. Dann ist der Schaden am größten.«

Jetzt stieg sie die Treppen zum Schlafgemach hinauf und fragte sich, ob das alles war, worauf sie noch hoffen konnte – ihrem Vater möglichst viel Schaden zuzufügen. Sie hatte wenig Hoffnung, dass sie ihre Rache noch bekommen würde, ja, sie hatte überhaupt nur noch wenig Hoffnung.

Sie tastete in der Tasche ihres schweren Mantels nach dem kleinen Fläschchen mit Kisbaras Gift. Lebend würde man sie nicht gefangen nehmen, soviel stand fest. Sie lief durch verlassene Flure. Die ganze Burg wirkte wie ausgestorben, weil all die Bediensteten geflohen waren, und die Damater, die auf den Mauern wachten, waren seltsam still geworden, vielleicht, weil sie, ebenso wie sie selbst, ihr nahes Ende erwarteten. Kurz kämpfte Shahila mit der Versuchung, nach oben zu gehen, in die Kammer der Mahre, die ihre Geheimnisse nicht preisgeben wollte. Aber sie ließ es dann doch, denn der Anblick war schwer zu ertragen. Sie war so dicht daran gewesen, aber dann war Sahif aufgetaucht und hatte das Wort gestohlen. Und nun wurde sie belagert, vom Pöbel ihrer eigenen Stadt und dem sogenannten rechtmäßigen Herzog, und draußen auf der Ebene wehte die Fahne ihres Vaters. Sie hatte ja gewusst, dass eines seiner Heere nach Atgath marschierte, aber nun war er selbst gekommen, lange bevor sie darauf vorbereitet war, ihm entgegenzutreten. Dies war der schwärzeste aller Tage, und sie fragte sich, ob es noch schlimmer werden konnte.

Sie betrat ihre privaten Gemächer und blieb stehen. Sie hörte etwas aus dem Schlafgemach, ein Gespräch. Beleran hatte Besuch! Sie zückte ihr kleines Messer und schlich an die Tür. Beleran lag auf den zerwühlten Laken, kaum zugedeckt. Sein bleicher, abgemagerter Leib war schweißbedeckt, und er starrte zu jenem großen Schrank, in dem sie ihre Garderobe verwahrte. Und dort stand ein junger damatischer Krieger und schien in aller Ruhe ihre Gewänder zu durchsuchen. Sie drang leise ein und zischte: »Wie könnt Ihr es wagen!«

Der Damater drehte sich um und lächelte dünn. »Ich glaube, es wirft Fragen auf, wenn ich in dieser Rüstung gesehen werde, Herrin.«

Shahila traute ihren Augen nicht. »Jamade!«

Die Schattenschwester warf das Kleid, das sie gerade in der Hand hatte, achtlos auf den Boden. »Es ist einfach nicht das Richtige für mich dabei. Vielleicht sollte ich etwas von Eurem Gemahl auswählen. Er sieht nicht aus, als würde er seine Kleider noch brauchen.«

»Jamade von den Schatten! Seit wann seid Ihr hier?«

»Nicht sehr lange, Herrin, und dann habe ich Euch gesucht. Ich konnte mich aus verschiedenen Gründen nicht offen zeigen und daher auch niemanden nach Euch fragen. Allerdings habe ich auch nicht viele Leute in dieser Burg angetroffen. Ich war unten im Thronsaal und in Hados Gemächern. Schließlich beschloss ich, hier zu warten, anstatt weiter auf der Suche nach Euch durch diese verwinkelte Burg zu irren. Es scheint der richtige Gedanke gewesen zu sein.«

Shahila musste sich am Türrahmen festhalten. Sie hörte nicht zu, was diese junge Frau erzählte, sie war geradezu überwältigt von dieser glücklichen Wendung. »Habt Ihr den Schlüssel?«, presste sie hervor.

»Ich habe ihn, Herrin.«

Beleran stöhnte in Agonie auf.

Shahila beachtete ihn nicht. »Gut, gut, sehr gut! Lasst uns Almisan rufen. Wir dürfen keine Zeit mehr verlieren. Jeden Augenblick kann der Feind uns angreifen. Der Schlüssel! Endlich, endlich!«

Die junge Frau wurde plötzlich ernst. »Was Almisan betrifft, so habe ich Euch etwas mitzuteilen, Herrin.«

Shahila erbleichte. »Almisan? Ist ihm etwas zugestoßen?«

»Nein, Herrin, doch habe ich in der Nacht beobachtet, wie er mit einem Mann Eures Vaters sprach.«

Shahila öffnete den Mund zu einer Antwort, brachte aber zunächst kein Wort heraus. Ein grauenvoller Abgrund tat sich vor ihr auf. »Wie meint Ihr das?«

»Ich hätte Euch das gerne schonender beigebracht, doch es ist, wie Ihr sagt, wir haben keine Zeit. Almisan sprach mit einem Spion, gegen Morgen, heimlich, unweit der Burg. Ich konnte nicht nahe heran, denn sonst hätte er mich gewiss bemerkt, daher weiß ich nicht, was sie besprachen, doch fürchte ich, dass er Euch verraten hat, Herrin.«

»Unmöglich«, flüsterte Shahila. »Er ist mir seit der Verbannung meiner Mutter ein treuer Diener, und er hat Dinge für mich getan …« Sie redete nicht weiter. Denn auch wenn sie es nicht glauben wollte, so war da doch plötzlich ein hässlicher Zweifel. Hatten sie nicht darüber gesprochen, dass es irgendwo in ihrer nächsten Umgebung einen Verräter geben müsse, einen, der ihren Vater mit geheimen Informationen versorgte? Hatte Almisan nicht versprochen, dass er ihn aufspüren würde – und dann war nichts geschehen? Aber Almisan? Er war die verlässliche Säule ihres Lebens, treu und fest, der unzerstörbare Amboss, auf dem sie all ihre Pläne geschmiedet hatte. »Unmöglich«, flüsterte sie noch einmal.

Jamade zuckte mit den Achseln. »Ich würde vorschlagen, ihn selbst zu fragen, wenn es nicht Almisan wäre. Er ist ein Meister der Schatten, mir an Kampfkunst weit überlegen. Und wenn er mich tötet, ist der Schlüssel verloren, Herrin.«

Shahila starrte ins Nichts. »Wir fragen ihn dennoch.«

»Herrin, er könnte auch leicht uns beide töten.«

»Wir fragen ihn!«

Die Schattenfrau sah sie mit deutlicher Skepsis an. »Ich dachte es mir beinahe schon, Herrin. Ihr seid in diesen Mann verliebt.«

Shahila schüttelte unwillig den Kopf. »Redet keinen Unsinn, Schatten. Er ist mein Vertrauter, mehr Vater für mich, als es mein eigener jemals war. Und für ihn, für ihn, bin ich wie eine Tochter.«

»Seid Ihr sicher, dass da nicht mehr ist? Warum gehen wir dann nicht einfach? Ihr habt den Schlüssel. Der Verrat von Meister Almisan kann Euch nicht mehr aufhalten. Und doch wollt Ihr unbedingt auf ihn warten.«

»Er wird bald hier sein, bald«, sagte Shahila zögernd. Hatte diese Frau am Ende recht? War es mehr als Vertrauen und Zuneigung, was sie für Almisan empfand? Er war doch stets ihr Fels in der Brandung gewesen, immer an ihrer Seite. Ohne ihn diese Kammer zu öffnen, konnte sie sich nicht vorstellen. Weil sie ihn liebte? Sie wusste es selbst nicht. »Wir warten«, entschied sie.

Die junge Frau seufzte. »Gut, Herrin, dann reden wir mit ihm, doch fürchte ich, dass es übel enden wird.«

***

Sahif lief unter dem Schutz der Schatten zur Burg, was an diesem strahlend hellen Herbsttag eine Herausforderung war, denn er selbst wurde zwar nicht gesehen, aber die Straßen waren staubig, und er konnte nicht verhindern, dass er diesen Staub aufwirbelte. Er blieb meist im Schutz der Häuser und ihrer dunklen Ecken, denn er nahm an, dass Hauptmann Aggi nicht der Einzige war, der ihn noch für den Mörder des Herzogs hielt, und wollte vermeiden, gesehen zu werden.

Eine eigenartige Spannung lag in der Luft. Die Frauen blickten ängstlich aus den Fenstern und hielten die Kinder im Haus.

Die Männer der Stadt befanden sich, wenn sie nicht auf den Mauern waren, in den Straßen, die meisten mehr schlecht als recht bewaffnet. Einige schienen fest entschlossen, Haus und Hof mit ihrem Leben zu verteidigen, andere wirkten ängstlich und verzweifelt. In der Heugasse, unweit der Burg, stieß Sahif auf die erste Straßensperre: ein umgeworfenes Fuhrwerk, ein paar Säcke, bewacht von einigen grimmigen Männern, die er wegen ihrer schweren Hämmer für Schmiede hielt und die sich unter den Schutz der Dächer begeben hatten. Sahif kletterte leise über die Barrikade und schlich weiter. Drei Pfeile steckten in dem Fuhrwerk, aber die Schmiede taten den Verteidigern der Burg nicht den Gefallen, als Zielscheibe zu dienen.

Sahif lief am Burgtor vorüber. Es waren viele Männer oben auf den Mauern, und er fragte sich, ob sie nur einen Angriff erwarteten oder ob sie einen Ausfall vorbereiteten, für den Fall, dass der Padischah die Stadt stürmen ließ. Er wusste, dass Shahila ihren Vater abgrundtief hasste, aber sie hatte auch Angst vor ihm. Er konnte ihr nicht willkommen sein, selbst wenn er sie vor den Atgathern rettete. Aber würde sie sich ihm zu Füßen werfen, um zu überleben und ihre Rache vielleicht später zu nehmen? Oder würde sie ihm offen Widerstand leisten? Ihm war klar, dass das auch davon abhing, ob sie den Schlüssel zur Kammer in Händen hielt.

Er erreichte die Ecke, an der er schon einmal die Mauern überwunden hatte. Doch dieses Mal waren Wachen dort oben, Damater. Sahif zögerte. Er dachte an den Schamanen, der ihn an der Straße nach Felisan getötet hätte, wenn Ela nicht gewesen wäre. Marberic hatte gesagt, dass es Bergzauberer in der Burg gebe. »Sie nehmen die Kraft aus den Wurzeln, gute Magie«, hatte der Mahr anerkennend gesagt, als sie mit ihm durch den langen Tunnel zur Stadt gelaufen waren.

Sahif sah blinzelnd auf. Es zogen nur wenige Wolken über den Himmel, und die Sonne tauchte die obersten Zinnen in helles Licht, nur ein schmaler Streifen lag durch das angrenzende Wohngebäude noch im Schatten. Selbst für einen Mann seiner Bruderschaft würde diese Deckung vielleicht nicht ausreichen. Aber er hatte keine Wahl. Er beschwor die Schatten noch einmal, legte sie auf das Seil und schwang den Wurfanker, den er mit einer dünnen Lage Stoff umwickelt hatte. Er schleuderte ihn hinauf und hörte ihn dumpf aufprallen. Die Damater oben riefen sich etwas zu. Sie hatten das Geräusch wohl leider auch gehört. Sahif presste sich an die Mauer und zog vorsichtig am Seil, bis er Widerstand spürte. Zwei Köpfe tauchten auf, die misstrauisch die Mauer herabspähten, sich leise austauschten und dann wieder verschwanden. Sahif konnte nicht länger warten. Er kletterte lautlos am Seil hinauf und verharrte an den Zinnen. Es war nur noch eine Wache dort. Das war schlecht. Vermutlich meldete die andere gerade, was sie gehört hatten. Sahif glitt auf den Wehrgang. Es schien ihm zu riskant, sich an dem Posten vorbeizuschleichen, denn die Pforte zum kleinen Turm war geschlossen, und er würde sie nicht unbemerkt öffnen können. Er zog das Seil rasch herauf und nahm den gleichen Weg, den er schon einmal genommen hatte, hinauf aufs Dach. Er blieb stehen. Hier setzte seine Erinnerung aus. Er war auf das Dach geklettert, daran erinnerte er sich wieder, aber nicht, was danach geschehen war. Das Nächste, woran er sich erinnerte, war, dass er in einer Köhlerhütte aufwachte und beinahe Ela Grams umgebracht hätte.

Es standen Bergkrieger auf dem alten Bergfried, der die verwinkelte Dachlandschaft kaum überragte, aber die schienen mehr den Berg im Osten im Auge zu behalten. Sahif tastete sich vorsichtig hinüber in ihren Rücken. Er schickte einen Blick zum Himmel. Die Wolken zogen schnell, aber sie zogen nicht vor die Sonne. Er huschte weiter. An den Ecken des Bergfrieds standen drei große Töpfe. Einer fehlte, und es lagen Tonscherben auf dem Dach. Irgendetwas in seinen verschütteten Erinnerungen warnte Sahif vor diesen Gefäßen. Er schlich voran und sah endlich den Draht, der sich um den Turm herumzog. Eine Stolperfalle, sehr primitiv, aber nachts kaum zu sehen. War sie ihm zum Verhängnis geworden, damals?

Die beiden Damater wandten ihm immer noch den Rücken zu.

Er stieg vorsichtig über den Draht, kletterte über die Mauer und hielt inne. Einer der Männer reckte sich, kratzte sich am Nacken und gähnte. Dann murmelte er eine belanglose Bemerkung zu seinem Kameraden. Der antwortete mit einem scheelen Seitenblick, sagte aber nichts.

Sahif schlich lautlos hinüber zur Treppe und verschwand endlich im Inneren der Burg. Er huschte die Stufen hinab. Es war ziemlich still, was nicht erstaunlich war, hatte seine Schwester doch alle Bediensteten und die Atgather Wachen fortgeschickt. Ihm konnte das nur recht sein. Doch wo würde Shahila sein? Und was würde er tun, wenn er sie fand? Brachte er es über sich, sie zu töten? Konnte er das überhaupt? Was, wenn sie das Amulett des Herzogs trug, das sie vor allen Waffen, Giften und anderen Mordwerkzeugen schützte?

Er lief durch den langen Gang hinüber zu Hados Gemächern. Eigentlich nahm er an, dass Shahila sie in Besitz genommen hätte, aber das hatte sie nicht. Die Kammer sah immer noch so aus wie damals, als der sterbende Herzog ihm hier das Wort ins Ohr geflüstert hatte. Auch die magischen Säulen der Mahre standen noch an ihrem Ort. Angeblich hatten sie früher im Thronsaal gestanden, aber auf Befehl Hados, der sich kaum aus seiner Kammer getraut hatte, waren sie hier oben aufgestellt worden. Sahif legte vorsichtig eine Hand auf eine der Säulen. Innerhalb des Rechtecks, das sie bildeten, war keine Gewalttat möglich. Er erinnerte sich daran, wie seine Schwester sich dort hineingeflüchtet hatte und er, als er sich endlich durchgerungen hatte, sie doch zu töten, ihr nichts hatte zuleide tun können. Er trat an die Fenster, die bei der Explosion von Quents Turm zersprungen waren. Sie waren nicht alle ersetzt worden, und so war es erbärmlich kalt in diesem Gemach. Er ging hinüber zu dem Kamin, der den Raum beheizen sollte. Er war offensichtlich sehr lange nicht benutzt worden.

Sahif strich durch den Raum. Die geheime Kammer befand sich irgendwo hier. Er brauchte nicht allzu lange, den Zugang zu finden, und blieb dann staunend stehen. In der niedrigen Kammer befand sich ein gemauerter Quader, der in einem schwarzen Teich zu schwimmen schien. Er trat näher heran. Wasser war das nicht, was dort um diesen Quader herumschwappte. Er umrundete den kleinen Teich, konnte aber keine Spur eines Eingangs in den steinernen Würfel finden. Und vor allem konnte er seine Schwester nicht finden. Wo mochte sie sein? Er rannte über den Gang zurück zur großen Treppe, hinab in den Thronsaal, der leer stand. Auch hier war es kalt. Eines der hohen Fenster hatte einige Scheiben verloren, vielleicht während der Belagerung. Glasscherben bedeckten den Boden unter dem Fenster, aber auch darum schien sich niemand gekümmert zu haben.

Ela hatte ihm von Bahut Hamoch und den Katakomben erzählt. War seine Schwester dort? Hamoch war ein Nekromant, ein Totenbeschwörer. Sahif kamen die endlosen Stunden unter der Folter des Marghul in den Sinn. Die Erinnerung an seinen quälenden Todeskampf war so stark, dass er ächzte. Er biss die

Zähne zusammen. Hamoch war nicht der Marghul. Mit ihm würde er fertigwerden, wenn es denn sein musste. Er fand eine Treppe, die hinabführte, und folgte ihr. Er hatte für Totenbeschwörer noch nie viel übrig gehabt, und vielleicht konnte er Ela Grams einen Gefallen tun und ihren Peiniger aus der Welt befördern.

***

Bahut Hamoch beobachtete die Flamme, die die magische Flüssigkeit erwärmte. Es bildete sich schmutzig gelber Schaum auf der Oberfläche, aber noch nicht genug, um ihn abzuschöpfen.

»Esara, achte darauf, dass nicht zu viel Öl in den Sammelbehälter läuft!«

»Meister, Ihr dürft das nicht tun!«, mahnte Esara eindringlich.

Hamoch drehte sich nicht um. »Ich darf es nicht nur, Esara, ich muss es tun. Es ist die einzige Möglichkeit, uns den Feind lang genug vom Leib zu halten, um zu fliehen, wenn er in die Stadt eindringt.«

»Aber, Meister, Ihr habt diese herrlichen Geschöpfe erschaffen. Ihr könnt sie doch nicht umbringen!«

Bahut Hamoch konnte sich nur wundern. Noch nie hatte die sonst so harte Esara ihn derart flehentlich um etwas gebeten. Er schaute in ihr verhärmtes Gesicht. Hatte sie etwa Tränen in den Augen? Nun, das mochte an der schlechten Luft liegen. »Und was schlägst du vor? Soll ich sie vielleicht mitnehmen?« Er wies auf die Homunkuli, die sich bereits in einer Reihe aufgestellt hatten. Sie blickten scheinbar unbeteiligt ins Nichts mit ihren zu großen Augen, den ausdruckslos glatten Gesichtern. Dreiundzwanzig waren es, kindsgroß, erst wenige Tage alt. Wenn sie ihre Umhänge überwarfen, die Esara für sie gefertigt hatte, bevor er ihr verraten hatte, was er plante, würden sie leicht mit Kindern zu verwechseln sein. Und genau darauf baute er.

Er seufzte. »Wenn es eine andere Möglichkeit gäbe, Esara, ich würde sie nutzen. Aber schau, wie lange werden sie noch leben? Eine Woche, vielleicht zwei? Was macht es da für einen Unterschied? Haben wir nicht schon viele verloren?«

»Aber, Meister, die haben nicht wir getötet, sondern andere, die nicht verstehen, was Ihr hier Wunderbares geschaffen habt. Und nun wollt Ihr dieses Wunder zerstören?«

Hamoch nickte düster, er hatte kaum zugehört, denn nun schöpfte er mit der Kelle vorsichtig den fahlgelben Schaum ab und füllte ihn in einen kleinen Kessel. Er warf wieder einen Blick ins Schwarze Buch. Er hatte sich weit von der ursprünglichen Rezeptur entfernt, sehr weit, aber es funktionierte, er hatte es bewiesen. Bald würde die Stadt in Flammen stehen, und er konnte sich in dem Chaos davonschleichen und an einem anderen, hoffentlich besseren Ort seine Studien fortsetzen. Verstand Esara nicht, dass das wichtiger war als diese recht nützlichen, aber leider so verräterischen Homunkuli?

»Das Öl, Esara«, mahnte er, aber sie reagierte nicht.

»Esara?«

»Nein, Meister, ich kann Euch dabei nicht helfen.«

»Dann geh zur Seite, Weib, ich mache es selbst. Und warum ist die Tür nicht zu? Gerade jetzt kann ich keinen Besuch gebrauchen.«

»Aber ich habe die Tür verschlossen, Herr.«

»So?« Hamoch blinzelte. Es sah Esara in der Tat nicht ähnlich, die Pforte nicht abzuschließen.

»Vielleicht«, flüsterte Esara, »ist es der Schatten, Herr.«

Hamoch schnaubte unwillig, aber er sah ein, dass sie Recht haben könnte. »Meister Almisan, seid Ihr das?«, fragte er auf

Verdacht, bekam aber keine Antwort. Er schüttelte verärgert den Kopf.

»Nun geh und schließe ab, Esara, und dieses Mal sorgfältiger. Und schiebe deine Unfähigkeit nicht wieder auf andere!«

Dünnes Lachen drang aus der Kammer, in der er Kisbara eingesperrt hatte. Sie hatte sich als nützlich erwiesen, was die Rezeptur dieses Elixiers betraf, auch wenn er das niemals zugeben würde. Er würde später nach ihr sehen, wenn die Arbeit getan war, und noch einmal überlegen, ob er sie töten oder als Sündenbock zurücklassen sollte. Entscheidungen, schwere Entscheidungen waren das, die er treffen musste, er, ganz allein. Esara war ihm da keine Hilfe. Sollte er sie trotzdem mitnehmen? Sie diente ihm seit Jahren treu und hatte seine Entscheidungen zuvor nie in Frage gestellt. Sie mochte auch weiterhin nützlich sein. Oder sollte er sie, die seine schwachen Augenblicke erlebt hatte und seine Fehler und Ängste kannte, beseitigen, um die Vergangenheit endgültig hinter sich zu lassen?

Sahif hatte genug gesehen und gehört und zog sich zurück, als die verhärmte Dienerin die Treppe heraufschlurfte, um die Pforte, durch die er hineingespäht hatte, wieder zu schließen. Er fragte sich, was Hamoch vorhaben mochte, kam aber zu der Entscheidung, dass er sich darum später kümmern konnte. Der Mann war nicht allein, und er wollte sich nicht auf einen Kampf mit diesen merkwürdigen Wesen einlassen. Er musste seine Schwester finden. Aber wo? Diese Burg war zwar nicht groß, aber verschachtelt und hatte Dutzende Räume. Sie konnte überall sein.

Er lief wieder nach oben in die Halle, die immer noch leer war. Als er sie verließ, kamen ihm zwei Damater entgegen, die sich leise unterhielten: »Weiß nicht, warum der Atman immer noch kämpfen will. Die Sache ist doch aussichtslos.«

»Er hofft darauf, dass sie sich in der Stadt gegenseitig umbringen. Außerdem geht es gegen Oramarer, und mit denen haben viele von uns noch eine Rechnung offen.«

»Aber die Herzogin ist doch auch aus Oramar, außerdem …«, er senkte die Stimme, »… Bisko hat den Geist gesehen, der hat ihm gesagt, wir sollten hier verschwinden.«

»Bisko trinkt zu viel, wenn du mich fragst.«

»Er ist aber nicht der Einzige, der den Alten gesehen hat.«

»Weiß ich. Aber was willst du machen? Wir sind Männer der Berge, wir hauen nicht ab, wenn es schwierig wird. Ich werde jedenfalls nicht der Erste sein, der hier seinen Posten verlässt, nicht, solange der Atman es nicht befiehlt.«

Der andere brummte: »Hast ja Recht. Hatte ohnehin nicht vor, ewig zu leben.«

Sahif lauschte ihnen nach, bis ihre Schritte in dem kahlen Gang verhallten. Offenbar war es um die Kampfmoral der Damater nicht allzu gut bestellt. Von welchem Geist sprachen sie? Quent? Der alte Zauberer war mächtig gewesen, davon hatte er gehört. Aber so mächtig, dass er als Geist wiederkehrte? *Wenn er mir verrät, wo meine Halbschwester steckt, kann er sich bei mir melden,* dachte er grimmig. Aber der Geist erschien nicht, und Sahif hatte immer noch keine Ahnung, wo er sie suchen sollte. Dann hielt er inne. *Ich bin ein Dummkopf! Ich weiß zwar nicht, wo sie ist, aber ich weiß doch, wo sie hinwill!* Er lief die Treppen hinauf zur geheimen Kammer. Sobald sie den Schlüssel in die Finger bekam, würde sie dorthin gehen, mit oder ohne Jamade, beides wäre ihm Recht. Aber dann fiel ihm ein, dass vielleicht auch Almisan bei ihr sein würde. Er fluchte. Der Plan hatte seine Lücken, aber solange er keinen besseren hatte, würde er ihm folgen.

***

»Trink das, Liebster«, flüsterte Shahila und gab ihrem Gemahl etwas Wasser. In der Hand hielt sie das Fläschchen mit Kisbaras Gift. Sie hatte ihm eine besonders starke, tödliche Dosis verabreichen wollen, aber er hatte sie um Wasser angefleht, und sie war seinem – vielleicht letzten – Wunsch gefolgt. Er sah sie aus glasigen Augen an, schien sie jedoch kaum noch zu erkennen.

»Ich verstehe nicht, warum Ihr das tut, Herrin«, meinte Jamade, die von der Tür aus zusah.

»Ich verkürze nur seine Leiden, Schatten. Vor drei oder vier Tagen, da wäre noch Heilung möglich gewesen, aber inzwischen ist es zu spät. Sein Inneres ist schon ganz zerfressen. Er würde verenden wie ein Tier, und das hat er nicht verdient. Dieser Trunk wird es beenden. Und jetzt lasst uns allein.«

»Aber Almisan, die Kammer, Herrin!«

»Er wird bald herkommen. Ich bin froh, dass Beleran nicht mehr erfahren muss, was Almisan getan hat. Er hat ihn sehr respektiert. Und jetzt geht.«

Als das Schattenweib endlich ging und die Tür hinter sich schloss, streichelte Shahila Belerans Gesicht. Die alte Hexe Kisbara hatte behauptet, ihr Gift verursache keine Schmerzen, aber sie hatte verschwiegen, in was für eine erbärmliche Kreatur sich das Opfer verwandelte. Beleran hatte sich mehrfach erbrochen, und auch sein Darm behielt nichts mehr bei sich. Er war nur noch Haut und Knochen.

»Vielleicht wäre doch ein Dolch …«, murmelte sie. Sie starrte auf das Fläschchen in ihrer Hand. Sie war kurz davor gewesen, das Gift selbst zu nehmen. Würde sie dann ebenso erbärmlich verenden? Diese Hexe hatte sie getäuscht.

»Shahila …«, kam es flüsternd über Belerans Lippen.

»Liebster«, sagte sie und streichelte ihn.

Er lächelte, sein Blick war verklärt. »Erinnerst du dich an das Fest, das wir planten?«

»Fest?«

»Zur Schafschur. In Taddora …«

»Der Jahrmarkt, ich erinnere mich. Aber das war doch nur eine Gedankenspielerei, Liebster. Taddora liegt hinter uns. Du bist doch jetzt Herzog von Atgath, deiner Heimatstadt.« Sie tupfte ihm Schweiß von der Stirn. Er war kein schlechter Mann gewesen, nur schwach.

»Du solltest es tun«, wisperte er.

»Was tun?«

»Das Fest … Die Leute werden dann sehen … dass du nicht …«, er wandte sich zur Seite, als wolle er ihr den Anblick seiner Schwäche ersparen, und hustete roten Schleim aus.

Wie rücksichtsvoll er ist, selbst jetzt, dachte Shahila, und gegen ihren Willen schnürte es ihr die Kehle zu, ihn so zu sehen. Aber er musste sterben. Die Ehe war arrangiert, ihr Vater hatte sie verkauft wie ein Stück Vieh, und Beleran war der Käufer, der sie genommen hatte, ohne sie vorher gesehen zu haben. Er schien sich wirklich in sie verliebt zu haben, was doch nur verriet, wie naiv er war. Bilder ihrer Hochzeit schossen ihr durch den Kopf. Sie beide Hand in Hand, er verliebt lächelnd, ein rauschendes Fest mit den Mächtigen des Seebundes und aus Oramar. Ihre Zeit im ärmlichen, windzerzausten Taddora, dann die Fahrt nach Atgath, bei der er einen seltenen Falter für sie fing, den er nicht für seine Sammlung haben wollte, weil er nichts töten wollte, was ihn an sie erinnerte.

Sie biss sich auf die Lippen. Vielleicht waren sie sogar glücklich gewesen, aber dieses Glück wäre irgendwann gestorben, so wie das ihrer Mutter, die ihr Glück auf die Liebe eines Mannes gebaut hatte. Nein, Beleran war nicht stark genug gewesen, ihren Weg mitzugehen, also war er nur ein Hemmschuh. Selbst jetzt hielt er sie auf.

»Was werden die Leute sehen?«, fragte sie sanft und träufelte eine starke Dosis von Kisbaras Gift in ein Glas Rotwein.

Er sah sie an, hob seine zitternde Hand und strich ihr über die Wange. »Dass du gar nicht so bist«, flüsterte er.

***

Faran Ured stand auf dem grasbewachsenen Hang unterhalb der Stadtmauer. Es war feucht, überall drang das Wasser hervor, das eigentlich durch das Bett des Kristallbachs hätte fließen sollen. »Hier wird es gehen«, verkündete er.

»Seid Ihr sicher?«, fragte der Offizier, der seinen Begleitschutz, einige Männer aus Helmont, anführte. »Die Mauer scheint mir doch ziemlich weit weg zu sein.«

»Wir können auch näher herangehen, wenn Ihr ein paar Krieger verlieren wollt, Rahis.«

Tatsächlich stieß einer der Helmonter jetzt einen Warnruf aus. Ein Armbrustbolzen kam von der Stadt herangeflogen, aber er hatte schon viel Kraft verloren, als er sie erreichte, und prallte harmlos an einem Schild ab.

»Schon gut«, murmelte der Rahis. »Und jetzt?«

»Seid so gut und geht mit Euren Männern einige Schritte bergauf. Ich brauche Ruhe, um den Zauber zu wirken.«

Der Rahis wirkte misstrauisch, *vielleicht,* so dachte Ured, *weiß er nicht, dass ich mir keine Tricks erlauben kann.* Aber er folgte Ureds Wunsch und ging mit den Männern ein Stück hangaufwärts in Stellung. Die Hochländer duckten sich hinter ihre Schilde, aber vorerst kam kein Geschoss mehr von den Mauern geflogen. *Sie heben sich das für unseren Angriff auf,* dachte Ured.

Er blickte hinab ins Tal. Am Fuß des Hanges sammelten sich

Helmonter im Buschwerk; ihre farbenfrohe Kleidung wirkte, als wollten sie das Herbstlaub ersetzen, das die Sträucher schon verloren hatten. Er sah hinüber zum Lager. Auch da machten sich die Männer bereit zum Angriff. Es war also an ihm. Er würde dem Großen Skorpion den Weg in die alte Stadt der Mahre ebnen. Er sagte sich, dass der Padischah seine Dienste eigentlich nicht brauchte, Leitern und Seile würden es doch wohl ebenso tun. Er versuchte sich einzureden, dass er vielleicht sogar dafür sorgte, dass weniger Menschen starben, aber es funktionierte nicht. Der Große Skorpion hatte der Stadt ein Ultimatum gestellt und mit grausamer Härte gedroht, wenn es nicht befolgt würde, und Akkabal at Hassat war kein Mann leerer Drohungen. Und er, Ured, würde jetzt dafür sorgen, dass der Zorn des Großen Skorpions über die Menschen von Atgath kam.

Faran Ured holte tief Luft. Er hatte leider keine Wahl. Also kniete er nieder, steckte die Hände ins Gras und suchte Verbindung zum Wasser, das durch den Berg floss. Er rief die Magie an und summte eine dunkle Melodie. Er konnte fühlen, wie sich sein Wille durch das Wasser den Hang hinaufbewegte. Er schloss die Augen. Erde, Wasser, Stein. Da, die Fundamente! Fest und dauerhaft, gebaut für die Ewigkeit. Sein Geist war im Wasser, und das Wasser tastete über den Stein, suchte nach Rissen im Mörtel und fand sie, begann, die Steine frei zu spülen, die Mauer zu untergraben. Aber was war das? Das Wasser bewegte sich nicht, wie es sollte. Es zog sich zurück! Ured ächzte. *Nein!* Er murmelte uralte Beschwörungen, zwang das Wasser unter seinen Willen, zwang es, gegen seine Natur bergauf zu fließen, weiter die Mauer zu unterspülen. Aber es entzog sich, verschwand, versickerte. Er kämpfte. Immer weniger Wasser gehorchte seinem Willen. Aber die Mauer musste fallen! Er stöhnte, beschwor die Macht der Magie noch einmal, erneuerte seinen

Angriff. Von ferne drangen Rufe an sein Ohr, die er nicht beachtete. Da, die ersten Steine verloren ihren Halt, die durchweichte Erde begann nachzugeben. Er hörte den Stein knirschen, das Holz ächzen. Nur noch ein wenig. Jemand schüttelte ihn. Er öffnete die Augen. Der Rahis stand vor ihm, schrie ihn an.

»Was?«, fragte er benommen.

»Was tut Ihr da? Wollt Ihr uns umbringen?«

Aus, dachte Ured. Er verlor die Verbindung zu den Elementen. Er blickte verwirrt zur Stadt hinauf. Die Mauer stand unbewegt, oder hatte sie sich gerade ein Stückchen geneigt?

Der Oramarer schrie ihn immer noch an.

Ured erhob sich. Erst allmählich verstand er, was der Mann ihm sagen wollte. Wasser! Überall aus dem Hang quoll Wasser in hellen Bächen hervor, stürzte sich den Hang hinab und wurde zu einem reißenden Gewässer, das sich unten ins Buschwerk ergoss, wo die Helmonter wie die Hasen vor den Fluten davonliefen. Faran Ured stand mit offenem Munde da und hatte keine Ahnung, wie das hatte geschehen können.

***

Shahila hörte Almisans schnelle Schritte, lange bevor er das Gemach erreichte. Sie gab Jamade einen Wink, sich in das Schlafgemach zurückzuziehen. Ihr Mann lag dort drinnen, er starb, und sie war zu schwach gewesen, es zu Ende zu bringen. Sie hatte sogar den vergifteten Wein weggeschüttet. Damit war es endgültig besiegelt – sie brachte es nicht über sich. Aber das erschien ihr vollkommen unwirklich, nein, un*wichtig.* Almisan. Er sollte ein Verräter sein? Das war unmöglich. Selbst die Geheimnisse der Kammer erschienen ihr plötzlich unbedeutend im Vergleich zu der Frage, ob Almisan seinen Treueschwur ihr gegenüber gebrochen hatte. Sie fror trotz des Mantels, den sie trug, und das lag nicht nur an diesem verfluchten, kalten Land mit seinem traurigen Herbst, das kam von innen. Sie sammelte sich, suchte Zuversicht. Es würde sich alles aufklären. Ein Missverständnis, mehr nicht.

Almisan riss die Tür auf. Er war gelaufen, sogar außer Atem geraten. »Es beginnt, Herrin. Die Truppen Eures Vaters sammeln sich zum Angriff.«

Shahila blieb stumm.

»Ein Gutes hat die Sache, Hoheit, der Mob zieht seine Leute von den Barrikaden ab. Ich glaube, sie sammeln sich irgendwo, was ich nicht verstehe, denn sie wären besser beraten, jeden Mann, den sie haben, auf die Mauer zu schicken. Aber dort stehen nur sehr wenige Männer.«

Wieder sagte Shahila nichts.

Almisan schien endlich zu merken, dass etwas nicht stimmte, fuhr aber zögernd mit seinem Bericht fort: »Unsere Damater halten uns noch die Treue, doch murren sie. Bei ihnen macht das Gerücht die Runde, Meister Hamoch würde unten in den Katakomben Nekromantie betreiben. Ich weiß nicht, wo sie das herhaben, aber es mag sein, dass einigen von ihnen wirklich Quents Geist erschienen ist. Ihr seht, es läuft nicht sehr gut, Hoheit.«

Shahila nickte nur.

Almisan räusperte sich. »Jedenfalls hat Hamoch seine kleinen Ungeheuer vorbereitet. Sie werden dem Feind eine böse Überraschung liefern. Atgath wird brennen, wenn Euer Vater es wirklich in die Hand bekommen sollte.«

Shahila lächelte plötzlich, obwohl ihr so gar nicht danach zumute war. »Ich habe auch Neuigkeiten, Almisan«, sagte sie und rief Jamade herein.

»Ah! Die Schattenschwester. Endlich! Hattest du Erfolg?«

»Ich habe das Wort, Meister.«

»Unglaublich«, murmelte der Hüne. »In letzter Sekunde. Dann sollten wir aufbrechen und …«

»Ich muss erst etwas wissen, Almisan«, unterbrach ihn Shahila.

»Hoheit, wir sollten keine Zeit verlieren, denn vielleicht finden wir in der Kammer …«

Wieder fiel ihm Shahila ins Wort: »Jamade, erzählt ihm, wie Ihr in die Burg gelangt seid.«

Almisan runzelte die Stirn. Ganz offensichtlich verstand er noch nicht, was hier vorging.

»Ich benutzte Euer Seil, Meister, gestern Nacht. An der Ostseite der Burg.«

Der Hüne erbleichte.

»Ich habe Euch vorher gesehen, Meister. Ihr habt Euch mit einem Diener des Großen Skorpions getroffen.«

Rahis Almisan hatte das Gefühl, als würde sich die Erde auftun und ihn verschlingen, als würde die Burg über ihm zusammenbrechen und ihn begraben. Der Augenblick, den er gefürchtet hatte, war gekommen. Er blieb stumm.

»Dann ist es also wahr, Almisan?«, fragte Shahila.

Sollte er es jetzt noch leugnen? Nein, das wäre sinnlos und unwürdig. Es war eben so gekommen, wie es gekommen war. Nun musste er es ertragen. »Es ist wahr, Herrin. Ich traf mich mit einem Mann Eures Vaters, eigentlich mit einem Spion Eures Bruders Algahil, dem Euer Vater diese Angelegenheit übertragen hat.« Er wusste, das war nebensächlich, aber was sollte er sonst sagen, wenn er sich erklären musste?

»Und zu welchem Zweck hast du …?«

Wie vorsichtig sie fragte! »Ich sollte seinen Männern einen

Weg in die Burg ebnen, heute Abend, Herrin.« Es hatte etwas Befreiendes, alles zu offenbaren.

Shahila, der eisernen Shahila, standen Tränen in den Augen. Es gab ihm einen Stich.

»Aber warum?«, fragte sie leise.

Almisan räusperte sich, seine Stimme klang belegt, als er antwortete: »Damals, als Ihr geboren wurdet, war ich der Leibwächter Eurer Mutter, Herrin, aber auch der Eures Vaters, und an ihn war ich gebunden durch meinen Eid. Als Eure Mutter in Ungnade fiel, gab Euer Vater mir den Auftrag, über Euch zu wachen. Nicht aus Misstrauen, Herrin, sondern aus Sorge. Und so wurde ich Euer Vertrauter. Aber Akkabal at Hassat hat nie vergessen, dass ich ihm Treue und Gehorsam schulde – noch vor Euch, Herrin. Er erinnerte mich daran, als ich mit Euch nach Taddora ging. Und die Boten, die gelegentlich kamen, um Nachrichten aus der Heimat zu bringen, sie kamen immer auch, um mich nach Euren Plänen zu fragen.«

»So hast du mich damals schon verraten?«

»Ich hätte mein Wort brechen müssen, um es nicht zu tun, Herrin. Ich habe versucht, Euch zu schützen, habe so wenig von Euren Plänen preisgegeben, wie ich konnte, aber die Berater Eures Vaters sind klug, Herrin, sie erkennen Ausflüchte, und sie wollten es genau wissen.«

Shahila wandte sich ab und starrte aus dem Fenster. »Also wusste mein Vater die ganze Zeit von meinen Plänen in Atgath?«, fragte sie tonlos.

»Er glaubte nicht, dass Ihr allein Erfolg haben würdet, Herrin. Deshalb hat er Euch heimlich unterstützt. Der Wassermeister, Faran Ured, Ihr erinnert Euch? Ich weiß heute, dass er hier war, um Euch Hindernisse auf dem Weg zum Thron aus dem Weg zu räumen, auch wenn er das auf sehr eigenwillige Weise tat. Euer Vater hatte von Anfang an vor, seinen Vorteil aus Euren Taten zu ziehen. Ich hatte allerdings keine Ahnung, dass er Euch benutzen würde, um einen Krieg gegen den Seebund zu beginnen. Erst als Orus Lanat in der Stadt auftauchte, ahnte ich, was geschehen würde. Aufhalten konnte ich es nicht.«

»Und er weiß von der geheimen Kammer, weiß, dass ich Sahif verführte, uns zu helfen?«

»Er weiß es, Herrin.«

»So hast du mich also wirklich verraten.«

»Man hat mir versichert, dass Euch nichts geschehen wird, Herrin. Ich … ich hatte keine andere Wahl, ich musste meinen Schwur halten.«

Shahila fuhr herum, schoss mit erhobenen Fäusten auf Almisan zu, als wolle sie ihn schlagen, hielt dann aber inne und sagte mit leiser Stimme: »Doch, die hattest du. Du konntest mir oder meinem Vater die Treue halten. Du hast dich entschieden, gegen mich, Almisan, gegen mich!«

»Herrin …«

»Geh.«

»Hoheit, ich …«,

»Geh! Ich will dich nie wieder sehen!«, schrie sie.

Almisan fuhr vor dem Zorn in ihrer Stimme zurück. Er setzte noch einmal an, etwas zu sagen, aber nein, es war doch alles gesagt. Die Erde schien unter ihm zu beben. Vielleicht würde sie sich wirklich auftun und ihn verschlingen. Er drehte sich um und schaute nicht zurück. Er ging hinaus in den Gang und trat an eines der Fenster. Er sah nichts von dem, was dort draußen vorging. Plötzlich hörte er schnelle Schritte. Sie klangen vertraut.

»Almisan«, flüsterte eine Stimme.

Er fuhr herum. Es war Shahila, Tränen in den Augen.

»Hoheit.«

Sie lief zu ihm, zögernd, widerstrebend, blieb stehen. »O Almisan«, seufzte sie.

Er sah sie verwirrt an. So hatte er sie noch nie gesehen. Sie lief die letzten Schritte und warf sich ihm an die Brust. »O Almisan«, seufzte sie wieder und sah ihn mit ihren schönen, dunklen Augen an.

Er stand einfach da, wagte nicht, die Umarmung zu erwidern. »Könnt Ihr mir vergeben?«, fragte er mit gebrochener Stimme.

»Natürlich«, flüsterte sie. »Natürlich.«

Seine Nackenhaare stellten sich auf. Etwas stimmte hier nicht. Er spürte einen stechenden Schmerz im Rücken. Ungläubig starrte er Shahila an. Sie löste die Umarmung, trat einen Schritt zurück, lächelte und veränderte sich.

Almisan keuchte. Seine Hand fuhr nach hinten. Er fühlte den Griff des Messers und zog es heraus. Das war sein Blut, da an der Klinge. Er stierte das Messer, dann die junge Frau ungläubig an. »Du?«, fragte er erstaunt.

Jamade lächelte immer noch. »Ich, Meister.«

Er sackte in die Knie, schüttelte den Kopf. Er hatte sich täuschen lassen. Aber es war gut. Wie hätte er weiterleben sollen, ohne Ehre – und ohne Shahila? Er kippte vornüber und starb.

»Ist es getan?«, fragte eine zitternde Stimme.

Jamade nahm dem Toten das Messer aus der Hand, wischte das Blut sorgfältig an seinem Umhang ab und steckte die Klinge ein. »Wie Ihr es befohlen habt, Herrin.«

»Er hat nicht leiden müssen, oder?«

»Nein, Herrin. Es ging schnell. So schnell, dass er es kaum begriffen hat.«

»Kannst du ihn zudecken? Ich will ihn nicht sehen müssen.«

Jamade löste den langen Umhang von Almisans Schultern und deckte den Leichnam zu. Warum hatte die Herzogin Almisan tot sehen wollen, wenn sie den Anblick dann nicht ertrug? Sie verkniff sich die Bemerkungen, die ihr auf der Zunge lagen, und sagte: »Er ist zugedeckt.«

»Gut«, erwiderte eine unsichere Stimme, »dann lass uns zur Kammer gehen.« Die Herzogin trat endlich aus ihrem Gemach. Sie ging schnell, mit unbewegter Miene, an dem Toten vorüber und würdigte ihn keines Blickes, aber Jamade war es doch, als wären ihre Augen vom Weinen gerötet.

***

»Sagt den Leuten, sie sollen sich beeilen!«, drängte Gajan. Hatte nicht eben die Erde gebebt? Es war ihm so vorgekommen, aber vielleicht hatte er sich auch getäuscht.

»Sie gehen, so schnell sie können, Prinz«, brummte Teis Aggi.

»Und sie sollen nur das Allernotwendigste mitnehmen. Essen, eine Decke, mehr nicht.«

»Das sagen wir ihnen schon, Hoheit«, antwortete Aggi. Neben ihm türmten sich die Gegenstände, die sie den Leuten abgenommen hatten, Kisten, Kästen und Körbe mit lieb gewordenen Habseligkeiten. Ela Grams organisierte gemeinsam mit ihren Brüdern Asgo und Stig, die ihr nicht mehr von der Seite wichen, eine Kette, mit der sie die Sachen ins nächste Haus schafften, denn erst, nachdem das versprochen war, waren die Leute bereit, sich davon zu trennen.

»Sie nehmen immer noch mehr mit, als sie sollten, Bruderherz«, meinte Hanas Aggi.

»Hast du dich um unsere Mutter gekümmert?«, fragte der Hauptmann.

»Sie ist schon unten und schimpft mit jenen, die es ihr nicht recht machen – also mit allen«, antwortete Hanas grinsend. »Selbst vor den Mahren hat sie keinen Respekt.«

»Schneller, Leute, schneller, der Feind hat sich schon zum Angriff gesammelt«, hielt Prinz Gajan die Leute zur Eile an. Sie hörten auf ihn. Seit er in der Nähe war, stiegen sie mit weit weniger Gezeter in die unterirdischen Gänge hinab.

»Steht schon fest, wo der Angriff erfolgen wird?«, fragte Teis.

»Im Süden vermutlich«, murmelte Prinz Gajan sichtlich nervös.

»Keine Sorge, Hoheit, wir haben es bald geschafft. Dann kann sich sogar General Hasfal mit seinen Leuten unter die Erde zurückziehen.«

»Der General sieht mir nicht aus wie jemand, der sich zurückzieht«, meinte Hanas.

Der Prinz nickte zerstreut. »Und Hadogan ist schon unten?«, fragte er.

»Schon seit einiger Zeit, Hoheit«, erwiderte Teis zum wiederholten Male.

»Aber, Teis …«, rief Ela Grams. »Er ist doch wieder herausgekommen.«

»Was?«, fragte Gajan bestürzt. Hadogan ging ihm aus dem Weg, seit der Korporal von Kumar gesprochen hatte. Er hatte versucht, mit ihm zu reden, vergebens. »Wo ist er?«

»Er sagte, er wolle nach Euch suchen, Hoheit«, erklärte die Köhlertochter. »Habt Ihr ihn nicht gesehen?«

Gajan wurde blass. Hadogan war tapfer, viel tapferer als er selbst. Er würde das tun, wozu Gajan der Mut fehlte, das, was unvernünftig und sinnlos war. Er würde sich dem Mann anschließen, der die Truppen an der Mauer befehligte.

»Hasfal«, murmelte Gajan. Dann drehte er sich um und rannte. Es war ihm gleich, dass die Menschen, die sich in die Schlange eingereiht hatten, um sich unter der Erde in Sicherheit zu bringen, ihn verwundert anstarrten. Es war ihm alles gleich.

Hadogan! Er würde bei Hasfal sein, denn er bewunderte den General, und das hieß, er war bei einem Mann, der des Lebens offensichtlich überdrüssig war.

Gajan rannte durch die Gassen und über den Markt. Schon von weitem konnte er die klare, durchdringende Stimme Tarim ob Hasfals hören, der vermutlich seinen Kriegern gerade eine flammende Rede hielt. Er lief schneller, denn sein Instinkt sagte ihm, dass Gefahr in der Luft lag. Er bog in eine schmale Straße am Gericht ein und prallte entsetzt zurück. Da stand ein Mann in der Straße, im Schatten, dunkelhäutig, hatte sich an den Pranger gelehnt, das Gesicht abgewandt, aber Gajan erkannte die klaffende Wunde, die er ihm selbst beigebracht hatte. Er wich entsetzt zurück, stolperte über den Markt und nahm die nächste Straße zur Mauer.

Er versuchte, das Grauen abzuschütteln, aber es gelang ihm nicht. Er blieb stehen, ein Ächzen entrang sich seiner Brust, denn diese Begegnung konnte nur Unheil bedeuten. Er barg das Gesicht in den Händen, holte tief Luft und sagte sich, dass er sich diese Gestalt wieder nur eingebildet hatte. Es war heller Tag, nicht die Stunde der Geister, nein, es konnte nicht Kumar gewesen sein.

Hadogan! Was trödelte er hier herum, ließ sich von falschen Gespenstern erschrecken? Er biss die Zähne zusammen, lief weiter und erreichte endlich die Gasse unterhalb der Mauer.

Tarim ob Hasfal hatte es sich nicht nehmen lassen, ein Pferd zu besteigen, das nervös auf und ab tänzelte. Er hatte offenbar seine Rede beendet, denn die Soldaten rückten ab in die beiden Türme, die links und rechts des Mauerabschnitts emporragten. Gajan rannte auf den nächsten Turm zu. »Hadogan – ist mein Sohn hier?«, fragte er die Soldaten, aber die sahen ihn nur mit einer seltsam abwesenden Miene an. Schließlich meinte ein alter Kämpe: »Er ist im anderen Turm. Trägt die Fahne. Ein tapferer Bursche.«

»Ah, Prinz Gajan! Bereit zum Kampf, mein Freund?«, rief Hasfal, als Gajan weiter rannte.

»Mein Sohn, Hasfal! Wie kommt Ihr dazu, meinen Sohn in die Schlacht zu schicken?«

Der General lachte, und sein tänzelndes Pferd versperrte Gajan den Weg. »Keine Sorge, Prinz. Er wird die Fahne oben auf der Mauer aufpflanzen, aber sobald es ernst wird, werde ich ihn zu Euch schicken.«

»Wie ernst soll es denn noch werden?«, zischte Gajan ungehalten. Er griff dem Rappen in die Zügel, aber das Pferd riss sich los. Es schnaubte unruhig, und Hasfal hatte es kaum im Griff.

Hasfal sprang mit eleganter Leichtigkeit aus dem Sattel und ließ den Rappen laufen. Wiehernd suchte er das Weite.

Gajan wollte weg – im nächsten Turm also sollte sein Sohn stecken. Doch Hasfal packte ihn am Arm. »Der Feind sammelt sich am Fuß des Hügels, aber das Wasser, das die Mahre aus den Tunneln abgelassen haben, hat einige von ihnen mit sich gerissen. Sie werden sicher noch eine ganze Weile brauchen, bis sie zum Angriff bereit sind.«

Gajan machte sich los: »Ihr solltet die Gefahr nicht unterschätzen, General, selbst ein verirrter Pfeil aus der Ferne kann einen guten Mann dort oben töten.« Er wies hinauf zum Wehrgang, aber jetzt erkannte er verblüfft, dass beinahe niemand dort oben war. Nur eine Handvoll Soldaten kauerte sich hinter die Mauer. Sie hatten ihre Helme auf die Hellebarden gesteckt und hielten sie über die Zinnen, ein Täuschungsmanöver, das Gajan irgendwie kindisch erschien. Wieder lachte Hasfal, aber in seinen Augen lag eine tiefe Traurigkeit. »Sollen sie nur schießen, die Helmonter. Sie sollen glauben, die Mauern seien nur schwach besetzt. Wir warten, bis sie herangekommen sind. Erst dann werden unsere Leute aus den Türmen kommen und sie zurückwerfen.«

»Aber …« Gajan brach den Satz ab. Er hörte etwas, das er sich nicht erklären konnte. Ein lautes, trockenes Knacken, gefolgt von einem tiefen Seufzen, das aus der Erde aufzusteigen schien. »Hört Ihr das?«, fragte er tonlos.

Der General legte seine Hand auf den Schwertgriff und starrte auf das Pflaster. Da! Ein Riss ging plötzlich durch die Straße, mitten durch die Gasse, und er schien das Mauerwerk emporzuklettern.

»Bei allen Himmeln, was ist das?«, flüsterte Gajan.

Der General antwortete nicht, aber dafür ertönte erneut ein lautes Seufzen, und der Boden unter Gajan gab plötzlich nach. Er stürzte, kam wieder hoch, sah neue Risse im Pflaster und in der Mauer. Sie zogen sich zur Seite hin, zu dem Turm, in dem sein Sohn sein sollte.

»Hadogan«, flüsterte Gajan. Mit einem lauten Seufzen geriet die Mauer ins Wanken. Wie gelähmt blieb Gajan stehen, sah hinauf zu den Zinnen, die sich ihm plötzlich zuneigten. Die Männer oben schrien angstvoll auf. Einer sprang, die anderen krallten sich in die Steine. Der Turm! Gajan sah ihn wanken.

Hasfal packte ihn plötzlich am Kragen und zog ihn zurück. »Aus den Türmen, Männer, aus den Türmen! Die Mauer stürzt ein!«

Es war zu spät. Gelähmt vor Entsetzen sah Gajan, wie der gedrungene Turm, in dem Hadogan doch in Sicherheit hätte sein sollen, sich neigte, dahin, wo die Mauer schon in sich zusammengefallen war. Der Boden unter ihren Füßen brach weg, das ganze Erdreich schien ins Rutschen geraten zu sein. Mächtige

Brocken lösten sich aus der Mauer, schlugen neben Gajan aufs Pflaster. Er konnte seinen Blick nicht abwenden, musste zusehen, wie der Turm in sich zusammensackte. Oben und unten stolperten Männer aus den Pforten, dann: ein dutzendfacher entsetzter Schrei, als er plötzlich förmlich implodierte, in einer großen Wolke aus Staub und Stein in sich zusammensackte.

Irgendetwas traf Gajan an der Brust. Er wurde gegen eine Hauswand geschleudert und bekam keine Luft mehr. Ihm wurde schwarz vor Augen. Er kam wieder hoch, hörte Hasfal mit sich überschlagender Stimme Befehle brüllen und wankte dorthin, wo eben noch der Turm gewesen war. Er taumelte über Steine und Schutt, rang um Luft, atmete Staub ein, hustete und stolperte über Trümmer und dann auch über zerquetschte Gliedmaßen. Er sah Gestalten im Staub, Soldaten aus dem anderen Turm, die den Schuttberg erklommen, mit gezogenen Schwertern. Was wollten sie mit ihren Schwertern? Gajan stolperte weiter, riss sich die Fingernägel ab bei dem Versuch, Schutt mit bloßen Händen zur Seite zu räumen. »Hadogan«, flüsterte er, dann schrie er es heraus. Aber Hadogan antwortete nicht. Stattdessen erscholl draußen vor der Stadt der vieltausendfache Schlachtruf der Helmonter, die sich anschickten, Atgath zu erstürmen.

***

Shahila lief eilig mit Jamade die Treppen hinauf. Ihr war kalt, und sie fühlte sich leer. Wie lange hatte sie auf diesen Augenblick hingearbeitet – und jetzt fühlte es sich bedeutungslos an. Almisan hatte sie verraten. Sie war erschüttert, tiefer, als sie sich das je hatte vorstellen können. Es war, als hätte man ihr den Boden unter den Füßen weggezogen, aber sie lief trotzdem weiter. Almisan, Hado, die schöne Aina, der alte Quent, sie alle waren gestorben, weil sie zwischen sie und ihr Ziel geraten waren.

Selbst Beleran würde bald sterben. Nun *musste* sie die Kammer öffnen, sonst wären all diese Taten, die Risiken, die sie eingegangen war, umsonst gewesen.

Auf dem Weg zu den Gemächern Hados und damit zur geheimen Kammer kam ihnen plötzlich ein Mann entgegen, ein Damater. Er schien ihnen den Weg verstellen zu wollen. »Auf ein Wort, Herrin«, rief er ihr zu.

»Nicht jetzt, Atman Rugo«, antwortete Shahila ungehalten. Sie hatte keine Zeit, sich mit dem Hauptmann der Damater herumzuschlagen.

»Unbedingt jetzt, Herrin, denn ein Später wird es nicht geben.«

Jamade legte die Hand auf ihren Dolch, aber Shahila gab ihr einen Wink, und sie ließ ihn stecken. »Nun, was ist so wichtig, Atman?«

»Ich sah eben Euren Zauberer, den Mann namens Hamoch. Er führte eine Gruppe von Wesen in den Hof. Ich dachte, es seien Kinder, aber es waren keine Kinder.«

»Schön. Redet mit Hamoch, wenn Ihr wissen wollt, was es damit auf sich hat.«

»Das habe ich, doch wollte er mir keine andere Auskunft geben als die, dass er in Eurem Namen handelt. Und ich bin zwar kein Zauberer meines Stammes, doch ich erkenne die schwarze Seite der Magie, wenn ich sie sehe.«

»Und was wollt Ihr nun von mir?«, fragte Shahila.

»Ich wollte Euch sagen, dass wir die Burg verlassen, Herrin.«

»Wie?«

»Es ist in dieser Burg nicht genug Platz für uns und einen Totenbeschwörer. Wir werden über die Ostmauer verschwinden. Wenn Ihr Glück habt, wird der Feind nicht so bald bemerken, dass wir fort sind.«

»Ihr wollt mich im Stich lassen, Atman?«, zischte Shahila.

»Nicht wir haben den Vertrag gebrochen, Herrin.« Er zog einen schweren Beutel aus dem Gürtel. »Das Silber, das von unserem Sold noch übrig ist.« Er hielt es ihr hin, aber als sie keinen Finger rührte, ließ er es achselzuckend fallen.

Shahila musste sich zusammenreißen, um dem Mann nicht die Augen auszukratzen. Almisan war tot – und er kam ihr hier mit seinem Aberglauben und seinem Silber? »Schön, Atman. Dann geht. Ihr müsst besser wissen als ich, ob es Euch zur Ehre gereicht zu fliehen, wenn die Not am größten ist.«

Der Bergkrieger blickte sie düster an. »Seid froh, dass wir den Mann und seine Geschöpfe nicht töten, *und* all jene, die mit ihm waren.« Dann deutete er eine Verneigung an und trat zur Seite.

Shahila blieb noch einen kurzen Augenblick stehen. Ihr fiel keine scharfe Antwort ein, obwohl es sie sehr nach einer verlangte. Sie dachte darüber nach, ob sie Jamade nicht doch erlauben sollte, den Mann umzubringen, aber dann zischte sie: »Feigling«, und ging weiter.

Jamade kam eine Sekunde später nach. Sie wog den Beutel in der Hand. »Wenn Ihr dafür keine Verwendung habt, Herrin, ich nehme es gern.«

»Nehmt nur, Schatten. Ich brauche es nicht.«

Endlich tauchte die breite Doppelpforte zu Hados Kammer auf. Hier, fast auf der Schwelle, hatte sie den Herzog getötet. Und nun hatte sie endlich, was ihr damals von Sahif geraubt worden war. Sie verdrängte den Gedanken, dass das Wort, hätte ihr Halbbruder es nicht an sich gebracht, an Gajan weitergegangen wäre, nicht an Beleran. Sie wünschte den dreien, dass sie bald in der tiefsten aller Höllen schmorten. Sie stieß die Pforte auf, durchquerte das Gemach. Sie hatte kurz in Erwägung gezogen, die vier Mahrsäulen wieder hinab in den Thronsaal zu schaffen, aber Almisan hatte gesagt, das sei nicht nötig, weil sie doch seinen Schutz habe. *Almisan!* Der Gedanke war ein schmerzvoller Stich. Sie betrat das hintere Gemach, jenes, in dem die verborgene Tür in den Raum mit dem Steinwürfel führte, und blieb stehen. Der Weg war versperrt.

»Ich grüße dich, Schwester«, sagte Sahif kalt.

Sahif hatte sich in Geduld gefasst, und die wurde jetzt belohnt. Jamade und Shahila waren da – aber Almisan nicht. Viel besser konnte es nicht laufen. Er sah, dass sich seine Schwester an die Brust fasste, als wolle sie sich vergewissern, dass etwas ganz Bestimmtes auch an Ort und Stelle war.

Hados Amulett, dachte Sahif. Ein magischer Schutz gegen jede Waffe, sei sie aus Stahl, Stein oder Holz, und gegen jedes Gift und jede Naturgewalt. Aber sie hatte ihm selbst gezeigt, mit welcher Waffe er den Schutz doch durchdringen konnte. Und sie trug die Nadeln aus Elfenbein im Haar. Er lächelte. *Wie schön, dass sie ihr Henkersbeil gleich selbst mitbringt,* dachte er.

Jamade zog ihr Messer. »Ich wusste, ich hätte dich töten sollen, Bruder Sahif. Aber jetzt werde ich das Versäumte nachholen, und dieses Mal ist kein Meister Iwar hier, der dich rettet.« Sie rief die Schatten und verschwand.

Sahif tat es ihr gleich. Er wich zur Seite aus und überließ ihr den ersten Angriff. Sehen konnte er sie nicht, aber er spürte, dass sie näher kam. Sie hielt auf die Tür zu, schien es sich im letzten Augenblick anders zu überlegen. Ihre Klinge schnitt durch die Luft. Sahif hörte den Luftzug, aber sie war weit davon entfernt, ihn zu erwischen. Er sprang los, stieß zu, sie war jedoch nicht mehr da. Er duckte sich und lauschte. Seine Schwester stand wie erstarrt am anderen Ende des Raumes. Um sie würde er sich später kümmern. Doch wo war Jamade? Er hörte ein leises Kratzen, wich aus, sah einen Schatten, dünner als Rauch, an sich vorbeiziehen, griff an, verfehlte sie erneut. Aber er hörte sie, spürte ihre Nähe, stieß in diese Richtung und fühlte, dass sein Arm im letzten Augenblick abgelenkt wurde, sprang zurück und spürte den Luftzug ihres Messerangriffs. Er wich zurück. Sie kämpften wie die Blinden. Er musste irgendwie seine Chancen erhöhen.

In dieser Kammer gab es nur zwei schmale Fenster, beide ebenso zerstört wie im Hauptgemach, und keines war repariert worden. Die Scherben bedeckten den Boden. Das war es. Er huschte hinüber und hob eine Handvoll davon auf. Aber wo war Jamade jetzt? Da war ein leichtes Flackern, nahe bei Shahila. Ah! Jamade hatte angenommen, er würde seine Schwester angreifen, und lag da auf der Lauer. Hatte sie bemerkt, was er stattdessen getan hatte? Er näherte sich vorsichtig Shahila, die sich nervös an die Wand drückte, hielt inne und lauschte. Er hörte den Atem seiner Schwester und dann ein leises Kratzen an der Wand. Die Öllampe! Jamade nahm die Lampe von der Wand. Schon war sie verschwunden. Er griff an, aber sie war nicht mehr da. Doch er konnte das Öl riechen. Er schleuderte die Glasscherben in diese Richtung. Das durch die Schatten gedämpfte Stöhnen verriet ihm, dass er sie getroffen hatte. Er griff an, sie war nicht mehr da. Aber dort! Blut tropfte auf den Boden, im Dämmerlicht gerade noch zu erahnen. Er wünschte sich, es wäre heller. Er bereute seinen Wunsch sofort, denn die Lampe flammte plötzlich aus dem Nichts auf und flog auf ihn zu. Er sprang zur Seite. Sie zerbarst auf dem Boden, und brennendes Öl spritzte in alle Richtungen. Er riss die Arme hoch, um sein Gesicht zu schützen, und spürte, wie es ihm die Haut verbrannte. Es roch nach verbranntem Fleisch und versengtem Stoff. Kleine Flammen leckten über den alten Teppich, der einst vielleicht wertvoll gewesen war. Sahif spürte die Wut, die in ihm aufstieg, aber er durfte nicht wütend werden. Er zog sich zur Seite zurück und legte sich einen neuen Plan zurecht. Jamade war eine zähe Gegnerin. Er durfte sie nicht länger unterschätzen. Er wurde kalt, ganz kalt. Er musste sie in die Enge treiben und mit seiner überlegenen Kraft überwältigen.

Plötzlich schienen sich die Dinge zum Schlechten zu wenden, denn schwere Schritte kamen rasch näher, und dann stand Almisan an Shahilas Seite.

»Komme ich zu spät?«, knurrte der Hüne. »In die Kammer, Hoheit, ich kümmere mich um den da.« Dann verschwand er in den Schatten.

Sahif fluchte. Also doch, Almisan! Zwei gegen einen, das sah jetzt böse aus. Er zog sich zurück. Aber etwas in Shahilas Blick ließ ihn zögern. Ihre Nervosität war in Entsetzen umgeschlagen. Sie hatte den Hünen angestarrt wie ein Gespenst! Er fluchte noch einmal, als er die Täuschung durchschaute. Jamade!

Shahila hatte sich wieder gefasst, sie rannte durch die Kammer hinüber zur geheimen Tür. Aber Sahif war schneller. Er fing sie ab und wollte ihr eine der Haarnadeln aus dem hochgesteckten Haar reißen. Shahila schrie auf. Doch er bekam sie nicht zu fassen. Er war völlig verblüfft. Er hatte die Nadel doch praktisch schon in der Hand gehalten. Dann dämmerte ihm, dass das Amulett Shahila auch vor Gewalt mit der bloßen Faust schützte – und offenbar sogar ihre verfluchten Haare. Er duckte sich gerade noch rechtzeitig, um Jamades nächstem Angriff auszuweichen. Er setzte ihr nach. Er würde sie erwischen, früher oder später – oder sie ihn. Einer von beiden würde irgendwann den entscheidenden Fehler machen und war dann so gut wie tot. Es war nur eine Frage der Zeit.

Er lauerte. Da – ein Tropfen Blut fiel aus dem Nichts auf

den Teppich. Sahif sprang. Er ahnte, in welche Richtung Jamade ausweichen würde. Ein gedämpfter Schrei verriet ihm, dass er sie erwischt hatte, wenn auch nur leicht. Er setzte ihr nach, trieb sie durch den Raum. Sie wehrte sich, er spürte den Luftzug ihres Messers. Aber er hatte die größere Reichweite, die Kraft und die Erfahrung auf seiner Seite. Er wich ihren Attacken aus, griff seinerseits an und trieb sie mehr und mehr in die Enge. Dann, als das Spiel von Vorstoßen und Ausweichen durchschaubar wurde, wagte er den entscheidenden Angriff. Er wich nicht zurück, blockte ihren Schlag ab, der immer auf derselben Höhe erfolgte, und stieß zu. Widerstand! Er hatte sie endlich! Sie schrie auf, er blockte den nächsten Angriff ab, dann schoss seine Linke vor. Er hatte sie! Ihren Arm, er hatte ihren rechten Oberarm erwischt. Er packte mit aller Kraft zu. Sie versuchte, sich loszureißen, er hielt sie eisern umklammert, drängte sie gegen die Wand. Er wollte zustoßen, aber ihre Linke fing seine Messerhand ab. »Zeig dich, Schlange«, zischte er und ließ die Schatten fallen. Sie folgte dem Beispiel. Da standen sie keuchend und rangen miteinander. Aus dem Augenwinkel sah Sahif, dass seine Schwester auf der anderen Seite des Raumes stand. Gleich würde es zu Ende sein. Jamades rechter Arm blutete, ihr Gesicht war von Anstrengung verzerrt. Unerbittlich näherte sich seine Klinge ihrem Hals. Sie gab alles, aber gleich würde es vorbei sein.

Plötzlich fühlte er eine zweite, unsichtbare Hand, die ihn am rechten Arm packte. Almisan also doch? Er keuchte und verdoppelte seine Anstrengung, aber langsam, Fingerbreit um Fingerbreit, entfernte sich seine Klinge von Jamades Hals.

»Ich wäre nicht damit einverstanden, wenn du sie töten würdest, junge Natter«, flüsterte eine freundliche Stimme. Dann wurde der Sprecher sichtbar.

»Meister Iwar!«

»Gebt Frieden, beide. Sofort!«, befahl der alte Lehrmeister.

Sahif zögerte. Noch war sein Messer nicht weit von Jamades Hals entfernt. Meister Iwar sah zwar aus wie fünfzig, musste aber doch mindestens siebzig sein. Er *konnte* nicht mehr so schnell und gefährlich sein wie früher. Wenn Sahif nur flink genug wäre ... Auch Jamade schien dem Frieden nicht zu trauen, sie ließ in ihrem Kampf nicht nach.

»Beendet diesen Streit sofort, oder ihr werdet es bereuen«, sagte Iwar lächelnd.

Sahif tauschte einen Blick mit Jamade. Sie ließen einander gleichzeitig los.

»Verflucht sei die Bruderschaft der Schatten«, keuchte Sahif. Er bemerkte erst jetzt, dass er völlig erschöpft war. Der Kampf hatte ihn mehr mitgenommen, als er gedacht hatte.

»Was geht Euch unser Streit an?«, keuchte Jamade.

»Viel – oder wenig, je nachdem, wie man es betrachtet.«

»Wie seid Ihr so schnell hierhergelangt?«, fragte Sahif düster.

Iwar zupfte an seinen grauen Locken. »Nachdem wir Aban so unerwartet verlassen mussten, stießen wir zufällig auf eine schnelle Galeere, die nach Frialis wollte. Ich konnte den Kapitän überreden, seinen Kurs zu ändern. Er setzte uns an der Küste unweit Felisans ab, wo ein gütiges Schicksal wollte, dass ich auf einen reitenden Boten traf. Er überließ mir sein Pferd, als Toter hatte er wohl auch keine Verwendung mehr dafür. Es ist erstaunlich, wie schnell man vorankommt, wenn man sich nicht durch andere Menschen aufhalten lässt, nicht wahr? Ich bin schon seit gestern hier.«

»Und was, bei allen Höllen, wollt Ihr hier?«, fragte Sahif.

Iwar lächelte. »Ich bin nicht dumm, junger Schatten. Ich habe schon bemerkt, wenn auch etwas spät, dass deine Schattenschwester in einem sehr wichtigen Auftrag unterwegs war.

Hier in dieser Burg erfuhr ich endlich auch noch das, was ich nicht schon ohnehin erraten hatte. Und ich denke, dass diese Kammer, um die es geht, auch für unsere Bruderschaft von enormem Nutzen sein wird.«

Sahif hasste den Mann aus tiefster Seele. Alles, was er gelernt hatte, alle dunklen Künste, alle abgefeimten Tricks, die tückischsten Möglichkeiten, ein Leben zu nehmen – er hatte sie von Meister Iwar, dem Obersten aller Lehrmeister der Schatten, gelernt. Er wünschte sich, er wäre ihm nie begegnet, denn es war Iwar, der einen kaltblütigen Mörder aus ihm gemacht hatte. »Ich kann weder Euch noch Jamade oder meiner Schwester erlauben, die Kammer zu öffnen. Es würde das Ende der Welt bedeuten«, stieß er hervor. Er prüfte seine Chancen. Jamade sah vollkommen ermattet aus. Wenn er schnell war und Jamade erledigte, ohne Vorwarnung …

»Und woher willst du das wissen?«, fragte Iwar freundlich.

»Von jenen, die die Kammer gebaut haben, von den Erdgeistern, die in diesen Bergen leben, den Mahren selbst!«

»Nun, sie sagen vielleicht nicht die Wahrheit«, meinte der Schattenmeister ungerührt. »An ihrer Stelle würde ich auch lügen.«

»Ich kann es nicht erlauben. Ich habe es versprochen«, sagte Sahif und zog sich einen halben Schritt zurück, um Raum für einen Angriff zu haben.

Iwar lächelte kühl. »Du hast auch mir etwas versprochen, auf Bariri, erinnerst du dich?«

Sahif wurde kalt. Er erinnerte sich nur zu gut.

»Du hast mir versprochen, etwas für mich zu tun, wenn ich es will, auch wenn es dir gegen die Ehre gehen sollte, nicht wahr, junge Natter?«

Sahifs Hand krampfte sich um den Messergriff. Wenn er nur

schnell genug war, dann konnte er diesen Wahnsinn vielleicht doch noch verhindern. Er musste nur Jamade töten, dann wäre der Schlüssel verloren. »Meister, das könnt Ihr nicht verlangen. Das Schicksal der Welt steht auf dem Spiel.«

Iwar lachte. »Unsinn! Ich glaube kein Wort von dem, was diese Erdgeister dir vielleicht erzählt haben. Nein, Sahif, du wirst deiner Schwester und deiner Schattenschwester erlauben, die geheime Kammer für uns zu öffnen. Dann gehen wir hinunter und sehen gemeinsam, was wir dort finden.« Er blieb freundlich, auf jene kalte Art, die Sahif als Schüler so sehr gefürchtet hatte, war sie doch nur eine dünne Maske für gnadenlose Grausamkeit. Meister Iwar lächelte, als er sagte: »Es ist mein Wunsch, Sahif.«

* * *

Faran Ured war zurückgeblieben, als die Helmonter mit Schlachtgebrüll den Hügel hinaufstürmten. Er hatte wenig Interesse daran, dem Gemetzel zuzusehen, an dem er große Schuld trug. Die Stadtmauer war eingestürzt, langsam, mit Verzögerung, aber dann doch. Er hatte also seine Aufgabe erfüllt, aber um welchen Preis? Er würde die Magie vermutlich nicht so bald wieder um etwas bitten dürfen. Er lief langsam den Hang hinauf in die Stadt, er hatte es nicht eilig, das Ergebnis seines Werkes zu sehen.

Die Mauer war überrannt worden, das Gemetzel konnte beginnen. Es schien ihm merkwürdig still in der Stadt zu sein. War der Widerstand schon völlig erloschen? Sollten die Menschen dort oben nicht mit aller Verzweiflung um ihr Leben kämpfen?

Er fragte sich, warum er unbedingt da hinaufwollte, warum er nicht einfach blieb, wo er war. Er wollte die blutigen Früchte seiner Arbeit gar nicht sehen. *Ich will nicht hinauf, aber ich muss,* dachte er. *Ich muss den Padischah überzeugen, endlich meine Frau und meine Töchter gehen zu lassen. Und vielleicht lässt er mich auch gehen.*

Die Leibwache des Großen Skorpions kam zu Pferde. Die blutroten Fahnen bauschten sich im Wind, und der Padischah ritt auf einem Schimmel den Hang hinauf. Ured ging schneller, um ihn einzuholen, aber dann kamen ihm drei Männer entgegengeritten und schnitten ihm den Weg ab.

Seine Hoffnung schwand, als er sah, dass es Prinz Weszen mit zwei Leibwächtern war. »Ihr hättet großen Schaden anrichten können, Ured!«, rief der Prinz zornig.

»Die Mauern sind gefallen, was wollt Ihr noch, Hoheit?«, gab Ured zurück. Dass sie ihn nicht lobpriesen, konnte er verstehen – doch was sollte diese Beschimpfung?

»Und die Flut, die aus dem Berg hervorbrach? Es sind sogar Krieger ertrunken da unten!«

Ured blieb vor Verblüffung der Mund offen stehen. Diesen Zwischenfall hatte er verdrängt. »Damit hatte ich nichts zu tun, Hoheit«, verteidigte er sich. »Ein anderer hat das bewirkt!«

»Ein anderer Wassermeister? Hier? Macht Euch nicht lächerlich, Ured. Seid froh, dass man Euch nicht gleich einen Kopf kürzer macht.«

»Aber Hoheit, ich habe …«

»Schweigt! Mein Vater ist tief enttäuscht, ja, gekränkt, denn er hat Eure Kunst vor allen Heerführern in den höchsten Tönen gelobt, und nun ist er durch Euer Versagen bloßgestellt worden. Diese Kränkung wird er bis an sein Lebensende nicht vergessen. Hätte ich mich nicht für Euch verwandt, wäret Ihr wohl schon tot. Aber ich fürchte, andere werden den Preis für Euer Versagen zahlen müssen.«

Ured erbleichte. »Prinz, bitte, meine Frau, meine Kinder …«

»Das hättet Ihr Euch vorher überlegen sollen, Ured.« Die

kleinen Augen des Prinzen schienen sich am Schrecken, der in Ured gefahren war, nicht sattsehen zu können. Dann sagte er: »Aber vielleicht kann ich noch etwas für Euch tun, Ured, wenn Ihr etwas für mich erledigt.«

»Was kann ich tun, Herr?«, rief Ured, allen Stolz vergessend.

»Mein Vater will die Geheimnisse der Mahre. Findet die Kammer, öffnet sie und bringt mir, was Ihr findet. Dann mag dieser Tag für uns beide doch noch erfreulich enden!« Dann gab er seinem Pferd die Sporen und galoppierte seinem Vater hinterher.

Ured sah ihm fassungslos nach. Weszen musste doch wissen, dass man diese Kammer nicht nach Belieben betreten konnte. Er verlangte Unmögliches. Aber dann biss er sich auf die Lippen. Wenn es so war, dann würde er eben Unmögliches vollbringen. Er eilte den Hang hinauf. Er musste schnell sein, wenn er etwas erreichen wollte, schneller als all die anderen, die nach der Kammer strebten.

***

Es brannte. Irgendwie hatten ein paar Holzbalken Feuer gefangen, Rauch zog über die Trümmer der eingestürzten Mauern und brannte Gajan in den Augen. Die Helmonter hatten ihn nicht beachtet, nein, sie schienen ihn mit geradezu abergläubischer Furcht zu meiden. Gajan wühlte sich mit bloßen Händen durch den Schutt, aber er konnte Hadogan nicht finden. Plötzlich sah er einen Mann, der auf einem großen Brocken saß, einen dunkelhäutigen Mann, sicher kein Hochländer. Er schien eiserne Fesseln an den Füßen zu tragen. »Kumar«, flüsterte Gajan. Der Mann reagierte nicht. Er kroch über die scharfkantigen Steine näher heran. »Kumar«, flüsterte er noch einmal. »Es tut mir leid, Kumar. Hilf mir, Hadogan ist hier – hilf mir, ihn zu suchen.«

Dann war er nahe genug, um zu erkennen, dass da nur ein toter Soldat auf dem Schutt lag. Aber neben ihm ragte eine schmale Hand aus den Trümmern. Gajan ächzte, kroch weiter und berührte die Hand vorsichtig, als könne sie ebenfalls eine Täuschung sein und verschwinden. Aber sie blieb. Er packte sie, hielt sie fest, kauerte sich über ihr zusammen und starrte in das Durcheinander aus Steinen und zerbrochenen Balken. Es war Hadogan, zerquetscht von den Trümmern der Stadtmauer, aber sein Gesicht, das schien seltsam unberührt. Gajan streichelte seine Hand. Von ferne drangen Stimmen an sein Ohr, aber er hörte sie kaum.

Plötzlich fühlte er sich an der Schulter gepackt. »Nein«, schrie er. »Nein! Mein Sohn, da unten ist mein Sohn.« Er wehrte sich verzweifelt gegen die starken Fäuste, die ihn von Hadogan fortrissen, klammerte sich an die Hand, aber die anderen waren stärker. Wie betäubt fühlte er, dass man ihn hinstellte, als sei er eine Puppe, die keine Gewalt über die eigenen Glieder hatte. Da waren Männer auf Pferden, aber im Gegenlicht konnte er nur dunkle Umrisse erkennen.

»Nein«, rief eine barsche Stimme, die ihm irgendwie bekannt vorkam, »ich will nicht, dass die Burg angegriffen wird. Wir wollen Shahila Zeit geben, sich zu unterwerfen. Genug jetzt! Und wen haben wir hier?«

»Das ist Prinz Gajan, Vater«, antwortete eine viel unangenehmere Stimme. »Der rechtmäßige Herzog der Stadt.«

»Tatsächlich, ich hätte ihn fast nicht wiedererkannt. Und was jammert er da?«

»Sein Sohn scheint unter den Trümmern begraben zu liegen.«

»Ich würde sagen, dass ich mich freue, den Botschafter des Seebundes wiederzutreffen, aber das wäre unter diesen Umständen wohl unangemessen«, sagte die barsche Stimme. Gajan blinzelte. Immer noch brannten ihm Rauch und Staub in den Augen. Aber da waren Reiter, dunkle Gestalten vor dem strahlenden Himmel.

»Und der andere?«, fragte die Stimme.

»Das ist General Hasfal, Vater.«

»Sieh an, der Fürst und der Verteidiger der Stadt, beide lebendig in unserer Hand. Gut gemacht, Algahil.«

»Danke, Vater. Was soll mit den beiden geschehen?«

»Versorgt die Wunden des Generals und sperrt ihn ein. Wir werden ihn vielleicht später für irgendetwas von Wert eintauschen können, wenn denn der Seebund überhaupt einen Mann zurückhaben will, der erst eine Schlacht und dann eine Stadt verliert.«

»Und Gajan?«

»Er steht vor Shahilas Gemahl in der Thronfolge, nicht wahr?«

»Er ist der rechtmäßige Herzog von Atgath, Vater.«

»Dann tötet ihn. Und weiter jetzt!«

Die Reiter verschwanden, und Gajan bemerkte es kaum. Hadogan war tot. Seine Frau ebenfalls, seine beiden anderen Söhne, Taman und Hisam, waren mit ihr im Meer versunken, so wie sein Bruder Olan. Ja, tot, das schien ihm gar nicht das Schlechteste. Er würde wieder bei ihnen sein. Er lächelte für einen Augenblick, aber dann dachte er an Kumar, der in der nächsten Welt auf ihn wartete. Ja, der Rudersklave, den er ermordet hatte, schien schon dort zu stehen, auf ihn zu warten, um ihn an der Grenze zurückzuweisen. »Nein! Kumar, nein!«, flüsterte er, und er flüsterte es immer wieder, auch noch, als ihm unerträglicher Schmerz die Eingeweide zerriss und er dann zusehen musste, wie sein Blut sich aus seinem aufgeschlitzten Bauch in zuckenden Stößen über die Trümmer der Mauer seiner Stadt ergoss.

***

Bahut Hamoch rieb sich nervös die Hände. Die Homunkuli waren bereit. Sie standen in Zweierreihe stumm im verlassenen Burghof. Esara war nicht da. Sie war ihm aus dem Weg gegangen, wollte nicht mit ihm reden, ihm nicht helfen. Also begutachtete er selbst noch einmal die Kapuzen, die seine Geschöpfe auf den ersten Blick wie kleine Kinder wirken ließen. Eine Krähe krächzte vom Tor. Hamoch zögerte. Wo waren die Damater, die doch eigentlich die Mauer bewachen sollten? Waren sie davongelaufen? Einerlei, er wusste, was er zu tun hatte.

Rahis Almisan hatte ziemlich eindeutige Anforderungen gestellt. Er würde ihn nicht enttäuschen. Und vielleicht, vielleicht würde er endlich die Anerkennung bekommen, die er verdiente. Hamoch schüttelte den Kopf über sich selbst. Er würde nicht lange genug bleiben, um sich loben zu lassen. Er ging die Reihen ab, gab jedem seiner Geschöpfe von der Flüssigkeit zu trinken und fragte sich, ob die Homunkuli wussten, was ihnen bevorstand. Es war schwer zu erkennen, denn ihre kleinen Gesichter mit den zu großen blassen Augen waren ausdruckslos, und ihre lippenlosen Münder verrieten niemals, nicht einmal durch das kleinste Zucken der Mundwinkel, Ärger oder Freude.

»Wartet hier«, sagte er. Er musste das Burgtor öffnen, und er hatte keine Ahnung, ob er das schaffen würde. Es gab einen schweren hölzernen Riegel, baumstammbreit, und als er vergeblich versuchte, ihn aus den Halterungen zu heben, ging ihm auf, dass er ein Problem hatte. Es gab auch eine kleine Pforte, eingelassen in das große Tor, aber die war abgeschlossen, und er hatte keinen Schlüssel. Er ächzte, stöhnte, aber er konnte das schwere Holz immer nur um eine Handbreit anheben.

Plötzlich näherten sich seine Homunkuli. Er hatte es ihnen nicht befohlen, irgendetwas in ihm war der Meinung, dass er nicht das Recht hatte, ihnen jetzt, in der letzten Stunde ihres kurzen Lebens, noch Befehle zu erteilen. Aber sie halfen ihm von sich aus. Er war wieder einmal überrascht, wie viel Kraft diesen kleinen Körpern innewohnte. Sie hoben den schweren Balken scheinbar mühelos herunter. Er spähte durch den Spalt der Pforte. Es war niemand draußen. Er versuchte die Torflügel zu öffnen, aber sie rührten sich nicht.

Bahut Hamoch, du bist ein Meister des Zwiefachen Lichts, Beschwörer der Toten, du hast Quent und Kisbara besiegt und Dinge getan wie kein anderer vor dir – du wirst doch noch dieses Tor öffnen können! Er ging in das Torwärterhäuschen, aber da war kein Mechanismus zu finden. Er stieg die Stufen zum Turm hinauf und fand endlich die schweren Eisenketten auf einer Winde, die mit einer schlichten Kurbel bedient wurde. Er schüttelte den Kopf über seine Dummheit. Wie oft war er schon in diesem Turm gewesen? Aber nie war ihm diese Winde aufgefallen. Oder hatte er sie vergessen? *Die Aufregung, Hamoch, die Aufregung.* Er stieg eilig wieder die Treppen hinab.

Die letzte Zutat, sie fehlte noch. Er zog Schwefelstaub aus der Tasche und verteilte ihn unter langsamem Absingen der erforderlichen Worte über seinen Geschöpfen. *Es ist fast, als würde ich sie segnen,* dachte er. Dann holte er tief Luft. Es war alles getan, was getan werden musste. Er sah noch einmal in die ausdruckslosen Gesichter. Sollte er wirklich …? Es gab kein Zurück mehr, wenn sie erst einmal durch das Tor gegangen waren. Sie würden hinausgehen und Feuer und Tod über die Stadt bringen.

»Nun, das war bestellt, das wird geliefert«, murmelte er.

»Geht hinaus, sobald ich das Tor öffne. Durchstreift die Stadt, sucht nach Menschen. Und überbringt ihnen meine Grüße.«

Er fragte sich, ob sie wenigstens ahnten, was vor sich ging. Er lief wieder die Treppe zum Turm hinauf. Noch einmal spähte er hinaus. Die Straßen lagen verlassen, aber er hörte Lärm vom Marktplatz. Vielleicht wurde dort noch gekämpft. Er zögerte. Noch konnte er die Sache abblasen. Nein, er war ein Nekromant, ein Erforscher großer und wichtiger Geheimnisse. Die Leute da draußen verstanden das nicht, sie würden ihn erschlagen wie einen Hund, wenn sie ihn in die Finger bekämen, und die Homunkuli ebenso. Es war besser, er ersparte ihnen das, und es war besser, er nutzte das Chaos und brachte sich in Sicherheit.

Er steckte die Kurbel in die Winde und begann zu drehen. Es ging schwer, aber er schaffte es. Er hörte, dass wenigstens einer der Torflügel aufschwang, und spähte wieder hinaus. Da liefen sie, seine Geschöpfe, klein, zerbrechlich. Er fluchte auf sich selbst, auf die Lage, in die ihn die verfluchte Baronin mit ihrem Ehrgeiz gebracht hatte. Er hätte sich niemals mit ihr und dem Rahis einlassen dürfen, das wusste er inzwischen, aber jetzt war es zu spät. Er drehte die Kurbel in die andere Richtung, bis er hörte, wie das Tor sich schloss. Dann rannte er die Treppen hinunter und über den Hof. Er musste seine Sachen packen. Vielleicht würde er Kisbara ein paar Tropfen Blut gönnen. Nach dem, was er gerade getan hatte, würden die Leute einen Sündenbock brauchen. Kisbara wäre ideal für diese Aufgabe geeignet. Er raffte seine lange Robe und rannte schneller. Erst jetzt begriff er, was es hieß, dass die Burg nicht mehr von den Damatern verteidigt wurde. Es blieb ihm vielleicht viel weniger Zeit, als er gedacht hatte.

***

»Warum ist hier kein Mensch?«, brüllte Prinz Weszen.

Das Gefolge des Padischahs hatte auf dem Marktplatz angehalten. Die Fahnen waren aufgepflanzt, und die Wachen hatten Stellung bezogen. Der Padischah saß auf seinem Schimmel und schien auf etwas zu warten.

Faran Ured hätte sich ihm gern genähert, ihn um Gnade für seine Familie angefleht, aber Weszen hatte ihm gesagt, dass das ganz und gar keine gute Idee sei: »Ihr würdet es bereuen, denn mein Vater ist noch aufgebracht wegen der Sache mit dem Wasser. Wartet bis heute Abend. Wenn wir den Sieg feiern, wird er versöhnlicher gestimmt sein. Vor allem, wenn Ihr in meinem Namen übergebt, was ich Euch auftrug zu holen.«

Also musste Ured zur Burg, aber er zögerte, denn er hatte keine Ahnung, wie er ohne Magie da hineingelangen sollte, und er verspürte wenig Lust, als Zielscheibe für die Verteidiger zu dienen. Voller Unruhe kämpfte er gegen die Verzweiflung an, die sich seiner zu bemächtigen drohte. Das Leben seiner Familie war von den Launen des Padischahs abhängig, und seine einzige Chance, den Mann gnädig zu stimmen, lag darin, etwas Unmögliches zu vollbringen. Er musste einen kühlen Kopf bewahren, vielleicht einen anderen Weg finden, irgendwie.

Sein Blick richtete sich voller Hass auf den Großen Skorpion und sein Gefolge. Seine Söhne waren bei ihm: der stiernackige Weszen, der verschlagene Algahil und dann noch einer, den Ured nicht kannte, ein junger Erbprinz namens Alamaq, kaum sechzehn und damit nicht einmal halb so alt wie seine beiden Brüder. Er schien der Liebling des Padischahs zu sein, war immer in seiner Nähe. Ured sah die Eifersucht in den Blicken seiner Brüder. Konnte er das irgendwie nutzen? Er wusste nicht, wie. Aber er musste einfach einen Weg finden, sich dem eisernen Griff dieser Sippe von Skorpionen zu entwinden.

Der Padischah hatte einen großen Sieg errungen, mit nur wenigen Verlusten, aber die Sieger wirkten beunruhigt, denn die Stadt war wie leergefegt. Die Helmonter waren johlend durch die Gassen gezogen, hatten Häuser geplündert, aber sie hatten keine Menschenseele angetroffen. Der Padischah ließ die wenigen Gefangenen holen, die man an der Mauer gemacht hatte. Der erste weigerte sich zu reden und wurde auf einen einfachen Wink des Herrschers geköpft. Der nächste blieb ebenfalls standhaft und verlor seinen Kopf, der dritte, der das mit ansehen musste, redete endlich: »Unter der Erde, Herr. Sie sind in den Gängen unter der Erde«, rief der Mann ängstlich.

Auch ihn ließ der Padischah köpfen. »Sucht sie!«, befahl er dann. »Grabt die Erde auf, wenn es sein muss! Ich will diese Leute hier vor mir knien sehen, alle!«

Ured kannte den Boden unter Atgath, und er kannte die Gänge, die die Mahre gegraben hatten. Sie lagen tief im Stein, und wenn die Mahre nicht wollten, dass man ihre alten Stollen fand, dann würde man sie nicht finden.

Faran Ured bemerkte, dass Algahil abseits des Geschehens einer Gruppe Westgarther, die sich irgendwie nach Atgath verirrt hatten, einen unauffälligen Wink gab, woraufhin sich die Gruppe in Marsch setzte. Er folgte ihnen kurz entschlossen, denn sein Instinkt sagte ihm, dass der Prinz sie zur Burg schickte. Wenn es gut lief, würden sie ihm den Weg frei kämpfen.

Als sie über den Marktplatz gingen, geschah allerdings etwas, für das er keine Erklärung hatte: Eine ganze Schar Kinder lief ihnen entgegen, und ein Helmonter war bei ihnen – er hatte eines der Kleinen aufgehoben und in den Arm genommen, betrachtete es lachend – und erstarrte dann in Grauen, als das Wesen in seinen Händen plötzlich in hellen Flammen stand. Der Mann schrie entsetzt auf, wollte das Kind loslassen, aber es klammerte sich an ihn, und die Flammen griffen nach seiner Kleidung, seinen Haaren, seiner Haut. Seine Schreie wurden schriller, und sie verstummten auch nicht, als er, ebenso wie das Kind, von Kopf bis Fuß brannte. Kind? Ured begriff, womit er es hier zu tun hatte, und zog sich hastig zurück. »Haltet euch von diesen Wesen fern!«, brüllte er den Westgarthern zu.

Für einen von ihnen kam die Warnung zu spät. Er wollte eines der vorgeblichen Kinder aufhalten, das genau auf ihn zu lief, hielt es sich mit ausgestrecktem Arm zwar vom Leib, aber es half nichts: Das Wesen brannte von einem Augenblick auf den nächsten lichterloh, und durch das Kettenhemd des Westgarthers schlugen Flammen, erst am Arm, dann am ganzen Leib. Er brüllte vor Schmerz. Einer seiner Kameraden eilte ihm zu Hilfe, versuchte die Flammen zu ersticken und geriet dabei selbst in Brand. Ured sah, dass eines der Wesen etwas in den Marktbrunnen warf. Einer der Helmonter, die sich dort gelagert hatten, längst aber erschrocken zurückgewichen waren, versuchte es aufzuhalten. Auch er fing Feuer. Und da waren noch andere Wesen, die über den Platz rannten, genau dorthin, wo der Padischah war, umgeben von seinen Kriegern.

»Schießt sie nieder!«, brüllte Akkabal at Hassat. »So schießt sie doch nieder!«

Pfeile sirrten, aber diese zwergenhaften Gestalten rannten so flink, dass keine von ihnen getroffen wurde. Das Chaos brach los. Männer brannten, und die, die versuchten, ihnen zu helfen, begannen ebenfalls zu brennen. Sie stolperten schreiend über den Platz, und auch aus den umliegenden anderen Gassen hörte Ured Schreie, die ihm verrieten, dass auch dort Unheimliches vor sich ging.

Der Anführer der Westgarther hatte seine Männer mit viel

Gebrüll und vorgehaltener Axt von ihren sterbenden Kameraden ferngehalten. Jetzt trieb er sie an weiterzulaufen. Offenbar war er fest entschlossen, sich durch nichts aufhalten zu lassen.

Ured folgte ihnen Richtung Burg. Er tat es mit unguten Gefühlen, denn ihm war klar, dass diese lebenden Feuerbomben von genau dort gekommen waren. Dieser Meister Hamoch, von dem er gehört hatte, schien seine dunkle Kunst zu beherrschen. Musste er ihm jetzt entgegentreten – ohne eigene magische Kräfte? Er strich nervös über seine rechte Hand. Dort, unsichtbar unter der Haut, saß der Ring, den die Mahre ihm einst gegeben hatten. Er verhinderte, dass er starb, leider verhinderte er unsägliche Schmerzen nicht. Er hoffte, dass diese Westgarther Hamoch zuerst finden und erledigen würden.

Noch einmal warf er einen Blick zurück. Der Schutzschild der Wachen, die sich vor dem Padischah aufgebaut hatten, war in einem Feuerball zerbrochen. Männer taumelten als menschliche Fackeln umher, dahinter befahl Prinz Weszen laut brüllend immer wieder, alle zu töten, die in Flammen standen, und er sah, dass Männer ihre eigenen Kameraden mit Speeren durchbohrten oder mit Pfeil und Bogen niederschossen. Überall auf dem Platz lagen verkohlte oder brennende Körper, und ein widerlicher Geruch nach verbranntem Fleisch zog über den Markt.

In der nächsten Gasse brannte ein Haus, in das sich vielleicht einer der Sterbenden hatte retten wollen, und es war keine Frage, dass sich das Feuer weiter ausbreiten würde. Wer sollte es löschen? Das Wasser! Diese Kreatur hatte etwas in den Brunnen geworfen. Gift? Oder ein anderer Schrecken, der die Eroberer heimsuchen würde? Ured wusste es nicht. Er lief an einem jungen Helmonter vorüber, der sich zitternd an eine Hauswand drückte. Vor ihm lagen zwei zur Unkenntlichkeit verbrannte

Körper auf dem Pflaster. Er packte ihn, schüttelte ihn, um seine Erstarrung zu lösen. »Das Wasser in den Brunnen – es ist vergiftet! Sagt es allen!«, rief er ihm zu.

Der Mann sah ihn nur ängstlich an. Ured konnte nur hoffen, dass er die Warnung weitertrug. Ansonsten würden sie es wohl bald merken.

Da war die Burg. Die Westgarther waren schon fast am Tor. Es schien niemand auf der Mauer zu sein. Das fand Ured seltsam, aber es kam ihm sehr entgegen. Er wartete ab, was die Seekrieger unternehmen würden. Sie versuchten, das Tor aufzudrücken, was ihnen aber nicht gelang. Dann warfen sie ein Seil zu den Zinnen hinauf. Sie schickten erst einen Mann, einen Freiwilligen. Vermutlich trauten sie dem Frieden ebenso wenig wie er selbst. Als der Mann oben war, gab er Zeichen, dass alles in Ordnung wäre. Er verschwand in einem der Türme, kurz darauf schwang einer der Torflügel unter Kettengerassel auf. Die Westgarther schlüpften hinein.

Ured zögerte. Es war einladend, aber unbewachte Pforten waren für ihn als Dieb eigentlich immer ein schlechtes Zeichen. Meistens verbarg sich dahinter eine Falle. »Ach, bei den Höllen«, dachte er und folgte den Westgarthern.

***

Sie war am Ziel, endlich! Und sie hatte den Schlüssel. Doch er nützte ihr nichts, weil sie immer noch keinen Eingang in den steinernen Würfel fand.

»Eine geheime Kammer in einem verborgenen Raum«, hatte dieser Meister Iwar, vor dem sich sowohl Jamade wie auch Sahif zu fürchten schienen, staunend gesagt, als sie das Ziel erreicht hatten.

Er wollte mit, mit hinein in diese Kammer. Aber die Geheimnisse dort drinnen gehörten ihr, ihr ganz allein! Wenn sie denn jemals einen Weg hineinfand.

Jamade hatte sich an die steinerne Einfassung gestellt und dann versucht, das Wort auszusprechen, das sie Sahif geraubt hatte, aber sie brachte es nicht über die Lippen. Also war sie widerwillig in die knietiefe schwarze Flüssigkeit gestiegen, aus der der Teich bestand, und zum Würfel gewatet. Hier war es ihr gelungen, das Wort zu sagen, auch wenn es sich eher anhörte, als würden Steine aufeinanderknirschen. Es geschah jedoch nichts. Sie umrundete den Würfel, versuchte es auf allen Seiten – nichts. Es war zum Verrücktwerden.

Sahif beobachtete. Er lehnte an der Tür zu diesem niedrigen Raum, studierte die rätselhaften alten Mahrzeichen, die die Wände schmückten, und wartete ab. Was sollte er auch sonst tun? Seine Wut war inzwischen abgekühlt, denn so, wie es aussah, würde Shahila es nicht schaffen, den steinernen Block zu öffnen.

»Wir sind zu viele, das wird es sein!«, rief sie jetzt.

»Macht Euch nicht lächerlich«, knurrte Meister Iwar, dann wandte er sich Sahif zu. »Du, mein Junge. Du kennst diese Wesen doch. Haben sie dir nicht offenbart, wie dieses Ding zu öffnen ist?«

Sahif schüttelte den Kopf. »Sie wollen nicht, dass irgendjemand diesen Zugang öffnet, das habe ich Euch doch schon gesagt.«

»So? Aber wenn sie nicht wollen, dass sie jemand dort unten in ihrem Reich stört – warum haben sie dann eine Tür gelassen?«

»Sie sagen, dass eines Tages das Ende der Welt kommen muss – und dafür brauchen sie diese Pforte. Sie sagen aber auch, dass die Zeit noch nicht gekommen ist.«

»Lächerlich«, schnaubte Iwar. Er studierte die Zeichen an der Wand, aber Sahif konnte sich nicht vorstellen, dass er mehr aus ihnen herauslesen würde als er selbst. Doch dann sagte der Schattenmeister: »Geschätzte Herzogin, darf ich Euch bitten, Euch ebenfalls zu diesem Würfel zu begeben?«

»Wozu?«

»Tut es einfach, mir zuliebe.«

Shahila sah nicht so aus, als würde sie jemals irgendetwas diesem alten Mann zuliebe unternehmen, aber sie gehorchte, watete zum Würfel und blieb stehen.

»Vielleicht, wenn Ihr Eure Hand auflegt, Hoheit.«

Shahila tat auch das.

»Nun, Jamade?«

Jamade warf Meister Iwar einen feindseligen Blick zu, aber sie tat, was er verlangte. Knirschend kroch das Wort über ihre Lippen. Ein Summton antwortete, die Wellen des schwarzen Teichs begannen sich zu kräuseln.

»Noch einmal!«, verlangte der Schattenmeister. Er war nah an den Teich herangetreten, sein Gesicht verriet Anspannung.

Shahila und Jamade wiederholten den Vorgang, wieder erfolgte der tiefe Summton, schwarze Wellen zogen über den Teich, aber mehr geschah nicht.

»Ah! Die anderen Seiten! Macht es auf allen vier Seiten!«, rief Meister Iwar.

Die beiden Frauen folgten diesem Wunsch. Da waren keine feindseligen Blicke mehr, kein Zögern. Selbst Sahif fühlte die Erregung, wie auf einer Jagd, bei der nach langer Hatz die Beute endlich gestellt worden war.

Wieder entlockten sie dem Block einen Summton, etwas heller. Dann, auf der dritten Seite, noch heller. Vor der vierten Seite blieben sie stehen. Meister Iwar sprang jetzt selbst in den Teich, hastete hinzu. Sahif trat an die Einfassung. Die Spannung war fast unerträglich.

»Los jetzt!«, befahl Iwar.

Kaum hatte Jamade das Wort ausgesprochen, als ein glockenheller Ton erklang. Er schien von dem Würfel selbst zu kommen. Und dann schwangen die Steine so leicht zur Seite, als seien sie aus Pergament, und eine ganze Seite wurde zu einem weit offenen Eingang. Sahif starrte hinein. Er sah einen niedrigen, kahlen Raum, in dem nichts, aber auch gar nichts zu erkennen war.

Shahila zitterte vor Aufregung. Sie starrte in die leere Kammer, aber immer noch war das Geheimnis nicht offenbar geworden.

»Was hat das zu bedeuten?«, murmelte Iwar.

Shahila zögerte nicht länger, sie betrat den Würfel, wobei sie sich bücken musste, um nicht oben anzustoßen. Nichts geschah.

»Die Wände, so taste doch die Wände ab, dumme Gans«, herrschte Meister Iwar sie an.

Shahila rang um Fassung. Sie war in der Kammer, aber scheinbar immer noch nicht am Ziel. Doch wenn sie das Ziel erreichte, wollte sie weder Jamade noch diesen Meister Iwar mitnehmen. Aber wie konnte sie diesen gefährlichen Mann loswerden? Sie tastete die Wände ab, ohne eine Veränderung herbeizuführen. Dann entdeckte sie das kleine gemalte Zeichen in der Ecke neben der offenen Seite. Es war die einzige Markierung in diesem kahlen Würfel. Sie musste schnell handeln, denn Meister Iwar schickte sich an, die Kammer zu betreten.

»Meister Iwar, dort, seht Ihr das?«, sagte sie und wies auf einen unbestimmten Punkt in der Einfassung, über die die Wellen schwappten.

Der Schattenmeister fuhr herum. »Was denn?«

»Dort, unter den Wellen. Da war eben ein Zeichen sichtbar.«

Iwar war vor Sahif dort, starrte auf die Einfassung. »Da ist nichts!«, rief er.

Shahila berührte das Zeichen. Die Steine, die die ganze Zeit völlig unbeachtet frei in der Luft geschwebt hatten, schwangen zurück auf ihren Platz. Der Schattenmeister schrie auf, sprang, aber er war zu langsam. Sie hörte einen leisen Schlag, vermutlich war er gegen die Wand geprallt. Einen Augenblick lang war es stockdunkel im Stein, dann glomm schwaches grünliches Licht auf. Sie hatte es geschafft – und jetzt? Sie war im Inneren, hatte den Schattenmeister mit der einfachsten aller Täuschungen ausgetrickst, aber das kurze Hochgefühl verflog wieder, als ihr klar wurde, dass es Jamade war, die das Wort hatte, und Jamade war nicht in diesem Würfel. Außerdem hatte sich bis auf das Licht nicht viel geändert.

Sie ging hinüber zur gegenüberliegenden Wand. Ein leises Seufzen erklang, und die Steine schwangen zurück. Aber dahinter lag nicht die niedrige Kammer, in der der Würfel sich befand, sondern schwarze Leere, in die eine schmale Treppe hinabzuführen schien. Es gab keine Wände, jedenfalls sah Shahila keine, nur die steinerne Treppe. Dann flackerte ein schwacher, grünlicher Lichtpunkt auf, gut dreißig Schritte voraus. Er zeigte ihr den nächsten Abschnitt der Treppe, dann, noch einmal dreißig Schritte weiter, erschien ein weiterer Lichtpunkt, dann noch einer und noch einer, kaum zu erahnen. Shahila starrte hinab. Sie versuchte, eine Wand zu ertasten, fand aber nichts als schwarze Leere, es gab nur Stufen und grünliche Lichter, die im Nichts zu schweben und hinab in einen bodenlosen Abgrund zu führen schienen.

»Nun gut, deswegen bin ich ja hier«, murmelte sie und machte sich an den Abstieg.

***

»Dieses verdammte Weib!«, zischte Meister Iwar.

Sahif konnte sich ein Grinsen nicht verkneifen. Natürlich war nun das denkbar Schlimmste geschehen, aber irgendwie fand er es dennoch köstlich, dass der Schattenmeister ausgesperrt war.

»Jamade, das Wort!«, befahl Iwar, der wohl noch nicht bereit war, sich geschlagen zu geben. Er legte eine Hand auf die Steine, und Jamade sagte das Wort. Sie lauschten. Kein Summton, keine neuen Wellen, und doch, da war ein Geräusch.

»Was ist das?«, fragte Jamade.

»Schritte«, sagte Sahif. »Da geht jemand eine Treppe hinab.«

»Aber da war keine Treppe!«, rief Jamade.

»Da war auch kein Eingang«, warf Sahif ein.

»Los, Jamade, noch einmal, das Wort!«, verlangte Iwar.

Sahif zog sich langsam zurück. Er hatte das Rennen verloren, seine Schwester hatte die Kammer geöffnet, und jetzt gab es hier nichts mehr für ihn zu tun, denn er würde sich ganz gewiss nicht ohne Not mit Jamade *und* Meister Iwar anlegen. Sollten sie nur weiter versuchen, die Kammer noch einmal zu öffnen. Irgendetwas sagte ihm, dass sie es nicht schaffen würden, vielleicht, weil Shahila es geschafft hatte, die andere Seite zu öffnen.

Er zog sich vorsichtig weiter zurück, immer darauf gefasst, dass Meister Iwar oder seine Schattenschwester sich doch wieder mit ihm befassen würden, aber die beiden schienen seine Existenz ganz vergessen zu haben. Sie stapften durch das schwarze Wasser und versuchten ihr Glück wieder und wieder auf jeder Seite des steinernen Blocks.

Sahif drehte sich um und lief los. In Hados Kammer blieb er noch einmal kurz stehen. Durch die zersprungenen Fenster sah er Rauch über der Stadt aufsteigen. Schreie wehten aus den Gassen heran. Also war sein Vater schon in der Stadt.

Er hielt inne. Shahila war auf dem Weg nach unten, aber es gab vielleicht eine letzte Chance, sie einzuholen, denn die Mahre würden doch noch einen anderen Pfad hinab kennen. Aber um zu den Mahren zu gelangen, musste er wohl zunächst eine Stadt voller Feinde durchqueren.

***

»Was geht da oben vor sich?«, fragte Ela Grams besorgt. Sie glaubte, dünne Schreie zu hören.

Der Mahr lauschte am Stein. Eine Menge Augen waren auf ihn gerichtet, Ela las in den Gesichtern der Atgather Ehrfurcht, Unglauben, Staunen. »Ja«, hätte sie den Leuten gerne zugerufen, »es gibt sie wirklich! Hört auf, sie anzugaffen!«

Der ganze Stollen war voller Menschen, die sich aneinanderdrängten und versuchten, sich gegenseitig Halt und Hoffnung zu geben. Ein paar Kinder weinten, aber sonst war es bemerkenswert ruhig. Nur oben in der Stadt, da schien die Hölle los zu sein.

»Es brennt«, sagte Marberic schließlich.

Ela war froh, dass er wieder aufgetaucht war. Er erschien ihr von den Mahren der bei weitem umgänglichste zu sein, und sie hatte sich schon besorgt gefragt, wo er geblieben war.

Ein paar Atgather hörten jedoch, was er gerade gesagt hatte, und flüsterten es weiter. Laute des Entsetzens erklangen, Jammern, die Nachricht verbreitete sich wie ein Lauffeuer in den überfüllten Stollen, und Ela wünschte, sie hätte den Mahr nicht gefragt.

»Stig, Asgo«, bat sie ihre beiden Brüder. »Geht durch die Stollen und macht den Leuten klar, dass sie hier unten sicher sind. Und das, was da oben brennt, kann man wieder aufbauen. Sie sollten froh sein, dass sie nicht dort sind!«

»Ist gut, Schwester«, rief Asgo und brach mit seinem Bruder auf.

Ela sah ihnen seufzend nach. Wie sehr sie die beiden vermisst hatte, das hatte sie erst gemerkt, als sie sie wieder hatte in die Arme schließen können. Sie erhob sich und forderte Marberic auf, sie ein paar Schritte zu begleiten, denn sie wollte sich mit ihm unterhalten, ohne dass die Bürger der Stadt sie belauschten. Es dauerte eine Weile, bis sie einen leeren Seitenstollen fanden.

»Du hast Fragen«, begann der Mahr.

»Genau«, sagte Ela. »Als erstes: Was ist da oben los?«

»Der Feind ist in der Stadt. Aber irgendetwas erschreckt sie zu Tode. Menschen brennen. Mehr als Häuser. Es ist rätselhaft. Es geht um Kinder, die Feuer bringen.«

Ela runzelte die Stirn. »Vielleicht die Homunkuli?«, meinte sie dann.

»Ah! Du bist klug, Ela Grams.«

»Danke. Und Sahif? Hast du etwas von ihm gehört?«

Der Mahr wiegte den Kopf hin und her. »Dies ist nicht die Kammer des Hörens. Ich kann nicht genau sagen, was in der Burg vorgeht. Aber ich weiß, dass die geheime Kammer geöffnet wurde.«

Ela sah ihn entsetzt an. »Die Kammer? Dann hat diese Schlange es geschafft? Aber was ist mit Sahif?«

Der Mahr zuckte mit den Schultern. »Ich weiß nur, dass jemand die Treppe benutzt, hinab zur Alten Magie.«

Ela, die ihre Gedanken nur mühsam von Sahif lösen konnte, begriff, was er damit sagte: »Aber das heißt, das ist das Ende der Welt!«

»Vielleicht nicht«, meinte Marberic. »Vielleicht kann man sie aufhalten, wenn sie unten angekommen ist.«

»Es ist hoffentlich jemand dort unten.«

Der Mahr nickte.

»Einer deiner Brüder – und der wird sie töten?«

»Wir töten keine Menschen, Ela Grams, denn die Alte Magie würde uns das nicht verzeihen.«

»Aber wie wollt ihr sie dann …«

»Heiram Grams ist auch schon fast dort. Er kann es tun.«

»Mein Vater? Mein Vater ist dort unten bei der Alten Magie? Ausgerechnet mein Vater?«

Marberic nickte ernst. »Er kann sie aufhalten, vielleicht.«

»Ich würde mich nicht darauf verlassen«, meinte Ela düster. »Nicht, wenn da unten irgendwo ein Krug Branntwein in Reichweite ist.«

»So etwas gibt es bei uns nicht, Ela Grams.«

Sie schüttelte den Kopf. Ausgerechnet ihr Vater. Sie verstand immer noch nicht, warum sich die Mahre gerade mit ihm angefreundet hatten. Aber dann dachte sie, dies sei doch eine günstige Gelegenheit, Marberic danach zu fragen.

»Wir haben es versprochen«, lautete die Antwort.

»Ja, das hast du schon mal gesagt. Aber was genau habt ihr versprochen, und, um der Himmel willen, warum? Und sag jetzt nicht, es sei ein Geheimnis!«

»Es ist ein Geheimnis.« Der Mahr hielt inne, aber fuhr dann zu Elas Überraschung fort: »Doch jetzt, da so viele geheime Dinge offenbar werden, kann ich es sagen.«

»Nämlich?«, fragte Ela.

Marberic seufzte. Stockend begann er: »Es ist Gralwins Versprechen. Wir dürfen es nicht brechen. Er war der Erste und Älteste. Er baute Mahratgath, das du Atgath nennst. Für uns, zuerst, ein Tor zur Oberwelt. Wir gingen oft hindurch. Aber Gralwin schenkte es dann den Menschen, denn er wusste, dass wir Mahre nicht mehr lange auf der Erde wandeln würden, denn Mahre und Menschen, das ging nicht immer gut.«

»Verstehe«, murmelte Ela.

»Er zögerte die Entscheidung hinaus, denn er liebte die Torburg, Mahratgath. Aber es musste getan werden. Eines Tages wurde er von Menschen bedrängt, Räubern, die hofften, Gold bei ihm zu finden. Drei Brüder kamen ihm zu Hilfe, und einer von ihnen ließ sein Leben, als sie ihn retteten. An jenem Tag entschied er sich.« Der Mahr stockte wieder.

»Und was hat mein Vater damit zu tun?«

Der Mahr sah sie noch ein wenig finsterer als sonst an, offensichtlich störten ihn die Zwischenfragen, und Ela nahm sich vor, den Mund zu halten, als er endlich weiter erzählte: »Gralwin beschloss, jenen, die gerecht waren, Mahratgath zu übergeben. Als Wergeld für ihren Verlust, ihren toten Bruder. So wurde einer der Männer, Taman mit Namen, der erste Herzog der Stadt. Der andere jedoch, Harmstig genannt, wollte nicht herrschen. Er schlug die Teilhabe an der Herrschaft aus, überließ sie seinem Bruder.«

Ela wurde ganz anders zumute. Harmstig? Das war der vollständige Name ihres Bruders Stig.

»Dafür erbat Harmstig sich das Wohlwollen der Mahre, für sich und all seine Nachfahren. Und deshalb wachen wir über Heiram Grams und wachten über all die, die vor ihm waren, und die, die nach ihm kommen.«

»Die vor ihm, die nach … Ihr wacht über uns?« Elas Fähigkeit zu denken setzte kurzzeitig aus.

»Hat es je einen Waldbrand gegeben, wo einer von euch seine Meiler schürte? Ist je einer von euch in diesen Wäldern von einem Tier oder Menschen überfallen worden? Wir wachen. Wir tun, was wir sagen, anders als die Menschen«, schloss Marberic.

Ela sah in das schmale, bleiche Antlitz, die schwarzen, tiefen Augen und suchte nach einem Hinweis, der ihr sagen würde, dass der Mahr Scherze machte. Aber nein, er meinte es völlig ernst. Wie alt war Atgath? Sechshundert Jahre. Und so lange wachten die Mahre schon über ihre Familie?

»Und meine Mutter? Warum habt ihr uns nicht geholfen, als das Fuhrwerk sie überrollte, wo wart ihr da?«

Der Mahr senkte den Blick. »Ein Unfall. Wir konnten ihn nicht voraussehen.«

Ela fasste sich. »Und dann wacht ihr auch über mich und meine Brüder?«

Marberic nickte. »Es fällt uns schwerer, denn wir werden immer weniger, und immer weniger kümmert die anderen, was hier oben geschieht.«

»Werdet ihr auch über meine Kinder wachen – und den Mann, der sie mir schenkt?«

Und als der Mahr sie ausdruckslos, vielleicht auch fragend, ansah, seufzte Ela, und dann erzählte sie ihm von der Insel der Toten und von Meister Iwar, dem sie ihr erstgeborenes Kind hatte versprechen müssen, weil er sonst sie und auch Sahif hätte sterben lassen.

***

Sahif rannte durch die verwinkelte Burg nach unten. Er hielt sein Messer in der Hand, denn er hörte, dass er nicht allein in der Burg war. Ihm kamen mehrere Männer entgegen, ein Dutzend vielleicht. Er überlegte sich, die Schatten zu rufen, aber dann dachte er, dass er von diesen Leuten erfahren konnte, wie es in der Stadt stand. Er bog um die nächste Ecke.

»Der Oramarer!«, rief einer der Westgarther.

»Prinz Askon!«, entfuhr es Sahif.

»Vorsicht, Männer, er ist ein Schatten!«, rief der Prinz.

Für einen Augenblick war unentschieden, was geschehen würde, aber Sahif spürte schon die alles durchdringende Kälte seines Schattenwesens. Sie füllte ihn aus und flüsterte ihm zu, dass er keine Zeit für lange Umwege hatte. Er zögerte dennoch, aber dann hob der erste der Seekrieger sein Schwert mit einem Kriegsschrei zum Angriff, und damit war die Sache entschieden.

Sahif warf sein Messer. Es sauste durch die Luft, der Angreifer bemerkte es erst, als es in seine Brust eindrang. Sahif rief die Schatten und rannte los. Das Messer stak zwischen den Rippen des Westgarthers. Er taumelte, ächzte, aber noch ehe er fiel, war Sahif bei ihm, ließ die Schatten fallen und zog ihm die Klinge aus dem Leib. Dann verschwand er wieder unter dem Schutz seiner Zauber.

Die Westgarther brüllten, die, die dem Gefallenen am nächsten waren, hieben mit ihren Schwertern dorthin, wo Sahif eben noch gewesen war, aber sie verfehlten ihn und trafen nur ihren Kameraden. Sahif sah ihnen in kalter Ruhe zu, wie sie um sich schlugen, wich eine Winzigkeit zurück und fand das nächste Ziel. Er hatte keine Zeit für einen Umweg, aber der Gang war schmal, er würde nicht ohne Kampf an den Männern vorüberkommen, und da, mitten unter ihnen, wartete Askon, und Sahif hatte den Hinterhalt an der Brücke nicht vergessen. Der Prinz hatte versucht ihn umzubringen, hatte Leiw getötet, hatte Aina und Ela Grams Gewalt antun wollen. Askon brüllte nach Jamade. Ob er wusste, dass sie Aina gewesen war?

Sahif tauchte kurz aus den Schatten auf. »Deine Gestaltwandlerin ist beschäftigt, Askon.«

Die Miene des Westgarthers verdüsterte sich, er sah nicht so aus, als ob er das gewusst hätte. »Schnappt ihn euch, ihr Hunde!«, brüllte er seinen Männern zu.

Sahif zog sich in die Schatten zurück, ließ die Angreifer herankommen, wich ihnen aus, zeigte sich, tötete einen von ihnen mit einem Stich in den Hals und verschwand wieder. Noch acht, dachte er kalt. Er hatte nicht vor, sie alle zu töten, aber er würde es tun, wenn sie ihm weiter im Weg standen. »Das ist eine Sache zwischen mir und Askon. Haltet euch heraus, Krieger!«, rief er aus den Schatten. Aber sie brüllten ihren Schlachtruf und wichen nicht, ganz im Gegenteil, sie schoben sich zwischen ihn und Askon.

Verflucht sei ihre Sturheit, dachte Sahif, tauchte vor dem nächsten aus den Schatten auf, schnitt ihm die Kehle durch, nahm ihm gleichzeitig mit der Linken das Schwert ab und rammte es dem Nebenmann in den Unterleib. Er wich einer Axt aus, rief die Schatten, rollte sich ab, kam auf die Füße und schlug einem der Männer den Ellbogen hart ins Gesicht. Er hörte Kiefer und Nase des Mannes brechen, hörte seinen eigenen Atem und den seiner Feinde, hörte Stahl durch die Luft schneiden, fuhr herum, tauchte unter einer Klinge durch und erledigte einen weiteren Krieger mit dem Messer, wich einem Axthieb aus, rammte dem Mann seine Klinge in den Oberschenkel und sprang zurück. Er sah das Blut aus der zerfetzten Ader spritzen.

Die Westgarther fluchten, aber sie griffen weiter an.

Tapfer und dumm, dachte Sahif, verschwand in den Schatten, hob eine verlorene Axt auf, zeigte sich und schleuderte sie nach Askon. Mit einem Sausen zerschnitt sie die Luft, aber einer der Krieger bekam noch seinen Schild nach oben und wehrte sie ab.

Schnell sind sie und zäh.

Selbst die beiden Verwundeten hielten ihre Waffen noch in der Hand. Sie griffen ihn sogar an. Er zog sich in die Schatten zurück, ließ sie im leeren Gang herumfuchteln, tauchte auf, packte den, der sich am weitesten vorgewagt hatte, am Handgelenk und brach es mit einem harten Ruck, fing das Schwert, das der Mann schreiend losließ, und erledigte den Westgarther, dem er zuvor das Gesicht zerschmettert hatte, mit kühler Präzision, wich einem Schwerthieb aus, zerschnitt dem Angreifer die Muskeln am Oberarm und verschwand wieder.

Erst jetzt schienen die Männer wirklich zu begreifen, worauf sie sich eingelassen hatten. Die Verwundeten zogen sich zurück zu Askon und den beiden Kriegern, die bei ihm geblieben waren. »Du solltest die Männer wegschicken, Askon. Sonst ist gleich keiner mehr übrig, der deiner Mutter von deinem Tod erzählen kann.«

Askon nickte düster. »Verflucht seien die Schatten! Gut, Männer, von hier an übernehme ich. Und von dir, Oramarer, will ich wissen, ob du mich in einem ehrlichen Kampf ohne Hilfe deiner Zauberei besiegen kannst.«

»Dann komm her und finde es heraus«, entgegnete Sahif ruhig und zeigte sich.

Askon spielte mit seinem Schwert in der Rechten, zog mit der Linken sein Entermesser aus dem Gürtel und griff an. Er war schnell und stark, und er war ausgeruht, während Sahif vor diesem Kampf schon mit Jamade gerungen hatte. Er spürte die Müdigkeit seiner Muskeln und auch die des Geistes, denn es kostete Kraft, die Schatten zu rufen. Er studierte Askons Ansturm, das blitzende Schwert in der Rechten, das lange Messer in der Linken, die Kraft seiner Bewegung. Er ließ ihn herankommen, behielt die Schwertklinge im Auge, berechnete kalt den Angriff und wich im letzten Augenblick erst aus – und dann erkannte er, dass das Schwert nur der Ablenkung diente. Das Entermesser würde den tödlichen Streich ausführen! Er war auf diese einfache Finte hereingefallen, bewegte sich genau auf die tödliche Klinge zu. Gleich würde sie ihm die Eingeweide herausreißen. Er sah den Triumph in Askons Miene. Aber er war ein Schatten, kalt und schnell im Denken und Handeln. Er wehrte das Entermesser im allerletzten Augenblick mit der Linken ab, hörte den Stoff reißen, als ihm die Klinge unter das Wams fuhr und die Haut aufritzte, und gleichzeitig ließ er seine Messerhand in tausendfach geübter Schnelligkeit vorschießen. Askon stürmte vorüber und blieb erst einige Schritte später stehen. Er drehte sich um und grinste breit.

»Mache ich dir Angst, Schatten?«

Sahif antwortete nicht. Er wies mit einem Nicken auf Askons Brust. Der Westgarther senkte den Blick. Ein roter Fleck breitete sich dort aus. Er ächzte.

»Du bist schnell, Askon. Ich habe dein Herz tatsächlich um einen Fingerbreit verfehlt.«

»Fingerbreit«, keuchte Askon. Sein muskulöser Körper begann zu zittern, erst fiel ihm das Schwert aus der Hand, dann das Entermesser. »Verflucht seist du, Oramarer«, stammelte er.

Sahif sah ihm an, dass er alle Kraft brauchte, über die er noch verfügte, um sich auf den Beinen zu halten. Er wandte sich ab. Er empfand keinen Triumph, aber Genugtuung wegen Ela und Leiw, mehr nicht. Er lief den Gang hinab. Die vier noch lebenden Westgarther starrten ihn mit einer eigentümlichen Mischung aus Entsetzen und Hass an. Sie wichen vor ihm zurück, pressten sich an die Wand. Er rief die Schatten und lief an ihnen vorbei. Er war immer noch in Eile.

***

Faran Ured war unschlüssig. Er hatte den Thronsaal durchsucht und einige andere Räume im Erdgeschoss. Diese verfluchte Kammer, die er für Weszen aufstöbern sollte, fand er jedoch nicht. Hätte er zaubern können, wäre es schneller gegangen, aber nach dem Unglück mit der Mauer würde es Tage dauern, bis die Magie ihm wieder gehorchte. Inzwischen hegte er den Verdacht, dass sich die berühmte Kammer oben befand, in der Nähe der Gemächer des Herzogs. Das wäre einerseits seltsam, weil die Alte Magie sich doch tief unter der Erde befinden würde, aber andererseits war die Kammer ein Werk der Mahre, und die waren auch in der Lage, einen Weg nach unten irgendwo in luftiger Höhe anzulegen.

Leider hörte er dort oben die Westgarther lärmen, und er hatte keine Lust, ihnen in die Quere zu kommen. Er lauschte auf den Lärm eines Kampfes, der dort oben gerade stattzufinden schien. Oder war er schon vorüber? Es war wieder merkwürdig still geworden.

Die andere, eigentlich noch logischere Möglichkeit war, dass sich die Kammer der Mahre irgendwo unten in den alten Katakomben befand. Er war schon einmal dort gewesen, vor dreihundert Jahren. Eine solche Kammer hatte er nicht gefunden, allerdings hatte er damals auch nicht gewusst, dass sie überhaupt existierte. Da unten befand sich das Reich des Nekromanten. Auch diese Begegnung hätte er sich gerne erspart. Er blieb an der Treppe stehen. Oben oder unten? Im Prinzip war es gleichgültig, er hatte keine Möglichkeit, die Kammer zu öffnen, er würde den Padischah und Prinz Weszen enttäuschen müssen, und das hieß, er würde seine Familie in noch größere Gefahr bringen.

»Verdammt!«, stieß er hervor. Gab es keinen anderen Weg? Er mahnte sich zur Ruhe. Statt kopflos hin und her zu rennen, sollte er lieber nachdenken. Er atmete tief durch. Worin lag die größte Schwierigkeit? Darin, dass er nicht fliehen konnte, denn die Gedanken der Mittler reisten schneller als jedes Schiff, und der Hinweis, den Weszen ihm gegeben hatte, war sehr ungenau. Die Dünen von Massat? Ein weites Land.

Eins nach dem anderen, mahnte er sich. *Bin ich erst in Aramas, wird sich der Rest finden. Aber wie kann ich schneller dort sein als die Gedanken dieser Mittler? Gar nicht!,* fluchte er lautlos. Dann sah er es vor sich. Drei Mittler hatte er beim Padischah gesehen. Er musste sie töten! Das war es! Dann musste er nach Felisan, auf dem schnellsten Pferd, das er finden konnte. Auch dort saß wenigstens ein Mittler, nein, eher zwei, denn der Prinz, der dort eingefallen war, hatte bestimmt seinen eigenen Mittler mitgebracht. Aber wenn er die auch noch erledigte? Dann, ein schnelles Schiff … Er schüttelte den Kopf. Viele *Danns* und *Wenns.* Er müsste Verwirrung stiften, seine Feinde ablenken, mit wichtigeren Dingen beschäftigten. Plötzlich stand es ihm kristallklar vor Augen: Er musste den Großen Skorpion töten!

Er schluckte, denn dieser Gedanke war ungeheuerlich. Aber hatte Prinz Weszen es nicht gesagt? Hatte er nicht gesagt, dass der Padischah diese angebliche Kränkung durch sein Versagen bis an sein Lebensende nicht vergessen würde? Und das war es: Das Lebensende, er musste es herbeiführen.

Er schüttelte den Kopf, denn das war viel leichter gesagt als getan. Die besten Leibwächter und Zauberer wachten über Akkabal at Hassat. Er würde kaum nah genug an ihn herankommen … es sei denn, es *sei denn,* er hatte etwas, das der Padischah unbedingt haben wollte. Ja, er brauchte einen Gegenstand, einen magischen Gegenstand, genau das, was Prinz Weszen von ihm verlangt hatte. Und da er die geheime Kammer nicht öffnen konnte, gab es nur einen anderen Ort, wo er das Gesuchte finden konnte: Er musste hinab in die Katakomben, in das Reich des Totenbeschwörers. Vielleicht hatte Meister Hamoch das, was er brauchte. Er atmete noch einmal tief durch. Es war ein Plan, lückenhaft, gefährlich, wahnsinnig sogar, aber es war ein Plan.

Plötzlich fühlte er sich von einer unsichtbaren Kraft emporgehoben und gegen die Wand gedrückt. Er schrie überrascht auf, dann tauchte das Gesicht von Prinz Sahif vor ihm auf.

»Ich kann nicht behaupten, dass ich nach Euch gesucht hätte, Meister Ured, aber es ist gut, dass ich Euch treffe.«

»Aber …«

»Die Mahre wünschen Euren Tod. Und ich bin ihnen einiges schuldig.«

»Ich bin nicht freiwillig hier, man zwingt mich!«, stieß Ured hervor. Er gab sich ängstlich, aber eigentlich konnte ihm das Messer eines Schattens nicht viel anhaben. Er sollte ihn ruhig töten, der Ring würde ihn wieder zum Leben erwecken. Dann dämmerte ihm, dass dieser Mann den Auftrag von den Mahren erhalten hatte, was hieß, dass er von dem Ring wissen musste.

»Wie könnte man einen so mächtigen Magier zwingen, Meister Ured?«, fragte der Schatten ruhig. Sein Messer lag an Ureds Kehle.

»Meine Familie. Euer Vater, der Padischah, er hat sie in seinen Händen. Er tötet sie, wenn ich nicht tue, was er sagt.«

»Und ich muss Euch umbringen, *weil* Ihr tut, was er sagt.«

»Aber das tue ich nicht, das tue ich nicht! Ganz im Gegenteil, ich … ich werde ihn töten.«

Der Schatten stutzte, sah ihn an, lachte plötzlich. »Meister Ured, ich kann spüren, dass Ihr zurzeit über keinerlei Magie gebietet, und ich weiß außerdem, dass meinem Vater mit Zauberei nicht beizukommen ist. Ich war sein Schatten, vergesst das nicht. Mächtige Magier und noch mächtigere Amulette beschützen ihn.«

»Aber nicht vor Gift, Prinz, nicht vor meinem Gift!«

Sahif schüttelte den Kopf. Sein Messer schnitt Ured leicht in die Kehle. »Gerade vor Gift, das solltet Ihr doch wissen.«

»Oh, vor den meisten schon, doch gibt es eines, das ich weit im Süden fand, vor langer Zeit, gewonnen aus der Haut einer Baumechse.«

Prinz Sahif sah ihn stirnrunzelnd an. »Davon habe ich nie gehört.«

»Das könnt Ihr auch nicht, denn es ist längst in Vergessenheit geraten, aber ich kenne es, und ich habe es schon oft benutzt.«

Der Sohn des Padischahs starrte ihn an. »Vielleicht erzählt Ihr mir das nur, um Euch freizukaufen, aber andererseits … nein, aus irgendeinem Grunde glaube ich Euch. Ich sollte es Euch vielleicht wirklich versuchen lassen, Ured. Vielleicht nehmen mir die vielen Männer, die über das Leben meines Vaters wachen, die Arbeit ab, Euch zu töten.«

Das Messer verschwand von Ureds Hals.

»Ihr lasst mich gehen?« Erleichtert atmete er auf.

Prinz Sahif zuckte mit den Achseln. »Ich habe andere Aufgaben und für dieses Leben schon genug getötet. Allerdings kann ich Euch *so* nicht gehen lassen.«

Bevor Ured auch nur darüber nachdenken konnte, was der Prinz meinte, wurde seine Rechte hochgerissen, sein Ringfinger zurückgebogen. »Nein«, stammelte Ured, »das könnt Ihr nicht tun!« Dann schrie er auf, denn Sahif tat es doch. Der Ringfinger fiel zu Boden, und Ured sackte in die Knie. Prinz Sahif hob den Finger auf und betrachtete ihn. »Ah, dort, unter der Haut. Ich sehe ihn. Diese Mahre verstehen wirklich etwas von Zauberei.«

Faran Ured krümmte sich vor Schmerzen. »Verflucht sollt Ihr sein! Ihr seid ebenso grausam wie Eure Brüder, wie Euer Vater, wie die ganze verfluchte Sippschaft der Skorpione!«

Der Prinz legte ihm eine Hand auf die Schulter. »Nein, bin ich nicht. Wäre ich mein Vater oder wäre ich nur der, der ich früher war, Meister Ured, ich würde mir jetzt auch noch Euren Kopf nehmen.« Er legte die Hand auf Ureds Wunde, murmelte ein paar Worte und zog sie wieder fort. Verblüfft starrte Ured auf die Wunde. Sie hatte sich geschlossen. Dann verschwand der Prinz vor seinen Augen und ließ ihn auf den Knien zurück. »Verflucht sollt Ihr sein«, schrie er ihm nach.

Aber er wusste, der Prinz hatte Recht: Jeder andere der Skorpione hätte ihn getötet. Er schöpfte Atem und versuchte, die Schmerzen auszublenden. Er würde vergeblich darauf warten, dass die heilende Kraft seines Ringes einsetzte. Er hatte ihn verloren, für immer. Und das hieß auch, dass er vermutlich sterben würde, wenn er versuchte, den Padischah zu töten. Aber er musste es trotzdem tun. »Unsterblich oder nicht«, murmelte er. Und deshalb musste er hinab in die Katakomben.

***

»Askon!« Jamade hatte ihn rufen hören, aber Meister Iwar hatte sie erst nicht gehen lassen. Er stand jetzt wohl immer noch im schwarzen Teich und versuchte, mit der Hilfe der Schattenmagie einen Weg hinein zu finden.

Und jetzt stand sie da, und Askon lehnte blutend an der Wand, umringt von vieren seiner Kameraden. Die anderen lagen tot auf dem Boden. Sie brauchte nicht zu fragen, um zu wissen, was geschehen war. Sie kniete neben Askon nieder und griff nach seiner Hand.

»Ah, Jamade!«, sagte er matt.

»Was tust du nur?«

»Ich habe dich gesucht, Schatten, aber leider einen anderen gefunden. Verfluchtes Pech!«

»Ich werde ihn finden und es ihm heimzahlen, Askon.«

»Kannst du meiner Mutter und meinem Vater sagen, wie ich gestorben bin, im Kampf?«

Jamade nickte. Der Vater war tot, und ob die Mutter noch

lebte, wusste sie nicht, aber wie sollte sie all das erklären? Also schwieg sie.

»Ich dachte immer, ich sterbe auf See«, keuchte Askon.

Jamade schluckte. Wie viele Menschen hatte sie schon sterben sehen, die meisten durch ihre eigene Hand? Noch nie war ihr der Tod so entsetzlich nah erschienen. »Auf See, begrabt mich auf See«, keuchte Askon, und seine Hand krallte sich in ihre.

Sie nickte bloß.

Er lächelte sein strahlendes Lächeln, flüsterte: »Tränen, Schatten? Hat doch Spaß gemacht, oder?« Er holte noch einmal tief Luft. »Wir sehen …« Dann kippte sein Kopf nach vorn.

»Was, was?«, fragte Jamade und hob sein Kinn.

»Wir sehen uns auf den Schlachtfeldern der nächsten Welt. Das war es, was er sagen wollte«, erklärte einer der Westgarther, der mit schmerzverzerrtem Gesicht seinen Arm hielt. Die Hand war eigenartig verdreht. Offenbar war sein Handgelenk gebrochen.

Jamade streichelte Askons Gesicht. Sie fühlte, dass das Leben daraus gewichen war, aber sie wollte es nicht wahrhaben.

»Wenn Ihr wollt, werden wir ihn ans Meer bringen«, bot einer der Krieger an.

Jamade nickte.

»Werdet Ihr uns begleiten, Schatten?«

Sie schüttelte den Kopf. »Ich werde seinen Mörder suchen – und finden«, sagte sie. Ja, sie würde Sahif töten, koste es, was es wolle. Sie durfte nicht zögern – und doch brachte sie es nicht über sich, Askon zu verlassen.

***

Meister Hamoch stopfte Pergamente in eine Tasche. »Esara!«, rief er zum wiederholten Male, aber wieder bekam er keine Antwort. Er fluchte. Zwei Taschen hatte er schon voll, zwei weitere würde er ebenso leicht füllen und dabei immer noch viel mehr wichtige Dinge zurücklassen, als er mitnehmen konnte. »Esara!«

Wo mochte sie stecken? Er sah sich um. Das Schwarze Buch, es lag immer noch aufgeschlagen auf dem Tisch. Das konnte er nun wirklich nicht zurücklassen, ebenso wenig wie all die handbeschriebenen Pergamente und Pergamentrollen, die er von Meister Quent »geerbt« hatte. Er rannte zum vielleicht dreißigsten Mal die Stufen in den Vorraum hinauf, in sein Arbeitszimmer, lud sich einen Arm voll weiterer Rollen auf und schaffte sie nach unten. Er sollte schon längst fort sein.

»Habt Ihr mich vergessen, Hamoch?«, krächzte es aus einer der Kammern. Hamoch seufzte. Er hätte seine Meisterin gerne aus seinem Gedächtnis verbannt, aber das war wohl nicht so einfach. Er öffnete die Kammer. Es stank entsetzlich, und Kisbara war noch weiter zur schattenhaften Greisin gewelkt. Der Stab, mit dem er sie durchbohrt hatte, irgendwie verhinderte er, dass sie starb. Doch was sollte er nun tun? Sie umbringen? Er hatte in dieser Frage immer noch keinen Entschluss gefasst.

»Hör zu, alte Hexe, ich lasse dich leben, wenn du mir verrätst, wo ich andere unseres Ordens finde«, sagte er, um Zeit für die unausweichliche Entscheidung zu gewinnen.

Sie lachte schrill. »Dummkopf«, krächzte sie dann. »Wenn Ihr mich tötet, wird das im Orden nicht unbemerkt bleiben. Wir sind Totenbeschwörer, schon vergessen? Oh, ich werde aus dem anderen Reich heraus viel über Euch zu erzählen haben, Hamoch.«

Er starrte sie an. Daran hatte er tatsächlich nicht gedacht. »Dann verrotte hier, Weib«, schrie er, lief ins Laboratorium und fand noch eine Phiole mit etwas Blut, das Kisbara einem jungen Mädchen abgenommen hatte. Er kehrte in die Kammer zurück.

»Sieh nur, was ich hier habe. Ich gebe dir davon, wenn du mir meine Frage beantwortest.«

Er konnte die Gier in ihren Augen sehen, sie leckte sich über die rissigen Lippen. Dann flüsterte sie: »In Rhiamat, fragt nach einem Kaufmann namens Hesob. Er schickt Euch weiter.«

»Und das ist die Wahrheit?«

»Das Blut, gebt mir das Blut, Hamoch.«

Er näherte sich ihr vorsichtig und tropfte ihr drei Tropfen in den Mund.

»Mehr, mehr«, krächzte sie.

»Andere, wo finde ich andere unseres Ordens? Wo finde ich den Hauptsitz?«

Sie lachte wieder heiser. »Wenn Ihr den Mächtigsten von uns sucht, dann segelt zur Insel der Toten. Er sitzt in Du'umu und freut sich stets über Besuch.«

»Verfluchte Närrin«, rief Hamoch. Diesmal gab er ihr kein Blut. Wozu auch? Er verschloss die Kammer wieder und versuchte, ihr Gezeter zu überhören. Es war erstaunlich, wie viel Kraft ihr diese drei Tropfen schon gegeben hatten.

»Also Rhiamat«, murmelte er. Er versuchte sich zu erinnern, wo diese Stadt lag. Am Goldenen Meer jedenfalls nicht. Nun, das würde er herausfinden. Er stopfte die Pergamente in eine Tasche und achtete nicht mehr darauf, ob sie geknickt wurden oder nicht. »Esara!«, rief er wieder, und wieder gab es keine Antwort.

Doch plötzlich hörte er ein leises Tappen. Nackte Füße auf dem Steinboden. Er drehte sich um und hielt inne. »Panu und Rebu«, flüsterte er. Er schüttelte den Kopf. »Panu und Rebu«, sagte er dann wieder. Die beiden Homunkuli standen nebeneinander in der Mitte der Kammer. Er hatte sie völlig vergessen, wie so vieles in den letzten Tagen. Dabei waren sie doch von allen Homunkuli immer seine liebsten gewesen, geschaffen aus dem toten Fleisch von Meister Quent. Sein Blick glitt beinahe wehmütig hinüber zu dem Säuretank, in dem er all die Leichen zersetzt und dann zu neuen Geschöpfen geformt hatte. Damit war es vorbei. Er ging in die Hocke und betrachtete sie. Sie waren die ältesten aller noch lebenden Homunkuli, nein, sie waren die einzigen, berichtigte er sich. Die anderen waren längst verbrannt. Diese beiden hatte das Schicksal verschont. Er runzelte die Stirn. Dass ihm das nicht aufgefallen war! Er seufzte. Mitnehmen konnte er sie dennoch nicht.

»Helft mir packen!«, befahl er. Er würde sich anschließend überlegen, was er mit ihnen machte.

Die beiden Homunkuli rührten sich nicht.

»Ihr habt nicht das Recht, ihnen noch irgendetwas zu befehlen, Hamoch!«, rief eine Stimme von der Tür.

»Esara?«

»Umgebracht. Ihr habt all ihre Brüder, all unsere Kinder umgebracht, Hamoch. Aber warum? Wozu?«

»Wovon redest du, Närrin?«

»Quent sagt das auch.«

»Quent? Du redest wirr, Esara. Komm und mach dich nützlich.«

»Seht Ihr ihn denn nicht? Hört Ihr ihn denn nicht?«, fragte sie leise.

Etwas in ihrer Stimme ließ Hamoch innehalten. Seine Nackenhaare sträubten sich. Er sah sich mit offenem Mund um. Quent? Aber da war nichts! Nur die alte Angst vor dem strengen Zauberer. Doch, da, jetzt hörte er es, ein Flüstern schwebte durch die Katakombe: »Das Becken«, wisperte es.

Die Homunkuli setzten sich in Bewegung.

Hamoch starrte sie an, wich einen Schritt zurück. Was geschah hier? »Quent? Nein, ich habe das alles nicht gewollt. Nein, zurück. Panu und Rebu, ich befehle es!«

Die Homunkuli hörten nicht auf ihn. Sie tappten auf nackten Füßen heran, ihre übergroßen Augen starrten ihn ausdruckslos an.

Er wich weiter zurück, fand einen gusseisernen Kerzenleuchter und hielt ihn als Waffe vor sich, um sie abzuwehren. »Zurück, ihr kleinen Ungeheuer!«, schrie er.

Aber da rannten sie plötzlich los und packten ihn, und er war wie gelähmt, wehrte sich nicht einmal. Er fühlte sich hochgehoben. Wie stark sie waren!

»Gute Reise, Hamoch«, wisperte die Stimme.

»Nein, Quent, nicht, ich kann Euch zurückholen, retten, nein!« Seine Stimme überschlug sich vor Angst.

Die beiden kleinen Geschöpfe hoben ihn hoch. Dann warfen sie ihn in das Säurebecken. Er schrie, schluckte Säure, spie sie aus und versuchte, aus dem Becken zu entkommen, aber entsetzt sah er, dass die Haut sich schon von seinen Fingern löste und das Fleisch darunter von den Knochen. Er erstarrte in Schmerz und hörte Esara sagen: »Sie sind meine Kinder, Meister Quent.«

War Quent wirklich dort, oder war es nur Einbildung? Sehen konnte Hamoch ihn nicht, aber er bildete sich ein, dass er den alten Zauberer lachen hörte, als er in der Brühe versank und starb.

***

Faran Ured hatte schrille Schreie gehört, die jetzt jedoch verstummt waren. Er spähte vorsichtig durch die Tür und sah gerade noch, wie eine Frau mit zwei kindsgroßen, jedoch kahlköpfigen Geschöpfen an der Hand durch eine andere Tür verschwand.

Er fragte sich, was das zu bedeuten hatte. Aber eigentlich konnte es ihm auch gleichgültig sein. Er brauchte etwas, von dem er noch nicht wusste, was es war, und konnte nur hoffen, dass er es an diesem finsteren Ort finden würde. Vorsichtig schlich er in das Laboratorium. Es schien verlassen zu sein. Aus einem Becken in einer Ecke stiegen Blasen auf. Vielleicht bereitete der Nekromant da eines seiner widerlichen Experimente vor, aber von ihm selbst war nichts zu sehen. *Seltsam,* dachte Ured. Beißender Gestank drang aus dem Becken. Da ragten die Knochen einer Hand empor. Ured wandte sich schaudernd ab. Von all den Zauberern dieser Welt waren die Nekromanten ihm am verhasstesten, aber die Schatten waren nicht viel besser. Er blickte auf seine Hand. Ja, der Finger war immer noch weg, und er würde nicht mehr nachwachsen. Er hatte seinen kostbarsten Besitz verloren. Nein, nicht den kostbarsten: Seine Frau und seine Kinder lebten – noch.

Er strich durch das Laboratorium. Da standen gepackte Taschen auf dem Boden. Offenbar hatte der Zauberer seine Flucht geplant. Was hatte ihn gehindert? Ureds Blick wanderte wieder zu den Knochen, die aus dem Becken ragten, und er begann, den Zusammenhang zu erahnen. »Umso besser«, murmelte er. Er fand ein Buch auf dem Tisch liegend. Es war schwarz, und als er es neugierig aufschlug, sah er nichts anderes als ebenfalls schwarze, völlig leere Seiten. »Na so was, von dir habe ich gehört«, murmelte er.

Er hob das Buch auf und ging hinüber zum Becken. Ja, darin schwamm etwas, was vielleicht vor kurzem noch ein Mensch gewesen war. Es stank erbärmlich. Er warf das Buch in die Brühe. Es zischte, und das Pergament begann sich zu zersetzen.

»Besser«, meinte Ured. Er sah sich weiter um. Er brauchte etwas, einen Gegenstand, etwas Besonderes, das er dem Padischah als magisches Artefakt aus der geheimnisvollen Kammer anbieten konnte.

Plötzlich hörte er ein leises, flehendes Krächzen. Er fand und öffnete die Kammer, aus der es drang. Der Geruch verschlug ihm den Atem. Und da kauerte eine fast zum Skelett abgemagerte Greisin in der Ecke. Diese Frau war alt, älter als Protektor Pelwa, vielleicht so alt wie er selbst. Sie war ein Haufen Knochen in einem hässlichen faltigen Sack, und sie war in Kette mit magischen Symbolen gelegt. Ihre gelben Augen starrten ihn gierig an. »Blut, gebt mir Blut. Ich werde Euch reich belohnen!«

Erst jetzt erkannte Ured, dass der Leib dieser Frau von einem dicken weißen Stab durchbohrt war. Eine dünne Kette voller magischer Zeichen umschlang ihn und schien dafür zu sorgen, dass sie ihn nicht herausreißen konnte.

»Wer seid Ihr?«, fragte er.

»Niemand, nur eine arme Gefangene. Ich bitte Euch, Herr, das Blut!«

Ured lachte. »Niemand? Ein Niemand, der in magische Ketten gelegt wird? Ein Niemand, der mit durchbohrter Brust weiterlebt?«

»Magie, dieser Stab ist böse Magie, Herr. Gebt mir Blut, und dann zieht ihn hinaus. Dann werde ich Euch alles erklären.«

Faran Ured kratzte sich am Kinn. »Der Stab ist magisch, sagt Ihr?«

Die Greisin nickte eifrig, winkte ihn heran. »Wenn Ihr mich befreit, Herr, wenn Ihr mir Blut gebt, dann werde ich Euch verraten, welche Art Magie in diesem Stab wohnt.«

Ured betrachtete sie nachdenklich. Eine Nekromantin, ohne Zweifel, die meisten von denen, die er bisher aus diesem Orden getroffen hatte, kämpften mit dunklen Zaubern gegen das Alter. Aber keiner erreichte auch nur annähernd so viel, wie er erreicht hatte – als er den Ring noch gehabt hatte. Seine Miene verdüsterte sich.

»Wisst Ihr, Hexe, im Grunde genommen ist es völlig unerheblich, welche Art von Magie diesem Stab innewohnt. Jedenfalls für meine Zwecke.«

»Ich mache Euch reich, Herr, ich mache Euch unsterblich! Befreit mich nur!«

Ured zuckte mit den Achseln und löste die Ketten. »Danke, aber unsterblich war ich schon.«

Dann setzte er ihr einen Fuß auf die Brust und riss den Stab heraus. Die Kette zerbrach ganz leicht. Die Greisin röchelte, sah ihn mit gelben Augen noch einmal böse an. Dann brach ihr Blick, und sie sackte kraftlos zusammen. Ured betrachtete sie. Er war sich nicht sicher, ob sie wirklich tot war, aber es war ihm auch gleich. Er betrachtete den Stab. Er war weiß, aus vielen Stücken zusammengesetzt. Knochen? Er war aus Knochen? Ured spürte keinerlei Magie, aber das lag leider nicht unbedingt an dem Stab. Da, die Greisin bewegte sich noch. Ihre Hand kroch über den Boden. Da stand eine Phiole mit einer dunklen Flüssigkeit auf den Steinen. Blut? Er zuckte mit den Achseln und beschloss, die Frau ihrem Schicksal zu überlassen.

Er kehrte ins Laboratorium zurück und reinigte seine Beute vorsichtig mit etwas Wasser. »Knochen sind vielleicht nicht gut«, murmelte er nachdenklich. »Elfenbein. Genau, ab jetzt bist du aus Elfenbein.« Er betrachtete das Stück. Jetzt, gereinigt, sah es geheimnisvoll und magisch aus. Auf jeden Fall war dieser Stock alt und geheimnisvoll. Es mochte ausreichen – oder auch nicht.

Es klang Lärm durch die Burg. Offenbar waren die Helmonter dabei, sie zu plündern. Er musste sich beeilen, denn nach den Ereignissen in der Stadt konnte es zu Missverständnissen kommen, wenn sie ihn im Laboratorium eines Totenbeschwörers erwischten.

Er mahnte sich zur Besonnenheit, der schwierige Teil lag doch noch vor ihm: Er griff in seine Tasche und fand das vielfach umwickelte Kästchen mit dem besagten Gift. Er zog den Handschuh an, den er ausschließlich für diesen Zweck verwendete, nahm von der Paste, löste sie in Wasser und verrieb sie mit Bedacht auf dem beinernen Stab. Der Lärm aus der Burg schien näher zu kommen. Ured atmete tief durch, wartete, bis die Paste angetrocknet war, suchte und fand ein Stück Stoff, das er sehr vorsichtig um den Stab wickelte.

Er hatte bei der Anwendung einmal nicht aufgepasst, was eine äußerst beunruhigende Erfahrung gewesen war. Das Gift verursachte keine Schmerzen, weshalb es für seine Zwecke ideal war, aber es lähmte die Muskeln und am Ende das Herz. Trotz seines Ringes hatte er sich damals eine Stunde nicht rühren können und Todesangst ausgestanden. Ured zerriss ein paar Tücher zu schmalen Streifen, versuchte dabei, den Schmerz des fehlenden Fingers zu ignorieren, verwendete die Streifen, um den Stoff am Stab fest zu verschnüren, und betrachtete sein Werk. Die Verpackung sah nicht aus, als sei sie Jahrhunderte alt, darauf musste er bei seiner Geschichte achten.

Jetzt musste er nur noch dafür sorgen, dass der Padischah ihn schnell in die Hand bekam. Irgendjemand anderes würde ihn zuerst nehmen, vielleicht einer der Schattenleibwächter oder ein Magier. Das Gift brauchte einige Zeit, bis es wirkte, aber dennoch, es musste schnell gehen. Und dann brauchte er noch irgendeine Ablenkung, um zu entkommen.

Er lachte leise über sich selbst und die Lage, in die er geraten war. Entkommen? Aus einem Zelt voller Schatten, Krieger und Zauberer? Und dann über Land und Meer, die Familie retten, bevor das Todesurteil über sie vollstreckt war? Das war unmöglich. Aber was sollte er tun? Das Beil des Henkers schwebte doch schon über seiner Frau und seinen Töchtern. Und es würde fallen, da er dem Padischah nun einmal nicht geben konnte, was er verlangte. Das hatte Prinz Weszen ihm klargemacht. Nein, er würde alles versuchen, weil es keine andere Möglichkeit gab, der Falle, in der er mit seiner Familie saß, zu entkommen. Aber er hatte keine Hoffnung auf Erfolg, nicht, seit er den Ring verloren hatte. Er würde seinen letzten Atemzug zu Füßen des Großen Skorpions machen. Das Leben war eben bedeutend gefährlicher, wenn man nicht mehr unsterblich war.

***

Sahif rief die Schatten und verließ das Hauptgebäude. Schon im Hof kamen ihm viele Krieger entgegen, Helmonter, die in die Gebäude ausschwärmten. Mordlust und Wut standen in ihren Gesichtern geschrieben. Es war nicht leicht, ihnen aus dem Weg zu gehen. Sahif war müde, die Kämpfe hatten ihn viel Kraft gekostet, und auch das Beschwören der Schatten – eine Frage der Konzentration – forderte seinen Tribut. Aber er musste sich beeilen. Shahila war auf dem Weg zur Alten Magie, und er war der Einzige, der sie aufhalten konnte. Er verließ die Burg und hielt sich im Schatten der Häuser. Plötzlich bekam er das Gefühl, dass etwas nicht stimmte. Er blieb stehen und schickte seine Sinne aus, aber er war müde und nicht sicher, ob wirklich etwas war oder er sich täuschte. Er biss sich auf die Lippen. Er konnte umdrehen, einen anderen Weg suchen, aber das würde wieder Zeit kosten. Er beschloss, die Warnungen seiner Instinkte zu ignorieren. Vermutlich war es nur die Nähe der Magier und Schatten, die seinen Vater umgaben. Er hielt wieder inne. Bislang hatte er die Anwesenheit seines Vaters und seiner Brüder verdrängt, aber ihm war klar, was sie mit ihm machen würden, wenn er ihnen in die Hände fiel.

Er hörte etwas rieseln, und obwohl seine Nackenhaare sich aufstellten und ihm das Warnung genug hätte sein sollen, lauschte er. Es klang vertraut. Dann erkannte er das Geräusch wieder: Es war das Rieseln von Sand! Er drehte sich um und rannte, das heißt, er wollte rennen, doch er konnte nicht, er steckte bis zu den Knien in Sand. Mitten auf dem harten Pflaster von Atgath steckte er in einem Treibsandfeld fest. Er kämpfte noch einen Augenblick, versuchte, die Beine aus der zähen Umklammerung zu befreien, doch es gelang ihm nicht. Er gab auf und ließ die Schatten sinken.

»Ich grüße Euch, Prinz Sahif«, sagte eine brüchige Stimme. Sie gehörte einem Mann, den er nur zu gut kannte und der jetzt hinter einem Haus hervortrat. Es war Meister Hesbeq, einer der einflussreichsten Magier seines Vaters. Der Sand war ohne Zweifel sein Werk. Neben ihm tauchte plötzlich ein Mann aus den Schatten auf, ein Leibwächter seines Bruders Algahil, dann erschienen weitere Bewaffnete.

»Werdet Ihr vernünftig sein, Prinz?«, fragte der Magier.

Sahif nickte düster. Der Leibwächter sagte kein Wort, aber er holte ein paar eiserne, mit vielen Symbolen bedeckte Handfesseln hervor. »Sie waren eigentlich gar nicht für Euch bestimmt, Prinz«, meinte Meister Hesbeq, »aber sie werden ihren Zweck erfüllen.«

Ein Gefühl der Taubheit befiel Sahif, eines, das ihm übel vertraut vorkam aus der Zeit, als er sein Gedächtnis verloren hatte – die Handschellen unterbrachen seine Verbindung zur Magie.

Sie führten ihn auf den Marktplatz, der von verkohlten Leichen übersät war. Die Helmonter lagerten in großer Zahl auf dem Platz und schienen ängstlich darauf bedacht, den Verbrannten nicht zu nahe zu kommen. Dann sah Sahif eine Gruppe gefangener Soldaten, die die Toten mit Hilfe langer Speere zusammenschoben. »Was ist hier geschehen?«, fragte Sahif betroffen, als er das makabre Schauspiel sah.

»Das solltet Ihr Eure Schwester fragen.«

Der Gestank nach verbranntem Fleisch hing über dem Platz, und Sahif fragte sich, ob wirklich Shahila für diese Grausamkeit verantwortlich war. War Bahut Hamoch tatsächlich so stark? Elas Erzählungen zufolge hätte er das nicht für möglich gehalten.

Am anderen Ende des Platzes war bereits ein Zelt errichtet worden, vor neugierigen Blicken abgeschirmt durch einen Ring roter Stoffbahnen, wie sie in der Wüste als Windschutz verwendet wurden. Man führte Sahif hinein, und er war überrascht, dass es auch innerhalb dieser abgeschirmten Welt verbrannte Leichen gab. Was hatte der Totenbeschwörer angerichtet – und wie?

»Sieh an, mein missratener Bruder Sahif«, begrüßte ihn eine unangenehm schneidende Stimme. »Kommst du, um dich unserem Vater zu Füßen zu werfen? Es wird dir nichts nutzen, Verräter!«

Sahif ging nicht auf diese höhnische Begrüßung ein. »Was ist hier geschehen, Algahil?«

»Schwarze Magie, was sonst? Ich rate dir, die Brunnen dieser Stadt zu meiden. Ihr Wasser wurde vergiftet. Aber du wirst ohnehin nicht mehr viele Gelegenheiten haben, etwas zu trinken.«

»Was für ein Gift richtet so etwas an?«

Er bekam keine Antwort, und seine Begleiter führten ihn in das Zelt hinein. Der Sandmeister schob sich an ihm vorbei.

»Es ist uns gelungen, Euren Sohn Sahif gefangen zu nehmen, Erhabener.«

Seit Sahif sich aus Liebe zu Aina von seinem Vater losgesagt hatte, hatte er sich vor diesem Augenblick gefürchtet. Er hatte es vergessen, wie alles, was er gewusst hatte, doch seit er in Felisan das Wappen seines Bruders gesehen hatte und Meister Albar begegnet war, war diese nagende Furcht zurückgekehrt. Denn obwohl er seine Kindheit und Jugend in der Festung der Schatten verbracht hatte und obwohl er seinem Vater nicht mehr als ein Leibwächter gewesen war, hatte er sich doch immer in furchtsamer Liebe diesem Mann sehr verbunden gefühlt. Seit ihrer letzten Begegnung war jedoch viel geschehen, und als er dem Padischah nun gegenüberstand, spürte er nichts mehr von der Macht, die dieser einst über ihn gehabt hatte.

Im Zelt war es beinahe wie früher, als Sahif noch seinen Vater auf seinen Reisen durch Oramar begleitet hatte: Akkabal at Hassat saß, leicht erhöht auf einem hölzernen Podest, auf seinem Sessel im hinteren Drittel des Zeltes. Er aß Weintrauben. Diener umstanden ihn in Demutshaltung, drei Leibwächter beobachteten misstrauisch alle Anwesenden, und ein Magier stand hinter ihm und wartete auf Fragen, die vielleicht niemals kamen. Einst hatte auch Sahif dort gestanden, in den Gesichtern der Anwesenden nach Anzeichen der Gefahr oder des Verrats gesucht. Mancher Mann, der als Günstling des Padischahs sein Zelt besucht hatte, verließ es wieder als todgeweihter Mann, oft, ohne es zu ahnen. Die Magier erkannten die Treue und Wahrhaftigkeit der Besucher, jedenfalls behaupteten sie das. Sahif hatte schon damals den Verdacht gehabt, dass sie den einen oder anderen Mann auch nur beseitigen ließen, weil er ihnen zu mächtig wurde. Es war also stets ein zweischneidiges Schwert, in das Zelt des Padischahs geladen zu werden. Sahif war sich jedoch im Klaren darüber, dass die Klinge in seinem Fall nur *eine* Schneide hatte.

»Sieh an, Sahif«, sagte sein Vater leichthin. »Ich hatte dich schon fast vergessen.«

Sahif senkte den Blick, ein Reflex, gegen den er machtlos war. Sein Vater erhob sich. Er war eine ehrfurchtgebietende Erscheinung, immer noch drahtig, trotz seiner nun beinahe siebzig Jahre, und sein dichter schwarzer Bart zeigte noch keine Spur von Grau. Der Kopf war kahlrasiert, und das war er schon, solange ihn Sahif kannte. Sein Blick war alles durchdringend, es gab nur wenige Männer, die ihm standhalten konnten. Sahif hatte früher nicht dazugehört. Er wusste natürlich, dass sein Vater ihn keinesfalls fast vergessen hatte.

»Sag mir, mein Junge, was hat dich dazu bewogen, mich zu verraten? War es wirklich nur wegen dieses Weibes? Ich hätte dich für klüger gehalten, nicht viel klüger, aber doch klug genug.«

Sahif antwortete nicht.

»Vielleicht ist die Ausbildung der Schatten doch nicht so gut wie ihr Ruf. Ich hatte angenommen, man würde dir dort diese unnützen Gefühle austreiben. Ich bin ein wenig enttäuscht. Also, mein Junge, sag mir, was war der Grund für deinen Verrat?«

Schon früher hatte Sahif Schwierigkeiten gehabt, seinem Vater einfach zu sagen, was er dachte, und auch jetzt fiel es ihm nicht leicht. »Shahila hat mir erzählt, meine Mutter sei durch Euch in den Tod getrieben worden, Vater.«

»Unsinn!«, polterte der Padischah. »Es war ihre eigene Mutter, eine Frau, ebenso schön und gefährlich wie ihre Tochter, die deine Mutter ermordete, weil ich sie zu einer Favoritin auserkoren hatte.«

»Warum habe ich das nie erfahren?«

»Weil das nicht deine Sache ist!«

Sahif nickte grimmig. Als er aus der Festung der Schatten nach Oramar zurückgekehrt war, hatte man ihm erzählt, dass seine Mutter gestorben war. Über die näheren Umstände hatte man ihn im Unklaren gelassen, eine Lücke, die Shahila skrupellos ausgenutzt hatte. Er hatte nicht viel Zeit gehabt, über all die verwickelten Ereignisse von Atgath nachzudenken, aber jetzt verstand er, warum Shahila ihn überhaupt erst in ihre Pläne eingespannt hatte – sie wollte ihre Mutter rächen, und er war der Sohn jener Frau, der sie in ihrem verdrehten Denken die Schuld an allem Unglück ihres Lebens gab.

Der Padischah betrachtete ihn eine Weile, dann winkte er unwirsch ab. »Dieser Junge weckt ungute Erinnerungen. Schafft ihn mir aus den Augen, ich werde später entscheiden, auf welche Weise sein Leben enden wird.«

Sie führten Sahif hinüber zum großen Gerichtsgebäude von Atgath. Es waren Oramarer und Helmonter dort, Männer aus dem Gefolge des Padischahs, den einen oder anderen kannte er sogar. Es waren Verwalter, Quartiermeister, die sich dort wohl einrichteten, um die Übernahme der Stadt vorzubereiten. Sahif fragte sich allerdings, warum sie das nicht in der Burg taten. Er wurde in den Kerker gebracht, einen Ort mit nicht vielen Zellen, aber einem Vorraum, in dem allerlei Gerätschaften verrieten, dass hier die Kunst des Verhörs in ihrer grausameren Form ausgeübt wurde. Man stieß ihn in eine Zelle hinein und schloss ab. Die Handschellen ließ man, wo sie waren. Sahif ertrug es mit einem gewissen Gleichmut. Es kam vermutlich auch gar nicht mehr darauf an, was mit ihm geschah oder was sein Vater da draußen beschloss und befahl. Shahila war auf dem Weg zur Alten Magie – das Ende der Welt stand bevor.

***

Shahila zitterten die Beine. Sie setzte sich, um sich einen kurzen Augenblick auszuruhen. Stufen, endlos viele Stufen war sie schon hinabgestiegen, und immer noch gab es weder rechts noch links eine Wand, nur diese grünlichen Laternen, die alle dreißig Schritte im Nichts schwebten und die unwirkliche Treppe in bleiches Licht tauchten. Sie blickte zurück. Die Laternen wurden kleiner und kleiner, und irgendwann verloren sie sich im Nichts. So weit war sie also schon gekommen. Sie blickte in die andere Richtung. Auch diese Reihe schien sich in der Unendlichkeit zu verlieren. Musste sie nicht irgendwann am Ziel ankommen? Oder würde diese Treppe vielleicht niemals enden? War es womöglich eine Falle, und sie würde bis ans Ende ihrer Tage immer weiter treppab schreiten? Sie stand rasch wieder auf. Sie war so nah am Ziel, da würde sie sich doch von ein paar Stufen mehr oder weniger nicht entmutigen lassen!

»Schritt für Schritt«, murmelte sie und ging weiter. Ein Echo tauchte aus dem Nichts auf. *Schritt für Schritt,* wisperte es und begleitete sie noch eine Weile. Shahila wartete, bis es verklungen war. *Merkwürdig,* dachte sie, als sie weiterging, *der Klang meiner Schritte erzeugt keinen Widerhall.*

»Hallo?«, rief sie, und das Echo kam, hallte nach, verklang.

»Für ein Echo muss es doch auch Wände geben«, murmelte sie. *Wände geben, Wände geben,* flüsterte es. Sie zog eine der Elfenbeinnadeln aus ihrem Haarknoten und warf sie mit aller Kraft ins Nichts. Die Nadel flog wirbelnd davon, bis sie jenseits des Lichtkreises verschwand. Shahila lauschte, aber es geschah nichts, nicht der leiseste Klang drang herauf. *Na und?,* dachte sie. So war das wohl mit den Geheimnissen, dass sie von anderen Geheimnissen geschützt waren. War es nicht völlig unerheblich, ob es hier Wände gab? Sie lief weiter.

Es ist vielleicht einfach nicht das, was ich erwartet hatte, dachte sie.

Und was hast du erwartet?, lautete die Gegenfrage, die sie sich stellte. Sie wollte nicht darüber nachdenken, denn die Antwort führte sie an Abgründe der Ungewissheit und Angst. Aber die Antwort kam, von irgendwo aus dem tiefsten Inneren ihrer dunkelsten Gedanken: *Du hast geglaubt, dass Almisan an deiner Seite wäre.* Shahila blieb stehen wie vom Blitz getroffen. Sie fühlte sich plötzlich unendlich schwach und musste sich setzen. Ein überraschender Weinkrampf schüttelte sie. »Almisan«, flüsterte sie, und das Echo wiederholte wispernd diesen Namen, als wolle es ihren Schmerz noch vergrößern.

***

»Und was ist das hier für ein Ort?«, fragte Köhler Grams beeindruckt.

Der Mahr kratzte sich am Bart, knirschte ein paar Worte in der Sprache, die Grams nicht verstand, und sagte dann: »Versammlung.«

»Ah, eine Versammlungshalle. Das erklärt die vielen steinernen Bänke und den kleinen Thron da vorn«, sagte der Köhler. Auf den steil aufsteigenden Rängen war Platz für Hunderte Mahre. Er legte den Kopf in den Nacken und bewunderte die hohe Kuppel, durch deren kunstvoll geglättete Wölbung an einigen Stellen armlange Tropfsteine gebrochen waren. Wie alt mochte diese Halle sein? »Ist denn bald eine Versammlung?«, fragte er.

Er hätte sich gerne hingesetzt, denn er lief schon seit einer Ewigkeit durch den Berg. Erst hatte ihn sein alter Freund Marberic geführt, dann aber hatte er ihn in die Obhut eines Mahrs namens Helmeric übergeben, der, was die Sprache der Menschen anging, sehr aus der Übung war. Und auch jetzt schüttelte Helmeric nur den Kopf.

»Und was machen wir dann hier?«

»Weitergehen«, sagte der Mahr nach kurzer Überlegung.

»Meinetwegen«, brummte Grams.

Sie verließen die mächtige Halle, gingen durch einen weiteren sorgsam gestalteten Gang und erreichten etwas, das Grams als weiten Platz begriff, denn hier war die Decke noch höher als in der Halle zuvor, und weiße Kristalle hoch oben erweckten den Eindruck, dass Tageslicht durch die Decke bräche. Er wusste, dass das Unsinn war, sie waren Meilen unter der Erde, aber der Eindruck war nun einmal so. Ein Springbrunnen in der Mitte der freien Fläche plätscherte anheimelnd über kunstvolle Steinverzierungen. Die Wände dieses »Platzes« waren wie Bäume gestaltet, die sich dicht an dicht in die Höhe reckten, ein steinerner Wald, aber es gab in diesem Wald deutlich erkennbar Behausungen mit Fenstern und Türen, und oben, drei oder vier Stockwerke höher, verbunden durch Holzbrücken, waren weitere Eingänge und Fenster im Fels zu erkennen.

»Ah, hier wohnt ihr also«, meinte Grams.

»Auch«, erwiderte Helmeric.

»Und – wo sind all die Leute, die hier wohnen?«

»Fort«, sagte der Mahr. »Wieder Stein geworden«, setzte er nach einer Pause hinzu.

Heiram Grams kratzte sich verlegen im Nacken. Er hatte das Gefühl, dem Mahr zu nah getreten zu sein. Aber wenn er schon einmal so weit war … »Sag, Helmeric, wie viele Mahre gibt es eigentlich noch?«

Der Mahr schien in Gedanken zu zählen, oder vielleicht auch nur nach dem richtigen Wort zu suchen, dann sagte er: »Siebzehn.«

»Siebzehn«, bestätigte eine Stimme.

Grams fuhr herum. Ein besonders grimmiger Mahr starrte

ihn an. Er wurde nun noch verlegener, bemerkte aber auch mit einer gewissen Verwunderung, dass dieser ehrwürdige Erdgeist schwer atmete, als sei er gerannt.

»Das ist Amuric«, meinte Helmeric.

»Heiram Grams«, erwiderte der Köhler in einer Mischung aus Höflichkeit und Unsicherheit.

»Das wissen wir«, erwiderte Amuric. »Mein Sohn erzählt viel von dir.«

Der Köhler brauchte einen Augenblick. »Marberic? Er ist dein Sohn?«

Der Mahr nickte düster. »Steinsohn. Nicht wie bei Menschen. Ich fand ihn im Stein. Holte ihn hervor. Den jüngsten.«

»Verstehe«, murmelte Grams, wie immer, wenn er kein Wort verstand.

Amuric knirschte ein paar Worte in der Mahrsprache, und der andere Mahr lief eilig davon.

»Er wird lauschen.«

»Worauf?«, fragte Grams plump.

»Wann sie kommt. Die lange Treppe ermüdet sie, aber sie wird bald am Ziel sein.«

»Wer?«

»Die falsche Herzogin. Sie will die Alte Magie«, erklärte Amuric düster.

»Aha. Verstehe.«

»Nein, tust du nicht. Es bringt das Ende der Welt. Aber du wirst sie aufhalten.«

»Oh. Verstehe.«

»Komm.«

Grams lief dem Mahr hinterher, der ihn rasch durch einen Gang, einen weiteren Gang und in die Tiefe führte. Andere Mahre waren da, fünf an der Zahl, sie betrachteten Grams mit

Gesichtern, in denen er Hoffnung zu erkennen glaubte, und schlossen sich dem Zug an. Sie wirkten alt, nicht so alt wie Amuric, aber viel älter als Marberic. Grams hielt vergeblich nach einem jungen Gesicht Ausschau. Diese ganze unterirdische, leere Stadt erschien ihm völlig unwirklich. Und er hatte immer noch keine Ahnung, was die Mahre von ihm wollten.

Amuric hielt an. Sie hatten einen Abgrund erreicht. Eine eiserne Plattform, von kniehohen Gittern begrenzt, baumelte an einer Art Kran über der Tiefe. Grams blickte hinab, konnte aber keinen Boden erkennen. Zu seinem Entsetzen forderte Amuric ihn auf, die Plattform zu betreten. Er zögerte, aber da offensichtlich kein Weg daran vorbeiführte, betrat er diese wacklige Angelegenheit schließlich. Die eisernen Platten ächzten leise unter seinem Gewicht. Amuric und Helmeric schlossen sich ihm an, dann gab der Älteste ein Zeichen, und plötzlich setzte sich das Gefährt in Bewegung. Vor Schreck plumpste Grams auf den Hosenboden. Die Mahre sahen ihn an, aber in ihren kleinen, bleichen Gesichtern war keine Regung zu erkennen. Er hätte sich wirklich gewünscht, sie würden ihn auslachen.

Die Plattform sank schneller und schneller hinab. Es war eine sausende Fahrt in den Abgrund, und gerade, als Grams glaubte, sie würden niemals wieder anhalten, verlangsamte sich ihre Fahrt, und dann war sie zu Ende. Helmeric entzündete eine helle Laterne, und sie enthüllte Grams eine Welt schwarzer schroffer Felsen, die von irgendeiner Urgewalt ineinandergepresst worden waren. Ja, er fand, es sah aus, als würden sie immer noch miteinander ringen – eigentlich sah es sogar aus, als würde eine der beiden Seiten jeden Augenblick erschöpft zusammenbrechen. »Wo sind wir hier?«

»Dort«, erwiderte Amuric und wies auf eine Spalte im Fels. »Der Weg zur verborgenen Magie.«

Grams seufzte ergeben. Das führte sie unter den ringenden Felsen hindurch. Kein Gedanke, der ihm gefiel, aber was sollte er machen? Ja, was sollte er eigentlich machen? Er fragte Amuric.

»Sie kommt. Du musst sie aufhalten, töten vielleicht.«

»Töten?«, fragte Grams entsetzt. »Ich will niemanden umbringen. Warum macht ihr das nicht selbst?«

»Wir töten nicht. Wir sind Diener der Alten Magie.«

»Aha. Verstehe.«

Er folgte den beiden Mahren in die Spalte, die viel höher war, als es von der Plattform aus gewirkt hatte. Grams hörte ein leises Knirschen, und wieder fragte er sich, ob diese abertausend Tonnen Gestein, die über ihm hingen, vielleicht gerade dabei waren, ihren Kampf zu beenden. Wenn jetzt eine von beiden Seiten nachgab … Er wollte nicht darüber nachdenken und stolperte seinen beiden Führern schweigend hinterher.

Irgendwann erreichten sie das Ende des Ganges, und auf das, was Grams erwartete, war er nicht vorbereitet: Über ihm wölbte sich eine Höhle bis in die Unendlichkeit hinauf. Er konnte sogar die Sterne sehen. Mannshohe, schwach leuchtende Kristalle säumten den vor ihm liegenden Weg, und leise rauschte ein schmaler Wasserfall einen nahen Felsen herab. Es gab sogar einen Regenbogen. »Schön«, stieß Grams hervor, dem einfach kein besseres Wort einfiel.

Amuric schnaubte verächtlich, und Helmeric sagte: »Warte es ab.«

Sie liefen eine Weile zwischen den Kristallen, und Helmeric erklärte dem Köhler, dass die Sterne, die er zu sehen glaubte, ebenfalls Kristalle waren, die schon immer von der hohen Decke dieser Höhle leuchteten. »Aber was ist das für ein Ort – und warum lebt ihr nicht hier, wo es doch so schön ist?«

»Zu nah«, sagte Helmeric.

»Zu nah an was?«, fragte Grams, der sich seltsam leicht fühlte.

»Daran«, erwiderte der Mahr und wies voraus.

Grams blieb wie vom Donner gerührt stehen, dann sank er ächzend in die Knie. Ein großer, stiller See breitete sich vor ihm aus, gefüllt mit tiefschwarzem Wasser, und inmitten des Sees lag eine Insel. Sie war von Buchen umstanden, die sich in einer leichten Brise wiegten, und bunte Blumen leuchteten aus einer hellgrünen Wiese herüber. Und inmitten dieser Wiese stand ein kleiner Hof, ein Stall, ein Haus, weiß getüncht.

»Was siehst du?«, fragte Helmeric.

»Das ist mein Hof, wie er war, früher, als meine Frau noch … Dort steht noch der Eimer, mit dem ich es fertig tünchen wollte … aber das musst du doch sehen!«

Der Mahr schüttelte den Kopf. »Ich sehe eine Halle. Erleuchtet vom Feuer vieler Schmiedeöfen. Hier sieht jeder etwas anderes.«

Grams strich sich seine Locken aus dem Gesicht und starrte hinüber. »So ist das nicht … echt?«

»Die Alte Magie. Sie zeigt sich jedem anders.«

Grams kam wieder auf die Beine. »Das ist vielleicht mehr, als ich ertragen kann, Helmeric.« Er wollte nicht anfangen, vor dem Mahr zu weinen.

»Das verstehe ich.«

»Sag, wieso … ich meine, du sprichst auf einmal viel mehr.«

»Die Alte Magie. Durchdringt alles. Macht alles leichter.«

»Leichter?«, fragte Grams, der immer noch mit den Tränen kämpfte. Aber dann merkte er, dass es stimmte. Die Last, die verzweifelte Trauer um seine Frau, die all die Jahre auf ihm gelegen hatte, die ihn zum Trinker und Versager gemacht hatte, sie schwand. Was da aus seinen Augen rann, das waren Tränen der Erleichterung.

»Genug davon«, knurrte Amuric. »Sie kommt bald. Halte sie auf.« Dann verschwand er zwischen den Kristallen.

»Was hat er vor?«

»Zauber. Falls du versagst. Starker Zauber. Wie er nur hier gelingt.«

»Und wie soll der aussehen?«

»Wir werden es erfahren. Alles ist möglich. Aber gefährlich. Doch du hältst sie auf. Vorher.«

»Aber ich kann doch nicht einfach so jemanden töten!«

»Du warst in der Schlacht. Hast gekämpft.«

»Das ist was anderes.«

»Es wäre sonst das Ende«, meinte Helmeric.

»Ich verst… nein, ich verstehe es nicht, mein Freund. Ich bin doch auch hier, ein Mensch, an der Alten Magie, und die Welt endet nicht. Was ist anders, wenn es diese Frau ist?«

»Amuric sagte es.«

»Augenblick. Du weißt nicht, ob es wirklich so ist?«

Helmeric legte die Stirn in nachdenkliche Falten. »Die Alte Magie. Sie ist den Menschen verborgen. Seit langer Zeit. Sie gehört uns, nährt uns. Nicht wie Essen. Im Geist. Ohne sie sterben wir. Menschen, sie finden Umwege zur Magie. Nutzen sie. Das wenige, was sie finden, ist nur ein schwacher Abglanz. Doch sieh, was sie damit tun. Kämpfen, töten, zerstören.«

Grams kratzte sich verlegen. Er war solche Dispute nicht gewohnt. »Aber, ich … ich meine, ich fühle mich hier so gut, so leicht. Es ist vielleicht das, was uns fehlt, uns Menschen, die Magie. Sie gehört vielleicht genau so uns wie euch.«

»Aber Amuric sagt, es ist das Ende der Welt.«

»Ich kann das nicht glauben. Diese Herzogin. Sie ist doch nicht einmal eine Zauberin, oder?«

Der Mahr schüttelte den Kopf. Dann sagte er sehr langsam:

»Sie kann die Magie verderben, verschmutzen. Mit bösen Gedanken. Dann ist es das Ende. Zuerst für uns, für die Mahre. Wenn wir abgeschnitten sind von dieser Kraft. Und dann für euch, denn die Magie macht sie stark, sehr stark. Stell dir einen Zauberer vor, den stärksten, den du kennst. Sie wäre hundertmal mächtiger. Sie würde die ganze Welt aus dem Gleichgewicht bringen.«

Grams schluckte, denn er sah diesem Wesen an, dass es wirklich Angst hatte. Es schien ihm schwer vorstellbar, dass diese ungeheuer befreiende Macht, die er verspürte, die dafür sorgte, dass er sich so gut wie seit Jahrzehnten nicht mehr fühlte, zu etwas Bösem benutzt werden konnte, aber die Mahre mussten es doch wissen, oder?

Er nahm sich vor, es nicht so weit kommen zu lassen. Diese Herzogin würde nicht an ihm vorbeikommen, nicht an Heiram Grams, dem stärksten Ringer von Atgath. Dennoch konnte er nicht einfach einen anderen Menschen umbringen, noch dazu eine Frau. Dann wusste er es. Er musste sie nicht töten, er konnte sie packen, forttragen von diesem heiligen Ort – und dann sollten die Mahre sehen, was sie mit ihr anstellten.

***

Endlich, als sie schon allen Glauben verloren hatte und sich nur noch über die Stufen schleppte, veränderte sich die Treppe. Sie wurde flacher, und plötzlich ragte so etwas wie eine Pforte vor ihr auf. Immer noch gab es keine Wände, die Pforte schien im Nichts zu schweben. Shahila holte tief Luft, öffnete sie und trat hindurch. Dann blieb sie überwältigt stehen. Ja, sie war am Ziel! Sie konnte es spüren, und vor allem konnte sie es sehen. All die leuchtenden Kristalle, der unmögliche Sternenhimmel – es war ein Ort unfassbarer Schönheit. Staunend folgte sie dem Pfad, der sich zwischen den Kristallen abzeichnete. Sie fühlte sich … erfrischt. Die düsteren Gedanken, die sie auf der Treppe gequält hatten, schwanden, und mit ihnen die Erschöpfung des endlosen Abstiegs. Sie lief schneller. Das alles war zwar gut und schön, doch wo war die Alte Magie?

Plötzlich tauchte zwischen den Kristallen ein Mann auf, einem Bären ähnlich, mit Locken, die ihm tief ins Gesicht hingen, und er verstellte ihr den Weg. »Ich muss Euch bitten umzukehren, Herrin«, brummte der Mann.

»Und warum?«, fragte Shahila, völlig verblüfft von dieser unerwarteten Begegnung.

»Ihr könnt nicht weiter. Die Alte Magie. Ihr würdet sie verderben, und das wäre das Ende.«

»Das Ende der Welt, wie? Hört auf mit dem abergläubischen Unsinn, Mann. Wer seid Ihr überhaupt – und wie seid Ihr hierhergekommen?«

»Ich bin hier, um Euch aufzuhalten, Herrin«, sagte der Mann und wirkte verlegen dabei. Shahila hätte fast laut losgelacht. Sie hatte für einen Augenblick geglaubt, irgendein furchterregender magischer Wächter träte ihr entgegen – aber das? »Geht mir aus dem Weg, Mann!«

»Aber Ihr bringt das Ende!«

»Unsinn!«

»Bitte, Herrin. Zwingt mich nicht, Gewalt anzuwenden.«

»Versucht es«, erwiderte Shahila lächelnd und zückte ihr Messer.

Der Mann tapste mit ausgebreiteten Armen auf sie zu, versuchte sie zu packen, aber es gelang ihm nicht, er prallte regelrecht von ihr ab und fiel zu Boden. »Wie … wie ist das möglich?«, fragte er stammelnd.

»Fragt die Mahre«, rief sie und zog ihr Amulett hervor.

Dann lief sie lachend an ihm vorüber. Sie drehte sich noch einmal um. Der Mann saß auf dem Boden und sah ihr mit weit offenem Mund nach. Was für ein jämmerlicher Versuch, sie aufzuhalten. Sie hätte von diesen Fabelwesen wirklich mehr erwartet. Dann endlich entdeckte sie, was sie so lange gesucht hatte. »Wunderbar«, hauchte sie überwältigt.

Da lag eine Insel, blütenbedeckt, und in der Mitte stand ein einzelner, knorriger Granatapfelbaum. Er musste uralt sein, und er war groß, so groß, wie sie seit ihrer Kindheit keinen mehr gesehen hatte, und seine Zweige bogen sich unter leuchtenden Früchten. »Elagir, der Palastgarten«, flüsterte sie. Ja, dort hatte sie mit ihrer Mutter unter den Zweigen genau dieses Baumes gesessen.

»Nicht weiter«, sagte eine Stimme.

Sie senkte den Blick. Vor ihr stand eine kleine bärtige Gestalt mit bleichem Gesicht und schwarzen unergründlichen Augen. »Kehre um. Wir belohnen dich.«

»Belohnen, kleiner Mann?«

»Ein Berg Gold, wenn du willst.«

Sie runzelte unwillig die Stirn. Was mussten erst dort drüben für Schätze warten, wenn man ihr einen Berg Gold bot, damit sie darauf verzichtete?

»Glück für dein ganzes Leben«, sagte das Wesen.

»Geh mir aus dem Weg«, antwortete sie barsch und schob es zur Seite.

Sie trat an den See und watete, ohne zu zögern, hinein. Er schien aus der gleichen schwarzen Flüssigkeit zu bestehen, die auch den Teich in der Burg gefüllt hatte. Der See wurde rasch tiefer, aber das schwarze Wasser war angenehm warm.

»Herrlich«, murmelte sie. Noch nie hatte sie sich so wohl gefühlt. Sie zog ihren Mantel aus, alle Kleidung bis auf ihr dünnes

Untergewand. Sie fror nicht mehr. Zum ersten Mal, seit sie in Atgath war, war ihr nicht mehr kalt.

Sie warf ihre Kleidung ans Ufer, achtete nicht darauf, ob sie nass wurde oder nicht, und watete tiefer in das Wasser hinein. Der seltsame Mann und das Wesen beobachteten sie, aber das kümmerte sie nicht, denn sie machten keinerlei Anstalten, sie zu verfolgen. Bald musste sie schwimmen. Es ging ganz leicht, leichter als in einem Fluss. Sie durchschwamm den See mit langsamen Zügen. Es gab keinen Grund mehr, sich zu beeilen. Nach all den langen Monaten der Vorbereitung und den rastlosen Wochen des Kampfes lag das Ziel nun vor ihren Augen.

Ihre Füße berührten den Grund. Sie stieg an Land. Schmetterlinge flatterten über die Wiese. Sie glichen jenem, den ihr Beleran vor Atgath gezeigt hatte. Lächelnd strich sie mit den Fingern durchs Gras. Da war der Baum, uralt, wunderschön, vertraut. Sie streckte die Hand nach einer der Früchte aus, brach sie leicht vom Ast. Sie lag voll und schwer in ihrer Hand. Was sollte dieses Gerede, dass es das Ende der Welt bedeutete? Selbst wenn, es erschien ihr mit einem Mal bedeutungslos. Dieser Ort, diese Frucht waren alles, was zählte. Sie zückte ihr Messer und schnitt den Granatapfel auf.

Plötzlich kam eine Gestalt aus dem Wasser, behände sprang sie an Land, lief eilig auf sie zu. Was war das? Eine kleine weiße Gestalt mit brennenden Augen und einer Hand aus Eisen, ein Wesen, das nicht hierhergehörte, und es verdarb den kostbaren Augenblick, denn es sagte: »Tu es nicht, Mensch. Es wäre dein und mein Verderben.«

Shahila runzelte die Stirn. Dieses seltsame Wesen erdreistete sich, sie zu stören. Sie gab dem kleinen Mann einen Tritt, der ihn einige Schritte davonfliegen ließ, und dann klaubte sie mit bloßen Fingern Kerne und Fruchtfleisch aus dem Granatapfel und steckte sie sich in den Mund, genau wie früher, als sie ein Kind gewesen war. Nur dass ihre Mutter da die Früchte für sie aufgeschnitten hatte.

Ah, dieser Geschmack! Er war noch süßer und intensiver, als sie ihn in Erinnerung hatte. Eine Welle von wilden, überwältigenden Gefühlen durchströmte sie. Sie fühlte sich stark und leicht, unglaublich leicht, begann zu schweben, höher, immer höher. Sie flog. Durch die Felsen, die sie nicht aufhalten konnten, weiter hinauf, über die Berge, wie ein Adler. Sie hätte bersten können vor Kraft. In ihr rasten die Gefühle. Da war Leichtigkeit, Sicherheit, Überlegenheit, und dann gebündelt zu einem einzigen Wort: Macht!

Unter ihr lag plötzlich Atgath, Häuser brannten, und Menschen, klein wie Ameisen, wimmelten durch die Gassen. Wie leicht sie sie zerquetschen könnte! Es ging weiter hinauf. Da auf dem Berg, die Damater, die sie verraten hatten, sie marschierten Richtung Heimat. Sie hätte sie mit einer einzigen Geste in die Tiefe schleudern können. Und dort, Felisan, winzig klein, aber sie erkannte alles, die niedergebrannten Gebäude, die gesunkenen Schiffe. Ganz Haretien lag unter ihr, war ihr ausgeliefert, mit seinen abgeernteten Kornfeldern, über die fremde Heere hinwegtrampelten. Da, das ganze Goldene Meer, Flotten und Seeschlachten, und sie wusste, dass sie nur die Hand ausstrecken musste, und sie würde Heere hinwegfegen und Flotten vernichten. War das ein Traum? Nein, die Macht, die in ihr wuchs, sie war echt.

Sie würde ihr Banner aufpflanzen, sie konnte es vor sich sehen, mächtige Männer würden ihr folgen, Völker sich ihrem Willen unterwerfen. Ihre Feinde, ihr Vater, er würde schwach und unbedeutend sein, ein Insekt, das sie zertreten würde. Sie lächelte verächtlich über die armseligen Kreaturen, die sich dort unten, weit unterhalb ihrer machtvollen Erhabenheit, durch den Dreck der Erde wühlten. Macht – grenzenlose Macht erfüllte sie. Doch plötzlich war da noch jemand, ein Störenfried, der wütend unverständliche Worte ausstieß, mit einer eisernen Faust ihre Hand packte – und dann veränderte sich alles.

***

Heiram Grams stand am Ufer und starrte hinüber zu der Insel. Die junge Frau, die er nicht zu fassen bekommen hatte, war verschwunden. Eben noch hatte sie den Arm ausgestreckt, als wolle sie etwas von einem Baume pflücken, dann war Amuric aufgetaucht, hatte wohl irgendwie versucht, ihr Einhalt zu gebieten, aber nun waren beide fort. »Was ist gerade geschehen?«, fragte er.

»Amuric. Er versucht, sie aufzuhalten.«

»Aber sie sind fort.«

»Sie hat die Magie berührt. Das gibt ihr viel Macht. Aber er musste es versuchen.«

»Aber was geschieht denn nun?«

Der Mahr hob in einer hilflosen Geste die Schultern. Er wirkte besorgt. »Das weiß ich nicht. Amuric hat auch von der Alten Magie genommen. Sie können überall sein.«

»Es tut mir leid, dass ich dir nicht helfen konnte.«

»Es ist nicht deine Schuld. Das Amulett hat sie beschützt. Sogar hier.«

Der Eimer mit der Tünche stand immer noch vor dem Hof, dort drüben, auf der Insel. Grams war nie damit fertig geworden. Plötzlich verspürte er Sehnsucht nach seinem Hof, seiner Tochter, seinen Söhnen.

»Kannst du mich zurückbringen, Helmeric?«

»Zurück?«

»Nach Atgath. Wir sind hier doch fertig, oder?«

»Ja.«

»Dann lass uns gehen.«

»Du willst wirklich zurück?«, fragte der Mahr.

»Warum denn nicht?«

Der Mahr sah ihn aus seinen tiefen Augen sehr skeptisch an. »Dort oben herrscht immer noch Krieg.«

* * *

Faran Ured betrat den Marktplatz. Er bot immer noch einen Anblick des Grauens, auch in anderen Gassen war er über verkohlte Leichen gestolpert. Er ging langsam, denn ihm war bewusst, dass er sich dem alles entscheidenden Augenblick näherte. Er setzte alles auf eine Karte. Wenn es gelang, würde der Padischah sterben, und seine Söhne, die dem Gesetz der Skorpione folgten, würden sich vermutlich belauern, um sich bei erster Gelegenheit gegenseitig an die Kehle zu gehen. Wenn er schnell war, entkam, und wenn es ihm auch noch gelang, die Mittler zu töten, dann bestand eine winzige Chance, dass er seine Familie rettete. Aber viel wahrscheinlicher war eben doch, dass er an diesem Tag sterben würde.

Dort vorn ragte das Zelt des Padischahs hinter roten Stoffbahnen empor. Er ging noch langsamer. Wäre es nicht besser, die Sache sein zu lassen? Wenn es böse kam, würde der Padischah seine Frau und seine Töchter töten lassen. Vermutlich würde er ihre Köpfe sogar zur Schau stellen, als warnendes Beispiel. Akkabal at Hassat war bekannt für solche Methoden.

Ured schluckte. Obwohl er so langsam ging, rückte das Zelt unerbittlich näher.

»Ah, Meister Ured! Wenigstens Ihr seid wohlauf!«, rief Orus Lanat. Der Gesandte ging außerhalb der Stoffbahnen auf und ab, vielleicht wartete er darauf, dass er gerufen wurde, vielleicht hatte er selbst ein Anliegen, das er vorbringen wollte. Jedenfalls sah er bekümmert aus.

Ich bin nicht wohlauf!, hätte Ured dem Gesandten am liebsten zugerufen und ihm die Hand mit dem fehlenden Finger gezeigt. »Was ist mit Euch, Lanat? Hat man Euch aus dem inneren Kreis verbannt?«, fragte er stattdessen etwas unfreundlicher, als er es vorgehabt hatte. Aber der Mann haderte offenbar viel zu sehr mit seinem eigenen Schicksal, um den beißenden Spott zu bemerken, und sagte: »So ist es, Meister Ured, so ist es. Leider war es einer meiner Leute, der das Unheil dort hineinbrachte.«

Ein Unglück? Faran Ured schöpfte Hoffnung. »So erzählt, was ist denn geschehen?«

»Mein Diener war am Brunnen, um Wasser für uns und die Mittler zu holen, und hätte nicht der Erhabene geruht, gerade da mit mir zu sprechen, wäre es mir wohl ebenso ergangen wie jenen Unglücklichen!«

»Was ist geschehen?«

»Zunächst gar nichts, doch plötzlich, gerade als uns die Meldung erreichte, dass die Brunnen vergiftet seien, begann einer meiner Leute zu schreien, und dann stand er schon in Flammen. Alle wichen entsetzt zurück. Und wäre der Sandmeister nicht dort gewesen, so wären wohl noch viele mehr verbrannt als die Unglücklichen, die von dem Wasser tranken.«

»Die Mittler?«, fragte Ured, bereit, jeden Strohhalm, den der Zufall ihm hinhielt, dankbar zu ergreifen.

»Zwei von ihnen, Meister Ured, zwei, und drei meiner Wachen sowie einer von Prinz Algahils Leibwächtern. Es war entsetzlich, und ich wundere mich, dass ich noch lebe. Doch will ich es nicht beschreien!«

Ured verfluchte den Geiz des Schicksals. Wären alle drei

Mittler gestorben, hätte er sich einfach aus dem Staub machen können. Sollte er vielleicht warten? Es könnte sich eine günstige Gelegenheit ergeben, eine Chance, den letzten Mittler zu töten und dann zu verschwinden, vielleicht an einem Tag, an dem ihm die Magie wieder zu Gebote stand. Aber nein, der Padischah würde noch heute über das Schicksal seiner Familie entscheiden, Weszen hatte es gesagt. Er musste es tun – oder gab es doch vielleicht ...

»Ah, Ured, endlich!«, dröhnte die Stimme von Prinz Weszen, der aus dem Zelt trat. »Habt Ihr, was ich verlangte?«

»Vielleicht, Hoheit, vielleicht«, gab sich Ured bescheiden.

»Was soll das heißen, Mann, wart Ihr in der Kammer oder nicht?«

»Ich hatte Glück, Hoheit, wenn auch nicht so viel wie erhofft.«

»Wirklich? Erstaunlich. Ich hörte, diese Kammer sei nicht so leicht zu öffnen, auch wenn es meiner verfluchten Schwester gelungen sein soll.«

»Eben!«, rief Ured. »Ich sah sie im Inneren verschwinden und konnte gerade, als die Pforte sich wieder schloss, noch etwas erhaschen, was dort im Inneren auf dem Boden lag. Ich habe einen Finger dabei verloren, Hoheit.« Zum Beweis hielt er seine Hand hoch.

Der Prinz sah ihn aus seinen kleinen Augen durchdringend an. Glaubte er ihm nicht? Wusste der Prinz vielleicht, dass er nicht in der Kammer gewesen war? Dass er den Stab aus den Katakomben des Totenbeschwörers hatte? Hatte ihn jemand gewarnt?

»Sehr gut. Bringt, was Ihr gefunden habt, meinem Vater.«

»Wollt Ihr das nicht selbst tun, Hoheit? Euch gebührt die Ehre«, schlug Ured demütig vor.

»Nein, das ist Euer Verdienst, Ured. Oder wollt Ihr nicht, dass er von Euren guten Taten erfährt? Denkt daran, dass er Euch immer noch die Sache mit der Sturzflut übel nimmt. Versucht, einen guten Eindruck zu machen. Denkt an Eure Frau!«

Das war ein Argument, dem er nicht widersprechen konnte, aber er hatte das Gefühl, dass etwas nicht stimmte. Hatte der Prinz Verdacht geschöpft? Warum ließ er sich die Gelegenheit, vor seinem Vater zu glänzen, entgehen?

Ured trat ins Zelt, begleitet von Weszen. Es roch verbrannt, vermutlich wegen der Männer, von denen Orus Lanat gesprochen hatte. Dieser Hamoch war wirklich wahnsinnig gewesen. Aber zum Glück hatte er seinen Lohn schon bekommen.

»Ah, Meister Ured, endlich sehen wir uns«, rief ihm der Padischah zu. »Ihr habt Euch gut gehalten, muss ich sagen. Wirklich, Ihr seht keinen Tag älter aus als damals vor zehn Jahren – oder waren es gar zwölf?« Er schlug dem jungen Prinzen Alamaq an seiner Seite freundschaftlich auf die Schulter. »Sieh nur, mein Sohn, das ist der berühmte Faran Ured. Hat er nicht ein unschuldiges Gesicht? Ich warne dich, falle nicht auf ihn herein, er ist der gewiefteste Dieb am Goldenen Meer!« Er lachte über seine eigene Bemerkung, und die Höflinge, die in respektvollem Abstand das Zelt bevölkerten, lachten mit. Der Große Skorpion fuhr gut gelaunt fort: »Ich hoffe, wenigstens Ihr bringt erfreuliche Nachrichten an diesem Tag, der so gut begonnen hat, aber so verlustreich verlaufen ist. Die Helmonter allerdings verfluchen Euch, Ured, weil sie heute Morgen nasse Füße bekommen haben!« Er lachte wieder, wurde dann aber ernst, woraufhin das Gelächter seines Gefolges schlagartig verstummte. »Ich nehme aber an, Ured, dass sie wegen der vielen Toten nun andere Sorgen haben.«

Besonders verärgert schien der Padischah nicht zu sein. Was

hatte Weszen ihm da erzählt? »Und was bringt Ihr mir da Schönes?«, fragte Akkabal at Hassat und streckte eine Hand aus.

Er meinte natürlich den Stab, den Ured so sorgfältig eingewickelt hatte.

Vergiss nicht, dass er deine Familie verschleppt hat, ermahnte er sich. »Es ist etwas, was ich in der geheimen Kammer fand, bevor sie sich wieder schloss. Leider habe ich keine Möglichkeit gefunden, sie offen zu halten, Hoheit«, sagte er.

»Ah, die geheimnisvolle Kammer. Meine Söhne reden von nichts anderem mehr. Und dieses Lumpenbündel habt Ihr von da?«

»Es ist ein magischer Stab, Herr. Ich habe ihn eingepackt, weil ich fürchtete, die Helmonter könnten mich sonst für jenen Totenbeschwörer halten, der die Brunnen vergiftet hat. Auf den ersten Blick könnte man nämlich glauben, er sei aus Knochen gemacht, Hoheit.«

»Ein magischer Stab, zeigt her!«, verlangte einer der Berater des Padischahs. Die Tätowierungen auf seiner Stirn wiesen ihn als sehr hochrangigen Zauberer aus.

Faran Ured übergab ihm das Bündel, und der Mann begann sofort, es mit fliegenden Händen auszupacken.

»Dieser Nekromant sei für alle Zeit verflucht!«, rief Akkabal. »Habt Ihr ihn etwa gesehen? Meine Leute suchen ihn vergeblich.«

»Er ist tot, Herr. Ich sah seine Leiche in einem Becken liegen, wo sie von übel riechendem Schleim zersetzt wurde. Ich weiß jedoch nicht, wer ihn getötet hat.«

»Übel riechender Schleim? Angemessen, sehr angemessen. Ich hätte ihm jedoch gerne vorher bei lebendigem Leib die Haut abgezogen.«

Ured verneigte sich in einer Geste der Zustimmung. Er schielte dabei hinüber zu dem Magier, der immer noch den vergifteten Stab auswickelte. Würde er den Betrug entdecken?

»Wirklich, Meister Ured, es ist eine Freude, Euch zu sehen. Ich bin froh, dass ich zustimmte, als mein Sohn Weszen mich bat, Euch in dieser Angelegenheit um Hilfe zu bitten.«

Ured verneigte sich noch einmal stumm und demütig, aber in seinem Kopf rasten die Gedanken. Es war Weszens Idee gewesen?

»Wisst Ihr, ich hätte gar nicht mit Eurer Hilfe gerechnet, schließlich habe ich Euch versprochen, Euch auf Eurem kleinen Eiland in Frieden zu lassen. Es freut mich, dass Ihr doch noch einmal bereit wart, ein Abenteuer zu wagen.«

Die Erkenntnis traf Ured wie ein Keulenschlag: Weszen hatte ihn belogen und betrogen. Der Padischah hatte keine Ahnung, mit welchen Mitteln der Prinz ihn *überredet* hatte! »Euer Sohn kann sehr überzeugend sein, Hoheit«, stieß er hervor.

Aber es war mehr als das – Weszen hatte ihn manipuliert und benutzt, hatte ihm eine ausweglose Lage vorgegaukelt. Wusste er etwa auch, was Ured vorhatte?

Der Magier hielt den Stab endlich in der Hand und begutachtete ihn. »Es sieht wirklich aus wie Knochen, Hoheit. Schwer zu glauben, dass die Mahre so etwas fertigen, aber ja, ich spüre, es steckt Magie in diesem Stück. Doch wird es genauere Untersuchungen erfordern herauszufinden, welcher Art …«

»Redet nicht, Hesbeq, gebt mir diesen Stab.« Der Padischah nahm ihn in die Hand, betrachtete ihn eingehend, drehte ihn. »Nicht schlecht, oder? Ich sollte mir ein Zepter aus den Knochen meiner Feinde schnitzen lassen, was meint Ihr, Hesbeq?«

»Eine ausgezeichnete Idee, Hoheit«, flötete der Magier.

Ured wartete, immer noch in leichter Verbeugung. Lange konnte es nicht mehr dauern. Der Padischah winkte einen seiner Diener heran und warf ihm den Stab achtlos zu. »Nun gut. Wir werden später weiterplaudern, Ured. Jetzt warten dringende Geschäfte auf mich. Ich will hören, was der Krieg Neues bringt. Algahil?«

Ured zog sich mit einer Verbeugung zurück. Er konnte sehen, dass Meister Hesbeq Schweißtropfen auf die Stirn traten. Er wurde auch schon blass. Es hatte also begonnen. Ured war im Kreis der Höflinge angekommen, die das Rund des Zeltes bevölkerten. Er sah den Mittler, weit hinten, hinter dem Großen Skorpion. Er bewegte sich vorsichtig in seine Richtung. *Alles oder nichts,* dachte er.

Inzwischen war Prinz Algahil vorgetreten. Er sagte: »Mein Mittler«, und er verstand es, dezent zu betonen, dass es *sein* Mittler gewesen war, »meldet weitere Erfolge Eurer Generäle und Söhne, Vater. Mein Bruder Prinz Baran hat das Heer teilen können, weil er im Osten kaum auf Widerstand trifft. Er äußert die Hoffnung, dass er sowohl Brook wie auch Tresin bald einnehmen wird. Mein Bruder Prinz Benet hat Felisan fest in der Hand und beginnt, die Küsten zu verheeren. Es gab allerdings einen Rückschlag auf See, weil der Feind unsere Flotte unweit der Straße von Cifat besiegen konnte. Admiral Sinar hat selbstverständlich seinen Kopf angeboten. Unsere Streitmacht, die die Brandungsinseln erobern soll, hat dort sicher Fuß gefasst und …«

Er brach ab, weil plötzlich Meister Hesbeq einen erstickten Schrei hören ließ und dann zusammenklappte. Für einen Augenblick war es totenstill. Der Padischah erhob sich aus seinem Sessel, kreidebleich. »Hesbeq«, brachte er hervor, machte noch einen Schritt und taumelte dann vornüber. Die Männer im Zelt schrien auf. Ured drängte sich durch die Menge. Der Mittler, er musste den Mittler erwischen!

»Vater!«, schrie der junge Prinz Alamaq, sprang seinem Vater zu Hilfe und versuchte, ihn aufzufangen. »Vater!« In hilfloser Erschütterung hielt der junge Prinz den sterbenden Leib des mächtigen Herrschers. Dann schrie er noch einmal auf, doch dieses Mal aus einem anderen Grund. Prinz Weszen war plötzlich hinter ihm aufgetaucht und hatte ihn mit einer Lanze durchbohrt, so dass die Spitze vorn aus seiner Brust herausfuhr.

»Du Hund!«, kreischte Algahil und griff nach seinem Säbel. Plötzlich erschien ein Mann aus dem Nichts hinter ihm, zog ihm ein Messer durch die Kehle und verschwand wieder in den Schatten. Algahils Leibwächter sprang seinem Herrn zur Hilfe, kam aber viel zu spät. Er verschwand seinerseits in den Schatten, erschien bei Weszen, doch war er wieder zu langsam, denn als er zustach, zerbrach sein Dolch an einer unsichtbaren Wand, die ein Magier eben dort hochgezogen haben musste. Weszens Mann war mit einem Mal ebenfalls dort und tötete den Angreifer, gerade als der in den Schatten verschwinden wollte, mit derselben Klinge, die gerade noch Algahils Hals aufgeschlitzt hatte.

Die Höflinge rannten aus dem Zelt, andere waren wie gelähmt vor Angst. Säbel und Schwerter wurden gezogen, und Krieger gingen sich gegenseitig an die Kehle. Ured wurde beinahe über den Haufen gerannt, konnte sich aber irgendwie auf den Beinen halten. Ganz hinten, unberührt von diesem Chaos, stand ein Junge, vielleicht sechzehn Jahre alt, und schien von alldem nichts zu bemerken. Seine Lippen bewegten sich. Vielleicht empfing er gerade wieder eine Nachricht von irgendwoher. Ured empfand Mitleid für diese Kreatur, die nur eine leere Hülle ohne eigene Gedanken, Wünsche, Träume, ohne eigenes Leben war. Er schob sich an den schreckensstarren Dienern vorbei und tötete den Jungen mit einem schnellen Stich ins Herz.

Das weckte die Diener aus ihrer Erstarrung. Sie griffen ihn an, mit bloßen Fäusten. Er warf sich zu Boden, kroch zum Rand des Zeltes, schlitzte die Zeltbahn auf und schlüpfte hinaus ins Freie. Ein Diener war hinter ihm, aber er schnitt ihm mit dem Messer über die Hand, und der Mann schreckte schreiend zurück. Ured hastete weiter. Vorn drängten die Höflinge in Panik aus dem Zelt und aus dem Sichtschutz. Toten lagen davor, und oramarische Krieger kämpften gegeneinander. Ured hob die rote Stoffbahn des Sichtschutzes und schlüpfte hinaus. Er musste an die Küste. Wenn er schnell war, dann würde er seine Frau und seine Kinder vielleicht retten können. Niemand schien noch auf ihn zu achten, niemand verfolgte ihn. Dort standen die Pferde der Oramarer.

»So helft doch«, rief er den Wachen zu, die vielleicht noch nicht wussten, was der Lärm bedeutete. »Der Padischah, der Padischah wird angegriffen!«

Die Männer starrten ihn erschrocken an, dann rannten sie los.

Ured brauchte keinen Sattel. Er schwang sich auf den prachtvollen Schimmel, den Akkabal at Hassat geritten hatte, und gab ihm die Fersen, um Atgath endlich, endlich, für immer hinter sich zu lassen.

* * *

»Was ist das für ein Lärm da draußen?«, fragte Sahif, der im Dämmerlicht seiner Zelle saß und auf das unvermeidliche Ende wartete.

»Ich weiß es nicht«, sagte die freundliche Stimme von Meister Iwar.

Sahif blickte kaum auf. »Seid Ihr gekommen, um Euch an meinem Ende zu erfreuen?«

»Aber nicht doch!«, rief Iwar. »Ich glaube immer noch fest, dass wir Großes mit dir erreichen können, junge Natter.«

»Das wird schwierig, wenn mein Vater mich erst um einen Kopf kürzer gemacht hat.«

»Du weißt, dass ich dich leicht hier herausholen kann.«

Sahif stand auf und kam an das schwere Gitter. Hätte er die magischen Eisen nicht getragen, er wäre dem Schattenmeister an die Kehle gegangen. Er sah die beiden Wachen auf dem Boden liegen. Auch dieser merkwürdige General Hasfal, der in der Nachbarzelle saß und die ganze Zeit kein Wort gesprochen hatte, lag auf der Erde. Alle drei schienen zu schlafen, vermutlich einer von Iwars kleinen Zaubern.

»Und der Preis?«

»Der übliche, Sahif, deine Kinder für die Bruderschaft.«

»Ich habe nicht vor, welche zu bekommen.«

»Aber ich glaube, dieses Mädchen, Ela Grams, sie wünscht sich Kinder.«

»Von mir?«

Iwar lachte. »Tu nicht so, als sei sie dir gleichgültig, junge Natter. Ich höre deine Stimme schon bei der Nennung ihres Namens zittern. Ich hatte eigentlich gewisse Hoffnungen in Jamade und diesen Westgarther gesetzt, aber auch diese Pläne hast du durchkreuzt. Ich glaube, sie hatte bis jetzt nicht viel Glück mit ihren Männern. Ich habe sie gesehen, wie sie den Kopf dieses toten Kriegers streichelte. Jetzt sucht sie dich, aber ich habe sie vorerst in die falsche Richtung geschickt. Sobald sie jedoch erfährt, dass du hier bist, wird sie kommen und dich mit Freuden töten. Ich fürchte, du wirst nie wieder ruhig schlafen können, es sei denn, die Bruderschaft hält ihre Hand schützend über dich – und deine Ela.«

»Lasst das Mädchen da raus, Meister Iwar!«, sagte Sahif düster.

»Du willst mir nicht etwa drohen, junger Schatten, oder?« Iwar schien sich glänzend zu amüsieren.

Sahif schluckte die Antwort hinunter, die ihm auf der Zunge lag. Er war beunruhigt, auch, weil der Lärm, der durch die winzigen Lichtschächte hereindrang, die den Kerker mit der Außenwelt verbanden, immer lauter wurde. Es klang, als würde dort gekämpft. Hatten die Helmonter vielleicht die Zugänge zu den unterirdischen Gängen gefunden? Er machte sich plötzlich große Sorgen um Ela. Der Schattenmeister hatte Recht: Sie bedeutete ihm viel, sehr viel.

»Wenn ich tot bin, wird Jamade zufrieden sein«, stieß er hervor.

»Vielleicht, vielleicht auch nicht«, lautete die gleichmütige Antwort. »Willst du es wirklich darauf ankommen lassen? Weißt du, wir Schatten haben sogar schon eine Vereinbarung mit diesem Mädchen. Vielleicht sollten wir sie ganz in unsere Obhut nehmen, zu ihrem Schutz. Was meinst du?«

»Ich bringe Euch um, Iwar!«

Der Schattenmeister lächelte über diese leere Drohung. »Was sagst du, Sahif? Allmählich wird es Zeit, dass du dich entscheidest. Willst du sie beschützen? Oder sollen wir das übernehmen in unserer neuen Festung?«

Sahif starrte ihn feindselig an. Alles in ihm sträubte sich dagegen, sich noch einmal mit Meister Iwar einzulassen, aber Ela Grams, er konnte sie nicht den Schatten überantworten. Er biss sich auf die Lippen, sah den Triumph in Iwars Blick. Aber plötzlich fühlte er eine Berührung am Fuß. Er sah erstaunt nach unten. Aus dem Stein ragten Hände. Sie schienen aus dem Boden herauszuwachsen und fassten jetzt nach seinen Knöcheln. Plötzlich wurde er hinabgezogen und landete recht unsanft in einem finsteren Gewölbe.

Eine kleine Gestalt stand auf einer großen Holzkiste und betrachtete ihn ernst. »Nicht so einfach. Kein gewachsener Stein«, sagte sie und wies auf die Decke.

»Marberic?«

Der Mahr sprang von der Kiste. Er griff in seine Tasche und holte zwei Ringe hervor. Einen hielt er Sahif hin. »Hier.«

Sahif sah sich verwirrt um. Das war kein Stollen der Mahre. Sie waren in einem Kellergewölbe, einem weiteren Kerker unter dem Kerker, mit leer stehenden Käfigen aus verrostetem Eisen. »Du solltest mir erst die Handschellen abnehmen, Marberic. Meister Iwar wird uns hier finden.«

»Erst der Ring!«

Sahif hörte Schritte auf einer nicht weit entfernten Treppe. Iwar. Er war schnell. »Wie soll ich denn in Ketten kämpfen?«, zischte Sahif, aber dann nahm er doch den Ring, den der Mahr ihm unbeirrt hinhielt.

»Ich kann dich hören, junger Schatten«, verkündete die fröhliche Stimme des Schattenmeisters.

Sahif streifte den Ring über. Nichts geschah, außer, dass die Schritte, die durch einen Gang schnell näher gekommen waren, plötzlich anhielten.

»Merkwürdig«, hörte Sahif Meister Iwar murmeln, »was wollte ich denn hier unten?« Und dann schien er kehrtzumachen und zu verschwinden.

Als seine Schritte verklungen waren, fragte Sahif leise: »Was, bei allen Himmeln, war das?«

»Er hat dich vergessen.«

»Aber Meister Iwar vergisst doch nicht ...« Sahif verstummte.

»Die Ringe des Vergessens«, erklärte Marberic zufrieden. »Niemand, der dich je kannte, wird sich noch an dich erinnern. Die Schatten nicht, deine Geschwister auch nicht. Nur die Mahre werden sich deiner erinnern.«

»Aber diese Ringe, die waren doch eine Erfindung meiner Schwester! Du hast gesagt, dass es solche Ringe nicht gibt!«

»Es gab sie auch nicht. Wir machten sie«, meinte der Mahr schlicht.

»Ihr habt sie … und warum zwei?«, fragte Sahif verdattert.

»Ela Grams. Sie ist nicht mehr sicher. Die Schatten verfolgen sie. Und – du willst sie doch zur Frau, oder?«

***

Alles veränderte sich. Shahila begriff es nur nicht gleich. Da war dieser andere, der sie mit kalter, eiserner Hand festhielt, der verhinderte, dass sie weiter zu den erhabenen Sternen aufstieg, wo sie doch hingehörte, um das Schicksal der Welt zu lenken. Aber nun wurde sie schwerer. Sie begann zu fallen. Der andere, er zog sie hinab in die Tiefe. Sie fiel, erst langsam, dann immer schneller. Sie schrie.

Die Länder und Meere, eben entrückt, rasten auf sie zu, wurden immer größer: Haretien, die Berge, Atgath, der Lärm einer Schlacht dröhnte in ihren Ohren, durchmischt mit dem Prasseln brennender Häuser. Männer brüllten, Frauen weinten, und Kinder schrien um ihr Leben. Und mit wachsendem Grauen begann Shahila, ihren Schmerz zu fühlen, sie litt mit diesen eben noch unbedeutenden Kreaturen, durchlebte ihre Qualen, ihre Verluste, ihre Verwundungen, tausendfach fiel sie durch die Hölle aus Schmerz, und der andere raunte, sie habe all das verursacht, sie habe diesen Krieg begonnen. Sie schüttelte den Kopf, weinte, wehrte sich, fiel weiter. Aber Atgath war plötzlich verschwunden. Da waren Berge, hohe, schroffe Berge, mit hohen, gletscherbedeckten Hängen. Sie stürzte auf sie zu, rasend schnell. Sie schrie noch einmal, und dann schlug sie dumpf irgendwo in etwas Weißem auf. Schnee erstickte ihre Schreie. Es wurde dunkel um sie.

Schreiend schreckte sie wieder hoch. Wo war sie? Schnee. Sie saß inmitten von Eis und Schnee, und schneidender Wind wehte Graupelschauer heran.

Die Sonne schien schon lange untergegangen zu sein, und der Gletscher unter ihr glitzerte unter einem sternklaren Himmel. Bitterkalte Windböen wirbelten Schnee auf, trugen ihn davon. Weit unten zogen schwere Wolken schnell über Grate und Klüfte. Ein Berggipfel, sie schien auf einem Gipfel zu sein, irgendwo inmitten riesiger Berge.

Sie bekam kaum Luft, zitterte und bemerkte, dass sie nur mit einem Hemd bekleidet war. Sie kam auf die Beine, der Wind zerrte an ihrem schwarzen Haar, und sie sah erschrocken, dass sich Eis an seinen Spitzen gebildet hatte. Sie war barfuß, und die Kälte brannte in ihren Fußsohlen. »Wo bin ich?«, fragte sie flüsternd.

»Das Paramar nennen es die Menschen«, sagte eine Stimme. »Weit im Osten. Weit oben. Selbst ich war noch niemals hier.«

Ein kleines Wesen saß dort auf einem Stein, es ähnelte jenem, das ihr einen Berg Gold und Glück versprochen hatte, falls sie umkehrte – aber sie war weitergegangen.

»Du bist einer der Erdgeister, ein Mahr, nicht wahr?«, fragte sie, und ihre Lippen zitterten.

Der Mahr nickte. Eiszapfen hingen in seinem Bart. Der Blick aus seinen unendlich tiefen Augen war schwer zu ertragen. »Hast du genug gesehen?«, fragte er.

Sie starrte ihn verständnislos an, aber dann kam die Erinnerung zurück, an ihren machtvollen Aufstieg zu den Sternen und an ihren Sturz, an die unerträglichen Schmerzen all jener, die in Atgath gestorben waren oder gelitten hatten – ihretwegen. Sie versuchte, diese Gedanken loszuwerden. »Was willst du von mir?«, zischte sie.

»Nichts«, sagte der Mahr. »Du wolltest etwas von uns. Du hast es dir genommen. Sieh zu, wie es dir bekommt.« Er sprang auf und war Augenblicke später einfach verschwunden.

Shahila starrte ihm ungläubig hinterher. Sie taumelte durch den harschen Schnee, der ihr in die Füße schnitt. Er war fort. »Komm zurück!«, schrie sie, aber es kam keine Antwort. Nicht von dem Erdgeist und nicht von den schroffen Bergen, die rund um sie herum in den schwarzen Himmel ragten.

Epilog

Heiram Grams trat vor die Tür und streckte sich. Diese endlosen Unterredungen waren ermüdend, außerdem hatte er Besseres zu tun. Er blickte auf den Eimer mit weißer Kalkfarbe. Er war noch nicht einmal halb so weit, wie er sein wollte, und wer konnte schon sagen, wie lange dieses trockene Wetter, ungewöhnlich genug für den Spätherbst, noch anhalten mochte? Aber er hatte auch gerne Besuch, und davon bekam er in den letzten Tagen reichlich. Auch jetzt hörte er die Männer – und den Mahr – in der Stube noch miteinander reden, aber er brauchte eine Pause. Er schob sich die Locken aus der Stirn, denn gerade näherten sich zwei Reiter seinem kleinen Hof.

»Nanu, noch mehr Besuch?«, brummte er.

Er wartete, bis die beiden heran waren. Es waren ein junger Mann, vermutlich ein Südländer, den dichten schwarzen Haare nach zu urteilen, und eine junge Frau, blond, vielleicht eine Haretierin. Er seufzte. Sie erinnerte ihn irgendwie an seine liebe verstorbene Frau.

»Ich grüße Euch, Herr«, sagte der junge Mann. »Ist dies der Weg nach Felisan?«

»Aber nein, Herr, dies ist nur der Weg zu meinem Hof. Ihr hättet oben auf der Straße bleiben müssen.«

»Ich danke Euch für die Auskunft.«

»Nichts zu danken. Wünscht Ihr eine Erfrischung für den

Weg? Es ist weit nach Felisan. Ich weiß es, denn ich bin selbst erst vor kurzem dort gewesen. Ich kann Euch übrigens nicht versprechen, dass der Weg sicher ist, denn in der Gegend wird vielleicht noch gekämpft. Wir hatten hier Krieg, wisst Ihr?«

»Wie ist er ausgegangen?«

»Schwer zu sagen, wie es anderswo steht, Herr, aber hier ist er vorbei. Als dieser Padischah erst einmal tot war, sind die Helmonter über die Berge verschwunden, und der Rest hat sich in alle Winde zerstreut.«

»Sagt«, rief die junge Frau plötzlich, »habt Ihr Kinder?«

Grams pustete eine der Locken zur Seite, die ihm über den Augen hingen, und hob befremdet die Augenbraue. Das war eine eigenartige Frage. »Ja, zwei Jungs, Herrin, gut und wohl geraten, obwohl es nicht immer einfach ohne eine Frau im Haus war. Doch kann ich Euch nur zuraten, selbst welche zu bekommen, denn ich will sie nicht missen, auch wenn sie mir langsam über den Kopf wachsen.«

»Ich werde daran denken, Herr, besten Dank«, sagte die junge Frau mit einem traurigen Lächeln. »Wo sind denn Eure Söhne?«

»Sie kümmern sich um die Meiler, Herrin. Es wird ja bald Winter, und es ist viel Arbeit liegen geblieben.«

Der Reiter legte seine Hand auf die ihre, als ob er sie trösten wolle. »Komm, lass uns aufbrechen. Es ist besser so.«

Sie nickte, dann wendeten sie ihre Pferde und ritten langsam davon, aber die junge Frau blickte dabei noch ein paarmal über die Schulter zurück.

Grams' Besuch trat vor die Tür.

»Wer war das?«, fragte Oberst Teis Aggi, der derzeitige Kommandant der Stadt.

»Fremde, die vom Weg abgekommen waren. Die Frau kam mir irgendwie bekannt vor, aber ich weiß nicht, woher.«

»Und habt Ihr über unsere Frage nun genug nachgedacht?«, fragte der Gesandte Gidus schnaufend. Er war nur mit Not durch die schmale Tür gekommen.

»Es ist eine schwierige Frage, das müsst Ihr zugeben«, meinte Grams ausweichend.

»Nun, wir können auch nach Protektor Pelwa schicken. Ich nehme an, er wird jetzt, da er Felisan wieder in seiner Hand hat, gerne noch Atgath dazunehmen«, entgegnete Gidus gereizt.

»Pelwa kann es nicht sein«, sagte Marberic, der den beiden Reitern versonnen nachblickte.

Ob er die beiden kennt?, fragte sich Grams.

Der Mahr räusperte sich, knirschte etwas in seiner Sprache, dann sagte er: »Gralwin wollte Mahratgath nur Taman und Harmstig anvertrauen. Aber Taamans Nachfahren sind nun alle tot – oder liegen im Sterben, wie Beleran.«

»Also, Meister Grams. Ihr habt es gehört«, meinte Wulger Dorn gut gelaunt. »Denkt nicht nur an Euch, auch an Eure Söhne. Sollen sie denn ewig Kohlen brennen?«

»Ein guter, ehrbarer Beruf«, brummte Grams. Dann seufzte er. Er Herzog? Das musste einfach ein Scherz sein, oder? Aber nein, sie meinten es wirklich ernst, und daher hatten sie es verdient, dass er auch ernsthaft darüber nachdachte.

Aber zuerst würde er das Haus fertig streichen.